COL

Bernard Simonay

LA PREMIÈRE PYRAMIDE
II
La cité sacrée d'Imhotep

Gallimard

© *Éditions du Rocher,* 1997.

Bernard Simonay, né en 1951, est marié et père de trois enfants. Il a pratiqué différentes activités professionnelles avant de se consacrer uniquement à l'écriture. Passionné par l'histoire et la mythologie, il a publié, aux éditions du Rocher, plusieurs romans fantastiques (*Phénix, La porte de bronze, Les enfants de l'Atlantide...*), ainsi qu'un thriller (*La lande maudite*).

À Sophie, Lily et Michaël.

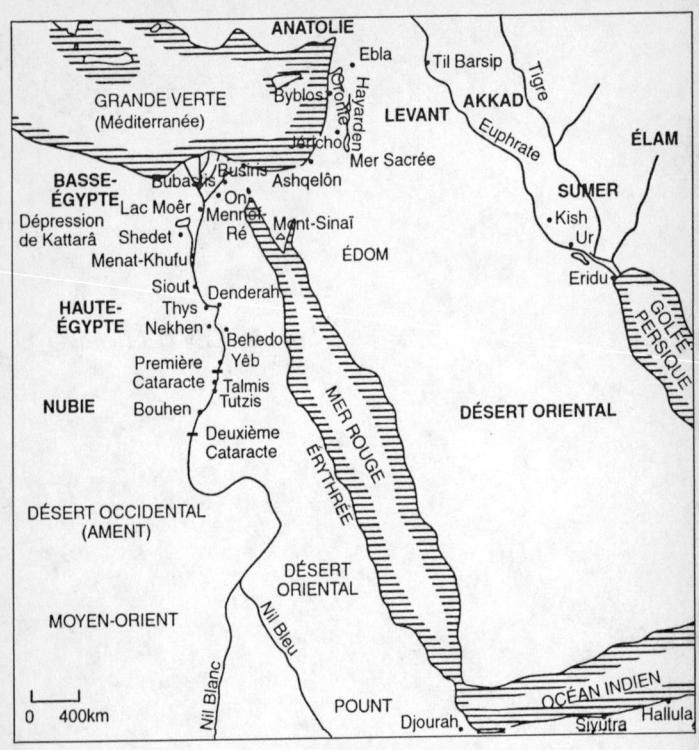

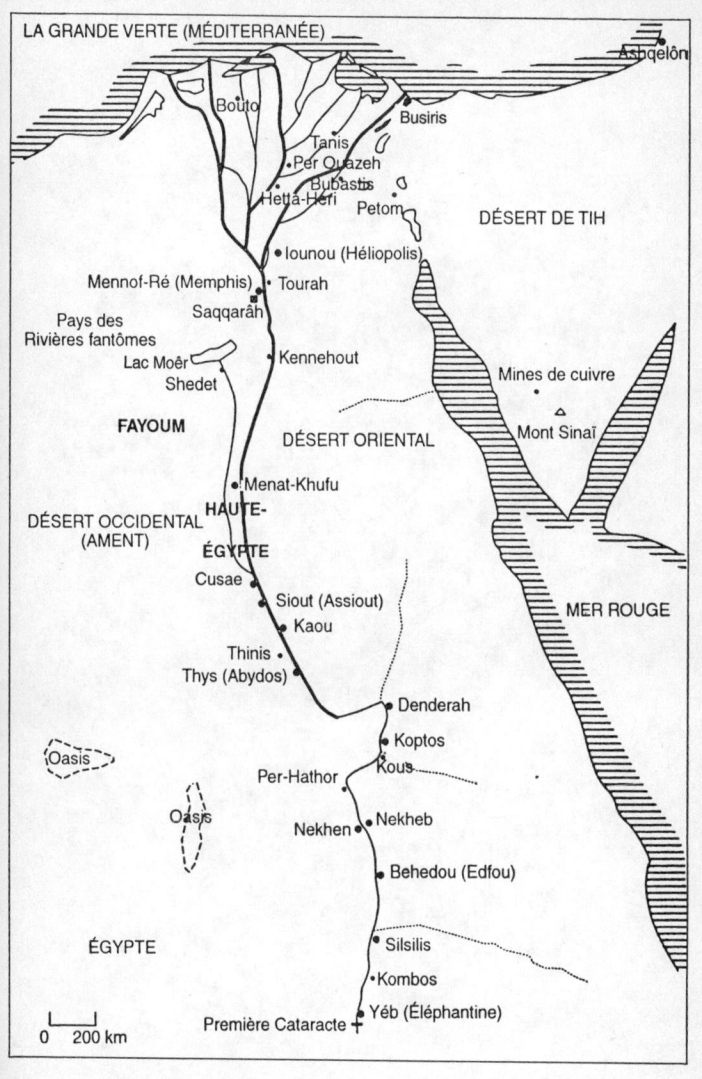

PERSONNAGES PRINCIPAUX

AKHTY-MERI-PTAH, *fils de Djoser et de Thanys (futur Sekhem-Khet)*
AKHET-AÂ, *directeur des approvisionnements du chantier de Saqqarâh*®
AMENI, *paysan de Kennehout*
ANKHERI, *fille de Nebekhet*
AYOUN, *marchand égyptien*
BEKHEN-RÊ, *architecte*
DJOSER, *second fils de Khâsekhemoui*®
HAKOURNA, *roi de Nubie*
HESIRÊ, *maître sculpteur*®
IMHOTEP, *voyageur, savant, architecte, médecin, grand prêtre égyptien*®
INMAKH, *fille de Pherâ*
KAÏANKH-HOTEP, *seigneur égyptien*
KHIRÂ, *fille de Thanys*
MENTOUCHEB, *marchand égyptien*
MERNEITH, *mère de Thanys*
MOSHEM, *jeune Amorrhéen, fils d'Ashar*
NADJI, *serviteur de Moshem*
NAKAO, *maître échanson de Djoser*
NEBEKHET, *noble égyptien, maître de Moshem et époux de Saniout*
OUADJI, *pygmée, ami d'Imhotep*
OUTI, *maître des boulangers*
PIÂNTHY, *ami de Djoser*

RAMOÏS, *jeune musicien*
SANAKHT, *fils du pharaon Khâsekhemoui, puis Pharaon*®
SANIOUT, *épouse de Nebekhet*
SEFMOUT, *grand prêtre Sem de Mennof-Rê*
SEKHEM-KHET, *fils de Djoser et de Thanys (Nefert'Iti) (voir Akh-tyMeri-Ptah)*®
SEMOURÊ, *cousin de Djoser, et neveu de Khâsekhemoui*
SESCHI *(Nefer-Sechem-Ptah), fils* de Djoser et de Lethis
SETMOSE, *capitaine égyptien*
THANYS/NEFERT'ITI, *fille de Merneith*

Note : le signe ® indique les personnages ayant réellement existé.

Prologue

Un vent chaud et sec balayait l'étrange édifice, s'écorchant aux aspérités de la roche. Au fil des années, une épaisse couche de sable s'était déposée au fond des couloirs étroits, ouverts sur le ciel d'un bleu céruléen. De loin, cela ressemblait à une étendue de rocaille d'origine naturelle. Tout au plus un observateur attentif eût-il remarqué une certaine régularité dans l'érosion de la pierre rousse. S'en approchant, les plus curieux auraient découvert, orientée vers le soleil levant, une entrée singulière, ouvrant sur trois passages creusés dans le roc. Plus loin, chaque passage se divisait de nouveau en trois, pour se perdre en des chemins tortueux menant à des culs-de-sac, ou à de nouveaux embranchements.

Le Labyrinthe existait depuis des temps immémoriaux. Sans doute datait-il des origines du monde, de cette époque mystérieuse où Osiris et Isis eux-mêmes régnaient sur le Double-Pays. On ignorait qui l'avait fait construire, et pour quelles raisons. Les derniers rois de Kemit[1] eux-mêmes avaient oublié son emplacement exact.

Celui qui osait franchir son seuil le faisait à ses risques et périls. Une croyance très ancienne affirmait qu'il renfermait un trésor fabuleux, gardé par des guerriers invisibles. Cependant, si ce trésor existait, il devait être bien caché, car personne n'avait jamais pu découvrir autre chose que cette succession de couloirs encaissés, à ciel ouvert, ayant deux à trois fois la hauteur d'un homme, impossibles à escalader tant la roche était lisse.

Le temps avait tissé autour du Labyrinthe une légende angoissante qui dissuadait les plus braves de s'y hasarder. Seuls quelques pillards audacieux ou inconscients osaient parfois s'y aventurer. Enfiévrés par le mirage du trésor mythique, ils s'enfonçaient toujours plus loin dans les couloirs encaissés, en quête du plus petit indice. Et le piège inexorable se resserrait sur eux, car, au-delà d'un certain point, il était quasiment impossible de revenir sur ses pas. Il ne restait plus alors aux voleurs malchanceux qu'à mourir de faim et de soif en appelant avec l'énergie du désespoir un secours qui ne venait jamais. Quand bien même quelqu'un aurait-il entendu les gémissements des agonisants qu'il n'aurait pu intervenir, sous peine de s'égarer à son tour dans le dédale perfide. Il n'était pas rare, au détour d'un couloir, de croiser les restes desséchés d'un rôdeur imprudent que les charognards avaient su retrouver. On aurait

---

1. Kemit : littéralement, Terre noire. Ainsi désignait-on le limon fertile apporté par la crue du Nil, qui donna son premier nom au pays.

pu errer ainsi pendant des années sans rien découvrir d'autre que des galeries menant à d'autres galeries, qui elles-mêmes débouchaient sur des culs-de-sac.

Pourtant, malgré les apparences, le Labyrinthe recelait bien un trésor, un trésor d'une richesse inestimable, mais dont la nature était tout à fait différente de celle à laquelle s'attendaient les voleurs. Seuls les Initiés connaissaient la clé qui ouvrait son accès.

Les deux cadavres contre lesquels buta Imhotep au détour d'un corridor étaient récents. Des lambeaux de chair desséchés s'accrochaient encore aux os rongés par les rats et les marabouts. L'un d'eux s'envola à son approche. Imhotep se boucha le nez pour éviter l'odeur pestilentielle et poursuivit sa progression.

Il était surprenant que la légende du trésor continuât de circuler parmi les pillards. À Mennof-Rê, on avait oublié l'existence de ce lieu, édifié bien avant l'avènement du grand Ménès, ce roi mythique qui avait unifié les deux royaumes du Nord et du Sud. Pourtant, les Initiés s'y rendaient encore régulièrement. À première vue, on aurait pu se demander pourquoi. D'après les rares maraudeurs qui avaient réussi à retrouver la sortie, le Labyrinthe ne contenait rien d'autre qu'une succession de couloirs sans fin, de sombres embranchements rocheux encombrés des squelettes de prédécesseurs malchanceux.

Imhotep avançait d'un pas assuré, prenant garde toutefois d'éviter les redoutables serpents des sables qui hantaient l'endroit. Il détenait les arcanes qui permettaient d'accéder au cœur du Labyrinthe, ce lieu secret que jamais aucun pillard n'avait su trouver. On aurait pu passer cent fois devant l'entrée sans rien remarquer. Imhotep lui-même dut faire appel à toute sa mémoire pour repérer les signes indiquant qu'il était arrivé. Cela faisait si longtemps qu'il n'était pas venu... Près de vingt années.

Des traces de pas devant un angle rocheux lui confirmèrent cependant qu'il ne se trompait pas, et que la plupart de ses compagnons étaient déjà sur place. Avec émotion, il fit jouer le mécanisme secret qui commandait l'ouverture de la porte de pierre, que rien ne distinguait de la paroi. Un lourd pan de granit bascula, révélant des degrés qui s'enfonçaient dans les profondeurs de la terre. Après avoir manœuvré un levier qui remit la porte massive en place, il s'y engagea sans hésitation.

L'escalier, long d'une trentaine de marches, aboutissait dans une galerie bordée de niches éclairées par des lampes que l'on venait d'allumer. Une odeur d'huile de lin flottait dans les lieux. Dans les renfoncements se dressaient une vingtaine de statues représentant les plus importantes divinités d'Égypte : Horus, Isis, Osiris, Hathor, Seth, Rê, Thôt, Ptah, Sechat... Imhotep les salua respectueusement une à une, puis se dirigea vers l'autre extrémité, qui ouvrait sur une salle plus vaste. Là, les lampes à huile révélaient un ensemble d'alvéoles creusées dans la roche. Chacune d'elles renfermait des rouleaux de papyrus, ou des objets insolites comme ces polyèdres réguliers en bois de sycomore. Elles recouvraient la totalité des parois de la crypte. Imhotep savait que toutes les connaissances du monde étaient contenues dans ces précieux documents, préservées ainsi de la fureur des hommes par la sagesse des Initiés.

Ceux-ci, au nombre d'une douzaine, attendaient Imhotep. Leur chef n'était autre que Sefmout, le grand prêtre Sem[1], la plus haute autorité religieuse du Double-Royaume, et ami du roi Djoser. Il prit la parole :

— Frère Imhotep, sois le bienvenu parmi les tiens. Que la Maât inspire tes paroles et tes actes, et qu'Horus te protège.

— Mon cœur se réjouit de vous retrouver, mes frères, comme il se réjouit de revoir ce lieu sacré.

Au fond de la salle s'alignaient des sièges de bois d'ébène sur lesquels les Initiés prirent place. Imhotep s'installa sur un fauteuil leur faisant face. Sefmout poursuivit :

— Frère, comme tu le sais, notre maître Merithrâ a rejoint le royaume d'Osiris. Il t'avait choisi autrefois pour lui succéder lorsque son temps serait venu. Malheureusement, les circonstances en ont décidé autrement, et tu fus exilé sur l'ordre du roi Khâsekhemoui. Mais te voici de retour, ainsi que les signes magiques l'avaient prédit. Moi, Sefmout, j'ai attendu ce jour avec impatience et anxiété, car les années passaient et tu ne revenais pas, et mon corps s'affaiblissait. Pendant ton absence, j'ai occupé en tes lieu et place le rôle de Grand Initié, Gardien de

---

1. Le prêtre Sem est celui qui procède, lors de la momification, à « l'ouverture de la bouche », cérémonie rituelle destinée à permettre au défunt de continuer à communiquer dans l'au-delà.

la Connaissance, ainsi que me l'avait demandé Merithrâ. Aujourd'hui, ce rôle te revient.

Sefmout se leva et remit à Imhotep un *med*[1] sculpté et recouvert d'or qui confirmait son rang.

— Mes frères, déclara Imhotep, sans doute les dieux voulaient-ils m'imposer les épreuves que j'ai dû traverser depuis près de vingt années. Si j'ai souffert d'être éloigné de Kemit et séparé de ceux que j'aimais, j'ai aussi ouvert mon esprit à des mondes différents, qui m'ont apporté une vision nouvelle sur la Connaissance et les Deux-Royaumes. Après une période troublée, le règne du roi Djoser est enfin arrivé. Une ère de paix et de prospérité s'ouvre devant nous, qui va nous permettre de faire de l'Égypte ce reflet du Nil céleste que nous apercevons chaque nuit au milieu des étoiles[2]. Ce projet s'étalera sur de nombreuses générations, et nous n'en verrons pas l'aboutissement. Mais il nous revient d'en fonder les bases. Nous allons consacrer nos forces à l'édification d'un monument d'une conception totalement nouvelle, qui sera à la fois la demeure d'éternité du roi divin, reflet d'Horus, le symbole de son autorité, et le lieu où s'exprimeront les neters.

L'étonnement se peignit sur les visages de ses compagnons, hormis celui de Sefmout, à qui il avait déjà fait part de ses intentions. Imhotep se dirigea vers la longue table de granit qui occupait le centre de la

---

1. Med : bâton.
2. Le Nil céleste : Selon certaines croyances, les Égyptiens assimilaient ce double céleste du fleuve-dieu à la Voie lactée.

salle et déroula un papyrus qu'il avait apporté avec lui. L'étonnement fit place à la stupéfaction, puis à l'enthousiasme. Chacun des Initiés comprit alors pourquoi leur maître à tous, le vieux Merithrâ, avait désigné son successeur lorsqu'il n'était encore qu'un tout jeune homme. Il avait su comprendre que l'esprit de Thôt lui-même s'exprimait à travers Imhotep. Le projet dévoilé par les papyrus était tellement fabuleux que jamais le monde n'en aurait connu de semblable.

— Où comptes-tu construire ce monument ? demanda Sefmout.

— Il n'existe qu'un lieu digne de l'accueillir : le plateau où furent bâties les demeures d'éternité des anciens Horus, celui que le roi a rebaptisé Saqqarâh, du nom du faucon sacré de l'île d'Osiris. Il se situe à la Balance des Deux-Terres. Ainsi sera affirmée la souveraineté de Djoser sur la Haute- et la Basse-Égypte. Il confirmera l'alliance indissoluble du Lotus et du Papyrus[1].

Quelques jours plus tard, Imhotep se rendit sur le plateau sacré en compagnie de plusieurs Initiés, parmi lesquels Sefmout, l'architecte Bekhen-Rê et Hesirê, Maître des sculpteurs. Une petite escorte d'une vingtaine de soldats les protégeait, commandée par Khersethi, capitaine de la garde d'Iounou, la ville sainte où résidait Imhotep.

Après avoir porté des offrandes aux rois disparus Khâsekhemoui et Sanakht, le groupe s'écarta délibé-

---

1. Le lotus est le symbole de la Haute-Égypte, le papyrus, celui de la Basse Égypte. La ligature symbolique des deux plantes représentait l'unité du Double-Royaume.

rément de la nécropole bordant la limite orientale du plateau et s'enfonça vers le sud-ouest. Une savane arbustive[1] où dominaient çà et là les hautes silhouettes d'acacias ou de sycomores offrait refuge à différents animaux : des renards, des ibex, sortes d'antilopes à cornes en forme de lyre ; on y croisait aussi des lions, des girafes et même, plus rarement, des éléphants et des rhinocéros. La végétation les dissimula très vite à la vue des citadins venus rendre hommage à leurs défunts.

Tandis que les guerriers surveillaient les alentours afin de prévenir l'attaque éventuelle d'une horde de fauves ou d'un groupe de pillards, Imhotep et ses compagnons se mirent à l'œuvre. Sous l'œil intrigué de Khersethi, ils étudièrent attentivement le terrain, plantèrent des piquets, prélevèrent des échantillons de terre. Parfois, de longues discussions les réunissaient, au cours desquelles ils traçaient des plans rapides sur le sol. Narib, le scribe d'Imhotep, prenait quantité de notes.

Vers le soir, lorsque Rê-Atoum descendit à l'horizon, inondant le plateau sacré d'une lumière mauve, les Initiés firent une pause pour se restaurer. Khersethi comprit que le travail était loin d'être achevé et allait se poursuivre une bonne partie de la nuit.

Ils commencèrent par se livrer à quelques ablutions dans une eau apportée spécialement par les soldats. En effet, les prêtres se lavaient deux fois par

---

1. À cette époque, la vallée du Nil était plus verte et le désert commençait plus à l'ouest, au-delà du plateau de Saqqarâh. Depuis 2 500 avant J.-C., l'action de l'homme a provoqué une avancée des sables et la disparition de nombreuses espèces.

jour et par nuit avec une eau dans laquelle avait bu un ibis, oiseau consacré au dieu Thôt. Ils dînèrent ensuite de morceaux de bœuf non salé. Le sel, surtout le sel marin, était considéré comme la bave séchée de Seth. Le jeune capitaine admirait ces êtres pétris de sagesse qui connaissaient les secrets des signes sacrés, et que leur vie ascétique avait rapprochés des dieux. Lorsque le repas fut achevé, la nuit avait déployé sa draperie scintillante au firmament. Un vent léger et tiède s'était levé, faisant naître une symphonie d'odeurs que la chaleur du soleil avait retenues au sol pendant la journée : effluves du fleuve lointain, parfums des fleurs, senteurs de la terre elle-même.

Toujours veillés par Khersethi et ses hommes, les prêtres reprirent leur ouvrage. Ils observèrent les étoiles, placèrent des bâtons crantés en des endroits précis afin de repérer leur orientation. Un instrument étrange, dont le guerrier avait retenu qu'il portait le nom de clepsydre, permettait de calculer le temps écoulé. Parfois, Imhotep et ses compagnons se prosternaient sur le sol à des endroits particuliers, en direction d'un astre, ou d'un autre, sans doute pour vénérer les esprits des rois défunts, dont on disait qu'ils rejoignaient les étoiles après leur mort.

Le petit groupe revint ainsi plusieurs nuits de suite. Enfin, des bornes furent placées, délimitant différentes surfaces dont la plus grande incluait toutes les autres. Khersethi se gratta la tête pour tenter de deviner quelle sorte de monument Imhotep envisageait de construire ici, presque à la limite du désert. Il ne pouvait s'agir ni d'un mastaba ni d'un temple. La grande superficie devait atteindre mille coudées sur cinq cents. Lorsque la dernière borne fut posée, Imhotep contempla longuement la savane éclairée par la lueur argentée de la lune. Dans son esprit se dessinait déjà l'édifice grandiose qui bientôt allait surgir de la roche. Aucun autre lieu ne pouvait être plus approprié. Le sol était résistant et l'on pourrait y creuser les galeries où seraient ensevelis les membres de la famille royale.

Une nuit, des cris déchirèrent le silence de la nuit à quelque distance. Puis les échos d'une bataille lui parvinrent. Aussitôt, Khersethi et ses gardes se regroupèrent autour des Initiés.

— Cela vient de la nécropole, dit le jeune capitaine.

— Sans doute des pilleurs ! en déduisit Imhotep. Ces chiens n'ont aucun respect pour les maisons d'éternité. Ils ont dû se heurter aux gardes du roi. Khersethi, prends la moitié de tes hommes, et va leur prêter main-forte.

— Avec plaisir, Seigneur !

Il adressa un ordre silencieux à ses guerriers qui se fondirent dans la nuit. Imhotep regarda de nouveau le plateau. Lorsqu'il serait achevé, le monument de Saqqarâh défierait le plus rusé des pillards.

Il ne restait plus qu'à convaincre le roi Djoser d'entreprendre les travaux.

1

Manœuvré par ses soixante rameurs esclaves, le grand navire toucha le quai en douceur. Taillé pour la course en mer, il était équipé d'une voile plus haute que large montée sur un mât double. Une foule de badauds curieux s'approcha pour accueillir les arrivants, depuis longtemps annoncés par les guetteurs du fleuve. Mentoucheb bondit à terre avec une souplesse inattendue chez un homme à la corpulence aussi imposante. Son compagnon, Ayoun, aussi frêle qu'il était pansu, le rejoignit.

L'instant d'après, un scribe se précipitait à leur rencontre, avec l'intention bien arrêtée de prendre connaissance de la cargaison. Mais il en fallait plus pour impressionner Mentoucheb qui le rabroua férocement :

— Par les tripes fumantes du Rouge, maudit gribouilleur de papyrus, tu pourrais au moins nous laisser le temps de nous dégourdir les jambes. Cela fait plus d'un an que nous n'avons pas revu Mennof-Rê[1],

---

1. Mennof-Rê : nom hiéroglyphique de Memphis.

et plus de deux mois que nous avons quitté Sumer. Notre marchandise ne va pas s'envoler.

Imbu de sa charge, l'autre tenta de le prendre de haut.

— Je suis responsable des entrées en provenance de l'étranger. Je dois enregistrer tout ce que contient ton navire !

— La peste soit des cafards de ton espèce ! rugit le marchand. Tu t'adresseras à notre capitaine lorsqu'il aura terminé ses manœuvres. Et qu'Apophis te bouffe les entrailles si tu mets un pied à bord avant. Sache que je suis un ami personnel de la reine.

L'autre battit aussitôt en retraite et s'inclina avec obséquiosité.

— Bien, noble Seigneur !

D'un revers de main, Mentoucheb écarta l'importun sous les rires de la foule, puis s'avança sur le quai avec un plaisir évident, tel un rhinocéros sûr de son fait, suivi de son chétif compagnon.

L'Oukher, le vaste port de Mennof-Rê, débordait d'activité. La terrible bataille qui s'y était déroulée trois ans plus tôt n'était plus qu'un mauvais souvenir. De nombreux navires avaient été mis en chantier. Les felouques, dont certaines pouvaient atteindre des tailles relativement importantes, étaient construites en tiges de papyrus solidement liées entre elles. Pour les grands bateaux, on utilisait le bois. Malheureusement, en dehors de l'acacia et du sycomore, l'Égypte comptait peu d'arbres exploitables pour la construction des vaisseaux. On importait donc de grandes quantités de bois des forêts du Levant. Mentoucheb et Ayoun avaient été chargés d'acheter là-bas des cargaisons entières de cèdres, de chênes et de pins. Un convoi d'une vingtaine de navires transporteurs les suivait, à une journée de voyage.

L'activité du chantier naval ne se limitait pas à la construction de bateaux. On y fabriquait aussi des meubles. Les artisans, dont le nom s'écrivait *hem* dans le langage des signes divins, travaillaient le bois, *hemou*[1]. Ce nom sacré avait un sens caché, qui signifiait guide. On désignait également sous ce nom le pilote d'un navire, et la manière de diriger sa vie. Ainsi, l'artisan œuvrait sous la direction de Maât, déesse de l'Harmonie. Il savait écouter la nature, et, sous l'influence de la déesse, travailler le bois en utilisant les principes qu'il avait appris d'elle.

À l'extrémité sud du port se dressait un édifice curieux, destiné à prévoir l'importance des inondations, et leur incidence sur les récoltes. Son concepteur n'était autre qu'Imhotep, le très riche seigneur, *ami unique* du roi, dont on disait que la science était celle de Thôt lui-même. Bien que l'appareil n'eût aucune influence sur le fleuve, la croyance populaire estimait déjà qu'il attirait sur le pays la bienveillance d'Hâpy. Il consistait en un puits profond sur les parois duquel étaient gravés des repères permettant de mesurer la hauteur des crues[2]. Un escalier permettait d'accéder à l'intérieur.

La foule s'écarta sur la silhouette d'un adolescent

---

1. Sous le Nouvel Empire, ce terme désignera également les esclaves.
2. Il s'agit du nilomètre. Un autre fut construit à Yêb, immédiatement après la Première cataracte.

au sourire espiègle, que les deux marchands reconnurent immédiatement : Ramoïs, le petit joueur de flûte que Djoser avait ramené de Denderah, peu avant son couronnement. Depuis, il ne quittait plus le couple royal, qui l'avait installé dans un appartement du palais. L'année précédente, Ramoïs s'était lié d'amitié avec les deux marchands, tous deux amateurs de musique.

— Seigneur Mentoucheb, Seigneur Ayoun, soyez les bienvenus. Mon cœur se réjouit de vous revoir. La Grande Épouse Nefert'Iti[1] a été avertie de l'arrivée de votre navire. Elle m'a envoyé vers vous pour vous convier au palais.

— Que les dieux protègent Nefert'Iti, ami Ramoïs.

Cependant, aussi bien Mentoucheb qu'Ayoun avaient peine à imaginer, derrière cette titulature royale, la jeune femme farouche avec laquelle ils avaient partagé tant d'aventures trois ans plus tôt. Elle portait alors encore son nom d'enfant : Thanys. Ils se réjouissaient de la revoir, mais ces retrouvailles les impressionnaient un peu : elle était devenue la reine du Double-Pays. Les accueillerait-elle toujours avec la même simplicité ?

À la fois joyeux et anxieux, les deux hommes suivirent le jeune musicien à l'intérieur de la cité, qui semblait s'être encore agrandie depuis leur dernière visite.

---

1. Nefert'Iti : littéralement, « la Belle qui vient ici ». À l'origine, ce nom fut donné à la déesse-lionne Sekhmet lorsque, selon la légende, elle revint vers son père, Rê, après avoir anéanti les hommes en raison de leurs mœurs dépravées. Comme le nom de Cléopâtre, il fut sans doute porté par plusieurs femmes. La plus célèbre d'entre elles fut l'épouse d'Akhenaton, le pharaon hérétique.

Mennof-Rê s'étendait sur la rive occidentale du Nil, entre le fleuve divin et un canal parallèle alimenté par le lac Moêr[1], à une trentaine de miles[2] au sud. Au-delà du canal commençait l'Esplanade de Rê, où les anciens avaient coutume de faire bâtir leurs demeures d'éternité. Djoser avait rebaptisé l'endroit Saqqarâh, en l'honneur du faucon sacré qu'il avait sauvé dans l'île d'Osiris, au-delà de la Première cataracte. En bordure du plateau se dressaient les tombeaux des rois, ceux des grands fonctionnaires, de riches commerçants, et même de personnes plus modestes. Par malheur, ils subissaient tous les assauts des pillards, attirés par les richesses offertes pieusement aux disparus. Ramoïs expliqua :

— Le roi Djoser a renforcé la phalange des gardes chargés de surveiller les lieux, mais le plateau est si vaste que cela n'empêche pas les voleurs d'agir. Les mastabas du dieu bon Khâsekhemoui et de son fils Sanakht ont été saccagés. Il y a deux décades, on a capturé quelques-uns de ces bandits. Leurs têtes doivent sauter aujourd'hui. Cela n'a pas empêché les autres de continuer.

Au-delà du port se dressait la citadelle des Murs Blancs, édifiée autrefois par le grand Horus-Ménès, mais que les rois précédant Djoser avaient laissée à l'abandon. Chacun avait en mémoire l'invasion édomite repoussée trois ans plus tôt par le roi, alors qu'il n'était pas encore destiné à monter sur le trône. Il

---

1. Le lac Moêr (ou Moeris) : lac de la région du Fayoum, situé à l'ouest du Nil, et alimenté par un bras du fleuve.
2. Un mile : environ 2,5 kilomètres. Voir annexe sur les mesures égyptiennes.

s'en était fallu de peu que l'ennemi ne parvînt à investir la ville.

Aussi, sur la suggestion de son frère, Sanakht avait commencé à restaurer les remparts. Sa mort précoce l'avait empêché de mener son projet à terme, mais Djoser avait poursuivi son œuvre.

En maints endroits la muraille à redans avait été consolidée, parfois entièrement reconstruite. Le long de l'enceinte se dressaient d'innombrables échafaudages sur lesquels s'affairaient des grappes d'ouvriers. Des traîneaux tirés par des bœufs ou des ânes apportaient des milliers de briques d'argile fabriquées sur les rives du fleuve. Des travailleurs les montaient, les plaçaient. On enduisait ensuite les murs d'un revêtement à la chaux qui séchait en donnant un blanc éblouissant. Haute d'une vingtaine de coudées[1], la muraille paraissait un immense joyau captant la lumière du soleil.

Quittant le port à la suite du jeune homme, les deux marchands pénétrèrent dans la cité, en direction du palais royal, la Grande Demeure. Ils constatèrent aussitôt que certains quartiers s'étaient métamorphosés. Les vieilles bâtisses lépreuses avaient disparu, faisant place à des demeures somptueuses et des habitations à étages destinées à recevoir les familles des artisans venus des Deux-Royaumes. Un joyeux vacarme faisait vibrer le cœur de la cité. Des nuées d'enfants bruyants couraient dans les rues.

Sur les places de marché flottait une symphonie d'odeurs entremêlées, parfums pénétrants des épices

---

1. Une coudée = 0,524 m. Voir annexe sur les mesures égyptiennes.

multicolores, effluves épais remontant du Nil, arômes appétissants échappés des boulangeries, bouquet des fleurs, exhalaisons agressives des étals de poissons proposés par les pêcheurs, senteurs fortes des troupeaux de chèvres et de moutons que des bergers poussaient le long des ruisseaux-égouts creusant le centre des rues. De petits ânes placides aux yeux doux transportaient vaillamment de lourds fardeaux, parfois un riche commerçant ou un haut fonctionnaire.

À force de voyager, les deux hommes avaient appris à percevoir l'atmosphère régnant dans chaque cité qu'ils visitaient. La férule d'un tyran y faisait peser la terreur et la mélancolie. À l'inverse, la présence d'un roi généreux se traduisait par des sujets heureux.

Pour avoir connu Mennof-Rê avant l'avènement de Djoser, Mentoucheb et Ayoun remarquèrent très vite un changement, déjà constaté dans les villes traversées dans le Delta. Une bonne humeur collective épanouissait les visages. Jamais les marchés n'avaient regorgé d'autant de richesses. Les mendiants se faisaient rares au coin des ruelles. Les femmes étaient plus attirantes, vêtues d'étoffes toutes plus fines les unes que les autres. Les échoppes des artisans retentissaient de chants et d'appels joyeux. On avait élargi les rues. De nouveaux temples et chapelles s'élevaient sur les vestiges des anciens. Le quartier des marchands s'était agrandi et proposait des articles provenant de tout le monde connu. Des négociants arrivant des pays lointains s'y pressaient, et l'on s'y exprimait dans d'innombrables langues ou dialectes, au grand désarroi des scribes royaux chargés du suivi des échanges.

La raison de cette explosion tenait à un essor économique sans précédent dans l'histoire des Deux-Terres. Avec clairvoyance, le roi Djoser avait su s'entourer de ministres compétents et efficaces, qui avaient misé sur le développement du commerce, sur le fait que les paysans propriétaires de leurs terres les travaillaient avec plus de cœur. Le rendement était meilleur et chacun y trouvait son compte. Les scribes, armés de leurs calames et de leurs tablettes, avaient proliféré, tenant une comptabilité rigoureuse de toutes les opérations commerciales.

Le roi régnait depuis à peine plus d'une année, et déjà Mennof-Rê était devenue la plus grande ville d'Égypte, et peut-être du monde. Mais Djoser, incarnation vivante d'Horus, maître du ciel, n'était-il pas un dieu ? Mentoucheb et Ayoun avaient déjà eu l'occasion de constater la popularité extraordinaire dont il jouissait auprès du peuple, tout comme son épouse Nefert'Iti. Racontée volontiers par les guerriers qui les avaient accompagnés pendant leur voyage triomphal depuis la lointaine Nubie, leur légende avait fait le tour de la population ; jusque dans la plus humble des demeures, les enfants ouvraient des yeux émerveillés aux récits de la belle Thanys apprivoisant les animaux les plus dangereux, anéantissant par le souffle de Sekhmet les pirates qui l'avaient capturée ; on ne se lassait pas de répéter les formidables exploits guerriers du jeune souverain, qui avait repoussé l'envahisseur édomite, asservi les pillards de Kattarâ et vaincu l'usurpateur Nekoufer avec le secours du dieu-Soleil lui-même. Jamais de mémoire d'ancien, un couple de souverains n'avait suscité dans le peuple un tel sentiment de vénération, hormis le grand Horus Ménès lui-même.

Il y avait aussi cet homme mystérieux dont le roi Neteri-Khet[1] avait fait son plus proche conseiller, et dont on disait qu'il était le plus grand magicien que le monde eût jamais connu. Sa réputation de médecin avait déjà franchi les frontières des Deux-Royaumes. À ce que l'on disait, de grands personnages venus des mondes lointains accouraient pour implorer le secours de sa science.

La rumeur prétendait que le roi Khâsekhemoui l'avait chassé plus de vingt ans auparavant, alors qu'il n'était qu'un jeune noble, propriétaire d'un atelier de fabrication de vases de pierre. Mais nombreux étaient ceux qui pensaient que ce grand seigneur n'était autre que l'incarnation de Thôt, le neter de la Connaissance et des symboles sacrés. Son savoir était celui du dieu lui-même. De ses voyages, il avait rapporté une fortune immense qui avait fait de lui le personnage le plus puissant de Kemit, immédiatement après l'Horus.

Une large avenue remontait du port et menait vers la place du palais royal. Pourtant, Ramoïs effectua un détour qui mena le trio vers un jardin immense cerné par un mur de brique de faible hauteur.

— Mais il y avait une maison ici, autrefois, s'étonna Ayoun.

— La demeure du traître Pherâ ! expliqua le

---

1. Neteri-Khet : nom royal de Djoser.

joueur de flûte. Après sa disgrâce, l'Horus a réquisitionné sa propriété. Et il l'a offerte à la reine. Elle l'a transformée en un parc qui a agrandi les jardins de la Grande Demeure. Venez !

Le garçon les entraîna vers les allées bordant des massifs soigneusement entretenus par une armée de jardiniers. Les aménagements devaient beaucoup à l'imagination de Thanys. Ils reconnaissaient son goût pour certaines fleurs, comme les roses, qui éclataient partout en buissons colorés.

Mais ce n'était pas la seule surprise réservée par le parc. Les dépendances de l'ancien vizir abritaient désormais des volières remplies d'oiseaux de toutes sortes, originaires de tous les endroits du monde. On rencontrait ainsi des ibis, des flamants roses, des perroquets, des toucans, des grues, des hérons, ainsi que nombre de rapaces. De vastes enclos accueillaient des singes de toutes tailles, depuis les puissants gorilles, venus des lointaines montagnes du sud de Pount, jusqu'aux minuscules ouistitis, en passant par des gibbons et autres chimpanzés. D'autres servaient de logis à des zèbres, des antilopes bleues, des éléphants et même un couple de girafes. De larges fosses avaient été creusées, qui abritaient lions, hyènes, chacals et léopards. Il ne se passait pas un jour sans que la souveraine ne reçût un nouvel animal en provenance d'un nome éloigné. Gouverneurs et nobles connaissaient ses goûts, et chacun savait qu'il était important de s'attirer ses faveurs si l'on voulait obtenir celles du roi.

Cette partie des jardins royaux, ouverte à la population, était devenue un lieu de rendez-vous pour les citadins, tant pour la curiosité que constituaient les animaux que pour le plaisir d'apercevoir l'épouse de l'Horus. Thanys passait beaucoup de temps en compagnie des esclaves chargés de l'alimentation des bêtes. Ramoïs se tourna vers les marchands.

— La Grande Épouse vous attend, nobles seigneurs !

2

À quelques pas de là, Thanys, confortablement installée dans un fauteuil bas muni de coussins, regardait ses suivantes, épouses ou filles de grands seigneurs, s'amuser à nourrir un jeune lionceau femelle dont la mère avait été tuée au cours d'une partie de chasse. Semourê, cousin du roi, chef de la Garde royale, et auteur de l'exploit, avait recueilli l'orphelin dont il avait fait don à la reine. Plus loin, les deux esclaves offertes par Imhotep jouaient avec Khirâ et Seschi, aujourd'hui âgés de deux ans. Thanys souriait distraitement aux cris de joie et de frayeur mêlées que poussaient les deux bambins lorsque des singes espiègles venaient leur chiper la nourriture dans la main. Khirâ, plus hardie, ou peut-être plus inconsciente que Seschi, n'hésitait pas à courir après les animaux, mais revenait se réfugier en criant dans les bras de sa nourrice lorsque l'un d'eux se retournait. Seschi se plaçait alors devant elle comme pour la protéger, tenant courageusement le petit bâton en forme de glaive que lui avait fabriqué son père.

Khirâ et Seschi se considéraient comme frère et

sœur. Ils n'avaient pourtant aucun sang commun. Seschi était le fils de Djoser et de Lethis, sa première compagne, qui avait donné sa vie pour le sauver d'une attaque commanditée par l'usurpateur Nekoufer.

Quant à Khirâ...

Thanys revit la baie protégée de Siyutra, les marins sumériens massacrés par les pirates de Khacheb le pervers, un homme qu'elle avait cru aimer d'une passion déchirante, qui s'était achevée par un viol horrible. Elle s'en était vengée d'une façon épouvantable en détruisant Siyutra. Des images insoutenables tourmentaient encore son esprit : l'incendie dévorant la cité, les rues transformées en brasier, le corps de Khacheb s'écroulant dans les flammes, après lui avoir hurlé une dernière fois son amour et sa haine mêlés.

Khirâ était le fruit d'une nuit d'abjection, où la jeune esclave akkadienne Beryl s'était donné la mort après avoir subi les outrages des hommes de main du roi pirate. Parfois, le rire frais de la jeune fille revenait hanter les nuits de Thanys, qui s'était attachée à elle comme à une sœur. Khirâ avait vu le jour dans le désert de Pount, au milieu des lions. Thanys avait cru la haïr. Mais l'enfant n'était pas responsable de l'ignominie de son père. Alors, laissant s'exprimer son merveilleux instinct maternel, elle l'avait aimée.

Plus tard, lorsqu'enfin elle avait retrouvé Djoser, celui-ci avait naturellement adopté la petite, comme elle-même avait adopté Seschi. Tous deux les considéraient aujourd'hui comme leurs enfants.

Était-ce à cause de l'évocation de ces souvenirs douloureux ? Thanys ne parvenait pas à se défaire d'une anxiété incompréhensible, qui l'avait saisie depuis quelques jours. Elle enviait l'insouciance de ses compagnes, qui n'attendaient rien d'autre des dieux que de jouir pleinement de leur situation dans l'entourage de la reine.

Elle n'avait pourtant aucune raison de s'inquiéter. Que pouvait-on craindre ? Jamais le royaume n'avait été aussi florissant. Mennof-Rê était la cité la plus puissante d'Égypte, et sa forteresse des Murs Blancs inspirait la crainte. Les mages avaient interrogé les oracles : ils avaient prédit des années de prospérité pour l'Égypte. Malgré cela, il lui semblait déceler, derrière l'atmosphère d'enthousiasme et de gaieté qui régnait à présent, le spectre d'une menace insidieuse. Elle avait mis cette préoccupation inexplicable sur le compte des nausées qui la prenaient tous les matins. Celles-ci en revanche avaient une explication. Elle caressa son ventre à peine gonflé et sourit. Elle était sûre que cette fois il s'agirait d'un fils.

Soudain, son attention fut attirée par le trio contournant le bosquet de sycomores. Elle reconnut aussitôt le gros Mentoucheb et son filiforme ami Ayoun. D'autres images surgirent en elle, qui la ramenèrent dans la vallée du Hayarden, traversée trois ans plus tôt. Elle se dressa d'un bond et, négligeant l'étiquette, s'avança d'un pas alerte vers les arrivants.

— Soyez les bienvenus, mes fidèles compagnons, dit-elle en leur prenant les mains.

— Qu'Isis te protège, noble reine ! dirent-ils en chœur.

— Tu es encore plus belle qu'à notre dernière visite, ajouta Mentoucheb.

Il remarqua aussitôt le collier de cristaux orné d'une effigie d'or incrusté de pierres, représentant la déesse hippopotame Taoueret, qui protégeait les futures mamans. Un rapide coup d'œil sur le ventre de Thanys lui confirma ce qu'il avait deviné, et la jeune femme le comprit.

— Dans six mois, si tout va bien, les dieux m'accorderont un fils.

— C'est une nouvelle merveilleuse, noble reine, dit Ayoun en s'inclinant.

Thanys sourit.

— Oubliez le protocole, mes compagnons, et venez vous asseoir près de moi. Vous devez avoir mille histoires à me raconter. Parlez ! Que devient Sumer ? Et Gilgamesh, et Enkidu, et... tous les autres.

Ils prirent place sur des sièges que des esclaves apportèrent aussitôt, puis Mentoucheb prit la parole.

— Malgré quelques escarmouches çà et là, la Ligue semble devoir se former. Le roi Aggar de Kish a invité Gilgamesh afin de célébrer leur réconciliation. Ishtar s'est enfuie à Lagash où elle a séduit le lugal[1] Enmeralil, qui depuis traîne les pieds pour s'associer à la Ligue. Enkidu se porte à merveille. Gilgamesh écoute ses conseils, et la ville ne s'en porte que mieux. Enkidu est plus sage que le roi, et

---

1. Lugal : roi sumérien.

modère ses excès. Dans le Nord, on a commencé à reconstruire Til Barsip, qui fut entièrement détruite par les grandes inondations.

Tandis qu'on leur apportait de la bière et des friandises, les deux hommes poursuivirent leur narration. Cependant, Mentoucheb, fin psychologue, ressentit très vite, derrière la gaieté affectée de Thanys, l'anxiété qu'elle cherchait à dissimuler.

Plus tard, tandis qu'Ayoun bavardait avec les dames de compagnie, il prit familièrement le bras de Thanys et l'entraîna à l'écart.

— Un souci te ronge, ma reine.

Ce n'était pas une question. La jeune femme soupira.

— Peut-être est-ce cet enfant qui me rend malade. Une femme enceinte est souvent sujette à des angoisses.

Mentoucheb ne dit mot. Il devinait que derrière ces paroles se dissimulait autre chose, qu'elle ne pouvait formuler. Pour avoir partagé le pain et la bière avec elle pendant plusieurs mois, il connaissait bien Thanys. L'expérience passée lui avait prouvé que son intuition était toujours fondée. Les dieux l'avaient dotée du don de pressentir les événements. La cité d'apparence si accueillante lui parut soudain inquiétante, comme s'il percevait à présent lui aussi la menace imprécise qui planait sur elle.

Pour tenter de dissiper son malaise, Thanys lui fit faire un tour complet de son parc. Soudain, un vacarme attira leur attention. Dans la rue qui longeait les jardins s'avançait un cortège houleux. Conspués et molestés par la foule hargneuse, une douzaine d'individus entravés progressaient avec difficulté, sous la protection précaire des gardes royaux.

— Ces hommes vont mourir, commenta Thanys nerveusement. Ils s'étaient introduits dans la demeure d'éternité du dieu bon Khâsekhemoui. On les mène à la place des Exécutions, où ils auront la tête coupée.

— Et tu n'aimes pas cela...

— Non !

— Ce sont des pilleurs de tombes. Des voleurs de la pire espèce !

— Je sais. Mais je ne peux chasser de mon esprit l'image de la hache brisant les nuques, déchirant les chairs. J'ai vu trop de morts sur les champs de bataille, et j'ai croisé trop souvent le regard affolé des agonisants lorsqu'ils savent qu'ils vont affronter le jugement d'Anubis et la plume de Maât.

— Les pillards ont toujours existé, ma reine. Il ne faut pas t'en alarmer. Ils doivent être punis.

— Djoser espère ainsi dissuader les autres. Mais je doute que cela soit efficace.

Ils s'étaient approchés des murailles dominant la rue. Reconnaissant la souveraine, la foule la salua avec affection. Thanys contempla les condamnés. Ils étaient maculés de boue et d'immondices. De longues traînées sanguinolentes zébraient leurs corps entièrement nus. Bien sûr, ces hommes avaient mérité leur sort. Mais le comportement de ses sujets l'effrayait. Ils semblaient des chacals acharnés sur un gibier qui ne pouvait se défendre. Un sentiment de dégoût lui fit tourner la tête.

Tout à coup, une voix criarde l'interpella. Elle se

tourna d'un bloc. L'un des condamnés, un Bédouin du désert de l'ouest, l'apostropha :

— Écoute mes paroles, chienne de reine ! Ma tête va tomber, je n'ai plus rien à perdre. Mais toi, retiens bien ce que je te dis ! La malédiction des dieux du désert pèse sur toi et les tiens !

Un garde abattit sa courbash[1] sur le dos de l'homme qui poussa un gémissement de douleur. Mais il se redressa et tendit le poing en direction de Thanys.

— N'oublie pas ! Tu es maudite ! Maudite !

Puis, sans cesser de la regarder, il partit d'un rire hystérique proche de la folie. Le fouet lui cingla les épaules, hachant son ricanement sonore. Un deuxième garde intervint afin de faire taire l'insolent. Livide, Thanys vit l'homme s'écrouler, tout en continuant à tendre le poing vers elle. Elle devinait son regard brillant de fièvre la fixer, s'agripper à elle malgré les coups.

Elle se détourna, puis s'éloigna précipitamment dans le parc. À ses oreilles résonnaient encore les échos du rire dément du prisonnier. Mentoucheb la suivit.

— Cela ne va pas, ma reine ?

Elle ne put répondre. Une nausée incoercible s'empara d'elle et elle se mit à vomir. Mentoucheb la soutint tandis que suivantes et esclaves se précipi-

---

1. Courbash : fouet en cuir d'hippopotame, surtout utilisé par les percepteurs pour punir ceux qui ne payaient pas leurs impôts. Son usage perdura jusqu'en 1883, date à laquelle il fut interdit par les Britanniques, qui occupaient alors l'Égypte.

taient vers elle. Enfin, elle parvint à reprendre son souffle.

— Ce n'est rien, souffla-t-elle. C'est passé.

Cependant, elle savait que jamais elle ne pourrait oublier le regard intense du condamné. Ce n'était pas seulement de la haine qui y brûlait, mais le reflet de quelque chose d'abominable, comme si un dieu inconnu et terrifiant s'était soudain dressé devant elle.

L'angoisse qui la hantait depuis quelques jours avait pris corps. Elle ignorait où et quand l'entité malfaisante allait frapper. Mais elle savait qu'elle n'allait pas tarder à se manifester.

3

Le vieil Hamourâ observa d'un œil satisfait la digue qu'il venait de refermer de quelques coups énergiques de sa pelle de bois. Cette année, Hâpy s'était montré généreux et les eaux étaient montées juste ce qu'il fallait pour fertiliser les champs sans inonder les îlots villageois. Les récoltes seraient bonnes. À présent, les jeunes pousses de blé et d'orge recouvraient la terre sombre d'une brume d'un vert tendre et prometteur. Hamourâ adressa une brève prière à Renenouete, la déesse serpent de la fertilité, afin que le blé levât bien. Puis il remercia le dieu Neteri-Khet qui régnait à présent sur le Double-Pays, en compagnie de la reine, la très belle Nefert'Iti. Comme il l'avait promis lors de son couronnement, le roi avait diminué les taxes, et les riches seigneurs ne s'enrichissaient plus au détriment des paysans et des artisans. Il avait su redonner aux Égyptiens la fierté et la dignité. Chacun mangeait aujourd'hui à sa faim, et on lui en était reconnaissant.

Hamourâ vouait une véritable adoration au couple royal. Il gardait en mémoire le jour de leur couronnement, et celui, plus récent, où il s'était rendu dans la capitale, et où il avait eu la surprise de les croiser dans le quartier des artisans, alors qu'ils rendaient visite à l'un d'eux. Contrairement aux rois précédents, ils n'utilisaient pas la litière traditionnelle pour se déplacer ; ils allaient à pied, et n'hésitaient pas à bavarder en toute simplicité avec les plus modestes de leurs sujets. Ainsi lui avaient-ils adressé la parole. Chaque mot qu'ils avaient prononcé restait gravé dans sa mémoire.

Tous deux étaient sans aucun doute les vivantes images d'Horus et d'Hathor. Jamais le pays n'avait connu une telle prospérité. Sans que l'on pût expliquer pourquoi, on sentait qu'il s'était passé quelque chose sur la terre sacrée d'Égypte. Depuis une année, la vie était plus douce, plus facile, plus joyeuse. Comme si les dieux avaient étendu leur protection sur le Double-Pays...

Lui-même était heureux de vivre à proximité d'Iounou[1], la ville du soleil, où régnait le seigneur Imhotep. Hamourâ avait bénéficié de ses soins, deux mois auparavant, parce qu'il souffrait de douleurs dans les bras et les jambes. Le seigneur Imhotep lui avait recommandé des tisanes et lui avait offert des cristaux magiques sertis dans du cuivre qu'il ne quittait plus depuis. Et ses douleurs avaient sensiblement diminué. Cet homme était bien le plus grand savant qu'il ait jamais rencontré. Son savoir était universel. On le disait médecin, mais il connaissait l'art de la

---

1. Iounou. Nom hiéroglyphique d'Héliopolis. On dit aussi « On » ou « Ounou ».

pierre mieux que les sculpteurs eux-mêmes. On le disait astronome parce qu'il savait percer les secrets des étoiles bien mieux que les mages de la Grande Demeure. Et surtout, n'était-il pas l'ami unique de l'Horus Djoser ? Hamourâ était fier de dépendre d'un seigneur aussi proche des dieux.

Lentement, le vieil homme reprit le chemin du village, distant d'un demi-mile. Soudain, alors qu'il traversait un bosquet de palmiers, son attention fut attirée par un élément insolite. Un pied dépassait d'un buisson. Il crut tout d'abord avoir affaire à un ivrogne ayant abusé de la bière. Il s'avança pour lui porter secours. Le pied était menu. Sans doute s'agissait-il d'un adolescent imprudent.

Il écarta les buissons avec son bâton... et poussa un cri d'horreur. Sous ses yeux était allongé le corps d'une jeune femme dénudée, couvert de sang séché. Sa gorge avait été tranchée si violemment que sa tête était en partie décollée du tronc. Son ventre n'était plus qu'une plaie béante. Autour d'elle bourdonnait déjà un essaim de mouches voraces. Chancelant, Hamourâ recula, puis se mit à courir en direction du village.

Quelques instants plus tard, la population avait envahi les lieux, précédée par une escouade de gardes, dirigés par le capitaine Khersethi. Celui-ci dut serrer les dents pour ne pas céder à la nausée qui lui tordait l'estomac. Il était impossible de déterminer ce qui avait pu provoquer les terribles blessures : crocs d'animaux ou armes humaines.

— On dirait qu'ils se sont acharnés sur elle, fit remarquer un soldat au visage blême.

— Ce ne sont pas des hommes qui ont pu faire ça ! ajouta un autre d'un ton lugubre.

Cependant, la jeune femme fut rapidement identifiée.

— Elle s'appelait Khanout, dit le maire, le visage sombre. Son père est mort l'année dernière.

Soutenue par un jeune homme hébété, une vieille femme sanglotait en contemplant le corps mutilé de la victime. D'une voix hachée par la douleur, elle s'adressa au capitaine des gardes, Khersethi.

— Qui a pu faire ça, Seigneur ?

— C'est ce que nous allons tenter de découvrir, vieille femme. Quand l'as-tu vue pour la dernière fois ?

Le jeune homme prit la parole.

— Elle nous a rendu visite hier soir. Son mari est parti mener les troupeaux dans le Delta. Lorsqu'elle est sortie avec ses enfants pour aller chercher de l'eau. Nous avons pensé qu'elle avait regagné sa maison. Nous ne nous sommes pas inquiétés.

— Elle avait des enfants ?

— Un garçon de quatre ans et une petite fille de deux.

— Où sont-ils ?

Le jeune homme pâlit.

— Je... Je ne sais pas.

On fouilla aussitôt fébrilement les buissons alentour. Sans succès. Les bambins avaient disparu. Refusant l'échec, Khersethi fit rassembler tous les hommes valides du village et organisa une battue dans la région. Le jeune capitaine lui-même se mit en route, accompagné de son chien, un superbe lévrier qu'il utilisait d'ordinaire pour la chasse à la gazelle.

Ce fut sans doute le flair de l'animal et l'obstination de son maître qui permirent de découvrir, peu avant le crépuscule, un petit garçon aux yeux emplis de terreur, qui avait trouvé refuge dans un terrier abandonné. Des quelques paroles qu'il laissa échapper entre deux crises de larmes, il ressortit que sa mère avait été « attaquée par une chose à la tête monstrueuse qui lui avait fait très mal ». Puis la chose avait attrapé sa petite sœur et couru derrière lui. Mais il lui avait échappé en se cachant « dans la terre ».

Le récit haché de sanglots de l'enfant provoqua des réactions diverses. Pour certains, la mère de l'enfant avait été victime d'un fou sanguinaire que l'on arrêterait bientôt. Peut-être était-ce une manière de se rassurer. D'autres pensaient qu'elle avait été victime d'un affrit, l'un de ces esprits malfaisants qui hantent le désert pour égarer le voyageur.

D'autres enfin estimaient que cette chose inconnue était sans doute bien plus redoutable qu'un esprit du désert. À mots couverts, on commença à évoquer l'attaque d'un monstre terrifiant qui rôdait certainement encore dans les environs. Il y avait donc peu de chance pour que l'on retrouvât la petite fille vivante.

Perplexe, Khersethi revint sur les lieux du crime. Le corps de la jeune femme avait été enlevé par les siens, mais des taches de sang maculaient le sable, dernières traces du drame. Il avait peine à croire à l'existence d'une créature abominable et anthropophage. Pourtant, rien ne pouvait expliquer les blessures atroces de la victime. On aurait dit que ses assassins avaient pris un plaisir pervers à la frapper, même après qu'elle fut morte.

Le petit garçon avait parlé d'une « chose à la tête monstrueuse ». Alors, s'il ne s'agissait pas d'êtres humains, qui ou *quoi* avait tué la jeune femme et enlevé sa petite fille ?

4

La nef royale, poussée par le courant, descendait le bras oriental du Nil, en direction d'Iounou, distante d'une quinzaine de miles. Djoser et Thanys répondaient à l'invitation de leur ami et père, Imhotep.

Installée à l'avant, Thanys contemplait les rives dérouler lentement leurs paysages d'émeraude, alternant palmeraies, champs marécageux et vastes étendues de papyrus. À l'apparition du navire, les paysans s'arrêtaient de travailler pour adresser de grands signes à leurs souverains.

L'anxiété n'avait pas quitté la jeune femme. Elle en avait parlé à son époux, qui avait tenté de la rassurer. Les mages de la capitale s'accordaient tous pour prédire aux Deux-Terres un essor sans précédent et des récoltes abondantes. Djoser ne pouvait croire à la malédiction jetée par le voleur. Sa menace ne reposait sur rien. Il avait seulement voulu se venger en semant le trouble dans l'esprit d'une femme fragilisée par son état. Thanys avait fini par se ranger à ces arguments. Peut-être souffrait-elle d'un mal étrange, dû à sa grossesse, qui l'amenait à imaginer des périls qui n'existaient pas. Pourtant, elle ne parvenait pas à chasser l'obscure sensation de malaise qui lui donnait parfois l'impression de se trouver au cœur d'un monde hostile, d'où un danger mortel pouvait surgir à tout instant.

Poussé par le courant, le navire parvint à destination vers le milieu de l'après-midi. Sur le quai, Thanys distingua les silhouettes de son père et de sa mère, Merneith, entourés des notables de la cité. Suivant la coutume, lorsque Djoser et Thanys débarquèrent, l'assistance se prosterna le front contre terre. Le nomarque, Menen-ptah, déclara :
— Lumière de l'Égypte, sois le bienvenu dans la cité de Rê-Horus ! Daigne étendre ta protection sur tes enfants qui t'aiment et se réjouissent de ta visite.
Au début de son règne, cette tradition avait embarrassé Djoser. Il estimait qu'aucun homme, fût-il roi, n'était suffisamment important pour que les autres rampassent ainsi devant lui. Mais Imhotep lui avait expliqué que c'était le dieu Horus que les Égyptiens vénéraient en lui. Il était le gardien de l'équilibre entre le monde des humains et celui des neters, le rempart contre Isfet, déesse du chaos, le maître de la vérité et de la justice. Djoser s'était donc habitué à cette coutume, qu'il supportait comme un mal nécessaire. Cependant, il ne pouvait s'empêcher de penser qu'un homme d'esprit faible, parvenu par erreur sur le trône divin, prendrait à son compte cet hommage rendu au dieu. Et une telle attitude ne pourrait que générer des excès contraires à sa signification sacrée.

Ayant satisfait à l'accueil rituel, Djoser releva ses hôtes, puis ouvrit les bras à Imhotep. Depuis le moment où ils s'étaient rencontrés, deux années auparavant, les relations entre les deux hommes avaient été marquées par l'affection et l'estime. L'intelligence intuitive de Djoser complétait admirablement celle d'Imhotep, qui se doublait d'une mémoire phénoménale. La maturité du père de Thanys tempérait la fougue du jeune souverain, parfois prompt à s'emporter lorsqu'il décelait autour de lui quelque chose ressemblant à une injustice ou à un manque de respect aux dieux. L'esprit de Djoser était à l'image de son corps : grand, puissant, généreux, bouillonnant d'énergie et d'idées. De l'enseignement de son vieux maître Merithrâ, il conservait une grande érudition et une certaine sagesse, bousculée parfois par un tempérament impétueux qui ne supportait ni lâcheté ni mesquinerie.

Cette ardeur trouvait son écho dans la passion qui vibrait dans l'esprit d'Imhotep, sur lequel l'âge ne semblait pas avoir de prise. Il se dégageait de lui une sensation paradoxale d'énergie et de sérénité, qui se traduisait par un amour immodéré de la vie. Ses nombreuses activités ne lui avaient pas permis de développer cet embonpoint de bon aloi qu'affectionnaient les riches égyptiens à partir d'un certain âge, et qu'ils considéraient comme le reflet extérieur de la réussite. Au contraire, Imhotep conservait un corps jeune et svelte, et seules quelques petites griffures autour des yeux trahissaient son âge. Elles ajoutaient au charme irrésistible de son regard vif. En tant que grand prêtre de Rê-Horus, son crâne était rasé ; de même, il s'épilait entièrement tous les trois jours, jusqu'aux sourcils.

Depuis le plus humble des esclaves jusqu'au nomarque Menen-ptah, tous les habitants du nome aimaient Imhotep. On avait l'impression que rien de mauvais ne pouvait arriver en sa présence. Était-ce dû à sa voix chaude et profonde, à son regard bienveillant, qui ne portait jamais de jugement et semblait ignorer la sévérité ? On aimait se trouver près de lui, l'écouter parler, un peu comme on écoute la voix d'un père.

À côté d'Imhotep se tenait Merneith, la mère de Thanys. Veuve du vieux général Hora-Hay, mort à l'époque de l'usurpateur Nekoufer, elle avait épousé Imhotep peu après son retour. Elle s'était trouvée ainsi libérée de la tutelle pénible de l'irascible Nerounet, qui avait conservé pour elle seule la vaste demeure du général. Malgré ses quarante-deux ans, jamais Merneith n'avait paru aussi jeune. Dans ses bras, un bébé de trois mois jetait autour de lui des regards chargés de curiosité.

— Par les dieux, ton fils est un gaillard vigoureux ! s'exclama Djoser.

Malgré les vingt années de séparation, les sentiments d'Imhotep et de Merneith n'avaient pas varié. L'ardeur qui les avait réunis n'avait pas tardé à porter ses fruits. Et Thanys s'était vue gratifiée d'un petit frère nommé Amanâou, que l'on appelait plus familièrement Nâou. Cet événement, parmi bien d'autres, avait contribué à constituer autour d'Imhotep et de sa femme un climat de vénération affectueuse de la part des habitants d'Iounou.

Parmi les personnages entourant Imhotep, Djoser reconnut Bekhen-Rê, l'architecte, et Hesirê, le maître sculpteur. Une bouffée de joie l'envahit. Il avait commandé à son ami les plans de son mastaba. Peut-être étaient-ils terminés. Ce fut avec bonne humeur qu'il pénétra dans la ville en compagnie de Thanys, tous deux négligeant la litière pour parcourir à pied le chemin menant du port à la demeure d'Imhotep. Derrière le couple royal venaient les dames de compagnie de la reine et quelques membres de la Cour, suivis de leurs porte-sandales et d'esclaves agitant des éventails de plumes d'autruche. Le vieux prêtre Sefmout lui-même, malgré sa jambe déficiente, avait profité de l'occasion pour rendre visite à son ami Imhotep.

Cité très ancienne consacrée au soleil, Iounou était l'une des plus belles villes des Deux-Terres. Une foule nombreuse se forma sur le cortège, composée d'artisans, de pêcheurs, et d'un nombre élevé de scribes et de religieux. Iounou était en effet le plus grand centre spirituel de l'Égypte, où des théories de prêtres aux crânes rasés discutaient à perdre haleine de points de théologie. Aussi se réjouissait-on de la visite du roi, qui, à ce titre, était le premier officiant du Double-Royaume.

Depuis son retour, Imhotep avait ordonné la restauration des temples dédiés à Rê-Horus. Sur une place s'élevait un haut monolithe taillé, que l'on appelait un tekhenou, ou pierre benben[1]. Devant l'étonnement de Thanys, Imhotep expliqua :

1. Pierre benben : obélisque (nom grec).

— Le benben représente les rayons de Rê lorsqu'il sortit du Noun, l'océan primordial. Il est la demeure de l'Oiseau benou[1], qui est le symbole de la mort et de la résurrection. On prétend que le Benou vit cinq cents ans. Lorsque vient son temps, il construit un nid qu'il parfume d'encens, y met le feu, et se couche sur le bûcher. Lorsque celui-ci n'est plus que cendres, un nouvel oiseau en surgit, plus jeune et plus fort que jamais. Car le Benou est immortel ; il s'enfante lui-même, il est à la fois le père et le fils.

— À quoi ressemble-t-il ?

— La légende dit qu'il rappelle le héron cendré qui s'envole à l'aube, comme engendré par la lumière du soleil naissant, Khepri-Rê.

Au cœur de la cité se dressait la demeure d'Imhotep, héritée de ses parents, qu'il avait restaurée et agrandie depuis son retour. Bouillonnant d'activité, il partageait son temps entre ses différentes passions, parmi lesquelles la médecine, l'astronomie et l'architecture. En vérité, tout l'intéressait. Parfois, il se plaignait à son inséparable compagnon, le nain Ouadji, de ne jamais avoir assez de temps.

— La vie d'un homme est bien trop courte pour connaître tous les secrets de ce monde. Plus j'apprends, et plus je découvre que je ne sais rien. Certains prétendent que l'esprit de Thôt vit en moi, mais je suis loin de posséder sa connaissance, hélas. Heureusement, les signes sacrés nous permettent de conserver le savoir. Avec l'aide de Sechat, déesse de

---

1. Le Phénix (nom grec).

l'écriture, il faut les protéger, mon ami, car ce sont eux qui transmettront le savoir à nos descendants.

Au-delà du jardin creusé d'un étang, il avait fait construire une maison dans laquelle il accueillait des malades. Ouadji y dirigeait avec fermeté une troupe d'élèves auxquels il enseignait les connaissances qu'il partageait avec Imhotep. Depuis plus d'une année, les malades s'y pressaient pour bénéficier des soins de celui que l'on considérait comme le plus grand médecin de tous les temps. Sa réputation avait déjà franchi les frontières de l'Égypte, et de hauts personnages venaient du Levant, d'Akkad et même de Sumer pour le rencontrer.

Dans une grande salle étaient installés une trentaine de lits occupés par des hommes ou des femmes dont l'état nécessitait des soins suivis. Une salle plus petite jouxtait la première, dans laquelle Imhotep pratiquait les opérations lorsque cela s'avérait nécessaire. Les étudiants avaient ainsi appris comment pratiquer une trépanation, remettre en place un membre déboîté ou recoudre une plaie. Chaque matin, ils attendaient la venue du maître afin de connaître son avis. Djoser et Thanys constatèrent que les malades étaient aussi bien des gens du peuple que de riches commerçants ou des nobles.

— Les hommes sont tous égaux devant la maladie, expliqua Imhotep. Elle bouleverse l'ordre établi. Face à la souffrance, les grands seigneurs abandonnent leur arrogance et deviennent plus humbles que le plus pauvre de leurs paysans, les puissants guerriers pleurent comme des enfants. Parfois, les enfants se montrent plus courageux que les adultes.

Les soins consistaient en breuvages, pommades, onguents, poses de bandages et d'attelles pour les membres luxés ou brisés. On pratiquait aussi des incantations magiques aux dieux. Mais Imhotep accordait une grande importance à la puissance des pierres. Il conseillait à ses patients le port de colliers sur lesquels étaient enfilés des cristaux dont l'action se révélait bénéfique pour combattre les maladies de chacun. Ainsi, il combattait la nervosité à l'aide du lapis-lazuli, les problèmes articulaires avec la malachite, la fièvre et les affections respiratoires avec l'ambre et la turquoise.

Il n'exigeait aucun paiement en retour de ses soins.

— Soulager les maux des hommes n'est pas un métier, disait-il. C'est un don des dieux. Un médecin ne doit jamais refuser de soigner un malade. De même, il ne doit jamais réclamer la moindre rétribution. C'est le malade qui décide, après sa guérison, de ce qu'il souhaite offrir au médecin, en fonction de sa richesse. La médecine doit être accessible à tous, même aux pauvres. Un médecin qui refuserait ce principe ne pourrait se prévaloir de son titre et devrait être condamné par ses pairs.

Il ne mentait pas aux malades. L'un d'eux, un gros marchand de Nekhen, semblait très mal en point. Après l'avoir examiné, Imhotep lui déclara :

— Ma science ne pourra pas te sauver, mon ami. À moins que les dieux ne changent d'avis, l'heure approche où tu devras te présenter devant Anubis. Je ne peux que soulager tes douleurs, mais tu dois te préparer au grand voyage qui t'attend sur le Nil céleste. Si tu as été un homme juste, tu n'as rien à redouter de la plume de Maât.

À d'autres, au contraire, il recommandait de lutter.

— Ton mal n'est pas aussi grave que tu le crois, dit-il à un jeune noble qui avait reçu une mauvaise blessure au cours d'une partie de chasse. Mais je ne peux rien faire seul. Si tu es persuadé que tu vas mourir, alors tu mourras. Si tu penses que tu dois vivre, le mal disparaîtra. C'est toi qui le feras reculer.

L'affectueuse compassion avec laquelle il s'adressait à ses patients ébranla Thanys. Chacun d'eux devait avoir l'impression qu'il ne s'occupait que de lui.

— Devant la maladie, l'homme est désarmé, expliqua-t-il. L'homme parle haut et fort lorsqu'il est bien portant, il se croit invulnérable, invincible. Mais la plus petite affection le prive de sa force, et il redevient comme un petit enfant. Il a peur, il souffre, il doute, et son comportement change du tout au tout. J'ai constaté des choses étonnantes. Ainsi, ceux qui paraissent faibles résistent parfois beaucoup mieux. Les femmes, par exemple, maîtrisent la douleur bien mieux que le plus féroce des guerriers. Chaque jour je découvre des choses nouvelles, qui m'amènent à penser que je suis un ignorant par rapport à ce qu'il faudrait savoir. En vérité, la seule chose fondamentale que j'ai apprise, c'est que pour soigner et guérir les hommes, il faut les aimer, les aimer vraiment. Et le lien que je noue avec chacun de ceux qui ont eu confiance en moi, qui m'ont offert de les soigner, ce lien-là est au-delà de tout ce qui se peut imaginer. Il reste entre eux et moi le souvenir de quelque chose de fort qui ne s'effacera pas. Tu ne peux imaginer la joie que je ressens lorsque je vois un malade que j'ai vu arriver mal en point repartir bien portant. Nombre de maladies me tiennent en échec. Mais chaque guérison est une victoire.

En vérité, Imhotep jouissait d'un don peu commun, que seul Ouadji partageait avec lui : il ressentait la maladie, la devinait comme si son patient avait été transparent. Il laissait ses mains parcourir son corps, débusquait les mauvaises combinaisons d'énergie. Souvent, la seule imposition de ses mains suffisait à soulager le malade.

Cela expliquait la véritable vénération dans laquelle le tenaient tous ceux qui, nobles ou paysans, avait bénéficié de ses soins. Certains avaient offert des ibis au temple de Thôt afin de le remercier pour leur guérison. Dans leur esprit, il ne faisait aucun doute qu'Imhotep était l'incarnation du dieu.

Malgré sa fortune, Imhotep se moquait du faste, et sa demeure conservait des dimensions modestes. Mais sa convivialité en faisait un lieu agréable, agencé autour d'un jardin peuplé d'essences inhabituelles, issues de plants ramenés de ses voyages par le maître des lieux. Au centre s'étirait un petit étang couvert de nénuphars et bordé par un dallage où les esclaves avaient installé des fauteuils et des tables basses chargées de victuailles, viandes rôties diverses, *achers*[1] de canard et d'oie, légumes et fruits,

---

1. Brochettes.

pains de toutes sortes. Disposées près de chaque convive, des amphores emplies de vin et de bière reposaient sur des selles percées. Des colonnes de granit soutenaient des lampes à huile dont les lueurs dorées combattaient la nuit naissante.

Chacun prit place. Thanys et sa mère, que leurs grossesses quasi simultanées avaient rapprochées, entamèrent un long bavardage. Tandis que les esclaves servaient les convives, des jeunes filles nues apparurent et se mirent à danser au son d'un petit orchestre composé de sistres, tambourins et harpes. Ramoïs, qui accompagnait le couple royal dans ses déplacements, mêla sa flûte aux autres instruments.

— Quelles nouvelles apportes-tu de Mennof-Rê ? demanda Imhotep à Djoser.

— La réfection des Murs Blancs se poursuit. J'ai aussi fait doubler la garde de Saqqarâh. Semourê a arrêté une douzaine de pillards. On les a exécutés voilà trois jours. Mais je crains que cela ne décourage pas les autres. Ces chiens n'ont aucun respect pour les maisons d'éternité. Ce qui m'exaspère, c'est qu'il y avait des Égyptiens parmi eux ! J'aurais aimé leur trancher la tête moi-même.

Sefmout intervint :

— Les richesses accumulées dans les tombeaux ont de tout temps attiré les voleurs, Majesté. Peribsen lui-même s'est emparé des trésors contenus dans les sépultures des anciens Horus et de tous les grands personnages ensevelis sur l'Esplanade de Rê. On dit même qu'il avait constitué sa fortune avec le fruit de ses rapines, et qu'il rémunérait ses mercenaires avec les richesses appartenant aux anciens rois. Ce trésor était si important que la guerre elle-même ne l'a pas épuisé.

— Qu'est-il donc devenu ? s'étonna Djoser.

— On l'ignore. Lorsque Peribsen disparut, ton père, le dieu bon Khâsekhemoui, pensa le récupérer pour le replacer dans les mastabas des rois. Il fit parler les prisonniers. Mais, même sous la torture, ceux-ci ne purent rien révéler. Le trésor avait disparu, comme s'il n'avait jamais existé. Depuis, nombre de légendes ont circulé. Certaines affirment que Peribsen l'aurait enfoui quelque part dans le désert de l'Ament[1]. On dit aussi que lui-même aurait été berné par l'un de ses lieutenants qui se serait enfui hors d'Égypte avec le trésor. En fait, on ne sait rien, et je crois que jamais il ne sera retrouvé.

— Il appartient aux anciens rois, s'exclama Djoser, furieux. Je vais ordonner une enquête.

— Ton père l'a déjà fait, Lumière de l'Égypte, répondit Sefmout avec résignation. Mais cela n'a mené nulle part.

— Et ce pillage infâme continue ! rugit Djoser. Je ne peux tout de même pas affecter une armée pour la seule garde de Saqqarâh.

Plus tard dans la soirée, Imhotep invita le roi à le suivre sur la terrasse bordant les jardins, depuis lesquels on dominait la ville et les rives du Nil. À l'occident, un soleil rouge se couchait sur le Delta, d'où montait une rumeur sourde, un kaléidoscope sonore fait de cris d'oiseaux, d'appels de paysans, des gron-

---

1. L'Ament ou Amenti : désert occidental, où les Égyptiens situaient le royaume des morts.

dements des prédateurs du crépuscule. À la limite de la terrasse, Djoser et Imhotep contemplèrent longuement le paysage empreint de sérénité et de magie, en cet instant mystérieux où la lumière du jour lutte contre les ombres rampantes de la nuit naissante. Puis le roi déclara :

— Tu sembles soucieux, mon fidèle ami. Dis-moi quel tourment peut ainsi troubler le grand Imhotep.

— J'ai longuement interrogé les oracles, répondit-il après un silence. Certaines conjonctions laissent apparaître des anomalies incompréhensibles. *A priori*, les présages semblent favorables. Pourtant, les signes magiques laissent apparaître des éléments bizarres, comme si une menace imprécise rôdait aux frontières des Deux-Terres.

— Une menace ? Mais j'ai conclu la paix avec tous nos anciens ennemis.

— Il ne s'agit pas d'un ennemi humain. On dirait plutôt qu'une entité néfaste se forme, qui met en péril l'harmonie même de nos dieux. C'est pour cette raison que je t'ai demandé de venir. Je dois te montrer quelque chose.

5

Imhotep entraîna Djoser à l'arrière de la demeure, dans une salle sombre dont les murs s'ornaient de fresques peintes. Une demi-douzaine de guerriers, ceux-là mêmes qui l'avaient suivi dans ses voyages, semblaient avoir élu domicile sur place. Ils se prosternèrent devant le roi pour le saluer. Imhotep se dirigea vers une niche dans laquelle il manœuvra un mécanisme secret. Indécelable parmi les fresques, une ouverture se découpa, révélant un escalier qui s'enfonçait dans les profondeurs du sol. Ils parvinrent ainsi dans une galerie creusée dans la roche, éclairée par des lampes à huile. Derrière une lourde porte de bois s'ouvrait une vaste crypte où régnait une agréable fraîcheur. Des alvéoles comportaient de nombreux rouleaux soigneusement ordonnés. Imhotep en préleva quelques-uns.

— Seuls Bekhen-Rê et Hesirê sont dans le secret, confia-t-il. Encore ne possèdent-ils que la partie qui leur revient. Personne, à part moi, ne connaît le projet dans sa totalité.

Le visage de Djoser s'illumina.

— Tu as donc achevé les plans de ma demeure d'éternité !

— C'est exact, ils sont terminés. Nous allons bientôt pouvoir entreprendre la construction.

Cependant, l'attitude d'Imhotep intriguait le roi. Il regarda autour de lui, un peu surpris par l'étrangeté de l'endroit.

— Mais pourquoi tout ce mystère ? La construction d'un mastaba n'est pas un secret.

— Ce ne sera pas un mastaba. Regarde !

Il déroula un papyrus sur la grande table qui trônait au centre. Sous les yeux éberlués du souverain apparut un dessin complexe, un gigantesque carré double dans lequel s'inscrivaient des figures géométriques régulières marquées de chiffres énigmatiques. La plus importante, de forme rectangulaire, se bordait au nord d'un second dessin plus modeste.

— Voici le plan d'ensemble de la cité consacrée aux dieux que je te propose de construire sur le plateau de Saqqarâh.

— Une cité sacrée ?

Imhotep ne répondit pas directement.

— Tu as bien décidé que le culte d'Horus serait celui du roi ?

— C'est vrai. Je veux éviter à l'Égypte de connaître à nouveau de stupides déchirements internes à cause de cette opposition entre les partisans d'Horus et ceux de Seth. Nous avons déjà fort à faire avec les menaces des Édomites et des Peuples de la Mer.

— Alors il faut affirmer ta volonté en l'appuyant sur un monument exceptionnel, dont le monde n'a encore jamais connu l'équivalent. Cette cité ne sera pas uniquement un tombeau, mais aussi le symbole de la puissance royale, et le lien entre le monde des hommes et celui des dieux.

— Explique-toi !

— Regarde ce plan ! Dans cet angle se situeront les chapelles dédiées aux dieux principaux. Ici, le premier d'entre eux, Atoum, celui qui est et qui n'est pas, le dieu créateur qui s'est enfanté lui-même à partir du Noun, l'Océan primordial.

— On dit aussi qu'il est issu d'une fleur de lotus flottant à la surface des eaux originelles, observa Djoser.

— C'est un symbole. De lui sont nés Shou, l'air, et Tefnout, l'humidité, qui ont à leur tour engendré Geb, le dieu de la Terre, et Nout, la déesse du ciel et des étoiles. Geb et Nout ont enfanté ensuite Osiris, Isis, Seth et Nephtys. Ces neuf dieux constituent la grande Ennéade. Nous bâtirons une chapelle pour chacun d'eux.

Il désigna, sur le plan, une succession d'emplacements.

— Et Horus ? s'inquiéta le roi.

— Il y a dix chapelles, fit remarquer Imhotep. Horus est le Dixième élément. En lui, les autres dieux retrouvent leur unité.

Djoser médita un instant, puis déclara :

— Horus est le dieu de Ménès l'unificateur. Pourtant, à Mennof-Rê, les anciens estimaient que le plus puissant des dieux était Ptah.

— Horus a de multiples visages. Ptah est celui qu'il offre aux artisans, car il est artisan lui-même. Rê est le nom qu'il porte quand il est le soleil au milieu du jour. Seth est son reflet dans les ténèbres, le destructeur stérile et sec qui donne la mort, mais qui permet aussi la résurrection. Selon les cités, Horus porte plusieurs noms : à Nekhen, il est Hor-Nedj-Itef, le sauveur d'Osiris ; à Kom-Ombo, à Yêb, on l'appelle Haroeris, où son épouse n'est plus la belle Hathor, mais Tefnout ; à Khent-Min, il devient Hor-Min-Nakht, frère de Min, dieu de la fertilité. En vérité, les noms des dieux importent peu. Seules comptent les puissances qu'ils représentent. Des puissances qui s'unissent et s'harmonisent selon la Maât, en Horus, le maître du ciel et de la Terre. Il est la Vie, il est la Lumière. La cité de Saqqarâh sera à son image.

Enthousiasmé, Djoser examina attentivement le plan.

— Que représentent ces deux dessins ?

— Nous construirons à cet endroit deux maisons en opposition symbolisant la Haute- et la Basse-Égypte. Elles seront édifiées sur la même base que les chapelles de roseaux utilisées pour la fête du Heb-Sed. Mais celles-ci ne disparaîtront pas, parce qu'elles seront bâties en pierre !

— En pierre ?

— La brique n'est qu'une fabrication humaine. Les vents du désert finissent par l'assécher, l'effriter. Dans quelques siècles, que restera-t-il des mastabas des anciens rois ? Quelques ruines informes qui finiront par se mêler au sable du désert. La pierre, qu'elle soit calcaire ou granit, est issue des dieux. Elle perdurera bien après que nous aurons gagné le royaume d'Osiris. Des dizaines, des centaines de générations se succéderont, qui contempleront cette ville sacrée alors que l'on aura presque tout oublié de nous. Ainsi, ton règne durera-t-il véritablement *un million de Heb-Sed*.

Djoser se pencha de nouveau sur le papyrus, tentant de percer le mystère des nombres étranges inscrits dans les carrés et les rectangles qui semblaient se juxtaposer avec une singulière harmonie. L'un d'eux, beaucoup plus grand que les autres, attira son attention.

— Et là, que signifie cette figure ?

— Il s'agit de ta demeure d'éternité : un monument plus grand que tous ceux jamais bâtis en Égypte, à Sumer ou ailleurs. Elle aura cent vingt coudées de haut.

— Cent vingt coudées ? C'est impossible Aucun édifice ne peut atteindre une telle hauteur !

— Sauf s'il est bâti en pierre, justement ! rétorqua Imhotep. Son cœur sera fondé sur un mastaba carré, au-dessous duquel seront installées les sépultures, dans des galeries que nous creuserons dans la roche du plateau. Sur ce mastaba je construirai une pyramide à six niveaux, qui symboliseront les marches grâce auxquelles tu monteras vers le soleil lorsque ton temps sera venu de rejoindre les étoiles.

Djoser se redressa, un peu étourdi. Jamais il n'aurait osé imaginer un monument aussi colossal. Même les magnifiques temples de Sumer ne pourraient lui être comparés.

— Tout cela n'est-il pas trop, ô Imhotep ? Jamais on n'a construit un tel tombeau pour aucun de mes prédécesseurs.

— Tu es plus qu'un homme, Djoser. Ce n'est pas

pour l'homme que nous le construirons, mais pour le dieu que tu représentes. N'oublie pas que tu es l'incarnation d'Horus. À travers toi, c'est à lui que sera consacrée cette pyramide.

Imhotep marqua un court silence et ajouta :

— Et puis, quel pilleur oserait s'en prendre à une telle cité sacrée ?

Indiquant un point sur le plan, l'extrémité sud-est du grand carré, il renchérit :

— Elle sera protégée par une enceinte semblable aux Murs Blancs. Cette enceinte ne comportera qu'une seule véritable entrée. J'ajouterai quatorze fausses portes, simulées dans la muraille. Seuls les initiés pourront pénétrer dans la cité sacrée. La pyramide doit demeurer un mystère pour les autres, afin de frapper les imaginations.

Djoser étudia le plan avec un mélange d'exaltation et de perplexité.

— Cela va représenter un travail colossal ! Où trouver un nombre d'ouvriers suffisant ? Et comment les payer ?

— Cette cité sacrée ne sera pas seulement ta demeure d'éternité, ô Djoser. Elle sera aussi le lieu saint où seront reliés le Nil terrestre et le Nil céleste, où se mêleront, selon la Maât, le monde des neters et celui des hommes. Tous les Égyptiens jusqu'au plus humble d'entre eux auront à cœur d'apporter leur contribution à sa construction. Elle sera l'œuvre de tout un peuple porté par la foi qu'il accorde à ses dieux.

Imhotep se tut un instant, puis précisa :

— Chaque année, pendant les mois où Hâpy

recouvre les prés et les champs de ses eaux généreuses, les paysans ne peuvent plus travailler. Ce sera pour eux le temps de se consacrer à l'édification de la cité. Tu as allégé les taxes et les redevances, ils te doivent bien ça.

Djoser ne répondit pas immédiatement. Il suivait de près les finances du royaume et savait que le projet était réalisable. Kemit vivait actuellement un essor formidable. Peut-être les dieux souhaitaient-ils le concrétiser par l'édification d'un site à l'image de cet épanouissement.

Imhotep insista :

— Cette cité constitue le plus sûr moyen de lutter contre la menace dont je t'ai parlé tout à l'heure. Je ne sais où et quand elle se manifestera, mais je crains qu'il ne s'agisse d'un danger bien plus terrifiant que celui que représentait Nekoufer. Kemit vit actuellement une véritable métamorphose. Sa puissance s'accroît, son commerce se développe, ses habitants prospèrent. Mais tout cela peut aussi donner naissance à des mouvements contraires, qui, s'appuyant sur la puissance nouvelle du Double-Pays, l'entraîneront vers la barbarie et le chaos. Ainsi parlent les signes magiques.

— De quoi s'agit-il ?

— Je l'ignore encore. Thanys elle aussi ressent cette présence inquiétante. Car elle la menace directement.

Une brusque inquiétude s'empara de Djoser.

— Thanys ?

— Un grave danger pèse sur elle. Les oracles laissent apparaître une zone très perturbée au moment de la naissance. Elle risque de perdre la vie, ou celle de son enfant. Il va falloir la protéger.

— Je suis stupide, grommela le roi. J'aurais dû me douter de quelque chose. D'ordinaire, elle est toujours d'humeur joyeuse. Mais depuis quelques jours, elle semble inexplicablement nerveuse. J'ai mis cela sur le compte de sa grossesse.

— Nous devons nous montrer vigilants. Aujourd'hui, cette menace rôde aux confins du royaume. Bientôt, elle l'investira. Mais il est possible que nous ne nous en apercevions pas, car elle pourra prendre n'importe quelle apparence, y compris celle de l'innocence et de l'amitié. C'est aussi pour cette raison que tu dois affirmer la puissance d'Horus en bâtissant cette cité sacrée.

— C'est bien ! Nous la construirons ! Tu commenceras les travaux dès que j'aurai fait connaître ma décision au peuple.

6

Un navire martus[1], quelque part entre Ashqelôn et Busiris...

Entravé au fond de la cale, Moshem tentait de comprendre l'enchaînement des événements qui l'avaient conduit au fond de ce maudit vaisseau, coincé comme une vulgaire marchandise entre des ballots de tissus et des jarres dont les odeurs lui montaient à la tête : ladanum, encens, épices, gomme adragante, moutons, volailles. Le caquetage incessant des poules enfermées dans des cages d'osier lui provoquait des nausées.

De temps à autre ses geôliers lui apportaient un infâme brouet et de l'eau. Il ne devait qu'à sa beauté juvénile d'avoir attiré l'attention de la fille du capitaine, Saadra. La nuit, lorsque les autres dormaient, allongés sur le pont, elle se glissait dans la cale et lui apportait des fruits et du pain. Cela faisait trois jours à présent qu'il endurait ce calvaire. Parce qu'il était le dernier fils du chef de la tribu, Ashar, on l'avait toujours traité avec égards. Aujourd'hui, il subissait

1. Martus : peuple du Levant.

le sort réservé aux esclaves. Il en aurait hurlé. Mais sans doute son dieu, Ramman, voulait-il l'éprouver.

Lorsque le crépuscule plongea les entrailles du navire dans les ténèbres, une sourde angoisse s'empara une nouvelle fois de lui. Il ne connaissait la mer que pour l'avoir aperçue de loin, lorsque la tribu établissait son camp à proximité d'une cité côtière. Les odeurs inhabituelles qui en parvenaient, le vacarme incessant des vagues l'avaient toujours inquiété. Jamais auparavant il n'était monté à bord d'un navire. À la suite de sa mésaventure, il avait retrouvé ses esprits à bord de ce bateau malmené par les flots, au cœur même de cet univers qui l'impressionnait tant. Seule sa fierté naturelle lui avait évité de céder à la panique. La présence de Saadra l'avait beaucoup aidé.

Il espérait sa venue. La jeune fille était très jolie, et il ressentait un irrésistible besoin de bavarder avec quelqu'un. Et surtout, il mourait de faim. Mais elle tardait. Enfin, il entendit un glissement furtif et poussa un soupir de soulagement : elle ne l'avait pas oublié. Un souffle léger attisa des braises, et la lueur d'une lampe à huile éclaira discrètement la cale et le sourire enfantin de Saadra.

— Mon père était long à s'endormir, expliqua-t-elle en chuchotant.

Elle lui tendit des dattes et un gros morceau de pain, dans lequel il mordit à belles dents.

— Demain nous serons en Égypte, poursuivit-elle.

— Je ne suis guère pressé d'arriver, riposta-t-il avec amertume.

— Pourquoi ? Tu préfères rester dans ce bateau, à fond de cale ?

— Ton père veut me vendre !

— Nous ne sommes pas riches, s'excusa-t-elle.

— Ce n'est pas à toi que j'en veux, grommela-t-il. Après tout, je ne suis plus qu'un esclave. Mais...

Il grinça des dents, puis cracha d'une voix chargée de haine :

— Puisse Ramman m'accorder un jour la joie de me venger de mes frères. Ces chiens m'ont trahi !

— Parle plus bas, s'alarma-t-elle. Si mon père me découvre avec toi, il me battra.

Moshem serra les mâchoires pour se calmer. Saadra s'installa confortablement, lui prit la main et murmura :

— Tu ne m'as jamais dit ce qui t'était arrivé.

En effet, il n'avait pas encore osé lui conter son aventure, peut-être parce qu'il éprouvait une honte étrange à salir sa famille. Mais cela n'avait plus d'importance à présent.

— Raconte-moi ! insista-t-elle.

— Je suis Moshem, fils d'Ashar. Ma mère était la plus jeune épouse de mon père, et sa préférée. Lorsqu'elle mourut, voici quelques années, mon père reporta sur moi toute l'affection qu'il avait pour elle. Il m'offrait les plus beaux vêtements, exigeait que l'on me servît les meilleures pièces de viande, les plus beaux fruits. J'ai toujours trouvé cela naturel. En vérité, j'étais stupide et orgueilleux. Et Ramman m'a puni. Il m'avait pourtant comblé de ses bienfaits. Il m'envoyait des rêves étranges grâce auxquels je pouvais prévoir certains événements. Ce don divin, je l'utilisais pour répandre le bien. C'est ainsi que j'ai pu sauver ma tribu des grandes inondations qui ont frappé le Levant voici quelques années. Souvent, ces songes me permettaient de retrouver des animaux égarés, de découvrir les plantes nécessaires pour guérir les malades.

— Alors, tu connais la signification des rêves ? s'étonna la jeune fille.

— Pour mon malheur, hélas.

Il se tut, le regard perdu dans des souvenirs nostalgiques. Saadra respecta son silence. Il poussa un soupir et poursuivit :

— Une nuit, je fis un songe extraordinaire, dans lequel je voyais le soleil m'inviter à partager sa demeure. C'était un monde étrange, très lumineux. Il y avait une ville immense, aux murailles d'un blanc étincelant, des gens vêtus d'élégants habits multicolores, qui s'inclinaient devant moi. J'en déduisis que je deviendrai un jour un personnage important. Mais lorsque je racontai ce rêve à mes frères, ils se moquèrent de moi.

Il laissa échapper un ricanement désabusé.

— Ils avaient sans doute raison, puisque me voici réduit en esclavage. J'avais beau posséder le don de prévoir l'avenir par les rêves, je ne me suis même pas rendu compte que mes propres frères avaient conçu une terrible jalousie envers moi. Les desseins de Ramman sont parfois incompréhensibles. Voici deux mois, mon père a rejoint le royaume des morts. Alors, leur haine a jailli, dans toute sa folie. Après la période de deuil, ils m'ont attiré à l'écart de la tribu, sous le prétexte d'une partie de chasse. Là, ils m'ont battu comme un chien. J'ai cru qu'ils voulaient me tuer. Ils n'ont pas osé, parce que j'étais de leur sang. Ils redoutaient la vengeance de Ramman. Mais ils ont arraché ma tunique, puis ils l'ont tachée avec le sang d'un agneau qu'ils venaient de sacrifier.

— Pourquoi ?

— Ils voulaient sans doute faire croire à la tribu que j'avais été déchiqueté par une bête sauvage. Puis ils m'ont amené dans un village martus de la côte, où ils m'ont vendu comme esclave.

— Et mon père t'a acheté.

Moshem se mit à pleurer. Saadra essuya de ses doigts fins les larmes qui coulaient des yeux du jeune homme.

— Ne pleure pas. J'aimerais te garder avec moi. Mais je te l'ai dit, nous ne sommes pas riches. Mon père compte tirer un bon prix de ta vente, en Égypte.

— Je ne suis pas un esclave ! rugit-il.

— Tais-toi ! s'affola-t-elle.

Ils se turent, guettant anxieusement une possible réaction de l'équipage. Seul le battement régulier des vagues sur les flancs du navire leur répondit. Saadra se glissa affectueusement contre lui.

— Écoute-moi : si le rêve envoyé par ton dieu t'a dévoilé la vérité, alors tu ne resteras pas toujours esclave. Tu deviendras un grand seigneur.

— En attendant, mes mains sont enchaînées.

— Je suis sûre qu'il ne t'abandonnera pas.

Le lendemain, le navire entra dans le port de Busiris. Trois ans plus tôt, une terrible bataille y avait opposé l'armée égyptienne aux envahisseurs édomites et aux Peuples de la Mer. La ville avait grandement souffert des combats, mais on avait reconstruit la plupart des demeures et des entrepôts, et une intense activité commerciale avait développé la cité.

Poraan, le père de Saadra, n'avait pas les mêmes raisons que sa fille de s'intéresser à Moshem, et ce fut à coups de pied qu'il lui ordonna de décharger sur le quai les ballots de tissus, les jarres et les cages à poules. Épuisé, ébloui par la lumière du soleil, le jeune homme eut à peine le temps d'adresser un adieu discret à Saadra, qui n'avait pas le droit de quitter le bord. Il fut amené sans ménagement jusqu'au marché aux esclaves.

L'importance de la cité surprit le jeune homme. Les ports du Levant n'étaient pas aussi grands et aussi industrieux. Une foule animée se pressait dans les ruelles, marchands, soldats, artisans, bergers, nobles suivis par leurs serviteurs. La vêture élégante des femmes l'étonna, de même que la richesse de leurs bijoux. Des senteurs innombrables chatouillaient ses narines, poissons frais des étals, fragrances des encens et épices, odeurs des troncs d'arbres en provenance de Byblos, parfums des fruits et légumes, fumet des pains croustillants proposés par de petits vendeurs délurés. Ce pays inconnu l'effrayait et l'attirait à la fois. Depuis que son vieux précepteur lui avait enseigné l'égyptien, il avait toujours eu envie de le découvrir. Mais il eût préféré le visiter en tant que fils d'Ashar, chef de tribu.

Il connut un instant d'humiliation totale lorsque Poraan le présenta au maître des esclaves, qui dirigeait le marché. C'était un individu de petite taille, aux yeux rapprochés, enfoncés sous des sourcils broussailleux. Sans vergogne, il tâta les membres de Moshem, lui écarta les lèvres pour observer ses dents, puis souleva son pagne pour examiner ses parties génitales. Rouge de honte, Moshem l'insulta en amorrhéen, ce qui lui valut un coup de fouet de la part de Poraan. Deux gardes gigantesques s'approchèrent, munis de longs bâtons. Bouillant de rage et de confusion, Moshem dut se montrer docile.

La transaction fut rondement menée. Radama, le maître des esclaves, n'avait eu aucun mal à gruger le marin martus. Mais celui-ci se montra enchanté du prix proposé.

Moshem fut enchaîné dans une stalle, en compagnie d'autres captifs aux regards abattus, originaires de contrées ignorées. La plupart avaient été capturés au cours des échauffourées opposant les guerriers égyptiens aux tribus locales agressives. Mais on trouvait aussi parmi eux des individus vendus par les leurs. Leurs haillons et leurs yeux creusés faisaient penser à des animaux. Le jeune homme serra les dents et, avec orgueil, conserva la tête haute. Fils de chef il était né, fils de chef il resterait.

Radama l'observait à la dérobée. Une bonne série de coups de fouet aurait rabattu la superbe de ce chien, mais il décida de n'en rien faire. L'Amorrhéen était beau garçon, et il était sûr d'en tirer un bénéfice substantiel. Peut-être intéresserait-il un vieux seigneur amateur de jeunes hommes, ou encore une grande dame délaissée par son époux. Mais la vente allait dépasser ses espérances.

Busiris recevait ce jour-là la visite d'un haut personnage de la capitale, le seigneur Nebekhet, le plus riche fabricant de rouleaux de papyrus de Mennof-Rê. Le visage débonnaire, Nebekhet exhibait fièrement un embonpoint confortable, signe extérieur de sa prospérité. À ses côtés marchaient deux femmes nettement plus jeunes que lui, suivies par une petite cour d'admirateurs et une douzaine d'esclaves. Nebekhet ayant ses entrées au palais royal, chacun se montrait attentif à satisfaire ses moindres désirs, ce qu'il acceptait de bonne grâce.

Moshem remarqua aussitôt que les deux femmes restaient ostensiblement éloignées l'une de l'autre. Il pensa qu'il s'agissait de deux épouses jalouses. Toutes deux s'arrêtèrent avec intérêt devant la stalle de Moshem. Leurs regards s'attardèrent longuement sur lui. Puis l'une d'elles chuchota quelques mots à l'oreille de son mari. Le seigneur s'approcha alors de lui et demanda :

— Parles-tu l'égyptien ?

— Oui, Seigneur ! Il me fut enseigné par un esclave de mon père.

— Que sais-tu faire ?

— Je sais m'occuper d'un troupeau, soigner les bêtes, accoupler les plus belles afin d'éviter les rejetons chétifs. Je sais aussi compter. Mon père m'avait initié à la gestion de sa fortune.

— Tu es donc le fils d'un riche chef de tribu.

— Je suis Moshem, fils d'Ashar.

L'homme émit un grognement dubitatif. À ses côtés, sa femme insista :

— Vois comme son regard est intelligent, mon

époux. Je suis certaine qu'il peut te rendre de grands services.

L'homme écarta les bras en signe d'impuissance.

— Ah, je ne sais rien te refuser, ma belle Saniout. C'est bien, je l'achète.

Obséquieux, Radama s'approcha et proposa son prix, un prix élevé dont il était certain qu'il serait refusé. Pourtant, Nebekhet ne chercha même pas à discuter. Stupéfait, Radama se jeta à ses pieds pour baiser le sol devant lui. Puis il fit tomber les chaînes du jeune Amorrhéen. L'acheteur s'adressa à lui.

— Je suis le seigneur Nebekhet, Directeur des fabricants de papyrus du grand roi Djoser — Vie, Force, Santé ! Voici mon épouse, Saniout, et ma fille, Ankheri. Tu devras leur obéir comme à moi-même.

Moshem s'inclina devant les deux femmes. Cela n'était pas pour lui déplaire. Elles étaient aussi belles l'une que l'autre.

— Tu vas venir avec moi à Mennof-Rê, poursuivit Nebekhet. Si je suis satisfait de ton travail, tu seras bien traité, et tu recevras des vêtements et de la nourriture.

— Je suis ton serviteur, Seigneur, répondit Moshem en s'inclinant.

Son avenir ne lui paraissait plus aussi désespéré. Le regard de son nouveau maître respirait la bonté. Et puis, en tant que fabricant de papyrus, il devait connaître les signes sacrés. Peut-être accepterait-il de les lui enseigner. La perspective d'apprendre l'art magique de l'écriture égyptienne le séduisait. Aussi se promit-il de se montrer docile. Ce fut d'un cœur plus léger qu'il se glissa dans la suite de Nebekhet.

À la dérobée, il observa les deux femmes. Compte tenu de la jeunesse de Saniout, il était évident qu'elle ne pouvait être la mère d'Ankheri. Sans doute celle-ci était-elle issue d'un premier mariage. Il constata que l'une comme l'autre le regardait. Il s'en réjouit. Il avait toujours exercé une certaine attirance sur les femmes. Et les belles Égyptiennes ne faisaient apparemment pas exception à la règle.

Le lendemain, le navire de Nebekhet quittait Busiris pour remonter le Nil en direction de la capitale. Moshem avait redouté qu'on le mêlât aux rameurs, mais il n'en fut rien. Confortablement installées à l'avant sous une toile légère, Saniout et Ankheri avaient réclamé à leur époux et père la présence du jeune homme, qui fut chargé de leur présenter friandises et boissons fraîches. De même il dut narrer ses aventures et répondre aux nombreuses questions qu'elles lui posèrent sur son pays et sur son peuple. Comme il avait de l'humour, il n'hésita pas à inventer des détails amusants, qui firent rire les deux femmes. Comme il avait du charme et qu'il était beau garçon, elles exigèrent sa présence près d'elles pendant toute la durée du voyage.

Le surlendemain, le navire parvenait en vue de la capitale. Ébloui, Moshem ne put détacher son regard de la cité fabuleuse. Dans le port s'alignaient des navires si nombreux que leurs mâts doubles constituaient comme une forêt. Le long des quais s'alignaient des entrepôts de brique rouge où s'affairait tout un peuple de mariniers, de pêcheurs, de négociants, d'esclaves chargés de ballots.

Les scribes attirèrent particulièrement l'attention de Moshem, avec leur tablette posée sur leurs jambes, leurs calames, leurs pots d'encres rouge et noire. Les Amorrhéens ne pratiquaient aucune forme d'écriture.

Il fut également impressionné par la puissante muraille blanche qui entourait la citadelle. Un peuple capable de bâtir de tels monuments ne pouvait être qu'un grand peuple. Lorsqu'il pénétra dans la cité, à la suite de Nebekhet, il ne sut plus où donner du regard. Tout ce qu'il découvrait l'étonnait, l'intriguait, l'émerveillait : les échoppes des artisans, les étals des marchands chargés de fruits, de viandes, de poissons, de bijoux, de vêtements, d'outils à l'usage indéterminé. Les habitants criaient, s'interpellaient, marchandaient, bavardaient joyeusement, se disputaient, riaient. Des enfants couraient en tous sens, au milieu d'animaux errants, parmi lesquels il remarqua une population incroyable de chats paresseux.

Aucune ville du Levant ne pouvait rivaliser avec Mennof-Rê. À mesure qu'il la découvrait, il ressentit une impression curieuse : la cité rappelait à s'y méprendre celle de son rêve. Il n'avait pourtant jamais vu ces murs étincelants, ce port immense... Une formidable exaltation monta en lui ; il était sûr à présent que Ramman n'avait pas guidé ses pas jusqu'ici pour rien. Il n'était encore qu'un esclave, mais la vision ne pouvait mentir : bientôt il deviendrait un personnage important de ce pays. Car c'était ici, dans ce royaume du soleil, que s'accomplirait son destin. D'ailleurs, n'avait-il pas connu une princesse égyptienne, quelques années plus tôt. Il se demanda ce qu'elle avait pu devenir. La dernière fois qu'il l'avait vue, c'était à Byblos. Elle désirait se rendre à Sumer. Mais Ramman avait déchaîné sa colère sur le monde, et les grandes inondations l'avaient dévasté. Avait-elle survécu ? Le déluge avait fait tant de victimes...

7

Peu avant la venue d'Hâpy, eut lieu une importante cérémonie. Suivant la tradition, l'Horus Djoser devait délimiter l'emplacement de sa demeure d'éternité, et en poser la première pierre suivant un rituel précis.

Vers le milieu de la matinée, la nef royale traversa le canal séparant Mennof-Rê de Saqqarâh, suivie d'une multitude de felouques et de nacelles chargées de passagers. Elle aborda à l'endroit où, jusqu'à un passé récent, on débarquait les dépouilles des rois défunts. Auparavant, un chemin vaguement empierré menait vers la nécropole, qui s'étirait en bordure orientale du plateau. Depuis quelques mois, les ouvriers avaient transformé les lieux. Le canal, qui datait du grand roi Narmer, avait été élargi et approfondi pour recevoir des vaisseaux lourds. Un réseau de canaux secondaires était en cours d'aménagement afin de faciliter le transport des blocs. L'antique débarcadère de bois avait été remplacé par un quai dallé. Depuis ce quai, une longue rampe de briques et de moellons menait vers le plateau.

Une imposante procession se constitua bientôt,

débarquée de la nef royale et des navires de la suite. La divinité essentielle de cette journée était Sechat, neter des hiéroglyphes, la maîtresse vénérée qui permettait d'accéder dans la joie à la Connaissance, *Sia*. Elle présidait également à la construction des temples et des demeures d'éternité. Une jeune prêtresse marchait en tête du cortège, personnifiant la déesse. Elle était revêtue d'une longue robe de lin blanc d'une finesse extrême, sur laquelle était posée une peau de panthère. Sa tête était couronnée d'un diadème en forme d'étoile à sept branches, encadrée par des cornes de vache inversées[1].

Derrière la jeune femme suivaient les prêtres des différents temples, portant les symboles des divinités. Puis venait la litière royale, portée par une vingtaine de guerriers. Majestueusement installé sur un trône de sycomore, Djoser dominait la foule massée sur les rives. Selon l'usage dans toute cérémonie officielle, le roi portait la barbe postiche, ainsi que le *Nekheka*, le fléau, et le *Heq*, la crosse pastorale, insignes de son titre. Sur sa tête étaient posées les *Magiciennes*, les deux couronnes blanche et rouge, ornées de l'*uraeus*, le cobra femelle de Sekhmet, censé effrayer les ennemis de l'Égypte. Une ovation enthousiaste salua son passage, qui s'adressa également à la seconde litière, où avaient pris place Thanys et les enfants royaux, Seschi et Khirâ. Arrivaient ensuite

---

1. Il est probable que l'étoile de Sechat symbolisait une croyance issue de la période prédynastique, liée au soleil et aux étoiles. Thôt, dieu de la Connaissance et de la Lune, avait donné l'écriture aux hommes ; Sechat, le parèdre féminin qui lui était associé, personnifiait les hiéroglyphes.

les grands seigneurs du Double-Pays, les ministres, les directeurs, et les nomarques en provenance des lointaines provinces.

Le cortège emprunta la rampe, assez large pour laisser passer quatre bœufs de front. La pente régulière le mena jusqu'au plateau recouvert de végétation.

Au moment où il parvint sur le site, Djoser ressentit une nouvelle fois l'atmosphère mystérieuse qui le baignait. En cet instant hors du temps, une image lui revint. Bien des années auparavant, il avait perçu ce climat étrange, la présence d'esprits invisibles et puissants. Depuis l'aube des temps, c'était sur ce plateau que l'on avait enterré les Horus des premières dynasties. Malheureusement, leurs tombeaux, construits en brique, ne résistaient pas au temps, au vent du désert, et surtout à l'acharnement des pillards.

La procession dépassa les alignements de mastabas qui longeaient l'esplanade en direction du nord et s'avança vers une étendue située plus à l'ouest, où attendait un petit groupe de prêtres, au milieu desquels se tenait Imhotep, coiffé d'une longue perruque.

Les guerriers posèrent les litières à terre. Djoser et Thanys en descendirent, sous les acclamations d'une foule fervente, massée tout autour. Le peuple avait négligé la rampe pour gravir les flancs de la colline rocheuse. Une véritable marée humaine s'agglomera autour du cortège royal, maintenue à distance par les gardes. La fondation de la demeure d'éternité d'un roi se traduisait toujours par de grandes festivités.

Peu à peu, l'enthousiasme de l'assistance s'apaisa, puis laissa place à un silence majestueux. Sur une indication du maître architecte, Imhotep, le roi se dirigea vers une charrue attelée à deux taureaux blancs magnifiques.

Jusqu'à cet instant, le rituel était scrupuleusement respecté. Les grands maîtres des différents temples affichaient des visages compassés et solennels, comme il convenait dans ce genre de cérémonie. Seul le regard de Mekherâ, le grand prêtre de Seth, marqua un court instant d'étonnement. Un élément l'intriguait, mais il n'aurait su dire lequel. Il eut soudain la sensation que cela avait un rapport avec les piquets de délimitation qu'il venait de repérer. Mais il devait se tromper : un mastaba ne pouvait atteindre ces dimensions. Il devait s'agir d'autre chose. Il se contraignit à reprendre un visage impassible.

Pendant ce temps, Djoser avait saisi les branches de la charrue. Suivant la coutume, la jeune prêtresse personnifiant la déesse Sechat se plaça devant l'attelage. Sur un signe d'Imhotep, le rituel commença. Le roi empoigna fermement la charrue et traça, en partant du premier piquet, un sillon parfaitement droit. L'expérience acquise lors des travaux de Kennehout se révélait aujourd'hui fort utile, et la rectitude de son tracé emplit Djoser d'une fierté légitime. Il lui semblait deviner, derrière lui, la présence d'entités invisibles qui l'encourageaient, comme si Horus lui-même avait pesé sur l'instrument pour délimiter l'aire de sa future cité.

Tout à coup, il crut apercevoir la silhouette furtive

de l'aveugle du désert. Mais la vision se dissipa dans le néant. Peut-être la sueur qui coulait sur son front lui déformait-elle la vue. Un bref sourire éclaira ses traits, puis il poursuivit sa tâche.

L'assistance retenait son souffle. Une certaine nervosité gagna Mekherâ. Il ne s'était pas trompé. Le mastaba dont le roi délimitait l'emplacement atteindrait des dimensions inconnues jusqu'alors. À première estimation, près de cinq cents coudées séparaient les deux premiers piquets. Mais le troisième devait se situer au moins à mille coudées du deuxième. Une bouffée de colère gagna le grand prêtre de Seth. Il se passait ici quelque chose d'anormal, et on ne l'avait pas tenu informé.

Il serra les dents lorsque Djoser atteignit le troisième poteau. Le roi fit effectuer un virage parfait à son attelage, témoignant ainsi de sa grande maîtrise. Suivant toujours la prêtresse de Sechat, Djoser repartit à angle droit, et parcourut les cinq cents coudées qui le séparaient du quatrième piquet. Dans la foule, les commentaires allaient bon train ; jamais on n'avait construit une demeure d'éternité de cette dimension.

Au quatrième piquet, Djoser vira de nouveau à angle droit, et revint à son point de départ. Devant l'assistance stupéfaite, il venait de jalonner une surface étonnante de mille coudées de long sur cinq cents de large. Les murmures de la foule s'amplifièrent. Il ne pouvait s'agir là d'un mastaba classique. La surface balisée aurait contenu plusieurs dizaines de tombeaux royaux de grandes dimensions. Intrigués, les gens du peuple observaient les réactions des prêtres. Visiblement, nombre d'entre eux n'y comprenaient rien. Mekherâ ne dissimulait pas sa fureur. Il eut un mouvement pour quitter la cérémonie, mais la curiosité le retint sur place.

Djoser n'avait pas terminé. Suivant la déesse Sechat, il gagna l'intérieur du périmètre en direction d'un petit groupe de prêtres portant des lingots d'or que le roi avait lui-même fondus les jours précédents, ainsi que des sacs contenant des pierres précieuses. Revenant près du point de départ, il creusa un trou à l'aide d'une pelle de cuivre, puis y déposa les lingots et les pierres. Il recouvrit ensuite le tout de sable. Deux ouvriers apportèrent ensuite un objet étrange, posé sur un brancard. C'était un bloc de calcaire dont les proportions rappelaient une brique d'argile. Mais il était beaucoup plus gros, et devait presque peser le poids d'un homme. Djoser s'en saisit fermement et le mit en place au-dessus de l'endroit où il avait enterré les lingots et les pierres. L'assistance retint son souffle durant l'opération, que seul un homme d'une force inhabituelle pouvait réussir.

D'ordinaire, on utilisait pour cette cérémonie une brique d'argile fabriquée par le roi lui-même. Elle devenait la première pierre de l'édifice que l'on se proposait de construire. Cette fois, les spectateurs se perdaient en conjectures. Les dimensions colossales de la surface définie et du bloc de calcaire impressionnaient les esprits.

Enfin, Djoser se redressa et revint vers l'assemblée, suivi de la déesse Sechat et d'Imhotep, dont les yeux pétillaient de joie. Le roi leva les bras et s'adressa d'une voix forte à l'azur immuable dans lequel tournoyaient des colonies d'oiseaux.

— Ô Horus tout-puissant, Prince de la Lumière, Maître du ciel et des étoiles, j'ai tracé en ce jour le périmètre sacré où s'élèvera bientôt une cité bâtie pour la gloire de ton nom. Accorde aux Égyptiens la joie de te vénérer afin que ton règne perdure par-delà les siècles, et que ton nom résonne encore bien après que les enfants de leurs enfants auront rejoint ton père Osiris dans son royaume.

Puis il se tourna vers la foule.

— Peuple des Deux-Terres, tu as bien entendu. En ce jour, ce ne sont pas seulement les limites de ma demeure d'éternité que je viens de tracer. Prochainement s'élèvera sur ce plateau une cité sacrée où, pour la première fois, le monde des dieux et celui des hommes s'harmoniseront selon la Maât. Elle sera le plus extraordinaire monument jamais construit, le lieu magique où se mêleront le visible et l'invisible ; elle constituera un sujet d'étonnement pour les visiteurs venus d'au-delà du royaume de Kemit.

Il laissa passer un court silence, puis ajouta :

— Cette cité divine sera le reflet de l'âme du Double-Pays. C'est pourquoi elle sera construite par son peuple. Des artisans seront chargés de la bâtir. Mais ils auront besoin d'une main-d'œuvre importante. Aussi, je veux que chacun de vous, pendant la période où Hâpy inonde la vallée et n'autorise aucun travail de la terre, consacre une partie de son temps libre à l'édification de la cité. Elle deviendra ainsi l'œuvre de tous, et le plus grand hommage jamais rendu aux dieux.

Il y eut un instant de flottement. Puis l'idée du roi prit forme dans les esprits. Jamais une telle entreprise n'avait été tentée. Les mastabas étaient toujours construits par des ouvriers spécialisés. Cette fois, ce n'était plus le tombeau d'un roi que l'Horus proposait de construire, mais une ville éternelle, à l'architecture inconnue, qui deviendrait la demeure des dieux. Chacun sentit monter en lui une formidable bouffée d'enthousiasme. Le peuple tout entier participerait à la construction. Tous, même les plus modestes, poseraient leur propre pierre. Un élan d'allégresse gonfla les poitrines, et une formidable ovation monta, qui salua les paroles du roi.

Lorsque Djoser revint, à pas lents, vers la litière royale, Thanys eut envie de se jeter dans ses bras. Comme lui, elle avait évoqué le souvenir de cet après-midi lointain où tous deux avaient éprouvé la présence d'entités impalpables, reflets des neters qui hantaient les lieux. L'aveugle du désert n'avait pas menti : ils avaient marché dans les traces des dieux, ils avaient triomphé, et régnaient aujourd'hui sur les Deux-Terres. Il était Horus ; elle était Hathor, sa belle épouse. Et la réaction fervente du peuple prouvait combien ils étaient aimés.

Depuis quelques jours, son angoisse s'était calmée. Djoser avait enfin écouté ses craintes avec bienveillance. Il lui avait rapporté son entrevue avec Imhotep, et la prédiction étrange des oracles. Le fait qu'elle ne fût plus la seule à percevoir le péril latent qui menaçait l'Égypte avait un peu rassuré la jeune femme. D'autant plus que Djoser avait doublé sa garde.

Mais que pouvait-elle redouter ? La ferveur manifestée par le peuple envers ses souverains la réconfortait. Comment imaginer qu'un ennemi impitoyable pouvait s'y dissimuler ?

Perdu au cœur de la multitude, Moshem observait le couple royal. De l'endroit où il se trouvait, il aurait été incapable de reconnaître Thanys, parée des insignes royaux. Autour de lui, on ne la désignait que sous son nom de reine : Nefert'Iti. Il ne distinguait qu'une silhouette racée et fière, au ventre légèrement renflé par l'enfant du dieu vivant qu'elle portait. Il émanait d'elle un curieux mélange d'autorité naturelle et de sensualité. Moshem était profondément reconnaissant à son maître de lui avoir permis de le suivre pour assister à cette cérémonie exceptionnelle. Le rite de la fondation l'avait beaucoup impressionné. Il appartenait à un peuple de nomades, dont les seules constructions se limitaient à dresser des tentes de peau. Suivant la tradition amorrhéenne, aucun édifice humain ne pouvait rivaliser avec l'éternité de Ramman, le dieu de l'orage. Un esclave étranger lui avait d'ailleurs fait remarquer la vanité des mastabas construits en brique crue. Ils étaient la proie des pillards et les vents du désert les détruisaient. Pourtant, le geste du roi signifiait bien qu'il désirait remplacer la brique par des blocs de calcaire. C'est tout au moins ce qu'il avait compris. Or, le calcaire n'était pas une fabrication humaine, mais un don de Ramman, le dieu tout-puissant. Alors, le roi Djoser se préparait-il à édifier un monument qui défierait le temps à l'instar des pierres divines ?

Moshem ne pouvait s'empêcher d'éprouver une vive admiration pour ce souverain si jeune, si beau dans ses vêtements royaux. Même s'il n'était qu'un esclave, il ressentait une paradoxale fierté à assister à une cérémonie aussi impressionnante. Depuis qu'il vivait à Mennof-Rê, il était certain qu'un destin exceptionnel l'attendait dans cette cité. Sa confiance dans l'avenir se reflétait sur son visage. Il ne remarqua pas combien ses yeux brillants attiraient l'épouse et la fille de son maître.

La brune Saniout l'observait du coin de l'œil, derrière le dos de son époux. Nebekhet était le meilleur des hommes. Naïf et amoureux, il se montrait aveugle à ses frasques. Elle aimait les hommes et ne s'en privait pas. Tous les esclaves mâles de la demeure avaient bénéficié de ses faveurs, ainsi que les nombreux amis de son mari. Celui-ci, déjà âgé, et peu porté sur les affaires sexuelles, n'y voyait que du feu. Le tromper ne comportait véritablement aucun danger. Mais il y avait cette petite peste d'Ankheri, qu'il avait eue de sa première femme. Elle la détestait.

Ankheri le lui rendait bien. Depuis deux années, elle était le témoin impuissant des fredaines de sa belle-mère, sans oser en parler à son père. Elle savait qu'il ne l'aurait jamais crue. Ankheri redoutait l'instant où Nebekhet déciderait de la marier à l'un de ses amis, qui étaient tous aussi âgés que lui. Mais Nebekhet l'aimait. Et il n'envisageait pas d'un bon œil de se séparer d'elle. Aussi laissait-il toute liberté à sa fille pour choisir parmi les nombreux prétendants attirés par sa beauté fraîche. À cause de Saniout, Ankheri avait pensé accepter l'un d'eux. Jusqu'à l'arrivée de cet étrange esclave au port de tête si fier et au regard si chaud. Depuis que son père l'avait acheté à Busiris, elle n'éprouvait plus aucune envie de quitter la demeure paternelle. Elle s'était même arrangée pour que Nebekhet attachât Moshem à son service, ce qu'il n'avait su lui refuser. Depuis, elle passait le plus clair de son temps en compagnie du jeune Amorrhéen. Elle le traitait tour à tour comme un ami, un confident, parfois aussi comme l'esclave qu'il était. Mais il acceptait tout avec son sourire brûlant, qui remuait en elle-même quelque chose qu'elle ne comprenait pas.

Comme elle ne comprenait pas pourquoi, en cet instant précis où Moshem observait le couple royal avec une telle intensité, elle aurait voulu lui prendre la main, et la garder dans la sienne. Son sourire la faisait souffrir. Il avait si bien su plaire à son père que celui-ci cédait à tous ses caprices, et l'autorisait à passer la nuit avec ses petites esclaves, qui toutes ne juraient plus que par lui. Parfois même, il lui permettait de quitter la demeure pour rejoindre quelque femme de la cité à laquelle il avait fait les yeux doux.

Pourquoi n'avait-il pas ce même regard pour elle ?

Mais après tout, il n'était qu'un esclave ! Elle retira sa main, que Moshem n'avait pas touchée.

Pourtant, lorsque le jeune homme suivit la foule exaltée en direction de Mennof-Rê, Ankheri en conçut du dépit. Nebekhet, transporté lui aussi par la décision de Djoser, avait accordé quelques heures de liberté au jeune esclave amorrhéen.

8

Les jours épagomènes[1] approchaient, avec leurs festivités traditionnelles. Cette année, elles prendraient plus d'importance en raison des projets royaux. L'annonce de la construction d'une cité sacrée sur le plateau de Saqqarâh avait suscité une réaction enthousiaste de la part du peuple. Depuis que le roi Neteri-Khet était monté sur le trône d'Horus, le Double-Pays prospérait. La citadelle des Murs Blancs avait retrouvé son éclat d'autrefois, dont seuls les vieillards gardaient un vague souvenir. Ils affirmaient qu'elle était encore plus belle aujourd'hui, ce qui constituait un compliment remarquable. En général, ils trouvaient toujours que tout était mieux jadis.

On avait l'impression exaltante de vivre dans un monde bouillonnant, en pleine métamorphose. Renenouete s'était montrée plus que généreuse, et les récoltes avaient été abondantes. Jamais les troupeaux n'avaient été aussi nombreux. Une fièvre de

---

1. Les cinq jours qui terminent l'année. Voir en annexe la note sur le calendrier égyptien.

bâtir, de créer, s'était emparée du royaume. A l'instar du souverain, les riches propriétaires affectaient de s'entourer d'artistes : musiciens, sculpteurs, danseuses. La mode vestimentaire innovait, intégrant de nouvelles couleurs, de nouvelles formes. L'Égypte prospérait, et la fête qui déferla dans les rues de la cité était à l'image de la joie de vivre des habitants. Des divertissements s'organisaient spontanément sur les places et sur les rives du fleuve.

Situés hors des saisons, les jours épagomènes étaient consacrés aux dieux, dont ils fêtaient l'anniversaire. Le deuxième d'entre eux célébrait la naissance de Rê-Horus. Comme le voulait la tradition, Djoser fit organiser une grande réception au palais.

Peu avant la tombée de la nuit eut lieu devant la Grande Demeure une représentation théâtrale montée par le vieux Shoudimou, que Djoser avait confirmé dans son rôle d'organisateur des spectacles royaux.

La pièce narrait la naissance d'Horus à Behedou, et la fuite de sa mère, Isis, devant les troupes de Seth, qui avaient envahi la vallée sacrée, jusqu'au moment où le jeune dieu livrait un combat féroce à son oncle, meurtrier de son père, Osiris. Shoudimou avait intrigué pour que Thanys jouât le rôle d'Isis. Il n'avait pas oublié qu'elle possédait une voix exceptionnelle. Mais la jeune reine avait refusé, en raison de sa grossesse. Son accouchement était attendu dans moins de deux mois. Bougonnant comme à son habitude, le vieil homme avait fini par capituler.

Confortablement installée dans un fauteuil à pattes de lion que ses suivantes avaient garni de coussins, Thanys suivait avec intérêt les péripéties de la pièce dont elle connaissait déjà l'histoire. Elle n'oubliait pas la représentation qui avait eu lieu quatre années auparavant, dans laquelle elle avait tenu le rôle de la déesse Sekhmet. À l'époque, elle n'avait pas encore saisi le sens symbolique et prémonitoire de ce rôle. C'était ce même soir que Djoser avait demandé à son frère l'autorisation de l'épouser. Mais Sanakht avait refusé, et leurs vies en avaient été bouleversées.

Aujourd'hui, rien de semblable ne pouvait plus se produire. Ils avaient triomphé. Djoser était devenu le nouvel Horus, et l'avait épousée. Non loin d'elle, il suivait avec attention le jeu des comédiens, les rebondissements de l'action. Elle aurait aimé glisser sa main dans la sienne, se rassurer à sa chaleur. Mais le protocole ne s'y prêtait guère. Elle ne distinguait que son profil, éclairé bizarrement par les lueurs jaunes des lampes à huile disposées un peu partout. Elle sourit avec tendresse. Elle connaissait chaque détail de ce visage qui impressionnait si fort les nobles et les paysans. Djoser était peut-être l'incarnation d'Horus, il n'en était pas moins l'homme qu'elle aimait, et qu'elle avait aimé alors qu'il n'était qu'un tout jeune garçon. Elle connaissait ses faiblesses, ses doutes. À cause de cela, elle détenait sur lui, le roi divin, l'homme le plus puissant des Deux-Terres, peut-être du monde, un pouvoir que jamais personne ne posséderait.

Et pourtant, ce pouvoir inconscient ne la protégeait pas de la désagréable sensation d'insécurité qu'elle éprouvait depuis plusieurs mois, et qui refusait de la quitter. Certaines nuits, d'horribles cauchemars venaient la hanter. L'un d'eux la terrorisait particulièrement. Un spectre dont le visage monstrueux rappelait vaguement la face d'un serpent rôdait près du palais. Au cœur d'une nuit rouge, il enlevait Seschi et Khirâ pour les emporter dans un labyrinthe sombre et marécageux. Thanys tentait de le suivre, mais se perdait parmi les arbres dont les branches, semblables à des griffes, entravaient sa progression. Elle voulait appeler à l'aide, mais aucun son ne sortait de sa gorge. Peu à peu la forêt se resserrait sur elle comme pour la broyer, et elle s'éveillait en sursaut, le cœur battant la chamade, la respiration emballée.

Peut-être ces cauchemars étaient-ils dus à son état. C'était à n'y rien comprendre. La petite Khirâ avait été conçue dans des circonstances effroyables, la grossesse avait eu lieu au milieu d'une horde de lions. Malgré cela, elle avait accouché seule, sans aucune difficulté. Aujourd'hui, alors qu'elle bénéficiait des soins du meilleur médecin du monde, son propre père, sa maternité l'épuisait d'une manière étrangement anormale. Imhotep lui-même l'avait mise en garde : son accouchement risquait de mal se dérouler.

Parfois, sa combativité reprenait le dessus et le désir de lutter s'emparait d'elle. Souvent, au contraire, une lassitude profonde l'envahissait, sa nature optimiste la désertait, et une insidieuse envie d'abandonner l'investissait, comme une fatigue intense. L'existence d'une reine était bien peu compatible avec celle d'une future mère.

La pièce se termina sur le triomphe d'Horus, qui, après avoir vaincu Seth, finissait par se réconcilier avec lui. Thanys ne put s'empêcher de penser qu'il y avait quelque chose d'ambigu et d'inachevé dans ce combat étrange entre l'oncle et le neveu, deux divinités puissantes et dissemblables, mais aussi complémentaires. Elle avait l'impression que Shoudimou avait voulu ménager les adeptes de Seth, que le projet de Saqqarâh rendait virulents. Les prêtres du Dieu rouge n'appréciaient guère de voir chaque jour rogner leurs prérogatives.

Thanys savait que la lutte entre les deux divinités revêtait surtout un caractère symbolique, qui représentait le cycle immuable de la mort et de la résurrection. Mais le peuple, peu ouvert aux subtilités des symboles, ne retiendrait de l'histoire que le combat ayant opposé les deux dieux. Deux dieux réconciliés par le père de Djoser, Khâsekhemoui. Djoser n'avait-il pas ranimé de vieilles querelles en rétablissant le culte d'Horus comme divinité principale ?

Tout cela lui semblait stupide. La véritable nature de Seth n'était pas mauvaise, disait leur vieux maître Merithrâ. Malheureusement, l'interprétation qu'en faisaient les hommes pouvait se révéler dangereuse. Les neters étaient les puissances invisibles qui régissaient l'univers. Seth, le Seth des origines, n'était que l'un d'eux. Pourtant, Thanys sentait confusément que derrière ce masque inquiétant, mais somme toute familier, se dissimulait quelque chose de plus terrifiant, qu'elle ne pouvait encore définir, mais qui rôdait dans l'ombre. Comme le reflet d'une puissance obscure en gestation, qui n'attendait qu'un signe pour se déchaîner sur le monde. Malgré la chaleur, elle perçut sur sa nuque un souffle à la fois brûlant et glacial. Elle se retourna, comme si une bête monstrueuse se tenait derrière elle. Mais il n'y avait rien. Rien que les spectateurs qui quittaient lentement leur place en commentant le spectacle avec passion. L'un d'eux la contemplait. Lorsqu'elle croisa son regard, elle fut frappée par l'étrange beauté de l'individu, dont le visage s'éclaira d'un sourire qui mêlait le respect et le reflet d'un désir équivoque. Elle aurait voulu s'offusquer de cette audace, mais elle en était incapable. À son angoisse se mêlait désormais un trouble inconnu, qu'elle refusait d'analyser. L'inconnu s'inclina longuement devant elle, puis se fondit dans la foule. Thanys garda longtemps en elle l'écho de son regard noir, semblable à celui d'un serpent ou d'un fauve fascinant un oiseau.

Après la représentation, les festivités se poursuivirent dans les jardins royaux, où des tables chargées de victuailles attendaient les invités. Le grand échanson, Nakao, proposait, outre les bières traditionnelles, une variété de vins chaleureux, dont certains étaient élevés dans les lointaines oasis du Sud. Outi, le maître boulanger, qui avait servi Sanakht et même l'usurpateur Nekoufer, avait exigé de ses artisans qu'ils se surpassassent. Les pains multipliaient les formes et les variétés. Ramoïs s'était mêlé aux musiciens, et plusieurs orchestres, installés en différents endroits du parc, ajoutaient leurs notes au brouhaha ambiant. Sur le dallage qui bordait l'étang, une troupe de danseuses nues évoluait, pour le plus grand plaisir des convives. Des constellations de lampes à huile diffusaient une lumière d'or, mettant en valeur les visages, allumant des étoiles dans les yeux des femmes, et des feux passionnés dans ceux des hommes.

Semourê, cousin du souverain et chef de la garde royale, ne quittait pas Djoser et Thanys des yeux. Ces réceptions le rendaient nerveux. Le roi ne comptait pas que des amis. Les complices de Pherâ et de Nekoufer, dont le roi avait confisqué les biens, s'étaient dispersés dans le pays. L'un d'eux pouvait vouloir se venger. Le développement du culte d'Horus ne faisait pas l'affaire des partisans du Dieu rouge, parmi lesquels comptaient quelques fanatiques qui n'hésiteraient pas à sacrifier leur vie pour tuer ce roi qui avait diminué l'influence de leur divinité.

Aussi Semourê s'était-il entouré d'une phalange de jeunes capitaines dignes de confiance, qui tissaient autour du couple royal un réseau de surveillance auquel il était difficile d'échapper. Malgré cela, Semourê sentait son estomac se nouer à tout instant. Il gardait constamment la main sur son glaive, et ne s'éloignait jamais de la personne du roi.

Parfois, il songeait que ce poste de chef de la garde n'était pas de tout repos. Autrefois, il aimait ces fêtes où il pouvait rencontrer des femmes toutes plus jolies les unes que les autres. Aujourd'hui, il n'avait plus l'esprit à se distraire. Pourtant, il n'aurait cédé sa place pour aucune autre.

De plus, il ne pouvait se plaindre d'être privé de

présence féminine. Inmakh, la fille de Pherâ, le vizir déchu, ne le quittait pas d'une semelle. C'était une très jolie fille, et elle ne manquait pas de charme. Il se dégageait d'elle une sorte de fragilité qui donnait envie de la protéger.

Semourê connaissait bien son histoire. Le zélé Pherâ, plus soucieux de satisfaire ses ambitions que de faire le bonheur de sa fille unique, l'avait offerte au roi précédent, Sanakht. Celui-ci avait fait d'elle sa maîtresse, alors qu'elle avait à peine treize ans. Il avait espéré qu'elle lui donnerait un fils, mais les dieux ne s'étaient pas montrés favorables, sans doute à cause de la santé défaillante du roi. À la mort de Sanakht, Inmakh s'était retrouvée seule, et méprisée par son père. Lorsque Nekoufer s'était emparé frauduleusement du pouvoir, elle avait vécu dans l'angoisse. Elle craignait que Pherâ ne décidât de la glisser dans la couche de l'usurpateur, afin de sceller leur alliance. Ne l'avait-il pas déjà fait avec Sanakht ? Elle redoutait Nekoufer, dont la brutalité avec les femmes était notoire. La victoire de Djoser avait été pour elle un véritable soulagement. Elle avait fui son père aux abois et le palais royal en effervescence pour se porter au-devant de l'armée du nouveau roi, auquel elle avait fait sa soumission.

Djoser l'avait tout d'abord accueillie avec méfiance. Elle était la fille d'un homme dont les actes avaient porté préjudice à l'Égypte tout entière. Puis il s'était rendu compte qu'elle détestait ce père autoritaire, car celui-ci l'avait toujours considérée comme une monnaie d'échange destinée à réaliser ses seules ambitions. De plus, elle avait été la compagne de

Sanakht, et les témoignages de nombreux esclaves confirmaient le soutien moral et l'affection dont elle l'avait entouré tout au long de sa maladie. Il avait même pensé l'épouser, mais sa santé déclinante ne le lui avait pas permis.

Pour ces différentes raisons, alors que la loi aurait dû la condamner à subir la même déchéance que son père, Djoser lui avait conservé une partie de sa fortune. Libérée de sa tutelle, Inmakh s'était épanouie. Généreuse et sensible, elle possédait un charme indéniable, une séduction naturelle, et brillait d'une fraîcheur et d'une beauté que beaucoup de femmes lui enviaient, et qui attiraient nombre d'hommes. Thanys, qui appréciait sa gaieté et sa spontanéité, aimait la compter parmi ses dames de compagnie. Elle s'était découvert un terrain d'entente avec elle : Inmakh adorait les animaux.

Inmakh était amoureuse de Semourê, et ne s'en cachait pas. De son côté, le jeune homme n'était pas insensible au charme enfantin de la demoiselle, et son attachement le flattait. Pourtant, il ne souhaitait pas profiter de son avantage. Fille unique d'un homme très riche, Inmakh était aussi frivole et capricieuse, habituée à être obéie par ses admirateurs comme par ses esclaves. Il devinait, derrière le masque de séduction qu'elle lui adressait, une femme possessive et jalouse, qui ne lui laisserait pas un moment de répit. Aussi maintenait-il entre eux des rapports amicaux, feignant l'aveuglement devant les œillades encourageantes qu'elle lui adressait, et qui amusaient toute la Cour. Semourê estimait que

Kemit regorgeait de jolies filles, et qu'il serait bien stupide de se contenter d'une seule.

Près de la fosse aux lions, il remarqua son complice Piânthy, chef de la Maison des Armes, en grande conversation avec une fille superbe qui paraissait suspendue à ses lèvres. Semourê sourit. Ami fidèle et joyeux compagnon, résistant à la souffrance, courageux devant l'ennemi, chef militaire rigoureux et efficace, Piânthy n'avait jamais été un grand séducteur. Cette fois pourtant, il semblait avoir mis la main sur une perle rare.

Semourê se rapprocha de l'estrade sur laquelle le couple royal s'était installé, assis dans des fauteuils d'ébènes incrustés de nacre, et s'intéressa au flot de nobles qui pénétrait dans les jardins.

Toujours orné de ses attributs royaux — la fausse barbe, la crosse et le fléau —, Djoser recevait un à un les invités, dont certains arrivaient de nomes lointains. Derrière lui avaient pris place Imhotep et Merneith. Semourê sourit en voyant Imhotep bâiller discrètement. Ces grandes réjouissances l'ennuyaient au plus haut point, parce qu'elles lui faisaient perdre un temps de travail précieux.

Un homme de grande taille, à la peau noire comme du jais, s'avança, dans lequel Djoser reconnut avec plaisir son ancien adversaire, Hakourna, l'ex-roi de Nubie. Djoser l'avait vaincu, puis, sur la supplique de Thanys, s'était réconcilié avec lui et en avait fait son allié. Depuis, Hakourna était devenu l'un des plus solides appuis du roi à la frontière méridionale de l'Égypte.

Hakourna, nomarque de Nubie, apportait nombre

de présents, dont de superbes défenses d'éléphants, des peaux d'hippopotames, des fourrures de léopards et de lions, ainsi qu'un couple de guépards qu'il offrit à la reine.

L'atmosphère de la Cour avait bien changé depuis l'avènement de Djoser. Chassant sans hésitation les anciens ministres et directeurs de son frère Sanakht, qui avaient trop longtemps abusé de sa faiblesse, il avait constitué sa propre cour, composée des capitaines qui avaient combattu à ses côtés durant la campagne contre l'usurpateur Nekoufer, de jeunes hommes dont il avait su apprécier les mérites et la loyauté. Il avait dû cependant négocier un pacte avec les grandes familles des riches propriétaires terriens, qui avaient accepté ses conditions lors du conflit l'ayant opposé à Sanakht. Malgré le respect et la crainte qu'ils éprouvaient pour lui, il n'était pas dupe. Certains n'attendaient que le premier signe de faiblesse de sa part pour lui imposer leur volonté.

Sous le masque d'un visage accueillant, Djoser s'efforçait de deviner les pensées qui se dissimulaient sous les sourires et les prosternations. L'expérience lui avait enseigné qu'il ne fallait accorder sa confiance qu'avec parcimonie, et se méfier des belles paroles de chacun, bulles inconsistantes qui se travestissaient dès le moindre changement de vent ou d'humeur.

Djoser parlait peu, écoutait beaucoup, sans jamais laisser transparaître ses sentiments réels. On aurait pu le croire d'un calme inaltérable. Mais on avait appris à redouter ses colères, qui pouvaient surgir à tout moment, sans que rien ne le laissât prévoir, lorsqu'il décelait chez un interlocuteur le moindre soupçon d'hypocrisie.

Outre les nomarques venus des lointaines provinces, Mennof-Rê recevait également plusieurs seigneurs égyptiens résidant à l'étranger, dans les protectorats de Byblos ou d'Ashqelôn. Certains, ayant appris l'accession au trône de Djoser, avaient même décidé de ne plus repartir.

C'était le cas de l'un d'eux, qui se prosterna longuement devant Djoser et Thanys. Derrière lui, une douzaine d'esclaves déposèrent de somptueux présents, pièces d'étoffe, objets de cuivre ciselé en provenance de Sumer, deux fauteuils incrustés d'ivoire, un coffret de bois finement décoré et doré.

— Quel est ton nom ? demanda Djoser.

— Je suis Kaïankh-Hotep, fils d'Hetepzefi, dit l'homme d'une voix profonde. Je serais heureux que tu acceptes ces cadeaux destinés à sceller notre amitié. Avec ta permission, je souhaite en effet revenir m'installer en Égypte.

Thanys reconnut en lui l'homme qui lui avait souri à la fin de la représentation. Âgé d'une trentaine d'années, il émanait de lui une séduction indiscutable. D'une belle prestance, il devait rencontrer un succès certain auprès des femmes. Pourtant, quelque chose dans son attitude gênait Thanys. Elle ne parvenait pas à comprendre quoi.

— D'où viens-tu ? demanda le roi.

— De Byblos, ô Taureau puissant. Mais je ne souhaite pas y retourner, car il m'est arrivé là-bas une aventure si terrible que j'en frémis encore.

— Par les dieux, nous conteras-tu cette aventure ?
— Avec plaisir, Majesté, si je ne craignais pas de t'ennuyer.
— Au contraire, nous t'écoutons. Qu'on lui amène un siège !

L'homme possédait visiblement l'art de captiver son auditoire. Imhotep lui-même tendit l'oreille. Kaïankh-Hotep se rapprocha familièrement et prit place sur une chaise pliante que lui apporta un esclave. Thanys eut immédiatement l'impression que le récit ne s'adressait qu'à elle. Peut-être en raison des regards qui semblaient la déshabiller.

— Eh bien voilà ! J'ai toujours vécu à Byblos, où mon père occupait un poste important dans le négoce. Lorsqu'il est mort, je lui ai succédé et mes affaires ont encore prospéré. Je possédais sans doute la plus belle demeure de la ville. Chaque matin, je remerciais les dieux qui s'étaient montrés bienveillants à mon égard. Je pensais que tout cela durerait jusqu'à ce que mon fils me succède à son tour. Or, il y a de cela quelques semaines, il s'est produit un événement effroyable, qui a failli me coûter la vie.

Il se tut, ménageant ses effets.

— Que s'est-il passé ? demanda Djoser.

— Une nuit, j'étais installé dans ma chambre, en compagnie de mon esclave préférée. Je dois te dire que mon épouse bien-aimée a rejoint le *Champ des Roseaux*[1] voici déjà quelques années. Je commençais à m'endormir lorsque, soudain, une odeur étrange

---

1. Champ des Roseaux : autre nom pour désigner le royaume des morts.

me pénétra les narines. Je m'éveillai et poussai un cri de terreur : j'étais entouré d'épaisses fumées qui rampaient sur le sol comme des monstres sinistres. J'ai tout de suite compris que ma demeure était la proie d'un incendie. Je me levai aussitôt, en hurlant pour appeler mes serviteurs. Mais le feu avait déjà gagné la majeure partie de ma maison. Ma compagne fut tuée. Quant à moi, j'ignore encore comment j'ai été épargné. Autour de moi, les murs brûlants s'écroulaient, dévoilant des rideaux de flammes qui dévoraient tout sur leur passage. Je ne pouvais plus respirer. J'ai dû trouver un passage vers les jardins, puis j'ai débouché dehors, dans la rue. Je n'avais aucun vêtement sur moi.

Kaïankh-Hotep, baissa la voix. Ses yeux se mirent soudain à briller.

— Mon fils lui-même a péri dans les flammes, Seigneur. Un enfant de dix ans, l'orgueil de ma vie. Seule la moitié de mes serviteurs a réussi à s'enfuir. Des voisins, puis la garde sont intervenus pour tenter d'éteindre le feu. Et c'est là que nous avons assisté à un phénomène extraordinaire : les flammes refusaient de s'éteindre. L'eau ne pouvait rien contre elles. Et ma superbe demeure a été entièrement détruite.

— Et tu viens m'offrir ces présents magnifiques ! s'étonna Djoser.

— Par chance, mes entrepôts, installés sur les quais, étaient intacts. Je suis encore un homme riche. Mais la mort de mon fils m'a bouleversé. Jamais je n'aurais pensé que les dieux pourraient m'affliger aussi durement. Je ne cessais de penser à cet incendie étrange. On aurait dit qu'il était animé d'une vie propre, comme si un démon s'y dissimulait. J'ai eu peur, ô Lumière de l'Égypte. Byblos, qui m'avait toujours semblé si accueillante, m'était soudain devenue hostile. Puis je me suis rendu compte que ma famille avait quitté l'Égypte depuis près de trois générations. Je ne la connaissais qu'au travers de trop rares voyages. Aussi ai-je eu envie de revenir. Plus rien ne me retient là-bas. Avec ton accord, je compte m'installer dans une propriété que je possède à Hetta-Heri, dans le nome du Taureau noir.

Djoser se renfonça dans son fauteuil. Des marins avaient en effet parlé d'un incendie étrange à Byblos, qui avait détruit la demeure d'un riche négociant.

— Kemit a besoin d'hommes comme toi, Kaïankh-Hotep. Sois donc le bienvenu.

Thanys demanda :

— Ton histoire est bien inquiétante. Aurais-tu des ennemis à Byblos ?

— Certes non, ô ma reine. En vérité, je vois derrière cela l'œuvre de Seth qui les a inspirés.

— Pourquoi Seth ?

— Parce que je pense moi aussi qu'Horus est le dieu principal de Kemit. Tout le monde connaissait mes opinions à Byblos. Mais j'ai cru remarquer, les derniers temps, la présence d'individus obligés de fuir l'Égypte, après l'avènement du nouveau roi.

— Des partisans de Nekoufer, sans doute, intervint Semourê.

— Je l'ignore ! Peut-être ont-ils voulu se venger de leur défaite à travers moi. C'est pourquoi j'ai décidé de revenir. Ils ont tenté de me tuer, ils peuvent recommencer. Or, malgré mon malheur, je suis encore jeune, et j'aime la vie.

Thanys inclina la tête pour confirmer l'accueil du roi. L'inquiétude décelée dans la voix de l'homme la troublait plus qu'elle ne l'aurait voulu, faisant renaître dans son esprit son angoisse latente. Qui avait pu déclencher le feu-qui-ne-s'éteint-pas dans sa demeure ? Un homme ? Ou... autre chose ?

9

Abouserê n'avait pas assisté à la fondation du nouveau mastaba. Il n'aimait pas le nouveau roi. Il n'avait pas aimé son frère, pas plus qu'il n'avait aimé leur père, Khâsekhemoui. Il avait fait partie de ces prêtres fanatiques qui s'étaient ralliés à Peribsen lorsqu'il avait imposé le culte du Dieu rouge dans les Deux-Terres, évinçant celui d'Horus.

La guerre l'avait épargné, car il était déjà âgé lors de la terrible bataille qui avait opposé le grand Peribsen à la soldatesque de l'usurpateur Khâsekhemoui. Malheureusement, l'infâme Meroura avait triomphé, et l'on avait ravalé le culte de Seth au niveau de celui du dieu-faucon, qui se prétendait maître du ciel et des étoiles.

Abouserê en avait conçu une amertume qui ne l'avait jamais plus quitté, et qu'il remâchait en bougonnant tandis qu'il parcourait les champs du temple[1]. D'esprit simple, Abouserê avait pour habitude de clamer ses opinions haut et fort. Il aimait provoquer les sceptiques et abreuver les jeunes disciples

---

1. En Égypte antique, les temples possédaient leurs propres terres.

de souvenirs. Le grand prêtre, Mekherâ, était un imbécile, incapable de se défendre contre l'autoritarisme de ce jeune roi présomptueux qui prétendait à présent étouffer le culte du Dieu rouge. Mais qu'il prenne garde ! Un jour, le dieu manifesterait sa colère, et frapperait ce souverain impie. Horus ne pourrait le protéger. Car Seth était le dieu de la guerre, le Combattant, le Destructeur. Sa puissance était bien plus grande qu'on ne le croyait. Ceux qui ne le respectaient pas seraient anéantis. Et lui, Abouserê, savait que le moment était proche.

Ce soir-là, suivant son habitude, il errait parmi les champs noirs où le limon se mêlait encore au chaume de la moisson récente. Comme à l'accoutumée, il ronchonnait, pestant contre le Maître du temple qui prétendait lui imposer de se ménager, prenant pour prétexte ses quatre-vingts ans passés. Mais Abouserê en avait vu d'autres. Il avait encore bon pied, bon œil, et son bâton lui suffisait. La propriété appartenant au temple de Seth s'étirait non loin des rives du Nil, à quelques miles au nord de Mennof-Rê à la limite du nome de Sekhem.

Obéissant aux lubies qui parfois lui passaient par la tête, le vieillard grognon avait refusé de regagner sa chambre. Il avait envie d'effectuer une promenade. Le soleil descendait lentement vers l'horizon, inondant le Delta d'une lumière dorée sur laquelle se découpaient les ombres allongées des grands arbres : palmiers, sycomores, acacias, perséas... À l'orient, les dernières lueurs du jour oscillaient entre le rose et le mauve. Du fleuve montaient des effluves parfumés. Abouserê aurait pu apprécier le calme de l'instant, la douceur de la température, la fraîcheur agréable apportée par la rosée du soir. Mais son caractère aigri lui masquait la beauté sereine du crépuscule.

Derrière lui, il devina la présence de Sabkou, le jeune ouâb[1] que le maître chargeait de le surveiller lorsqu'il s'éloignait des bâtiments. Abouserê grimaça un sourire. Le maître était malin. Sabkou était le seul dont il supportait la présence, parce qu'il avait su lui faire partager ses opinions. Il ralentit afin de permettre au novice de le rattraper. En dépit de son âge, Abouserê marchait encore d'un pas alerte que lui enviaient des hommes bien plus jeunes.

Lorsqu'il fut parvenu à sa hauteur, Abouserê lui fit partager son monologue d'amertume. Sabkou le supportait, car il savait qu'il fallait attendre l'instant propice où le vieillard s'amadouerait et accepterait d'ouvrir pour lui les portes de sa mémoire. Alors resurgirait cette période grandiose où le dieu Seth avait dominé l'Égypte, faisant naître l'espoir d'un empire qui se lancerait à la conquête du monde, un empire invincible devant lequel tous les autres plieraient. Car Kemit ne pouvait avoir de frontières. Le roi était le représentant de Seth sur la Terre, et la Terre lui appartenait. Comme Abouserê, Sabkou regrettait cette époque bénie. Lui non plus n'aimait pas le roi Djoser. Certains prétendaient qu'il était un grand guerrier. Dans ce cas, pourquoi ne lançait-il pas ses armées à l'assaut du Levant, d'Akkad, de

---

1. Ouâb : pur. Terme désignant les hommes proches des prêtres, qui s'occupaient pour eux des tâches matérielles. Les ouâbs ne travaillaient pas à plein temps dans les temples, mais ils devaient se soumettre aux mêmes règles de pureté que leurs maîtres.

Sumer ? Des peuples entiers seraient soumis, réduits en esclavage. Et lui, Sabkou, n'en serait pas réduit à travailler la terre comme un paysan.

Soudain, avec une force inattendue pour un homme de cet âge, la main du vieillard se posa sur son bras, sèche et dure comme du bois. Sabkou faillit gémir de douleur. Mais l'attitude étrange de son compagnon lui fit oublier sa souffrance. Il semblait soudain transfiguré, le regard fixé sur une sorte de monticule planté de sycomores qui se découpaient à contre-jour dans la clarté mauve du crépuscule. Une silhouette impressionnante se dressait entre deux arbres, et paraissait les attendre. Abouserê chancela, comme si toute énergie l'avait déserté. Sabkou dut le soutenir. L'ombre demeura immobile, majestueuse et inquiétante.

Les jambes flageolantes, Abouserê se mit à trembler. Il avait parfaitement reconnu la silhouette détachée sur le ciel de l'Ament, le royaume des morts. Mais il devait rêver. Peut-être s'agissait-il d'un affrit, ou de quelque chose de pire encore.

Car l'homme qui se dressait devant lui, à quelques dizaines de pas, était mort depuis plus de trente années.

10

Le quatrième jour épagomène, anniversaire d'Isis, la *dame douce d'amour,* un vent léger venu du nord annonça le proche retour d'Hâpy, le dieu hermaphrodite symbolisant les crues du Nil. Le lendemain, les eaux se mirent à gonfler lentement, leur couleur s'assombrit, tandis qu'une odeur fétide envahissait la vallée. Peu à peu, les champs et les prés proches des rives du fleuve disparurent sous la nappe irrésistible. Sur les *koms,* les buttes où étaient bâtis leurs villages, les paysans contemplaient l'inondation avec un mélange de crainte et de respect. Nul ne pouvait prévoir où elle s'arrêterait. Il arrivait parfois que le fleuve, dans sa puissance, submergeât les maisons et emportât les habitants et les troupeaux isolés.

Dans le port de Mennof-Rê, le niveau avait recouvert les quais les plus bas, atteint par endroits les limites des entrepôts. C'était comme une marée haute venue des montagnes lointaines, qui durerait quatre mois, interdisant tout travail de la terre, contraignant les paysans à demeurer chez eux pour réparer leurs outils, préparer des semences qu'ils ne pourraient planter qu'après le retrait des eaux noires.

Cette année pourtant, le rite immuable de ces occupations serait bouleversé. L'Horus avait parlé. Il avait demandé à chacun de consacrer une part de son temps à l'édification du monument fabuleux qui bientôt se dresserait sur le plateau sacré de Saqqarâh. Dès que les festivités de la fin d'année furent terminées, lorsque les visiteurs des provinces éloignées furent repartis, des milliers de paysans désœuvrés se présentèrent sur les chantiers indiqués par les scribes chargés du recrutement. De gigantesques rassemblements s'organisèrent sur l'Oukher, le port à demi envahi par les eaux, des dizaines d'ouvriers impatients embarquèrent sur les felouques qui devaient les amener dans les carrières de la rive orientale.

Il n'existait qu'une seule autre occasion où le peuple se réunissait ainsi : lorsqu'un ennemi menaçait le Double-Pays et qu'il fallait au plus vite constituer une armée importante. Cette fois, il n'y avait aucun adversaire à combattre. Mais chacun avait conscience de la puissance formidable que représentaient tous ces bras, toutes ces bonnes volontés. Ce chantier géant serait aussi l'occasion de retrouver des amis, des parents éloignés, des voisins, avec lesquels il ferait bon partager le pain et la bière lors des pauses. Le dieu-roi avait refusé que les prisonniers de guerre devenus esclaves fussent employés pour la construction de la cité sacrée. Elle devait être l'œuvre des seuls Égyptiens, afin que chacun se sente concerné, et puisse dire : « Il y a dans cette cité une part de mon travail. » Ainsi le voulait le roi Neteri-Khet, et les vieillards, trop usés pour participer aux travaux, mettaient un point d'honneur à compter quelques-uns de leurs descendants parmi les manœuvres.

Pourtant, malgré l'enthousiasme populaire, le projet royal n'avait pas fait l'unanimité. Dès son accession au trône, l'un des premiers actes de Djoser avait été de raffermir l'unité du Double-Pays, menacé par l'opposition entre les deux divinités Horus et Seth. Aussi avait-il réuni les prêtres et prêtresses des différents temples. Il avait proclamé que le culte d'Horus serait désormais celui du roi. En tant qu'incarnation du dieu sur la terre sacrée d'Égypte, Djoser assurait ainsi le rôle de premier officiant du culte solaire. Iounou, la ville du Soleil, devenait le plus grand centre spirituel, sous l'égide d'Imhotep.

Cette décision avait exaspéré certains religieux, surtout les adeptes du Dieu rouge, qui avaient vu fondre leurs privilèges. Ils ne cessaient depuis de remâcher leur amertume en songeant à l'époque précédente où les deux divinités se tenaient sur un pied d'égalité. Leurs statues se dressaient face à face, leurs temples jouissaient d'avantages équivalents. Mais comment lutter contre les décisions royales ? Mekherâ avait souvent fait savoir son désaccord au roi. À chaque fois, Djoser s'était montré diplomate et avait su ménager la susceptibilité du vieux prêtre, arguant que Seth demeurait l'un des dieux principaux, et le double d'Horus. Mekherâ avait cédé, sans doute parce qu'il ne se sentait pas de force à lutter contre la puissante personnalité du jeune roi.

Cependant, depuis la cérémonie de la fondation, Mekherâ voyait d'un mauvais œil diminuer l'influence du temple, qui rapportait de confortables revenus. Il ne dissimulait pas sa mauvaise humeur. Imhotep, nommé grand prêtre d'Iounou et premier après le roi, dirigeait le culte d'Horus. Lui-même aurait dû occuper un rang équivalent, ce qui n'était plus le cas. Il se voyait ravalé au rang des prêtres responsables des temples de Ptah, le dieu artisan, de Sobek le dieu crocodile, ou de Nephtys, la sœur d'Isis. Cela, il ne pouvait l'accepter. Seth était le plus puissant des dieux, il était le Guerrier, il possédait la force du désert lui-même. Et cette cité sacrée constituait une menace inacceptable pour la prépondérance du culte sethien.

Le lendemain du premier grand rassemblement des bâtisseurs, Mekherâ se présenta au palais, suivi d'une douzaine de ses compagnons, et demanda audience à Djoser. Ce matin-là, Semourê venait d'informer le roi que plusieurs crimes identiques avaient été commis depuis quelques mois. Tous avaient frappé des jeunes mères dont les enfants en bas âge avaient été enlevés. Le dernier avait eu lieu dans le nome de Per Bast, dont la capitale, Bubastis, était la cité de la déesse Bastet. Lorsque Mekherâ se présenta devant lui, Djoser n'était pas de très bonne humeur. Le vieux prêtre dut prendre sur lui-même pour faire valoir ses récriminations.

— Je suis venu te voir, ô Taureau puissant, pour te faire part une nouvelle fois de nos inquiétudes au sujet de la construction de cette cité sacrée, qui donnera encore plus d'importance au culte d'Horus.

— Je connais déjà tes griefs, Mekherâ. Tu dois savoir qu'il est inutile d'insister.

— Accepte de m'écouter, Majesté ! Le dieu bon Khâsekhemoui lui-même, ton père, a fait preuve de sagesse en réconciliant les deux neters. Pourquoi remettre cet équilibre en cause ? Ne crains-tu pas que la colère de Seth ne s'abatte sur nous ?

— Horus ne redoute pas Seth. Je n'ai donc pas peur de lui. De longues discussions nous ont déjà opposés, Mekherâ. Je ne suis pas disposé à revenir sur ma décision. Cette cité sera construite !

L'autre insista :

— Mais ne pourrait-on concevoir, dans cette cité, deux temples identiques, l'un consacré à Seth, l'autre à Horus, et maintenir ainsi l'égalité entre ces divinités ?

— C'est hors de question. Le culte de Seth demeurera, au même titre que celui des autres dieux. Mais Horus est le dixième élément de l'Ennéade sacrée, celui en lequel toutes les autres divinités s'harmonisent selon Maât. Horus est le dieu du Soleil. Aucun autre ne saurait lui être opposé. Cela est une aberration. Je n'en discuterai pas davantage.

— Dois-je comprendre que tu refuses de m'écouter ?

— Tu le dois ! En tant que roi du Double-Pays, ne suis-je pas le premier prêtre de Kemit ?

— Même un roi est sujet à des erreurs, ô Lumière de l'Égypte ! Ne vois-tu pas que les partisans de Seth se détourneront de toi ?

— Mekherâ, je suis las de cette querelle. Peribsen est mort et ses ambitions guerrières avec lui. Le culte d'Horus sera la principale religion de l'Égypte. Telle est ma volonté.

Mekherâ comprit que jamais il n'aurait le dernier mot. Il s'inclina très bas avant de se retirer en grommelant. Aux côtés de Djoser, le vieux Sefmout, appuyé sur son bâton sculpté, déclara :

— Tu as fait preuve d'une grande autorité, Seigneur. Cependant, Mekherâ n'a pas tort. Je le crois intègre, mais nombre des partisans de Seth ne te pardonneront pas de leur avoir rogné les griffes. Parmi eux se trouvent ceux qui, en leur temps, ont suivi l'usurpateur Peribsen. La colère de Seth pourrait s'exprimer au travers de leurs actes.

— Je saurai les contraindre ! Par la force s'il le faut ! répliqua fermement Djoser. Je refuse que l'Égypte subisse un nouvel affrontement comme celui qui m'a opposé à Nekoufer.

— Encore faudrait-il savoir qui ils sont, Seigneur. La Cour est hypocrite et versatile. On t'acclame et on te jure amour et fidélité, mais derrière les masques, combien sont sincères ? Saurais-tu reconnaître ceux qui te couvrent de caresses et d'éloges, mais restent prêts à te frapper par-derrière à la moindre occasion ? Les partisans de Seth, les nostalgiques de Peribsen, les anciens amis de Nekoufer et de Pherâ hantent encore la Grande Demeure. La popularité dont tu jouis auprès du peuple ne te protège pas d'ennemis invisibles, qui préparent leurs funestes coups dans l'ombre.

— Semourê veille. Il est mes yeux et mes oreilles.

— Je le sais, Seigneur, mais je me méfie des fanatiques engendrés par le dieu maudit. Lorsque Nekoufer s'est emparé de la couronne et que j'ai défendu ton parti, j'ai subi moi-même leur vindicte.

Il m'en reste quelques cicatrices et une jambe qui me refuse tout service.

Djoser prit affectueusement le vieil homme par les épaules.

— Je suis conscient de tout cela, ô Sefmout. Tu sais combien je te suis reconnaissant de m'être resté fidèle. Je vais donner ordre à Semourê de redoubler de vigilance. Mais...

Il se tut un instant, puis ajouta :

— Il a déjà fort à faire avec cette sordide histoire de jeunes femmes assassinées et d'enfants disparus.

À ce moment, Thanys apparut, suivie de ses esclaves, qui tenaient par la main Seschi et Khirâ. Dès que les bambins aperçurent le roi, que Khirâ considérait comme son père, ils se précipitèrent maladroitement pour venir l'embrasser. Ravi d'abandonner ses soucis, Djoser leur tendit les bras.

— Assez parlé de tout cela, glissa-t-il à Sefmout. La reine est inquiète, et je ne veux pas accentuer son angoisse.

11

— File vite ! J'entends mon mari !
Comme si un serpent des sables l'avait mordu, Moshem se dressa d'un bond et tendit l'oreille. Depuis l'entrepôt où il avait trouvé refuge avec sa compagne, des rumeurs de conversation leur parvenaient. Il récupéra son pagne à la hâte et se hissa souplement sur une énorme jarre, puis se faufila à travers une fenêtre donnant sur une ruelle déserte.

— Reviens me voir ! supplia la jeune femme en rajustant à la hâte ses vêtements malmenés par la fougue de Moshem.

Il lui adressa un baiser du bout des lèvres et se laissa tomber souplement à l'extérieur. Il n'était que temps. La porte de l'entrepôt s'ouvrait, livrant passage au maître des lieux, suivi de ses aides. Moshem s'appuya contre le mur de brique afin d'écouter. Le négociant s'étonna :

— Que fais-tu donc ici, mon épouse ?

La voix de la dame infidèle, qui savait se faire si câline pour Moshem, résonna d'une colère soudaine.

— Ce que je fais ici ? J'ai aperçu des rats ! Avec tes chiens ridicules dont les aboiements me cassent les oreilles, je pensais ne pas être obligée de surveiller moi-même tes entrepôts ! Comme si je n'avais pas déjà assez à faire avec tes serviteurs qui ne cessent de chaparder !

— Bon, bon ! Ne te fâche pas !

Moshem entendit sa conquête volage quitter les lieux en maugréant, tandis qu'un profond soupir s'échappait de la poitrine du mari, qui se mit à houspiller ses assistants.

— Eh bien, par Horus, qu'attendez-vous ? Chassez-moi ces sales bêtes !

Moshem faillit éclater de rire. Rendu joyeux par son aventure, il s'éloigna d'un pas léger en direction du quartier des marchands. Il adorait flâner ainsi au gré de sa fantaisie. Mennof-Rê était pour lui un sujet d'étonnement permanent. Les échoppes le passionnaient. Souvent, il s'arrêtait pour bavarder avec les ouvriers, leur posait des questions sur leur travail. Le tour de potier, particulièrement, le fascinait. Il aimait voir les objets se former avec docilité sous la main experte de l'artisan à partir de l'argile rouge. Sur les marchés, les étals des commerçants proposaient toutes sortes de produits : viandes, fruits et légumes, épices parfumées et colorées, tissus, vêtements, sandales, bijoux d'os, d'ivoire, de cuivre, d'or ou même d'argent, ce métal encore plus rare que l'or. Des charlatans vantaient les mérites de produits miracle destinés à guérir tout et n'importe quoi, notamment les maux de dents. Des ouvriers et serviteurs libres venaient louer leurs bras à côté des marchands d'esclaves. Plus loin étaient exposées des bêtes de toutes espèces ; bœufs, ânes, moutons et chèvres, volatiles fraîchement capturés pour la nourriture. Il était rare en effet que l'on élevât des oies ou des canards. Il suffisait de les abattre à l'arc ou au boomerang, ou de les prendre au filet.

Moshem écoutait les palabres des commerçants vantant les mérites de leurs marchandises aux badauds, les discussions âpres des transactions. Tout faisait l'objet de troc. Ainsi, les ouvriers et artisans étaient payés en mesure de bière, en pains, voire en pièces de tissu. On utilisait également des anneaux d'or de différentes tailles.

Les auberges proposaient leurs terrasses, où l'on pouvait se désaltérer d'un gobelet de citronnade, d'orangeade, plus souvent de bière ou de vin de Dakhla. Parfois, on s'écartait pour laisser passer un riche seigneur en compagnie de son épouse et de ses concubines. À distance suivaient les serviteurs porte-sandales et les esclaves munis d'éventails en plumes d'autruche.

Moshem s'amusait beaucoup des regards brillants que lui adressaient discrètement les belles Égyptiennes, ravies de voir ce joli garçon déambuler dans les rues. Il leur répondait par un large sourire et, lorsque la chose était possible, entamait la conversation.

Il avait ainsi repéré une ravissante demoiselle lorsqu'un éclat de voix attira son attention. Il y eut un remue-ménage quelques étals plus loin, puis des bruits de cavalcade. Moshem s'écarta et vit un gamin d'une quinzaine d'années s'enfuir en possession de quelques dattes. Un commerçant furibond et écumant le pourchassait en vociférant, sous les rires des badauds. Au passage, le jeune homme échangea un coup d'œil espiègle avec l'adolescent. Il s'appuya alors fortement à une pile d'énormes paniers ronds, qui basculèrent dans les jambes du poursuivant. Celui-ci fit une chute spectaculaire et s'emberlificota en rugissant dans les ballots d'étoffe échappés des paniers. Le marchand de tissu se mit à hurler à son tour, quelques horions furent échangés, accentuant encore la confusion. Hilare, Moshem s'éclipsa discrètement, sous le regard amusé d'un groupe de filles qui encouragèrent sa fuite de leurs cris. Il tourna dans une ruelle plus calme et se dirigea vers le fleuve en longeant un petit canal. Tout à coup, le gamin chapardeur se dressa devant lui avec un grand sourire.

— J'ai tout vu. Ce gros balourd ne m'aurait jamais rattrapé, mais je te remercie quand même de m'avoir aidé.
— De rien. Quel est ton nom ?
— Nadji ! Et toi ?
— Moshem ! Je suis amorrhéen.
— Tu es quoi ?

Le jeune homme lui parla alors de son pays d'origine. Très intéressé, le gamin lui offrit une grappe de dattes que les deux compères allèrent dévorer le long des berges du fleuve, non loin du chantier naval. Une sympathie spontanée naquit très vite entre eux. Moshem apprit ainsi que son nouvel ami n'avait aucun domicile. Ses parents avaient été emportés quelques années plus tôt par une épidémie. Depuis, il couchait dans les carcasses abandonnées des navires, refuges des marginaux de toutes origines. Il vivait de menus larcins et de mendicité. Pour un morceau de pain ou une poignée de fruits, il guidait également les riches visiteurs étrangers à travers la cité, dont il connaissait les moindres recoins. Moshem lui conta son aventure, et son esclavage.

Lorsqu'ils se séparèrent, ils se promirent de se revoir.

Après avoir maudit son sort, Moshem estimait aujourd'hui qu'il aurait eu tort de se plaindre. Depuis quelques mois, il s'était rendu indispensable et avait réussi à se faire une place enviable dans la demeure de Nebekhet.

Outre sa charge de Directeur des papyrus royaux, Nebekhet possédait une petite exploitation agricole dont il était très fier. Malheureusement, si la fabrication des supports d'écriture n'avait aucun secret pour lui, il connaissait peu les animaux et l'agriculture. Moshem s'était aperçu que certains de ses métayers le grugeaient de manière éhontée. Le jeune Amorrhéen n'avait pas été long à apprendre le minimum nécessaire pour interpréter les livres de comptes. Grâce à sa connaissance des troupeaux, il avait très vite décelé quelques irrégularités. Il n'avait pas hésité à ouvrir les yeux de son maître. Il s'était pris d'affection pour cet homme affable, d'humeur toujours égale, que son optimisme inaltérable rendait aveugle à la fourberie humaine. Sa naïveté désarmante et sa bonté l'avaient séduit.

De son côté, Nebekhet s'était attaché à lui un peu comme au fils qu'il n'avait pas eu. Il aimait écouter Moshem lui narrer les légendes de son pays, les voyages qui l'avaient mené dans les différentes contrées du Levant, depuis les rivages brûlants de la Mer sacrée [1] jusqu'aux collines forestières du nord. Moshem ne lui avait pas caché son don de déchiffrer les rêves, et Nebekhet ne cessait de lui demander conseil.

Il ne traitait pas Moshem comme un esclave [2]. Le jeune homme jouissait d'une relative liberté. Nebekhet le laissait libre d'errer à sa guise dans la bouillonnante capitale, ce dont il ne se privait pas. Il connaissait à présent tous les recoins de Mennof-Rê. Sa bouille d'adolescent rieur n'avait pas tardé à éveiller un vif intérêt de la part de riches Égyptiennes désœuvrées — ou de leurs servantes. Depuis toujours attiré par le beau sexe, Moshem n'avait eu que l'embarras du choix. Son tempérament joyeux, son regard de chat, sa musculature ferme et son sourire aux dents blanches en avaient séduit plus d'une. Toutefois ces escapades libertines n'étaient pas toujours du goût des époux des dames concernées. À plusieurs reprises, il n'avait dû qu'à la célérité de ses jambes d'avoir pu conserver son intégrité physique. Ce qui ne l'empêchait pas de retourner voir la dame quelques jours plus tard, lorsque l'effervescence s'était calmée.

1. La mer Morte.
2. Contrairement à une croyance répandue, l'esclavage n'était pas une coutume très répandue en Égypte antique. Les prisonniers de guerre étaient transformés en esclaves, mais ils étaient très souvent rapidement affranchis. Les Égyptiens avaient le respect de la personne humaine et, s'ils éprouvaient un amour profond pour leur pays, ils n'étaient nullement xénophobes et encore moins racistes. Un étranger avait tout autant de chance qu'un Égyptien d'occuper un poste important, proche du roi.

Il accompagnait régulièrement Nebekhet dans les magasins où l'on préparait les supports à base de papyrus. Intelligent et curieux, il s'était intéressé à ce travail. Après avoir été cueillies une à une dans les marais du Delta, les tiges arrivaient liées en bottes à l'entrepôt. Les plus grosses servaient à la fabrication de bateaux, de nattes, cordes ou sandales. Certaines étaient suffisamment résistantes pour servir à la construction des chapelles éphémères destinées aux cérémonies religieuses comme la fête du Heb-Sed, ou les fêtes des morts, qui avaient lieu sur le plateau de Saqqarâh. D'autres servaient pour la fabrication des cloisons mobiles employées dans le palais royal ou dans les demeures des nobles[1].

Mais les plus belles tiges étaient réservées à la fabrication des rouleaux d'écriture utilisés par les scribes.

— Ces livres valent une fortune ! commentait Nebekhet avec satisfaction. C'est pourquoi je suis riche. Dans les écoles de scribes, on a pris l'habitude de laver les anciens textes afin d'économiser les rouleaux. Mais il y a de plus en plus de scribes, et mes commandes augmentent sans cesse. Je vais devoir engager de nouveaux ouvriers.

Fasciné, Moshem admirait le travail minutieux des artisans qui découpaient les longues tiges dans le sens de la longueur afin d'en tirer des feuilles fibreuses très fines, que l'on appliquait ensuite trans-

---

1. Ces cloisons, en papyrus ou en roseau, furent reproduites en faïence bleue et verte dans les galeries souterraines de la pyramide de Saqqarâh.

versalement les unes sur les autres. L'ensemble était battu et séché. Les feuillets obtenus étaient collés bout à bout, puis roulés pour obtenir des livres. On protégeait le début et la fin de ces rouleaux, plus fragiles, par de minces bandes de cuir collées au verso.

Nebekhet n'ignorait pas qu'avant d'être esclave, Moshem avait été le fils d'un grand chef de tribu amorrhéen, et qu'il avait reçu une éducation de prince. Par jeu, et aussi parce qu'il désespérait d'avoir un jour un garçon, Nebekhet avait décidé de parfaire cette éducation en permettant au jeune homme d'étudier les *medou-neters*[1] avec son vieil intendant, Hotarâ. Il avait constaté que le jeune homme bénéficiait d'une ouverture d'esprit peu commune, qui lui avait permis de comprendre rapidement les bases de l'écriture. Amusé, il lui avait offert l'un de ces précieux rouleaux de papyrus, afin qu'il puisse travailler. Nebekhet appréciait la compagnie de Moshem. Il était curieux de tout, posait d'incessantes questions sur tous les sujets, et Nebekhet était heureux de lui répondre. En compensation, Moshem enseignait à son maître l'art de diriger une ferme, la manière de reconnaître une bête en bonne

---

1. Medou-neters : les signes sacrés, ou hiéroglyphes (nom grec). Les Égyptiens ont utilisé trois formes d'écriture. La première, l'écriture hiéroglyphique, était constituée de pictogrammes. L'écriture hiératique fut employée dès la troisième dynastie et reposait sur la transcription des hiéroglyphes en signes cursifs, afin de faciliter le travail des scribes dans leurs tâches quotidiennes. Vers la vingt-cinquième dynastie, l'écriture se démocratisa et les signes évoluèrent encore. Ce fut l'écriture démotique.

santé d'un animal malade. Ce qui évita plusieurs fois à Nebekhet de se faire voler par des marchands peu scrupuleux.

Avec les femmes de la maison, les rapports étaient différents. Saniout ne voyait en Moshem qu'un beau garçon avec lequel elle aurait aimé passer quelques instants agréables. Mais le jeune homme l'évitait. Il savait où elle voulait en venir, et n'avait aucunement l'intention de trahir un si bon maître.

Avec Ankheri, les choses étaient plus troubles. C'était une fille douce, âgée de dix-sept ans, aux longs cheveux noirs, la seule enfant survivante des trois que Nebekhet avait eus avec sa première épouse. Parce qu'il lui vouait un amour un peu possessif, son père n'était guère pressé de lui trouver un époux, et la jeune fille ne songeait pas à s'en plaindre. Nebekhet la comblait d'affection et d'attentions. Elle détestait sa belle-mère, l'orgueilleuse Saniout, dont elle n'ignorait pas les frasques. Mais elle n'osait en parler à son père, de peur de lui faire de la peine. Et surtout, elle redoutait Saniout, autour de laquelle rôdaient des personnages inquiétants. Timide et réservée, Ankheri ne se sentait pas de taille à lutter avec cette femme qui lui faisait peur. Moshem avait constaté qu'elle était instruite, et qu'elle s'intéressait à de nombreux domaines qui le passionnaient également. Aussi s'était-il placé à son service, tant pour le plaisir de sa compagnie que pour éviter celle de Saniout lorsque le maître était absent.

Ankheri avait été très vite séduite par le sourire de Moshem. Il lui avait conté l'aventure qui l'avait conduit à la captivité. Elle avait ainsi appris qu'il était le fils d'un grand chef de tribu, ce qui expliquait son éducation et son attitude noble, que l'esclavage n'avait pu effacer. Intriguée, puis attirée, elle avait inconsciemment joué elle-même de ses armes de séduction toutes neuves, sans penser que ce jeu l'entraînerait plus loin qu'elle ne le souhaitait. Mais sans y prendre garde, elle était tombée amoureuse de lui.

Malheureusement, il aimait les femmes et ses escapades régulières, qui amusaient son père, éveillaient chez elle des bouffées d'une jalousie qu'elle ne voulait pas reconnaître. Après tout, Moshem n'était que son serviteur. Elle ne pouvait lui avouer qu'elle l'aimait. Elle refusait de se l'avouer à elle-même. Aussi, leurs relations se chargeaient-elles toujours d'ambiguïté et d'émotion.

Ce jour-là, Moshem s'était installé dans un coin ombragé du jardin, près de l'étang gonflé des eaux de la crue. Il avait posé sur ses genoux sa tablette de scribe et s'ingéniait à recopier les signes enseignés par le vieil Hotarâ. Il ne fut pas surpris d'entendre derrière lui le pas léger d'Ankheri. Elle venait souvent lui tenir compagnie. Il se retourna et la salua.

— Que cette journée te soit douce, ô ma maîtresse ! dit-il de sa voix la plus chaude.

— Ouais ! Et qu'Apophis, le dragon maudit, te dévore les entrailles ! riposta-t-elle d'un ton acerbe.

Il reposa son calame et leva vers elle un visage contrit.

— Quel crime ai-je donc commis pour que ma maîtresse me souhaite un si méchant sort ?

En réalité, il connaissait parfaitement les raisons de sa colère.

— Je t'ai aperçu, ce matin, alors que tu te glissais hors de la demeure du seigneur Khofir. Et ne va pas me dire que tu désirais lui voler quelque chose. Tu n'es pas un chapardeur.

— Pourquoi te mentirais-je, ô ma douce maîtresse ? J'étais allé voir sa femme, la belle Serenet.

— Et tu oses me le dire en face !

— Quel mal y a-t-il à cela ? Je ne suis qu'un pauvre esclave. Suis-je responsable si quelque belle femme d'Égypte me trouve à son goût ?

— Belle femme, dis-tu ? Serenet est hideuse !

— Tu n'es guère charitable Elle a un beau visage... et une poitrine ferme !

Ankheri explosa.

— Et un mari aveugle !

— Heureusement pour moi !

— Tu n'es qu'un méprisable vaurien ! Je t'interdis désormais de quitter la demeure.

— Pourquoi te mettre dans une telle colère ? Serais-tu jalouse de Serenet ?

— Jalouse, moi ? Comment oses-tu ?

Elle leva le bras pour le frapper. Il répondit par un sourire irrésistible. Le bras retomba dans le vide, tandis que des larmes perlaient dans les yeux de la jeune fille. Moshem se redressa et lui prit la main.

— C'est bien, ma douce maîtresse, je ne la verrai plus. Je te le promets. D'ailleurs, je me moque bien de Serenet.

— Alors, pourquoi vas-tu la voir ? Elle... et toutes les autres ?

Il ne répondit pas immédiatement. Puis ses doigts

serrèrent un peu plus fort ceux d'Ankheri. Une bouffée de chaleur envahit la jeune fille.

— Je te l'ai déjà dit. Je ne suis plus qu'un esclave, Ankheri ! Il y a des choses que je ne puis même pas espérer, auxquelles je ne dois pas rêver. Alors, je me contente des miettes que me laisse ma condition. Si je suis beau garçon, et si les femmes d'Égypte me trouvent séduisant, c'est pour moi une consolation.

— Et quelles sont ces choses auxquelles tu ne peux même pas rêver ? demanda-t-elle d'une voix altérée.

Il leva les yeux sur elle.

— Est-il besoin que je te les dise, Ankheri ?
— J'aimerais les entendre.
— Tu ne les entendras pas.
— Je veux que tu les dises, insista-t-elle d'une voix où perçait de nouveau la colère.
— Bien ! répondit-il avec un sourire irrésistible. Je me console dans les bras de ces femmes parce que je ne peux avoir celle que je désire.
— Qui est-elle ?
— Tu la connais ! C'est un adorable petit bout de femme avec de longs cheveux bruns qui lui descendent sur les fesses, et un petit nez retroussé. Elle a les plus jolis yeux du monde, et mon cœur semble déborder de ma poitrine chaque fois que je la vois. Ou chaque fois que je pense à elle. Ce qui se produit mille fois par jour, car elle vit dans la maison où je vis.
— Insolent ! Comment oses-tu ?

Il se récria.

— Ô ma douce maîtresse ! Comment peux-tu

imaginer ? Je ne pensais pas à l'épouse de mon maître.

Elle poussa un rugissement de colère.

— Et tu te moques de moi !

Il feignit l'étonnement.

— Ne parlais-tu pas d'elle ?

Agacée, elle insista :

— Je veux que tu me dises qui est *vraiment* celle que tu désires !

— Dame Saniout ne m'est rien. S'il ne s'agit pas d'elle, il ne peut s'agir que de la belle Ankheri, Maîtresse.

Elle leva de nouveau la main et s'écria :

— C'est bien ce que je disais ! Tu es un insolent ! Et si je te donnais le fouet pour t'apprendre à me respecter ?

— Chaque coup me sera une caresse, si c'est toi qui le donnes, ô ma maîtresse !

Elle se leva avec brusquerie.

— Effronté ! Tu n'es qu'un esclave. *Mon* esclave ! Mon père t'a donné à moi. Comment oses-tu porter le regard sur la fille de ton maître ?

Il redressa la tête.

— Et toi, n'oublie pas que je suis aussi un prince amorrhéen. Même esclave, je le resterai toujours.

Son regard farouche impressionna la jeune fille. Elle aimait son attitude fière. Bien que prisonnier, il savait garder son maintien noble. Elle baissa les yeux.

— Pardonne-moi, Moshem, je suis injuste envers toi. Je connais ton histoire. Mais tu as raison, je suis jalouse.

Il reprit sa main dans les siennes.

— Et moi, crois-tu que cela me fasse plaisir de papillonner de l'une à l'autre, alors qu'une seule compte vraiment pour moi ? Je crois que je t'ai aimée dès le premier jour où je t'ai vue, à Busiris. Tu portais une robe de lin si claire que l'on devinait la finesse de tes jambes à travers l'étoffe. J'ai cru que tu étais l'une des épouses de Nebekhet. Lorsque j'ai su que tu étais sa fille, et que tu n'étais pas mariée, je n'ai pas pu m'empêcher d'espérer que je deviendrais ton mari, un jour. J'en avais oublié mes chaînes. Mais ton père m'a acheté. Alors a commencé pour moi la plus raffinée des tortures. Te voir, te parler chaque jour, sans pouvoir espérer autre chose que te regarder, et te regarder encore, à m'en user les yeux.

Il poussa un soupir à fendre l'âme.

— Que puis-je attendre d'autre ? Tu me l'as fait suffisamment comprendre : je ne suis qu'un esclave insolent, dont le titre de prince n'est plus qu'un souvenir, et qui mérite le fouet.

— Mon père t'aime beaucoup, Moshem. Souvent, il me dit qu'il aurait aimé avoir un fils qui te ressemblât. Peut-être pourrait-il t'adopter.

— Et tu deviendrais ma sœur ! Mais je ne veux pas que tu sois ma sœur !

— Moi non plus, dit-elle très vite.

Il se leva et l'entraîna vers les limites du jardin, d'où l'on dominait le fleuve et la ville.

— Il y a longtemps, j'ai fait un rêve, dit-il. Le soleil m'invitait dans sa demeure, et ordonnait au blé de s'incliner devant moi, parce que j'étais devenu un homme important. Il y avait une cité dans mon rêve. Et cette cité ressemblait...

Il lui désigna le panorama de la ville et la citadelle.

— À Mennof-Rê ! acheva-t-il. Je sais que mon dieu, Ramman, ne m'abandonnera pas. C'est ici, en Égypte, que doit s'accomplir mon destin. Aujourd'hui, je ne suis peut-être qu'un esclave ; mais un jour, je serai un seigneur puissant et admiré. Et ce jour-là, je voudrais qu'une femme soit à mes côtés. Tu sauras alors que mes petites aventures n'avaient aucune importance, et que tu es la seule qui compte pour moi.

Ankheri ne rêvait pas d'entendre autre chose. Cependant, bien qu'elle mourût d'envie de se blottir dans les bras de Moshem, elle n'osa le faire. Trop d'esclaves dévoués à Saniout rôdaient dans les jardins.

Soudain, un brouhaha lointain attira leur attention sur le fleuve.

— Regarde, dit-elle, c'est la nef royale. Le roi Neteri-Khet et la reine Nefert'Iti sont à bord. Ils traversent le Nil.

Moshem écarquilla les yeux pour distinguer le couple royal. Il ne réussit qu'à apercevoir deux silhouettes magnifiquement vêtues sur le pont du superbe navire. Mais celui-ci était trop loin. Ankheri l'entraîna hors du jardin. Quelques instants plus tard, ils étaient sur les rives du Nil. Au loin, la nef royale glissait silencieusement sur les eaux sombres du fleuve, en direction de la rive orientale, vers les carrières de Tourah.

Ankheri n'avait pas lâché la main de Moshem.

Tout à coup, elle se tourna vers lui, plongea son regard brillant dans celui du jeune homme. Leurs bouches se rapprochèrent, s'unirent...

Moshem comprit à ce moment qu'il ne retournerait plus jamais voir l'épouse de maître Khofir.

12

Commandée par Setmose, le jeune capitaine qui avait admirablement secondé Djoser pendant la bataille de Mennof-Rê, la nef royale aborda sur la rive orientale, le long d'une jetée de pierre. Quelques lourds vaisseaux y stationnaient déjà. Longs d'une soixantaine de coudées, larges d'une trentaine, ces gros navires ventrus étaient destinés à transporter les blocs de pierre sur l'autre rive. En prévision du chantier, Djoser avait ordonné la construction d'une douzaine de ces bateaux.

Le roi bondit à terre. Il bouillait d'impatience de voir à quoi ressemblait cette carrière nouvellement ouverte dans une falaise proche du petit village de Tourah. D'autres mines avaient été creusées dans les villages de Masara et d'Helwan, mais celle de Tourah était la plus importante.

Thanys ne dédaigna pas la litière. Depuis plusieurs mois, l'étrange malaise qui l'avait saisie peu avant la cérémonie de la fondation n'avait cessé de se manifester. Les nausées, qui en général s'arrêtaient entre le troisième et le quatrième mois de grossesse, s'étaient poursuivies chez elle. Elle avait dû faire appel à toute sa volonté pour lutter contre la fatigue inexplicable qui s'était emparée d'elle presque depuis le début. Son tempérament énergique et sa fougue avaient été mis à rude épreuve. Inquiet, Djoser avait demandé des explications aux mages de Mennof-Rê. Aucun n'avait pu trouver de raisons à l'état de la reine. Il n'avait pas oublié l'avertissement d'Imhotep. Il n'était pas dupe des tentatives de Thanys pour lui faire oublier son état de lassitude extrême. Ses traits étaient tirés, ses yeux creusés, et elle n'avait guère pris de poids. Le matin même, il avait exigé qu'elle l'accompagnât. Elle aurait préféré rester se reposer dans ses appartements, mais il escomptait bien la faire examiner par son père. Il était le plus grand médecin de tous les temps. Peut-être pourrait-il faire quelque chose pour elle. Elle avait argué qu'il avait suffisamment à faire avec les travaux en cours, Djoser n'avait pas cédé. Il était persuadé qu'il saurait trouver le remède au mal dont elle souffrait. Elle avait fini par le suivre, heureuse malgré tout de revoir Imhotep.

Depuis la cérémonie de la fondation, quatre mois s'étaient écoulés, pendant lesquels la crue du Nil avait empêché les paysans de travailler dans les champs. Très rapidement, sous l'égide d'Imhotep, une organisation s'était mise en place, avec sa hiérarchie. C'était la première fois qu'un tel chantier était entrepris, et tout ne fonctionnait pas comme l'aurait souhaité le grand architecte. Mais l'enthousiasme des ouvriers compensait les diverses anicroches. En dépit de la tâche gigantesque qui reposait sur ses épaules, il était le seul à conserver son calme. Il avait confié à des assistants la responsabilité des différents aspects du projet, et ces mêmes assistants avaient aussi pris en charge — bien involontairement — les maux d'estomac consécutifs aux retards, bévues et autres cafouillages inhérents à tout grand dessein.

Dans un premier temps, il fallait tailler dans la falaise de grands blocs de calcaire, que l'on amenait ensuite, par bateau, sur la rive occidentale, jusqu'au plateau de Saqqarâh. Il avait fallu pour cela mobiliser tous les carriers et tailleurs de pierre, peu rompus à ce genre de travail. L'essentiel de leur tâche consistait en effet à évider et polir des vases de pierre ou des lampes à huile. Jusqu'à présent, la pierre était peu utilisée dans l'architecture, sinon pour certains dallages, linteaux ou revêtements muraux. Le grand Imhotep avait bouleversé tout cela.

Cette révolution avait engendré nombre de difficultés jamais rencontrées auparavant. La construction des mastabas ne posait aucun problème. À partir de l'argile des rives du Nil, on fabriquait des briques à volonté, et on les amenait sur le plateau à l'aide de traîneaux. Le projet d'Imhotep avait nécessité la mise en place d'une organisation beaucoup plus complexe.

Les blocs de calcaire découpés dans la falaise étaient de dimensions importantes. Ils devaient servir de matériau de base. Il avait fallu apprendre à prélever dans la paroi rocheuse des monolithes très lourds, pesant plusieurs fois le poids d'un homme. On avait appris à les manipuler en évitant qu'ils ne se brisent. Pour les transporter, on avait dû construire de gros navires, dont certains étaient encore en chantier. Une nouvelle caste de mariniers avait vu le jour : les transporteurs de pierre. En effet, le maniement de ces énormes pièces exigeait des techniques particulières, mises au point encore une fois par Imhotep lui-même. Enfin parvenus sur le site de Saqqarâh, les grands blocs seraient taillés à la demande.

Cette entreprise avait soulevé d'autres difficultés. La taille des blocs et leur transport avaient réquisitionné une grande partie de la population de Mennof-Rê et des nomes voisins. Pour nourrir tous ces ouvriers, on avait dû organiser un système d'approvisionnement adapté, pris en charge par le Trésor royal, et sévèrement contrôlé par une armée de scribes qui veillaient à ce que chacun eût sa ration — mais pas plus.

Aussi les ouvriers appréciaient-ils la visite du roi. Ceux qui avaient travaillé dans son domaine de Kennehout connaissaient sa générosité. En effet, Djoser avait fait suivre la nef royale par un second navire chargé de victuailles, pain, bière, fruits, oiseaux fraîchement capturés que l'on ferait rôtir en son honneur.

Lorsque Djoser s'avança le long du quai, la tête coiffée du *némès*, la coiffure en tissu qu'il portait le plus souvent, les ouvriers se prosternèrent le front dans la poussière, non sans lorgner du coin de l'œil en direction du deuxième vaisseau dont ils devinaient le chargement. Sur un signe du roi, tous se relevèrent, et une ovation chaleureuse le salua. Un petit bonhomme excité, le visage rouge, accourut au-devant du souverain et se jeta à ses pieds.

— Ô Horus vivant, daigne pardonner à ton serviteur ! Le seigneur Imhotep l'a chargé de venir t'accueillir. Il est lui-même occupé par une extraction délicate.

Djoser releva l'arrivant, qui avait nom Akhet-Aâ[1], et occupait le poste de surintendant chargé de l'approvisionnement en vivres des ouvriers. Quelques centaines de mètres plus loin se creusait la carrière. Cela ressemblait à un vaste amphithéâtre taillé à flanc de colline, inondé d'une lumière éblouissante. Sous l'impulsion d'Imhotep, elle s'était considérablement agrandie.

Un homme vêtu d'un pagne couvert de poussière vint embrasser le sol devant Djoser et Thanys, qui avait quitté sa litière. Ils reconnurent Heryksê, l'artisan qui leur avait enseigné l'art de la taille, bien longtemps auparavant.

— Ô Lumière de l'Égypte, sois le bienvenu.

— Les dieux te protègent, mon ami, dit Djoser. Ce med me dit que tu es monté en grade.

— Le seigneur Imhotep m'a nommé Directeur de la carrière, Majesté.

— C'est un choix judicieux. Ni Thanys ni moi n'avons oublié tes leçons. Les ouvriers ne manquent-ils de rien ?

---

1. Akhet-Aâ a réellement existé. Son tombeau, situé sur le plateau de Saqqarâh, a permis de déterminer qu'il était contemporain d'Imhotep, et qu'il a probablement occupé un poste semblable à celui décrit ci-dessus.

— Ils louent chaque soir ta générosité, ô grand roi.

— Le second navire apporte des vivres et des jarres de vin. Tu parleras avec Akhet-Aâ afin que tout soit équitablement réparti.

— Sois remercié, ô divin roi.

— À présent, fais-nous visiter ta carrière !

Épuisée, Thanys prit appui sur le bras vigoureux de son compagnon. Djoser constata que, malgré la chaleur étouffante, elle demeurait pâle. Il lui proposa de remonter dans la litière, mais elle refusa d'un sourire. Il n'osa insister. L'un soutenant l'autre, ils s'engagèrent sur le chantier. À la vue du couple royal, chacun s'inclinait avec respect, puis reprenait l'ouvrage.

Depuis quelques mois, une large partie de la colline avait été mise à nu. Des dizaines de carriers travaillaient à la découper méthodiquement en d'énormes parallélépipèdes. Plusieurs blocs étaient extraits simultanément, en différents endroits, suivant les indications des ingénieurs formés par Imhotep. Les travaux étaient rythmés par des mélopées répétitives, lancées par un maître d'œuvre et reprises par les ouvriers.

Djoser et Thanys s'intéressaient au travail de chaque groupe. Là, on dégrossissait les surfaces d'un gros monolithe long de six coudées à l'aide de ciseaux de cuivre et de scies au sable. Les outils utilisés venaient pour beaucoup du fond des âges, mais dont des générations avaient appris à contrôler le maniement avec une maîtrise quasiment parfaite. Ainsi rencontrait-on des coups-de-poing de pierre dure, des haches de diorite, des boules de dolérite, des croissants de silex, des maillets de bois, des polissoirs. Les outils s'usaient très vite. Chaque ouvrier était secondé par un aide qui réparait les instruments usagés, affûtait les scies et les ciseaux, renforçait l'emmanchure d'une hache. On faisait également une grosse consommation de cordages, destinés à manœuvrer les énormes blocs. Ceux-ci étaient ensuite chargés sur les traîneaux tirés par des ânes ou des bœufs, qui circulaient sur des pistes recouvertes de rondins d'acacia ou de sycomore. Des ouvriers ne cessaient de les enduire d'argile et d'eau afin de faciliter le glissement des lourds patins. Les monolithes étaient ensuite convoyés jusqu'au port où les gros vaisseaux les emportaient sur l'autre rive.

Partout, de jeunes femmes aux cheveux protégés par des foulards proposaient aux ouvriers exténués des flacons d'eau ou de bière, ainsi que des fruits frais. Certaines d'entre elles portaient leur nouveau-né sur le dos, noué dans une pièce de lin ou de fibre de palme. Les jeunes épouses tenaient à accompagner leur mari.

Soudain, une petite silhouette à la peau d'un noir de jais, mais passablement recouverte de poussière blanche, s'inclina devant le couple royal.

— Ouadji ! s'exclama Thanys.

— Qu'Isis protège mon roi et sa dame, dit le petit homme avec un sourire éclatant.

— Que fais-tu ici ? demanda Djoser.

— Ton serviteur répare les membres brisés ou endoloris, ô Lumière de l'Égypte. Avec un tel chantier, les accidents sont courants, et le seigneur Imhotep a trop à faire pour s'en occuper. C'est pourquoi il m'a demandé de soigner les blessés.

Thanys aimait beaucoup le nain, inséparable compagnon de son père. Parfaitement compétent dans son domaine, la médecine, il exerçait une action calmante sur les jeunes femmes sur le point d'accoucher. Sans doute fallait-il y voir l'influence du dieu Bès, qui présidait aux naissances, et qui s'était peut-être incarné en lui, comme Thôt s'était incarné en Imhotep. Thanys en était persuadée. D'une certaine manière, la présence d'Ouadji la rassurait.

Tandis qu'elle s'éloignait avec Djoser, le nain la contempla avec un regard dubitatif. Puis, de son pas trottinant, il suivit le couple royal, sans cesser de répéter entre ses dents des formules rituelles apportées de sa jungle natale et en secouant la tête d'un air inquiet.

Heryksê amena Djoser et Thanys au pied de la falaise rocheuse, près d'une équipe qui s'affairait à dégager un monolithe de sa gangue. Aidés par la puissance de deux bœufs, les ouvriers le faisait doucement basculer sur des rondins à l'aide de cordes. L'opération s'avérait délicate, en raison de la masse imposante et de l'étroitesse du couloir ménagé autour du géant de pierre. Et surtout, une fois engagé sur les rails de bois, il risquait, entraîné par sa masse, de chuter brutalement et de se briser. Mais l'ingéniosité d'Imhotep avait imaginé un système qui permettait de le laisser glisser en rappel.

Une silhouette vêtue d'un simple pagne d'ouvrier s'agitait près du colosse, donnait ses ordres, vérifiait l'état des cordes. Djoser et Thanys eurent peine à reconnaître en elle le Grand Maître du palais, le Premier après le roi, Noble héréditaire et Grand Prêtre d'Iounou, la ville du Soleil. Il était couvert d'une fine poussière blanche qui le confondait avec les innombrables tailleurs de pierre travaillant sous son commandement. Malgré son âge mûr, Imhotep débordait d'une énergie peu commune et d'une bonne humeur constante et communicative. Pour avoir autrefois taillé la pierre lui-même, il en connaissait les secrets mieux que ses artisans, et chacun avait à cœur de l'écouter. Sa science tenait de la magie. Il savait d'instinct l'endroit où il fallait attaquer la roche pour en extraire les blocs sans les abîmer, et son esprit créatif imaginait chaque jour de nouvelles astuces pour faciliter leur extraction et leur transport.

Dans un raclement assourdissant, le bloc bascula, se mit en place sur les rondins, retenu par une douzaine de cordages auxquels s'agrippaient les manœuvres. Les cordes s'enroulaient autour d'un énorme tronc d'arbre solidement ancré dans la roche, facilitant ainsi le travail des hommes, qui utilisaient leur propre poids pour empêcher le bloc de descendre trop vite. Un ouvrier ne cessait d'arroser le tronc et les cordes. Lentement, le mastodonte glissa vers le bas, puis s'immobilisa. Les manœuvres poussèrent un cri de triomphe. Alors seulement, Imhotep s'avança vers le roi, un large sourire aux lèvres. Un serviteur se précipita pour lui porter une vasque emplie d'eau dont il s'aspergea le visage.

— Pardonne-moi de ne pas t'avoir accueilli en personne, Seigneur. L'opération était difficile.

— Je l'ai vu, mon ami.

— Nous pourrions découper des blocs de plus petites dimensions, mais cela retarderait le transport. Il est préférable de les tailler sur place à Saqqarâh, en fonction des besoins.

Imhotep caressa d'une main respectueuse la masse imposante et ajouta :

— Nous avons ici le calcaire le plus beau et le plus fin qui se puisse imaginer. Malheureusement, les outils s'usent très vite. Il va me falloir de plus grandes quantités de cuivre pour fabriquer des scies, et des forêts.

— Tu les auras, répondit Djoser. J'en ferai venir du Sinaï.

— Il me faudrait aussi plus de bœufs et d'ânes.

— Je te les fournirai.

Après avoir donné ses directives à Heryksê, Imhotep prit familièrement le roi par le bras et se lança dans un discours passionné. Désignant la longue rampe qui permettait de sortir les blocs de la carrière, il expliqua :

— La pierre est plus lourde que les briques. Il est hors de question de construire des échafaudages pour mettre les blocs en place ; ils s'écrouleraient sous le poids. Nous bâtirons une rampe identique sur le chantier. Mais il me faudra des arbres plus solides pour les traîneaux et les pistes de rondins. Des chênes et des pins.

— Mentoucheb te les apportera, affirma Thanys.

— Nous utiliserons aussi l'albâtre, ajouta Imhotep. Il y en a ici. Je vais également faire venir du schiste bleu de Siout, et du granit de Yêb. Mais je devrai me rendre sur place afin d'enseigner aux carriers comment extraire de grands blocs.

Était-ce l'idée d'un départ possible de son père ? Une angoisse soudaine envahit Thanys. Puis une bouffée de chaleur s'empara d'elle, qui se termina par une violente nausée.

— Thanys ! Ça ne va pas ? s'inquiéta Djoser.

Il se tourna vers l'architecte.

— Peut-être ai-je fait preuve d'imprudence, mon ami. J'ai voulu qu'elle m'accompagne pour que tu l'examines.

— Tu as agi sagement.

Soutenue par le roi et par Imhotep, la jeune femme vint s'asseoir sur un bloc de calcaire. Elle respirait avec peine.

— J'ai mal, Djoser ! Comme si mon ventre allait éclater.

Imhotep examina rapidement sa fille, le visage sombre. Il palpa son abdomen, passa ses mains sur différents endroits de son corps.

— C'est curieux, on dirait qu'elle est sur le point de mettre son enfant au monde. Pourtant, ce n'est prévu que dans un mois. Il arrive que les enfants naissent avec un peu d'avance, mais il vaudrait mieux l'éviter.

Tout à coup, la petite troupe des suivantes et des courtisans qui entourait le couple royal fut écartée sans ménagement par le nain Ouadji.

— Laissez-moi passer ! grommelait-il de sa voix grave, inattendue dans un corps aussi petit.

À la vue d'Ouadji, Thanys reprit quelques couleurs. Le nain l'examina à son tour attentivement, puis déclara :

— Ton enfant sera bientôt là, ma reine. C'est inévitable.

— Je vais donner des ordres pour que nous rentrions au plus vite au palais, dit Djoser.

— Non, ô roi divin ! Pas au palais !

— Pourquoi ?

— Ouadji t'en conjure, Majesté ! Il y a là-bas quelque chose de mauvais qui désire la mort de la Grande Épouse. Elle ne doit pas retourner aux Murs Blancs.

Interloqué, Djoser leva les yeux vers Imhotep, qui écoutait attentivement les paroles de son compagnon.

— Explique-toi ! demanda l'architecte.

— Je l'ai compris tout à l'heure, lorsque j'ai vu notre reine, mon ami. On a usé de magie contre elle. La magie sombre, comme celle que l'on pratique dans mon pays.

Une colère brusque s'empara de Djoser, qui s'écria :

— Mais qui a pu commettre un tel crime ? s'insurgea Djoser.

— Ouadji l'ignore, Seigneur. Il se rendra dès que possible au palais, afin de rechercher la cause de cette mauvaise magie. Mais avant, il faut aider ton épouse à mettre son enfant au monde dans un endroit sûr. Et très vite, car il sera bientôt là.

— Mais où aller ?

Heryksê s'avança.

— Pardonne l'audace de ton serviteur, ô Taureau puissant. Mon plus jeune frère, Ouserhat, habite à Tourah. Sa demeure n'est pas très grande, mais elle est confortable. De plus, sa femme vient de mettre au monde une belle petite fille il y a quelques jours.

Avant que Djoser ait pu répondre, Ouadji intervint :

— Accepte, ô divin roi. Un grand danger menace la reine. Si elle retourne au palais, c'est la mort qui l'attend. Ici, à Tourah, elle sera à l'abri des mauvais esprits.

Le visage emperlé de sueur, Thanys intervint :

— Il a raison, Djoser. Depuis plusieurs mois, j'ai l'impression qu'un ennemi invisible me guette dans l'ombre. Je ne veux pas retourner à la Grande Demeure.

Elle saisit la main du nain et la serra avec force.

— J'ai confiance en toi, Ouadji. Je voudrais que tu m'assistes. Acceptes-tu ?

— La tradition égyptienne interdit aux hommes d'assister à une naissance, riposta-t-il faiblement.

— Je me moque de la tradition. Je refuse d'être remise entre les mains d'une accoucheuse brutale et incompétente.

— Je suis aux ordres de ma reine ! dit-il en s'inclinant.

— Toi aussi, mon père ! implora Thanys. Je vais avoir besoin de toute ta science... Si tu consens à abandonner quelque temps ton chantier.

Imhotep acquiesça d'un signe de tête. Intérieurement, il se maudissait de n'être pas intervenu avant. Le chantier de Saqqarâh lui demandait trop de temps. Il venait seulement de se rendre compte que l'état de sa fille était très grave.

13

Un peu plus tard, la litière, portée par les plus puissants guerriers de Djoser, pénétrait dans le petit village de Tourah, situé à moins d'un mile de la carrière. Ébahis, les femmes et quelques vieux paysans virent l'équipage mené par le roi, le grand Neteri-Khet en personne, s'arrêter devant la demeure d'Ouserhat. Le maître des lieux, paysan libre propriétaire d'un domaine de moyenne importance, était absent. Ce fut sa femme, Bedchat, qui accueillit le roi, complètement éberluée. Comme elle tenait sa dernière-née dans les bras, elle montra les signes de la plus intense panique parce qu'elle ne pouvait se prosterner selon la coutume. Mais Djoser la prit par les épaules et l'invita à pénétrer à l'intérieur de la demeure.

— Le temps nous presse, femme d'Ouserhat. La reine est prise des douleurs de l'enfantement et Heryksê nous a conseillé ta maison.

— Cette demeure est la tienne, ô Lumière de l'Égypte, bredouilla Bedchat sans trop comprendre ce qui lui arrivait.

Tandis que les suivantes aidaient Thanys à descendre de litière, elle confia sa petite fille à une servante et s'approcha de la souveraine. Les regards des deux femmes se croisèrent et une complicité instantanée naquit entre elles, abolissant les barrières du protocole. Elles n'étaient plus reine et sujette, mais deux jeunes femmes face au plus grand mystère de la vie : la naissance.

Bedchat comprit immédiatement que Thanys souffrait, mais que sa fierté naturelle l'empêchait de se plaindre, surtout afin de ne pas affoler le roi qui, pour être un dieu vivant, n'en était pas moins homme. Aux côtés du souverain se tenaient deux personnages étranges : un nain à la peau noire à qui tout le monde, même le roi, semblait obéir dans les circonstances présentes. Le second n'était autre que le seigneur mystérieux qui dirigeait les travaux de la carrière voisine : le grand Imhotep, qu'elle connaissait pour l'avoir aperçu plusieurs fois de loin.

Le premier instant de surprise passé, la jeune femme ne se laissa pas démonter. Rameutant ses servantes, elle leur ordonna de préparer la plus belle chambre afin de recevoir la souveraine. Puis elle s'occupa elle-même d'installer Thanys sur son propre lit.

— Je vais chercher des briques[1] ! dit-elle.

Mais Ouadji l'arrêta.

— L'état de la reine ne lui permettra pas d'accoucher selon les règles, dit-il.

Psalmodiant des litanies dans une langue incon-

---

1. Selon la coutume égyptienne, les femmes accouchaient accroupies, en posant les pieds sur des briques.

nue, il fit sortir tout le monde de la chambre, hormis Bedchat, Imhotep et une servante. Puis il lança quelques incantations aux dieux. Enfin, il revint vers Thanys dont il prit la main entre les siennes.

— Cela risque d'être douloureux, ma reine. Permets à ton serviteur de t'examiner comme il convient.

— Fais ce que tu dois ! répondit-elle.

Les contractions ne faisaient qu'empirer, se rapprochant chaque fois un peu plus. Elle savait pourtant que son terme n'était prévu que dans un mois. Mais sans doute l'angoisse latente qui l'avait envahie depuis quelque temps avait-elle déréglé le processus de la vie. Elle sentit à peine les mains potelées du nain parcourir son corps, la pénétrer afin de déterminer l'avancement du travail. Enfin, il la regarda et déclara :

— Ton enfant se présente mal, ma reine. Un esprit mauvais désire sa mort ou la tienne. Il te hante depuis plusieurs mois. Au palais, tu étais condamnée. Mais ici, peut-être pouvons-nous tenter de vaincre l'influence du démon.

Sans lâcher la main de Thanys, il s'adressa à Imhotep, dans son langage issu des jungles du Sud. À la pâleur du visage de son père, Thanys comprit que le diagnostic d'Ouadji était encore plus pessimiste qu'il ne l'avait laissé entendre. S'approchant à son tour, Imhotep examina lui-même sa fille, et hocha la tête gravement. Les yeux brûlants de fièvre, Thanys demanda :

— Père, je vais mourir, n'est-ce pas ?

Imhotep ne répondit pas immédiatement. Puis il se décida à parler :

— Je ne veux pas te mentir. Tel qu'il se présente, l'enfant ne pourra pas passer. Pourtant, il faut qu'il sorte. Ton ventre se contracte régulièrement, ce qui indique que la délivrance est proche. Mais cela risque de te tuer. Et nous ne pouvons agir. Il faut attendre.

Lui d'ordinaire si calme laissa échapper un juron digne des bateliers du port de Mennof-Rê. L'angoisse gagna Thanys. Si Ouadji, si son père lui-même ne pouvaient rien faire, alors elle était perdue. Dans le demi-délire qui s'emparait d'elle insidieusement, il lui semblait entendre le rire de la divinité mauvaise qui voyait approcher son triomphe.

Un sursaut de révolte envahit la jeune femme. Elle refusait de mourir. C'était trop stupide. Il devait y avoir quelque chose à faire. Puis une contraction encore plus violente que les autres lui coupa le souffle et elle se mit à gémir, vaincue par la douleur.

Le temps sembla alors s'allonger, s'étirer. À l'extérieur, la lumière déclinait. Bedchat ordonna à ses servantes d'apporter des lampes à huile, dont les lueurs dorées se répandirent bientôt dans la chambre aux murs ornés de nattes colorées. Malgré la chaleur, Thanys grelottait, secouée par une fièvre qui empirait d'instant en instant.

Ouadji et Imhotep ne cessaient de la veiller. Parfois, son père se levait, faisait quelques pas nerveux et se frappait le front en signe d'impuissance.

Dans la pièce adjacente, Thanys devinait la présence de Djoser, qui attendait avec anxiété. Elle aurait voulu qu'il soit près d'elle. Mais cela n'aurait servi à rien.

Elle ignorait depuis combien de temps elle était dans cette chambre. La nuit avait succédé au jour. Puis la lumière de Rê avait de nouveau inondé la demeure. C'était à peine si elle reconnaissait les visages penchés sur elle. De temps à autre, on lui faisait ingurgiter une tisane qui calmait sa souffrance pendant quelque temps. Puis l'étau qui lui broyait les entrailles se saisissait de nouveau d'elle et lui arrachait des hurlements.

Djoser était venu la voir. Elle avait reconnu son visage. Aux larmes qui coulaient sur ses joues, elle avait compris qu'elle était en train de mourir. Elle aurait voulu lutter, mais il n'y avait plus rien à faire. Peu à peu, il lui sembla glisser le long d'une pente inexorable, vers un gouffre sans fond. Elle tenta de s'agripper de toutes ses forces, de toutes son âme. Si elle devait mourir, au moins que son enfant vive !

Elle eut à peine conscience des mains d'Ouadji qui la parcouraient de nouveau fébrilement. De même qu'elle ne comprit pas les paroles qu'il adressa à Imhotep, dans sa langue de la jungle.

— Elle est perdue ! affirma le nain. Mais nous pouvons encore tenter quelque chose.

Il se lança dans une explication volubile émaillée d'expressions imagées dont il avait le secret. À mesure qu'il dévoilait son projet, Imhotep le regarda avec stupéfaction. Puis il s'exclama :

— C'est de la folie, mon ami ! Jamais je ne pourrai faire ça !

— C'est notre seule chance, Seigneur ! Si nous ne tentons rien, elle sera morte lorsque Khepri-Atoum se lèvera, et l'enfant aussi.

Imhotep regarda Thanys, dont le teint avait viré au gris. Les yeux ouverts, elle semblait plongée dans un état semi-comateux. Sa respiration devenait de plus en plus difficile. Ouadji insista :

— Quelqu'un lui a jeté un sort. Dans le palais royal, nous ne pourrions rien faire, car l'esprit serait plus fort que nous. Ici, nous pouvons le vaincre, parce que nous allons le surprendre. Si nous triomphons, la malédiction tombera d'elle-même. Mais Thanys mourra si nous n'agissons pas comme je l'ai dit, et très vite !

Imhotep médita quelques instants, puis convint que le nain avait raison. Mais aurait-il le courage d'agir ?

— Il va nous falloir du matériel. Nous ne l'avons pas.

— Mes assistants ont amené mon coffre de médecine. Il contient des herbes et les outils nécessaires.

— Je n'ai jamais pratiqué ce genre de chose sur un être humain.

— Tu es le seul qui puisses le faire, Seigneur !

Imhotep scruta le visage cireux de Thanys. Enfin, il souffla :

— C'est bien. Je vais le tenter. Mais il faut que je tâche d'oublier ce qu'elle représente pour moi.

Ouadji répondit avec force :

— Ô mon maître, tu m'as toujours enseigné que pour soigner les hommes, il fallait les aimer. C'est parce que tu aimes profondément ta fille que tu vas la sauver.

Quelques instants plus tard, les assistants du nain avaient apporté le coffre de cèdre dans lequel il rangeait ses instruments et ses médicaments. Après avoir demandé à Bedchat des récipients d'eau très chaude, les deux hommes se mirent au travail.

Dans un premier temps, ils préparèrent une décoction destinée à étourdir la parturiente. Bientôt, le souffle de Thanys se fit plus régulier. Puis Imhotep prépara ses outils, dont une lame de cuivre aiguisée qu'il passa à la flamme afin de la purifier.

Examinant attentivement le ventre de la jeune femme endormie, il détermina sur la peau plusieurs emplacements, et dessina une ligne partant du nombril et descendant jusqu'au pubis. Les mâchoires serrées, Imhotep évitait de regarder en direction du visage de Thanys. Il aurait voulu pouvoir confier les instruments à son compagnon, mais celui-ci avait raison : il était le plus qualifié pour agir. Ce qu'il s'apprêtait à faire n'avait jamais été tenté sur une femme, mais c'était la seule chose qui pouvait encore sauver Thanys et peut-être son enfant.

— Tiens-la fermement ! ordonna-t-il d'un ton sec, presque agressif.

Il prit une profonde inspiration, se concentra, puis saisit résolument son couteau de cuivre et le plongea d'un mouvement vif et précis dans le ventre de la jeune femme. Quelques instants plus tard, il avait découpé une ligne sanglante dans l'abdomen. Écartant sans hésitation les lèvres de la plaie, il libéra le bébé dont la tête émergea, ruisselant de sang et de liquide amniotique. La couleur de son visage était bleue. Imhotep comprit aussitôt pourquoi : le cordon ombilical était enroulé autour de son cou. Oubliant ses craintes, il saisit l'enfant et l'extirpa avec précaution de la poche maternelle. Puis il dénoua le cordon fatal, le coupa, et massa vigoureusement le petit corps. Peu à peu, des couleurs revinrent. Le visage vira au rouge carmin. Soudain, un cri violent déchira le silence de la chambre.

— Il est vivant ! s'exclama Ouadji.

Il appela immédiatement Bedchat qui somnolait dans une pièce contiguë afin de lui confier le nouveau-né. Bien qu'il fût né avec un mois d'avance, il était déjà vigoureux. Imhotep ôta ensuite le placenta, puis commença à refermer la plaie à l'aide d'une aiguille de cuivre et d'un fil de lin trempé dans une solution d'herbes cicatrisantes. Tout en baignant le bébé, Bedchat le regarda faire, impressionnée. La respiration de Thanys s'était régularisée. Pour la première fois depuis longtemps, ses traits s'étaient détendus.

Lorsqu'il eut terminé, Imhotep examina longuement la jeune accouchée, puis déclara :

— Dans les marais du Sudd, au-delà de la Nubie, les indigènes procèdent ainsi avec les vaches lorsque le veau se présente mal. Notre reine en conservera une cicatrice, mais elle survivra.

Lorsqu'elle s'éveilla, Thanys se demanda où elle se trouvait. Elle ne gardait en mémoire qu'une souffrance atroce qui lui déchirait les entrailles et l'entraînait vers un gouffre sans fond. Elle prit conscience que la douleur n'avait pas disparu. Mais elle s'était allégée. Et surtout, elle avait pris une autre nature. Passant la main sur son ventre, elle se rendit compte qu'il avait diminué de volume et que des linges l'entouraient.

— Mon bébé ! s'exclama-t-elle. Où est-il ?
— Ma fille ! Tu es réveillée, dit une voix à ses côtés.

Elle tourna la tête. Son père, les yeux rougis de fatigue, se tenait à ses côtés, assis sur un siège bas. Près de lui se trouvait un couffin d'osier, surveillé par Ouadji et Bedchat. Imhotep se pencha, saisit un petit paquet gigotant qu'il tendit à la jeune femme.

— Ton fils, Thanys. C'est un beau garçon.

Épuisée, elle trouva à peine la force de prendre l'enfant contre elle. Il était rouge comme une écrevisse cuite, mais sa voix puissante confirmait que ses poumons fonctionnaient normalement. Avec maladresse, elle le mit au sein. Le bébé se mit à téter. Thanys comprit alors que tous deux étaient sauvés.

Ce fut seulement à ce moment qu'elle remarqua Djoser. Il se tenait au fond de la chambre. Il s'avança vers elle, le visage bouleversé. Puis il s'agenouilla et lui prit les mains avec ferveur.

— Les dieux sont bons, qui t'ont conservé la vie, ma sœur. Sans ton père, tu serais morte. Mais ce qu'il a fait est tellement... inimaginable ! Il est bien le plus grand médecin que le monde ait jamais connu.

Thanys regarda son père avec affection. Elle se rendit compte alors qu'une barbe courte bleuissait ses joues, à l'encontre de tous les préceptes religieux.

Elle comprit qu'il n'avait cessé de la veiller depuis la naissance.

— Depuis combien de temps ai-je accouché ? demanda-t-elle nerveusement.

— Trois jours ! Depuis tout ce temps, tu as dormi, grâce aux herbes que nous t'avons fait prendre, répondit Imhotep.

— Trois jours ? Mais alors, je n'ai pas pu nourrir mon enfant...

Imhotep sourit.

— Non ! Mais Bedchat l'a fait.

— Sois remerciée, Bedchat, dit Thanys à son adresse.

Thanys contempla l'enfant, qui tétait avidement, comme un jeune animal, puisant farouchement la vie au sein de sa mère. Elle avait déjà allaité. Cette fois pourtant, elle sentait que ce contact privilégié ne durerait pas. Elle en ressentit une déception brutale. Mais il était déjà beau qu'elle fût encore en vie.

— Mes seins sont vides, gémit-elle.

Bedchat s'avança.

— Ma poitrine produit assez de lait pour deux bébés, ô ma reine.

— Alors, accepte de devenir la nourrice du petit prince, Bedchat.

— Je suis à tes ordres !

Les yeux brillants, Thanys se tourna vers Djoser. Ému, il la serra contre lui avec tendresse.

— Quel nom lui as-tu donné ?

— Akhty-Meri-Ptah, l'enfant aimé de Ptah. Car, comme lui et comme moi, il sera un bâtisseur.

— Oui, ce sera un grand roi !

Elle sourit, essuya ses larmes et prit une profonde inspiration. Tout au fond d'elle-même, une voix lui soufflait qu'elle venait de remporter une victoire inespérée, contre un ennemi d'autant plus insidieux qu'il ne combattait pas à visage découvert. Un ennemi non humain.

— Qu'est-il arrivé ? demanda-t-elle.
— Tu as été victime d'un sort, expliqua Ouadji.
— Un sort ?
— C'est une pratique magique qui attire sur toi les forces néfastes. Mais nous avons triomphé. Le démon a été vaincu.

Thanys repensa aussitôt au pillard qui avait appelé la malédiction sur elle. Elle se tourna vers le roi.

— Peut-être s'agit-il du voleur qui a été exécuté il y a quelques mois...
— Non, répondit catégoriquement Ouadji. Celui qui t'a jeté ce sort vit toujours. Et il connaît les pratiques de mon pays.
— Alors, nous allons le démasquer et lui faire payer son crime ! s'exclama Djoser.

14

En raison de l'opération étrange qu'elle avait subie, Imhotep refusa que Thanys quittât la maison de Bedchat et d'Ouserhat. Il demeura à ses côtés afin de surveiller l'évolution de la plaie, qui risquait de s'infecter. Plusieurs fois par jour, il lavait la couture avec de l'eau dans laquelle il avait fait bouillir des herbes. Grâce à ses soins attentifs, la jeune femme reprit bientôt des couleurs. En revanche, comme elle l'avait redouté, son lait se tarit rapidement. Bedchat se chargea donc de nourrir le petit prince. Ce fut ainsi que le jeune Akhty-Meri-Ptah se vit doté d'une sœur de lait nommée Nephtys-Minahotep, plus simplement surnommée Mina.

Son épouse tirée d'affaire, Djoser se décida à retourner à Mennof-Rê. Thanys devait le rejoindre plus tard, lorsqu'elle serait totalement remise. De toute manière, il préférait la savoir à Tourah, sous la garde de son père. Imhotep avait fait venir une vingtaine de ses meilleurs guerriers pour veiller sur elle. En revanche, Ouadji demanda au roi de l'emmener.

— Il faut que j'examine les appartements de la

reine, dit-il. Il doit y avoir un objet responsable du mauvais sort qui a failli lui coûter la vie.

— C'est bien, accompagne-moi !

Djoser éprouvait une profonde reconnaissance envers le petit homme, dont il admirait la science extraordinaire du corps humain. Plus il le fréquentait, et plus le roi était sûr qu'Ouadji était bien l'incarnation de Bès. Désormais, lorsque l'on sculpterait une statue représentant le dieu, il conviendrait de lui donner le visage et l'aspect du nain. Il se promit d'en parler à Hesirê[1], le Maître des sculpteurs.

Arrivé à la Grande Demeure, Ouadji se rendit directement dans les appartements de Thanys, en compagnie de Djoser. Sans se soucier des récriminations des servantes, il remua l'endroit de fond en comble, ouvrant les coffres, déplaçant les cloisons mobiles en roseaux, sondant les murs de brique blanchis à la chaux. Enfin, après une fouille minutieuse, il découvrit, dissimulé dans une niche destinée à recevoir une lampe à huile, un objet étrange, qui rappelait vaguement une forme humaine. Elle avait été modelée dans de l'argile, à laquelle on avait incorporé des cheveux noirs et des rognures d'ongles. À l'endroit du cœur et de l'abdomen avaient été enfoncées deux aiguilles d'or. Une troisième, en cuivre, transperçait la tête.

— C'est grâce à cette poupée que l'on a attiré les

---

1. Hesirê : comme Akhet-Aâ, ce personnage a réellement existé. Il participa vraisemblablement à la construction de la pyramide de Saqqarâh en tant que maître sculpteur.

démons sur la reine, Majesté, dit le nain. C'est une pratique de magie couramment utilisée dans mon pays, lorsque l'on veut se débarrasser d'un ennemi.

— Mais *qui* a pu introduire cet objet ici ? explosa le roi, en proie à la colère.

— Quelqu'un qui était proche de la Grande Épouse, ô Lumière de l'Égypte. Peut-être l'une de ses servantes. Il a fallu une complicité pour fournir au sorcier qui a fabriqué cette figurine les cheveux et les ongles.

Djoser se tourna vers Semourê, qui les avait suivis.

— Fais arrêter immédiatement toutes les servantes de Thanys !

— Bien, Seigneur !

— Comment rompre le mauvais sort ? demanda Djoser à Ouadji après le départ de Semourê.

— Très simplement, ô divin roi.

Il se dirigea vers une vasque de pierre où l'on faisait brûler de l'encens. Il y jeta la figurine qui se consuma avec une fumée épaisse et une odeur désagréable.

— De toute façon, cette poupée avait perdu ses pouvoirs depuis la naissance de ton fils. Elle était destinée à faire mourir la reine pendant son accouchement. Mais j'ai fait des incantations afin que les esprits bienveillants protègent ton épouse. Et surtout, nous avons dérouté le démon en opérant la reine d'une manière inattendue. Logiquement, elle aurait dû mourir. À présent, il est inoffensif.

Djoser posa la main sur l'épaule du petit homme.

— Tu es un homme précieux, Ouadji.

Les servantes de Thanys, au nombre d'une trentaine, avaient été emmenées dans la prison du palais. Cependant, les interrogatoires de Semourê se révélèrent très vite sans objet. L'une d'elles, une Nubienne, avait disparu dès l'arrivée du roi et d'Ouadji. Comme elle occupait auprès de la reine le rôle de manucure, il ne lui était guère difficile de se procurer les cheveux et rognures d'ongles incriminés. Semourê ordonna à ses gardes de fouiller la cité afin de retrouver la coupable.

On la découvrit le lendemain matin, dans un endroit écarté de l'Oukher. La tête, séparée du tronc, reflétait une expression d'horreur.

Dès qu'il apprit la nouvelle, Djoser se rendit en personne à la Maison de la Garde royale, où Semourê avait fait amener le cadavre.

— Il est peu probable qu'elle se soit suicidée, fit remarquer le jeune homme avec ironie.

— Cesse de faire de l'esprit, grommela Djoser. Thanys a couru un grave danger, et je ne me suis rendu compte de rien.

— Comment aurais-tu pu deviner qu'on s'attaquerait à elle d'une manière aussi lâche ? Mais ce crime prouve que quelqu'un désire te nuire. À travers Thanys et l'enfant qu'elle portait, c'est toi qu'on a voulu atteindre.

— Qui ?

— Peut-être les anciens partisans de Nekoufer.

— Alors retrouve-les ! Fais-les parler ! Et s'ils sont responsables, ils le paieront de leur vie !

— Calme-toi, Djoser. Il sera difficile de les débusquer. Tu les as ruinés. Ils ne disposent plus d'aucun moyen financier. Ils doivent se terrer dans quelque nome éloigné. Et puis, rien ne prouve qu'ils soient coupables.

— Alors, si ce n'est pas eux, qui a pu commettre un acte aussi lâche ? hurla le roi, en proie à l'une de ses colères aussi violentes que soudaines.

Semourê le connaissait depuis trop longtemps pour s'en formaliser.

— Je ne peux te répondre ainsi. Je dois mener une enquête, en apprendre plus sur cette Nubienne. Je vais interroger les autres servantes. En attendant, je vais renforcer la garde du palais.

Djoser se radoucit. Semourê faisait le maximum, et sa tâche était déjà bien lourde.

— Pardonne-moi ! Je connais ton dévouement. Mais si Thanys n'avait pas survécu, je crois que…

Semourê lui posa la main sur l'épaule dans un geste affectueux.

— Non, mon cousin. Chasse tes mauvaises pensées. Tu serais demeuré le roi du Double-Royaume, et tu aurais agi comme tu vas le faire à présent : en pourchassant et en châtiant les coupables. N'oublie jamais que tu es l'incarnation d'Horus. À ce titre, tu n'as pas le droit de laisser tes sentiments prendre le pas sur ton devoir.

Djoser releva les yeux vers Semourê.

— Tu as raison. Nous retrouverons ces chiens. Et nous leur ferons payer leurs forfaits ! Et puis, Thanys est encore en vie, et cela seul compte. Que les dieux en soient remerciés.

Il resta un long moment silencieux.

— Où en es-tu avec ces assassinats de jeunes femmes ? demanda-t-il enfin.

— Aucun progrès. Les habitants des nomes où les crimes ont eu lieu sont persuadés qu'une bête effrayante rôde dans les marécages. Elle emporte les enfants pour les dévorer après avoir éventré leur mère.

— Quelle est ton opinion ?

— Il ne s'agit pas d'un crocodile ; il aurait aussi emmené la mère. J'ai personnellement interrogé le seul gamin rescapé. Il prétend avoir vu un être monstrueux avec une énorme tête de serpent. Mais le corps de cet être ressemblait à celui d'un homme de très grande taille. J'ai constaté plusieurs éléments troublants : les crimes ont toujours lieu à date régulière, peu avant la pleine lune. Et ils sont localisés dans la région orientale du Delta. Il semblerait que le monstre y ait établi son territoire de chasse. J'ai donc fait doubler la garde jusque dans les plus petits villages. Les habitants ont constitué eux-mêmes des milices. Malheureusement, la Bête attaque toujours de manière imprévisible, à l'endroit et au moment où l'on s'y attend le moins.

Djoser écarta les bras en signe d'impuissance.

— Ne relâche pas ton effort de ce côté. Si cette bête existe, il faut la détruire !

Les paroles d'Imhotep lui revinrent en mémoire. Les astres ne s'étaient pas trompés : la menace qui pesait sur Thanys s'était matérialisée dans toute son ignominie et sa lâcheté. Mais la reine n'était pas seule en cause. Ces massacres abominables étaient-ils liés à cette entité néfaste dont Imhotep avait pressenti la venue ? Elle semblait prendre lentement vie par ces manifestations inexplicables et sordides. Où et quand allait-elle encore frapper ? Quel était son but ? Et surtout, comment lutter contre elle ?

Dans l'après-midi, Mekherâ sollicita une nouvelle audience. Embarrassé, mais bien décidé à lui poser lui aussi quelques questions, Djoser le reçut. Pourtant, contrairement à son attente, le grand prêtre de Seth ne venait pas lui faire part de ses doléances.

— Tu sembles bouleversé, Mekherâ.

— Ô Taureau puissant, de graves événements se sont produits au temple de Seth.

— Explique-toi !

— Un crime a été commis cette nuit. Un jeune ouâb nommé Sabkou a été retrouvé mort ce matin. On lui a tranché la tête.

Djoser blêmit. On avait tué la manucure nubienne de la même manière.

— As-tu une idée de ce qui s'est passé ?

— Aucune, Seigneur. Je ne sais que penser. Depuis quelque temps, j'ai constaté une modification étrange dans le comportement de certains prêtres. Tu sais l'importance que j'accorde au culte de Seth, et la place qu'il représente pour moi dans la hiérarchie divine. Nous ne sommes pas du même avis, mais je partage toutefois entièrement ta vision du Dieu rouge. Il est le complément naturel d'Horus dans le cycle de la vie et de la mort. C'est d'ailleurs pour cette raison qu'ils doivent être maintenus sur un pied d'égalité.

Il s'interrompit, puis eut un sourire désabusé.

— Pardonne-moi, ce n'est pas pour parler de théologie que je suis venu te voir.

Il toussota, puis poursuivit :

— Je disais donc que je partageais ton interprétation du rôle de Seth. Or, depuis quelques mois, des prêtres sont venus me trouver, m'accusant de faiblesse vis-à-vis de la Grande Demeure. Ils exigeaient que j'obtienne de toi une réhabilitation de Seth. Bien plus, même, certains me sommaient de quitter le temple si je n'obtenais pas satisfaction. Devant mon refus, plusieurs ont déserté. De nombreux ouâbs les ont suivis. Il semble qu'ils aient décidé de reprendre à leur compte les idées de l'usurpateur Peribsen, en les poussant encore plus loin. C'est tout au moins ce qui ressort de la conversation que j'ai eue hier soir avec Sabkou. Il était déjà passablement énervé lorsqu'il s'est introduit dans mes appartements, sans même me demander si j'acceptais de le recevoir. Il a commencé un discours décousu, que j'ai eu beaucoup de mal à suivre. D'après lui, Seth était le fondateur même de l'univers, avant même Ptah, Atoum ou Neith. Horus lui a ravi la fécondité, et il convenait de la lui rendre en revenant aux rites anciens.

— Quels rites anciens ?

— Il n'a pas voulu en dire plus, et j'ignore de quoi il voulait parler. Il semblait devenu hystérique. Il parlait d'une voix hachée. Il prétendait que toute notre religion était fondée sur des bases fausses, qu'il fallait revenir aux principes même de la nature, incarnée par Seth le Destructeur. Dans la nature, les faibles sont impitoyablement éliminés, afin que seuls les individus les plus forts survivent. Je lui ai répondu que nous étions des hommes, et donc différents des animaux ; chez l'homme, les forts devaient protéger les faibles. Mais il n'écoutait pas. Il est reparti sur des idées de guerre, de conquêtes, d'esclavage. En vérité, il était habité par le fanatisme le plus effrayant. Quelqu'un lui avait enfoncé toutes ces idées stupides dans la tête, et je savais bien qui. Je n'ai pas voulu poursuivre de discussion théologique avec lui et je lui ai conseillé de prendre une bonne nuit de repos. Alors, il m'a insulté. J'ai cru un moment qu'il allait me frapper. Puis il est parti. J'ai pensé qu'il avait rejoint sa chambre. Mais ce matin, on l'a trouvé dans le jardin, décapité.

— Tu disais que tu connaissais celui qui lui avait mis ces idées imbéciles dans le crâne.

— Ce ne peut être que le vieil Abouserê. Il fut un partisan de Peribsen, mais son grand âge lui a valu d'être épargné. Je pensais qu'il aurait suivi les prêtres qui ont fui le temple ; il est resté. Sans doute n'ont-ils pas voulu de lui. Il n'est guère dangereux.

Djoser médita quelques instants.

— Le crois-tu capable d'avoir assassiné ce Sabkou ?

— Non ! Il a plus de quatre-vingts ans, et sa santé n'est guère florissante.

— C'est étrange, conclut Djoser. Le fait qu'on lui ait tranché la tête tendrait à prouver que ce crime a un rapport avec celui de la servante de Thanys. Il est donc possible, et même probable, que les prêtres renégats sont à l'origine de la tentative de meurtre commis sur la reine. Ils les ont tués tous les deux pour les empêcher de parler. Nous devons arrêter ces misérables.

Mekherâ donna son accord. Il n'était guère désireux d'être associé aux agissements de ses anciens compagnons.

Durant les jours qui suivirent, Semourê lança ses gardes bleus à la recherche des prêtres fanatiques. Sans succès. Ils semblaient s'être évanouis dans la nature.

— C'est incompréhensible, rageait Djoser. Ils doivent bénéficier de complicité.

— Rien n'est clair dans cette affaire, fit remarquer Semourê. Le moyen employé pour nuire à Thanys ne correspond pas à ces hommes. Il est plutôt issu des pratiques magiques du sud de la Nubie.

— Mais cette Nubienne n'a pu agir seule ! rétorqua Djoser. Qui l'a éliminée pour éviter qu'elle ne parle ?

Par acquit de conscience, Semourê fit amener le vieil Abouserê à la Maison des gardes. Djoser en personne assista à l'interrogatoire. Le vieil homme refusa de répondre aux questions, mais afficha ouvertement sa haine du roi, qu'il accusait de n'être qu'un imposteur.

— Tu n'as aucun droit d'être sur ce trône, clama-t-il. Mais prends garde ! Il est revenu d'entre les morts, celui qui te renversera.

— Qui est revenu d'entre les morts ?

— Celui qui demain régnera de nouveau sur Kemit : le grand Peribsen !

Semourê faillit éclater de rire. Il était évident que

le vieillard n'avait plus toute sa raison. Mais son assurance intriguait Djoser.

— Tu mens ! Peribsen est mort il y a plus de trente ans, riposta-t-il.

— C'est faux ! Il est revenu ! Je l'ai vu ! Je l'ai vu !

— Pourquoi ne l'as-tu pas suivi ? s'étonna Djoser sans élever la voix.

— Je suis trop vieux !

Semourê se rapprocha. Djoser poursuivit sur le même ton.

— Mais les autres, les prêtres qui ont quitté le temple, ont suivi Peribsen.

— C'est vrai. Ils reviendront pour t'anéantir ! Tu ne pourras rien faire contre eux, car ils possèdent la puissance de Seth. Et le puissant dieu Peribsen marchera à leur tête.

Semourê attira Djoser à l'écart.

— Ce vieillard est complètement fou. À mon avis, il n'a jamais digéré la défaite de l'usurpateur.

— C'est possible. Mais il a l'air si sûr de lui... Serait-il possible que Peribsen soit vraiment revenu de l'Ament ? Après tout, n'est-ce pas pour que les morts reprennent vie que nous les momifions ?

— Mais Peribsen a-t-il été momifié ?

— Je l'ignore. Peut-être ses partisans lui ont-ils construit une maison d'éternité.

Semourê resta dubitatif.

— Jusqu'à présent, aucun mort n'est revenu du royaume d'Osiris.

— Il y a peut-être une autre explication, reprit Djoser. Est-on sûr que Peribsen soit vraiment mort ?

— Rien ne prouve qu'il le soit. Le cénotaphe de Thys n'est qu'un simulacre destiné aux fêtes rituelles. Après sa défaite, il a disparu. Mais il aurait aujourd'hui plus de quatre-vingt-dix ans ! Et l'homme décrit par ce vieux fou était jeune !

— Tu as raison. Il est probable que ce vieil imbécile a inventé toute cette histoire. Mais je vais tout de même en parler à Imhotep.

Celui-ci se montra sceptique.

— Il est certain que nous momifions nos morts afin que, comme Osiris, ils reviennent à la vie, après la réunion du kâ et du corps préservé et protégé par les fils d'Horus. Cependant, depuis les temps immémoriaux que nous pratiquons la momification, jamais encore un mort n'est apparu aux vivants. Peut-être cela se produira-t-il. Mais je doute que le père d'Horus libère ainsi un adorateur de son meurtrier.

— Alors, que penser de cette histoire ?

— Cet homme est peut-être un fabulateur. Mais tu dois demeurer vigilant. La menace qui pèse sur Thanys et sur toi est bien réelle. Les oracles ne laissent planer aucun doute.

15

Djoser ne négligea pas les conseils d'Imhotep. Semourê recruta lui-même des guerriers d'élite chargés de protéger le couple royal. On surveilla scrupuleusement les appartements de la Grande Demeure, à la recherche d'objets insolites. Mais il n'apparut pas de nouvelles figurines maléfiques. Cheveux et ongles royaux étaient systématiquement brûlés par les coiffeurs et manucures après les soins. Cette surveillance, si elle comportait quelques désagréments, rassura Thanys, revenue s'installer au palais. Bedchat l'avait suivie avec sa fille Mina. Le petit Akhty-Meri-Ptah se portait comme un charme et ne conservait aucune trace de sa difficile naissance.

Peret, la saison de la germination, avait succédé à *Akhet*, l'Inondation. Pendant ces mois consacrés aux semailles, la vie se poursuivit au rythme des travaux des champs. Nombre d'ouvriers étaient redevenus paysans. Seuls les carriers et tailleurs de pierre continuaient à extraire les blocs de calcaire des carrières de Tourah, de Masara et d'Helwan. Les bateaux ventrus effectuaient d'incessantes navettes entre les rives orientales et occidentales du fleuve-dieu, empruntant le canal élargi menant au pied du plateau de Saqqarâh. Là, les traîneaux hissaient les lourds monolithes jusqu'au site.

Une fois sur place, ils passaient aux mains des tailleurs de pierre. Sous les ordres d'Hesirê le sculpteur, ils découpaient les blocs aux dimensions voulues, indiquées par les plans d'Imhotep. Pour la plupart des ouvriers, la taille du calcaire pour la construction d'un monument constituait une activité totalement nouvelle. Imhotep avait dû former lui-même des maîtres artisans, qui à leur tour avaient enseigné leur savoir nouveau à leurs ouvriers. Chaque jour apportait sa difficulté, qu'il fallait résoudre. Mais toujours on trouvait la solution, et l'on découvrait de nouvelles manières de travailler qui ouvraient la voie à de nouvelles possibilités.

Lentement, supervisé par le grand architecte auquel chacun vouait une admiration sans bornes, le chantier prenait forme. Au centre de la cité sacrée avait été délimité un carré dont la base mesurait cent vingt coudées. Ce premier mastaba constituerait le cœur de la pyramide. Imhotep avait dû résoudre un problème délicat. Les blocs de calcaire, de dimension réduite, étaient liés entre eux par un mortier à l'argile. On utilisait pour cela des éléments parfaitement réguliers. Les interstices étaient comblés avec les déchets de la taille. En raison de la prise lente et de l'instabilité du mortier, il eût été hasardeux de dresser des murs verticaux ; ils auraient risqué de s'effondrer sous la masse colossale des degrés supérieurs lorsque ceux-ci seraient construits. Imhotep avait résolu le problème en établissant des murs de soutènement successifs inclinés vers l'intérieur. Ils s'appuyaient ainsi les uns sur les autres, assurant une grande stabilité de l'ensemble.

La masse centrale s'élevait à une hauteur de vingt coudées. Chaque jour, elle s'épaississait un peu plus. Le long de la base sud du futur mastaba s'étirait une rangée de onze puits menant aux galeries souterraines que l'on était en train de creuser. Des fourmis humaines entraient et ressortaient, portant des couffins chargés de débris de roches. Réparties sur deux niveaux, les galeries accueilleraient les sépultures du roi et de sa famille lorsque le temps serait venu.

Les problèmes d'architecture n'étaient pas les seuls que devaient résoudre Imhotep et ses directeurs. Outre l'approvisionnement des centaines d'ouvriers, dont la charge revenait à Akhet-Aâ, il fallait également lutter contre les prédateurs qui parfois investissaient le plateau. Vers le milieu du mois de *Pharmouti*, à la fin de la saison des semailles, Djoser organisa une chasse pour anéantir une horde d'une vingtaine de lions particulièrement vindicatifs qui avaient massacré une demi-douzaine d'ouvriers et deux gardes. Ce fut l'occasion pour les jeunes nobles de prouver leur bravoure en affrontant les fauves au glaive et à la lance. Djoser lui-même y participa, malgré les réticences de Semourê, qui le suivit comme son ombre. Piânthy et Setmose se distinguèrent. Mais la palme du courage — ou de l'inconscience — revint sans conteste à Kaïankh-Hotep, qui tua trois lions à lui seul. À la différence des autres, il utilisait des hyènes dressées en guise de chiens de chasse.

Au cours des festivités qui suivirent, il monopolisa l'attention de toutes les femmes de la Cour, sur lesquelles il exerçait depuis son arrivée un ascendant étrange, qui n'était pas toujours du goût de leurs époux. Le malheur qui l'avait frappé avec la perte de son fils semblait bien oublié. Tout comme Semourê, il aimait les fêtes, dont il était souvent l'un des pôles d'attraction. Il débordait d'humour, même si parfois ses histoires étaient douteuses ou comportaient des relents de scandale. Il semblait ne rien prendre au sérieux. Si certains hommes ne le portaient pas dans leur cœur, ils n'osaient rien dire. Adroitement, Kaïankh-Hotep avait réussi à tisser des liens d'amitié avec Djoser. Contrairement aux nobles qui gravitaient autour du roi, il ne sollicitait aucun poste important. Il passait beaucoup de temps dans sa propriété d'Hetta-Heri, ce qui l'amenait à être souvent absent de la capitale. Il n'aurait pas le temps, disait-il, de s'occuper efficacement d'un poste de directeur. Djoser appréciait son désintéressement.

En revanche, lorsqu'une fête était organisée, il y était systématiquement invité. Envers Thanys, il ne tarissait pas de compliments et d'éloges. Connaissant son ascendant sur les femmes, il en usait également avec elle, sous le couvert du respect dû à la Grande Épouse.

Par moments, il agaçait prodigieusement la jeune femme. Sous certains aspects, Kaïankh-Hotep lui rappelait le terrifiant Khacheb, avec lequel elle avait vécu une passion tumultueuse, qui s'était terminée par un massacre abominable. Elle s'en voulait de cette comparaison. Kaïankh-Hotep n'était pas un pirate, mais un courtisan adroit et séducteur. Djoser lui-même s'y était laissé prendre. Alors, n'y avait-il pas une pointe de jalousie dans sa réaction ? Elle était obligée de s'avouer qu'elle n'était pas insensible à son charme. Sa voix chaude et son regard étrange faisaient naître en elle des désirs inavouables, qu'elle aurait voulu ignorer. Depuis son expérience épouvantable avec Khacheb, elle se croyait pourtant à l'abri d'une nouvelle aventure. Elle aimait toujours Djoser, mais ses activités royales exigeaient de lui beaucoup de temps, un temps qu'il ne lui consacrait plus. « Tu es faite pour l'amour ! », lui avait dit le maître de Siyutra. Les yeux de chat de Kaïankh-Hotep semblaient lui dire la même chose. Elle lui tenait rigueur de la deviner aussi bien, et elle s'en voulait de se découvrir si faible face aux exigences de son corps.

Arriva *Chemou*, la saison des moissons. Imhotep vint trouver Djoser et lui fit part de son intention de se rendre à Yêb.

— Lors de notre passage là-bas, peu après ta victoire sur Hakourna, j'ai pu constater la qualité du granit rouge que l'on y trouve. Je souhaite y ouvrir une carrière. Il me faudra aussi recruter et former des tailleurs particuliers, car le travail du granit est plus difficile que celui du calcaire.

— Agis ainsi que tu l'entends, mon ami, répondit Djoser. Mais emmène des guerriers avec toi. Ces régions ne sont pas sûres, et mon cœur saignerait s'il t'arrivait malheur.

— Sois rassuré ! Mon fidèle Chereb m'accompagnera.

— C'est un homme de valeur. Mais que se passera-t-il ici en ton absence ?

— Hesirê connaît parfaitement son travail, dit-il à Djoser. Je peux m'absenter sans crainte quelques mois. Toi cependant, mon ami, reste prudent.

— Rien ne s'est produit depuis la naissance de mon fils, il y a cinq mois.

— Je sais. Apparemment, tout semble rentré dans l'ordre, honnis ces crimes odieux contre des jeunes mères. Mais on n'a pas retrouvé les prêtres fanatiques. Et je crains que leur mouvement ne cache un danger bien plus redoutable. Les signes magiques se comportent toujours étrangement.

Il soupira.

— J'aimerais pouvoir rester. J'ai la sensation que tu auras besoin de moi pendant mon absence.

Djoser ne répondit pas. Il aurait bien répondu qu'il était de taille à se défendre. Mais il conservait en mémoire le lâche attentat commis sur Thanys. Comment pourrait-il déjouer ce genre d'attaque pernicieuse ? Il posa la main sur l'épaule d'Imhotep.

— Je te promets d'être vigilant, mon ami.

Ce fut immédiatement après le départ d'Imhotep qu'apparurent trois assiettes marquées du cartouche de l'Horus Wedimou, qui régnait trois siècles plus tôt. L'homme qui les reçut en paiement était un marchand de l'Oukher. Aussitôt alerté, Neferet, le scribe directeur des Affaires royales, se rendit sur les lieux en compagnie de Semourê. Le commerçant incriminé se prosterna devant eux.

— Ayez pitié de votre serviteur, nobles seigneurs !

— Sais-tu que ces assiettes appartiennent au kâ du dieu bon Wedimou ? rugit Neferet. Elles ont été volées par l'infâme Peribsen dans sa demeure d'éternité.

— Pitié ! Je ne connais pas les signes sacrés !

Semourê intervint.

— Nous ne t'accusons pas de les avoir dérobées toi-même. Tu ne risques donc rien, à condition que tu nous dises qui te les a procurées.

— Un autre marchand, noble seigneur ! Il venait du nord, mais j'ignore son nom. J'ai troqué ces assiettes contre un troupeau de six chèvres.

Il se mit à pleurer.

— Les dieux m'ont puni. Elles étaient si belles. Je pensais avoir réalisé une bonne affaire.

— Ta cupidité t'a perdu, s'emporta Neferet. Je te confisque ces assiettes. Et estime-toi heureux de ne pas être jeté en prison !

Après avoir ordonné à ses aides de récupérer les pièces, Neferet quitta les lieux. Semourê ne le suivit pas. Il n'aimait guère le personnage, qui, comme la plupart des scribes, traitait par le mépris toute personne ignorant les hiéroglyphes. Il releva le marchand et le prit par l'épaule.

— Mauvaise affaire pour toi, l'homme. Mais tu peux récupérer ta mise, si tu fais ce que je te dis.

— Je suis ton esclave, Seigneur. Ordonne, et j'obéirai !

— Si celui qui t'a fourni ces assiettes revenait, je veux que tu me le signales. De même, si d'autres objets susceptibles d'appartenir à un tombeau royal apparaissaient, repère leurs propriétaires, et avertis-moi ! Je saurai te récompenser.

— Tu peux compter sur moi !

L'homme s'éloigna, ravi de s'en tirer à si bon compte. Semourê resta un long moment sur place. Autour de lui s'étendait le bas marché du port. C'était un lieu riche et coloré, où se croisaient toutes sortes d'individus louches. Peut-être d'autres pièces ayant appartenu aux anciens Horus avaient-elles fait l'objet de trocs. Mais il serait difficile de les repérer. Nombre d'entre elles n'étaient pas marquées.

Cependant, l'événement intriguait Semourê. Ces assiettes avaient été volées quelques dizaines d'années plus tôt par Peribsen. Alors, leur réapparition avait-elle un rapport avec le récit du vieil Abouserê ?

16

Un deuil avait frappé la demeure de Nebekhet. Le vieil intendant Hotarâ avait rejoint le royaume d'Osiris. Moshem, auquel il enseignait depuis près de huit mois les signes sacrés, en éprouva un immense chagrin, doublé par le fait de voir la famille de son maître affligée. Pour Nebekhet, Hotarâ avait un peu remplacé un père qu'il avait perdu très tôt. Ankheri le considérait comme son grand-père. Depuis sa plus tendre enfance, il avait toujours fait partie de la maison, et elle n'oublierait jamais les histoires innombrables qu'il aimait lui raconter, évoquant les voyages qu'il avait faits au temps de sa jeunesse dans les pays du Levant. C'était d'ailleurs ces souvenirs communs qui avaient rapproché Moshem et le vieil homme. D'un tempérament patient et ouvert, il avait aidé le jeune esclave à acquérir une connaissance des hiéroglyphes suffisante pour lui permettre de comprendre la plupart des textes.

En compagnie de Moshem et d'Ankheri, Nebekhet se rendit sur le plateau de Saqqarâh, où, comme tous les Égyptiens fortunés, il se faisait construire un mastaba en bordure du plateau, de cet endroit d'où l'on dominait la vallée. Là, il délimita l'emplacement d'un second monument de plus petites dimensions, la maison d'éternité du vieil homme. Quelques jours plus tôt, il avait remis le corps du défunt entre les mains des embaumeurs afin qu'ils préparassent sa momie. Le travail demanderait plus de deux mois.

Seule Saniout s'était réjouie de la disparition d'Hotarâ. Celui-ci ne l'aimait guère, car il avait très vite compris quelle sorte de femme elle était. Malheureusement, il n'avait jamais osé en parler à son maître. Saniout comptait bien profiter de la situation pour avancer un peu plus ses pions. Le chef de ses serviteurs s'appelait Zerib. Tout le monde, sauf bien sûr Nebekhet, savait qu'il était son amant. Lorsque le chagrin du fabricant de papyrus fut un peu calmé, Saniout lui suggéra de confier à Zerib les tâches d'Hotarâ. Pourtant, contrairement à ce qu'elle espérait, il ne lui donna pas satisfaction.

— Je n'ai guère confiance dans cet homme, dit-il. Il est insolent et paresseux.

Nullement habituée à ce que Nebekhet lui refusât quelque chose, elle faillit laisser éclater sa colère, mais parvint à se contenir et insista :

— Au moins, donne-lui sa chance. Il ne rêve que de te servir. C'est un homme très capable qui m'a toujours donné satisfaction.

Bien sûr, elle ne précisa pas sur quel plan il lui donnait satisfaction. Mais une chose était sûre : elle ne mentait pas. Peu désireux de se disputer avec son épouse, Nebekhet finit par accepter.

— C'est bien, je reçois demain un lot de couvertures en provenance du Levant. Il vérifiera la qualité lui-même.

Le lendemain, les marchands amorrhéens se présentèrent à la demeure de Nebekhet, suivis par des esclaves portant cinq gros coffres. Le maître des lieux les invita à pénétrer dans l'entrepôt où il réceptionnait les ballots de tiges de papyrus. Zerib, l'œil hautain, surveilla les manœuvres, en compagnie de Saniout, qui avait tenu à assister en personne à la transaction. Cependant, elle fit grise mine en constatant la présence d'Ankheri et de Moshem.
— Pourquoi sont-ils là ? demanda-t-elle d'un ton acerbe.
— Ces couvertures viennent du pays de Moshem. Je désire avoir également son avis.
— Zerib n'a aucun besoin de lui pour savoir si ces couvertures sont de bonne qualité.
— Deux opinions valent mieux qu'une, ma femme.
Elle haussa les épaules, puis s'approcha des coffres. Les marchands, avec mille courbettes, présentèrent force compliments au seigneur Nebekhet, *Ami unique* du roi, l'un des personnages les plus importants des Deux-Terres, dont la réputation de sagesse et de bon goût était connue par-delà la Grande Verte. À la fois méfiant et flatté, il les écouta avec attention, puis il s'intéressa à la marchandise. Il s'agissait en fait d'un lot de couvertures de laine teintée, destinées à protéger les paysans du domaine pendant l'hiver. Les couleurs vives des couvertures le séduisait. S'il n'avait tenu qu'à lui, il aurait acquis

les cinq coffres sans sourciller. Mais il avait conscience d'ignorer tout de l'art du tissage.

Zerib s'avança et examina quelques couvertures, que l'un des marchands lui tendait avec obséquiosité, comme s'il eût été le seigneur Nebekhet lui-même. Il tâta la laine d'un air important, toisa le chef des marchands, puis se tourna vers son maître :

— Ces couvertures sont de très belle qualité, Seigneur !

— Mais bien sûr ! renchérit le chef des négociants. Elles sont tissées avec la plus belle laine qui soit.

— Combien y en a-t-il ? demanda Nebekhet.

— Cent, seigneur ! C'est le nombre que tu as demandé. Nous allons les compter devant toi.

Sous l'œil attentif de Zerib, les esclaves sortirent les couvertures des coffres. Un assistant se mit à les compter. Lorsqu'il eut terminé, Zerib déclara :

— Il y en a bien cent, Seigneur. Tout est en ordre.

Saniout, triomphante, adressa un sourire goguenard à Ankheri, qui ne disait mot. Tout à coup, alors qu'il allait proposer son prix à Nebekhet, Moshem s'adressa au marchand :

— Si mon maître le permet, j'aimerais recompter ces couvertures.

Saniout, piquée au vif, s'exclama :

— De quoi te mêles-tu ? Te crois-tu plus malin que Zerib ?

— Non pas, maîtresse. Mais ce n'est pas ainsi que l'on doit compter des pièces de tissu.

Le marchand riposta :

— Mais le seigneur Zerib a le jugement sûr. Il a vu la qualité, et il a compté en même temps que mon assistant. Il peut les recompter lui-même s'il le désire.

— J'aimerais le faire moi-même ! Car je crois que tu essaies de tromper mon maître !

— Comment oses-tu ? s'écria le marchand, hors de lui.

Nebekhet éleva le ton.

— Marchand, si ta parole est celle de Maât, tu n'as rien à redouter. Laisse donc Moshem faire ce qu'il demande. Et s'il t'a soupçonné à tort, il recevra les coups de bâton qu'il mérite.

L'autre grommela, mais fut bien obligé de céder. Moshem repoussa fermement l'aide que proposèrent aussitôt les assistants. Chacun des cinq coffres était censé contenir vingt couvertures, à présent déposées en piles sur le sol. Pour les compter, l'assistant n'avait fait que les soulever ostensiblement devant Zerib qui n'avait pas remarqué que certaines pièces étaient pliées de telle manière que l'on pouvait croire qu'il y en avait deux. Moshem décomposa chaque pile, et compta seulement quatre-vingts couvertures. À la fin, il s'adressa à Nebekhet.

— Mon maître, je confirme que cet homme essaie d'abuser de ta confiance ! Il n'y a pas là le nombre qu'il annonce. De plus, la qualité de ses couvertures est douteuse. Il a placé les plus belles au-dessus. Mais beaucoup ne sont pas neuves.

— C'est faux ! s'insurgea le marchand. Tu mens ! Tu ne sais pas compter !

— Tais-toi ! s'écria le jeune homme avec virulence. Toi qui viens de mon pays, écoute-moi bien ! Sache que je suis Moshem, fils d'Ashar l'Amorrhéen ! Et j'ai honte, à cause de toi et de ta malhonnêteté. Tu vas remporter tes couvertures. Elles sont à peine bonnes pour servir de serpillières. Et estime-toi heureux que mon maître ne te fasse pas donner le bâton.

Rouge de confusion et de colère, le marchand jeta quelques ordres secs à ses assistants, qui remballèrent promptement les couvertures. Nebekhet écarta les bras en signe d'impuissance. L'autorité soudaine dont avait fait preuve le jeune homme l'avait impressionné.

— Une fois de plus, Moshem, tu viens de m'éviter de me faire voler.

— J'ai passé ma vie à escorter des caravanes commerciales, Maître. Mon père m'a appris à me méfier des commerçants trop flatteurs. Et il m'a enseigné comment ils s'y prenaient pour tromper leurs acheteurs.

Nebekhet adressa ensuite un sermon à Zerib.

— Tu n'es qu'un incapable ! Comment veux-tu que je te fasse confiance, si tu te laisses gruger par le premier voleur venu ?

L'autre baissa la tête, mais Saniout refusa de désarmer.

— Évidemment ! Depuis qu'il est arrivé, tu ne jures plus que par cet Amorrhéen. Zerib, lui, au moins, est égyptien.

— Un Égyptien incapable, mon épouse ! Comment as-tu pu me le proposer pour remplacer mon cher Hotarâ. Il n'y a qu'un homme ici qui en ait les capacités. C'est Moshem lui-même. Hotarâ me l'avait recommandé peu de temps avant sa mort. C'est pourquoi je voulais qu'il soit présent.

Il s'adressa au jeune homme.

— Désormais, tu occuperas près de moi la charge d'intendant. Tu contrôleras tout ce qui se passe dans mes propriétés. Et malheur à celui qui refusera de t'obéir.

Ankheri ne put retenir un cri de joie.

— Oh ! merci, mon père, tu es merveilleux.

Nebekhet aimait bien être merveilleux. Mais il était aussi aveugle que merveilleux. Heureux de sa décision, il ne remarqua pas la colère froide de Saniout, qui se retira, suivie de Zerib, auquel elle avait la ferme intention de faire passer un mauvais quart d'heure pour l'avoir ainsi tournée en ridicule. Il ne remarqua pas plus l'échange de regards aussi brûlants que discrets entre sa fille et son nouvel intendant. Malgré son nouveau titre, Moshem restait un serviteur. Nebekhet avait beau faire preuve de bonne volonté et de largeur d'esprit, il aurait sans doute vu d'un mauvais œil la liaison pourtant chaste que sa fille entretenait avec le jeune Amorrhéen. Mieux valait patienter.

Trois jours plus tard, Nebekhet quitta Mennof-Rê pour le Delta, où il devait visiter les champs de papyrus et négocier les prochaines commandes. Moshem et Ankheri l'accompagnèrent jusqu'à son navire, une grande felouque où l'attendait déjà son équipage. Bien que la région dans laquelle il se rendait ne fût éloignée que de quelques dizaines de miles, il donnait l'impression de s'en aller pour l'autre bout du monde, sans guère d'espoir de retour. Autour de son cou et à ses poignets pendaient diverses amulettes destinées à le protéger, scarabée de malachite, pilier Djed, nœud d'Isis de couleur rouge, œuf peint pour écarter les crocodiles. On n'était jamais trop prudent. Aussi affectueux que démonstratif, il embrassa longuement sa fille, abreuva Moshem. de recommandations et de conseils ; puis il se répandit en présages lugubres à propos du voyage, qui lui réservait sans doute des périls tels qu'il avait peu de chance d'en revenir vivant. Il n'agissait ainsi que dans l'espoir de se faire plaindre, ce dont les deux jeunes gens ne furent pas dupes. Puis il se lamenta longuement à cause de l'absence de son épouse, qui lui battait froid depuis l'épisode des couvertures.

Enfin, après avoir satisfait à sa petite comédie, qui était sa manière à lui de montrer aux siens qu'il les aimait, il consentit à embarquer, sous l'œil blasé du capitaine de son navire, habitué à ce genre de cérémonie.

Tandis que la felouque s'éloignait, il resta longtemps à saluer les deux jeunes gens, sans pour autant remarquer que leur mains s'étaient jointes discrètement.

17

La nuit était infiniment douce, comme celle qu'en connaît la vallée du Nil à la saison des récoltes. La déesse Nout déployait son immense manteau d'étoiles dont certaines abritaient l'esprit d'un ancien roi. Curieusement, Rê, le soleil, illuminait lui aussi cette nuit étrange, où tout semblait baigner dans une lumière bleue, empreinte de sérénité.

Djoser se tenait debout à la limite du plateau de Saqqarâh, mais sa vue portait loin ; vers l'occident, jusqu'au lac Moeris où s'ébattaient hippopotames et crocodiles ; vers le sud, il devinait les montagnes cernant Siout, Gebtou, Nekhen, Khent-Min, Denderah, Yêb[1]. Vers le nord s'étendait le réseau fin du Delta, avec ses innombrables palmeraies et champs de papyrus.

Djoser ressentait vibrer la moindre parcelle de la vallée, comme si son corps avait été composé du fleuve et des rives verdoyantes qui le bordaient. Il

---

1. Dans la mesure du possible, les noms hiéroglyphiques des cités ont été conservés : Gebtou = Koptos ; Khent-Min = Akhmin ; Yêb = Éléphantine.

était devenu l'Égypte elle-même. Une sensation exaltante l'envahit, car jamais le pays n'avait été aussi beau, aussi florissant.

Tout à coup, un remous agita la surface tranquille du fleuve-dieu. Puis cinq serpents couleur d'or sortirent des eaux, l'un derrière l'autre. Parvenus sur la rive, ils se métamorphosèrent chacun en une très belle femme. Elles s'avancèrent vers lui en souriant. Derrière elles, les champs de blé ondoyaient sous une brise légère. Les épis étaient magnifiques, chargés de grains dorés. Dans les prés évoluaient des troupeaux aux bêtes superbes. L'une après l'autre, les femmes passèrent devant lui, puis disparurent dans la nuit bleue.

Lorsque la dernière se fut évanouie, Djoser éprouva une soudaine sensation d'étouffement. Le soleil nocturne avait fait place à un ciel sombre, tourmenté, aux reflets rouges. Une haleine de feu sembla baigner la vallée. À nouveau les eaux du fleuve furent agitées par de violents remous. Cinq serpents en sortirent, cinq monstres gigantesques qui se répandirent l'un après l'autre dans le pays. Au fur et à mesure qu'ils progressaient, un vent de désolation aride et sec balayait l'Égypte. Les blés séchaient sur pied, les vaches grasses devinrent squelettiques, le niveau du fleuve baissa. Des arbres s'abattaient sous les assauts de la tempête torride venue du désert. Le long des rives du fleuve avançaient des cohortes d'humains minuscules, qui s'écroulaient les uns après les autres. De la gueule des cinq serpents géants jaillissaient des flammes terrifiantes, qui incendiaient les champs, qui desséchaient l'air. La sensation d'étouffement s'accrut. Djoser porta la main à sa gorge, voulut crier. Aucun son ne sortit. Une horrible sensation de brûlure lui frappa le visage.

Il se redressa d'un coup dans son lit, reprit son souffle, et constata que les rayons de Rê illuminaient son visage, provoquant cette impression de chaleur. À ses côtés Thanys dormait encore. Il se leva d'un bond pour chasser l'horrible vision. Il était sûr que ce rêve avait une signification très importante. Mais laquelle ?

Dans la matinée, il interrogea les mages du palais, chargés de prévoir l'avenir. Mais pas un ne put fournir au roi une explication satisfaisante. Djoser regretta l'absence d'Imhotep. Lui au moins aurait su interpréter ce songe. Mais il était parti pour Yêb et ne reviendrait pas avant de longs mois.

Pendant les jours qui suivirent, les images du rêve continuèrent de hanter son esprit. Il était persuadé que les dieux lui avaient adressé un avertissement. Une idée le tracassait : le seul enfant ayant échappé à la bête mystérieuse qui massacrait les jeunes mères avait parlé d'un monstre à tête de serpent. Alors, ce rêve avait-il un rapport avec ces crimes ? Était-il lié aux présages funestes décelés par Imhotep ?

18

Pakussa, un petit village situé en aval d'Iounou, la cité du Soleil...

La jeune Tiyi épongea son front perlé de sueur. Ses yeux reflétaient les flammes du four dans lequel elle s'apprêtait à mettre à cuire le pain du lendemain. Elle jeta un coup d'œil vigilant aux deux enfants endormis sur une natte dans un coin de la pièce et soupira. Bien que Pakussa n'eût pas souffert des crimes terrifiants dont parlaient les voyageurs, elle n'avait pas connu la paix pendant l'absence de Kharam, son mari. Bien sûr, la garde avait été doublée, mais sa maison se situait à l'écart du village. Seule avec ses deux enfants âgés de trois et quatre ans, elle ne se sentait pas en sécurité.

À présent, elle n'avait plus rien à craindre. Depuis trois jours, Kharam était revenu de Mennof-Rê, où l'avait appelé l'Horus Neteri-Khet. Il lui avait parlé du chantier fabuleux sur lequel il travaillait, les blocs énormes qu'ils transportaient depuis la carrière de Tourah jusqu'au plateau des dieux. Il lui avait raconté le travail des tailleurs de pierre, les soins donnés aux blessés par ce drôle de petit bonhomme à peau noire, qui n'avait pas son pareil pour remettre en place un membre démis ou pour réduire une fracture. Il avait évoqué pour elle l'étrange édifice qui se dressait lentement au cœur de l'Esplanade de Rê, que l'on appelait à présent Saqqarâh, du nom du faucon sacré : un mastaba de pierre, haut d'une vingtaine de coudées, aux murs obliques, qui s'agrandissait un peu plus chaque jour.

Ce soir-là, Kharam s'était absenté pour participer à une réunion avec les autres hommes du village, pour la plupart des pêcheurs, des bergers et des cueilleurs de papyrus. Cependant, elle savait bien de quoi ils allaient bavarder pendant des heures : la construction extraordinaire à laquelle tous participeraient de nouveau lors de la prochaine crue. Ils ne se lassaient pas d'en parler. Chacun faisait travailler son imagination pour tenter de deviner quel serait l'aspect de l'édifice. Mais les maîtres d'œuvre eux-mêmes ignoraient à quoi il ressemblerait.

Tiyi saisit les pains et les plongea adroitement dans le four. À la chaleur des braises, ils cuiraient doucement jusqu'au lendemain matin. Tout à coup, un phénomène insolite attira son attention. Le chien, qui aboyait plus souvent qu'à son tour, poussa un couinement étrange, puis se tut. Inquiète, elle s'approcha de la fenêtre. La pâleur de la lune ne diffusait qu'une lueur bleutée qui noyait les formes des palmiers dans la pénombre. Rien ne bougeait. Elle appela le chien, sans obtenir de réponse.

L'instant d'après, tout sombra dans l'horreur. Une créature monstrueuse se dressa devant elle, comme surgie de nulle part. Elle fit un bond de chat en arrière, tandis qu'une terreur liquide s'infiltrait dans ses veines. L'abomination bondit à l'intérieur de la maison, suivie aussitôt par deux autres. Tiyi hurla et roula sur le sol. Dans un éclair de lucidité, elle constata que les êtres présentaient un corps humain, surmonté d'une tête d'animal effrayante, rappelant un serpent. Une lueur métallique étincela à la lueur du four ; une hache s'éleva au-dessus de sa tête et la frappa sauvagement. Une douleur insoutenable lui vrilla l'épaule. Elle voulut appeler, mais son cri s'étrangla dans sa gorge. Dans un effort surhumain, elle trouva la force de ramper vers la natte où reposaient ses enfants. Ceux-ci, tirés brutalement de leur sommeil, poussèrent des cris stridents.

Un deuxième coup brisa les reins de la jeune femme. Une main griffue lui saisit les cheveux, et une lame lui entama la gorge sans qu'elle pût se défendre. Un liquide chaud et âcre jaillit, ruissela sur sa poitrine ; sa respiration se bloqua. Les griffes du monstre la repoussèrent sauvagement. Son crâne heurta le mur avec violence.

Mue par un extraordinaire instinct de survie, elle s'agrippa à la pierre et se retourna. Les yeux brouillés par des larmes de rage et d'impuissance, elle vit l'une des bêtes se ruer sur les enfants terrorisés et les frapper l'un après l'autre pour les faire taire. Les deux autres les attrapèrent comme des ballots de chiffons et les hissèrent sur leurs épaules. Tiyi tenta d'appeler à l'aide, mais le sang qui coulait dans sa gorge le lui interdisait. Le premier monstre s'approcha d'elle de nouveau, leva sa hache pour l'achever. Terrifiée, elle ferma les yeux.

Il y eut un léger sifflement, un choc abject. Pourtant, aucun coup ne l'atteignit. Tremblante, elle rouvrit les yeux. Elle vit son agresseur tituber, les mains à la hauteur de la gorge. Elle aperçut alors la flèche fichée en travers de son cou. Elle aurait voulu hurler, mais seul un gargouillis atroce sortit de son gosier. La hache qui aurait dû la tuer chuta sur le sol de terre avec un bruit mat. La créature monstrueuse s'effondra sur les genoux, puis bascula sur elle. Avec horreur, elle vit le corps s'agiter de soubresauts d'agonie, puis retomber, inerte, lui écrasant les jambes. Ce fut alors qu'elle eut l'impression que le visage de la bête se décomposait. La face de serpent avait glissé, révélant au-dessous un visage humain figé par la mort.

Les deux autres créatures avaient disparu, emportant les enfants. Pendant quelques instants qui lui semblèrent une éternité, elle tenta de reprendre son souffle, toussant et crachant du sang. D'instinct, elle posa sa main sur son cou pour ralentir l'hémorragie. Elle ne songea pas un instant qu'elle pouvait mourir. Seul lui importait le sort de ses enfants. Mais elle était trop faible. Elle ne pouvait même plus bouger. Une douleur atroce lui vrillait les reins, tandis que son épaule droite la faisait atrocement souffrir.

Soudain, la porte s'ouvrit brusquement. Une armée d'ombres mouvantes et hurlantes investit la petite maison : les gardes du seigneur Imhotep. Une intense bouffée d'espoir l'envahit. Ignorant la souffrance, mais incapable de crier, elle eut la force de tendre la main en direction de l'extérieur. L'instant d'après, les ombres noires se ruaient à la poursuite des monstres. Seule la volonté farouche de Tiyi l'empêcha de sombrer dans le néant ; elle aurait voulu suivre les gardes, se mêler à la chasse, se transformer en lionne pour déchiqueter ces abominations avec ses crocs. Mais elle était si faible...

Un regard anxieux se pencha sur elle : elle reconnut Kharam. Alors, elle perdit conscience.

À l'extérieur, la chasse à l'homme s'était organisée très vite. Khersethi, capitaine des gardes d'Iounou, était en tournée d'inspection à Pakussa. Il avait remarqué que l'une des maisons était située à l'écart du village, constituant une cible idéale pour ce que les paysans de la région avaient baptisé la Bête. Aussi avait-il ordonné à l'un de ses guerriers de monter une surveillance discrète dès qu'il avait vu Kharam quitter sa demeure. Le soldat avait vu les trois silhouettes tuer le chien, ramper jusqu'à la fenêtre, s'introduire à l'intérieur. Il avait aussitôt donné l'alarme. Trop tard malheureusement pour éviter à la jeune Tiyi d'être grièvement blessée.

À présent, les deux monstres tentaient d'échapper à une horde d'une trentaine de guerriers et de paysans hurlants, bien décidés à les rattraper. Très rapidement, ils se débarrassèrent des enfants qui roulèrent sur le sol en hurlant. Khersethi s'arrêta. Après avoir constaté qu'ils n'étaient pas blessés, il ordonna de poursuivre la chasse. Les ordres étaient très clairs : il fallait mettre les assassins hors d'état de nuire.

Ceux-ci semblaient savoir où ils allaient. Bientôt, on atteignit les rives du Nil. À la lueur blafarde de la lune, Khersethi distingua la silhouette d'une felouque qui s'éloignait vers le centre du fleuve. Mais les deux fuyards étaient encore sur la berge. Sans doute des complices les attendaient-ils, qui avaient préféré fuir lorsqu'ils avaient entendu le bruit de la chasse.

En quelques instants, Khersethi et ses hommes rejoignirent les deux criminels. Cernés, ces derniers poussèrent des cris de rage. Ils avaient abandonné leurs masques, dévoilant des visages déformés par la haine. Khersethi arrêta les paysans, prêts à tailler les deux fuyards en pièces.

— Rendez-vous ! clama le jeune capitaine.

Il n'y eut pas de réponse. Les deux hommes jetèrent un coup d'œil en direction du fleuve. La felouque était déjà loin. Ils n'avaient d'autre ressource que de tenter de la rejoindre à la nage ou d'affronter leurs poursuivants. À la lueur argentée de la lune, ils distinguèrent quelques formes furtives glissant à la surface des eaux noires. Le dieu Sobek veillait sur son territoire. Ils échangèrent un bref regard, puis, avec un bel ensemble, se jetèrent dans les eaux sombres. L'instant d'après, ils nageaient vigoureusement en direction de l'embarcation qui s'éloignait rapidement. Un paysan voulut se lancer à leur poursuite, mais Khersethi l'arrêta.

— C'est de la folie ! Regarde !

Du centre du fleuve, de longues formes noires glissèrent silencieusement à la rencontre des fuyards. Soudain, les eaux furent agitées par de violents remous et des hurlements de terreur retentirent. Puis tout redevint calme, comme si rien ne s'était passé.

L'estomac noué par le spectacle horrible auquel ils venaient d'assister, les poursuivants restèrent un long moment silencieux. Khersethi déclara :

— La justice de Sobek a frappé. Mais c'est bizarre ; ces deux hommes devaient savoir qu'ils n'avaient aucune chance d'échapper aux crocodiles.

— Ils ne les avaient peut-être pas vus, suggéra un paysan.

— Oui, peut-être... Mais on dirait qu'ils ont préféré mourir de cette façon atroce que de tomber vivants entre nos mains.

Bien plus tard, Tiyi se réveilla dans un endroit inconnu. C'était une grande salle aux murs ornés de nattes, occupée par des lits bas sur lesquels sommeillaient des hommes et des femmes. Le visage anxieux de Kharam. était penché sur elle. À ses côtés se tenait un petit homme noir étrange, qui l'examinait attentivement. Elle se rendit compte que l'on avait pansé ses blessures. Hormis une douleur lancinante à la gorge, elle se sentait bien.

— Ta femme vivra, déclara Ouadji au paysan. Elle a eu de la chance que je sois présent à Iounou après son agression. Elle a perdu beaucoup de sang, mais la lame n'a pas tranché les vaisseaux de la vie. En revanche, elle risque fort de demeurer boiteuse.

La gorge bandée, Tiyi éprouvait de grandes difficultés à parler. Il lui semblait qu'à chaque mot sa gorge allait s'ouvrir en deux, permettant à la mort de s'engouffrer. Mais elle n'en avait cure.

— Les enfants ? demanda-t-elle d'une voix rauque.

— Ils sont sains et saufs, répondit Kharam. Grâce au seigneur Khersethi. Il est venu prendre de tes nouvelles.

Elle remarqua alors le jeune capitaine, de l'autre côté du lit.

— Tu t'es montrée très courageuse, Tiyi. Les dieux veillaient sur toi ce soir-là. Grâce à toi, nous savons désormais que la Bête n'existe pas. Ce sont trois hommes qui t'ont agressée. Nous allons pouvoir lutter plus facilement contre eux. Je vais me rendre à Mennof-Rê où je rencontrerai le seigneur Semourê. Qu'Horus te protège, Tiyi.

Quelques jours plus tard, Khersethi était introduit dans le bureau de Semourê, dans la Maison des gardes royaux. Soudain, il sentit ses jambes flageoler. L'Horus Neteri-Khet était là, en personne, coiffé du némès. Après un instant d'hésitation, il se jeta à ses pieds. Le roi lui fit signe de se relever.

— Sois le bienvenu, capitaine Khersethi, dit Djoser. Semourê m'a dit que tu avais résolu le mystère de la Bête.

— Oui, ô Lumière des Deux-Terres. C'était des hommes portant des masques de serpent. Malheureusement, ils ont péri. L'un de mes guerriers a tué l'un d'eux d'une flèche alors qu'il s'apprêtait à achever la jeune mère à coups de hache.

— Les autres ?

— Une felouque les attendait, dont les occupants ont fui lorsqu'ils ont compris que leurs complices étaient poursuivis. Alors, les monstres se sont jetés à l'eau, malgré les crocodiles. Ils n'avaient aucune chance de leur échapper.

— Aucune chance, dis-tu ?

— Oui, Majesté. J'ai l'impression que ces hommes se sont suicidés pour ne pas tomber vivants entre nos mains.

Djoser médita quelques instants, puis déclara :

— Tu as fait du bon travail, Khersethi.

Il se tourna vers Semourê.

— Quel est ton avis ?

— Il semble que nous ayons affaire à une secte inconnue. Ces masques à tête de serpent me font penser à un rituel. Mais cela ne correspond pas aux prêtres sethiens fanatiques. Ils auraient choisi le masque du Dieu rouge.

— Peut-être ces masques symbolisent-ils Apophis, le serpent de Seth ?

— C'est possible.

Il eut un geste d'agacement et ajouta :

— Il faudrait parvenir à capturer l'un de ces chiens vivant. Je voudrais renforcer la garde dans les petits villages.

— Alors, fais-le !

— Ce n'est pas si simple qu'il y paraît. Les paysans ne demandent pas mieux que de former des milices. Mais certains nomarques s'y opposent, et refusent d'apporter le soutien de leurs gardes réguliers. Ils estiment que les vies de quelques paysannes ne justifient pas que l'on mobilise l'armée. En vérité, ils entendent rester maîtres chez eux et n'apprécient pas que tu centralises le pouvoir.

— Les imbéciles ! Je vais te donner un sauf-conduit qui leur ordonnera de t'obéir comme à moi-même. Et malheur à celui qui refuserait !

Peut-être l'échec de Pakussa avait-il désarçonné les criminels inconnus. Durant le mois suivant, *Payni*, deuxième de la saison des moissons, il n'y eut aucune agression. Un temps superbe s'était installé en maître sur le Double-Pays. Les récoltes promettaient d'être magnifiques et les travaux de Saqqarâh progressaient. Pour la première fois depuis longtemps, l'étau d'angoisse qui taraudait Thanys semblait se relâcher. Depuis son accouchement, sept mois plus tôt, elle s'était totalement remise de l'opération insolite qui lui avait sauvé la vie. Elle n'en conservait qu'une longue cicatrice sur le ventre, qui commençait à s'estomper grâce à sa nature résistante. Sa victoire sur la mort lui avait redonné confiance. Malgré sa naissance mouvementée, Akhty promettait de devenir un magnifique petit garçon. Bien sûr, elle regrettait de ne pouvoir l'allaiter elle-même. Mais Bedchat était une excellente nourrice et le bébé profitait bien.

19

Après une vingtaine de jours de voyage, le navire d'Imhotep parvint enfin en vue de Yêb, ville frontière située immédiatement au nord de la Première cataracte. Poussée par le vent du nord, la pleine voile hissée, la longue felouque du Grand Maître des travaux du roi avait remonté le fleuve-dieu vers le sud, croisant successivement les villes de Menat-Khufu, Siout, Khent-Min, Thys, Denderah, Gebtou, Nekhen, Edfou. À Nekhen, ancienne capitale de la Haute-Égypte, Imhotep s'était arrêté quelques jours, invité par le nomarque. Il avait constaté l'état de délabrement de certains temples et monuments, et s'était promis de revenir plus tard afin de redonner à la cité sa splendeur passée.

Yêb, dont le nom signifiait « éléphant » dans le langage des signes sacrés, entretenait une tradition militaire en raison de sa situation particulière, à l'extrême sud de la Haute-Égypte. Installée sur la rive occidentale du Nil, elle était protégée par des fortifications et des fortins où des régiments de soldats stationnaient en permanence en prévision d'une invasion toujours possible des Nubiens. Même si le roi

Neteri-Khet avait conclu une alliance solide avec le nouveau roi, Hakourna, une rébellion n'était pas à exclure de la part de certains princes de Koush n'ayant pas digéré leur défaite.

La ville était aussi une place commerciale importante, où les marchands et nomades en provenance de la haute vallée du Nil venaient proposer leurs produits : ivoire, or, argent, électrum, encens, épices, peaux de léopard, de buffle, bois d'ébène et d'acajou, nacre, esclaves arrachés à leurs lointaines forêts tropicales.

Tandis que son navire se rangeait lentement le long du quai sous l'action des rameurs, Imhotep contempla, au loin, l'étranglement de la vallée menant vers le sud. À cet endroit, le fleuve se resserrait, son débit se faisait plus rapide, et d'énormes rochers encombraient son cours, sur une distance de plus de cinq miles. C'était cet étranglement difficilement navigable que l'on appelait la Première cataracte. Au-delà il s'élargissait en une sorte de lac où s'étiraient des îles consacrées aux dieux.

À sa descente de bateau, Imhotep fut chaleureusement accueilli par Khem-Hoptah, le gouverneur du premier nome. Le vieil homme n'avait pas oublié l'épopée fabuleuse menée par Djoser pour monter sur le trône d'Horus, épopée qui avait commencé dans sa cité, lorsque le futur roi avait appris que son oncle Nekoufer avait profité de la mort de l'ancien souverain pour s'emparer des deux couronnes. Malgré l'infériorité militaire du jeune homme, il s'était spontanément rangé à ses côtés. En raison de son grand âge, il n'avait pu participer lui-même à la campagne extraordinaire qui avait suivi, et qui avait vu le triomphe de Djoser, mais il en connaissait tous les détails, narrés de nombreuses fois par ses guerriers.

— Que la protection de Khnoum soit sur toi, mon ami, dit-il en ouvrant les bras à Imhotep.

— Mon cœur se réjouit de te retrouver en si belle santé, cher Khem-Hoptah.

En effet, malgré ses soixante-dix ans, le nomarque conservait bon pied et bon œil, et l'on chuchotait qu'il gardait encore une belle santé au lit.

— Ton courrier m'a averti de ton arrivée voici seulement trois jours. Je n'ai eu que le temps de te faire préparer une demeure.

— As-tu eu le temps de réunir les meilleurs tailleurs de pierre du nome ?

— Ce fut ma première préoccupation. Ils doivent te rencontrer dès demain.

Le lendemain, une trentaine d'artisans étaient réunis face à Imhotep, accompagné par son scribe, Narib, qui notait scrupuleusement chacune des décisions de son maître. Il leur expliqua qu'il souhaitait les engager pour ouvrir une carrière d'où l'on extrairait des blocs de granit rouge longs de cinq coudées. D'emblée, l'idée sembla absurde aux ouvriers. L'un d'eux réagit pour ses camarades.

— Seigneur, nous ne pourrons jamais prélever de tels blocs. Le granit est beaucoup trop dur. Ils se briseront.

— Tout dépend de la manière d'opérer, rétorqua Imhotep.

Dans l'après-midi, escortés par les guerriers placés sous les ordres du Nubien Chereb, Imhotep et ses tailleurs de pierre gagnèrent une colline située à peu de distance de Yêb, d'où l'on extrayait déjà quelques pièces de granit rose destinées à embellir les temples locaux sous la forme de linteaux ou de parements muraux.

En chemin, ils croisèrent un troupeau des ces éléphants qui avaient donné leur nom à la cité. Un vieux mâle observa longuement les hommes, puis il agita ses grandes oreilles et poussa un énorme barrissement pour prévenir les intrus de ne pas s'approcher des siens. Imhotep aperçut le mastodonte sans réellement le voir. Un doute le taraudait. Peut-être se montrait-il trop confiant. Et si sa démonstration se soldait par un échec ? Puis il se morigénait d'avoir de telles pensées. Il ne pouvait échouer. Les rouleaux sacrés ne mentaient jamais.

Peu avant son départ, il s'était rendu dans le Labyrinthe en compagnie d'Hésirê. Il se souvenait avoir étudié, bien longtemps auparavant, un vieux livre qui narrait le voyage fabuleux d'un Initié, lui aussi tailleur de pierre. Il était remonté vers les pays de l'Occident, au-delà de la Grande Verte. Il avait rencontré les Peuples de la Mer, puis avait poursuivi sa route bien plus loin, vers des pays inconnus où la végétation, les animaux et les roches étaient totalement différents de ceux du Double-Royaume. Il avait rapporté de son odyssée quantité d'informations étonnantes, que l'on conservait scrupuleusement depuis dans la crypte secrète. Imhotep s'était souvenu d'un passage particulier, qui l'avait profondément marqué à l'époque où il n'était encore qu'un jeune noble sans fortune, amoureux d'une princesse. Le voyageur avait évoqué un peuple d'hommes rudes, vêtus de peaux de loups et d'aurochs, qui vivaient dans un pays étrange, où la mer et la terre se mêlaient intimement, à tel point que l'on ne savait pas où commençait l'une et où finissait l'autre. De plus, la mer subissait là-bas un phénomène inexplicable : elle envahissait les terres deux fois par jour, puis se retirait ensuite très loin. À l'époque, ce phénomène avait grandement intrigué Imhotep, puis il l'avait rencontré lui-même lorsqu'il s'était rendu dans le pays de Pount.

Il avait retrouvé avec émotion le vieux rouleau de papyrus, et surtout le passage le plus surprenant. Ce peuple avait coutume de dresser en l'honneur de leurs dieux d'énormes pierres de granit. Le voyageur égyptien avait étudié avec beaucoup d'attention la manière dont ils s'y prenaient pour détacher les blocs, et avait consigné leur savoir dans son livre.

Cette histoire était restée gravée dans la mémoire d'Imhotep, et il s'était livré, bien plus tard, à quelques expériences qui s'étaient révélées concluantes. Cette fois, devant les ouvriers sceptiques, il n'avait pas le droit de se tromper.

Une fois sur les lieux, il fit dégager une large surface de granit affleurant. Lorsque l'opération fut terminée, il étudia longuement la roche, la caressant doucement de la main. Il lui semblait ressentir les très faibles vibrations qui parcouraient la pierre comme si la vie y coulait. Une vie mystérieuse, totalement différente de celle de l'être humain. Il avait l'impression d'entrer en communion avec la roche, de sentir ses lignes de force. Ses mains lui en apprenaient autant que ses yeux sur son orientation. Lorsqu'il eut terminé son examen, il marqua, à l'aide d'encre rouge, plusieurs points sur l'affleurement de granit. Puis il appela Chereb. Celui-ci lui apporta une jarre contenant du naphte, un liquide nauséabond de couleur noire, dont on trouvait de grandes nappes dans le désert. Il y mêla de la fibre de palme très sèche, puis fit couler le mélange de manière à relier entre eux les points marqués, délimitant la surface d'une pierre. Les hommes de la mer utilisaient de la résine, mais le naphte ferait tout aussi bien l'affaire. L'important était de chauffer suffisamment la roche. Intrigués, les carriers le regardaient faire. Il le virent enflammer la pâte noirâtre, qui se mit à brûler en dégageant une fumée âcre et épaisse. Ensuite, sur l'ordre d'Imhotep, les guerriers jetèrent de l'eau froide apportée du Nil. Un rideau de vapeur s'éleva de la roche brûlante, éteignant le reste du feu. Un craquement sinistre se fit entendre. Ébahis, les ouvriers se rapprochèrent, et constatèrent qu'une fissure bien nette était apparue dans le granit. Des cris de stupéfaction retentirent.

— La cassure est parfaite, dit un jeune homme. Tu es un magicien, Seigneur.

— Le système est ingénieux, rétorqua un autre, mais le bloc n'est pas détaché. Lorsque nous allons le frapper à la masse, il va éclater.

— Encore un peu de patience, déclara Imhotep. Je n'ai pas terminé.

Il fit encore une fois appel à Chereb, qui amena près de lui un sac contenant des coins de bois d'acacia qu'il avait pris soin de faire longuement sécher au soleil. À l'aide d'une masse, il les enfonça l'un après l'autre dans les fentes de la pierre. Intrigués, les ouvriers regardèrent. Lorsque les coins furent tous en place, Imhotep ordonna aux guerriers de les arroser copieusement. L'ouvrier sceptique fit la moue, puis haussa les épaules.

— Le bois est moins dur que le granit, grommela-t-il. Comment veux-tu qu'il...

Il ne put achever sa phrase, un nouveau craquement se fit entendre. Cette fois, le bloc s'était nettement détaché de sa gangue. Il devait mesurer plus de cinq coudées de longueur. Imhotep, soulagé, se planta devant son détracteur.

— Ne juge jamais négativement ce que tu ne connais pas avant d'avoir compris, mon ami. Et ne sous-estime pas la force du bois. Comment crois-tu que des arbres plantés dans la roche parviennent à la faire éclater ?

— Pardonne à ton serviteur, Seigneur. Je suis un pauvre idiot. Mais ce que je viens de voir est tellement... magique.

Le mot resta. Imhotep enseigna son savoir aux chefs d'équipe qu'il chargea d'organiser la carrière. Puis il conclut un accord avec Khem-Hoptah pour qu'une route soit construite depuis la carrière jusqu'aux rives du Nil, où de lourds navires de transport viendraient chercher les blocs.

Les ouvriers, qui ne connaissaient pas Imhotep

avant cette démonstration étonnante, éprouvèrent ensuite pour lui une sorte de vénération qui se traduisit par un surnom : le Magicien des pierres, qui devint plus simplement le Magicien.

20

Peu avant la fin du mois de *Payni*, Thanys reçut un courrier de son père lui contant l'avancement des travaux de la carrière. Entre la jeune femme et son père, ces lettres étaient devenues un rite. Elle aimait la poésie qui se dégageait des textes d'Imhotep. Il avait toujours, pour décrire les lieux ou les individus, des expressions imagées, pleines de couleur ou de drôlerie. Personne ne savait utiliser les medou-neters comme lui. Cependant, Imhotep la mettait une nouvelle fois en garde : plus que jamais Djoser et elle devaient se montrer prudents.

Thanys enroula lentement le papyrus. La lettre de son père confirmait son intuition. Des forces néfastes rôdaient toujours aux confins du Double-Royaume. Mais elle ne les redoutait plus. Elle les avait déjà vaincues une fois. Elle se sentait de taille à recommencer.

Vers le début *d'Epiphi*, troisième mois des moissons, Djoser décida d'organiser une chasse à l'hippopotame sur le lac de Moêr. Depuis des siècles, les boucliers qui protégeaient les guerriers étaient fabriqués à partir de son cuir. Animal dangereux et imprévisible, sa chasse était réservée aux nobles ; elle était l'occasion pour les jeunes chasseurs de rivaliser d'audace. Malheur au harponneur malchanceux qui tombait à l'eau au mauvais moment. Les mâchoires des monstres, conçues pour trancher la fibre résistante du papyrus, se refermaient sur lui et le broyaient comme une coquille de noix.

On les redoutait au même titre que les lions ou les crocodiles. Une légende racontait d'ailleurs comment les paysans voyaient disparaître leurs récoltes, dévorées pour moitié par les serpents, pour moitié par les hippopotames. Animaux consacrés parfois à Seth, parfois à Taoueret, déesse de la fécondité, il convenait néanmoins de se montrer prudent afin de ne pas mécontenter les divinités dont ils dépendaient.

La nef royale, suivie d'une importante flotte de riches navires, amena la Cour à Shedet, sur les rives du lac de Moêr. La veille de la chasse, le nomarque, Arenka-Ptah, organisa une réception somptueuse pour recevoir l'Horus. Autour du roi se pressait une foule de jeunes seigneurs impatients d'affronter les monstres. Djoser en personne devait participer à la chasse. On connaissait sa réputation de chasseur, et une multitude de petites intrigues eurent lieu pour être admis sur la felouque royale. On utilisait en effet des barques de grande taille, spécialement profilées pour la poursuite. Les dames ne seraient pas oubliées, qui suivraient les opérations de loin, sur un vaisseau plus important.

Tandis que musiciens et danseuses distrayaient les

convives, compliments et défis fusaient d'un groupe à l'autre. Durant toute la soirée, Kaïankh-Hotep, qui pour l'occasion avait quitté son fief d'Hetta-Heri, monopolisa l'attention avec ses récits scabreux. Comme toujours, il était suivi par un essaim de jolies filles peu farouches, qui savaient se montrer compréhensives avec les jeunes seigneurs célibataires.

Certaines d'entre elles n'hésitaient pas à approcher Djoser, ce que Thanys n'appréciait guère. Quelque chose dans l'attitude de Kaïankh-Hotep l'embarrassait. Il cherchait à toute force à séduire. Par son charme et son éloquence, il captivait les femmes ; et il laissait à ses demoiselles le soin d'ensorceler les hommes. Nombre d'entre eux s'égaillèrent dans les jardins parfumés, sous l'œil amusé de Djoser. Le roi trouvait plaisant ce seigneur à la personnalité si exubérante, grâce à qui on était sûr de ne jamais s'ennuyer.

Semourê ne participait pas à l'allégresse générale. Personne n'ignorait la férocité d'un hippopotame blessé, et il n'appréciait guère la participation de Djoser, qui n'était pas le dernier à prendre des risques. Mais il était impossible de contenir le roi lorsqu'il s'agissait de chasse.

Inmakh, qui l'avait suivi comme à l'accoutumée, tentait de le dérider. Au fond, Semourê était secrètement flatté de susciter chez elle une adoration aussi constante. Elle était la seule à ne pas accorder d'attention aux pitreries de ce bellâtre de Kaïankh-Hotep, aux lèvres duquel étaient suspendues toutes les femmes. Bien sûr, il devait s'avouer qu'il y avait une certaine part de jalousie dans sa réaction. Avant l'arrivée de cet individu, c'était lui-même qui monopolisait l'attention de ces dames. Aussi s'était-il intéressé de plus près à Inmakh. Et ce qu'il avait découvert était loin de lui déplaire.

À la Cour, chacun la considérait comme la dernière compagne de l'Horus Sanakht, et non comme la fille du traître Pherâ. La disgrâce de son père avait fait d'elle une femme libre et riche. Elle aurait pu avoir tous les hommes à ses pieds. Et pourtant, elle n'avait d'yeux que pour lui. Depuis plusieurs mois, elle avait repoussé systématiquement les propositions de seigneurs qui avaient offert de l'épouser. Au début, il avait pensé avoir affaire à une fille irréfléchie n'ayant jamais manqué de rien. Au fil du temps, il avait découvert, derrière la gamine de seize ans qu'elle était encore, une femme qui avait vécu et souffert. Elle n'était nullement capricieuse, mais volontaire, et seule cette volonté lui avait permis de triompher des épreuves qu'elle avait traversées. Il s'était habitué à sa présence. Il s'était surpris à la chercher lorsqu'elle s'absentait.

En principe, les femmes ne participaient pas directement à la chasse. Mais Inmakh tremblait pour son héros. Elle avait décidé de l'accompagner.

— Emmène-moi ! supplia-t-elle.
— Il n'en est pas question ! C'est trop dangereux.
— Mais pourquoi ?
— Parfois, l'hippopotame se retourne contre le bateau et charge. Tu risques de tomber à l'eau et d'être dévorée.
— Qu'est-ce que cela peut te faire ? rétorqua-

t-elle, boudeuse. Tu te moques bien de ce qui peut m'arriver.

— C'est faux, tu le sais ! C'est justement parce que je tiens à toi que je refuse de t'avoir à bord.

Elle se renfrogna. Il lui caressa tendrement la joue. Était-ce à cause de la lueur des lampes à huile, ou de la chaleur bienfaisante du vin venu des oasis du Sud ? Il trouvait Inmakh de plus en plus jolie. Son visage d'enfant commençait à s'affiner, s'allonger. Ses yeux soulignés de khôl et de malachite brillaient singulièrement. Avait-elle ce regard brillant pour les autres hommes, ou le réservait-elle seulement à lui ? L'espace d'un instant, une onde de jalousie le traversa. Il n'aurait pas supporté qu'elle regardât ainsi un autre.

— Obéis-moi, dit-il doucement. Je te promets une promenade sur le Nil après la chasse, mais dans un endroit moins dangereux.

Il déposa un baiser léger sur les lèvres à la soie tendre de la jeune femme. Il pensait avoir eu le dernier mot. C'était compter sans l'obstination de la demoiselle. Il était difficile de résister à ses regards brillants, à sa bouche humide. La nuit suivante, elle trouva le moyen de se glisser, pour la première fois, dans le lit de son idole.

Au matin, alors que Khepri-Rê inondait la vallée de sa lumière rose, Semourê avait cédé. Elle participerait à la chasse sur sa felouque.

Peu avant l'aube, une agitation fébrile s'empara de la cité. Pendant toute la journée, elle allait vivre au rythme de la grande chasse qui se préparait. Le palais du nomarque s'étant révélé trop petit pour accueillir la Cour, les notables de Shedet s'étaient empressés de proposer l'hospitalité aux seigneurs, à leurs dames, ainsi qu'à leurs serviteurs.

Inmakh et Semourê avaient trouvé refuge dans la demeure d'un maître artisan qui fabriquait de la faïence bleue et verte destinée à orner les maisons d'éternité. La jeune femme fut sans doute la première levée parmi les membres de la Cour. La nuit qu'elle venait de passer l'avait comblée au-delà de ses espérances. Semourê ne l'avait pas déçue, même s'il paraissait un peu épuisé ce matin. Elle s'enveloppa dans un voile de lin léger et transparent et se glissa au-dehors, dans le jardin. Elle avait envie de crier sa joie aux arbres, aux animaux dont on entendait les appels dans la savane lointaine, au lac, au ciel où pâlissaient les dernières étoiles.

La demeure se situait à la limite de la cité. Franchissant une porte basse, elle se retrouva dans une palmeraie traversée par un petit canal. Les pieds nus, elle le suivit, respirant à pleins poumons l'air frais du matin chargé de parfums. Des images se bousculaient dans son esprit.

Elle avait été, malgré elle, la maîtresse d'un roi. Un roi malade, souffreteux, soumis à d'étranges sautes d'humeur, un roi dont pourtant elle avait ressenti la détresse lorsqu'il s'était aperçu que le fardeau du pouvoir, qu'il avait toujours ardemment désiré, se révélait trop lourd pour lui. Il était alors trop tard. Elle avait compris que derrière le monarque d'ascendance divine se cachait un être malheureux, pris au piège d'un rôle qu'il ne pouvait pas assumer. Sa faiblesse et son désarroi l'avaient apitoyée. Lentement, la maladie avait rongé sa santé, jusqu'au moment où il avait sombré dans un état de souffrance permanente. Il s'était retrouvé seul, misérable et pathétique, séparé de ce frère qu'il avait fini par aimer, et isolé au milieu d'êtres hostiles qui n'attendaient que sa mort pour se partager sa puissance dérisoire. Il n'avait trouvé de réconfort qu'auprès d'elle, sa petite amante de quatorze ans. Durant les derniers jours, tandis que les autres guettaient avec avidité la moindre défaillance de son souffle, elle avait été la seule à lui prodiguer de l'affection et de la tendresse.

Combien de fois Sanakht agonisant avait-il évoqué ce frère admirable, en lui recommandant de se ranger à ses côtés lorsqu'il aurait rejoint le royaume des étoiles. Après sa mort, elle s'était vue projetée au milieu des tourments qui avaient agité la Cour de Mennof-Rê. Veuve d'un roi qui ne l'avait jamais épousée, elle s'était trouvée mêlée, impuissante, aux manigances criminelles qui avaient débuté alors même que le corps du défunt n'était pas encore froid. Elle avait haï Pherâ, son père, tremblé devant le sinistre Nekoufer, tenté de se faire oublier dans la tempête qui avait suivi. Elle avait fini par s'enfuir pour courir au-devant de ce prince dont elle ne connaissait rien, mais dont Sanakht lui avait dit qu'il était le seul véritable héritier du trône d'Horus.

Elle avait ainsi rejoint les troupes du futur roi marchant triomphalement sur la capitale et s'était présentée à lui. Elle avait ressenti sa méfiance. Mais elle lui avait raconté son histoire, et le miracle avait eu lieu : le nouvel Horus l'avait accueillie avec bienveillance, ainsi que son épouse, la belle Nefert'Iti, qu'elle n'avait pas connue sous le nom de Thanys. Pourtant, c'était de ce nom familier qu'elle lui avait proposé de l'appeler lorsqu'elle avait rejoint la troupe des dames de compagnie de la Grande Épouse. Depuis s'étaient tissés entre les deux jeunes femmes des liens d'affection et de complicité.

Elle avait aussi remarqué Semourê, cousin et ami fidèle du nouveau roi. Elle n'avait plus rêvé que d'une chose : devenir son épouse. Elle connaissait sa réputation d'amateur de jolies femmes, mais elle n'en avait cure. Malgré son jeune âge, Inmakh était dotée de deux qualités rares : la patience et l'opiniâtreté. Aujourd'hui, elle avait atteint son but. Elle savait que, tôt ou tard, Semourê l'épouserait.

Soudain prise d'une envie naturelle, elle rechercha un endroit où se dissimuler. À l'inverse de nombre de ses concitoyens qui satisfaisaient leurs besoins à la vue de tous, elle était sur ce plan très pudique. Redoutant qu'on pût la surprendre, elle se faufila dans l'épaisseur d'un bouquet de tamaris et s'accroupit. Ce fut sans doute ce qui la sauva.

Au moment où elle allait se relever, elle entendit un bruit de voix, tout près d'elle. À travers le feuillage, elle distingua deux silhouettes qui bavardaient dans un langage qu'elle ne comprenait pas. Les deux hommes étaient à moins de dix pas d'elle. Apparemment, ils ne l'avaient pas vue. L'un d'eux lui tournait le dos. L'autre devait être nubien. Son corps, à la peau d'un noir de jais, s'ornait de plumes et de scarifications. De nombreuses amulettes et des dents d'animaux pendaient à un collier. Mais surtout, ses dents étaient taillées en pointe, renforçant la férocité de son regard. Inmakh avait déjà vu des individus semblables. Le roi Neteri-Khet en comptait dans son armée lorsqu'il avait vaincu Nekoufer. Ces guerriers venaient du lointain sud de la Nubie. On les appelait des Nyam-Nyams. Combattants redoutables, la rumeur prétendait qu'ils dévoraient leurs ennemis. Une sueur froide lui coula le long de la colonne vertébrale. Elle retint son souffle, de peur d'attirer l'attention des deux individus.

Elle ne comprenait pas ce qu'ils disaient. Ils parlaient vite, élevant parfois le ton, comme s'ils se disputaient. Mais ils jetaient constamment des regards furtifs autour d'eux ; sans doute craignaient-ils d'être vus ensemble. Enfin, le Nyam-Nyam sortit de sa besace une fiole de terre cuite qu'il tendit à l'autre et s'éloigna en maugréant.

L'autre resta un moment sur place. Il était vêtu d'une longue robe de lin comme en portaient certains prêtres. Soudain, il sursauta et se mit à scruter avidement les alentours. Elle redouta d'avoir été repérée. Il tourna la tête dans sa direction ; elle dut se mordre la main pour ne pas hurler : la moitié gauche du visage n'existait plus, apparemment dévorée par le feu. Seul un œil petit et noir était planté au milieu de la chair luisante et boursouflée. Elle remarqua que le bras gauche lui-même était brûlé, et la main amputée de trois doigts. Les moignons des deux doigts restants formaient comme une pince menaçante.

Inmakh se mit à trembler. Il ne faisait aucun doute que l'individu était dangereux. Elle ne pouvait même pas appeler à l'aide. La demeure la plus proche était à près d'un quart de mile. Elle se força à rester parfaitement immobile, espérant que les feuillages ne la trahiraient pas. Tout à coup, un froissement d'ailes retentit non loin d'elle. L'homme sursauta. Elle faillit crier, mais se retint. Un ibis s'éleva dans les airs. L'individu grommela, puis s'éloigna.

Calmant les battements désordonnés de son cœur, la jeune femme attendit plusieurs minutes avant de se décider à bouger, de peur que l'autre ne lui ait tendu un piège. Puis elle rampa hors de son bouquet de tamaris et courut jusqu'à la demeure sans regarder derrière elle. Parvenu dans la chambre, elle se réfugia dans les bras de Semourê qui venait à peine de se lever.

— Holà ! Que t'arrive-t-il, ma belle ?

Tremblant de frayeur rétrospective, elle lui conta son aventure. Semourê réagit immédiatement.

— Un Nyam-Nyam, dis-tu ? Par les dieux !

La statuette maléfique qui avait failli causer la mort de Thanys provenait vraisemblablement de Nubie. Et si la fiole remise par le guerrier noir contenait un poison ? Allait-on de nouveau essayer de tuer la reine ? Il s'habilla à la hâte et fit appeler ses capitaines.

Un peu plus tard, il se présenta au palais du nomarque pour rencontrer Djoser et lui faire part de l'information. Celui-ci le reçut directement dans sa chambre. Tout à la joie de la chasse qui se préparait, le roi n'apprécia guère d'être ainsi rappelé à la réalité. Il grogna :

— Ces chiens ne me laisseront donc jamais tranquille !

Puis il se tourna vers Inmakh.

— Mais nous devons remercier les dieux, qui ont guidé tes pas, ma belle cousine.

— En attendant, il nous faut redoubler de prudence, déclara Semourê. Nous ne savons ni quand ni comment ces scélérats vont agir.

— Thanys montera à bord de la felouque de chasse, ajouta Djoser. Il est trop facile à un traître de s'introduire parmi les serviteurs du navire des femmes.

— Je t'accompagnerai, dit Semourê. Je veux être là pour vous protéger.

— Tu renonces à chasser à bord de ta propre felouque ? s'étonna Djoser.

— Ta vie passe avant !

— Et moi ? intervint Inmakh.

— Toi ? Il vaudrait mieux que tu restes à bord du navire des femmes, répondit Semourê, un peu embarrassé.

— Mais tu m'avais promis...

Puis elle baissa le nez, consciente qu'elle ne pouvait ainsi s'imposer à bord de la felouque royale. Thanys la prit par les épaules.

— Tu vas venir avec nous. Ainsi, je ne serai pas la seule femme à bord. Et je sais que tu ouvriras l'œil pour me protéger.

Ravie, Inmakh lui sauta au cou.

La chasse à l'hippopotame se déroulait selon un rituel bien précis. Parce qu'il était le symbole de Taoueret, qui présidait aux naissances, on devait d'abord offrir un sacrifice à la déesse. Les bêtes que l'on allait abattre appartenaient en réalité au Dieu rouge, auquel l'hippopotame était aussi associé dans la région du Delta. Hormis l'homme, il n'avait aucun prédateur, et avait tendance à se multiplier. Des prêtres étaient chargés de tenir à jour le compte des animaux, afin de déterminer un nombre de bêtes à abattre. Ainsi les Égyptiens entretenaient-ils leur cheptel d'hippopotames fournisseurs de cuir.

Selon le rituel quotidien, Djoser, en tant que premier religieux du Double-Royaume, pénétra seul dans le sanctuaire de Shedet. Dans le naos, une niche de bois décorée, trônait une petite statuette représentant la Maât, reconnaissable à la plume d'autruche dressée sur sa tête. Le souverain la saisit et l'éleva avec ferveur afin de préserver l'équilibre entre les forces divines et garantir le pays du chaos. Il prononça ensuite des paroles traditionnelles afin d'apaiser Taoueret.

Après avoir satisfait aux cérémonies sacramentelles, la Cour se dirigea vers le lac sous le regard émerveillé des citadins. À cinq miles de Shedet s'établissait le petit village de Bekhen-Sobek, baptisé ainsi en hommage au dieu crocodile dont le lac était le territoire de prédilection. Dès que l'on s'éloignait de la zone habitée, il fallait en effet se méfier des reptiles qui hantaient les lieux par centaines.

La felouque royale était un vaisseau long et robuste, propulsé par une quarantaine de rameurs.

La proue et la poupe s'avançaient largement au-dessus de l'eau afin que les guetteurs pussent repérer les proies. Une rambarde de bois leur permettait de se maintenir.

Outre le couple royal, une vingtaine de personnes montèrent à bord, parmi lesquelles Semourê reconnut Kaïankh-Hotep et trois de ses courtisans inséparables. À l'arrière, des serviteurs avaient apporté boissons et nourriture, car la chasse pouvait durer une bonne partie de la journée. Quatre autres felouques tenteraient leur chance de leur côté, dont celles de Piânthy et de Setmose. Derrière suivait le grand navire destiné aux dames de la Cour. La flotte de chasse se complétait d'une multitude de petites barques destinées à rabattre les proies vers la rive.

Sous l'effort des quarante rameurs, la felouque royale s'écarta de la rive et gagna les eaux plus profondes. La flotte se déploya rapidement, dans un joyeux brouhaha d'appels, de grincements, de craquements. Un vent tiède chargé de parfums aquatiques faisait claquer les voiles hautes et longues. Une nuée d'ibis et d'oies sauvages s'envola d'une étendue de papyrus lorsque les bateaux prirent la direction de l'ouest, où des guetteurs, la veille, avaient repéré un troupeau important de pachydermes.

Le long de ces rives s'établissait une succession de petits villages de pêcheurs et de paysans. Les lieux éveillèrent des souvenirs dans l'esprit de Djoser. Quelques années plus tôt, il était venu combattre un ennemi sanguinaire qui massacrait les populations de ces bourgades. Il lui revint la vision de corps empalés sur des piques, dévorés par les charognards. À cette époque, il croyait que Thanys était morte, dévorée par les crocodiles en tentant de fuir le sort ignoble auquel l'avait condamnée Sanakht. Il n'avait alors qu'une idée : périr au combat. Mais les dieux en avaient décidé autrement. L'expédition, menée par le général Meroura, l'avait conduit jusqu'à Kattarâ, où il avait triomphé des guerriers du désert et regagné ses galons de capitaine dont la haine de son frère l'avait dépossédé.

Pendant quelque temps, les lieux étaient restés déserts, en raison d'une attaque toujours possible des Bédouins. Mais depuis son avènement, des dizaines de familles avaient réinvesti les villages, construit de nouvelles demeures. Bien que la paix eût été conclue avec les tribus, par précaution, Piânthy avait implanté à Shedet une garnison importante, qui patrouillait régulièrement le long des berges.

Debout à la proue, un guetteur scrutait la surface des eaux avec attention. Près de Semourê, Inmakh ne perdait pas une miette de la chasse. Sur le pont du navire, les chasseurs avaient préparé de lourds harpons à la pointe de silex soigneusement aiguisée. À chaque harpon était accroché un cordage léger au bout duquel on avait fixé des vessies d'antilope gonflées d'air. Ces harpons n'étaient pas suffisants pour tuer un hippopotame ; ils ne servaient qu'à le harceler, pour le contraindre à remonter souvent. Les vessies, demeurant en surface, permettaient de suivre ses déplacements.

Sur l'avancée de proue, les guetteurs scrutaient les profondeurs vertes du lac, à l'affût des affleurements de bulles caractéristiques qui trahiraient la présence d'un pachyderme en plongée.

Les rives noyées de soleil alternaient de vastes étendues de papyrus et des plages de sable où somnolaient d'énormes crocodiles. Ces dangereux sauriens avaient valu son autre nom au Moêr : le lac de Sobek. Des nuées de pique-bœufs évoluaient sans crainte au milieu des reptiles pour les débarrasser des vermines incrustées entre leurs crocs ou dans leur cuirasse. Dans les fourrés de papyrus nichaient quantité d'oiseaux : ibis, oies sauvages, grues, canards, flamants roses. Parfois, les bruits provenant de la flotte dérangeaient les volatiles. Alors, une nuée mouvante s'élevait dans un concert de piaillements, criaillements et craquètements qui réveillaient les échos lointains.

Des eaux glauques montaient des relents aquatiques épais et parfumés. Parfois, des bancs de poissons fuyaient les battements des rames, ombres furtives qui disparaissaient dans le néant vert et bleu, sous la surface. Allongée sur le pont près de Thanys, Inmakh en avait presque oublié l'homme au visage brûlé et le Nyam-Nyam. Par instants, le souvenir revenait la hanter et un frisson glacial lui parcourait la colonne vertébrale. Elle était sûre à présent que les deux hommes l'auraient tuée s'ils l'avaient surprise.

Vers le milieu de la matinée, la flotte arriva sur le territoire d'un troupeau important, comportant une quarantaine de bêtes. Quelques hippopotames broutaient sereinement les papyrus sur la rive. La plupart se laissaient flotter dans les eaux calmes. On distinguait leurs petites oreilles et leurs narines. Certains étaient si gros qu'on eût dit de petites îles noires dérivant à la surface du Moêr. Parfois, l'un des pachydermes rejetait bruyamment un jet de vapeur. Des cris de joie retentirent à bord des felouques.

Le vacarme dérangea bien vite les lourds animaux, qui s'enfoncèrent sous les eaux glauques, fuyant en direction opposée, vers le nord. Tandis que les rameurs redoublaient d'effort pour les rattraper, les barques de harcèlement se déployèrent en arc de cercle afin de leur interdire toute fuite vers le large. Un hippopotame pouvait demeurer cinq à huit minutes sous l'eau. C'était suffisant pour s'échapper. À moins de le suivre à la trace grâce aux vessies gonflées d'air.

Peu à peu, les barques rabattirent les bêtes vers les harponneurs. Dès que l'on fut à proximité du troupeau, les capitaines donnèrent l'ordre aux rameurs de frapper l'eau en cadence afin d'effrayer les hippopotames. En quelques instants, la surface du lac fut agitée de remous inquiétants. Les têtes des monstres apparurent, soufflant des jets de vapeur. Quelques-uns chargèrent en direction des felouques, puis, sans doute effrayés par la taille de l'adversaire, firent demi-tour et plongèrent de nouveau sous les eaux.

Il fallut ainsi plusieurs manœuvres pour parvenir à isoler quelques proies. À bord des felouques, l'excitation était à son comble. Déjà plusieurs bêtes avaient trouvé une ouverture dans la ligne d'encerclement de la flottille et s'étaient enfuies sous les eaux vertes. Soudain, un vieux mâle émergea presque sous le navire de Djoser. Celui-ci s'était armé d'un lourd harpon et avait gagné l'avancée de la proue. L'animal heurta lourdement la coque de la felouque, projetant le roi contre la rambarde de bois. Les autres chasseurs, dont Semourê et Kaïankh-Hotep furent brutalement précipités sur le pont. Thanys et Inmakh, prévoyant la manœuvre, s'étaient solidement arrimées à l'arrière, où les serviteurs, muets de terreur, n'osaient plus faire un seul geste. Djoser se redressa vivement et, d'une main sûre, projeta son harpon sur le dos de l'animal. Celui-ci ouvrit une large gueule et poussa un grondement impressionnant. Inmakh laissa échapper un cri de terreur. Elle aurait tenu tout entière entre les mâchoires du monstre. Celui-ci s'écarta du bateau et replongea. Mais les vessies d'antilope le trahissaient. Djoser donna l'ordre de le poursuivre.

À chaque apparition de l'hippopotame, Djoser lançait un nouveau harpon. Des traînées sanglantes commençaient à rougir la surface des eaux. En raison de ses blessures et de la fatigue, les plongées de l'animal duraient de moins en moins longtemps. Djoser attendait l'instant où la bête épuisée n'aurait plus la force de plonger de nouveau. Alors il saisirait un énorme maillet à masse de dolérite et bondirait sur le dos de l'animal. Il abattrait son arme de toutes ses forcés sur le crâne épais, juste derrière la nuque. Il faudrait ensuite remorquer le gigantesque cadavre sur la rive où les dépeceurs prendraient le relais.

Semourê, lui aussi passionné par la poursuite, avait relâché sa surveillance. Soudain un cri le ramena à la réalité. Inmakh désignait l'un des esclaves d'un doigt accusateur.

— Je l'ai vu ! Il vient de verser le contenu d'une fiole dans l'amphore destinée à l'Horus.

À ses côtés, Thanys la contemplait sans comprendre. L'homme incriminé semblait pétrifié. Semourê, debout près de Djoser, se précipita à l'arrière. Mais Kaïankh-Hotep fut plus rapide que lui. Il bondit sur l'esclave qui se mit à glapir de terreur et interpella Inmakh.

— Es-tu sûre de ce que tu dis ?
— Oui, Seigneur ! Ce matin, j'ai surpris une conversation entre un Nubien et un homme au visage brûlé. Le premier a remis une fiole au deuxième.

Elle arracha le flacon des mains du serviteur.

— C'est cette fiole. Je la reconnais ! insista Inmakh.
— Misérable ! hurla Kaïankh-Hotep, ivre de colère. Tu as voulu empoisonner ton roi !

D'un geste brusque, l'esclave se dégagea, puis bondit comme un chat vers la poupe.

— Nooon, hurla Semourê. Il faut le capturer vivant.

Mais Kaïankh-Hotep n'écoutait pas. Dépité d'avoir laisser échapper son prisonnier, il saisit un harpon et le projeta de toutes ses forces. La lance siffla et vint s'enfoncer entre les épaules du serviteur félon. La pointe de silex ressortit par la poitrine de sa victime. Le fuyard poussa un cri strident et bascula dans l'eau. À cet instant, l'hippopotame, rendu fou de colère par ses multiples blessures, refit surface. L'esclave se mit à hurler en voyant les énormes mâchoires s'ouvrir devant lui. Pétrifiée, Inmakh vit le monstre se jeter sur le malheureux. Un effroyable hurlement d'agonie lui vrilla les oreilles, et s'acheva sur un craquement sinistre. L'instant d'après, Inmakh distingua, à travers ses larmes, deux morceaux de corps humain dériver à la surface des eaux rougies. Épouvantée, elle poussa un cri de terreur tandis que le monstre plongeait de nouveau. Elle se précipita sur la lisse pour vomir.

Furieux, Semourê prit Kaïankh-Hotep à partie.

— Mais pourquoi l'as-tu tué ? Cet esclave n'est qu'un comparse.

— Je t'interdis de me parler sur ce ton ! riposta vertement le courtisan. Ce misérable ne méritait pas de vivre. Il a tenté de tuer le roi.

— Il aurait pu nous dire qui l'avait chargé de cette ignoble besogne.

— Si tu protégeais le roi plus efficacement, ce genre d'incident n'aurait pas lieu.

Les deux hommes semblaient sur le point d'en venir aux mains.

— Silence ! gronda Djoser.

Domptés par sa voix, les deux antagonistes se turent. Le roi s'adressa à Kaïankh-Hotep.

— Semourê a raison, mon ami. Ta réaction me prouve ton affection, mais cet homme aurait pu nous dire pour le compte de qui il agissait. On a déjà tenté de tuer la reine.

Kaïankh-Hotep baissa la tête, mal à l'aise.

— Pardonne à ton serviteur, ô Lumière de l'Égypte. Je l'ignorais. La colère m'a aveuglé.

Il se tourna vers Semourê.

— Dans ce cas, accepte mes plus humbles excuses, ami Semourê.

Le chef de la Garde bleue confirma en maugréant. Il détestait Kaïankh-Hotep et ses manières obséquieuses. Il avait suffi que Djoser élevât le ton pour qu'il se mît à ramper. Mais il savait qu'il n'y avait aucune sincérité derrière ces pitreries.

Un heurt violent ramena les chasseurs à la réalité. Le vieux mâle, excité par le sang et les harpons, était revenu à la charge et s'attaquait à présent au navire. Un cri de terreur déchira l'air. Inmakh, surprise par le choc, avait basculé par-dessus bord. Un étau de frayeur broya l'estomac de Semourê. Il s'approcha de la lisse pour repérer le monstre. Celui-ci, ivre de colère, n'avait pas encore aperçu la jeune femme, qui se débattait à quelques brasses de la felouque. Thanys saisit une corde et la lança à la naufragée. Celle-ci parvint à s'y agripper. La reine tira de toutes ses forces, sitôt aidée par plusieurs chasseurs.

Soudain, l'hippopotame refit surface près d'Inmakh. La jeune femme poussa un cri d'épouvante. Mais Thanys redoubla d'effort. Voyant sa proie lui échapper, l'hippopotame s'approcha de la felouque. Djoser escalada l'avancée de poupe et bondit alors sur le large dos du monstre. Avec une formidable précision, il leva son maillet de diorite, puis l'abattit violemment au défaut de la nuque. Il y eut un sinistre craquement. La masse énorme fut saisie d'un soubresaut, puis s'immobilisa. Les mâchoires retombèrent, inoffensives. Lentement, le corps vint heurter la coque de la felouque, à la hauteur d'Inmakh. Terrorisée, la jeune femme lâcha la corde et retomba dans l'eau. Semourê plongea pour la rattraper.

Quelques instants plus tard, tous avaient regagné le pont. Inmakh tremblait encore de son aventure. Sans l'intervention rapide du roi et de la reine, elle aurait fini déchiquetée comme l'esclave.

Le soir, les cadavres imposants de six hippopotames avaient été hissés sur la rive. Leur chair serait consommée pendant les festivités qui suivraient. Mais les meilleurs morceaux seraient réservés aux prêtres, qui étaient les seuls à pouvoir manger de la viande d'hippopotame en dehors des fêtes rituelles. La graisse alimenterait les lampes, tandis que leur cuir servirait à fabriquer de nouveaux boucliers. Il n'était pas jusqu'aux dents dont on fabriquait des bijoux ou des amulettes.

Kaïankh-Hotep semblait avoir déjà oublié sa maladresse. Comme à son habitude, il pérorait au milieu d'un groupe de courtisans auxquels il narrait la chasse avec son éloquence et son douteux sens de l'humour.

À l'écart, Semourê avait pris Inmakh à témoin.

— À cause de cet imbécile, grommelait-il, on ne saura jamais qui étaient ces deux hommes que tu as vus ce matin. Un prêtre et un Nubien, c'est bien maigre. Le seul indice dont nous disposons, c'est ce visage brûlé. Je vais donner des ordres pour qu'on recherche cet individu. Quant au Nyam-Nyam, ce sera encore plus difficile.

Il avait examiné le reste du contenu de la fiole, récupérée par Inmakh. Il s'agissait d'un somnifère rapide qui, dilué dans le vin, ne laissait pas de trace. Semourê avait vite compris le but des misérables. Régulièrement, les serviteurs proposaient des boissons aux chasseurs. Le criminel voulait faire boire le vin trafiqué au roi juste avant l'attaque. Victime d'un étourdissement, Djoser aurait été tué par l'hippopotame. Comme dans le cas de l'accouchement de Thanys, on aurait cru à un accident.

La perfidie du procédé stupéfia Semourê. Il ne serait pas facile de confondre les auteurs du forfait. Par chance, Inmakh avait surpris la manœuvre de l'esclave. Il la serra contre lui avec émotion. Si Djoser était en vie ce soir, c'était grâce à elle.

21

— Autrefois, on appelait ce plateau l'Esplanade de Rê.

Moshem contempla le profil d'Ankheri découpé dans la lumière du soleil levant. Depuis la mort d'Hotarâ, les deux jeunes gens venaient régulièrement à Saqqarâh afin de porter des offrandes au kâ du vieil homme. Cette promenade leur permettait de se retrouver seuls loin de la demeure où sévissait la perfide Saniout, qui ne décolérait pas depuis l'épisode des couvertures. Promu intendant, Moshem n'avait plus de comptes à rendre à l'épouse du maître. Il avait pris sa tâche à cœur et avait su se faire accepter par les différents chefs des ateliers ou des entrepôts. On s'était étonné au début de voir à ce poste un homme aussi jeune. Moshem n'avait que vingt-deux ans. Mais sa profonde intelligence, alliée à son esprit de justice, avait séduit tous ceux qui travaillaient pour le seigneur Nebekhet.

Seule Saniout, et pour cause, n'avait pas digéré la nomination de Moshem. Ruminant de sombres projets de vengeance, elle guettait la moindre défaillance de sa part. Elle avait bien remarqué que les deux jeunes gens s'étaient rapprochés depuis l'épisode des couvertures. Elle les avait fait surveiller afin de déterminer s'il existait entre eux une liaison coupable qu'elle aurait pu dénoncer à son mari. Mais Moshem et Ankheri se montraient prudents. Dans la demeure, leur comportement ne pouvait prêter à confusion. Ankheri continuait à traiter Moshem comme le serviteur qu'il était toujours. Ils avaient appris à se méfier des esclaves que Saniout laissait traîner régulièrement non loin d'eux.

Ils avaient pris l'habitude de se rejoindre sur le plateau de Saqqarâh, où ils savaient que Saniout ne se rendait jamais. Afin de déjouer une éventuelle filature, ils partaient séparément, dans des directions différentes. Cependant, même si on les avait surpris ensemble, les offrandes à Hotarâ justifiaient leur présence. Tous deux avaient d'excellentes raisons d'entretenir la maison d'éternité du vieil homme.

À Saqqarâh, Moshem avait découvert un aspect de la vie égyptienne qu'il n'aurait jamais imaginé. C'était comme une seconde ville qui se dressait en bordure du plateau. L'endroit était surprenant à plus d'un titre. Les Égyptiens étaient intimement persuadés que la vie ne s'arrêtait pas avec la mort, mais que celle-ci n'était qu'un passage vers le royaume d'Osiris. La coutume voulait que l'on fît momifier son corps afin d'assurer sa survie. L'âme, le bâ, pouvait ainsi se réunir à lui pour reprendre vie.

Chaque Égyptien qui en avait les moyens consacrait une partie de ses revenus à se faire construire un tombeau. En bordure du plateau s'étirait ainsi une vaste nécropole aux mastabas de brique crue.

On y jouissait d'une vue magnifique sur la vallée. Cette cité réservée aux morts avait angoissé Moshem la première fois qu'il s'y était rendu. Ses convictions religieuses différentes ne l'avaient pas préparé à pénétrer dans un lieu si étrange, où erraient sans aucun doute des milliers d'esprits défunts. Sa réaction avait amusé Ankheri, qui, au grand étonnement du jeune homme, ne montrait aucune frayeur. Elle lui avait enseigné les croyances égyptiennes, lui avait présenté les tombeaux, la manière dont ils étaient entretenus, les jardins fleuris qui les entouraient, leur agencement.

— Après la mort, avait expliqué Ankheri, le défunt est guidé par le dieu Anubis, celui que l'on représente avec une tête de loup. Il est le fils d'Osiris et de Nephtys. La légende dit qu'il aida Isis à reconstituer le corps du dieu à peau verte[1] lorsque celui-ci fut tué par Seth. Car Osiris fut le premier momifié, et le premier ressuscité. Après avoir subi plusieurs épreuves, le mort est enfin amené devant lui. S'il s'est bien conduit durant sa vie terrestre, son âme demeure légère, plus légère que la plume de la Maât. Alors, il embarque sur la barque sacrée d'Osiris, et il vit éternellement sur les rives du Nil céleste. Mais, pour cela, il doit être momifié, afin que son âme puisse reprendre vie dans son corps, comme le fit Osiris.

— Que se passe-t-il si l'âme est plus lourde que la plume de la Maât ?

Elle frissonna puis répondit dans un souffle :

1. Autre nom d'Osiris.

— On dit qu'un monstre terrifiant dévore les âmes sombres. Un serpent, ou un crocodile géant, on ne sait pas vraiment.

Chaque mastaba ressemblait à une petite demeure, réplique de celle que le défunt avait habitée, afin, disait Ankheri, qu'il puisse continuer à se sentir chez lui. Ainsi trouvait-on dans ces mausolées des meubles, de la vaisselle, des objets usuels ayant appartenu au disparu. Régulièrement, on lui portait de la nourriture et de la boisson. Les offrandes étaient nécessaires au mort afin qu'il puisse continuer à se nourrir. Les présents, fruits, viandes, gâteaux, pains, flacons de bière ou de vin, étaient déposés dans une petite pièce. Dans le mur était percé un orifice, à hauteur de vue. Derrière se situait le serdab, une autre pièce dans laquelle était installé le kâ, une statue en bois d'ébène qui représentait le double du mort. Ainsi pouvait-il, par l'intermédiaire de la statue, se réjouir des cadeaux qu'on lui apportait. Moshem avait eu un peu de mal à comprendre comment une statue pouvait à ce point symboliser un mort. Ankheri lui avait expliqué que la sculpture revêtait aux yeux des Égyptiens une importance capitale. Le sculpteur était investi d'un pouvoir sacré, celui de redonner la vie. Les statues n'avaient pas à proprement parler de vie propre, mais elles l'abritaient. Aussi était-il important pour un Égyptien fortuné de posséder dans son tombeau une statue à son effigie.

Chaque mastaba était en outre agrémenté d'un jardin où l'on avait planté un arbre, sycomore ou acacia. On y ajoutait des fleurs pour l'égayer.

— Ces arbres sont sacrés, dit la jeune fille. Ils appartiennent à la déesse Hathor, qui accueille les morts sur les rives du Nil céleste. Alors, ils peuvent se reposer à leur ombre.

Au début, Moshem avait estimé un peu morbide cette dévotion aux morts. Puis il s'était rendu compte que la nécropole ne reflétait aucune tristesse, mais au contraire une formidable joie de vivre. Il avait alors découvert l'un des aspects les plus surprenants de l'âme égyptienne. Cette dévotion était en réalité l'expression d'un amour extraordinaire de la vie ; les Égyptiens refusaient la mort avec une telle conviction qu'ils en avaient fait un passage vers une autre vie, reflet embelli de celle qu'ils avaient menée sur les bords du fleuve-dieu.

Ankheri et Moshem n'étaient jamais seuls dans ce lieu étonnant. Nombre de citadins de Mennof-Rê et d'ailleurs s'y promenaient régulièrement afin de porter des offrandes à leurs disparus. On s'y retrouvait entre amis pour bavarder joyeusement. Parfois, les familles apportaient de quoi se restaurer et l'on pique-niquait à proximité des mastabas, afin de bien montrer aux morts qu'on ne les oubliait pas.

L'animation de la nécropole s'était accrue depuis le début du chantier de la cité sacrée. Ce lieu mystérieux ne laissait pas d'étonner Moshem. Il avait vu, quelques mois plus tôt, le roi lui-même déterminer les limites de cette cité. Depuis, les travaux avançaient vite, modifiant peu à peu le paysage. On avait abattu les grands arbres tout autour du périmètre de l'enceinte sacrée. Puis on avait nivelé le terrain. Des centaines d'ouvriers travaillaient sans relâche à dresser un étrange monument haut d'une vingtaine de coudées, aux murs obliques, dont les dimensions ne cessaient de croître. Moshem, qui ignorait tout de l'architecture, se demandait quel serait l'aspect final de l'édifice. Celui-ci rappelait vaguement un carré qu'il estimait déjà à près de quatre-vingts coudées de longueur. Et toujours les ouvriers rajoutaient des blocs de calcaire afin de l'agrandir.

— C'est étrange, dit-il un jour à Ankheri. J'ai connu voici quelques années, dans mon pays, une jeune princesse égyptienne à laquelle j'avais fait une prédiction.

Il eut un sourire désabusé.

— Je lui avais dit qu'elle deviendrait reine d'Égypte. Et pour une fois, je me suis trompé.

— Tu as connu une princesse égyptienne là-bas ? s'étonna sa compagne. Tu ne m'avais jamais parlé de ça.

Il ne répondit pas immédiatement.

— J'ai toujours un peu de peine à l'évoquer. C'était une femme très belle, très courageuse. Elle avait fui son pays déguisée en homme, afin d'échapper à un mariage dont elle ne voulait pas.

— En homme ?

— Elle voulait éviter d'attirer l'attention. Elle m'avait dit être à la recherche de son père.

— Parce que tu l'as bien connue..., s'étonna Ankheri, intriguée.

— Elle s'est jointe à notre caravane à Ashqelôn. Nous avons traversé le pays amorrhéen en direction du nord. Nous sommes passés par la Mer sacrée.

C'est là que j'ai découvert qu'elle était une femme. Nous sommes remontés jusqu'à Byblos où elle a poursuivi sa route vers le nord. Les grandes inondations ont commencé peu après. Grâce à mes rêves prémonitoires, j'ai pu les prévoir et protéger ainsi ma tribu. Malheureusement, la colère de Ramman a tué nombre de personnes en Amorrhée. Des villes entières ont été balayées par les tempêtes. Et je crains que ma princesse n'ait disparu dans la tourmente.

Ankheri demeura longuement silencieuse.

— Tu étais amoureux d'elle...

— Oh non ! J'étais son ami, seulement son ami. D'ailleurs, elle aimait un prince égyptien dont j'ai oublié le nom.

— Mais son nom à elle, tu ne l'as pas oublié.

— Il reste gravé dans ma mémoire. Elle s'appelait Thanys.

— Thanys ?

Elle le regarda comme si elle le découvrait pour la première fois, puis elle déclara sèchement :

— Tu te moques de moi !

— Bien sûr que non ! Pourquoi te mentirai-je ?

— Et tu ignores ce qu'elle est devenue.

— Elle a quitté Byblos pour Ebla, il y a de cela plusieurs années, juste avant les grandes tempêtes. Sans doute a-t-elle péri. Lorsque je suis arrivé en Égypte, j'ai espéré un moment qu'elle était devenue la reine de ce pays, comme je le lui avais prédit. Mais on m'a dit que la Grande Épouse se nommait Nefert'Iti. C'est alors que j'ai compris que ma princesse avait disparu, et que je m'étais trompé.

Ankheri secoua la tête et murmura :

— Non, tu ne t'es pas trompé.

— Comment ça ?

— Parle-moi de ta princesse ! Décris-la-moi. Comment était-elle ?

— Très jolie, avec des yeux verts semblables à de la malachite. Jamais je n'ai vu une femme manier un arc avec autant de précision. Elle était de plus extrêmement savante. Même mon père aimait discuter avec elle, parce qu'elle semblait connaître plus de choses que lui. Ils restaient de longues heures à palabrer tous les deux. Mais le plus surprenant, c'était ce don qu'elle avait d'amadouer les animaux, même les plus féroces.

— Et tu ne l'as pas reconnue ?

— Reconnu qui ?

— La reine.

Moshem demeura interdit.

— La reine ne s'appelle pas Thanys, riposta-t-il nerveusement.

— Personne dans le peuple ne lui donne plus ce nom. Il est réservé à ses amis intimes, et à l'Horus. Nefert'Iti est son nom de reine.

Abasourdi, il resta un long moment sans mot dire. Puis la nouvelle emplit son esprit.

— Mais alors... cela veut dire que Thanys est vivante !

— Bien sûr !

— Il faut que je la revoie. Crois-tu qu'elle acceptera de me recevoir ?

— La Grande Épouse est une personne d'une

grande bonté. Si tu as été son ami, elle te recevra sans difficulté.

Les yeux de Moshem se mirent à briller.

— Te rends-tu compte, Ankheri ? Elle refusera que je demeure esclave. Elle me fera libérer.

La jeune fille se renfrogna.

— Et tu me quitteras...

— Mais non ! Cela veut dire que je pourrai enfin t'épouser. Parce que je deviendrai un homme libre d'Égypte.

Il lui prit les mains.

— Écoute ! Il y a un autre songe que je ne t'ai pas encore raconté, parce que j'avais fini par ne plus y croire. Dans ce rêve, je voyais un homme et une femme ; un roi et une reine. Devant eux s'étirait un grand champ de blé. Derrière eux, il y avait une ville immense, toute blanche, une ville qui ressemblait à Mennof-Rê. L'homme et la femme me souriaient. Tous les épis se courbaient devant eux, comme pour témoigner leur adoration. Et ces épis étaient aussi des hommes, tout un peuple dont moi-même je faisais partie. Ils m'ont appelé à leurs côtés, et les épis se sont inclinés devant moi, parce que j'étais devenu moi aussi un personnage puissant. Mais le plus extraordinaire, c'est que le visage de la femme était celui de Thanys.

— Celui de la reine...

— Oui ! La reine Nefert'Iti.

Il s'écarta d'elle et éclata de rire.

— C'est merveilleux, Ankheri. Ramman ne m'a pas abandonné. Il m'a amené ici comme esclave, afin d'éprouver mon courage. Mais il fera de moi un seigneur des Deux-Terres, et je serai l'ami de l'Horus et de la reine.

Il la prit dans ses bras et la fit tourner.

— Repose-moi, s'exclama-t-elle en riant à son tour.

— Je ne suis pas un esclave, ma belle. Moi aussi, je serai riche et puissant. Et tu deviendras mon épouse.

— Tu es fou !

— Quand pourrai-je parler à la reine ? insista-t-il.

— Dès que possible, répondit-elle. Mais je ne peux rien faire seule. Il faut attendre le retour de mon père. Tu lui conteras ton histoire. Si tu as connu la reine aussi bien que tu le dis, je pense qu'elle demandera à te voir très vite.

La joie de Moshem faisait plaisir à voir. Ses yeux brillants, ses dents blanches achevèrent de séduire la jeune fille. Alors, ce soir-là, parce qu'elle était persuadée que bientôt elle serait l'épouse d'un prince amorrhéen, elle céda à l'envie étrange qui lui brûlait les entrailles depuis quelque temps. Elle entraîna le jeune homme dans un recoin secret qu'elle connaissait, tout au fond du jardin de son père et, pour la première fois, elle se donna à lui.

Il ne faisait aucun doute dans l'esprit d'Ankheri qu'au retour de Nebekhet le roi affranchirait Moshem et lui confierait quelque tâche importante afin de plaire à la reine.

C'était compter sans le destin qui aime souvent brouiller les cartes. Les épreuves du jeune homme n'étaient pas encore terminées. En fait, elles ne faisaient que commencer.

22

Le lendemain matin, Ankheri se rendit au temple d'Isis, comme l'exigeait son rang de jeune fille noble. Moshem s'isola dans le bureau occupé autrefois par Hotarâ, et qui était devenu le sien. Il n'avait guère envie de rencontrer Saniout. Il faisait une chaleur accablante. Pas un souffle de vent ne rafraîchissait l'atmosphère.

Au fil du temps, il s'était aperçu que ses connaissances dans le domaine de l'écriture sacrée demeuraient limitées. Au début il s'était contenté d'apprendre rapidement les caractères hiératiques indispensables à la compréhension des papyrus émanant des divers établissements et propriétés appartenant à son maître. Bien sûr, sa nouvelle position lui avait valu d'être assisté par les scribes attachés à la personne de Nebekhet. Il aurait pu se contenter de ce qu'il savait. Mais il avait découvert la richesse infinie des medou-neters, la subtilité de leur langage et il avait décidé d'approfondir son savoir. Certaines paroles d'Hotarâ lui semblaient à présent plus claires. Elles résonnaient encore dans son esprit :

« Le corps de l'homme retourne à la poussière,

puis le corps de ses proches et de ses enfants. Mais l'écrit conserve son souvenir ! Un livre est plus utile que de bâtir une demeure à l'occident[1]. Il vaut mieux que de fonder une résidence, mieux qu'une stèle dans la Demeure divine[2]. »

Si Moshem demeurait fidèle au dieu de ses pères, l'omnipotent Ramman, divinité de l'orage et créateur de l'univers, il accordait une place grandissante à Thôt, dieu de l'écriture, que son vieux professeur lui avait appris à vénérer. Au début, cette vénération l'avait quelque peu embarrassé, en raison de ses croyances antérieures. Aujourd'hui, elle se faisait chaque jour plus sincère et plus admirative. Ainsi, grâce à ses lectures, il pénétrait l'esprit égyptien, et ce qu'il découvrait le séduisait. Nebekhet recevait parfois des prêtres provenant des temples d'Horus, de Seth, et de Ptah, le dieu de Mennof-Rê. Il s'arrangeait toujours pour être présent. Accroupi discrètement dans un coin de la pièce, il écoutait avec attention les paroles des saints hommes au crâne rasé, dont la sagesse et l'ouverture d'esprit ne cessaient de l'étonner.

Un élément surtout avait bouleversé sa vision de l'univers. Les anciens de sa tribu lui avaient enseigné une obéissance aveugle à leur dieu créateur. Pourtant, par moments, Ramman était apparu au jeune homme comme un despote dont les desseins étaient

---

1. Un tombeau.
2. Ces paroles sont inspirées par un papyrus datant du Nouvel Empire, conservé au British Museum. Elles démontrent l'importance que, de tout temps, les Égyptiens ont accordé à l'écriture, enseignée aux hommes par le dieu Thôt dès l'époque prédynastique.

difficiles à comprendre. Il semblait s'imposer par la crainte, comme son symbole, la foudre.

La conception des Égyptiens était radicalement différente. Les dieux qu'ils vénéraient représentaient plutôt des principes puissants qui régissaient le monde. Mais le plus surprenant était cette idée selon laquelle tout s'équilibrait et s'harmonisait. Ils appelaient cela la Maât. Aussi, aux côtés de Thôt, laissait-il une place importante à la divinité à la plume d'autruche. L'harmonie lui semblait bien préférable à une soumission qui ne correspondait pas à l'idée de justice que l'on pouvait attendre d'un dieu.

Étant enfant, il avait toujours rêvé de visiter l'Égypte. Pourtant jamais il n'avait soupçonné, à l'époque, la richesse fabuleuse de cette civilisation qui l'avait accueilli en tant qu'esclave, et lui avait ouvert néanmoins les portes de la Connaissance. Alors, il ressentait des bouffées d'amour pour le Double-Pays. Sans doute le visage fin et les yeux de gazelle de la petite Ankheri n'étaient-ils pas étrangers à cette évolution. Mais il devait s'avouer qu'il préférait désormais rester à Mennof-Rê comme esclave que de retourner chez lui avec le titre de prince.

D'ailleurs, il ne faisait aucun doute qu'il retrouverait bientôt sa liberté. Il savait aussi qu'il demeurerait malgré tout au service de Nebekhet. Celui-ci, en tant que fabricant officiel de papyrus de Sa Majesté, possédait une bibliothèque d'une richesse étonnante. Devant l'intérêt manifesté par le jeune homme, il lui avait permis de la consulter. Aussi Moshem profitait-il du moindre moment de liberté pour étudier les rouleaux que son maître avait mis à sa disposition. Nombre de signes lui demeuraient encore inconnus. Il s'appliquait à les reproduire sur le livre que Nebekhet lui avait offert.

Il était ainsi penché sur un poème narrant une légende très ancienne lorsque la silhouette de Saniout se dessina dans la porte de son bureau. Elle ne portait qu'une toile de lin très légère qu'elle laissait amplement ouverte, offrant son corps nu à la vue. Moshem refusa d'y accorder la moindre importance. Il savait très bien ce qu'elle voulait. Elle lui avait déjà fait plusieurs propositions qu'il avait repoussées aussi fermement qu'il avait pu. Les fois précédentes, il avait pu s'en tirer de justesse. Mais aujourd'hui, ils étaient seuls dans la grande demeure. Ankheri était au temple pour la journée. Quant à Nebekhet, il ne reviendrait pas avant plusieurs jours. Elle lui adressa un regard éloquent.

— Approche, Moshem, dit-elle.

Avec une lenteur volontaire, il posa son rouleau, se redressa et s'avança vers elle, mal à l'aise. Sans pudeur, elle écarta son voile, un sourire équivoque sur les lèvres. Elle eût été belle sans la moue vulgaire qui étirait ses lèvres. Ses yeux de chatte trahissaient la sensualité qui émanait de son corps potelé. Moshem hésita. Il n'avait aucune envie de calmer les ardeurs de sa maîtresse. C'était sans doute le moyen de se débarrasser d'elle, mais il ne pouvait trahir Nebekhet, et surtout pas Ankheri. La perspective de poser ses mains sur la chair dorée de Saniout ne lui souriait guère. En vérité, elle lui répugnait.

— Que me veux-tu, Maîtresse ? demanda-t-il d'un ton neutre.

— Tu le sais bien, idiot. Regarde-moi, ne suis-je pas belle ?

— Tu es très belle, Maîtresse. Mais tu es l'épouse de mon maître.

— Nebekhet n'en saura rien. Tu n'es pas obligé de tout lui raconter.

— Mon maître m'a accordé sa confiance, Maîtresse.

Elle eut un mouvement d'humeur.

— Tu n'es qu'un imbécile ! Tu me préfères sans doute cette petite traînée d'Ankheri.

Il pâlit. Savait-elle quelque chose ? Mais elle poursuivit :

— Il est largement temps de se débarrasser d'elle en lui trouvant un bon époux. Pas trop regardant, car elle n'est point belle.

« Elle est plus belle que toi ! » songea Moshem.

Soudain, Saniout se colla contre le jeune homme et insinua une main fine chargée de bagues entre ses cuisses. Il recula. Elle insista, puis éclata d'une colère soudaine.

— Je t'ordonne de rester tranquille, crétin ! En l'absence de mon mari, tu dois m'obéir en tout.

— Maîtresse..., supplia-t-il.

— Tais-toi ! Je sais que tu aimes les femmes. Cela amuse Nebekhet de te voir séduire les épouses des notables de Mennof-Rê. Combien d'entre elles as-tu honorées depuis ton arrivée ? Dis-moi ! Faisaient-elles bien l'amour ? Étaient-elles vicieuses ?

Il recula encore, pour buter contre le mur de son

bureau. Le parfum entêtant, presque écœurant, de Saniout lui emplissait les poumons. Il aurait voulu la repousser, mais elle le tenait fermement par le torse, se collant à lui. Soudain, ses gestes se firent plus précis. Elle saisit son sexe à pleines mains. Moshem poussa un cri. Elle éclata de rire.

— Ah ! Je constate que je ne te suis pas indifférente. On dit que les Amorrhéens sont des amants exceptionnels.

Rouge de honte, Moshem ne savait plus comment faire taire sa nature trop généreuse. Cette femme connaissait les hommes et leur faiblesse, et elle ne se privait pas d'en abuser. Il fit appel à toute sa volonté et lui saisit les bras avec rudesse. Puis il l'écarta violemment. Saniout, surprise, tomba sur le sol et le contempla avec effarement.

— Je te l'ai dit, Maîtresse ! s'insurgea-t-il. Je refuse de trahir mon maître !

Un rictus de haine déforma le visage de Saniout.

— Tu as... osé... me repousser ! Maudit sois-tu ! Tu vas me le payer !

Elle se releva, se précipita sur lui et lui arracha son pagne. Humilié, Moshem tenta de se protéger comme il pouvait de ses mains. La pudeur des Amorrhéens contrastait avec la liberté des Égyptiens. Il lui répugnait de se retrouver nu face à cette femme qu'il ne désirait pas, qu'il haïssait à présent. Tout à coup, Saniout déchira sa robe et se mit à hurler :

— À moi ! Au secours ! Zerib !

L'intendant de Saniout survint aussitôt. Moshem comprit qu'il n'avait jamais été très loin, et qu'il était tombé dans un piège.

— Va chercher les gardes ! Cet homme vient d'essayer de me violer.

— Bien, Maîtresse !

L'autre sortit en courant. Moshem s'écria :

— Tu n'as pas le droit de faire ça ! C'est toi qui m'as provoqué !

Elle se jeta sur lui et le gifla à toute volée.

— Misérable esclave ! Tu oses contredire ta maîtresse !

— Tu n'es pas ma maîtresse ! Seul Nebekhet est mon maître ! Et quand il saura ce qui s'est passé...

— Silence ! Penses-tu qu'il mettra en doute ma parole et le témoignage de mes serviteurs ? Tous t'ont vu essayer d'abuser de moi, entends-tu ?

— C'est faux !

Elle ricana :

— Pauvre imbécile ! Que vaudra ta parole contre la mienne ?

Abasourdi, Moshem entendit les gardes arriver au pas de course. Il s'appuya contre le mur, désemparé. Pourquoi n'avait-il pas suivi Ankheri ?

Saniout apostropha les soldats :

— Arrêtez cet homme ! Il a voulu abuser de moi en l'absence de mon mari ! Lui qui avait accordé toute sa confiance à cet individu, voilà comment il le remercie.

Moshem ne tenta pas de discuter. Saniout avait raison. Sa parole n'avait aucune valeur.

Alors commença un long cauchemar.

23

Moshem était furieux contre lui-même. Il aurait dû se douter que Saniout ne lui pardonnerait jamais l'affront subi par l'intermédiaire de Zerib. Il aurait dû se méfier, ne jamais rester seul avec elle. Mais comment aurait-il pu imaginer le piège sournois dans lequel elle l'avait fait tomber ? Depuis, tout était allé trop vite. Les gardes l'avaient brutalement emmené jusqu'à la prison royale, où on l'avait jeté dans une cellule, en compagnie d'autres prisonniers. La tête entre les mains, il ruminait sur l'injustice de son sort lorsqu'une voix joyeuse le tira de sa morosité.

— Moshern ! Alors, tu t'es décidé à goûter à la prison !

— Nadji !

Le gamin chapardeur du marché s'assit sur le sol près de lui. Depuis ce jour-là, ils s'étaient revus plusieurs fois, faisant enrager les commerçants auxquels ils subtilisaient adroitement fruits et gâteaux au miel. C'était d'ailleurs la raison pour laquelle Nadji se trouvait en prison. Il était tombé sur un marchand un peu plus hargneux que les autres, qui avait averti la garde.

— Six mois de cachot ! annonça-t-il comme s'il s'agissait d'une bonne farce. Mais toi, raconte-moi ! Tu as volé ?

Moshem grimaça un sourire et lui conta sa mésaventure. Nadji l'écouta attentivement, puis déclara en se grattant la tête :

— Ton histoire est très mauvaise. Un esclave qui tente d'abuser de l'épouse de son maître risque la peine de mort. Au mieux, on te tranchera la tête. Mais en général, on te livre aux chiens affamés.

— Aux chiens affamés ?

— Si ta maîtresse est aussi perfide que tu le dis, elle ne te fera pas de cadeau ! Elle saura persuader son mari et le juge de se montrer sévères.

— Je ne lui ai rien fait ! C'est elle qui m'a provoqué !

— Moi, je te crois. Mais c'est le juge qu'il faudra convaincre.

Depuis sa conversation avec Nadji, sa vision de l'Égypte s'était quelque peu modifiée. L'injustice y régnait autant qu'ailleurs. Il savait que sa bonne foi ne vaudrait rien contre la fourberie de Saniout. Elle appartenait à la noblesse, et il n'était qu'un esclave. Mais peut-être Ankheri pourrait-elle faire quelque chose...

Parfois, la nuit, il avait l'impression d'un dédoublement. Tout cela n'était qu'un mauvais rêve. Il allait se réveiller et en rire avec Ankheri. Mais les murs de la prison ne s'évanouissaient pas au réveil.

La jeune femme vint le voir dès le lendemain de son incarcération. On la laissa entrer parce qu'elle était la fille d'un homme important. Le directeur de l'établissement, Kehoun, s'étonna de son intérêt pour un misérable esclave, mais il la fit néanmoins mener jusqu'à la geôle où était détenu Moshem. Celui-ci demeurait prostré contre un mur, la tête entre les genoux. Dès qu'il la vit, il vint à elle.

— Maîtresse ! Tu vas me sortir de là, n'est-ce pas ?

— Pourquoi as-tu fait ça, misérable ? Et moi qui te faisais confiance !

Douché par l'attaque soudaine, il rétorqua vivement :

— Moi ? Mais on t'a menti ! C'est elle qui a voulu profiter de ton absence.

Il lui conta son histoire. Elle comprit alors qu'il disait la vérité.

— Saniout m'a tendu un piège, Ankheri. Tu sais de quelle perfidie elle est capable. Tu dois parler à ton père. Lui seul peut me tirer d'affaire.

— Il devrait bientôt revenir. Mais je crains qu'il ne m'écoute guère. Il est aveuglé par cette garce.

À travers les grilles, Moshem prit les mains de la jeune femme.

— L'important est que toi, tu me croies.

— Oui, je te crois. Malheureusement, Saniout aura beau jeu de mettre en avant tes escapades amoureuses. Il est même possible qu'elle dise que tu as voulu abuser de moi aussi.

Moshem se prit la tête dans les mains.

— On m'a dit que je risquais d'être condamné à mort.

— Garde confiance ! Je parlerai à mon père. Il

faudra bien qu'il ouvre les yeux sur les agissements de cette traînée.

Malheureusement, il n'est pire aveugle que celui qui ne veut pas voir. Dès son retour, Nebekhet subit l'assaut de son épouse qui lui narra l'affaire selon sa propre version, dans laquelle Moshem s'était littéralement rué sur elle pour la violer. Elle n'avait dû qu'à son fidèle Zerib d'avoir pu conserver sa vertu. Elle avait aussitôt appelé les gardes afin de jeter le misérable en prison, où il attendait son jugement.

Effondré, Nebekhet ne sut comment réagir. Il s'était attaché au jeune Amorrhéen, qu'il avait fini par considérer comme son fils.

— Un fils qui vient de te trahir de la plus ignoble manière, s'emporta Saniout. Il n'existe qu'un seul châtiment pour une telle vilenie : la mort !

— La mort...

— Mon époux ! Je sens encore ses mains griffues sur moi, sur ma peau, entre mes cuisses ! Tu ne peux imaginer quels moments horribles j'ai traversés.

— Il a osé... le chien !

Ankheri tenta d'intervenir, mais, sans le vouloir, elle desservit son compagnon.

— Père, elle ment ! C'est elle qui au contraire a voulu abuser de Moshem ! Mais il a refusé de céder. C'est pourquoi, par dépit, elle l'accuse.

— Tu n'étais pas là, riposta vertement Saniout. Comment peux-tu mettre ma parole en doute, contre celle d'un esclave dont Nebekhet connaît l'appétit insatiable de femmes. D'ailleurs, on dit que les Amorrhéens sont en cela comparables à des bêtes.

Elle se blottit contre son mari.

— Mon époux chéri, j'en tremble encore !

— Mais tout cela est faux ! s'emporta Ankheri. Moshem ne peut avoir accompli un tel forfait. Père, il avait trop de respect pour toi. Il t'aime comme son père.

— Il a une étrange façon de me remercier, répondit Nebekhet, mal à l'aise.

Saniout pointa le doigt sur Ankheri.

— Pauvre aveugle ! grinça-t-elle. Je comprends tout. Il a voulu te séduire, toi aussi. Mais avec toi, il a réussi.

— Tais-toi ! hurla Ankheri.

— Non, je ne me tairai pas. Avoue ! Avoue que tu as couché avec lui ! C'est pour cette raison que tu le défends ainsi !

— Il vaut cent fois mieux que toi, qui te vautre dans la paille avec n'importe quel homme !

Saniout poussa un rugissement de colère et se tourna vers Nebekhet.

— Mon époux, faut-il que je souffre sans rien dire de telles accusations ? Il est clair que ce maudit Amorrhéen a ensorcelé ta fille.

Interloqué, Nebekhet demanda alors d'un ton sec à sa fille

— Parle, Ankheri ! As-tu couché avec Moshem ?

Elle hésita, puis décida de dire la vérité. Jamais elle n'avait pu supporter le mensonge, qui était le reflet de la parole d'Isfet, la déesse de la discorde et du chaos.

— Mon père, je suis amoureuse de lui.

— As-tu couché avec lui ?

— Oui, riposta-t-elle, sur la défensive. Mais Moshem n'est pas un esclave. C'est un prince. De plus, il connaît personnellement la reine Nefert'Iti. Il faut que tu lui parles ! Elle saura ce qu'il faut faire, et elle confondra ton épouse, qui est la pire putain que Kemit ait jamais connue.

À ces mots, Saniout éclata en sanglots dans les bras de son mari.

— Nebekhet, hoqueta-t-elle, tu vois comme elle me traite. Moi qui la considérais comme ma fille. C'est bien la preuve que ce chien lui a tourné la tête. Il faut qu'il paye ses crimes ! Avant son arrivée, nous formions une famille unie. Regarde ce qu'il en reste, par sa faute !

— C'est faux ! Je t'ai toujours détestée ! clama Ankheri.

Bouleversé par la comédie de sa femme, Nebekhet se mit soudain à trembler, ne sachant quel parti adopter. Puis, comme tous les faibles confrontés à un problème qui les dépasse, il explosa de fureur.

— Tu as couché avec ce misérable ! gronda-t-il. Un esclave ! Un vaurien qui a voulu me prendre mon épouse, malgré tout le bien que je lui avais fait. Tu n'es plus digne d'être ma fille !

— Père ! Écoute-moi !

— Silence ! Tu vas rester enfermée dans tes appartements. Je t'interdis désormais d'en sortir jusqu'au moment où je t'aurai trouvé un époux. S'il en existe un qui veuille encore de toi !

— Père...

— Va-t'en ! disparais de ma vue !

Saniout intervint avec hypocrisie.

— Nebekhet ! Ne te montre pas dur avec elle. Elle n'a été que la victime de ce vil suborneur ! C'est lui qu'il faut châtier.

Il serra les poings de rage.

— C'est bien. Je vais faire en sorte qu'il soit puni comme il le mérite.

— Il le faut, mon époux chéri. D'ailleurs, son attitude ne m'étonne pas. Je l'ai toujours soupçonné de vouloir s'introduire dans ta famille. Sans doute espérait-il que tu l'affranchirais et lui proposerais d'épouser ta fille. Il a tout fait pour te séduire, y compris même dénoncer des marchands avec lesquels tu étais en affaires. Mais je ne serais pas surprise qu'il ait accusé à tort tes métayers de frauder, rien que pour attirer sur lui tes bonnes grâces.

Elle soupira :

— Il ne voulait plus se contenter des femmes de la cité. Il lui fallait l'épouse et la fille de son maître. Quel horrible personnage ! Quand je pense que tu as désavoué mon fidèle Zerib, qui m'est plus dévoué qu'un chien.

— Le cauchemar sera bientôt terminé, ma tendre épouse, murmura Nebekhet.

Lorsque Nebekhet se rendit à la prison, la rencontre fut orageuse. Sans laisser à Moshem la moindre possibilité de se défendre, il l'accusa des pires perversions. Abasourdi, trop ému pour pouvoir riposter, le jeune Amorrhéen ne savait plus que penser. Les desseins de Ramman étaient incompréhensibles. Il avait souhaité devenir l'ami de Nebekhet, et avait presque fini par devenir son fils adoptif. Il avait espéré qu'à son retour du Delta il l'amènerait au palais, où Thanys le reconnaîtrait sûrement et rachèterait sa liberté.

À présent tout était perdu. Compte tenu de la réaction de Nebekhet, dont la haine était entretenue par Saniout, il était évident qu'il n'échapperait pas à la peine de mort. La perspective le glaçait d'effroi. Si encore il avait pu mourir pour un crime qu'il avait vraiment commis. Mais il n'avait rien à se reprocher. Alors, Ramman l'avait-il abandonné ?

24

Quelques jours plus tard, le directeur de la prison, Kehoun, se rendit en personne à la cellule où était détenu l'Amorrhéen accusé d'avoir voulu violer l'épouse de son maître, Nebekhet, fabricant des papyrus royaux. Sa fille, la petite Ankheri, avait fait rédiger par un scribe ami un message destiné au prisonnier. Puis elle l'avait fait porter par l'une de ses fidèles servantes. Depuis sa première visite, elle n'avait pu s'échapper de la demeure où son père la retenait. Mais Kehoun n'oubliait pas la manière dont elle lui avait parlé de Moshem. Il était visible comme le nez au milieu de la figure qu'elle était amoureuse.

Amoureuse d'un esclave...

Par curiosité, il s'était intéressé au prisonnier. L'individu lui avait paru sympathique. Il ne cessait de clamer son innocence, et il n'était pas loin de le croire. Lui-même connaissait Saniout pour avoir subi ses avances lors des dernières fêtes épagomènes, ce dont il avait amplement profité. Mais comment mettre en balance la parole d'une femme de la noblesse contre celle d'un esclave ? Sa tête risquait de tomber de ses épaules dans quelques jours. Seul l'Horus — Vie, Force, Santé — déciderait de son sort. Par chance, la reine Nefert'Iti avait interdit qu'on livrât les condamnés aux chiens affamés. La mort par décollation était sans doute plus rapide et plus douce. Mais elle restait la mort.

Tout dépendait du juge qui traiterait l'affaire. Certains prenaient un malin plaisir à appliquer une justice sévère et impitoyable. Selon la tradition, seul le roi avait le droit de juger les coupables. Dans les faits, il déléguait cette tâche à des juges qui dépendaient du vizir, le grand Imhotep. Celui-ci prenait la peine d'étudier avec attention les dossiers de chaque condamné. Mais il était absent. Le roi se contentait d'approuver les sentences qu'on lui soumettait. À dire vrai, les sentences de mort étaient rares depuis l'avènement de l'Horus Neteri-Khet. Elles concernaient essentiellement les pilleurs de tombeaux. Le roi ne supportait pas que l'on puisse manquer de respect aux défunts.

Trois juges se partageaient les affaires de la capitale. On les appelait les « Voix » ou les « Bouches » de Mennof-Rê. Deux d'entre eux avaient fini par perdre toute sensibilité à force de vouloir établir une justice exemplaire. Pour eux, cela signifiait « impitoyable ». Tout suspect était coupable à leurs yeux. Quant au coupable, il n'avait aucune chance d'espérer leur clémence. C'était un mot qui ne faisait pas partie de leur vocabulaire. Si Moshem tombait sur l'un d'eux, il serait condamné sans même avoir pu se défendre.

Le troisième était à l'inverse un homme courtois,

ouvert d'esprit, qui aimait aller au-delà des apparences.

Kehoun avait expliqué tout cela à Ankheri. Elle avait dit que Moshem connaissait personnellement la reine, qui prendrait sûrement la défense de son ami. Après le départ de la jeune femme, Kehoun avait hésité à demander une audience à la reine. Mais cette histoire était peut-être fausse. Il ne tenait pas à risquer de s'attirer la colère de Nefert'Iti. Mieux valait donc rester en dehors de tout cela. Nebekhet était un homme puissant, qu'il était préférable de ne pas contrarier. Cependant, dans le doute, il avait adouci le sort du prisonnier.

Lorsqu'il parvint devant la cellule, Moshem était recroquevillé contre un mur. Depuis trois jours qu'il était là, il avait à peine touché à la nourriture. Il semblait résigné. Kehoun l'interpella.

— Moshem, ta maîtresse, la jeune Ankheri, m'a confié ce rouleau pour toi. Il paraît que tu sais lire les signes sacrés.

Le jeune homme se dressa d'un coup.

— Elle m'a écrit !

À travers les barreaux, Kehoun lui tendit le papyrus. Moshem s'en empara et déchiffra avec fièvre les hiéroglyphes. Cette fois, il ne s'agissait pas d'un texte impersonnel. Les signes lui étaient adressés. C'était un peu comme si le dieu Thôt lui-même avait tracé les idéogrammes. Des larmes d'émotion glissèrent sur ses joues.

« *Mon bien-aimé Moshem,*

« *Khepri-Rê s'est levé par trois fois depuis que tu as quitté la demeure de mon père, à cause de l'injustice qui t'a séparé de moi. Depuis trois jours, mon cœur s'est échappé de ma poitrine pour se réfugier près de toi et te souffler qu'il t'appartient. Si tu tends l'oreille, tu entendras ses battements près de toi.*

« *La perfide Saniout exulte et me considère avec mépris depuis que mon père a condamné l'amour que je te porte.*

« *Mais rien ne saurait me détourner de toi. Mon amour est plus fort que la méchanceté de cette femme, et je sais que Maât ne peut laisser triompher la sordide Isfet.*

« *On ne me permet pas de te voir, et j'ai dû prendre des risques dans la propre maison de mon père pour te faire porter cette lettre. Le directeur de la prison, Kehoun, est un ami. Je lui ai parlé. Il t'aidera du mieux qu'il pourra. Mais il ne m'a pas caché qu'il redoutait les juges.*

« *Garde confiance, mon bien-aimé ! J'adresse chaque jour des prières à Isis et Hathor pour qu'elles te protègent.* »

Au matin du cinquième jour, Moshem fut transféré dans une autre salle, où attendait un homme au visage de marbre, aux yeux noirs enfoncés profondément dans les orbites. Son faciès taillé dans le roc semblait inaccessible aux faiblesses humaines. Moshem sentit un froid liquide lui couler le long de l'épine dorsale.

Le prisonnier dut se prosterner devant l'individu,

qui se présenta lui-même comme étant le juge Nesamoun, *Bouche* de Mennof-Rê. Près de lui, un jeune scribe notait scrupuleusement chacune de ses paroles. La voix était calme, grave, presque monocorde.

— Moshem, tu connais le crime pour lequel tu es enfermé dans la prison royale.

— Je n'ai commis aucun crime, Seigneur ! rétorqua le jeune homme d'une voix lasse.

— On n'interrompt jamais un juge lorsqu'il parle ! gronda la *Bouche*.

— Ah oui ? Parce qu'il y a jugement ? Mais un jugement signifie que la justice existe ! La seule, celle de Maât. Dans mon cas, il ne peut y avoir de justice, puisque la parole de ma maîtresse ne sera pas remise en cause.

— Silence ! Ou je te fais donner la courbash ! tonna le juge.

Impressionné par l'autorité singulière qui se dégageait du personnage, Moshem consentit à se taire. Le juge poursuivit :

— J'ai entendu la plainte déposée contre toi par dame Saniout. J'ai aussi entendu les griefs de ton maître. Seule la fille de ton maître a pris ta défense. Il est très rare que l'on accorde à un esclave la possibilité de se justifier. Mais tu étais aussi l'intendant du seigneur Nebekhet. Aussi, je voudrais que tu me dises exactement ce qui s'est passé.

Moshem haussa les épaules.

— À quoi bon, puisque je suis déjà condamné ?

— Je t'ordonne de parler, et de ne rien dissimuler.

D'une voix lasse, Moshem raconta son histoire une

nouvelle fois. Il n'osa parler de sa relation avec la reine. À présent, cela lui semblait tellement futile. Thanys l'avait sans doute oublié, et la Grande Épouse ne se dérangerait certainement pas pour un misérable esclave. Lorsqu'il eut terminé, le juge commanda aux gardes de le ramener dans sa cellule. Durant tout l'entretien, son visage était demeuré rigide et impénétrable.

Le soir, Moshem s'était résigné. Jamais plus il ne tiendrait Ankheri dans ses bras. La dernière fois qu'il verrait le soleil, ce serait pour marcher jusqu'à la place des Exécutions, au sud de la ville. Il sentait déjà la lame du bourreau sur sa nuque. Il dormit très mal la nuit suivante.

Le lendemain, Nesamoun se rendit au palais royal, suivi de son porte-sandales et de son scribe portant les rouleaux des affaires en cours. Celle de l'esclave amorrhéen l'avait tenu éveillé une bonne partie de la nuit. Il était visible du premier coup d'œil que ce Moshem était innocent. Nesamoun connaissait Saniout, qu'il avait eu l'occasion de voir à l'œuvre lors d'une fête royale où il avait été invité. Il fallait bien être un brave homme comme le seigneur Nebekhet pour ne pas remarquer les débordements de son épouse. Brave, aveugle, et aussi un peu stupide. Malheureusement, il avait entièrement adopté la cause de sa femme et refusait d'en démordre.

Mais Nesamoun était aussi prêtre de la Maât, et, contrairement à ses collègues pour lesquels l'exercice de la justice n'était que l'occasion d'affirmer férocement leur pouvoir en s'abritant derrière leur fonction, il croyait en sa mission. Maât abhorrait l'injustice, quand bien même celle-ci s'exerçait à l'encontre d'un serviteur.

Cependant, il ne disposait d'aucun témoignage en faveur de l'Amorrhéen. Force lui était donc de tenir compte des déclarations de Saniout. Celle-ci avait exigé la tête de l'esclave. Nesamoun avait très vite compris qu'il s'agissait en réalité d'une vengeance. Mais il ne pouvait rien faire, sinon suggérer la clémence au roi. En tant qu'incarnation vivante d'Horus, il revenait au souverain et à lui seul le droit de prononcer le jugement final.

Il n'était pas loin de la mi-journée lorsque Nesamoun pénétra dans la Grande Demeure, comme il le faisait régulièrement, afin de porter au roi les décisions de jugement.

Djoser le reçut aussitôt, et l'accueillit avec amitié. Il appréciait l'honnêteté foncière de Nesamoun. Après avoir traité les affaires sans gravité dont il avait quotidiennement à s'occuper, Nesamoun aborda le procès qu'il venait de juger.

— Il s'agit d'un jeune esclave amorrhéen, accusé d'avoir tenté de violer l'épouse de son maître.

Djoser examina rapidement le compte rendu des faits et déclara :

— Il n'y a pas d'hésitation. Le viol doit être puni de mort, même s'il a échoué.

Il avait encore en mémoire le récit de Thanys à Siyutra. Mais Nesamoun ajouta :

— Pardonne à ton serviteur de te contredire, ô

Lumière de l'Égypte, mais je pense que cet homme est innocent.

— Innocent ? Comment cela ?

— Hélas, je n'ai aucune preuve. Seule mon intuition me fait penser à l'innocence. Mais tu sais qu'elle ne m'a jamais trompé.

— C'est vrai, mon ami. Pourtant ce rapport est accablant.

— S'il était vrai, oui. Mais la soi-disant victime est dame Saniout, épouse de Maître Nebekhet.

Djoser éclata de rire.

— Je comprends ! Il n'y a guère que Nebekhet pour croire encore à sa fidélité.

— Malheureusement, elle réclame la tête de cet esclave. Et je n'ai aucun témoignage me permettant de mettre sa parole en doute.

Djoser hocha la tête et conclut :

— Donc, l'esclave est condamné, sans avoir pu se défendre. À moins, bien sûr, que le roi lui-même ne décide de se montrer indulgent.

— C'est pourquoi je souhaite ta clémence, Seigneur.

Djoser étudia les rouleaux de papyrus relatant l'affaire.

— Il s'appelle Moshem. C'est curieux, j'ai l'impression de connaître ce nom.

Lorsqu'il eut terminé, il déclara :

— Après tout, il ne s'agit que d'une tentative. Au lieu de la peine de mort, Saniout devra se contenter de quatre années d'emprisonnement. Que ceci soit écrit et accompli !

— Dois-je le faire envoyer dans les mines d'or de Nubie, Majesté ?

— Bien sûr que non ! Il ne tiendrait pas une année, et je ne l'ai pas condamné à mort. Qu'il reste ici, à Mennof-Rê. Tu recommanderas à Kehoun de ne pas se montrer sévère avec lui.

Nesamoun s'inclina avec un léger sourire :

— Il en sera fait selon ta volonté, ô Taureau puissant.

Djoser se pressa le front de la main droite, signe d'intense réflexion.

— Décidément, ce nom ne m'est pas inconnu. Si au moins la reine était là... Mais elle est partie voir sa mère à Iounou.

25

Le soir même, le nom de Moshem hantait encore l'esprit de Djoser. Il regretta l'absence de Thanys. Peut-être aurait-elle pu l'éclairer. Mais l'affaire de l'esclave fut vite effacée par une nouvelle plus dramatique. Après un répit de deux mois, un nouveau massacre avait ensanglanté un petit village du nord du Delta, non loin de Busiris.

Semourê se présenta au palais alors que le roi s'apprêtait à dîner en compagnie de Sefmout.

— Cette fois, ce sont deux jeunes mères qui ont été assassinées, expliqua Semourê. Trois enfants ont été enlevés. Il n'y avait pas eu de crime le mois dernier. On dirait qu'ils ont voulu rattraper le temps perdu.

— Ces chiens ont agrandi leur territoire, dit Djoser.

— Sans doute ont-ils eu peur des milices. Dans la région de Busiris, les paysans n'ont pas compris que la menace était réelle. Les gardes étaient moins nombreux.

Lorsqu'il regagna son lit, Djoser eut quelque peine à trouver le sommeil. Il avait ordonné la constitution de milices dans tout le Delta, et dans les premiers nomes de Haute-Égypte. Mais il craignait, malgré ces précautions, qu'il n'y eût d'autres crimes. Si au moins on avait pu comprendre les motivations des assassins. Tant qu'il existerait des individus assez lâches et assez vils pour s'en prendre à des enfants, la Maât aurait bien du mal à régner sur le Double-Pays. Si un jour on capturait ces scélérats, il se promettait de leur appliquer une peine particulièrement atroce. Encore fallait-il les attraper...

Il lui tardait également d'avoir en face de lui les deux hommes entrevus par Inmakh peu avant la chasse à l'hippopotame. Les recherches se poursuivaient. Sans résultat jusqu'à présent. L'esprit chargé de relents de colère rentrée, il finit par sombrer dans le sommeil.

En ce mois de *Mésorê*, dernier de la saison de Chemou, les nuits étaient douces et lumineuses.

Djoser avait l'impression d'être déjà venu dans cet endroit étrange, d'où il pouvait voir à ses pieds la totalité du Double-Royaume. Il lui suffisait de tourner la tête pour apercevoir les confins brumeux du Delta, ou, vers le sud, les hautes montagnes désertiques qui enserraient la vallée jusqu'à la Première cataracte et même au-delà. Rê-Atoum éclairait Kemit d'une lumière douce et bienfaisante. Instantanément, Djoser se retrouva sur les rives du fleuve-dieu. Là, son attention fut attirée par cinq œufs couleur d'or, reposant sur un nid constitué de fleurs de lotus et de tiges de papyrus. L'une après l'autre, les coquilles se brisèrent, libérant chacune un faucon magnifique, qui s'envola et plana sur la vallée. À leur suite, Djoser, lui-même sous la forme du rapace divin, contempla son royaume. Les champs de blé et d'orge étaient superbes, les épis chargés de grains. Dans les prés, les troupeaux s'étaient multipliés. Jamais les vaches n'avaient été aussi grasses et aussi prolifiques. Les veaux étaient nombreux et vaillants. Les fruits des vergers semblaient gorgés de soleil, les légumes étaient appétissants.

Brutalement, Djoser fut ramené sur la rive, près du nid. Mais les lotus et les papyrus avaient cédé la place à un nid de ronces desséchées, hérissées d'épines. De nouveau, cinq œufs reposaient dans le nid. Mais leur couleur était d'un rouge sombre, couleur de sang coagulé. L'une après l'autre, les coquilles se brisèrent, libérant des vautours au plumage noir, qui s'élevèrent lourdement dans le ciel de Kemit. Une chaleur torride avait remplacé la douceur précédente. L'air brûlait. Une nouvelle fois, Djoser s'envola à la suite des vautours noirs. Mais d'un bout à l'autre de la vallée, tout n'était plus que désolation. Des troupeaux raréfiés et amaigris hantaient des prés à l'herbe jaunie et envahie par le sable. Les blés portaient des grains gris et secs, consumés par un soleil impitoyable, tandis qu'une haleine de feu balayait les Deux-Terres.

Le cœur battant, le roi s'éveilla et se dressa d'un bond sur sa couche, la gorge sèche.

Au matin, son cauchemar angoissant ne l'avait pas quitté. Persuadé que les dieux lui avaient adressé un nouveau message, il convoqua les mages de Mennof-Rê, auxquels il confia les détails de son rêve. Mais aucun d'eux ne fut capable de l'interpréter.

— Peut-être as-tu mangé hier quelque chose que tu n'as pu digérer, émit l'un d'eux.

— Un pain moisi, ou une pièce de bœuf avariée... renchérit un autre.

Djoser poussa un épouvantable grognement et les renvoya en les traitant d'ignorants.

Un élément l'intriguait : ce nombre cinq, qui revenait régulièrement dans toutes les phases du songe.

26

Semourê était épuisé. Il avait peine à mener de front toutes les tâches que lui avait confiées Djoser. La direction de la Maison des gardes royaux suffisait déjà à occuper la majeure partie de son temps. Ces gardes bleus, comme on les appelait en raison de la couleur de leurs pagnes, étaient constitués de guerriers d'élite. Leur recrutement et leur formation incombaient aux capitaines dont il s'était entouré. Mais Semourê était doté d'une vertu rare : la conscience professionnelle. Il tenait à examiner lui-même les nouvelles recrues, tant pour vérifier la qualité du travail de ses adjoints que pour s'assurer que quelque ennemi du roi ne s'était pas glissé dans les rangs. Les attentats larvés des derniers mois ne cessaient de le hanter.

Outre la direction de la Maison des gardes, il continuait de mener une enquête serrée pour rechercher l'homme au visage brûlé et son complice nubien. Sans le moindre résultat. On avait arrêté et questionné des individus répondant au signalement donné par Inmakh. Elle-même s'était déplacée plusieurs fois pour être confrontée aux suspects. À chaque fois il s'agissait de malheureux ayant été victimes d'incendies.

Il avait également entrepris une visite systématique des villages où des jeunes femmes avaient été tuées afin d'interroger lui-même d'éventuels témoins. Il en avait profité pour superviser la mise en place des milices de surveillance. Il s'était fait aider en cela par son ami Piânthy, qui lui avait assuré le concours des chefs des garnisons locales. Cependant, dans une demi-douzaine de nomes, les gouverneurs rechignaient à obéir aux ordres royaux.

Si l'on ajoutait à cela la fougue de la jeune Inmakh qui passait toutes les nuits dans son lit, le pauvre Semourê paraissait dix ans de plus que son âge.

Aussi, lorsque Djoser lui reprocha le manque de résultats concernant la poursuite de l'homme au visage brûlé, il craqua. Il connaissait le roi depuis l'enfance et pouvait, lorsqu'ils étaient seuls, se permettre d'exprimer librement ses sentiments.

— Je ne peux m'occuper de tout, Djoser. La Direction des gardes bleus n'est pas un titre honorifique, surtout dans une période aussi étrange que celle-ci, où tout semble aller pour le mieux, mais où je dois combattre un ennemi sournois et imprévisible qui essaie de t'éliminer. Car c'est bien de ta sécurité qu'il s'agit. S'il t'arrivait malheur, tout basculerait dans le chaos. Cet ennemi peut frapper n'importe où et n'importe quand, en utilisant des moyens de lâche comme le poison. Et pendant ce temps-là, Sa Majesté court à la chasse comme lorsque nous étions gamins, et s'expose, avec une inconscience digne d'un adolescent, aux lions et aux hippopotames. Comme si je n'avais pas déjà assez à faire pour surveiller chacune des personnes qui t'approchent, et qui pourraient être animées de mauvaises intentions.

Soufflé et amusé, Djoser le laissa poursuivre. Semourê ajouta :

— Tiens, comme ce Kaïankh-Hotep par exemple. Je ne serais pas étonné de découvrir qu'il n'est pas le courtisan zélé qu'il paraît être.

Le roi éclata de rire.

— Semourê ! Es-tu donc si jaloux ? Kaïankh-Hotep est seulement un joyeux compagnon qui t'a ravi nombre de bonnes fortunes.

— Si j'avais le temps de parader au milieu de ces dames de la Cour, peut-être serais-je encore, moi aussi, un joyeux compagnon, grommela Semourê.

— Pardonne-moi, mon cousin, répondit le roi, conciliant. Je connais ton dévouement. Mais peut-être as-tu pris en charge trop de tâches à la fois. Que puis-je faire pour t'aider ?

Semourê grogna une dernière fois, puis se détendit.

— Malheureusement, je n'en sais trop rien. Il faudrait que je puisse confier à un homme de confiance les enquêtes sur l'attentat de Shedet et sur les jeunes mères assassinées. Mais je connais mes capitaines. Ils sont dévoués comme des chiens, et efficaces au combat. En revanche, ils ne brillent guère par leur esprit d'initiative. En vérité, il me manque un adjoint sur lequel je puisse me reposer entièrement concernant ces affaires.

— Un chef de la police royale, conclut Djoser.

— En quelque sorte ! Mais ce poste exige un

homme intelligent, rusé et courageux, car la tâche peut se révéler dangereuse.

— Vois-tu parmi nos jeunes loups quelqu'un qui correspond à celui que tu recherches ?

— Aucun ne ferait l'affaire. Ils sont trop orgueilleux pour accepter de voyager incognito. Moi-même, je ne peux mener d'enquête discrètement. Mon visage est trop connu, et il m'est impossible de me rendre quelque part sans qu'aussitôt le gouverneur clame mon arrivée sur tous les toits. Je dois faire fuir les suspects à toutes jambes. Il faudrait pour ce rôle un homme inconnu, qui puisse se fondre dans le pays sans qu'on le remarque. Il ne se ferait connaître qu'en dernier recours, grâce à un sauf-conduit lui accordant tous pouvoirs.

— Je te comprends, mon compagnon. Mon soutien t'est acquis. Hormis nos jeunes nobles, as-tu quelqu'un à proposer ?

— Non ! J'avais pensé à Khersethi, le chef des Gardes d'Iounou. Il est efficace et tenace. Mais il reste un soldat. De plus, il faudrait un homme qui sache déchiffrer les signes sacrés.

— Un scribe ? Tu n'y penses pas ! Ils sont encore plus vaniteux que les nobles. Celui que tu choisirais penserait déchoir en s'occupant d'autre chose que de son calame et de ses encres. Ils n'ont que mépris pour tous les autres métiers.

— Je ne pense pas à un scribe. Il n'y a pas que les scribes qui connaissent les medou-neters.

— As-tu une idée ?

— Non, malheureusement. C'est bien ce qui m'ennuie.

— Alors, laissons faire la Maât. Elle t'enverra bientôt celui dont tu as besoin. J'intercéderai pour toi auprès d'elle.

Avec le mois de *Mésorê*, l'année s'acheva par les jours épagomènes, pendant lesquels on attendait fébrilement la crue qui redonnerait vie au Double-Pays. Mais celle-ci tardait. Thanys était revenue d'Iounou afin de participer aux festivités.

Ce ne fut pas à cette occasion que Semourê put prendre de repos. Nombre de nomarques avaient fait le voyage de la capitale afin de saluer l'Horus. La population de la cité augmenta de telle manière qu'il fut de plus en plus difficile pour les gardes de contrôler un éventuel assassin, dont on ignorait comment il pouvait frapper. Des milliers de personnes venues des autres nomes déferlèrent dans les rues dans une atmosphère un peu délirante, rendue encore plus étouffante par un vent du désert qui avait déclenché une tempête de sable peu avant les jours sacrés. Une fine couche de sable s'était répandue partout, jusque dans les canaux que des ouvriers harassés par la chaleur remettaient en état en prévision de la venue prochaine d'Hâpy, le dieu hermaphrodite du Nil.

Cette ambiance de fièvre n'avait pas ébranlé la détermination du vieux Shoudimou qui, comme à l'époque de Khâsekhemoui, avait organisé une représentation théâtrale. Celle-ci eut lieu sur la place de la Grande Demeure le quatrième des jours épagomènes, date de naissance d'Isis. Ce jour était aussi consacré à l'épouse d'Horus, Hathor, la déesse à tête de vache. À cette occasion était célébrée la fête de la

Dame de l'Ivresse. Djoser avait fait venir des jarres pleines de vin, qu'il offrit généreusement aux citadins. À la tombée de la nuit, des bandes joyeuses et éméchées déambulaient dans les rues en chantant des chansons à la gloire de Hathor :

Nous faisons de la musique pour toi.
Nous dansons pour toi.
Nous louons ta beauté jusqu'au plus haut du ciel.
Tu es la dame de la joie,
La reine de la danse,
La maîtresse de la musique,
Des airs de harpe et des rondes.
Nous tressons des couronnes de fleurs pour
   t'honorer.
Nous chantons notre joie devant toi,
Et ton cœur se réjouit de cette joie[1].

Le soir, les intendants, boulangers, écuyers tranchants, échansons, cuisiniers avaient accompli des prouesses pour contenter une Cour qui, à l'exemple de son roi, aimait la bonne chère. Djoser avait demandé à Nakao, le directeur des vins royaux, de déboucher quelques jarres des vins épais provenant des oasis du Sud-Ouest. À l'inverse des vignes du Delta, c'étaient des vins appréciés, car très forts en alcool[2], qui permettaient d'atteindre plus vite l'ivresse divine.

---

1. Ces lignes sont inspirées d'un poème gravé dans un temple de Denderah.
2. Certains pouvaient titrer plus de vingt-cinq degrés.

La nuit était déjà bien avancée lorsque débutèrent les réjouissances, organisées dans les jardins du palais. Éclairées par les lueurs dorées des lampes à huile, de vastes tables proposaient quantité de plats de viande, des plateaux de fruits, des jarres de bière et de vin. Des jongleurs, bateleurs, lutteurs et danseuses distrayaient les invités. Des musiciens, joueurs de harpe et de flûte, rivalisaient de virtuosité.

Comme à son habitude, l'exubérant Kaïankh-Hotep monopolisait l'attention, à la grande déconvenue de Semourê. En revanche, celui-ci se félicitait de la présence du nain Ouadji, dont les connaissances ne seraient sans doute pas inutiles le lendemain après ces agapes où le vin et la bière coulaient à flots.

Installé sur le trône à pattes de lion, Djoser observait la foule importante réunie dans les jardins. Il ne pouvait s'empêcher de penser que parmi elle se dissimulaient peut-être ceux qui avaient tenté de tuer Thanys et lui-même à deux occasions. Le visage impassible, coiffé du némès, il tentait une nouvelle fois de percer les mystères des sourires déférents qu'on lui adressait. Malgré son expérience, l'hypocrisie et la perfidie l'étonnaient toujours.

Il existait, quelque part dans le Double-Royaume, un homme qui désirait son élimination et celle de Thanys. S'agissait-il d'une vengeance fomentée par l'un de ceux qu'il avait ruinés ? Pherâ, peut-être... Mais celui-ci avait disparu. Sa fille Inmakh ne l'avait jamais revu, et s'en réjouissait chaque jour. S'agissait-il d'un acte de fanatisme, voulu par les chefs de la secte mystérieuse constituée par les prêtres et les ouâbs dissidents du temple de Seth ? Dans ce cas, il fallait admettre qu'ils envisageaient de le remplacer par un homme qui n'aurait pas été choisi par les dieux. Un tel homme, qui ne s'appuierait pas sur la Maât, mais sur son seul appétit du pouvoir, ne pouvait que détruire l'ordre et l'harmonie. Imhotep avait raison : une force néfaste rôdait, qui n'attendait qu'une opportunité pour plonger le Double-Pays dans le chaos.

Plus que jamais, Djoser avait l'impression de ne faire qu'un avec Horus, et d'être responsable de ce pays pour lequel il aurait donné sa vie. Il avait conscience d'être à la fois un homme, et l'image d'un dieu à laquelle il ne pouvait plus échapper. Un peuple tout entier se tournait vers lui avec confiance et cette tâche l'exaltait et l'effrayait à la fois. Pour supporter de demeurer au faîte du pouvoir, le plus grand des rois devait se méfier du vertige de l'orgueil, rester humble, et garder toujours à l'esprit qu'il n'était qu'un symbole, une voix par laquelle s'exprimaient les neters. Il ne s'appartenait plus. Il appartenait à son peuple.

Soudain, un esclave le tira de sa méditation en lui proposant un panier rempli de pains au miel fourrés aux dattes. Il s'aperçut alors qu'il avait faim et tendit la main vers la corbeille. Au moment où il allait saisir l'un des pains, un seigneur qui avait pleinement satisfait à la tradition de la Dame de l'ivresse trébucha et bouscula Nakao, le grand échanson qui s'apprêtait à verser du vin dans le gobelet du roi. Sous le choc, la jarre se déversa sur le panier, éclaboussant les pains.

Djoser se recula vivement. Confus, le seigneur s'excusa.

— On dirait que tu as abusé de la boisson, mon ami, dit le roi, amusé par l'ébriété de son compagnon.

— Pardonne à ton serviteur, Majesté, balbutia l'autre.

Puis il se laissa tomber lourdement sur un siège. Thanys et Djoser éclatèrent de rire. Nethkebrê était connu pour son amour immodéré du vin, et celui que l'on servait ce soir était au-dessus de tous éloges. Embarrassé, l'esclave voulut remporter son panier de pains détrempés. Nethkebrê l'arrêta au passage.

— Il serait dommage de gâcher ceci, déclara-t-il. Le pain et le vin se mélangent aussi bien à l'extérieur du corps qu'à l'intérieur.

Puis il s'empara de l'un des pains, dans lequel il mordit avec gourmandise.

Moins d'une heure plus tard, il agonisait, le corps torturé par d'atroces souffrances.

27

Alerté, Djoser se porta à son chevet en compagnie de Semourê. L'un des médecins qui avaient examiné le malade déclara :

— C'est une intoxication alimentaire, Majesté. Nethkebrê était un gros mangeur autant qu'un incorrigible buveur. Nous n'avons rien pu faire.

Une vague de tristesse submergea le roi. Malgré ses excès, il était attaché à ce gros bonhomme dont la gourmandise n'était que le reflet de son amour pour la vie. Sa bonne humeur constante allait lui manquer. Cependant, après avoir observé le cadavre, Semourê entraîna Djoser à l'écart.

— Mon cousin, cette mort me paraît étrange. Avant de me prononcer, j'aimerais qu'Ouadji examine Nethkebrê.

Le roi hocha la tête, soudain inquiet.

— Tu penses qu'il pourrait s'agir d'un nouvel attentat ?

— Attendons l'avis d'Ouadji.

Celui-ci, réveillé en pleine nuit, ne fut pas long à confirmer l'hypothèse de Semourê. Après avoir étudié le corps, il déclara :

— Nethkebrê n'est pas mort de maladie, ô Majesté. C'est ce que l'on a voulu faire croire. Mais il a absorbé du poison.

— Du poison ? Comment ça ?

— C'est un produit tiré d'une plante. Il provoque la mort par étouffement. Les Nyam-Nyams l'utilisent pour chasser. On l'a introduit dans la nourriture ou la boisson de cet homme.

— Mais il a bu et mangé la même chose que nous, rétorqua Djoser. Et il est le seul à avoir péri.

Semourê intervint.

— Je sais comment cela s'est passé, Seigneur. Nethkebrê est le seul à avoir mangé de ces pains trempés de vin. L'esclave les a ensuite remportés aux cuisines.

Djoser s'exclama :

— Par les dieux ! Ces pains m'étaient destinés. Cela veut dire qu'on a voulu me tuer une fois de plus. Sans l'intervention involontaire de ce pauvre Nethkebrê, je serais mort.

— Sa gourmandise lui a coûté la vie, commenta Semourê. Ces pains étaient trempés de vin. Alors, soit le vin, soit les pains étaient empoisonnés.

Le roi poussa un rugissement de fureur.

— C'en est trop ! Que l'on arrête Nakao, le Directeur des échansons, et Outi, le Directeur des boulangers.

Semourê rassembla aussitôt les gardes bleus et donna ses ordres. Une heure plus tard, le Grand Échanson et le Directeur des boulangers étaient conduits à la prison royale et enfermés.

Depuis bientôt deux mois, Kehoun, le directeur de la prison, avait adouci le sort de Moshem en lui permettant de circuler librement à l'intérieur de la prison. Il estimait agir ainsi sagement. Si le jeune Amorrhéen, comme il le prétendait, connaissait personnellement la reine Nefert'Iti, qu'il affirmait avoir rencontrée dans les pays du Levant, il valait mieux le ménager, au cas où il rentrerait tout à coup en grâce. Au début, il n'avait pas ajouté foi à ces propos, mais la description donnée par le jeune homme était extrêmement précise, et Kehoun n'ignorait pas que l'épouse de l'Horus avait accompli, avant son couronnement, un très long voyage.

Avec le temps, l'érudition et le charme de Moshem avaient joué, et Kehoun lui avait accordé sa sympathie. Le jeune homme le distrayait en lui narrant ses pérégrinations dans ces pays lointains qu'il ne connaissait pas. Cependant, lorsque Moshem avait tenté de lui faire promettre de rencontrer la reine, il avait refusé. Il n'était guère envisageable de déranger la Grande Épouse pour un esclave.

Moshem avait pris son mal en patience. Ramman veillait sur lui, et lui adresserait bientôt un signe. Il aurait pu envisager de s'évader, mais où serait-il allé ? Au moins, dans la prison, il était à l'abri de la faim. Grâce à la complicité d'Ankheri, il avait même reçu ses rouleaux de papyrus, son calame et de l'encre. Ainsi pouvait-il poursuivre ses études de l'écriture sacrée.

Nadji le suivait partout, stupéfait par les connaissances de son ami.

— Tu es l'homme le plus savant que je connaisse, disait-il. Je suis sûr que tu deviendras quelqu'un d'important. Ce jour-là, je voudrais devenir ton serviteur.

— Ouais ! En attendant, il faudrait que je sorte d'ici. Tu seras dehors avant moi.

— Il faut garder confiance, Moshem. Les dieux veillent sur toi.

Dans la nuit précédant le cinquième des jours épagomènes, anniversaire de la belle déesse Nephtys, deux prisonniers furent amenés et mis au secret. Ils devaient être interrogés par le seigneur Semourê en personne, dont on attendait la venue dans la matinée.

À l'aube, Moshem et Nadji furent désignés pour leur porter la nourriture.

Ils pénétrèrent d'abord dans le cachot du boulanger, Outi. L'homme tourna vers eux un visage décomposé, aux yeux fiévreux. Il était visible qu'il n'avait guère dormi. L'individu n'inspira aucune sympathie à Moshem. Il déposa devant lui un flacon d'eau et un pain, et lui demanda :

— Pourquoi es-tu ici ?

— Que t'importe ?

— J'ai entendu dire qu'il avait essayé d'empoisonner l'Horus, glissa Nadji.

Le boulanger redressa brusquement la tête.

— C'est faux ! Et de quoi te mêles-tu, toi ?

— Simple curiosité, répondit Moshem, conciliant. Mais tu n'as rien à craindre. Si tu es innocent, la justice du roi le reconnaîtra, et tu retrouveras ton rang et ta fortune.

— La justice du roi... grommela Outi.

Il hésita, puis grogna :

— Cette nuit, j'ai fait un rêve étrange, et il me fait peur.

Moshem s'accroupit près de lui.

— Mon dieu, Ramman, m'a offert le don de comprendre les songes. Raconte-moi le tien. Je saurai l'interpréter.

Outi le regarda avec méfiance, puis il se décida.

— C'est un rêve stupide. Je portais une corbeille de pains que j'avais spécialement fabriqués pour le roi et la reine. Au moment où je les déposais devant eux, les pains s'étaient métamorphosés en trois gros oiseaux sans tête. La corbeille étaient pleine de leur sang. Tout à coup, les oiseaux sans tête se sont envolés, et ils se sont jetés sur moi. Leurs pattes griffues me déchiquetaient, et je ne pouvais rien faire.

Moshem baissa la tête.

— Tiens-tu vraiment à connaître la signification de ton rêve ?

— Parce que tu sais vraiment déchiffrer les songes ?

— C'est même à cause de ce don que mes propres frères m'ont vendu comme esclave.

— Alors explique-toi !

— Le sang répandu dans la corbeille indique que tu es coupable. Les trois oiseaux veulent dire que tu mourras dans trois jours.

Outi se leva, brusquement pâle.

— Chien d'esclave ! Comment oses-tu me parler sur ce ton ? Il n'y a aucune preuve, tu entends.

— Je le vois en toi ! C'est toi qui as tenté d'empoisonner le roi.

L'autre, au comble de la fureur, se rua sur lui. Mais Moshem était plus vigoureux que lui. Il riposta d'un violent coup de poing qui expédia le boulanger sur le sol humide. Puis il sortit en compagnie de Nadji. Celui-ci ne put cacher sa stupéfaction.

— C'est vrai ce que tu as dit, qu'il était coupable ?

— Oui ! Je ne sais comment il s'y est pris, mais il a voulu tuer l'Horus Neteri-Khet. Il a échoué, et il sera condamné à mort. Dans trois jours, il mourra.

— On lui tranchera la tête ! C'est la coutume de Kemit.

— Non, c'est un autre sort qui l'attend, mais je ne sais pas lequel. J'ai vu son visage devenir bleu, ses yeux s'arracher de ses orbites.

— Comment peux-tu le savoir ?

— Parfois, j'ai l'impression que Ramman parle à mon esprit. Les images se forment en moi à partir des rêves. Les miens, ou ceux qu'on me confie. Jamais Ramman ne m'a trompé.

La cellule suivante était occupée par l'échanson Nakao, tout aussi abattu que le boulanger.

— Dois-je comprendre que tu as, toi aussi, fait un mauvais rêve ?

— Qui es-tu ?

— Mon nom est Moshem, fils d'Ashar.

— Pourquoi es-tu ici ?

— La femme de mon maître m'a accusé d'avoir tenté d'abuser d'elle.

Il lui conta sa mésaventure. Nakao eut un sourire triste.

— Connaissant cette garce de Saniout, je serais assez tenté de te croire. Mais je ne puis rien faire pour toi : je suis accusé, moi, d'avoir essayé d'empoisonner le roi. Pourtant, je suis innocent.

— Alors, tu n'as rien à redouter.

— Pourtant, j'ai fait cette nuit un songe incompréhensible. Devant moi, il y avait un pied de vigne couvert de trois branches. En quelques instants, il bourgeonna, puis se couvrit de fleurs. Bientôt, les fleurs devinrent trois grappes mûres. J'avais dans la main la coupe de l'Horus. Je cueillis les raisins et en pressais le jus dans la coupe, puis la tendis au roi. Et le rêve s'arrêta là.

Moshem s'accroupit et posa une main amicale sur l'épaule de Nakao.

— Alors, sois rassuré. Ces trois grappes représentent trois jours. Dans trois jours, ton innocence sera reconnue. Le roi te rétablira dans tes fonctions, et tu pourras de nouveau lui servir le vin.

Nakao le regarda avec étonnement.

— Te moquerais-tu de moi ?

— Pourquoi me montrerais-je si cruel ? Je vois sur ton visage que tu es innocent. Tu dois garder confiance dans la justice de ton roi.

Nakao soupira, puis son visage s'éclaira d'un large sourire.

— C'est vrai, je suis innocent. Et je sais que Djoser est un roi juste.

— Alors, prends patience ! Et lorsque tu seras de retour auprès de la reine, parle-lui de moi.

— Tu connais la reine ?
— Je l'ai rencontrée dans mon pays. Nous avons fait une longue route ensemble, avec ma tribu. N'oublie pas mon nom : Moshem, fils d'Ashar.

Nakao n'ignorait pas que Thanys avait effectué un long voyage avant de devenir l'épouse de l'Horus. Il se redressa et passa le bras autour des épaules de Moshem.

— Si tu dis vrai, je serai bientôt de nouveau près du roi. Alors, je lui conterai ton aventure. Et je suis sûr qu'il te fera sortir à ton tour, puisque tu es innocent.

— Les projets de Ramman sont parfois bien compliqués. Mais je commence à comprendre pourquoi il m'a amené dans cette prison. Sans doute désirait-il que je te rencontre.

Plus tard dans la matinée, Semourê fit amener les prisonniers dans une salle souterraine où ils devaient être soumis à un interrogatoire sévère. Au moment où il s'apprêtait à les rejoindre, il fut arrêté par un jeune esclave qui s'inclina respectueusement devant lui.

— Pardonne l'audace de ton serviteur, Seigneur. Je voudrais te parler de ces deux hommes.

Intrigué, Semourê l'observa.

— Les connais-tu ?

— J'ai parlé avec eux ce matin. Ses rêves ont trahi le coupable.

Semourê eut une moue amusée. Son scepticisme naturel ne le portait guère à ajouter foi aux songes. Mais la sincérité du captif l'ébranla.

— Et qui est-il ?

— Le boulanger Outi. Il serait dommage que tu appliques la torture à Nakao, qui est innocent.

— Pourquoi prendre ainsi sa défense ?

— Parce que je suis moi aussi innocent.

— Tu n'es qu'un esclave.

Le jeune homme se redressa avec fierté.

— Mon nom est Moshem, fils d'Ashar. Mon père était un puissant chef de tribu. De plus, j'ai connu personnellement la reine Nefert'Iti.

— Toi ?

— Son autre nom est Thanys. Elle effectua, il y a quatre années, un long voyage dans les pays du Levant. Ce fut à cette occasion que je la rencontrai. Nous avons partagé le pain et la bière pendant plusieurs mois. Parle-lui de Moshem, Seigneur. Elle ne peut m'avoir oublié.

— C'est bien, je lui parlerai. Mais si elle t'a oublié, je demanderai à Kehoun qu'il te fasse punir sévèrement pour ton effronterie.

— J'ai confiance en elle, Seigneur.

Semourê hocha la tête. Le personnage l'intriguait. Malgré sa condition, il émanait de lui une dignité naturelle qui trahissait son ancien statut de prince. Moshem insista :

— N'oublie pas, Seigneur ! L'échanson est innocent.

— Je devrais te faire donner le fouet pour ton arrogance !

Cependant, une sympathie spontanée le portait vers l'Amorrhéen. Il ajouta, presque sur le ton de la confidence.

— Mais ne t'inquiète pas pour Nakao. J'étais déjà persuadé de son innocence.

— Ta perspicacité t'honore, Seigneur !

Amusé, Semourê regarda le jeune homme s'éloigner. Pourquoi avait-il traité cet esclave comme s'il avait été son égal ? Il haussa les épaules, puis suivit ses gardes en direction de la crypte.

28

Lorsque Semourê pénétra dans la salle où l'on avait amené Outi, il savait déjà à quoi s'en tenir. Une esclave avait surpris le directeur des boulangers alors qu'il versait un produit inconnu dans les pains aromatisés au miel et aux fruits destinés à la table royale. Le manège l'avait intriguée. Elle en avait saisi toute la signification quand elle avait appris la tentative de meurtre sur la personne de l'Horus. Elle s'était alors spontanément présentée à un capitaine de la Garde bleue.

Le bourreau royal, un énorme bonhomme aux yeux vides d'expression, se tenait près du siège sur lequel il avait entravé le condamné. Les bras croisés, il attendait les ordres. Ses mains d'étrangleur semblaient capables de broyer tout ce qu'elles touchaient. Semourê fixa longuement le prisonnier qui le toisait avec insolence.

— Je sais que tu es coupable, attaqua-t-il immédiatement.

— Puisque tu en es si sûr, pourquoi m'interroges-tu ?

— Je veux que tu me donnes le nom de tes complices.

— Quels complices ?

— Je sais que tu n'as pas agi seul. Qui t'a fourni ce poison ?

Le boulanger émit un ricanement.

— Un chasseur nubien. Mais il ignorait l'usage que je voulais en faire.

— Pourquoi voulais-tu tuer l'Horus ?

— Parce que je le hais. J'étais le boulanger de son oncle, le dieu bon Nekoufer.

— L'usurpateur Nekoufer ! rectifia sèchement Semourê. Le roi Sanakht avait désigné son frère Djoser pour lui succéder.

Outi se mit à hurler.

— C'est faux ! Nekoufer n'était pas un usurpateur. Il était bien plus digne de régner que Djoser.

— Il s'est emparé illégalement du trône.

— Il était mon roi. Lorsque Djoser l'a tué, j'ai juré de le venger.

— Et tu as attendu tout ce temps ? riposta brusquement Semourê. Cela fait plus de deux ans que Nekoufer est mort.

Outi accusa le coup. Il grogna :

— Je suis patient J'ai attendu le moment propice.

Semourê explosa :

— Et moi, je suis sûr que tu mens. Tu n'as pas agi seul, et tu te moques bien de Nekoufer. Qui cherches-tu à protéger ? Parle !

— Je t'interdis de douter de mon dévouement envers lui, s'emporta le boulanger.

Semourê le frappa brutalement ; les lèvres du prisonnier éclatèrent sous le choc.

— Cela fait la troisième fois que l'on tente de tuer

le roi et la reine. Tu vas peut-être me dire que tu es à l'origine des autres attentats ?

Crachant du sang, Outi éructa :

— Que les affrits te bouffent les tripes !

Un violent coup de courbash s'abattit sur son dos.

Semourê détestait pratiquer ce genre d'interrogatoire. Mais il devait en apprendre plus et il n'avait aucune pitié pour l'homme qui avait tenté de tuer son roi. Il était persuadé que le boulanger mentait pour défendre le véritable instigateur du complot. Malheureusement, son raisonnement n'était fondé que sur l'intuition.

Pendant plusieurs heures, les coups s'abattirent sur le boulanger, appliqués sans état d'âme par le bourreau royal. Sans cesse, Semourê réitérait sa question. Aux questions, le prisonnier répondait par l'arrogance et les insultes. Il savait qu'il n'avait plus rien à perdre. La prédiction de l'esclave amorrhéen le hantait. La mort l'attendait. Malgré la douleur, le sang qui coulait de sa bouche, les doigts écrasés, il ne démordit pas de sa version : il avait été le maître des boulangers de Nekoufer, qu'il vénérait. Djoser l'avait tué, et il voulait le venger.

Las et écœuré, Semourê adopta une autre tactique. Il ordonna au bourreau de priver le prisonnier de nourriture, d'eau et de sommeil. Des gardiens se relayeraient pour le réveiller à chaque fois qu'il s'assoupirait.

Au soir du deuxième jour, Outi n'était plus qu'une ombre aux yeux rougis. Il finit par craquer.

— De l'eau ! De l'eau ! Je te dirai le nom de celui qui m'a convaincu de tuer Djoser.

Semourê ordonna à un garde d'apporter un gobelet. Il l'emplit d'eau et le déversa lentement devant les lèvres du supplicié, qui lui adressa un regard de haine et de désespoir.

— Donne-moi son nom, et je remplis de nouveau le gobelet.

Outi hésita, puis souffla :

— Mekherâ ! C'est Mekherâ !

Semourê marqua un instant de surprise, puis le gifla à toute volée.

— Tu te moques de moi !

L'autre insista :

— C'est lui ! Il veut la mort de l'Horus... À boire !

Semourê fit un signe au bourreau qui remplit le gobelet pour le prisonnier. Le chef de la Garde royale serra les dents. Il n'avait guère de sympathie pour le trop sévère Mekherâ. Mais il l'avait toujours tenu pour un homme intègre, dont l'attitude durant l'imposture de Nekoufer avait été digne d'éloges. Il s'était ouvertement opposé à l'oncle de Djoser, malgré les promesses de l'usurpateur d'établir le culte de Seth comme culte principal du Double-Royaume. L'ambitieux personnage lui déplaisait souverainement.

Si Mekherâ avait toujours manifesté clairement son opposition aux idées du roi, il l'avait toujours respecté. Semourê avait peine à croire à sa culpabilité. Décidé cependant à éclaircir l'affaire, il envoya une escouade de gardes bleus au temple de Seth.

— Nous ne pouvons arrêter un grand prêtre sans

l'accord de l'Horus, dit-il au capitaine de l'escouade. Il est donc hors de question de l'amener ici s'il s'y oppose. Tu lui diras seulement que je souhaite le voir pour une affaire de la plus haute importance concernant le dernier attentat contre le roi.

— Bien, Seigneur !

Les soldats quittèrent la Maison des gardes. Demeuré seul, Semourê fit le point de la situation. Si Mekherâ refusait de venir, il y avait de grandes chances pour qu'il fût mêlé au complot. S'il venait sans faire de difficulté, cela ne l'innocentait pas pour autant. Mais on ne disposait d'aucune preuve contre lui, sinon l'accusation d'un prisonnier habité par une haine démentielle et un fanatisme forcené. Il n'était pas exclu qu'il ait joué la comédie afin de détourner les soupçons. Semourê en était persuadé.

La nuit était tombée lorsque les gardes bleus amenèrent le grand prêtre. Recru de fatigue, Semourê attaqua directement :

— Mekherâ, après deux jours de privations, le prisonnier Outi a parlé : il t'accuse d'être à l'origine d'un complot visant à éliminer le roi. Qu'as-tu à répondre à cela ?

Le grand prêtre blêmit, puis chancela. Un garde lui avança un siège, sur lequel il se laissa tomber.

— Je n'ai rien à répondre, Semourê. Tout cela est faux. Je me suis souvent opposé au roi, mais de là à seulement imaginer de le tuer... C'est absurde.

— Le boulanger a résisté longtemps avant de te dénoncer.

— Il ment ! Penses-tu que j'aurais accepté de venir si j'avais quoi que ce soit à me reprocher ?

— C'est un moyen de détourner les soupçons.
— Il ne t'est pas venu à l'esprit qu'il cherchait à protéger quelqu'un d'autre, le véritable auteur du complot ?
— J'y ai pensé. Mais je veux te confronter à lui.
— Je suis prêt.

Quelques instants plus tard, Semourê et Mekherâ pénétraient dans la salle des interrogatoires. Par mesure de sécurité, Outi avait été enfermé dans un cachot situé au fond de la salle. Le bourreau se dirigea vers lui pour en extraire le prisonnier. Soudain, ouvrant la porte, il poussa un cri. Semourê se précipita, pour découvrir le cadavre du boulanger. Son visage gonflé avait viré au bleu, tandis que les yeux lui sortaient des orbites. D'horribles griffures lacéraient sa gorge et son torse.
— On l'a tué ! hurla Semourê.
— Non, Seigneur ! rectifia le bourreau d'une voix blême. Il s'est suicidé en avalant sa langue.

29

Dès le lendemain, Djoser ordonna la libération de Nakao. Aussitôt accueilli au palais, l'échanson se prosterna aux pieds du roi qui déclara :

— Sois le bienvenu, mon ami. Pardonne-moi d'avoir douté de toi.

— Ta magnanimité réjouit le cœur de ton serviteur, ô Lumière de l'Égypte. J'avais confiance en ton esprit de justice, et j'avais raison. Je n'ai rien à te pardonner.

— Relève-toi. Bien entendu, à partir de cet instant, tu reprends ta place près de moi, et je te redonne tous tes titres.

— Le plaisir et l'honneur de te servir à nouveau seront ma plus belle récompense, Seigneur.

Dans la soirée, Djoser et Thanys accueillirent les membres les plus proches de la Cour, afin d'affirmer en quelle estime ils tenaient l'échanson Nakao, et montrer que les soupçons qui pesaient sur lui avaient été entièrement lavés. Tandis que les musiciens égayaient le repas, Nakao conta à Djoser l'angoisse qui l'avait assailli pendant ses trois jours d'emprisonnement.

— Je savais que j'étais innocent, Seigneur. Mais j'ignorais comment le prouver. J'étais désespéré d'avoir perdu ta confiance. Et puis, le lendemain de mon arrestation, un jeune esclave est venu me porter de la nourriture. C'était un Amorrhéen, qui affirmait être capable d'interpréter les songes. La nuit précédente, j'avais rêvé d'un pied de vigne portant trois grappes. Il m'a dit que je serais libéré au bout de trois jours, et c'est ce qui s'est produit. J'avoue que j'avais peine à le croire, mais ses paroles m'ont redonné espoir.

— Tu dis qu'il possède le don de traduire les rêves ? s'étonna le roi.

— Il a prédit à Outi qu'il périrait au bout de trois jours et, encore une fois, il ne s'est pas trompé. Cet homme est étonnant. Mais ce n'est pas tout.

Nakao se tourna vers Thanys.

— Il affirme qu'il te connaît, ô ma reine.

Semourê intervint.

— J'ai moi aussi rencontré cet esclave. Il prétendait que le coupable avait été trahi par son rêve, et il ne s'est pas trompé. Son nom est Moshem, fils d'un chef de tribu nommé Ashar.

Une vive émotion saisit la jeune femme. Un flot de souvenirs afflua en elle, faisant revivre en quelques secondes le voyage extraordinaire qu'elle avait accompli quelques années plus tôt, la Mer sacrée, les vastes forêts du Levant, les visages des caravaniers...

— Bien sûr, je l'ai connu, dit-elle.

Nakao insista :

— Il affirme qu'il est innocent du crime dont on l'accuse.

Il esquissa un sourire et ajouta :
— Et je serais assez tenté de le croire.
— Quel est ce crime ? demanda Djoser.
— Il aurait tenté d'abuser de l'épouse de son maître, Nebekhet.

Le souvenir de l'entrevue récente avec le juge revint à l'esprit du roi.

— Mais oui ! Je me souviens à présent. Nesamoun lui-même était persuadé de son innocence.
— Tout le monde connaît Saniout et son goût prononcé pour les hommes, poursuivit Nakao. Moshem affirme que c'est elle qui lui a fait des avances. Comme il refusait de trahir son maître, qui l'avait bien traité, elle l'a fait accuser.
— Vengeance de femme bafouée ! commenta Semourê.

Djoser éclata de rire.

— Ce pauvre Nebekhet est bien le seul à croire à la vertu de sa femme.
— Mais la parole d'un esclave n'avait aucune valeur en face de la sienne, ajouta Nakao. Il fut condamné à quatre ans de prison.
— Il a eu cependant beaucoup de chance de tomber sur Nesamoun, précisa Djoser. Pour un tel crime, il risquait la mort.

Thanys posa la main sur le bras de son mari.

— Ô Djoser, il faut le libérer. Moshem est innocent, et c'est mon ami. Nous ne pouvons le laisser croupir en prison.
— Comment puis-je te le refuser, ma tendre épouse ? S'il est aussi doué que Nakao le prétend, peut-être sera-t-il capable d'interpréter les songes

étranges qui m'ont visité dernièrement. Je serais curieux de l'interroger à ce sujet.

Il s'adressa à Semourê.

— Mon cousin, je désire que l'on m'amène ce jeune esclave immédiatement.

Une heure plus tard, les gardes bleus introduisaient Moshem dans la grande salle du palais. Le jeune Amorrhéen, ébloui par les fastes du palais, s'avança vers le trône. Reconnaissant Thanys, il se prosterna devant le couple royal avec un grand sourire aux lèvres.

— Puissant roi, ton humble serviteur est indigne de l'honneur que tu lui accordes.

— Approche, Moshem !

L'Amorrhéen se releva, puis s'inclina de nouveau devant la reine.

— Dame Thanys ! Mon cœur est empli de joie de te retrouver. Que Ramman soit loué.

— Moi aussi, j'ai grand plaisir à te revoir, mon compagnon. Prends place à nos côtés. Que l'on apporte de quoi manger à cet homme, ordonna-t-elle aux serviteurs.

— J'espère que l'émotion ne me coupera pas l'appétit ! répondit Moshem, les yeux brillants.

— Viens t'asseoir près de moi ! ajouta Thanys. Et raconte-nous comment tu es arrivé en Égypte. Comment vont les tiens ?

Tout en engloutissant une caille rôtie, le jeune homme entreprit de narrer ses aventures, avec humour et imagination.

Djoser l'écoutait attentivement. Il comprenait à

présent pourquoi son nom lui avait paru vaguement familier lorsqu'il avait signé la condamnation. Thanys lui avait conté son odyssée par le détail, et il savait quel rôle avait joué le jeune homme au cours de son voyage. Il lui savait gré de lui avoir apporté le soutien de son amitié.

— Ami Moshem, déclara-t-il lorsqu'il eut terminé, tu n'auras désormais plus à te soucier de la prison. On m'a expliqué les faits qui te sont reprochés. Mais je crois, moi, à ton innocence.

— Ta confiance m'honore et je t'en sais infiniment gré, grand roi. Malheureusement, j'ai perdu l'amitié de mon maître, et cela m'attriste, malgré ma joie de revoir la reine Thanys.

— Nebekhet est un brave homme, mais il est aveuglé par sa garce d'épouse. Je lui parlerai. Cependant, Nakao m'a dit que tu possédais un don bien singulier, grâce auquel tu lui as prédit qu'il serait gracié au bout de trois jours.

— C'est exact, Seigneur. Mon dieu, Ramman, m'inspire l'explication que l'on doit donner aux rêves.

— Alors, je désire te soumettre les miens. Aucun de mes mages n'a su les traduire.

— Quels sont-ils, Seigneur ?

Djoser médita quelques instants. Les deux songes demeuraient gravés en lui comme s'ils dataient de la dernière nuit. Enfin, il parla :

— Ce n'était ni le jour ni la nuit. Sous la forme d'un faucon, je voyais Kemit tout entière, depuis Koush jusqu'au Delta. Une grande sérénité baignait les Deux-Royaumes. Soudain, cinq serpents couleur d'or sont sortis du Nil, qui se transformèrent chacun en une femme magnifique. Derrière elles, les champs se couvraient d'un blé superbe, aux épis chargés de grains. Dans les prés, les troupeaux étaient nombreux et les bêtes grasses. Les cinq femmes sont passées devant moi en souriant, puis se sont évanouies dans la nuit lumineuse. À peine la dernière avait-elle disparu que les eaux du fleuve-dieu ont vomi cinq autres serpents. Mais ceux-là étaient monstrueux. Ils se sont répandus dans la vallée l'un après l'autre, semant la mort et la désolation. Les champs étaient secs, les troupeaux efflanqués, les hommes mouraient de faim. On aurait dit qu'un incendie invisible dévorait le Double-Pays.

— Et le second rêve ?

— Il est encore plus bizarre. J'étais au bord du Nil. Il y avait là un nid de lotus et de papyrus. Il comportait cinq œufs d'or. L'un après l'autre, ces œufs donnèrent naissance à un faucon magnifique qui survola la vallée. Comme dans le premier rêve, les champs et les troupeaux étaient superbes. Lorsque le dernier faucon eut disparu, cinq nouveaux œufs apparurent dans le nid. Mais ils avaient la couleur du sang et le nid était fait de ronces. Ils libérèrent cinq vautours noirs, qui semèrent la mort dans le Double-Royaume.

Moshem hocha la tête.

— Ces deux rêves ont le même sens, Seigneur. Les serpents d'or métamorphosés en femmes représentent cette déesse que vous appelez Renenouete, qui préside aux moissons. Les faucons sont ton propre reflet. Leur nombre, cinq, signifie que, grâce à ton action, Kemit connaîtra une période d'abondance. Puis viendront cinq années de sécheresse et de famine, ainsi que l'indiquent les cinq serpents et les cinq vautours.

— Cinq années de famine, dis-tu ?

— Cela ne fait aucun doute, ô grand roi ! C'est Ramman lui-même qui t'a inspiré ce rêve afin de te faire connaître ses desseins.

Djoser demeura songeur un long moment. Puis il demanda :

— Si ton dieu m'a dévoilé ses intentions, peut-être souhaite-t-il aussi que j'agisse afin d'éviter à mon peuple de souffrir. Que puis-je faire ?

— Les Égyptiens doivent profiter des cinq années d'abondance qui viennent pour engranger le surplus des moissons. À mon avis, il faut stocker le cinquième de tout le grain qui sera récolté, et le conserver pour les années de disette.

— Voilà une proposition aussi sage qu'intelligente, Moshem.

Il échangea un regard complice avec Thanys.

— Cet homme fait preuve d'un grand bon sens.

Il se tourna de nouveau vers Moshem.

— Te plairait-il de devenir Égyptien ?

Moshem se jeta aux pieds de Djoser.

— Rien ne saurait mieux me combler, ô dieu vivant. Je n'ai plus de pays depuis que mes frères m'ont vendu. Et j'aime les Deux-Terres comme si j'y avais vu le jour.

— Eh bien, à partir de ce jour, je proclame que tu fais partie du peuple de Kemit. Que ceci soit écrit et accompli.

Djoser regarda autour de lui.

— Mais où est donc Khipa, le scribe royal ?

— Je crois qu'il a quelque peu abusé du vin de Dakhla, répondit Thanys, amusée.

En effet, le scribe ronflait contre un mur, les mains croisées sur un ventre replet débordant de son pagne.

— La peste soit de l'ivrogne, grommela le roi. Qui donc va écrire le document ?

— Si tu le permets, Seigneur, intervint Moshem, je connais un peu les signes sacrés. Mon maître a souhaité que je les apprenne.

— Tu es décidément un homme précieux. Que l'on t'apporte une écritoire, un calame et de l'encre.

Ainsi Moshem écrivit-il lui-même l'acte par lequel l'Horus Djoser le déclarait Égyptien et homme libre. Lorsqu'il eut terminé, Djoser ajouta :

— Demain, je convoquerai Nebekhet afin de lui signifier la conduite de son épouse.

— Sois-en remercié, Seigneur !

Une nouvelle fois, Moshem se prosterna devant le roi. Quelques instants plus tard, Semourê prit Djoser à part.

— Te souviens-tu de la conversation que nous avons eue il y a peu de temps, mon cousin ?

Le roi acquiesça avec un sourire entendu.

— Je ne l'ai pas oubliée. Et je crois que nous avons découvert l'homme qui pourrait te seconder.

30

Le lendemain, Khepri-Rê apparaissait à peine à l'horizon oriental lorsqu'un capitaine de la Garde bleue se présenta devant la demeure de Nebekhet, porteur d'une lettre royale le convoquant au palais dans la matinée. Il pensa que le roi désirait l'entretenir de sa fonction, mais la missive précisait qu'il devait être accompagné de son épouse Saniout et de sa fille Ankheri. Il s'en étonna, puis ordonna à ses serviteurs de lui préparer un bain et des vêtements propres.

Quelques heures plus tard, tous trois pénétraient dans la Grande Demeure, un peu inquiets. Singulièrement, le capitaine les guida vers le bureau du roi, et non pas vers la grande salle du trône, comme le voulait la coutume. C'était une pièce haute, dont les murs se couvraient d'étagères portant des rouleaux de papyrus de toutes tailles protégés par leur gaine de cuir fin. Le roi et la reine étaient assis dans des fauteuils d'ébène à pattes de lion, et incrustés de nacre. Près d'eux se tenaient Semourê, le chef de la Garde bleue, Piânthy, chef de la Maison des Armes, le grand prêtre Sefmout et un autre homme richement vêtu. Confus, le fabricant de papyrus ne le reconnut pas immédiatement, pas plus qu'il ne remarqua la nervosité de Saniout et l'exaltation soudaine d'Ankheri.

— Sois le bienvenu, Nebekhet, déclara cordialement Djoser en l'invitant à entrer.

Le trio vint se prosterner devant lui.

— Tu as souhaité me voir, ô Lumière de l'Égypte.

— Afin de réparer une injustice que tu as commise.

— Moi, grand roi ? s'étonna Nebekhet dont le visage vira au gris.

— Toi, mon ami. Reconnais-tu cet homme ?

Nebekhet dévisagea l'inconnu, mal à l'aise.

— Moshem, murmura Ankheri, vivement émue.

— Je le connais, Majesté, répondit Nebekhet. Il s'appelle Moshem. Il fut mon esclave autrefois, mais ta justice l'a condamné pour un bien grand crime.

— Quel était donc ce crime ?

— Tu ne peux l'ignorer, Seigneur. Il a tenté d'abuser de mon épouse.

— Ce fut en effet la version de ta femme. Mais la vérité est différente.

— C'est faux ! s'exclama Saniout. Il a voulu me violer !

— Silence, femme stupide et menteuse ! gronda le roi.

Saniout pâlit, puis sembla se recroqueviller. Djoser poursuivit :

— Que vaut la parole d'un esclave contre celle d'une femme noble, en effet ? Tu ne risquais rien, maudite femelle ! Mais tout le monde connaît ton inconduite et tes excès. Il n'y a que ton mari qui soit assez aveugle pour les ignorer.

Pétrifié, Nebekhet n'osait réagir. Le roi continua :

— Par ta faute, Saniout, cet homme a risqué la mort.

— C'est un esclave, riposta vertement la femme. Quelle importance ?

— Je t'ordonne de te taire, gronda encore Djoser. Moshem est désormais un homme libre, et je l'ai fait Égyptien. J'ajoute que moi, l'Horus Neteri-Khet, je crois à sa version des faits. C'est toi qui as voulu le forcer à trahir un maître qu'il aimait et respectait.

— Tu n'as aucune preuve, l'interrompit Saniout avec arrogance.

— Mais ta réaction est un aveu, rétorqua Djoser. À présent, disparais de ma vue. Ton mari statuera sur le sort qu'il te réserve. Mais tu as interdiction à jamais de reparaître au palais.

Le visage rouge de colère et de confusion, Saniout tourna les talons et se dirigea vers la porte.

— Je suis effondré, ô Taureau puissant, déclara Nebekhet. J'avais une totale confiance en elle.

Il s'approcha de Moshem et lui prit les mains.

— Accepte de me pardonner, mon fils. J'ai eu contre toi des paroles d'amertume et de colère. J'ai cru à ta trahison, et j'en ai souffert. Pourtant, ma fille bien-aimée m'avait prévenu, et je n'ai pas voulu l'écouter.

— Je te pardonne bien volontiers, ô mon maître, car tu n'étais pas responsable. L'amour rend bien souvent aveugle.

Ankheri s'avança à son tour. Moshem lui ouvrit

les bras ; elle s'y jeta avec fougue, sous l'œil amusé de l'assemblée. Djoser demanda :

— N'y aurait-il pas autre chose que tu souhaiterais, Moshem ?

— Je n'ose le dire, Majesté. Depuis toujours, j'ai aimé Ankheri. Mais que pouvait espérer un pauvre esclave ?

— Tu es aujourd'hui un homme libre, et tu as le droit de choisir une épouse parmi les femmes de mon peuple. Il est désormais le tien.

Le cœur de Moshem fit un bond dans sa poitrine.

— Seigneur, il n'est d'autre femme que je souhaite épouser sinon la fille de mon bien-aimé maître Nebekhet, la belle Ankheri. Tout au moins, si elle veut encore de moi...

Thanys se tourna vers Ankheri.

— Depuis hier, Moshem m'a beaucoup parlé de toi. Si tu acceptes de l'épouser, je souhaiterais te compter parmi mes dames de compagnie.

— Je le désire de tout mon cœur, ô ma reine, répondit Ankheri en s'inclinant. Jamais je n'ai cru en la culpabilité de Moshem. Et rien ne me réjouirait plus que de devenir ton amie.

— Mon maître Nebekhet acceptera-t-il de m'accorder sa fille ? demanda Moshem. Je suis libre, mais je n'ai pas de fortune.

— C'est ce qui te trompe, déclara Djoser. Officiellement tu resteras intendant de Nebekhet. Mais tu n'exerceras pas cette fonction, car j'ai d'autres projets pour toi.

— Que devrai-je faire, Seigneur ? demanda le jeune homme, intrigué.

— Ton rôle véritable consistera à mener les enquêtes que je te confierai. Seules les personnes présentes dans cette salle connaîtront ta vraie fonction. Elle est très importante. Je te remettrai un document qui ordonnera à tous les capitaines des Maisons d'Armes de chaque nome de se mettre à ta disposition. On devra t'obéir comme à moi-même. Semourê te guidera dans ta nouvelle tâche. Enfin... si tu acceptes ma proposition.

En une fraction de seconde, le songe que Moshem avait fait quelques années auparavant lui revint. L'image d'un grand champ de blé dont chaque épi se penchait vers le soleil, au côté duquel se tenait une femme ressemblant trait pour trait à Thanys. Comprenant aujourd'hui la signification profonde de ce rêve, il se jeta aux pieds de Djoser.

— Ô Seigneur, tu n'auras pas de plus fidèle serviteur que moi.

Le roi le releva. Puis il ôta de son doigt une bague en or représentant l'œil d'Horus.

— Voici le signe auquel devront obéir tous ceux à qui tu le montreras. Ils sauront alors que tu agis sur mon ordre.

Il tendit la bague à Moshem. Celui-ci la passa à son doigt avec une vive émotion. Outre la puissance qu'il représentait, le bijou était magnifique.

— Désormais, tu seras considéré comme un Égyptien, ajouta Djoser. Le Trésor royal t'offrira de quoi payer des serviteurs.

— Sois remercié, ô Lumière de l'Égypte. À ce propos, j'aimerais te demander encore une faveur.

— Laquelle ?

— En prison, il y a un jeune garçon. Nadji est son nom. Il a été condamné pour avoir volé des fruits, parce qu'il avait faim. Mais il est rusé et efficace. Il doit être libéré dans un mois. Il a souhaité me servir si je devenais un personnage important.

— C'est entendu, dit le roi. Je vais donner l'ordre d'annuler sa peine.

Puis il s'adressa à Nebekhet.

— Et toi, mon ami, donnes-tu ton accord pour que ta fille épouse notre ami Moshem ?

— Je suis furieux contre moi de mon aveuglement, Majesté. Si ma fille y consent, j'accepte Moshem pour mon fils. Et je n'y aurai aucun mal. J'avais déjà beaucoup d'affection pour lui. Mais par les dieux, rugit-il soudain, Saniout va prendre tout à l'heure une correction qui lui ôtera l'envie de recommencer !

Tout le monde éclata de rire devant la véhémence du vieil homme.

31

En accord avec Djoser, Semourê n'avait pas arrêté Mekherâ. L'événement eût déclenché un trop grand scandale. Néanmoins, il avait placé le temple de Seth sous une surveillance discrète. Si le grand prêtre tentait de s'échapper, il confirmerait sa culpabilité. Deux jours plus tard, il n'avait pas quitté le temple du Dieu rouge, dont il continuait à célébrer le culte. Mais cela ne prouvait rien aux yeux de Semourê : il pouvait jouer la comédie.

Le lendemain, Djoser convoqua Mekherâ. Le vieil homme répondit immédiatement à l'appel et se présenta au palais. Les gardes le conduisirent directement dans le bureau du roi. Djoser le reçut avec courtoisie. Il était seul.

— Mekherâ, tu connais les accusations portées contre toi par le boulanger Outi.

Le grand prêtre de Seth inclina légèrement la tête.

— Je les connais, ô grand roi !

— Peut-être sont-elles fondées ! poursuivit Djoser, le visage impassible. Nous ne partageons pas toujours les mêmes points de vue.

— C'est vrai, Seigneur ! Mais il ne s'agit que de

points de théologie. Ils ne justifieraient pas que je commandite ton assassinat.

— Dans ce cas, pourquoi cet homme t'a-t-il accusé ?

— Cette question hante mon esprit. Je n'ai aucune réponse satisfaisante à te proposer, sinon celle-ci : le boulanger a voulu égarer les soupçons sur ma personne. Mais il cherchait à protéger quelqu'un d'autre.

Sans quitter le grand prêtre des yeux, le roi observa un long moment de silence. Enfin, il soupira :

— C'est aussi mon opinion. Néanmoins, tu comprendras que je t'interdise de quitter Mennof-Rê sans mon autorisation.

— Je n'ai aucune raison de m'enfuir, ô grand roi. Ma parole est celle de Maât. Je n'ai donc rien à redouter de ta justice.

— Je l'espère de tout cœur, mon ami. Mais je vais ordonner à Semourê de t'adjoindre une escorte de gardes royaux.

Mekherâ accusa le coup.

— Dois-je comprendre que la confiance que tu m'accordes a ses limites, grand roi ?

— Il y a une autre raison. Si tu dis la vérité, nous avons un ennemi commun. Il a voulu te perdre en nous dressant l'un contre l'autre. S'il s'aperçoit que sa manœuvre a échoué, il pourrait s'en prendre à toi. Mes gardes auront pour mission de te protéger.

— Je comprends, Seigneur, et je te remercie.

— Regagne le temple à présent. Cet entretien doit demeurer secret.

Mekherâ s'inclina avec respect et sortit du bureau. Dès qu'il eut disparu, Semourê et Moshem, qu'un rideau en tiges de papyrus avait dissimulés à la vue du grand prêtre, se montrèrent. Ils n'avaient rien perdu de la conversation. Djoser déclara :

— Mes amis, je ne crois pas à sa culpabilité. Mais je veux qu'une enquête soit effectuée sur le temple de Seth. Telle sera ta première mission, Moshem. Semourê va te confier tous les éléments dont il dispose.

Quelques instants plus tard, les deux hommes tenaient une réunion dans le bureau de Semourê, à la Maison de la Garde bleue.

— Moshem, la tâche qui t'attend est difficile et dangereuse. Je suis persuadé que nous avons affaire à un vaste complot dont le but est d'éliminer l'Horus Djoser. Qui ? Pourquoi ? Dans quel but ? Je l'ignore encore, mais nous allons le découvrir. Comme toi, je pense que Mekherâ n'a aucun rapport avec ce complot. C'est un homme intègre, pointilleux sur le plan de la religion, mais respectueux des institutions. Outi l'a accusé pour détourner nos soupçons. Il faut donc chercher ailleurs. Je vais récapituler pour toi ce que je sais.

Il rechercha sur les étagères de sycomore quelques papyrus qu'il déposa sur la table.

— Il y a dix mois, la reine a été victime d'un attentat. Une manucure nubienne a glissé dans ses appartements une statuette magique qui devait la faire mourir lors de son accouchement. Thanys a échappé à la mort par miracle. La servante a été retrouvée morte quelques jours plus tard, décapitée.

Il déroula devant Moshem le document où étaient consignés tous les éléments de l'enquête. Lorsque le jeune homme en eut pris connaissance, Semourê poursuivit :

— Ensuite, voilà deux mois, lors d'une chasse à l'hippopotame, un esclave a tenté d'introduire du poison dans la boisson du roi. Grâce aux dieux, ma compagne, Inmakh, a surpris les complices. Un Nubien, apparemment un Nyam-Nyam, a remis le flacon contenant le poison à un homme mystérieux au visage brûlé, qui l'a sans doute transmis à l'esclave. Mais celui-ci a été tué stupidement par un seigneur un peu écervelé. Depuis, j'ai fait rechercher ces deux hommes, sans résultat jusqu'à présent.

Moshem étudia le papyrus correspondant. Lorsqu'il eut terminé sa lecture, il déclara :

— Il y a de grandes chances pour que les deux événements soient liés. Dans les deux cas, on a voulu faire croire à un accident.

— C'est vrai, admit Semourê. De même avec les pains : on aurait pu conclure à une intoxication alimentaire. Par chance, le mage Ouadji a déterminé qu'il s'agissait d'un poison.

— Mais qui donc peut vouloir la mort de Djoser ? s'étonna Moshem. Il est un bon souverain.

— Nul n'exerce le pouvoir sans susciter la haine et l'envie, répondit Semourê.

Il se leva, fit quelques pas nerveux, puis se rassit en se caressant le menton.

— Il y a peut-être un début de piste, déclara-t-il.

Même si je pense que Mekherâ est hors de cause, il est possible que ces crimes aient un rapport avec le temple de Seth. En fait, tout semble avoir commencé lorsque le roi a fait d'Horus le dieu principal de Kemit. Le Dieu rouge a perdu ainsi de son influence, ce qui a provoqué la colère de Mekherâ. Mais elle est restée au niveau d'une querelle théologique. Il n'avait pas la force suffisante pour obliger Djoser à revenir sur sa décision. Cette attitude a été interprétée comme de la faiblesse par plusieurs prêtres de Seth. Depuis quelques mois, nombre d'entre eux, ainsi que des ouâbs attachés au temple, ont disparu sans laisser de trace. Je les soupçonne d'avoir fondé une secte secrète qui désire l'anéantissement de Djoser.

« Peu après l'accouchement de Thanys, un ouâb exalté nommé Sabkou s'est violemment opposé au grand prêtre pour des questions théologiques. D'après Mekherâ, il défendait l'usurpateur Peribsen. Il prétendait que Seth était le créateur de l'univers, le guerrier destructeur auquel il fallait se soumettre. Il vantait un ordre nouveau dans lequel les faibles devaient être impitoyablement asservis ou éliminés. Il voulait que Kemit devienne un pays conquérant, qui devait soumettre tous les autres peuples. Le lendemain, il était retrouvé mort, décapité lui aussi, comme la manucure nubienne.

— Les deux crimes seraient donc liés.

— C'est probable ! Il y a pourtant quelque chose que je ne comprends pas. La Nubienne pouvait dénoncer ses complices, ce qui explique qu'on l'ait tuée. Mais, hormis ses idées imbéciles, cet ouâb n'a rien avoué d'inquiétant à Mekherâ. Dans ce cas, pourquoi l'avoir assassiné ?

— On redoutait peut-être qu'il n'en dise plus.

— Mais quoi ? On connaît celui qui lui a mis ces raisonnements stupides dans la tête. C'est un vieux prêtre du nom d'Abouserê. Je l'ai interrogé. Il n'a cessé d'insulter le roi et de prédire le retour prochain de l'usurpateur Peribsen qui restaurera le culte de Seth.

— Qui est Peribsen ?

— Un roi félon qui a assassiné le grand-père de l'Horus Djoser. Il fut vaincu ensuite par le dieu bon Khâsekhemoui. Certains disent qu'il fut tué par le général Meroura lors de l'ultime bataille. D'autres affirment qu'il aurait disparu après la défaite. Mais ces événements se déroulaient il y a longtemps. S'il vivait encore, Peribsen aurait au moins quatre-vingt-dix ans. Or, ce vieux prêtre affirme l'avoir vu.

— C'est insensé !

— Sans doute ! J'imagine que ce vieux fou a pris ses délires pour des réalités.

Moshem hocha la tête, méditatif.

— En attendant, on a tranché la tête de ce Sabkou pour une raison précise. A-t-il évoqué quelque chose de particulier ?

— C'était un exalté. Il a fait allusion à des pratiques rituelles antiques auxquelles il fallait revenir au nom de Seth.

— Quelles pratiques ?

— Aucune idée. Mekherâ lui-même ne sait pas de quoi il voulait parler.

— Penses-tu qu'on ait pu le tuer à cause de cela ?

315

— J'en doute. Il s'agit de querelles théologiques. Les prêtres adorent palabrer pendant des jours et des nuits. Cela ne les conduit pas au crime pour autant.

Les deux hommes demeurèrent un long moment silencieux. Puis Moshem demanda :

— Dis-moi, qui deviendrait roi dans le cas où Djoser périrait ?

— Je l'ignore. Ses fils sont trop jeunes. Les prêtres se réuniraient pour tenter de savoir quelle femme a été « visitée » par le dieu, et a mis au monde le futur roi.

— Comment cela ? s'étonna Moshem.

— Selon la tradition, le roi n'est pas un homme ordinaire. Sa mère a reçu la semence du dieu Rê-Horus qui a pris le visage de son père pour la féconder. Ainsi est-il digne de régner sur les Deux-Terres. Mais actuellement, je ne vois pas qui pourrait succéder à Djoser.

Il soupira.

— Jamais Kemit n'a connu de si bon roi ! Il faut détruire ses ennemis. S'il était assassiné, les Deux-Terres sombreraient dans le chaos.

— Peut-être est-ce ce que veulent ces scélérats. Affaibli, le pays serait une proie facile pour un ennemi venu de l'extérieur.

— L'Égypte n'a guère d'ennemis, répondit Semourê, songeur. Les Édomites se tiennent tranquilles depuis que Djoser les a vaincus. Les Nubiens sont soumis à Hakourna, qui est devenu un ami fidèle du roi. Les Bédouins du désert occidental ne sont guère dangereux, leurs tribus sont divisées, et ils passent leur temps à se battre entre eux. Quant aux Peuples de la Mer, ils ne sont pas assez puissants pour envahir l'Égypte. Ils se contentent d'actes de piraterie.

Moshem médita quelques instants, puis ajouta :

— Ce boulanger s'est donné la mort d'une façon épouvantable, que seul le fanatisme peut expliquer. Alors, qui a pu susciter chez lui une telle abnégation ?

— C'est peut-être sans rapport, mais ce n'est pas la première fois que nous avons affaire à une telle manifestation de fanatisme. Khersethi, le capitaine des gardes d'Iounou, m'a signalé le cas de deux hommes qui avaient préféré se jeter au milieu des crocodiles plutôt que de tomber entre ses mains.

— Quel crime avaient-ils commis ?

— Ils avaient tenté de tuer une jeune femme pour enlever ses enfants. En fait, une série de crimes semblables ont été commis dans le Delta depuis plusieurs mois. Nous n'avons jamais réussi à mettre la main sur les coupables. La seule chose que nous sachions est qu'ils se dissimulaient sous des masques en forme de serpent.

— Le dieu Seth est-il symbolisé par un serpent ?

— L'une de ses manifestations est Apophis, le serpent qui tente de dévorer le soleil. Mais en général, il est représenté avec la tête d'un monstre.

— Ce qui mettrait les prêtres dissidents hors de cause. D'ailleurs, pourquoi massacreraient-ils des jeunes femmes ?

— Tous ces crimes ont eu lieu en Basse-Égypte, non loin des ports de la Grande Verte.

— Tu penses à des marchands d'esclaves ?

— C'est la seule explication que j'ai trouvée jusqu'à présent. Des patrouilles ont surveillé la côte et contrôlé les navires en partance pour le Levant. Malheureusement, on n'a retrouvé aucune trace des enfants disparus.

Un peu plus tard, après avoir réglé quelques questions matérielles, Moshem quittait la Maison des gardes. En partant, il vit une jeune femme pénétrer dans le bureau de Semourê. Mais il ne s'agissait pas d'Inmakh, dont il avait fait la connaissance la veille. Il secoua la tête avec un sourire. Puis il se dirigea vers la prison, où Kehoun le reçut avec de grandes manifestations de joie. Il avait déjà été averti de la rentrée en grâce du prisonnier et s'était félicité d'avoir adouci sa captivité. Les deux hommes tombèrent dans les bras l'un de l'autre.

— J'étais sûr que la reine ne t'abandonnerait pas, s'exclama Kehoun.

Moshem lui expliqua ensuite qu'il désirait prendre le jeune Nadji pour serviteur et lui présenta la lettre du roi ordonnant sa libération.

— Tu vas t'encombrer d'un fieffé galopin, mon ami ! Méfie-toi, il est rusé comme un renard des sables et encore plus voleur.

— Il ne chapardera plus s'il a le ventre plein et un toit sur la tête.

— Il te volera, toi !

— Alors, ce n'est pas grave ! répliqua Moshem en éclatant de rire.

— Comme tu voudras.

Il donna l'ordre aux gardiens de libérer Nadji, tout étonné de se retrouver dehors plus vite que prévu.

— Moshem ! s'exclama le gamin.

— Seigneur Moshem, rectifia l'intéressé. Le roi Djoser a reconnu mon innocence et m'a fait libérer. J'ai ici une lettre ordonnant ta libération — si toutefois tu acceptes de devenir mon serviteur. Tu auras des vêtements neufs et tu mangeras à ta faim sans avoir besoin de voler ta nourriture. Cela te convient-il ?

— Et comment !

Ce fut donc en compagnie du gamin turbulent que Moshem prit le chemin de la demeure de Nebekhet. Lorsqu'il s'engagea dans la ruelle qui y menait, son cœur battait un peu plus vite. Cela faisait plus de quatre mois qu'il l'avait quittée, encadré par des gardes impassibles. Il n'était alors qu'un esclave amorrhéen menacé de mort. Aujourd'hui, il revenait en tant qu'homme libre d'Égypte, et honoré de la confiance de l'Horus. En chemin, il s'était arrêté sur le marché, où il avait acquis un collier de turquoises pour Ankheri et un singe savant pour Nebekhet. Il savait que son maître adorait ces animaux.

Les retrouvailles furent émouvantes. Nebekhet, qui avait la larme facile, ne savait s'il devait rire d'avoir retrouvé celui qu'il considérait comme son fils, ou pleurer de la trahison de son épouse. De retour chez lui la veille, il avait voulu la corriger, ainsi que le lui autorisait son droit d'époux bafoué. Il avait tempêté, hurlé, levé la main sur elle. Mais elle criait plus fort que lui, et il avait fini par s'effondrer en se lamentant. Depuis, Saniout avait quitté la maison avec ses serviteurs, abandonnant derrière elle un Nebekhet abattu.

— Je ne suis plus qu'un vieil homme, mon fils, dit-il d'une voix à fendre l'âme. J'ai eu le tort de prendre une épouse trop jeune pour moi. Aujourd'hui, j'en paye le prix. Il ne me reste plus qu'à me laisser mourir de désespoir.

Il n'en fallait pas plus pour déclencher chez sa fille une tristesse et des larmes qu'elle versa, elle aussi, bien volontiers. Satisfait de se savoir aimé malgré tout, Nebekhet consentit à remettre à plus tard ses lugubres projets et laissa éclater sa joie d'avoir retrouvé son intendant. Passant sans transition des larmes à l'exubérance, il confirma qu'il accordait à Moshem la main d'Ankheri, et se mit à rêver tout haut des innombrables petits-enfants qui allaient bientôt peupler sa grande demeure.

Durant la joyeuse soirée qui suivit, Moshem dut narrer par le menu les circonstances au cours desquelles il avait connu la reine Thanys. Puis l'on parla du mariage prochain, qui fut fixé à la fin du mois de *Paophi*, deuxième d'Akhet, l'Inondation.

Cependant, Moshem ne perdait pas de vue la mission confiée par Djoser. Dès le surlendemain, après avoir acquis des vêtements neufs pour Nadji et pour lui, il se mit à l'ouvrage. En accord avec Semourê, il devait enquêter sous le grade de capitaine, afin de dissimuler sa véritable fonction. En compagnie d'une demi-douzaine de gardes bleus que lui avait détachés

Semourê, il se rendit d'abord jusqu'au domicile du boulanger Outi, dont la veuve le reçut courtoisement. Il était visible d'emblée que la pauvre femme ne comprenait rien à ce qui lui était arrivé.

— Mon mari n'était plus le même depuis plusieurs mois, expliqua-t-elle. Il s'absentait de plus en plus souvent de la maison, sous le prétexte de visiter les paysans qui lui fournissaient du blé. Je l'ai soupçonné d'avoir une maîtresse, et je l'ai fait suivre par une servante. Mais ce n'était pas ça. Il rencontrait des inconnus dans des auberges et passait de longues heures à parler avec eux. J'ignore ce qu'ils pouvaient se dire. Ma servante n'a jamais osé y pénétrer. Avec moi, il était devenu distant, comme si j'étais une étrangère. Il ne me parlait pratiquement plus et ne s'intéressait plus à nos enfants. Le mois dernier, j'ai insisté pour qu'il me confie ses ennuis. Il est entré dans une rage folle et il... m'a battue. On aurait dit qu'il était frappé de démence.

— Tu n'as aucune idée des hommes qu'il rencontrait dans ces auberges ?

— D'après ma servante, certains ressemblaient à des prêtres. Ils avaient le crâne et les sourcils rasés.

Ainsi, Semourê ne s'était pas trompé. Outi avait un rapport avec les prêtres qui avaient quitté le temple de Seth.

Après avoir pris congé de l'épouse du boulanger, il se rendit au temple de Seth, où il demanda à rencontrer Mekherâ, auquel il se présenta comme un simple capitaine. Celui-ci le reçut aussitôt et l'invita à partager son repas, composé d'oie rôtie et de fruits.

Tandis qu'ils déjeunaient, Moshem lui fit part de ses soupçons.

— Penses-tu que les prêtres qui ont fui le temple puissent avoir fondé une secte complotant pour la mort du roi ?

— C'est possible en effet. J'ai remarqué chez eux une exaltation inexplicable, presque du fanatisme. Certains m'ont semblé prêts à donner leur vie pour leurs convictions. Dois-je te le dire ? Leur comportement m'a effrayé. Ils paraissaient ne plus s'appartenir, comme si un esprit supérieur avait pris possession de leur âme.

— Comme le vieil Abouserê.

— Non ! Lui, c'est autre chose. Il n'a jamais accepté la défaite de Peribsen. Je crois qu'il était un peu fou, mais non dangereux.

— Il était... dois-je comprendre qu'il est mort ?

— Il a rejoint le royaume d'Osiris il y a un mois. Devant le regard soupçonneux de Moshem, il précisa :

— Rassure-toi, il n'a pas été assassiné. Il avait près de quatre vingt-cinq ans.

Il contempla Moshem longuement, puis ajouta :

— Tu n'es pas un simple capitaine, n'est-ce pas ?

Le jeune homme accusa le coup.

— Je dépends du Seigneur Semourê, répondit-il, mal à l'aise.

— Mais tu es bien malin pour un soldat.

Cependant, malgré toute sa bonne volonté, Mekherâ ne put rien apprendre de plus à Moshem. Les défections avaient cessé depuis plusieurs mois. Il n'avait jamais revu les fuyards, mais tous ceux qui restaient au temple lui étaient fidèles. Comme lui, ils avaient accepté avec résignation la décision de l'Horus. Après tout, n'était-il pas le dieu vivant de Kemit ? Il devait savoir ce qu'il faisait.

Avant de regagner la demeure de Nebekhet, Moshem fit un détour par la Maison des gardes. Lorsqu'il pénétra dans le bureau, il trouva Semourê en compagnie de la dame aperçue deux jours plus tôt. Elle rajusta sa robe avec nonchalance, puis salua Moshem avec un grand sourire et s'éclipsa. Semourê l'accueillit avec bonne humeur.

— Je compte sur ta discrétion, mon ami. J'aime beaucoup Inmakh, mais sa jalousie me fatigue parfois un peu. Alors, je me console dans d'autres bras. Elle s'appelle Asnat.

Moshem le comprenait. Lui-même conservait de ses premiers mois en Égypte quelques souvenirs agréables, qu'il partagea volontiers avec Semourê. Leurs confidences joyeuses les menèrent tard dans la soirée.

Lorsqu'ils se quittèrent, la nuit était tombée et ils étaient devenus les meilleurs amis du monde. Moshem, l'esprit un peu embrumé par le vin corsé que lui avait proposé Semourê, respira à pleins poumons l'air nocturne. Avant de regagner la demeure de Nebekhet, il décida de faire un détour par les rives du fleuve. La crue était attendue avec impatience depuis plusieurs jours. Nadji sur les talons, son errance le mena jusqu'à l'Oukher où somnolaient des navires de toutes tailles, depuis les petites nacelles des pêcheurs jusqu'aux lourds vaisseaux qui transportaient les pierres depuis les carrières de la rive orientale.

Moshem contempla avec une bouffée de bonheur la forêt de mâts éclairés par la lueur argentée de la lune. Rarement il s'était senti aussi heureux. Ce pays était un grand pays. En lui vibraient les germes d'une puissance encore en gestation. Et il éprouvait un sentiment de fierté parce qu'il apportait sa contribution à son développement. Nadji respecta sa méditation.

Non loin d'eux, quelques mariniers commentaient leur dernier voyage, qui les avaient menés jusqu'aux confins de la vallée, là où le fleuve se resserrait en une cataracte au courant violent, qui gênait la navigation. Poursuivant son chemin, Moshem longea les quais. Soudain, son attention fut attirée par un bruit équivoque. Dans l'ombre d'un entrepôt, un couple se livrait à une occupation vieille comme le monde, sans se soucier d'éventuels passants. Amusé, Moshem fit signe à Nadji de rester en arrière et jeta un coup d'œil. Une vive émotion s'empara de lui. L'homme, dont les riches vêtements trahissaient un rang élevé, lui était parfaitement inconnu. En revanche, la femme n'était autre que Saniout. Les gémissements qu'elle poussait ne laissaient planer aucun doute sur la nature de leur relation. Intrigué, Nadji pointa son museau de fouine et murmura :

— Par les dieux ! On dirait l'épouse du seigneur Nebekhet.

— J'avais remarqué. Connais-tu l'homme ?

— Bien sûr ! C'est le seigneur Kaïankh-Hotep. Il est très riche, mais il adore traîner dans les auberges des bas-fonds pour ramasser des filles de joie.

— Alors, ils étaient faits pour se rencontrer, commenta Moshem.

Il s'éloigna discrètement, hésitant sur la conduite à tenir. Devait-il oui ou non faire part à Nebekhet de ce qu'il avait découvert ? Il décida de se taire. Son ancien maître avait déjà bien assez souffert de la conduite de son épouse. Et de toute façon, celle-ci avait fui le domicile conjugal.

Il allait prendre le chemin du retour lorsqu'une agitation soudaine s'empara des mariniers non loin d'eux. Ils s'approchèrent. Une odeur nouvelle se répandait dans l'air, que Nadji interpréta aussitôt.

— La crue ! C'est la crue ! exulta-t-il. Hâpy est de retour !

Ils s'approchèrent de la rive. Lentement, silencieusement, les eaux du fleuve avaient commencé à s'enfler, reflétant comme un miroir d'argent la lune pleine.

32

Imhotep avait profité de la montée des eaux pour quitter Yêb. Les lourds navires, portés par les eaux noires et gonflées, ramenaient vers le chantier de la cité sacrée de superbes monolithes de granit rose. Il avait attendu l'équipage envoyé à Tochké, en Nubie, pour rapporter de la diorite, cette pierre dure dont on fabriquait des masses destinées à l'extraction et à la taille des blocs de calcaire.

Une vingtaine de jours plus tard, la petite flotte parvint à Mennof-Rê, dont le port était en grande partie submergé par la crue. Prévenus par les guetteurs de la Garde bleue, Djoser et Thanys se portèrent à la rencontre de l'arrivant. Les retrouvailles furent chaleureuses. Pourtant, le grand prêtre d'Iounou ne fut pas long à deviner l'inquiétude du roi et de son épouse. De retour dans les jardins du palais royal, Djoser lui fit part des derniers événements et des conclusions de Semourê. Lorsqu'il eut terminé, Imhotep médita quelques instants, puis déclara :

— Tout cela confirme ce qu'indiquent les oracles. Malgré la prospérité nouvelle, nous traversons une période critique, où l'équilibre et l'harmonie de la

Maât peuvent à chaque instant être bouleversés. Une force inconnue tente de s'infiltrer dans les Deux-Terres pour y semer le désordre et le chaos. Si Semourê ne s'est pas trompé, cette puissance est capable d'engendrer un fanatisme si effrayant qu'il peut aller jusqu'au sacrifice humain. Il va nous falloir redoubler de prudence, car son action n'est pas limitée à la Basse-Égypte.

— Explique-toi !

— J'ai moi-même été confronté à des événements bizarres. En revenant de Yêb, je me suis arrêté à Gebtou. Il y a deux ans, des sementyous[1] ont découvert une roche magnifique, de couleur bleue, dans la vallée du Ro-Henou, située dans les flancs de la montagne désertique de l'Orient[2]. Elle fut baptisée pierre de Bekhen, parce que les sculpteurs l'avaient trouvée tellement merveilleuse à travailler qu'ils en avaient conclu que Ro-Henou devait être la demeure des dieux, un lieu sacré dont Rê avait surgi lors de la création du monde[3]. Les conditions climatiques qui règnent là-bas n'autorisent pas une exploitation constante. On ne peut s'y rendre que pendant l'hiver et le printemps. L'année dernière, j'ai donc formé une expédition ayant pour mission de rapporter une grande quantité de cette roche superbe. Lorsque je fus de retour à Gebtou après mon expédition de

---

1. Sementyou : prospecteur. Ces personnages étranges sillonnaient les déserts entourant la vallée pour en découvrir les richesses.
2. Le Gebel Hammamât, située dans la chaîne arabique.
3. C'est de cette vallée que fut tiré le greyhacke, une sorte de schiste métamorphique avec lequel furent sculptées nombre de statues de l'Ancien Empire. « Bekhen » signifie « demeure ».

Yêb, une surprise désagréable m'y attendait : les ouvriers envoyés dans la vallée du Ro-Henou étaient déjà revenus, et ils refusaient d'y retourner.

— Pour quelle raison ? s'étonna le roi. Ils sont grassement payés.

— C'est exact. D'ailleurs, ils ne se sont pas plaints à ce sujet. Leur refus avait une autre origine : en vérité, ces hommes étaient littéralement terrorisés. J'ai eu beaucoup de mal à comprendre les raisons de cette terreur. La plupart se taisaient, comme s'ils redoutaient d'attirer sur eux la vindicte des dieux. Puis certains ont fini par avouer.

— Que s'est-il passé ?

— Peu après leur arrivée dans le Ro-Henou, des rumeurs ont commencé à circuler parmi eux, selon lesquelles les pierres qu'ils taillaient étaient destinées à un temple nouveau, sur lequel pèse une effroyable malédiction. C'est du moins ce que j'ai compris au travers des différents récits. Quelques ouvriers parlaient de l'apparition d'un roi disparu.

— Peribsen ? s'inquiéta Djoser.

— Impossible à savoir. Parmi les carriers, personne ne l'avait vu directement, mais plusieurs avaient rencontré des ouvriers qui l'avaient aperçu. D'après eux, il portait les insignes royaux. Et il a jeté la malédiction sur la carrière.

— C'est absurde ! s'exclama Thanys, mal à l'aise.

Le visage du pillard condamné lui revint en mémoire.

— J'ai voulu en savoir plus, poursuivit son père. J'ai interrogé le directeur de la carrière. Au début, il n'a pas voulu ajouter foi aux avertissements de ses ouvriers. Certains ont commencé à quitter les lieux. Les autres les ont traités de couards. C'est alors qu'ont débuté les accidents. Plusieurs hommes sont morts dans des circonstances inexpliquées. Deux ouvriers furent ensevelis sous un éboulement. Un autre fut broyé par la chute d'un monolithe. Un navire de transport brûla. Puis un violent incendie se déclara dans le village des carriers. Une vingtaine d'hommes et de femmes ont péri dans ces catastrophes. Les ouvriers ont décidé d'arrêter le travail. La destruction de leurs maisons a ébranlé les plus endurcis, car, malgré leurs efforts, ils ne sont pas venus à bout des flammes. Le feu refusait de s'éteindre. Il ne s'est arrêté que lorsque le village fut entièrement consumé.

— Le feu-qui-ne-s'éteint-pas... murmura Thanys. La demeure de Kaïankh-Hotep, à Byblos, fut détruite par un incendie semblable.

— Les carriers de Siout sont persuadés que ces flammes sont la manifestation de la colère d'une divinité malfaisante. J'ai eu beaucoup de mal à les convaincre de reprendre le travail. J'ai dû augmenter leurs salaires et je me suis livré à des incantations magiques pour chasser les démons.

— Mais d'où provenaient ces rumeurs ? demanda Djoser.

— Difficile à savoir. Les ouvriers répétaient des paroles qu'ils avaient entendues de la bouche de leurs camarades. Mais personne ne fut capable de me dire qui a été à l'origine de la malédiction. Cependant, certains d'entre eux ont quitté la carrière dès le début. Sans doute celui qui a parlé le premier se trouvait-il parmi eux.

— Penses-tu vraiment qu'un démon se soit manifesté sous forme de flammes ? s'inquiéta Djoser.

— Non, je refuse de le croire. J'ai connu, il y a bien longtemps, à Sumer, un homme qui se passionnait pour le feu. C'était un individu singulier, dont le génie touchait à la folie. Il utilisait du bitume, mais aussi du naphte, cette huile noire qui affleure par endroits dans le désert. Les Sumériens s'en servaient comme médicament. Lui l'avait transformé en un liquide incendiaire que personne ne pouvait éteindre.

— Je ne vois pas l'intérêt d'une telle invention, rétorqua Djoser.

— Mon ami Enmerkar pensait que cela constituerait une arme terrifiante. Mais cet homme est mort dans l'incendie de sa demeure.

— En es-tu certain ? Peut-être s'agit-il de l'homme au visage brûlé aperçu par Inmakh ?

— J'ai vu ce qui restait de sa maison. Personne n'aurait pu en sortir vivant.

— Cet homme avait certainement offensé les dieux, intervint Mekherâ. Il avait percé des secrets qui doivent rester ignorés des hommes.

— Peut-être, répondit Imhotep. Cela n'explique pas pourquoi le village des carriers de Siout a été détruit par un feu similaire.

— Je reste convaincu que la construction de cette cité de pierre est une hérésie, riposta le vieux prêtre. De tout temps, nos ancêtres ont bâti des chapelles de roseaux pour les fêtes rituelles, et des mastabas de brique pour les demeures d'éternité. Pourquoi changer tout cela ?

— Justement parce que nous bâtissons pour l'éternité, Mekherâ. Que reste-t-il aujourd'hui des tombeaux des premiers rois ? Des ruines informes cent fois pillées par les voleurs du désert. Dès demain, je me rendrai à Saqqarâh pour surveiller l'avancement des travaux.

33

Khepri-Rê illuminait le plateau d'un or rose lorsque Imhotep posa le pied sur le quai nouvellement construit qui desservait le plateau, suivi de Narib et de son porte-sandales. Il constata avec plaisir que les petits temples d'accueil, dédiés à Horus et à Seth, étaient en bonne voie d'achèvement.

Sur les rives s'échouaient des dizaines de petites felouques, parfois des nacelles de papyrus, qui amenaient des paysans désœuvrés, tous désireux de participer à la construction de la cité sacrée. Certains arrivaient parfois de nomes lointains. Depuis le début des travaux, l'année précédente, les voyageurs avaient longuement parlé du chantier extraordinaire qui avait déjà métamorphosé l'aspect de l'Esplanade de Rê. Reconnaissant Imhotep, les ouvriers le saluèrent avec un mélange de respect et de familiarité. Plusieurs vinrent spontanément se prosterner devant lui.

Trois silhouettes découpées dans la fraîcheur matinale s'avancèrent à sa rencontre. Imhotep les reconnut : Hesirê, le maître des sculpteurs, Bekhen-Rê l'architecte, et Akhet-Aâ, le directeur des approvisionnements. Tous trois s'inclinèrent devant lui.

— Sois le bienvenu, ô Grand Maître des travaux du roi, déclara Akhet-Aâ. Nous attendions ton retour avec impatience.

Il sembla à Imhotep qu'il avait maigri. Son visage présentait toujours le même regard inquiet et la même grimace grincheuse.

— Tout se déroule-t-il comme nous l'avions prévu ?

— Hélas non, Seigneur ! ronchonna Akhet-Aâ. Comment veux-tu que je nourrisse une telle multitude ? Je prévois mon organisation pour deux mille ouvriers, et ils se retrouvent trois mille lorsque les repas sont prêts. Je ne sais plus comment m'y prendre. Certains sont obligés de chasser. D'autres repartent en grognant parce qu'ils n'ont pas à manger.

— Sans compter les scribes du Directeur des greniers qui font du zèle, ajouta Bekhen-Rê pour prendre la défense de son ami.

L'architecte était un homme à la corpulence confortable, au regard empreint d'une sérénité que rien ne semblait devoir entamer. Cette fois pourtant, il semblait agacé par la tournure prise par certains événements. L'artiste Hesirê lui-même, qui dirigeait les peintres et les sculpteurs, avait perdu de son enthousiasme.

— Vous allez m'expliquer tout cela, mes compagnons, répondit Imhotep. Mais auparavant, j'aimerais voir où en sont les travaux.

Quelques instants plus tard, Imhotep découvrit, au cœur du chantier, la silhouette majestueuse du premier mastaba, de forme carrée, qui allait devenir le cœur de la pyramide. Il était presque achevé. Sa base mesurait désormais cent vingt coudées. Il approcha du monument, examina le travail des *qenous*, les tailleurs de pierre, et constata avec satisfaction que ses consignes avaient été suivies à la lettre. Les murs obliques, hauts de vingt coudées, assureraient une grande stabilité à l'édifice. Il caressa avec affection la pierre douce et déclara :

— À présent, libérez votre cœur, mes compagnons.

Akhet-Aâ, le plus impatient, se déchargea alors de ses griefs. Malgré tous ses efforts, il ne parvenait pas à nourrir un nombre d'ouvriers sans cesse plus important. Sans compter les animaux, bœufs et ânes, pour lesquels il fallait amener du fourrage en quantité.

— Je ne cesse de me battre contre le Directeur des greniers, cet imbécile de Nakht-Houy, qui me livre le grain avec parcimonie, et toujours en retard. Ses scribes sont pires que des rapaces, qui ratiocinent sur les parts. Ils ont peine à desserrer leurs griffes.

— C'est bien, je parlerai à Nakht-Houy. S'il veut conserver son titre et son rang, il devra se plier à mes ordres, et ses scribes avec lui. Mais j'avais déjà eu vent de tes difficultés. L'Horus Neteri-Khet m'a fait part des doléances que tu lui as adressées. Aussi m'at-il confié l'un des ses hommes les plus précieux. Il s'appelle Ameni. Il a organisé à Kennehout un élevage d'oiseaux qui fournit de la belle et bonne viande en quantité : oies, canards, grues, pintades, cailles.

— Mais personne n'élève d'oiseaux en captivité, rétorqua faiblement Akhet-Aâ. Il est tellement plus facile de les capturer au filet ou à l'arc.

— Sauf quand on a tant de ventres affamés à nourrir, répondit Imhotep avec bonne humeur. Le roi a adressé un courrier à Ameni afin qu'il vienne organiser un grand élevage ici, sur les rives qui bordent le plateau. Tu pourras résoudre une bonne partie de tes problèmes d'approvisionnement grâce à cet homme. De plus, il n'a pas son pareil pour préparer une oie rôtie aux herbes et au vin de Dakhla.

Enfin, Akhet-Aâ consentit à sourire, vaincu par la bonne humeur d'Imhotep, qui connaissait sa gourmandise.

— Dans ces conditions, il faut que je rencontre très vite cet Ameni, dit-il.

Le vizir se tourna ensuite vers Bekhen-Rê.

— Mes difficultés sont d'un autre ordre, Seigneur, dit l'architecte. Comme tu le sais, j'ai dû accepter, pour diriger mes ouvriers, des personnages issus des grandes familles, qui toutes voulaient compter un fils sur le chantier de la cité sacrée. Malheureusement, certains de ces individus se montrent particulièrement incompétents. Ils ignorent tout de l'architecture, mais veulent tout régenter. Comme ils se jalousent cordialement entre eux, ils donnent des ordres contradictoires, se disputent les prérogatives. Certains exigent même de mettre leur grain de sel dans tes plans.

— Rien que ça ? grogna Imhotep.

— Ils contestent ma propre autorité. Ces jeunes

écervelés auraient bien besoin que tu leur remettes les idées en place.

— Il est vrai que j'ai dû faire quelques concessions afin de ne pas mécontenter les nobles, concéda Imhotep. J'aurais préféré choisir les chefs d'équipe parmi les tailleurs de pierre.

— En attendant, les ouvriers se plaignent, et je les comprends. J'ai déjà choisi d'honnêtes artisans pour remplacer ces enquiquineurs. Mais je ne peux rien faire seul.

— Je vais y mettre bon ordre. Convoque-moi immédiatement ces énergumènes.

Il ne fallut que quelques minutes à un Bekhen-Rê ravi pour rassembler une douzaine de jeunes nobles persuadés que leur naissance leur conférait une intelligence et une capacité supérieures à de simples artisans. S'ils s'inclinèrent avec obséquiosité devant Imhotep, ils toisaient les ouvriers avec morgue. Leur fonction sur le chantier était l'occasion d'exercer une autorité nouvelle — bien souvent à tort et à travers. Imhotep les connaissait pour les avoir vus à l'œuvre avant son départ. Le visage dur, il les fit mettre en rang, puis les examina l'un après l'autre. Sous son regard sombre, l'arrogance des jeunes gens fondit au soleil. Il ne serait venu à l'idée de personne de remettre en cause la toute-puissance du grand vizir, *Premier après le roi, Ami unique de l'Horus*.

Celui-ci déclara sèchement :

— Bekhen-Rê m'a fait part de la... qualité de votre travail. Et je dois vous dire que je suis très mécontent.

— Mais, Seigneur... tenta de s'insurger l'un des accusés.

— Silence ! tonna Imhotep. Sachez que je ne vous ai acceptés que pour satisfaire vos familles, sans me faire d'illusions sur vos talents véritables. Car vous êtes des incapables ! Pour diriger des ouvriers, il faut connaître leur travail au moins aussi bien qu'eux, ce qui n'est pas votre cas. Il est hors de question que votre incompétence et vos petites querelles d'influence compromettent le bon déroulement des travaux. Aussi, par respect pour vos familles, vous conserverez ces titres dont vous vous glorifiez, et les avantages qui s'y rattachent. *Mais je vous interdis désormais de vous mêler du travail de mes ouvriers !* Ne touchez plus à rien ! Et si l'un de vous n'est pas d'accord, il peut immédiatement quitter le chantier et se plaindre au roi Neteri-Khet, s'il en a le courage. Si certains d'entre vous désirent malgré tout se rendre utiles, ils peuvent toujours aider les carriers à hisser les blocs de calcaire sur le plateau. Nous manquons de bras. À présent, disparaissez !

Il y eut un instant de flottement, puis les jeunes gens baissèrent le nez comme des gamins pris en faute et se dispersèrent. Imhotep se tourna vers Hesirê, qui s'amusait franchement.

— Il est certes agréable de voir rabattre leur caquet à ces jeunes prétentieux, Seigneur. Les travaux avanceront beaucoup mieux sans eux. Par malheur, il y a un problème plus grave.

— Explique-toi !

— Cela a commencé peu après ton départ. Des rumeurs inquiétantes se sont répandues parmi les ouvriers, affirmant qu'une malédiction pesait sur la cité.

Imhotep pâlit.

— Je n'y ai pas accordé d'importance au début. Mais elles ont fini par créer une atmosphère de tension. Plusieurs ouvriers, impressionnés, ont fui le chantier. Par chance, il en arrive de nouveaux chaque jour.

— Et j'imagine que tu n'as pu déterminer l'origine de ces bruits stupides.

— Exactement, Seigneur. Il s'agit toujours d'une conversation entendue, répétée maintes fois, et déformée.

— Il s'est produit le même phénomène dans la vallée du Ro-Henou. Mais les conséquences furent plus graves : le village des carriers a brûlé. Pour ma part, je suis persuadé qu'il n'y a aucune malédiction derrière tout ça, mais des individus bien décidés à empêcher la construction de la cité par tous les moyens. Je vais donc organiser ici une milice de surveillance, afin de prévenir d'éventuels attentats.

Le lendemain, une grande felouque en provenance de Kennehout aborda le long du quai de Saqqarâh. Un bonhomme jovial en débarqua, suivi de sa nombreuse famille : Ameni, l'éleveur de volailles. Le personnage plut immédiatement à Imhotep, qui l'accueillit avec chaleur. Le bateau était chargé de caisses remplies d'oiseaux de toutes espèces comestibles, essentiellement des reproducteurs. Le vizir avait déjà réservé un terrain arboré, situé en bordure du fleuve, hors de portée des inondations. Une douzaine d'hommes furent placés sous les ordres d'Ameni, afin de construire les enclos nécessaires à l'élevage. De même, des ouvriers furent chargés de bâtir une demeure assez grande pour accueillir sa famille.

Le surlendemain, une centaine de gardes investirent le plateau avec pour tâche de repérer tout individu suspect.

Quelques jours plus tard, Djoser et Thanys vinrent visiter Saqqarâh, en compagnie de la Cour. Depuis l'embarcadère jusqu'au chantier, le plateau ressemblait à une gigantesque fourmilière. Au moment où la nef royale toucha le quai, les transporteurs déchargeaient les navires revenus de Yêb. Combinant un système de rails de bois et de rondins, les gros blocs de granit rose étaient roulés en direction de la longue rampe menant vers le plateau. Puis d'épais cordages leur étaient fixés, et les hommes les halaient jusqu'au plateau, aidés par des attelages d'ânes.

La visite n'ayant rien de protocolaire, Djoser et Thanys refusèrent la litière proposée par leurs gardes, et gravirent la pente de rondins recouverts d'argile aux côtés d'Imhotep. Cette décision embarrassa fort les grands seigneurs de la suite, peu désireux de plonger leurs pieds dans la terre rousse et gluante, mais soucieux aussi de ne pas déplaire au souverain en utilisant les chaises à porteurs. Ce fut donc une cohorte de nobles à pied et aux sourires jaunes qui emprunta la longue rampe. Sur leur passage, les ouvriers abandonnaient leur tâche pour se prosterner, avec de discrets ricanements moqueurs.

On savait que Djoser aimait jouer ce genre de farce à ses courtisans.

Parvenus sur le plateau, ils furent récompensés de leurs souffrances en découvrant avec stupéfaction le monument haut comme six hommes qui deviendrait le cœur de la pyramide. Mais d'autres éléments attirèrent leur attention. En différents endroits se dressaient les ébauches d'autres édifices de moindres dimensions, sur lesquels travaillaient déjà des tailleurs de pierre et des sculpteurs. À l'extrémité sud-est s'amorçait une muraille à bastions et à redans, qui ressemblait à s'y méprendre à l'enceinte des Murs Blancs. Non loin du mastaba carré se dessinaient les bases de deux temples en opposition, comportant des parements d'allure insolite. Il s'agissait de la base de colonnes à cannelures prolongées par un mur, dont chaque élément demandait aux sculpteurs d'Hesirê un travail délicat.

Au sud du mastaba s'étirait une grande place au centre de laquelle s'ouvrait une descenderie menant vers les galeries. Des terrassiers portant des couffins chargés de rocaille remontaient de l'orifice béant. Ainsi avait-on creusé le Labyrinthe bien des siècles auparavant, se dit Imhotep. Il expliqua, à l'attention du roi et de la reine :

— Il existe actuellement deux réseaux de souterrains desservis par cette pente, et aussi par les onze puits qui longent le mastaba. Bientôt, nous construirons une galerie pour abriter ces puits.

Djoser et Thanys admirèrent une nouvelle fois l'efficacité et la précision avec laquelle les ouvriers découpaient les grands blocs de calcaire, à l'aide seulement de burins et de scies à lame de cuivre. On les assemblait ensuite avec un mortier d'argile malheureusement fragile, ce qui avait conduit Imhotep à construire des murs obliques. Cependant, afin de consolider l'ensemble, on utilisait également des pièces de bois pour lier certains blocs. Les tailleurs de pierre creusaient alors des trous à l'aide de forets au sable et au quartz, actionnés par une corde tendue sur un archet et enroulée sur le foret. La précision et la fluidité de leurs mouvements avaient quelque chose de magique. Fascinés et intrigués, les courtisans ne perdaient pas une miette du spectacle.

— Peut-être se rendent-ils compte que ce travail n'est pas à la portée du premier noble venu, glissa discrètement Imhotep au roi. Cela les incitera à ne pas se montrer méprisants avec les ouvriers.

Pour avoir eux-mêmes, grâce à leur maître Merithrâ, appris le travail de la pierre, Djoser et Thanys approuvèrent. S'il n'avait tenu qu'à lui, Djoser se fût installé aux côtés des compagnons afin de manier le foret et le burin. Il regrettait assez de ne plus avoir de temps à consacrer à la sculpture.

À deux pas derrière le couple royal, Mekherâ contemplait le gigantesque chantier avec une angoisse irrationnelle. Jamais on n'avait construit de monument aussi colossal. Les échos de la malédiction planant sur le site lui étaient parvenus aux oreilles. Imhotep semblait n'en tenir aucun compte. Il faisait surveiller la cité par des gardes, estimant que le danger venait de la secte mystérieuse vraisemblablement formée par les prêtres sethiens dissidents. Peut-être avait-il raison. Mekherâ, lui, était persuadé que cette malédiction était la manifestation de la colère de Seth, furieux de voir bâtir un tel édifice à la gloire de son ennemi. Parfois même, sa peur se muait en une terreur irraisonnée, qu'il ne parvenait pas à s'expliquer. Seth le Destructeur, Seth le Guerrier, le meurtrier de son frère Osiris, lui était depuis toujours familier. Seth était aussi le protecteur de la vie, celui qui se dressait devant le serpent Apophis, sa propre créature, pour défendre le dieu-Soleil, Rê, et lui permettre d'accomplir son voyage diurne. Mekherâ connaissait sans doute mieux que quiconque les mystères du culte sethien. Pourtant, il lui semblait que derrière ce masque familier s'en dissimulait désormais un autre, dont il ignorait tout, comme si le Dieu rouge avait subi une métamorphose effrayante, un dédoublement. Une part obscure s'était détachée, séparée du Seth des origines, pour constituer une divinité nouvelle.

Cette divinité terrifiante distillait en lui une angoisse telle qu'il en venait à penser que cette cité sacrée voulue par le roi, cette cité dont il avait farouchement combattu le projet, constituait désormais le seul rempart contre le chaos qui accompagnerait l'arrivée du dieu monstrueux.

34

Vers la fin du mois de *Paophi* eut lieu le mariage de Moshem et Ankheri.

Nebekhet avait fini par chasser officiellement Saniout. Si le jeune Amorrhéen s'était montré discret, d'autres bonnes âmes ne s'étaient pas privées de lui raconter l'aventure tumultueuse qu'elle vivait avec le seigneur Kaïankh-Hotep. Le fabricant de papyrus aurait pu traîner son épouse adultère devant les juges. Il n'en avait rien fait. D'une certaine manière, il était reconnaissant au courtisan de l'avoir débarrassé d'une moitié encombrante et perfide. Contrairement à ce qu'il avait redouté, il se portait beaucoup mieux depuis qu'elle avait disparu de sa vie, d'autant plus qu'il avait trouvé une consolation auprès de Mérénée, une veuve encore jeune que la détresse du brave homme avait émue.

Nebekhet avait retrouvé sa joie de vivre, et la perspective de se voir bientôt grand-père le réjouissait. Refusant de le laisser seul, Moshem et Ankheri habitaient avec lui. Moshem avait tenu à conserver, cette fois en tant qu'homme libre, son emploi d'intendant auprès de Nebekhet, ce qui lui permettait de continuer de travailler avec lui. Cette activité se révélait parfois bien utile pour enquêter sous un benoît prétexte commercial.

Thanys avait présenté Moshem à Imhotep. Un courant de sympathie était immédiatement passé entre les deux hommes. Le grand vizir, interrogé par le roi, avait confirmé l'interprétation du jeune homme. L'Égypte connaîtrait bientôt une période de sécheresse qui durerait cinq années, succédant à cinq ans d'abondance. Il était tombé d'accord avec la proposition de Moshem concernant le stockage d'un cinquième de la récolte. Le Directeur des greniers, Nakht-Houy, d'une nature quelque peu rapace, s'était empressé de faire construire des silos complémentaires.

Le mariage, auquel assistèrent Djoser et Thanys, fut somptueux. Après la cérémonie rituelle qui eut lieu dans le grand temple d'Hathor, déesse de l'amour conjugal, de grandes réjouissances furent organisées sur les rives du Nil.

En tant qu'amis de Moshem, Semourê et Inmakh furent invités. Une certaine Asnat, dame de compagnie de la reine, était également présente. Discrète, et habituée à folâtrer avec différents seigneurs de la Cour, Asnat ignorait Semourê, qui se contenta de lui adresser quelques regards complices à la dérobée.

La soirée était déjà bien avancée lorsque Inmakh vit surgir devant elle une femme pour laquelle elle n'avait jamais éprouvé la moindre sympathie. Bien que chassée par son mari, Saniout avait profité de la confusion pour s'introduire dans l'assistance, prenant soin de demeurer dans l'ombre. D'une nature rancunière, elle ne désespérait pas de découvrir l'occasion de se venger de Nebekhet et surtout de ce chien de Moshem. Connaissant son goût pour les femmes, elle avait guetté, telle une araignée épiant sa proie, la moindre défaillance dans la conduite du jeune marié. Mais celle-ci était irréprochable. Il aimait sincèrement cette petite grue d'Ankheri, et la dévorait des yeux. Saniout en aurait hurlé de dépit. Jusqu'au moment où elle remarqua le manège de Semourê et d'Asnat. Elle comprit qu'elle tenait sa vengeance. Sans doute lui apporterait-elle moins de satisfaction, mais elle ressentait au plus profond d'elle-même le besoin de faire le mal. Et elle n'allait pas s'en priver.

En revanche, elle ignorait totalement quelles seraient les conséquences de ses actes, qui allaient déclencher une série d'événements apparemment sans liens les uns avec les autres, mais qui finiraient par dévoiler une vérité abominable, à la limite de l'horreur absolue.

Lorsque Saniout se dressa devant elle, Inmakh s'étonna sèchement :

— Je croyais que le seigneur Nebekhet t'avait répudiée...

— Il ne s'agit pas de cela.

En quelques mots, et avec une satisfaction non dissimulée, elle fit part à la jeune femme de ce qu'elle avait surpris. Quelques instants plus tard, Inmakh trouvait Saniout franchement haïssable.

Lorsqu'elle revint à la lumière, elle observa Asnat de loin. Elle constata que celle-ci n'avait rien à lui envier sur le plan de la beauté et dut se mordre les lèvres pour ne pas pleurer de dépit. De retour auprès d'elle, Semourê dut subir sa mauvaise humeur et sa bouderie sans aucune explication en échange.

Il ne connut la raison de sa fâcherie que le lendemain soir, lorsqu'ils furent de retour chez lui, où Inmakh avait élu domicile depuis plusieurs mois. La scène qui s'ensuivit resta longtemps dans la mémoire des serviteurs, qui ramassèrent les pots brisés par la fureur de la jeune femme. Semourê, effaré par cette explosion de violence, tenta d'expliquer qu'Asnat ne constituait qu'un passe-temps agréable, et qu'elle ne remettait pas leur relation en cause, rien n'y fit. Épuisé par l'excès de travail et par les agapes de la veille, il s'énerva lui aussi. Les crimes contre les jeunes mères avaient repris, cette fois dans la région occidentale du Delta, et l'afflux des ouvriers dans la capitale rendait difficile la protection du couple royal. Il avait d'autres soucis que les états d'âme de sa compagne. Il rétorqua vertement à Inmakh qu'elle n'était même pas son épouse, et qu'elle n'avait aucun droit de juger sa conduite.

Tous deux se vouèrent mutuellement aux démons qui hantaient le désert des morts. Il y eut des pleurs, des cris, de la mauvaise foi de part et d'autre. Quelques horions furent échangés, qui s'achevèrent sur une gifle magistrale de la part de Semourê. Épouvantée, Inmakh courut se réfugier en hurlant dans sa chambre. Semourê ne tenta pas de la retenir. Fatigué par les relents de vin de Dakhla qui lui embrumaient l'esprit, il n'avait plus qu'une envie : dormir.

Malheureusement, au moment où il allait ordonner à ses serviteurs de dresser son lit, un capitaine de la Garde bleue se fit annoncer, porteur d'une nouvelle importante.

— Qu'Horus te protège, Seigneur général ! Pardonne à ton serviteur de te déranger à une heure aussi tardive, mais tu avais ordonné qu'on te prévienne si l'on parvenait à capturer l'un des hommes qui répandent de mauvaises rumeurs sur le chantier de Saqqarâh.

— Vous en avez arrêté un ?

— Oui, Seigneur ! Cet imbécile n'a pas trouvé plus malin que de raconter ses mensonges à l'un de mes gardes, que j'avais mêlé aux ouvriers. C'était une suggestion du seigneur Moshem, et j'ai pensé qu'elle était bonne !

— En effet !

— Mais ce n'est pas tout ! Chez lui, nous avons retrouvé deux vases appartenant à l'Horus Nineter !

— Quoi ?

— Il n'a fait aucune difficulté pour avouer. Il dit qu'il a reçu ces objets en paiement de sa mission. Celle-ci consistait à répandre de fausses rumeurs sur le chantier, afin de faire croire aux ouvriers qu'une malédiction pesait sur les lieux.

— Où est-il à présent ?

— À la Maison de la Garde, Seigneur. Il est à ta disposition.

— Je veux le voir.

Quelques instants plus tard, on amenait devant Semourê un homme de petite taille, d'allure chafouine, qui se prosterna en tremblant devant lui.

— Parle ! Qui t'a donné ces vases ?
— Je ne peux pas le dire, Seigneur. Il me tuera.
— Et que crois-tu que tu risques si tu ne parles pas ? Nous considérerons que tu n'es qu'un vulgaire pilleur de tombeau ! Et tu as répandu de fausses nouvelles afin de semer le trouble sur le chantier. Tu mérites la mort !
— Pitié, Seigneur ! Je l'ai fait pour nourrir ma famille ! J'ai huit enfants !
— Ils n'auront plus de père si tu t'obstines à te taire !

Prévenu par un capitaine, Moshem entra à ce moment-là. Il rejoignit Semourê.

— Je n'aurai guère profité de mon mariage, grommela-t-il.
— Console-toi ! Voilà un individu qui devrait te permettre de faire progresser ton enquête.

Il se tourna vers l'homme.

— Alors, nous t'écoutons !
— Je... Je l'ai rencontré dans une auberge du port. C'est un homme étrange. Il me fait peur. Il a dit qu'il me tuerait si je le trahissais.
— Dois-tu le revoir ? demanda Moshem.

L'autre hésita, puis souffla :

— Il m'a promis un autre objet de valeur. Mais j'ignorais que ces vases avaient appartenu à un roi ancien, Seigneur ! Je te le jure !
— Ouais, grogna Semourê. Écoute, voici ce que je te propose. Je veux capturer cet homme. Quand dois-tu le rencontrer ?
— Dans trois jours, au même endroit.
— Alors, nous y serons aussi. Mais prends garde !

Si tu tentes par n'importe quel moyen de l'avertir, tu mourras dans l'instant qui suit. Si en revanche tout se passe bien, je saurai me montrer indulgent, à cause de tes huit enfants.

L'autre se jeta à ses pieds.

— Merci, Seigneur !

L'interrogatoire achevé, Moshem quitta les lieux après avoir salué son ami. Malgré l'heure avancée, il n'avait l'intention de terminer la nuit ailleurs que dans les bras dorés de sa jeune épouse.

À l'inverse, Semourê n'éprouvait aucune envie de retourner chez lui. Recru de fatigue, il se fit installer un lit dans son bureau de la Maison de la Garde royale et sombra très vite dans un sommeil peuplé de cauchemars.

Le lendemain, une violente tempête de sable balayait Mennof-Rê, en provenance du désert occidental. Semourê quitta la garnison avec un goût de cendre dans la bouche, et un désagréable sentiment de culpabilité. Il devait admettre que cette petite furie d'Inmakh était parfois insupportable. Mais ils avaient partagé de si bons moments...

Le vent chargé d'aiguilles lui griffait la peau. Les rues étaient désertes, les éventaires des artisans restaient clos, comme si une lourde menace pesait sur le monde. À distance, la vue se noyait dans des tourbillons qui venaient heurter les maisons, chassaient les rares passants vers nulle part. L'esprit de Semourê était à l'image de ce chaos.

Bien décidé à faire la paix avec sa compagne, il

hâta le pas. Mais, lorsqu'il arriva chez lui, Inmakh avait quitté les lieux. Elle avait emmené avec elle ses meubles et ses serviteurs, signifiant par là qu'elle n'avait pas l'intention de revenir. Pris d'une dernière saute d'humeur, il estima qu'il s'agissait là d'un « bon débarras ». L'instant d'après, il se prit à regretter son absence et se rendit jusqu'à la maison que lui avait conservée Djoser. Mais celle-ci était vide. Le vieil esclave qui gardait la demeure lui avoua n'avoir pas revu sa maîtresse depuis plus de deux décades.

Partagé entre l'inquiétude et la colère, Semourê dut se rendre à l'évidence : Imnakh avait disparu.

35

Trois jours plus tard, Moshem et une douzaine de gardes avaient pris position dans l'auberge indiquée par l'homme aux vases. Située dans les bas-fonds du port, elle accueillait toutes sortes d'individus louches : voleurs, assassins, trafiquants, prostituées, soldats en fuite. On y croisait des estropiés, victimes de batailles incertaines, des aveugles, des mendiants. Parfois, la garde royale effectuait une ronde afin de capturer quelque pilleur de tombeau qui avait trouvé refuge dans cette faune peu recommandable. Mais la plupart du temps, cela se terminait par un échec. La moindre incursion dans les lieux faisait fuir ceux qui avaient quelque chose à se reprocher.

Afin de ne pas attirer les soupçons des habitués, Moshem demanda à ses compagnons d'abandonner leurs tenues militaires pour revêtir des hardes de mariniers et de pêcheurs. Ravis de la supercherie, ils se mêlèrent sans difficulté aux clients habituels de la taverne, parlant fort afin de ne pas attirer l'attention. Sur les ordres de Moshem, ils avaient pris place non loin du prisonnier, plus mort que vif. Celui-ci s'était installé à l'endroit le plus sombre de l'auberge.

Moshem observait discrètement les arrivants. Le jeune homme savait qu'il pouvait compter sur l'efficacité de ses soldats, sélectionnés parmi les gardes bleus pour leurs qualités : force, courage, adresse, ténacité. Malgré son origine étrangère, il avait été rapidement adopté. Les rudes guerriers, après une période de méfiance, avaient appris à apprécier son efficacité et son esprit d'initiative. Son charisme et sa bonne humeur constante les avaient séduits.

— Votre tâche n'est plus seulement celle d'un guerrier, leur avait-il expliqué. Vous êtes semblables à des chasseurs. Mais les proies que nous allons traquer sont autrement plus dangereuses qu'un animal. Les criminels sont méfiants, rusés, intelligents. Ils disposent des mêmes armes que vous, et n'hésiteront pas à s'en servir. Aussi emploierons-nous des méthodes nouvelles.

Il leur avait enseigné une discipline rigoureuse, leur avait appris à se déguiser, à se fondre dans la foule d'une manière parfaitement anonyme. Les soldats s'étaient pris au jeu et, en deux mois, Moshem leur avait inspiré une véritable vénération. Pour eux, il avait mis au point un langage par gestes discret et efficace qui permettait de communiquer sans que quiconque le remarquât. Ce fut grâce à ce code particulier que la capture se déroula sans difficulté.

Vers le milieu de la matinée, un homme de haute taille pénétra dans l'auberge. Après un coup d'œil rapide, il se dirigea vers le fond de la taverne où il avait repéré son complice. Celui-ci n'en menait pas large. L'autre dut le sentir, qui ne prit pas le temps de s'asseoir. Comprenant que son compagnon l'avait trahi, il dégaina un long poignard dans l'intention de le supprimer. Il n'eut pas le temps de frapper. Sur un signe de Moshem, une demi-douzaine d'hommes se jetèrent sur le suspect qu'ils désarmèrent d'une manière imparable. Avant que les autres clients de l'auberge n'aient pu comprendre, Moshem et ses hommes avaient emporté leur victime à l'extérieur. La rapidité avec laquelle s'étaient déroulés les événements avait surpris tout le monde et empêché d'éventuels comparses d'intervenir. En raison des déguisements des gardes, on pensa à un règlement de comptes entre bandes rivales, incident fréquent et dangereux auquel il était plus prudent de ne pas se mêler.

Amené à la Maison des gardes, l'individu, qui avait pour nom Mehta, fut confié aux soins du tourmenteur. Celui-ci, qui considérait le suicide du boulanger Outi comme un échec personnel, mit tout son zèle à le faire parler, ce qui ne tarda guère.

— Je ne sais pas grand-chose, noble Seigneur, déclara le suspect. Un homme m'a chargé de distribuer quelques richesses aux individus louches du port pour qu'ils s'engagent sur le chantier de la cité sacrée. Une fois sur place, ils devaient faire courir le bruit qu'une malédiction pesait sur le plateau sacré. Il paye bien.

— Qui est-il ?

— J'ignore son nom. Je le rencontre dans une grande propriété situé au nord d'Hetta-Heri.

— Tu vas nous conduire à cet endroit !

— Mais, Seigneur, il va me tuer.

— Préfères-tu que le bourreau te tranche la tête tout de suite ?

— Tu ne me laisses guère le choix, geignit Mehta.

— Je n'ai pas de sympathie pour les pilleurs de tombeaux.

— Mais je ne suis pas un pilleur !

— Il faudra le prouver !

Deux jours plus tard, Moshem et ses compagnons, au nombre d'une dizaine, parvenaient en vue d'une importante propriété installée sur la rive nord d'un bras du Nil reliant Hetta-Heri à Bubastis. La crue avait recouvert une bonne partie des terres, transformant le fleuve en un gigantesque miroir à la dimension des dieux. Seules les demeures, construites sur des élévations artificielles, les *koms*, restaient hors de portée de l'inondation. Par endroits, les arbres plongeaient leurs racines dans l'eau.

— Je... Je crois que c'est ici, Seigneur, dit Mehta.

— En es-tu sûr ?

— Je peux me tromper. Lorsque je suis venu, ce n'était pas la crue.

Depuis le pont de la felouque de combat, il désignait un ensemble de bâtiments de brique crue entourés de palmeraies et de vergers. L'endroit ressemblait à ces grandes exploitations agricoles fortifiées édifiées dans le Delta depuis l'aube de l'histoire égyptienne. En raison de l'antagonisme existant entre ces enclaves construites par les grands seigneurs du Sud et les bergers encore à demi sauvages qui hantaient les marais séparant les bras du fleuve, ces domaines puissants entretenaient une petite garnison qui n'obéissait qu'au maître des lieux, véritable petit souverain. C'était le cas de celle-ci.

— Regarde, Moshem, dit Nadji. L'endroit est plein de guerriers.

En effet, des hommes armés s'abritaient sous les palmiers, ou surveillaient la demeure.

— Ils sont au moins quarante, et nous ne sommes que dix, observa Moshem. S'ils sont réellement hostiles, ils vont nous tailler en pièces. Nous allons poursuivre jusqu'à Per Ouazet, la capitale du nome, où nous demanderons l'assistance de la milice.

Semourê lui avait déjà parlé de la mauvaise volonté de certains nomarques. Celui de Per Ouazet, Magourah, le reçut sans aménité. C'était un énorme poussah affalé sur des nattes, au souffle court dû aux excès de nourriture et de boisson. Sans doute abusait-il également des adolescents, si l'on en jugeait par la cour équivoque dont il s'était entouré. Ainsi qu'il l'assena à Moshem d'un ton méprisant et hautain, il était le dernier descendant des anciens rois du Delta. À ce titre, il n'entendait pas se laisser dicter sa conduite par un simple capitaine.

— Ces histoires ne me concernent en aucune manière, clama-t-il d'une voix de fausset. Je suis le maître de ce royaume, comme mes ancêtres le furent avant moi, et je le resterai.

— Mais tu dépends de l'Horus Neteri-Khet — Vie, Force, Santé —, insista Moshem.

— C'est de lui seul que je suis le vassal. Je n'obéirai qu'aux ordres qu'il me donnera directement.

— J'agis en son nom ! Cette bague en fait foi !

Il brandit l'œil d'Horus.

— Et qui me prouve que tu ne l'as pas volée ? rétorqua le gros homme d'un ton suffisant.

— Tu m'insultes, riposta vigoureusement Moshem. Mais prends garde ! À travers moi, c'est l'Horus lui-même que tu offenses. Que penses-tu qu'il fera lorsque je lui rapporterai cette conversation ? Si tu tiens à conserver tes titres et ton rang, je te conseille de mettre tes gardes à ma disposition.

— Qui crois-tu être pour me dicter ma conduite ? riposta l'autre d'un ton furieux.

— Un homme qui peut déclencher sur toi la colère du dieu vivant Mais libre à toi de choisir ton destin !

Il inclina brièvement la tête et donna ordre à ses soldats de quitter le palais. Le nomarque, soudain mal à l'aise, demanda :

— Où vas-tu ?

— Je retourne à la Grande Demeure faire part à l'Horus de la manière dont tu m'as accueilli et apporté ton soutien. Je suppose que tu devras répondre de ta conduite.

— Attends ! clama l'autre d'un ton radouci. Je ne peux dégarnir ainsi ma cité. Mes guerriers sont peu nombreux. Peut-être pourrais-tu patienter jusqu'à demain, le temps pour moi de les rassembler. D'ici là, je t'offre l'hospitalité.

Moshem soupira. Pourquoi fallait-il toujours que certains hommes éprouvassent le besoin d'affirmer leur modeste pouvoir ? Ce Magourah, qui régnait sur cinq à six mille sujets, se considérait presque comme l'égal de Djoser. Mais sans doute voyait-il d'un mauvais œil la centralisation du pouvoir organisée par les rois depuis Khâsekhemoui.

Le lendemain, Moshem quitta Per Ouazet avec ses soldats, auxquels le nomarque avait adjoint une soixantaine de guerriers indisciplinés, visiblement recrutés à la hâte parmi les paysans du Delta. Magourah n'avait pas voulu se séparer de ses soldats officiels. Escorté de sa troupe fantaisiste, Moshem remonta le bras du Nil en une demi-journée. Vers midi, la felouque de guerre abordait à la limite du domaine, non loin d'un débarcadère en très mauvais état. Moshem fit débarquer ses soldats et les déploya en formation de combat. Curieusement, ils ne rencontrèrent aucune résistance.

— On dirait que les lieux sont déserts ! dit Nadji.
— En effet. Il n'y a plus personne...
Avançant avec prudence, ils gagnèrent les bâtiments. Mais ceux-ci étaient vides. Les guerriers aperçus deux jours plus tôt avaient disparu.

— C'est incompréhensible ! s'exclama Moshem.

Bien décidé à ne rien laisser au hasard, il dirigea lui-même les recherches. Vers le soir, il dut cependant se rendre à l'évidence : le domaine paraissait abandonné depuis longtemps. Tout au plus avait-on retrouvé les traces d'un feu dans d'anciennes cuisines. Plusieurs bâtisses tombaient en ruine, rongées inexorablement par l'humidité. Par endroits, la végétation avait repris ses droits, broyant les murs de brique qui se fondaient peu à peu à la nature.

— Il semble que cette demeure ne serve que de point de rencontre, conclut Moshem. Quelqu'un a dû prévenir les occupants de notre arrivée. Et je ne serais pas étonné que cela soit notre ami Magourah. Cela expliquerait qu'il nous ait retenus à Per Ouazet avant de nous accorder l'aide de sa milice. Mais je n'ai aucune preuve contre lui.

De retour à Mennof-Rê, il fit emprisonner Mehta et rejoignit Semourê pour lui faire son rapport. Celui-ci soupira :

— Encore une piste qui ne mène nulle part. Il semble pourtant que quelqu'un utilise le trésor de Peribsen pour nuire à la construction de la cité sacrée. Si nous parvenons à démasquer celui qui s'en est emparé, nous pourrons le récupérer et le replacer dans les tombeaux des rois ! Ces objets tendent à prouver qu'il se trouve encore sur le sol d'Égypte.

Moshem modéra son enthousiasme.

— Attends ! Il est possible que certaines pièces ayant appartenu aux Horus aient été dispersées, troquées contre d'autres marchandises à des artisans, des fonctionnaires ou des paysans. Ceux-ci, ne sachant pas lire, n'ont pu deviner qu'il s'agissait là d'objets sacrés. Il est peut-être prématuré de penser que ceux qui rémunèrent les fauteurs de troubles disposent du trésor de Peribsen.

— Oui, tu as raison. Au fond, nous n'avons retrouvé que quelques vases. C'est bien peu.

Résolu cependant à en apprendre plus, Moshem se rendit auprès de Neferet, le Directeur des Affaires royales, et lui demanda d'étudier, dans les archives du palais, les rouleaux concernant la généalogie du roi, ainsi que ceux correspondant aux demeures d'éternité, afin d'être capable, expliqua-t-il, de reconnaître plus facilement un objet volé s'il en rencontrait un.

Neferet, le visage et le cœur aussi secs que ses papyrus, trouva néanmoins intéressant ce jeune capitaine qui se passionnait à ce point pour son travail, et connaissait les signes sacrés. Il ne fit aucune difficulté pour lui apporter son concours.

36

Semourê avait longuement hésité. Il se doutait qu'Inmakh avait trouvé refuge dans l'une de ses propriétés. Il aurait pu utiliser son titre de général de la Garde bleue pour obtenir auprès du Directeur des Documents du roi la liste des biens que Djoser lui avait conservés. Mais il n'en avait rien fait. Au début, les scènes de jalousie de sa compagne l'avaient amusé et flatté. À présent, elles devenaient lassantes. La dernière fois, elle avait passé les bornes. Si elle avait choisi de reprendre sa liberté, tant mieux.

En vérité, il était vexé qu'elle l'ait quitté. Et c'était surtout pour cette raison qu'il n'avait pas tenté de la retrouver. Incapable cependant de rester sans femme très longtemps, il s'était consolé dans les bras chauds et dorés de la belle Asnat. La fidélité de la demoiselle n'était pas sa qualité première, mais il s'en moquait. Elle connaissait les hommes et savait comment les divertir.

Après s'être littéralement enfuie de la demeure de Semourê, Inmakh avait décidé de ne pas regagner sa maison de Mennof-Rê, où il pouvait facilement la retrouver. Elle n'avait plus envie de le revoir. Elle avait pris la direction du nord, à bord de sa felouque personnelle, en compagnie de ses serviteurs et de Meriou, l'intendant que Djoser avait nommé près d'elle. Le soir même, elle débarquait à Bubastis, dans l'est du Delta, où elle possédait un domaine.

Pendant plusieurs jours, elle refusa de sortir. Elle demeurait prostrée de longues heures dans sa chambre, touchant à peine à la nourriture que lui présentaient ses servantes. Le comportement de Semourê avait provoqué en elle une terrible sensation de trahison. Elle avait pensé, en guise de vengeance, accumuler les amants, comme cette petite traînée d'Asnat. Qui l'en aurait empêchée ? Après tout, pourquoi les femmes n'auraient-elles pas les mêmes droits que les hommes ? Malheureusement, en dehors de Semourê, aucun homme ne l'attirait. Le doute la rongeait. N'était-elle pas belle et séduisante ? Ses dents semblaient de nacre, ses seins deux oiseaux vivants. Alors, pourquoi l'avait-il trompée ?

Puis sa colère retomba et elle se reprocha amèrement sa conduite. La tradition accordait à l'homme, à côté de son épouse légitime, des concubines régulières ou occasionnelles. Les servantes elles-mêmes s'estimaient déshonorées si le maître ne leur accordait aucune attention. Elle connaissait le goût de Semourê pour les femmes, et avait cru pouvoir l'accepter. En vérité, elle espérait être assez forte pour éliminer toute rivale, et le garder pour elle seule. Elle avait échoué et ne se le pardonnait pas. Au-delà de la jalousie, au-delà du doute, un sentiment effrayant réapparaissait, qui l'avait hantée toute son enfance : la peur !

La peur, l'angoisse de la solitude, le souvenir de longues nuits de cauchemar à guetter les réactions imprévisibles d'un père calculateur qui jamais ne lui avait témoigné la moindre tendresse, la plus petite marque d'affection. C'était aussi pour cette raison qu'elle n'avait pas regagné sa demeure de Mennof-Rê. Elle y avait accumulé trop de mauvais souvenirs. Pherâ avait disparu depuis plus de deux ans à présent. Elle ignorait même s'il était encore en vie, et ne tenait guère à le savoir. Mais il lui semblait que sa présence malfaisante hantait encore les lieux. Ici, à Bubastis, dans ce domaine qu'elle ne connaissait pas auparavant, elle avait la sensation que le fantôme funeste ne viendrait pas la tourmenter.

Mais elle était seule.

Le brave Meriou lui apporta un soutien inespéré. Conscient du jeune âge d'Inmakh, Djoser avait désigné auprès d'elle cet homme d'expérience pour l'aider à gérer son patrimoine. Intègre et consciencieux, il s'était attaché à la jeune femme, pour laquelle il était devenu, au-delà de sa fonction d'intendant, le confident, l'ami qui apportait le réconfort sans jamais porter de jugement. Inmakh avait fini par le considérer comme le grand-père qu'elle n'avait pas connu.

Au cours des longues soirées qui les réunissaient sur la terrasse où flottaient les odeurs aquatiques du Nil gonflé par la crue, il l'aida à voir clair en elle.

— Je suis incapable d'inspirer de l'amour à un

homme, se lamentait Inmakh. Pourquoi Semourê m'a-t-il trompée avec cette... nymphomane ?

— Tu as trop souffert de la tyrannie de ton père. Ce monstre n'a vu en toi qu'une monnaie d'échange pour ses machinations. Jamais il ne t'a dit de paroles de tendresse. Aujourd'hui, tu veux rattraper tout cet amour dont tu as été privée. Mais tu exiges trop de ton compagnon.

— Je l'ai perdu, gémissait-elle en se tordant les mains.

— Rassure-toi ! Je crois qu'il t'aime. Mais tu devrais lui laisser le temps de s'en rendre compte. Laisse-le aller vers d'autres femmes. Il reviendra bien plus vite que tu ne penses.

— Ou il ne reviendra pas.

— Les pêcheurs du Delta disent qu'il existe un temps pour pêcher, et un autre pour réparer les nasses. Pour l'instant, tu dois remettre de l'ordre dans tes pensées, te reposer. Il n'est pas encore temps de lancer les filets qui te ramèneront ton Semourê. Tu as agi sagement en t'installant ici. Et s'il revenait te chercher, fais-le patienter. Qu'il reste seul un moment. Ainsi, il se rendra compte que tu lui manques.

— Je ne pourrais pas. Et puis, je m'ennuie.

— Intéresse-toi à ton domaine. C'est le plus beau de Bubastis, avec celui du temple de Bastet.

Touchée par la voix rassurante du vieil homme, Inmakh décida de l'écouter. Le lendemain, elle se leva de bonne heure pour le suivre dans sa tournée d'inspection. Elle découvrit alors un monde insoupçonné. Meriou ne mentait pas : la propriété était magnifique. On y exploitait de vastes champs de papyrus ainsi qu'une vigne généreuse, élevée en berceau entre les murs de la demeure. Les paysans avaient commencé à cueillir le raisin gorgé de soleil. À l'aide de couteaux de silex, ils coupaient délicatement les grappes lourdes et dorées, qu'ils jetaient dans un couffin. Une fois remplis, les couffins étaient vidés dans une grande cuve étanche, aux parois enduites de chaux. Là, une demi-douzaine de vignerons foulaient le raisin au pied, en se tenant à des cordes fixées aux barres transversales surmontant la cuve. On laissait ensuite le magma obtenu fermenter pendant quelques jours. Puis on le pressait dans de grandes toiles de lin que l'on serrait par torsion afin d'en exprimer le jus. Celui-ci, ainsi filtré, était transvasé dans des jarres où il pouvait se conserver plusieurs années. Moins alcoolisés que les vins des oasis du Sud, les vins du Delta étaient très fruités.

Dans les champs de papyrus, les cueilleurs travaillaient d'arrache-pied, tranchant les longues tiges à l'aide d'une faucille constituée d'une mâchoire d'hippopotame incrustée d'éclats de silex. Elles étaient ensuite liées en énormes bottes que l'on chargeait sur le dos de petits ânes, et menées dans les entrepôts. Les cueilleurs de papyrus se nourrissaient des racines de la plante, des oiseaux qu'ils capturaient au filet, parfois des poissons qu'ils achetaient aux pêcheurs. Cependant, la chair de poisson était moins appréciée que celle des volatiles.

Le domaine comportait également des figuiers magnifiques. En raison de la fragilité des branches, incapables de supporter le poids d'un homme, on avait dressé de petits singes pour la cueillette. On récoltait également les fruits du sycomore, qui ressemblaient à des figues, que l'on incisait vertes pour éviter que les guêpes ne s'y installent.

Le soir, lorsqu'elle revenait, épuisée, elle avait de longues conversations avec Meriou qui lui expliquait les préoccupations des paysans, les petits problèmes de la propriété. Grâce à lui, elle prit conscience que ce superbe domaine lui appartenait, et qu'elle avait un rôle à y jouer. Parfois, elle imaginait Semourê à ses côtés. Elle se surprenait à ne plus éprouver de jalousie. Il hantait souvent ses nuits. À plusieurs reprises, elle faillit revenir dans la capitale. Mais un sursaut d'orgueil l'en empêchait. Il était encore trop tôt.

Inmakh aimait aussi se promener dans la petite cité de Bubastis, dédiée à Bastet, neter de l'amour tendre et épouse d'Atoum, le dieu créé et incréé. Elle assista ainsi à une fête rituelle pendant laquelle des jeunes filles défilèrent dans les rues de la ville en agitant des sistres, instruments de la déesse. Là plus qu'ailleurs les chats étaient nombreux, et les habitants avaient à cœur de les choyer et de les nourrir.

Elle remarqua très vite que l'on observait une certaine distance vis-à-vis d'elle. Elle avait tout d'abord mis cette méfiance sur le compte du souvenir de son père. Puis elle se rendit compte que les habitants semblaient perpétuellement sur le qui-vive, comme si une menace imprécise pesait sur eux. Désœuvrés par la crue, la plupart avaient rejoint le chantier de Saqqarâh, et ceux qui restaient n'étaient guère nombreux. Peut-être redoutaient-ils une attaque des Bédouins du désert.

Un jour, alors qu'elle rendait visite au temple de Bastet, le grand prêtre lui apprit qu'un nouvel assassinat venait d'être commis dans un village proche. Une jeune femme avait été égorgée et éventrée dans des conditions particulièrement horribles, et ses trois enfants avaient disparu. Là encore, les milices formées par le seigneur Semourê n'avaient pu intervenir à temps. Les hommes à tête de serpent semblaient surgir du néant pour accomplir leurs crimes, et disparaître immédiatement après.

Elle comprit alors l'origine du climat de crainte qui régnait sur la ville. Le Mal rôdait, invisible et puissant. À la terrasse des tavernes, il lui sembla déceler des visages hostiles, des yeux menaçants. Des individus bizarres hantaient les ruelles sombres de la cité. Ils n'avaient pas l'allure de paysans. Mais peut-être était-ce un effet de son imagination.

Elle allait donner l'ordre à ses serviteurs de la ramener chez elle lorsqu'une voix joyeuse éclata derrière son dos.

— Dame Inmakh !

Elle se retourna et découvrit le seigneur Kaïankh-Hotep, qui, tout sourire dehors, s'avançait vers elle.

— Quelle surprise de te trouver ici ! reprit-il d'un ton enjoué.

— J'y possède un domaine, répondit-elle, un peu embarrassée.

La réputation de séducteur de l'homme n'était pas une légende. Mais, hormis ce regard noir et pénétrant, elle ne comprenait pas ce que les femmes pouvaient lui trouver. Sa faconde l'avait toujours un peu agacée, et elle n'aimait pas ses façons courtisanes, qui l'amenaient parfois à se montrer obséquieux. Elle continua, un peu sèchement :

— Mais toi-même, que fais-tu à Bubastis ?

— Mes terres d'Hetta-Heri ne sont guère éloignées. Je suis venu faire des offrandes à la belle déesse Bastet. Puis-je espérer que tu accepteras de me rendre visite l'un de ces jours prochains ?

— Je... Je ne sais pas.

Soudain, il s'étonna.

— Le seigneur Semourê n'est-il pas présent ?

— Il est resté à Mennof-Rê. Nous... nous sommes un peu fâchés.

— Quel maladroit ! Si j'avais la chance d'être aimé par une femme aussi séduisante, je ne la laisserais certes pas s'enfuir ainsi !

— Tu n'aurais aucune chance de me séduire, riposta-t-elle. Je suis terriblement jalouse et tu es encore plus infidèle que lui.

— Mais je sais être fidèle. Tout dépend de la femme.

Peu désireuse de rester à proximité de l'encombrant personnage, Inmakh prit prétexte du temps menaçant pour interrompre la conversation. Visiblement déçu, Kaïankh-Hotep insista :

— N'oublie pas que je compte te faire visiter mon domaine.

— J'y penserai, dit-elle en montant dans sa litière.

Poussés par un vent violent soufflant du nord, de lourds nuages envahirent le ciel. Durant le chemin du retour, des rafales brutales malmenèrent le véhicule de la jeune femme. Les quatre porteurs eurent peine à la maintenir. Bientôt, un orage d'une extrême violence s'abattit sur le petit convoi, inondant la route menant vers le domaine. Lorsque enfin Inmakh atteignit la demeure, ses vêtements lui collaient à la peau. Elle demanda à ses esclaves de lui préparer un bain.

Un peu plus tard, tandis qu'à l'extérieur l'orage redoublait, elle se glissait dans une eau tiède et parfumée. Pour combattre les ténèbres inhabituelles à cette heure du jour, les serviteurs avaient disposé des lampes à l'huile de lin tout autour. Leur parfum particulier se mêlait aux senteurs éveillées par les pluies. Revigorée par le déluge et ravie d'avoir retrouvé la sécurité de sa maison, Inmakh se livra avec plaisir aux mains de ses masseuses.

Soudain, un serviteur pénétra dans la salle de bains. Allongée entièrement nue sur des peaux de moutons, Imnakh s'apprêtait à le chasser lorsqu'elle constata qu'il tremblait de la tête aux pieds.

— Maî... maîtresse, un homme est là, qui exige de te voir immédiatement.

— Par les dieux ! Il ne peut pas attendre que j'aie terminé mon bain ? répliqua-t-elle vivement.

Puis elle pensa à Semourê et son cœur fit un bond dans sa poitrine. Mais lorsqu'elle reconnut la silhouette de l'inconnu, dessinée à contre-jour dans l'ouverture de la porte, elle se mit à trembler à son tour.

37

Les plus âgés savaient à peine parler, mais tous auraient pu raconter la même histoire : des monstres terrifiants avaient surgi de la nuit et avaient fait beaucoup de mal à leur mère. Puis ils les avaient emmenés. Ils avaient serré leur bouche avec des linges épais pour qu'ils ne puissent pas crier. Ils les avaient jetés au fond de sacs immenses, dans lesquels ils étaient restés longtemps, très longtemps. Certains avaient perçu l'odeur de l'eau, puis celles des hommes et des ânes qui les avaient transportés. Ils auraient voulu hurler leur terreur, mais on ne leur ôtait leur bâillon que pour leur faire avaler une nourriture infecte.

On les avait libérés dans un endroit sombre, éclairé seulement par quelques torches, où se trouvaient déjà une douzaine d'enfants. Les monstres avaient disparu, remplacés par des hommes aux visages effrayants. Les nouveaux se mettaient toujours à pleurer. Alors, les hommes entraient, et les frappaient jusqu'à ce qu'ils se tussent.

La terreur était telle que les enfants prisonniers n'osaient même plus parler entre eux, de peur d'éveiller la colère effrayante de leurs geôliers. Les journées passaient ainsi, faites de cauchemars. Régulièrement, les gardiens apportaient de l'eau et des croûtons de pain rassis, qu'ils jetaient à même le sol. Il fallait disputer les morceaux aux rats qui hantaient les lieux.

Les enfants, dont le plus vieux n'avait pas cinq ans, ne comprenaient pas pourquoi on les avait amenés dans cette caverne épouvantable. La nuit, ils grelottaient de froid et se serraient les uns contre les autres pour se tenir chaud.

De temps à autre, les gardiens étaient accompagnés d'un personnage encore plus terrifiant, vêtu de rouge, qui examinait les captifs l'un après l'autre. Puis il désignait un ou deux d'entre eux, et les gardiens les emportaient. On ne les revoyait jamais. Les enfants étaient persuadés que le personnage rouge les dévorait.

Quelquefois, les gardiens apportaient de nouveaux sacs, desquels ils libéraient un petit garçon ou une petite fille qui se mettait à pleurer. Alors, les coups s'abattaient sur l'enfant, et il finissait par se taire pour rejoindre le troupeau apeuré.

38

En cette fin du mois d'*Athyr*, la crue commençait à baisser. Sur le chantier de la cité sacrée, les travaux du grand mastaba s'achevaient. Imhotep avait augmenté la cadence d'extraction des blocs de calcaire de Tourah, afin de profiter au maximum des hautes eaux. Une galerie avait été entreprise pour recouvrir les onze puits bordant le mastaba. La présence du grand prêtre d'Iounou semblait avoir ralenti les rumeurs de malédiction qui pesaient sur le chantier. Des bruits inquiétants circulaient toujours, mais la présence d'une centaine de gardes bleus armés jusqu'aux dents devaient dissuader les semeurs de troubles.

Libéré des enquêtes, Semourê avait reporté son effort sur la protection du couple royal. Malgré l'apparente tranquillité, il redoutait une nouvelle attaque perfide.

De son côté, Moshem poursuivait l'étude des rois qui avaient précédé l'Horus Djoser. Il avait appris à distinguer les cartouches de chacun de manière à reconnaître tout objet leur appartenant. De même, il avait tenté d'en apprendre plus sur les trois attentats dont Djoser et Thanys avaient été victimes. Il avait interrogé longuement tous les serviteurs du palais, ainsi que leurs directeurs. Après une enquête longue et difficile, il apparut que la manucure nubienne qui avait fabriqué la poupée maléfique avait été offerte par un grand seigneur qui n'était autre que... Kaïankh-Hotep. Lorsque celui-ci revint de son domaine d'Hetta-Heri, Moshem voulut l'interroger, mais il n'osa pas affronter directement un personnage aussi puissant, qui jouissait de la protection de l'Horus. Il s'en ouvrit à Semourê, qui l'interrogea lui-même. Malgré la sourde hostilité qui les opposait, Kaïankh-Hotep se montra très coopératif.

— Que les dieux protègent Neteri-Khet — Vie, Force, Santé —, dit-il. Si je me souviens, cette fille fut acquise auprès d'un marchand d'esclaves nubien. Mais comment aurais-je pu deviner ses intentions ? Si tu ne me l'avais pas appris, j'ignorerais encore qu'elle a failli être responsable de la mort de la reine.

— Comment puis-je te croire ? rétorqua Semourê.

— Cette fille n'est pas la seule servante que j'ai offerte au roi et à la reine. Jusqu'à présent, ils n'ont pas eu lieu de se plaindre des autres. Et puis, crois-tu que j'ai le temps de mener une enquête sur chaque esclave que je fais acheter par mes intendants ?

— Non, bien sûr ! Mais je n'oublie pas non plus que tu as tué de ta main l'esclave qui a tenté d'assassiner le roi, lors de la chasse à l'hippopotame.

— N'aurais-tu pas agi de même sous l'emprise de la colère ? Crois-moi, je regrette assez mon geste, qui t'a empêché de faire parler ce scélérat. Je t'ai déjà présenté des excuses, il me semble !

— C'est vrai ! Mais tu dois comprendre que je ne dois négliger aucune piste.

— Et j'en ferais autant à ta place. Conviens cependant que je n'ai rien à voir avec ce boulanger qui a essayé d'empoisonner le roi voici trois mois.

Semourê n'insista pas. S'il n'appréciait guère Kaïankh-Hotep, il ne pouvait véritablement le soupçonner. Des serviteurs confirmèrent en outre que la manucure fréquentait des inconnus dans les tavernes des bas-fonds de l'Oukher. Sans doute fallait-il chercher dans cette direction. Mais l'opération se solderait par un échec : les complices de la Nubienne avaient dû disparaître depuis longtemps.

Moshem s'était intéressé à l'esclave tué par Kaïankh-Hotep sur la felouque de chasse. Mais les autres serviteurs ignoraient tout de l'individu, qui s'était glissé parmi eux au dernier moment. En raison de l'effervescence provoquée par la chasse, personne n'avait fait attention à lui.

L'enquête parmi les amis du boulanger avait, elle aussi, débouché sur une impasse. Comme son épouse, tous s'accordaient pour dire qu'il s'était détaché d'eux depuis quelque temps. Une fois encore, on en revenait aux tavernes sombres des bas-fonds. Cette piste confirmait aux yeux de Moshem l'existence probable d'un lien entre les prêtres dissidents et les attentats. Il résolut de placer discrètement des hommes sûrs dans toutes les auberges louches de l'Oukher.

Lorsqu'on l'informa d'un nouveau crime dans la

région de Bubastis, il résolut de s'y rendre dès que possible, afin de recueillir des témoignages. Mais il ne se faisait guère d'illusions. Comme les fois précédentes, l'agression avait eu lieu peu de jours avant la pleine lune, et les assassins avaient disparu sans laisser de trace, emportant deux enfants avec eux.

Depuis près de deux mois, Moshem avait ordonné une surveillance accrue des ports répartis le long du Nil. Des villages entiers avaient été fouillés de fond en comble. Sans résultat. Mais cela ne voulait rien dire. Dans le Delta, il était facile d'échapper à la surveillance des gardes. La crue noyait les différents bras pour transformer la région en un gigantesque lac recouvert de myriades d'îles de toutes tailles.

Au début du mois de *Choiak,* dernier de l'Inondation, Piânthy épousa une femme ravissante, Nefretkaou, plus simplement appelée Rika. Semourê, invité, assista au mariage en célibataire. Les infidélités d'Asnat avaient fini par le lasser, et il avait rompu toute relation avec elle. En vérité, il ne trouvait plus guère d'attraits aux courtisanes qui gravitaient autour de lui, espérant attirer son regard noir. Depuis le départ d'Inmakh, il avait pris conscience de la place qu'elle avait prise dans sa vie. La vue de son ami Piânthy et de sa compagne avait éveillé en lui des idées nouvelles. Durant la soirée, il se surprit à vouloir *fonder une maison.* Mais à chaque fois qu'il évoquait le projet, c'était le visage d'Inmakh qui s'imposait à lui. Le capiteux vin de Dakhla n'était sans doute pas étranger à son doucereux vague à l'âme.

Tandis qu'il regagnait sa demeure le lendemain à l'aube, il résolut de rechercher l'endroit où elle se cachait. Et, par tous les dieux, il saurait bien l'obliger à revenir !

Lorsqu'il arriva chez lui, les idées embrouillées par l'alcool, il n'écouta pas ce que tentait de lui dire son intendant et ordonna d'une voix pâteuse qu'on le laissât dormir la journée entière. Pénétrant dans sa chambre, il ne remarqua pas immédiatement la petite silhouette lovée sur sa couche, enveloppée dans une couverture de laine. Il s'allongea, et constata qu'il n'était pas seul. Il émit un sourire crispé, pensant avoir affaire à Asnat qui venait se faire pardonner sa dernière frasque. Pourtant, lorsque la silhouette se redressa, il eut l'impression que son cœur allait bondir hors de sa poitrine : Inmakh se tenait devant lui, le visage baigné de larmes. Il comprit alors que la belle déesse Hathor l'avait exaucé.

39

Éprouvé par les festivités, Semourê mit les larmes d'Imnakh sur le compte de la joie des retrouvailles. Les instants qui suivirent furent agités. À la grande satisfaction du jeune homme, jamais sa compagne n'avait fait montre d'une telle ardeur. Elle faisait l'amour avec passion, presque avec rage, comme si elle avait voulu lui faire payer ses écarts de conduite avec Asnat. Pourtant, elle n'en parla pas. Elle lui avoua seulement qu'elle s'était rendu compte que sa propre attitude était stupide, et qu'elle désirait revenir près de lui, s'il voulait toujours d'elle. Elle se moquait d'Asnat, comme de toutes les autres. Un seigneur de Kemit avait le droit d'avoir plusieurs concubines.

Ce revirement soudain faisait parfaitement l'affaire de Semourê, dont l'esprit embrumé par les vins de Dakhla fonctionnait au ralenti. La fougue de leurs ébats ne fit rien pour arranger sa lucidité. Tous deux restèrent au lit toute la journée, à la grande joie des serviteurs qui se commentaient les événements avec des rires égrillards. Lorsque Atoum gagna l'horizon de l'ouest, Semourê était au bord du coma. Il sombra dans un sommeil lourd et sans rêves.

La nuit suivante, il entendit des gémissements. Il s'éveilla d'un coup, le cœur battant la chamade, la tête bourdonnant de derniers relents d'alcools. Près de lui, Inmakh était agitée de tremblements convulsifs. Dans son sommeil, elle semblait avoir des difficultés à respirer. Soudain, elle se redressa, les yeux exorbités, et se mit à hurler de terreur. Il tenta de la prendre contre lui, mais elle se raidit sans cesser de crier. Puis elle reconnut l'endroit où elle se trouvait et parvint à se calmer au prix d'un violent effort sur elle-même.

— Ce n'était qu'un cauchemar, murmura Semourê. Tu vois, tout va bien.

Elle acquiesça sans un mot, puis éclata en sanglots. Avec patience, il parvint à l'apaiser.

Plus tard, elle fut de nouveau prise par son accès de frayeur. Cette fois, elle se leva d'un bond, comme un animal pris au piège, et courut se réfugier dans le jardin. Lorsque Semourê la retrouva, elle vomissait contre un arbre. Il attendit qu'elle eût repris son souffle, puis la ramena doucement vers la chambre.

— Que se passe-t-il, ma belle ? Je ne t'ai jamais vue dans cet état.

— Ce n'est rien, parvint-elle à articuler. Je... Je crois que j'ai eu trop peur de te perdre.

— Mais je suis là. J'ai rompu avec Asnat. Hier, j'avais pris la décision de partir à ta recherche. Et tu es venue. Tu n'as donc plus rien à redouter.

Elle grimaça un pâle sourire à travers ses larmes, puis elle se blottit dans ses bras. Bien que sa réaction lui parût quelque peu excessive, il était trop heureux de son retour pour se poser des questions.

Les nuits suivantes furent à l'image de la première. Imnakh se donnait avec passion, presque avec férocité. Leur joutes amoureuses rappelaient un combat d'animaux sauvages. Au début, Semourê avait pensé qu'elle voulait lui faire oublier ses autres maîtresses. Puis un sentiment nouveau s'imposa à lui. Elle semblait lutter contre quelque chose, comme si un démon invisible s'attachait à ses pas, jusque dans leur intimité. Sa rage amoureuse était un moyen de lutter contre cette entité menaçante.

Dans la journée, elle ne se montrait plus capricieuse. Curieusement, elle semblait osciller entre deux états opposés. Souvent, elle paraissait abattue. Puis son visage s'éclairait, et elle faisait preuve d'un enjouement soudain, qui sonnait un peu faux. Il était sûr à présent qu'elle avait vécu une expérience difficile durant son absence. Il tenta de lui en parler. Elle avoua seulement qu'elle s'était rendue dans son domaine de Bubastis où elle s'était intéressée au travail des paysans. Elle l'assura que ses crises d'angoisse n'étaient dues qu'à sa peur de la solitude, et qu'elles allaient s'estomper avec le temps.

Elle l'accompagnait souvent à la Maison des gardes bleus. Elle s'intéressait à son travail, posait des questions sur l'évolution des enquêtes en cours, notamment celles concernant les attentats commis contre le couple royal. Cet intérêt soudain intrigua Semourê. Mais après tout, peut-être était-ce un moyen pour elle de se rapprocher de lui.

Les cauchemars persistaient. Pourtant elle refusait obstinément de lui raconter ce qu'elle voyait. Elle semblait vivre dans un état de terreur quasi permanente. Cette attitude singulière conforta Semourê dans l'idée qu'elle avait subi une épreuve angoissante pendant son séjour à Bubastis.

Une nuit, elle évoqua dans son sommeil une créature à tête de serpent. Semourê, qui l'observait, impuissant à la secourir, réagit immédiatement. Avait-elle été victime, ou témoin d'une agression perpétrée par les monstres qui attaquaient les jeunes mères ? Il l'éveilla et lui posa la question. Aussitôt, elle se mit à trembler, tout en lui jurant qu'elle ignorait de quoi il parlait. Lorsqu'elle fut enfin calmée, il s'obstina :

— Je suis sûr que tu sais quelque chose.

— Non ! C'est toi qui m'as parlé plusieurs fois de ces monstres. C'est pour cela que j'en rêve.

Il était visible qu'elle mentait ; elle refusait de parler parce qu'elle mourait de peur. Il décida de la prendre par la douceur.

— Tu sais que tu peux avoir toute confiance en moi. Dis-moi ce qui ne va pas !

— Mais tout va bien ! Ma vie n'avait plus aucun sens loin de toi. C'est seulement pour ça que je suis revenue. Il... il n'y a rien d'autre. Rien !

Elle avait presque crié le dernier mot. Semourê poursuivit :

— Un nouveau crime a été commis dans la région de Bubastis pendant que tu étais là-bas. Peut-être sais-tu quelque chose.

— On en a parlé devant moi, mais j'ignore tout de ce crime. Je te jure que c'est vrai !

Semourê la prit contre lui avec tendresse.

— Je veux bien te croire. Mais, depuis ton retour, ton attitude est étrange. Alors, si tu avais envie de me parler, je t'écouterais. Et si quelqu'un te menaçait, je saurais te défendre. N'oublie pas que je suis le général de la Garde bleue. Le roi lui-même te prendra sous sa protection. Personne ne pourra rien contre toi.

— Il ne s'est rien passé à Bubastis, s'obstina-t-elle.

Il n'insista pas. Tandis qu'elle se rendormait, il médita longuement pour tenter de comprendre. Qu'avait-elle pu voir ou entendre à Bubastis pour en éprouver une telle terreur ? Cela avait-il un rapport avec les assassinats des jeunes femmes ? Ou avec la secte des prêtres de Seth ? Il décida d'envoyer immédiatement l'un de ses capitaines sur place.

Quelques jours plus tard, le guerrier lui fit son rapport. Apparemment, tout semblait normal aussi bien dans le domaine d'Inmakh que dans la cité de Bubastis. Les eaux du Nil avaient pratiquement regagné le lit du fleuve, engendrant les sempiternels problèmes de bornage. En dehors des querelles entre paysans et scribes, qui donnaient beaucoup de travail aux juges locaux, il n'y avait rien à signaler.

— Je me suis rendu dans le village où a eu lieu le dernier crime, ainsi que tu me l'as demandé, Seigneur. Mais il n'y a pas eu de témoins. Et ce village est situé sur la rive opposée au domaine de dame Inmakh, à plusieurs miles de distance. Il est impossible qu'elle ait pu voir quoi que ce soit.

Perplexe, Semourê remercia le soldat. Avec la fin de la crue, la plupart des ouvriers du chantier de Saqqarâh commençaient à regagner leurs villages. Il aurait pu relâcher la protection du couple royal. Mais l'attitude d'Inmakh l'incitait à penser que de graves événements se tramaient. Aussi demanda-t-il à ses gardes de redoubler de vigilance.

Durant les jours qui suivirent, son intendant, qu'il avait chargé de surveiller discrètement sa compagne, constata qu'elle s'absentait régulièrement de la demeure, sans l'escorte de serviteurs exigée par son rang. Intrigué, Semourê décida de s'en ouvrir à Moshem. Celui-ci déclara :

— Si elle est victime d'une menace ayant rapport avec la secte, cela fait partie de la mission que m'a confiée le roi. Désires-tu que je la suive ?

— Oui. Mais montre-toi prudent ! Ceux qu'elle redoute doivent être très puissants pour provoquer une telle terreur chez elle. De plus, elle te connaît.

— Ne t'inquiète pas, Semourê ! Elle ne se méfiera pas de moi.

Le lendemain matin, Moshem et Nadji, déguisés en mendiants, vinrent se poster non loin de la demeure de Semourê. Habilement grimés de miel et de pain, ils étaient impossibles à identifier. Le maître des lieux lui-même s'y trompa, qui faillit repousser brutalement le pauvre hère posté son chemin pour lui demander l'aumône.

— Ami Semourê, tu ne me reconnais donc pas ?
— Moshem ?
— Moi-même ! Ce déguisement te convient-il ?
— Il est parfait. Qu'Horus te protège, mon ami !

Lorsqu'il s'éloigna, Semourê convint que le roi

n'aurait pu choisir un meilleur Directeur des enquêtes. Quel noble aurait accepté de jouer ainsi les mendiants ?

Un peu plus tard, les deux complices virent Inmakh quitter les lieux sans escorte. Discrètement, ils lui emboîtèrent le pas. Leur poursuite les mena vers l'Oukher, où elle pénétra dans une auberge sombre, sous les regards intéressés des hommes à la mine patibulaire qui hantaient l'endroit. Habilement, ils parvinrent à se glisser à l'intérieur. Moshem repéra aussitôt la jeune femme, en grande conversation avec un gros bonhomme enveloppé dans une vaste couverture. En raison de la pénombre, il était difficile d'apercevoir son visage. Mais il avait, lui aussi, l'allure d'un mendiant.

Afin de ne pas attirer l'attention, Moshem et Nadji quittèrent l'auberge, préférant attendre la jeune femme à l'extérieur. Lorsqu'elle sortit, Moshem constata qu'elle reprenait la direction de la cité. Sans doute allait-elle regagner la demeure de Semourê. Ils attendirent la sortie de l'homme qu'elle venait de rencontrer. Celui-ci ne tarda pas. Il jeta un bref coup d'œil autour de lui, comme s'il craignait d'être reconnu. Mais tout semblait calme. Il se dirigea ensuite vers les quais, sans prêter attention aux deux vagabonds qui lui emboîtèrent le pas.

Dissimulés derrière des ballots, Moshera et Nadji le virent monter à bord d'une petite felouque de transport, dont ils s'approchèrent au plus près. Curieusement, les mariniers accueillirent l'inconnu avec des marques de déférence peu compatibles avec sa misérable défroque.

— Tout cela est de plus en plus étrange, murmura Moshem. Nous devons suivre cet homme.

— Et comment ? Ils se préparent à partir. Nous ne pouvons pas nager derrière eux.

— Pourquoi ? Aurais-tu peur des crocodiles ? répondit Moshem en riant.

— Ben...

— Ne t'inquiète pas, je vais trouver un autre moyen. En attendant, reste ici et surveille-les !

Avant que Nadji ait pu répondre, Moshem était déjà parti. Lorsqu'il revint, la felouque suspecte avait quitté le quai et pris la direction du nord, laissant derrière elle un Nadji affolé.

— Ils sont déjà loin, Seigneur !

— C'est parfait ! Nous allons les suivre. Suis-moi !

Il l'entraîna vers une felouque qu'il venait de louer à un marinier contre un anneau d'or. La vue de la bague marquée de l'œil d'Horus avait impressionné le bonhomme et assuré sa discrétion. Les deux mendiants embarquèrent sous son œil intrigué. Moshem jeta un sac de toile à Nadji.

— Il y a là-dedans de quoi nous déguiser en pêcheurs. Il est inutile d'attirer l'attention.

Puis il s'adressa au pilote, nommé Kebekh.

— Tu vas suivre ce grand navire en essayant de ne pas te faire repérer.

— Que le seigneur se rassure, répondit-il avec un grand sourire. Il n'y a pas de meilleur navigateur que moi sur le Nil. Ils ne nous échapperont pas.

En effet, malgré sa forfanterie, l'homme ne mentait pas. Adoptant l'allure d'une felouque de pêcheurs mollement portée par le courant, il parvint à suivre le vaisseau inconnu sans attirer l'attention. Le nombre des flottilles de pêche et des bateaux de transport circulant sur le fleuve lui facilitait la tâche.

De loin, Moshem observait le navire. Il comprit qu'il tenait une piste intéressante lorsqu'il constata que le gros homme avait troqué ses hardes de mendiant contre de riches vêtements. Pour quelles obscures raisons se grimait-il ainsi ? De qui voulait-il se cacher ?

Portés par le courant, les deux vaisseaux descendirent le Nil en direction du bras oriental de Bubastis. Rythmée par les flots lents du fleuve, l'étrange poursuite se prolongea, menant inexorablement les deux bateaux vers le nord. Parfois, le marinier devait prendre quelques risques afin de déterminer le bras emprunté par le fuyard. Mais pas une fois l'équipage adverse ne leur prêta attention. Les felouques de pêche étaient nombreuses, et toutes se ressemblaient.

Le premier soir, Moshem et ses compagnons durent bivouaquer en pleine nature, peu avant la cité de Bastet, à quelque distance de l'équipage poursuivi. Moshem pensa qu'il tenait la réponse à la frayeur d'Inmakh. Pourtant, le lendemain, lorsque le voyage reprit son cours, le navire s'engagea dans un bras situé dans la partie extrême-orientale du Delta, délaissant Bubastis sur la gauche. À cet endroit, les pêcheurs se faisaient plus rares et Moshem dut laisser une plus grande distance entre le bateau et sa felouque.

— Qu'Apophis leur bouffe les tripes, jura Nadji. Ils ont disparu.

En effet, dans le milieu de l'après-midi, le navire s'était évanoui au cœur d'un étrange labyrinthe végétal qui envahissait largement le bras du fleuve. C'était le royaume des crocodiles et des oiseaux de toutes espèces. Moshem s'obstina jusqu'à la tombée du jour, puis finit par renoncer.

— Par les dieux, par où ont-ils pu passer ? grogna-t-il.

— Il doit exister un passage, mais si nous continuons ainsi, nous allons nous perdre, dit Kebekh.

Soudain, un concert de hurlements retentit autour d'eux. L'instant d'après, surgissant des profondeurs de la végétation, une horde de personnages hirsutes, entièrement nus, se rua dans leur direction en empruntant des nacelles de papyrus. Nadji se mit à claquer des dents. Les inconnus étaient armés de casse-tête, de poignards de silex, de javelots emmanchés de pointes de pierre. Plusieurs agitaient des boomerangs dont visiblement ils savaient se servir.

— Les bergers des marais ! s'exclama Kebekh.

— Ils font partie du peuple d'Égypte, dit Moshem. Pourquoi se montrent-ils agressifs ?

— Je... Je n'en sais rien.

— Je n'aime pas ces individus, renchérit Nadji. Ils portent la barbe et ils sentent mauvais.

— Nous ferions mieux de déguerpir, insista le marinier.

— Par où ? Ils nous coupent la route.

En effet, une partie des nacelles contournait la

felouque pour lui barrer le passage. Bientôt, celle-ci fut encerclée par une flottille d'esquifs chargés de visages hostiles. C'était la première fois que Moshem voyait de près ces individus auxquels on confiait les troupeaux lorsque la sécheresse menaçait la vallée. À l'inverse des citadins, ils arboraient fièrement moustaches et favoris, et leurs cheveux se relevaient en chignons retenus par des bijoux en os ou en bois. Un ululement impressionnant jaillissait de leurs poitrines tandis qu'ils brandissaient leurs lances en direction des trois compagnons. Nadji se mit à bredouiller.

— Seigneur Moshem, on... on dit que... parfois, ils mangent de la chair humaine. Co... Comment vas-tu faire pour nous tirer de là ?

— Aucune idée, répondit le jeune homme, le visage blême.

Sur une nacelle un peu plus grande que les autres se tenait un personnage campé fièrement sur ses jambes, le corps couvert de scarifications rituelles, et la tête auréolée d'une couronne de plumes d'autruche. Apparemment, il tenait à être le premier à attaquer.

— C'est leur chef, grelotta Kebekh, recroquevillé autour de sa longue rame.

Moshem eut le sentiment qu'ils étaient perdus. Pour une raison inconnue, quelque chose avait déclenché la colère des bergers, et ils recherchaient des victimes expiatoires. Tout à coup, ses yeux tombèrent sur la bague que lui avait donnée Djoser, décorée de l'œil d'Horus. Si les hommes des marais conservaient une quelconque fidélité au roi, elle constituait leur dernière chance. Moshem brandit bien haut le bijou, fixant l'œil sur le chef. Celui-ci, interloqué, baissa sa lance, puis s'exclama :

— L'œil ! C'est l'œil du fils du Soleil !

Puis il fit signe à ses guerriers de ne pas bouger. Moshem poussa un énorme soupir de soulagement. Au moins, ils parlaient égyptien.

— Qui es-tu ? demanda le chef.

— Je suis Moshem, capitaine de la Garde royale, et ami de l'Horus Djoser et de la reine Thanys.

Le soir, Moshem et ses compagnons étaient accueillis dans le village des bergers. En tant qu'amis du roi, ils étaient les bienvenus. Leur chef, Mehrou, raconta à Moshem qu'il avait bien connu le roi Djoser autrefois, alors qu'il n'était qu'un jeune prince. Il avait tressé pour lui nombre de nacelles avec lesquelles il chassait les oiseaux. Malheureusement, depuis qu'il était monté sur le trône d'Égypte, Djoser ne prenait plus guère le temps de chasser. Mehrou le regrettait.

— Mais pourquoi voulais-tu nous tuer, tout à l'heure ?

Le chef serra les dents.

— Je vous avais pris pour les démons qui hantent les marais.

— Quels démons ?

— Il y a plusieurs mois, par deux fois, des femmes ont été tuées aux abords de notre village. La première fois, trois enfants furent enlevés. La deuxième fois, nous avons vu les assassins s'enfuir. Ils portaient des masques de serpent, mais nous avons vu que c'étaient des hommes. Alors, nous les avons pourchassés.

Il grimaça un sourire féroce de joie rétrospective. Puis il toucha un bracelet passé autour de son poignet gauche.

— Voilà ce qu'il reste d'eux.

Moshem se rendit alors compte que le bracelet était constitué d'os humains, apparemment des phalanges, incrustés de dents. Il retint un haut-le-cœur. Mehrou écarta les mains d'un air satisfait.

— Depuis, ils ne sont jamais revenus. Mais je sais qu'il s'est commis d'autres crimes dans la vallée.

— C'est vrai. Le roi m'a ordonné de démasquer ces chiens. Mais ils frappent toujours par surprise. Ils évitent les endroits où j'ai organisé des milices.

— Si tu parviens à en capturer un ou deux, fais comme nous ! Arrache-leur la chair des mains et des bras, puis relâche-les. Les autres n'auront pas envie de recommencer.

— Je... J'y penserai, acquiesça Moshem, impressionné.

Le surlendemain, il était de retour à Mennof-Rê. Après être passé chez Nebekhet pour rassurer Ankheri, plus morte que vive, il se rendit chez Semourê auquel il fit son rapport. Celui-ci se fit répéter par deux fois la description du gros mendiant rencontré par Inmakh.

— Pherâ ! ça ne peut être que lui !
— Qui est Pherâ ?
— Le père d'Inmakh ! Il fut grand vizir du roi Sanakht. À la mort du souverain, c'est lui qui poussa

l'usurpateur Nekoufer à se dresser contre Djoser. Il fut spolié de ses biens et condamné à vivre de mendicité.

— À Mennof-Rê, il portait des hardes de mendiant.

— Il est rusé ! Ainsi, même si on l'avait reconnu, il ne contrevenait pas aux ordres du roi.

— Mais ce n'était pas un mendiant qui dirigeait ce navire. Apparemment, ce Pherâ est parvenu à sauver une partie de sa fortune.

— Je suis sûr qu'il est mêlé aux différents complots, s'exclama Semourê. Je vais le faire arrêter !

— Surtout pas ! Pas encore ! Il n'est probablement pas seul. Nous devons également capturer ses complices. Sinon, tout recommencera.

— Je saurai bien le faire avouer, gronda le chef de la garde.

— N'oublie pas le boulanger. Si ce Pherâ est lui aussi fanatisé, il préférera se tuer plutôt que de parler.

— Cela ne lui ressemble guère. Mais en attendant, Inmakh va devoir s'expliquer sur ces rencontres !

— N'en fais rien, mon ami ! Rien ne prouve qu'elle soit mêlée à tout cela. Tu ne peux en vouloir à une fille de revoir en cachette un père banni.

— Inmakh le détestait !

— Alors, raison de plus ! Tu m'as dit toi-même qu'elle semblait bouleversée depuis son retour. Tu sais à présent *qui* la terrorise. Il reste à savoir pourquoi. Il faut continuer à la surveiller.

Semourê ne répondit pas immédiatement.

— Je ne peux pas croire qu'elle soit complice de son père, dit-il enfin. En vérité, j'ai l'impression qu'elle a vécu quelque chose pendant son séjour à Bubastis. Quelque chose de si terrifiant qu'elle ne peut même pas m'en parler.

40

La lune pleine inondait la vallée d'une clarté bleutée. Thanys aurait voulu y voir l'image de Thôt, ce dieu qu'elle aimait particulièrement parce qu'il s'était incarné dans son père. Mais la pâleur de safran de l'astre provoquait en elle une sensation étrange, comme un malaise diffus. Pourtant, tout semblait calme dans le petit village de Kennehout, où Djoser avait trouvé refuge à l'époque où l'injustice de Sanakht les avait séparés. Kennehout, c'était le royaume du petit Seschi, qui y avait vu le jour. Mais Djoser avait tenu à faire les honneurs de son domaine personnel à son épouse. À l'époque des semailles, il se réservait toujours quelques jours pour rendre visite à ses paysans et au vieux Senefrou, qui continuait à diriger la propriété d'une main ferme. Il aimait, comme aux premiers temps, se mêler aux agriculteurs lorsqu'ils dirigeaient la charrue, tâche qu'il savait accomplir aussi bien qu'eux. Thanys avait très vite appris à apprécier ces escapades loin de la bouillonnante capitale. Là, Djoser redevenait le jeune homme, l'enfant qu'elle avait connu. À Kennehout, il leur arrivait de partir tous deux traquer une gazelle qu'ils rapportaient ensuite fièrement au maître cuisinier afin qu'il la préparât.

Thanys se promenait, seule, la nuit — la nuit ? — sur les rives du Nil. Elle reconnut l'endroit où Ameni élevait ses oiseaux. Elle l'aperçut, au loin, qui la saluait. Simultanément, une sensation d'angoisse l'envahit. Ameni n'aurait jamais dû être ici. Il était à Saqqarâh, où Djoser lui avait demandé d'élever des volatiles pour nourrir les ouvriers. Puis le doute s'estompa et elle poursuivit son chemin.

Elle avait appris à aimer Kennehout, dont elle connaissait nombre d'habitants par leur nom. On y était loin des fastes de la Cour, loin des intrigues et des courtisans obséquieux. Elle comprenait pourquoi Djoser aimait cet endroit. Et puis, il lui semblait percevoir l'écho de la présence de leur vieux maître, Merithrâ, qui avait possédé cette propriété avant de la transmettre en héritage à Djoser, par affection, et aussi parce qu'il désirait qu'il apprenne à gérer un domaine pour le préparer à son métier de roi. Chaque année, à l'époque des semailles, Seschi et Khirâ étaient confiés à la garde de Kebi, qui commandait la garde du village et protégeait la demeure de Djoser. Ils y restaient en compagnie des paysans qui vouaient un attachement sans bornes à leurs petits princes.

Thanys leva les yeux vers le ciel, où s'étalait la draperie scintillante du corps de Nout. Tout à coup, le malaise resurgit. Il sembla à la jeune femme que le disque de la lune s'était étrangement enflé depuis qu'elle avait quitté la maison pour marcher sur les berges du Nil.

Soudain, un vacarme effroyable se fit entendre, en provenance du milieu du fleuve, très large à cet endroit. La surface des eaux se souleva lentement, puis laissa apparaître une créature monstrueuse, qui devait mesurer plus d'un mile de long. La créature rampa hors du fleuve, écrasant tout sur son passage. La jeune femme aurait voulu fuir, mais ses membres, pétrifiés par l'angoisse, lui refusaient tout service. Une pensée la hantait, l'obsédait : les enfants dormaient dans la maison. Elle savait que Djoser était absent. D'ailleurs, qu'aurait-il pu faire contre cette abomination ? Sa forme rappelait vaguement un serpent, mais sa tête ressemblait à celle d'un crocodile, ou d'un varan. Le souffle court, Thanys assista, impuissante, à la destruction du village, pulvérisé par les coups de la créature gigantesque. Puis celle-ci se dirigea vers la demeure de Djoser. Parvenue à faible distance, elle se fondit dans le néant, pour se métamorphoser en une multitude d'hommes à tête de serpent, qui investirent les lieux. Thanys voulut hurler, mais aucun son ne sortit de sa gorge. La lune avait viré au sombre, et occupait désormais la moitié du ciel nocturne. Des traînées sanglantes ruisselaient sur sa face livide. Les hommes serpents massacraient les paysans et les gardes. Des incendies éclataient un peu partout. La vision de Thanys la transporta à l'intérieur de la demeure, où elle perçut les deux enfants terrorisés, blottis l'un contre l'autre. Le petit Seschi serrait Khirâ contre lui et la protégeait de son dérisoire petit glaive de bois. Un cri strident déchira la nuit effrayante.

Thanys se redressa d'un coup sur sa couche, la

gorge nouée, les yeux brûlant de larmes. À l'extérieur, un orage épouvantable faisait vibrer les murs. Il lui fallut plusieurs instants avant de se rendre compte que Djoser était près d'elle, éveillé par le cri qu'elle venait de pousser dans son cauchemar. Elle se jeta dans ses bras et se mit à sangloter.

— Ô Djoser, il faut partir tout de suite pour Kennehout.

— Pourquoi ?

D'une voix hachée, elle lui conta son rêve.

— C'était horrible ! Je suis sûre qu'il s'est passé quelque chose. Je veux me rendre là-bas tout de suite. Khirâ et Seschi sont en péril.

— Mais non ! Ils ne sont pas seuls : Kebi les protège. J'ai laissé près d'eux une escouade d'une vingtaine de mes meilleurs guerriers.

— Je sais. Mais j'ai peur.

Il la connaissait assez pour savoir que ses intuitions n'étaient jamais vaines.

— Bien ! Sèche tes larmes, ma sœur bien-aimée. Dès l'aube, je vais envoyer Setmose chercher les enfants. Ils seront de retour dans deux jours. Cela te convient-il ?

— Nous n'aurions jamais dû accepter qu'ils restent là-bas. Il y a encore eu deux crimes ce mois-ci.

— Dans le Delta. Pas dans le Sud. Ces chiens n'ont commis aucun crime au-delà de Mennof-Rê. Kennehout est situé à plus de vingt miles. Et ils s'en sont toujours pris à des femmes isolées.

— Alors, que veut dire le signe du serpent dans mon rêve ? N'ont-ils pas décidé de nous frapper à travers nos enfants ? s'exclama Thanys. J'ai peur, Djoser.

L'argument ébranla le roi.

— Tu as raison. Peut-être n'est-ce qu'une coïncidence, mais je vais agir immédiatement.

Quelques instants plus tard, malgré l'orage, la Grande Demeure était en effervescence. On réveilla en hâte le capitaine Setmose, chef de la flotte royale. Lorsque Khepri-Rê apparut à l'*àabet* — l'horizon oriental —, le vaisseau était prêt à partir.

Mais Thanys savait qu'elle ne vivrait plus jusqu'au retour des enfants. S'ils revenaient.

41

Lorsqu'il se rendit à la Grande Demeure ce matin-là, Semourê y rencontra une agitation inhabituelle. Même la cérémonie de l'élévation de la statuette de la Maât, à laquelle le roi accordait beaucoup d'importance, avait pris un peu de retard. Thanys l'accueillit en personne.

— Djoser est encore dans le naos, expliqua-t-elle.

Il remarqua aussitôt le bouleversement de la reine.

— Que se passe-t-il ?

Elle lui expliqua son cauchemar et le départ précipité de Setmose pour Kennehout.

— Je suis sûre que les dieux m'ont adressé un avertissement, dit-elle en se tordant les mains. Seschi et Khirâ courent un grave danger.

Semourê pâlit. Le récit de Moshem lui revint en mémoire. L'attitude de Pherâ était plus que suspecte. Il devenait urgent de savoir à quoi s'en tenir. Si Inmakh était mêlée de près ou de loin au complot, il saurait la faire parler. Il prit à peine le temps de saluer son royal cousin et revint chez lui. La jeune femme s'apprêtait à partir. Il la saisit par les poignets.

— Tu me fais mal ! gémit-elle.
— Inmakh, il faut me dire ce que tu sais !
— Mais de quoi parles-tu ?
— Je sais que tu revois ton père !

Elle blêmit, puis tenta faiblement de se défendre.

— Ce n'est pas un crime.
— Sauf quand ce père s'appelle Pherâ et qu'il projette la mort de l'Horus.

Elle voulut répondre, mais les mots ne pouvaient franchir sa gorge. Semourê insista brutalement.

— Tu haïssais ton père ! Jamais tu ne me feras croire que c'est ton amour filial qui te pousse à le revoir régulièrement dans le quartier du port. Il y a autre chose.

Elle tenta de se dégager, mais il la maintenait fermement. Un tremblement incoercible s'empara d'elle. Soudain, elle se détourna. Il pensa qu'elle éclatait en sanglots. Puis il s'aperçut qu'elle était saisie d'une violente nausée. Les mains crispées sur le ventre, elle se mit à vomir. Il comprit qu'elle était en proie à une terreur panique. Il se radoucit.

— Mais que s'est-il passé, Inmakh. Que t'a-t-il fait ?

Pitoyable, elle souffla :

— Je ne peux pas te raconter ça... C'était... trop horrible !

Il la serra contre lui et caressa la longue chevelure brune.

— Je te défendrai contre lui. Tu peux tout me dire.

Elle releva vers lui un visage défait, aux yeux hagards.

— Ce n'est pas de lui que j'ai peur. Si j'avais la force de le tuer, je le frapperais jusqu'à ce que les tripes lui sortent du ventre.

L'éclair de haine féroce qui brilla un instant dans le regard de la jeune femme impressionna Semourê.

— Mais il y a autre chose, poursuivit-elle, quelque chose d'abominable contre quoi tu ne pourras lutter.

— Tu n'es pas seule. Le roi lui-même te prendra sous sa protection.

— C'est trop tard ! Je suis déjà perdue ! gémit-elle.

Il la reprit dans ses bras.

— Rien n'est jamais perdu, Inmakh ! Mais je dois tout savoir. Comment pourrais-je agir si tu me dissimules la vérité ?

Elle hésita. Le seul dont elle pouvait attendre du secours était Semourê. Elle devait trouver le courage d'avouer ce qu'elle savait, et surtout ce qu'elle avait vécu. Taraudée par l'angoisse, elle avait cru pouvoir jouer la comédie, mais elle savait depuis le début que cela ne durerait pas. Alors, elle devait libérer son esprit des visions abominables qui le hantaient. D'une voix hachée par l'émotion, elle commença un récit hallucinant, qui ébranla le jeune homme pourtant habitué aux horreurs des champs de bataille.

— La dernière fois que j'ai vu mon père, c'était à la Grande Demeure, il y a deux ans, lorsque l'Horus a publiquement confisqué ses biens et l'a condamné à vivre de mendicité. Il a su que le roi me donnait une partie de ses propriétés. Quand les gardes ont chassé Pherâ du palais, il est passé près de moi, et m'a craché qu'il me ferait payer tout cela très cher.

Il estimait que je l'avais trahi en me rangeant du côté de Djoser. Puis ils l'ont emmené et jeté dehors, avec ses complices. J'ai eu très peur. J'étais sûre qu'il allait se venger. Pendant plusieurs jours, je n'ai pas pu trouver le sommeil. Je craignais qu'il ne vienne me tuer pendant la nuit. Mais il ne s'est rien passé.

— Je t'ai fait protéger par une escorte.

— Je sais, et je t'en remercie. Peut-être a-t-il eu peur. Je ne l'ai pas revu. Avec le temps, j'ai pensé qu'il avait tenté de m'effrayer, comme il le faisait quand j'étais enfant. Il aimait me terroriser, il pensait que cela assurait sa domination. Mais, grâce au roi Djoser — Vie, Force, Santé —, il ne pouvait plus rien contre moi. Il était pauvre désormais, et j'étais riche et puissante. J'ai fini par oublier ses menaces. Jusqu'à cette nuit de tempête à Bubastis.

« C'était le soir. Au-dehors, l'orage tonnait, et il tombait des trombes d'eau. Un serviteur a annoncé une visite. J'aurais dû me méfier, parce qu'il avait l'air affolé. J'ai d'abord pensé à toi, et j'étais heureuse. Mais lorsque le visiteur est entré, j'ai cru m'évanouir de frayeur. C'était mon père. Une douzaine de guerriers armés jusqu'aux dents l'accompagnaient. Certains avaient le crâne rasé. J'ai compris qu'il s'agissait de prêtres sethiens fugitifs. Ils ont investi ma demeure et malmené mes serviteurs, puis ils les ont réunis dans la grande salle. J'avais l'impression qu'une bête immonde s'était introduite chez moi, et que rien ne pourrait l'arrêter. J'ai demandé à mon père ce qu'il voulait. Il m'a répondu qu'il était chez lui, que la maison lui avait été volée. Il disait que Djoser était un usurpateur, et que tout ce qui se trouvait dans la demeure lui appartenait, moi y compris. J'avais trop peur pour répliquer. Je pensais qu'il était venu pour me tuer. Mais il avait d'autres projets. Il m'a raconté comment, ayant prévu que Nekoufer pouvait être vaincu, il avait mis une partie de sa fortune à l'abri des scribes royaux. Il n'utilisait son déguisement de mendiant que pour pouvoir circuler librement dans Mennof-Rê, afin d'éviter qu'on le reconnaisse. Il a ainsi monté un réseau d'informateurs qui le renseignent sur ce qui se passe dans la ville et au palais. Il savait que je vivais avec toi. Et il savait aussi que je t'avais quitté parce que tu me trompais avec Asnat. Alors, il a essayé de me convaincre. Pour lui, je devais combattre à ses côtés. Il affirmait que tu te moquais de moi, que je ne comptais pas. D'après lui, le roi lui-même se méfiait de moi, parce que j'étais la fille du grand vizir réprouvé. Alors, dans son esprit, je devais me venger. Il voulait que je revienne près de toi et que je t'espionne. Tu es l'un des plus proches conseillers du roi. Il exigeait que je lui rapporte scrupuleusement tout ce que je verrais ou entendrais.

— Et tu as accepté ?

— Non, bien sûr ! Je lui ai répondu que j'étais libre, et que je ne voulais plus rien avoir à faire avec lui. Alors, il m'a giflée. Il a dit : « De gré ou de force, tu seras des nôtres ! » Meriou s'est interposé. Mon père est entré dans une colère noire. Il a ordonné à ses guerriers de s'emparer de lui. Il savait que le roi lui-même l'avait nommé intendant, et que je m'étais attachée à lui. Alors, ils l'ont déshabillé, et ils l'ont fouetté au sang. J'ai hurlé pour les faire cesser. Mon père m'a frappée de nouveau. Puis il m'a dit que Meriou mourrait si je ne lui obéissais pas.

— Pourquoi ne m'as-tu pas parlé de cela plus tôt ?

Elle éclata en sanglots.

— Mais tu ne comprends pas ! Tout cela, ce n'était encore rien. Pherâ — qu'Apophis lui bouffe les entrailles ! — voulait que je fasse partie de leur secte !

Elle parlait à présent d'une voix hachée, le regard fixe, braqué sur des souvenirs abjects dont elle aurait voulu nier l'existence.

— Après, tout a tourné au cauchemar. Ils nous ont tous emmenés dans le jardin. Les éclairs illuminaient les arbres. Il y avait du vent et de la pluie, une pluie glacée. J'étais toute nue. Je tremblais de froid et de peur, parce que je voyais bien que ces guerriers étaient fanatisés. Et là, tout s'est passé très vite. Sur l'ordre de mon père, ils ont rassemblé les serviteurs près de l'étang relié au Nil. Ils ont arraché leurs vêtements. Ensuite, ils ont pris deux de mes servantes, et... ils les ont égorgées sans la moindre hésitation. J'ai hurlé. Mon père m'a encore frappée. Il a promis une mort encore plus horrible aux autres s'ils parlaient de ce qui s'était passé, ou s'ils tentaient d'avertir la garde. Il disait que le dieu Seth les anéantirait. Ils étaient terrorisés. Les guerriers ont basculé les corps dans le canal menant vers le fleuve. Mon père m'a fait enfermer jusqu'au matin. Je croyais qu'il allait repartir en m'ordonnant de retourner près de toi. J'étais décidée à tout te dire. Mais le cauchemar n'était pas fini. Au matin, le soleil était revenu. Ils sont venus me chercher. Ils m'ont bandé les yeux, et ils m'ont emmenée.

— Où ?

— Je ne sais pas... Je ne sais pas... Ils m'ont embarquée à bord d'une felouque. J'avais les mains liées derrière le dos. Nous avons fait un voyage assez long, sans doute une journée entière. Je me souviens de la chaleur du soleil sur ma peau. J'ignore par où je suis passée. À un moment, nous avons quitté le navire. Nous avons marché longtemps, longtemps. Mes pieds s'écorchaient sur la pierre. Lorsque nous sommes arrivés, il faisait de nouveau nuit. Ils ont enlevé mon bandeau, mais je voyais à peine. Je me souviens seulement que la lune était pleine. Elle éclairait une vallée étroite, rocailleuse, de couleur rouge. Il y avait une sorte de cité bâtie en bordure de la falaise. Au centre, un temple s'enfonçait dans la colline, gardé par deux statues à l'entrée. L'une d'elles était Seth. L'autre avait une tête de serpent et un corps d'homme. J'ai entendu le nom que les habitants lui donnaient : Baâl.

— Le dieu des Édomites !

— On m'a emmenée à l'intérieur du temple. Un long couloir descendait vers une grande caverne creusée au cœur de la falaise. Des feux brûlaient dans de larges vasques. Tout en bas, il y avait deux autres statues de Seth et de Baâl, encore plus grandes, avec des yeux noirs et luisants qui semblaient vivants. Entre les deux gisait une longue pierre. Derrière elle s'ouvraient des galeries sombres qui s'enfonçaient dans la colline. Les prêtres guerriers m'ont attachée à un pilier. La grotte était déjà pleine de monde, mais elle continuait à se remplir. Tous portaient des masques de serpent. Au fond, il y avait des joueurs de tambourin et de flûte. Leur musique était lancinante, assourdissante. Cela faisait un bruit effrayant. Une odeur bizarre flottait dans l'air, âcre et entêtante. J'ai compris que tous ceux qui étaient là avaient mâché des herbes hallucinogènes. Ils semblaient en transe. Je crois que je n'ai jamais eu aussi peur de ma vie. J'avais l'impression d'être entourée de fous et de monstres. C'était horrible. Plus le temps passait, plus j'avais l'impression qu'ils perdaient l'esprit. Ils se sont mis à bouger, à se dandiner d'un pied sur l'autre, et ils prononçaient les noms des dieux. La tension montait. Ils attendaient quelque chose.

Inmakh s'arrêta soudain, la voix brisée. Semourê insista doucement.

— Et ensuite ?

Elle hésita. Mais elle devait trouver la force d'aller jusqu'au bout.

— Un individu est entré par une des galeries. Il ne portait pas de masque ; je l'ai reconnu : c'était l'homme au visage brûlé. Sans doute s'agit-il de leur grand prêtre. Il s'est approché de la longue pierre et a crié des mots incompréhensibles. J'étais toujours attachée à quelques pas de la surélévation située entre les statues. Personne ne prêtait attention à moi, mais je ne pouvais fuir pour autant ; mes liens étaient trop solides. C'est alors que j'ai entendu les cris. Je ne savais pas d'où ils venaient. Et puis, sur un signe de l'homme à la tête brûlée, une douzaine de gardes armés sont entrés. Ils amenaient avec eux trois tout jeunes enfants. J'ai su immédiatement qu'il s'agissait de ceux dont la mère avait été tuée.

— À cause des masques... murmura Semourê.

— Ils hurlaient de terreur. Et je ne pouvais rien faire ! Rien !

Les yeux de la jeune femme luisaient de larmes. Elle serra les dents pour trouver le courage de continuer, et poursuivit d'une voix hachée :

— Ils étaient tout nus. Deux petits garçons et une petite fille. La foule s'est mise à hurler de plus belle. Alors, ce fut atroce. Les gardes ont allongé le premier enfant sur la grande pierre. Ils lui ont attaché les pieds et les mains à des anneaux de cuir. Puis l'homme à la tête brûlée s'est approché et il a levé les bras en direction des statues. Il brandissait un énorme couteau de cuivre, comme ceux dont se servent les bouchers royaux pour les sacrifices d'animaux. Il a dit :

« — Ô Seth, dieu du désert, maître de l'abîme et des étoiles, toi qui déchiras le flanc de ta mère pour jaillir à la vie, accepte ce sang afin qu'il te redonne la fertilité que t'a ôtée Horus. Dieu guerrier invincible, apporte à tes fidèles ta puissance et ta bravoure, afin qu'elles nous permettent de vaincre l'usurpateur. »

« Une clameur formidable a répondu à ses paroles. Ensuite — que les chiens d'Anubis lui rongent les os —, il a saisi l'enfant par les cheveux, et il lui a tranché la gorge, comme il aurait fait pour un agneau. Les cris de l'enfant ont cessé aussitôt. J'ai vu son corps s'agiter, puis retomber sans vie. Sous la pierre, son sang s'écoulait dans des vases de cuivre. Le prêtre a encore ajouté :

« *Le sang fertilise l'eau et redonne force au dieu des ténèbres !* »

« Il a ensuite immolé les deux autres enfants de la même manière. J'ai hurlé, mais les cris couvraient ma voix. Ils étaient tous hystériques. Ils se balançaient de tous côtés en prononçant des phrases sans suite, défigurés par la folie. Une fumée épaisse envahissait la caverne. On se serait cru dans la gueule d'un monstre gigantesque. Les yeux me brûlaient.

« Aussitôt après le sacrifice, il s'est tourné vers la foule, et il a prononcé un nom que je n'ai pas compris immédiatement, parce qu'il s'y mêlait le nom de Seth et de Baâl. L'assistance s'est mise à gronder, et à scander ce nom. Alors, une autre silhouette est apparue dans la galerie du centre. J'ai cru être l'objet d'une hallucination. Elle portait la crosse et le fléau, un némès et une barbe postiche en lanières de cuir. Ses yeux étaient plus noirs que la nuit la plus sombre, mais ils brillaient d'une lumière insoutenable. La lueur des torches et des grandes vasques de feu l'éclairait. J'étais morte de peur. Je suis sûre qu'il ne s'agissait pas d'un homme. Lorsqu'il est apparu, la foule s'est calmée, puis elle s'est remise à prononcer son nom, doucement au début, puis le nom s'est enflé, et il faisait résonner les échos de la caverne. Cela faisait un tel vacarme que je ne m'entendais même plus crier.

— Quel nom clamaient-ils ?

— Je sais que tu ne vas pas me croire : c'était celui de Peribsen !

— C'est impossible. Peribsen est mort depuis plus

de trente ans. Et même s'il vivait encore, ce serait un vieillard.

— Je te dis ce que j'ai vu. C'était un homme jeune ! Je voyais mal ses traits, à cause du maquillage de khôl et de malachite, mais son corps était celui d'un homme vigoureux. Il s'est avancé, il a écarté les bras. La foule s'est calmée aussitôt. Alors, le prêtre au visage brûlé a pris un gobelet, qu'il a plongé dans l'une des vasques où il avait recueilli le sang des enfants. Ensuite, il a tendu le gobelet plein de sang au fantôme, qui l'a bu jusqu'à la dernière goutte. J'étais tellement écœurée que je crois que j'ai vomi. Mais ce n'était pas terminé. Après le roi, les autres se sont approchés de la plate-forme de pierre, et le prêtre leur a fait boire, à chacun, un peu du sang des sacrifiés.

De nouveau, elle éclata en sanglots.

— Je ne peux pas continuer... Je ne peux pas continuer, gémit-elle.

Semourê la prit contre lui, bouleversé.

— Ils t'ont obligée à en boire, toi aussi, n'est-ce pas ?

— Je ne savais pas où était passé mon père depuis le moment où l'on m'avait attachée.

Elle se mit à hurler d'une voix hystérique.

— J'ai serré les dents, mais il m'a frappée. Les autres m'ont écarté les mâchoires. Je sens encore le goût de ce sang tiède dans ma bouche.

Inmakh respira profondément. Ses yeux brillants de larmes luisaient d'une lueur farouche.

— J'ai cru devenir folle. J'ai essayé de recracher ce que je pouvais, mais ils ont continué à me battre.

Puis mon père a déclaré que je faisais désormais partie de leur groupe.

Elle avala difficilement sa salive.

— Je suis maudite, poursuivit-elle d'une voix blême. J'ai bu le sang de ces enfants ! Mon père... a dit que j'appartenais aux dieux Seth et Baâl. Il a dit que le sang m'enchaînait à eux d'une manière que je ne pourrai plus jamais rompre.

— C'est faux ! s'insurgea Semourê. Tu as bu ce sang contre ta volonté.

Il la serra dans ses bras. Peu à peu, elle se calma.

— Tu n'as rien à craindre, ajouta-t-il doucement. Ces dieux n'ont aucun pouvoir parce qu'ils n'existent pas. Pherâ et ses complices paieront pour leurs crimes.

— Tu as dit que je le haïssais, gronda sourdement la jeune femme. C'est pire encore. Il n'existe pas de mot pour décrire l'aversion que je ressens pour lui. J'aimerais lui arracher la gorge avec mes dents.

Semourê ne répondit pas. La haine qui vibrait dans la voix de sa compagne lui glaçait le sang. Ils demeurèrent un long moment silencieux.

— Que s'est-il passé ensuite ? demanda enfin Semourê.

— Ils semblaient tous frappés de démence. Le grand prêtre hurlait qu'il fallait s'unir pour redonner la fertilité à Seth. Alors, ils ont jeté leurs masques au sol, puis ils ont arraché leurs vêtements et ont copulé comme des bêtes. Es étaient nus, dégoulinant de sueur. Les femmes s'allongeaient sur le sol, les cuisses écartées. Les hommes se couchaient sur elles et les pénétraient en hurlant. Il y en avait une plus folle que les autres. Elle est montée sur la dalle. Les guerriers venaient juste d'enlever les corps des enfants sacrifiés. Elle s'est couchée sur la pierre encore rouge de leur sang. Alors, le fantôme de Peribsen s'est approché d'elle. Il avait un sexe énorme, dont l'ombre agrandie se projetait sur la paroi de la caverne. On aurait dit une statue du dieu Min. Il s'est accouplé avec elle. J'ai reconnu cette femme : c'était l'épouse du fabricant de papyrus.

— Saniout ! La putain ! Voilà pourquoi elle a fui le domicile de son mari. Ce pauvre Nebekhet est vraiment trop brave. Il aurait pu la faire condamner. Elle l'a trompé avec tout un chacun, même avec cet imbécile de Kaïankh-Hotep. Elle couchait avec n'importe qui. Cela ne m'étonne pas qu'elle ait échoué dans cette secte maudite.

Il médita quelques instants, puis ajouta en grommelant :

— Je ne serais pas étonné qu'il soit mêlé à tout cela, lui aussi.

— Qui ?

— Kaïankh-Hotep !

— Je... Je l'ai rencontré à Bubastis.

— Que faisait-il là-bas ?

— Il m'a dit que son domaine était proche.

— À Hetta-Heri, je sais.

— Il m'a invitée à le visiter. Mais j'ai refusé. Je n'aime pas cet homme.

— Il voulait profiter de ce que nous étions séparés ! Il ne perd rien pour attendre. Je vais le faire arrêter.

— Sous quel prétexte ? Il n'était pas présent dans ce maudit temple.

— Tu en es sûre ?
— Je l'aurais reconnu. Tu ne peux pas le faire emprisonner simplement parce qu'il a couché avec Saniout. Il n'est pas le seul.
— C'est vrai ! reconnut Semourê en grognant. Mais c'est bien dommage.

Il se redressa et déclara :

— Je vais donner des ordres pour que l'on recherche Pherâ et Saniout. J'aurai plaisir à les questionner personnellement. Il faudra bien qu'ils dénoncent leurs complices !
— Mais comment ? gémit-elle. À présent, mon père doit se méfier. Cela m'étonnerait que tu puisses le surprendre dans le quartier de l'Oukher. Quant à cette cité infernale... Je ne saurais même pas la retrouver. Lorsqu'il m'a ramenée à Bubastis, il m'a de nouveau bandé les yeux. Il m'a ordonné de retourner près de toi et de t'espionner.

Elle lui prit les mains.

— Pardonne-moi !
— Je n'ai rien à te pardonner. Mais tu aurais dû m'en parler plus tôt.
— Je ne pouvais pas. Pherâ a emmené Meriou en disant qu'il le tuerait si je n'obéissais pas. De plus il a promis de revenir me chercher pour me sacrifier aux dieux. Il a ajouté que rien ne pourrait les empêcher d'accomplir leur vengeance.
— Le chien ! Tu vas rester ici, sous la protection de mes gardes. Nous débusquerons ce nid de vipères, et nous le détruirons. Ensuite, tu ne risqueras plus rien.

Quelques instants plus tard, il donnait ses ordres. Un jeune capitaine et une douzaine d'hommes vinrent s'installer dans la demeure, avec charge de défendre Inmakh. Resté seul, Semourê médita sur ce que venait de lui apprendre sa compagne. Le meurtre de Sabkou, l'ouâb du temple de Seth, lui revint en mémoire. Ce stupide novice savait en quoi consistaient les *rites anciens* dont il avait parlé à Mekherâ. Ses complices avaient redouté que, dans son exaltation, il ne trahit la secte des Sethiens. Ils avaient préféré lui trancher la tête. De la même manière, ils avaient supprimé la servante de Thanys.

Semourê aurait aimé parler de tout cela à Moshem, mais celui-ci était parti dans le village où avait eu lieu le dernier crime. Il ne serait de retour que dans deux jours. Il hésita sur la conduite à tenir. Devait-il rapporter ces abominations à Djoser et Thanys immédiatement ? Il jugea inutile d'affoler encore plus la reine. Il attendrait le retour des enfants de Kennehout.

Il chargea ses gardes bleus d'investir le quartier du port pour capturer l'ex-grand vizir. Deux jours plus tard, les recherches n'avaient donné aucun résultat. Dans la soirée, un soldat vint avertir Semourê du retour du navire de Setmose. Il se rendit aussitôt sur le port, où il retrouva le roi et la reine, bouillant d'impatience.

Pourtant, lorsque les silhouettes se précisèrent sur le pont du vaisseau, une sourde angoisse s'installa. Nulle part on n'apercevait les enfants.

42

La terrible nouvelle se confirma dès que Setmose eut débarqué. Il se jeta aux pieds de Djoser et de Thanys, plus morte que vive.

— Ô Taureau puissant, pardonne à ton serviteur, gémit le jeune capitaine. Le rêve envoyé par les dieux à la reine Nefert'Iti était vrai. Nous sommes arrivés trop tard.

La respiration coupée, Thanys s'appuya sur le bras de Semourê, qui dut la soutenir jusqu'à la litière, où elle s'évanouit à demi. Du navire, les guerriers débarquaient des brancards transportant des blessés parmi lesquels Kebi, le chef de la garde. Le roi ordonna un retour immédiat au palais.

— Ta demeure de Kennehout a été attaquée il y a deux jours, Seigneur, expliqua Setmose. Nous n'avons rien pu faire, sinon soigner les victimes. Malgré ses blessures, Kebi a tenu à être amené devant toi. Il va te dire ce qui s'est passé.

Des gardes apportèrent la civière sur laquelle était étendu le fidèle capitaine. Son torse et ses deux jambes étaient enveloppés dans des bandages rougis de sang. Ses yeux fiévreux trahissaient un épuisement extrême. Djoser et Thanys s'approchèrent de lui. Il rassembla ses forces pour parler.

— Prends ma vie, ô Lumière de l'Égypte. J'ai failli à ma tâche.

— Qui vous a attaqués ? gronda Djoser.

— Je l'ignore, Seigneur. Depuis deux ans que je dirige les gardes de Kennehout, il ne s'est jamais rien passé. Les Bédouins du désert sont pacifiques depuis leur défaite de Kattarâ. J'avais fait ma ronde, comme tous les soirs. Tous mes hommes étaient en place. Puis je suis allé voir le prince Seschi et la princesse Khirâ. Ils aimaient que je leur raconte nos exploits guerriers. Ensuite, comme à l'accoutumée, je me suis couché en travers de la porte de leur chambre. En pleine nuit, j'ai été réveillé par un bruit insolite. Mais il était déjà trop tard. Le domaine avait été investi par des êtres monstrueux à la tête de serpent.

— Des masques ! rétorqua le roi.

— Je ne m'en suis pas rendu compte sur le moment, Seigneur. Ils ont surgi de la nuit en silence. Ils étaient trois fois plus nombreux que nous. Ils ont massacré tous mes hommes, une vingtaine, parmi les meilleurs. Le vieux Senefrou a eu les jambes brisées en essayant de protéger les enfants. Ils ont égorgé la moitié de tes serviteurs. Quant à moi, ils m'ont laissé pour mort. Je les ai vus emporter Khirâ et Seschi. Mais je ne pouvais pas agir ; mes jambes ne me portaient plus.

Il se mit à pleurer.

— Pardonne-moi, Seigneur ! répéta-t-il en sanglotant.

Djoser serra les dents et lui posa la main sur l'épaule.

— Tu as fait ce que tu as pu, mon compagnon. C'est moi qui me suis montré imprudent. Jamais je n'aurais dû éloigner Khirâ et Seschi de Mennof-Rê. Mais nous allons les retrouver. Ces chiens vont payer leur crime.

Djoser se redressa.

— Que l'on fasse venir Ouadji d'Iounou. Je veux que l'on donne les meilleurs soins à Kebi.

Semourê intervint :

— Mon cousin, puis-je te parler seul à seul ?

Le roi acquiesça. Tous d'eux s'écartèrent.

— Je ne peux dire ce que j'ai appris devant Thanys, Djoser. Tu jugeras toi-même si tu dois la prévenir.

— Que sais-tu ?

En quelques mots, il conta au roi la terrible aventure d'Inmakh. Lorsqu'il eut terminé, Djoser était blanc comme un linge.

— Les chiens ! gronda-t-il, en proie à une fureur mêlée de désespoir. Cela veut dire qu'ils vont sacrifier Seschi et Khirâ à leurs rites sanguinaires. Semourê, que faut-il faire ?

Pour la première fois depuis longtemps, Djoser doutait. Sa colère était d'autant plus grande qu'il se sentait désarmé face à la lâcheté et l'ignominie de l'ennemi. Un ennemi sans pitié, qui s'en prenait à des êtres sans défense, des enfants, pour des raisons religieuses d'une imbécillité terrifiante. Les sacrifices humains avaient disparu Égypte depuis des temps immémoriaux. Les hommes qui avaient fait resurgir ces pratiques monstrueuses ne pouvaient être que des criminels sans âme. Mais comment lutter contre eux ? On ignorait où se trouvait leur repaire.

Semourê posa la main sur le bras de son cousin.

— Nous devons agir très vite, dit-il. Les enlèvements d'enfants ont toujours eu lieu quelques jours avant la pleine lune. Inmakh a remarqué que la lune était pleine lorsqu'on l'a amenée dans le temple maudit. Cela veut dire qu'ils pratiquent leurs rites précisément cette nuit-là. La prochaine aura lieu dans quatre jours.

— Mais comment retrouver cette cité maudite dans un délai aussi bref, alors que toutes les recherches n'ont rien donné jusqu'à présent ? gémit le roi.

À quelques pas, Thanys s'aperçut du bouleversement de son mari et exigea d'être mise au courant à son tour. Après avoir hésité, Djoser lui expliqua la situation. La jeune femme blêmit, puis elle sortit rapidement de la grande salle, suivie de ses esclaves. Djoser eut un mouvement pour la rattraper, qu'il n'acheva pas.

Quelques instants plus tard, Thanys revenait. Médusés, les hommes présents n'en crurent pas leurs yeux. Ce n'était plus la reine qui se tenait devant eux, mais une guerrière féroce, armée jusqu'aux dents. À sa ceinture de cuir, ornée à l'arrière d'une queue de loup, pendaient le glaive et le poignard de bronze qu'elle avait volés à l'ignoble Khacheb. En travers de son torse était passé son arc, une arme qu'elle avait elle-même fabriquée sur le modèle hyksos en y apportant ses propres perfectionnements.

Sur ses épaules, elle avait posé la peau de jaguar des soldats. Solidement plantée sur ses jambes écartées, elle s'adressa au roi.

— Écoute-moi bien, Horus Neteri-Khet, mon époux. Je ne redeviendrai la reine Nefert'Iti que lorsque les chiens qui ont enlevé mes enfants auront été massacrés jusqu'au dernier. Nous allons les retrouver et les anéantir. Et ne tente surtout pas de m'empêcher de partir avec toi !

Éberlué, Djoser ne sut que répondre. La farouche détermination de Thanys le stupéfiait. Il la connaissait assez pour savoir qu'il était inutile d'essayer de la convaincre de rester au palais. D'ailleurs, pour lui avoir enseigné lui-même, autrefois, le maniement des armes, et pour avoir combattu à ses côtés, il savait qu'elle pouvait se mesurer aux meilleurs guerriers. Une bouffée d'amour et d'admiration l'envahit.

— Personne ne songe à t'en empêcher, ma belle épouse, déclara-t-il. Mais pour le combattre, il faudrait savoir où se terre notre ennemi.

Semourê intervint :

— Moshem a suivi Pherâ jusqu'à Bubastis. Malheureusement, le navire de ce scélérat a disparu dans les marais qui bordent les rives orientales du Nil à cet endroit. Peut-être Inmakh pourra-t-elle nous aider. Elle est la seule qui ait vu cette cité maudite.

— Qu'elle vienne donc au palais immédiatement !
— Je vais la chercher, Seigneur !

Lorsque Semourê s'engagea dans la rue menant à sa demeure, il se rendit compte aussitôt qu'il se passait quelque chose d'anormal. Au loin, une lueur infernale dévorait les ténèbres nocturnes. Il accéléra le pas, bousculant les badauds attirés par l'événement. Hors d'haleine, il parvint devant chez lui. Mais il ne put pénétrer. La maison et le jardin étaient la proie de flammes hautes et denses. Une fumée épaisse et noire s'en échappait. Une odeur infecte prenait à la gorge. Désemparé, Semourê murmura d'une voix chargée d'angoisse :

— Inmakh !

Il courut d'un endroit à l'autre pour chercher une brèche par laquelle il aurait pu essayer d'entrer. Mais ce fut peine perdue. La température était tellement élevée qu'il était impossible d'approcher.

À peu de distance, on avait étendu quelques-uns de ses serviteurs qui avaient réussi à fuir le désastre. Il les rejoignit. Tous avaient reçu des blessures plus ou moins graves. La moins touchée était Mirâ, une jeune Nubienne qui s'occupait de son linge.

— Que s'est-il passé ? lui demanda-t-il.

— De féroces guerriers ont attaqué ta demeure, Seigneur. Ils se sont introduits dans les jardins en profitant de la nuit. Les gardes se sont battus avec courage, mais ces chacals étaient trop nombreux. Après les avoir massacrés, ils s'en sont pris à tes serviteurs. J'ai été blessée, mais j'ai réussi à leur échapper.

— Qu'est devenue Inmakh ?

— Je ne sais pas, Seigneur. Je me suis cachée. Tout a été très vite. Après la bataille, il y a eu un grand silence. Et puis, une lumière aveuglante est apparue, suivie d'un souffle de feu brûlant comme l'haleine d'Apophis. Tout a flambé d'un coup. Il y avait cette odeur écœurante dans l'air. J'ai cru que j'allais étouffer et que les flammes allaient me rattraper. Mais j'ai rampé jusqu'à la porte, et j'ai pu sortir.

Semourê entendit à peine les derniers mots de la petite Nubienne. Pherâ avait prévenu sa fille qu'il la sacrifierait à ses dieux cruels si elle parlait. Sans doute le corps de la jeune femme gisait-il dans le brasier. Une bouffée de rage et de haine l'envahit, mêlée à la douleur. Il comprenait Thanys. Lui non plus ne trouverait pas de repos avant d'avoir exterminé les scélérats qui avaient commis ces crimes odieux.

Mais où les chercher ? Avec Inmakh venait de disparaître la seule personne qui aurait pu leur apporter de l'aide.

43

Lorsqu'elle s'éveilla, Inmakh éprouva une violente douleur à la tête. Puis les souvenirs lui revinrent.

Avant de s'endormir, elle avait eu envie de respirer l'air de la nuit dans le jardin de Semourê. Celui-ci aimait particulièrement les roses. Depuis qu'elle lui avait avoué son aventure, elle se sentait relativement soulagée. Désormais, elle ne portait plus seule le poids de cette histoire épouvantable. La présence des gardes la rassurait un peu. Ils étaient nombreux et bien armés. Mais la terreur s'était muée en une angoisse sourde qui la rongeait insidieusement. Son père lui avait promis la mort si elle trahissait, et elle savait qu'il ne reculerait devant rien pour assouvir sa vengeance. Et surtout, elle ne parvenait pas à chasser de son esprit la vision du couteau tranchant la gorge des enfants sacrifiés, et le goût âcre de leur sang dans sa bouche. Elle aurait voulu pouvoir effacer cette abjection, mais il lui semblait qu'elle demeurait imprégnée jusqu'à la moindre fibre de sa chair, l'enchaînant à jamais aux divinités maudites. Leur malédiction s'était étendue sur elle, et le regard noir des deux statues la hantait. À n'en pas douter, ces statues étaient vivantes ! Les sculpteurs ne possédaient-ils pas la magie de donner la vie à la pierre ? Elle ne pouvait oublier également les yeux sombres et luisants du fantôme de Peribsen. Une fraction de seconde, derrière la fausse barbe, le khôl et le masque blanc, il lui avait paru étrangement familier. Mais il y brillait un éclat reflétant une intense cruauté, une lueur qui n'avait plus rien d'humain. Elle était certaine à présent qu'il ne s'agissait pas d'un être ordinaire, mais bien d'un démon terrifiant.

Plongée dans ses pensées lugubres, elle n'avait pas compris immédiatement ce qui se passait. Tout à coup, les arbres plongés dans la nuit avaient paru s'animer. Des ombres s'étaient matérialisées dans les buissons, brandissant des glaives et des poignards. Les six gardes en faction avaient été égorgés sans pouvoir se défendre. Attirés par le vacarme, les autres étaient sortis de la demeure. Terrorisée, Inmakh était restée pétrifiée lorsqu'elle avait reconnu les guerriers au crâne rasé. Elle avait voulu s'enfuir, mais les assaillants lui avaient coupé toute retraite. Ils l'avaient saisie brutalement, jetée à terre. Puis un coup violent l'avait assommée et elle avait sombré dans le néant.

Jusqu'à son réveil dans cet endroit sombre. Ses mains et ses chevilles étaient entravées. Elle se demanda où elle se trouvait. Au bruit de l'eau proche et au balancement du plancher, elle comprit qu'elle était à bord d'un navire. À travers les interstices du pont, elle se rendit compte qu'il faisait encore nuit. Mais une lueur d'un rose pâle annonçait l'aube prochaine. Une terreur sans nom s'infiltra en elle quand elle comprit que son père avait tenu parole. Il avait probablement appris que les gardes royaux le recherchaient dans les tavernes sordides de l'Oukher. Il en avait déduit qu'elle avait tout révélé à Semourê, et il avait envoyé ses guerriers pour la récupérer. Elle se douta qu'on l'emmenait dans la cité maudite. Elle revit la pierre du sacrifice et un grand froid la saisit. Il n'était pas possible que son propre père la livrât ainsi au couteau du prêtre à la tête brûlée. Mais en vérité, elle savait qu'il n'aurait eu aucun scrupule à tenir lui-même la lame.

Le désespoir s'empara d'elle. Semourê n'avait rien pu faire pour la protéger. Ses soldats avaient été massacrés par un ennemi supérieur en nombre, qui n'avait pas hésité à attaquer en pleine ville. Elle était perdue et son pauvre Meriou avec elle. Cette fois, ses tortionnaires n'avaient même pas pris la précaution de lui bander les yeux, confirmant ainsi qu'ils l'avaient condamnée à mourir. Sa première réaction fut de céder à la panique et de gémir. Puis un sursaut d'orgueil mêlé de fureur la saisit et elle ravala fièrement ses larmes. Elle n'offrirait pas à son père la joie du spectacle de sa terreur. Puisqu'il voulait la tuer, elle lui cracherait toute la haine qu'elle gardait en elle depuis sa plus tendre enfance. Ce porc immonde avait cessé de lui faire peur.

Peu à peu, tandis que Khepri-Rê se levait, les ténèbres se dissipèrent. Elle constata qu'elle se trouvait dans la cale d'une grosse felouque de transport encombrée de marchandises. Sans doute ses ravisseurs voyageaient-ils sous le couvert de pacifiques commerçants. Autour d'elle s'entassaient des ballots, des piles de couvertures, des coffres de toutes tailles.

Du pont lui parvenaient des bruits de conversation. Elle reconnut la voix aigre de Pherâ qui donnait ses ordres. Elle tenta de les comprendre, mais le grincement du bois du navire les rendait inintelligibles.

Soudain, un bruit insolite attira son attention. On aurait dit le miaulement d'un chat. Elle se rendit compte qu'il s'agissait de pleurs d'enfant. Elle rampa en direction des piles de couvertures. Les pleurs se précisèrent. Se frayant un passage au milieu des ballots aux odeurs épaisses, elle découvrit deux nattes roulées et solidement arrimées au pied du mât double. À en juger par leurs dimensions, les prisonniers étaient très jeunes.

— Ne pleurez plus, les enfants. Je suis là.
La voix d'un petit garçon lui répondit.
— Qui es-tu ?
— Je m'appelle Inmakh.
— Inmakh ? C'est toi ? Pourquoi on est là ? Où est notre père ? Pourquoi ne vient-il pas nous défendre ?

Bouleversée, la jeune femme ne répondit pas immédiatement. Elle connaissait bien cette voix, la voix d'un enfant de sang royal avec qui elle avait joué nombre de fois dans les jardins du palais.

— Seschi ?
— J'ai peur, Inmakh. Je suis dans le noir. Délivre-moi !
— Je... Je vais essayer. Mais je suis attachée, moi aussi.

— Inmakh ! dit la voix de Khirâ dans l'autre natte. J'ai soif. Et j'ai faim aussi.

Un sursaut de colère envahit la jeune femme, mais il s'évanouit devant la perspective monstrueuse que lui dévoilait la présence des deux enfants à bord de la felouque de son père. Une vision épouvantable lui fit entrevoir les corps sans vie des deux petits êtres, étalés sur la pierre du sacrifice. Peut-être Pherâ les avait-il enlevés pour négocier la restitution de ses biens. Mais elle savait déjà que cette hypothèse était illusoire. Elle poussa un grognement de rage.

— Je reviens ! souffla-t-elle aux deux petits.

Rampant sur le plancher humide et malodorant du navire, elle chercha des yeux un instrument capable de trancher ses liens. Soudain, une ouverture se découpa à l'avant. Le cœur de la jeune femme se mit à battre la chamade. La silhouette corpulente de son père pénétra dans la cale. Il était suivi par deux guerriers au crâne rasé. Inmakh respira profondément, rassembla tout son courage et cracha :

— Sois maudit, mon père ! Où que tu ailles, l'Horus Neteri-Khet te retrouvera, et il te fera payer tes crimes.

Il bondit sur elle et la frappa à tour de bras. Une violente douleur irradia la bouche de la jeune femme.

— Silence, sale putain ! Tu m'as trahi ! Tu as osé défier le Dieu rouge ! Je te renie ! Et je plongerai moi-même le couteau du sacrifice dans ta gorge ! Pas trop vite ! Pour que tu sentes ta vie s'échapper lentement.

— Cela ne sera rien à côté de ce que te fera subir le roi lorsqu'il t'aura capturé.

— Tais-toi, chienne !

Il la frappa de nouveau. Elle se débattit avec fureur, s'agrippa de ses deux mains liées à la robe de son père en hurlant sa haine. Les deux guerriers intervinrent et la rejetèrent brutalement contre la coque. Levant les yeux vers Pherâ, elle connut un moment de pure terreur. Épouvantée par la folie haineuse qu'elle découvrait dans ses yeux, elle se mit à trembler. Son regard n'avait plus rien d'humain. Elle se souvint alors de l'odeur douceâtre de la caverne. Elle comprit que son père faisait désormais usage de ces herbes magiques des sorciers, qui permettaient, d'après eux, d'élargir la perception de l'esprit. Elle savait aussi que certaines d'entre elles, consommées en trop grande quantité, entraînaient la démence. Elle se recroquevilla contre les ballots et baissa la tête. Ses lèvres, dont s'échappait un filet de sang, la faisaient horriblement souffrir. Un peu calmé par son attitude soumise, Pherâ lui lança encore un violent coup de pied dans les côtes, puis quitta les lieux. Inmakh attendit un long moment que les battements de son cœur fussent apaisés. Puis elle repensa aux enfants. Elle ne pouvait laisser commettre ce nouveau crime sans rien tenter. Si elle avait été seule, elle aurait accepté son sort avec résignation. Mais elle aimait Khirâ et Seschi. Pour eux, elle allait se battre, trouver une solution. Elle se remit à ramper dans la pénombre de la cale, cherchant avidement n'importe quoi, un objet suffisamment tranchant pour venir à bout de ses liens. Elle comprit qu'un dieu bienveillant la protégeait lorsqu'elle découvrit, coincé entre deux planches, à l'endroit où elle s'était débattue quelques instants plus tôt, un superbe éclat de silex. Sans doute était-il tombé de la ceinture de l'un des guerriers. Elle le ramassa et s'attaqua fébrilement à ses entraves. Quelques instants plus tard, elle était libre. Elle délivra ensuite les deux gamins, qui se blottirent dans ses bras. Une vive émotion s'empara d'elle. Ils n'avaient pas encore quatre ans. Comment pouvait-on trouver le sinistre courage de faire du mal à des êtres aussi faibles ? La haine qu'elle éprouvait s'en trouva encore renforcée.

Elle réfléchit. Elle avait réussi à se débarrasser de ses liens, mais elle n'était pas libre pour autant. Ils étaient toujours prisonniers, bloqués dans la cale. De plus, si son père ou un guerrier redescendaient, elle serait de nouveau entravée et on lui confisquerait l'éclat de silex.

— Écoutez, chuchota-t-elle aux enfants, nous avons été enlevés par des hommes très méchants.

— Je vais les tuer avec mon sabre ! gronda Seschi, qui avait retrouvé son courage depuis qu'il était sorti de la natte.

— Mais tu n'as pas ton sabre, rétorqua doucement Inmakh.

— C'est vrai, il est resté à Kennehout. Je n'ai pas eu le temps de m'en servir, sinon, je les aurais tous tués.

— Ils sont mieux armés que nous. Il vaut mieux éviter de se battre contre eux. Mais nous avons une arme plus puissante encore !

— Laquelle ? demanda Khirâ, intriguée.
— Cela s'appelle la ruse !

Les yeux ronds des deux bambins la fixèrent sans comprendre.

— La ruse ?
— Écoutez bien. Pour l'instant, ils ne savent pas que nous nous sommes débarrassés de nos liens. Il faut leur faire croire que nous sommes toujours attachés. Ainsi, ils ne se méfieront pas, et ils nous laisseront tranquilles. Mais quand il fera nuit, le bateau va sans doute s'arrêter. Alors, nous pourrons nous échapper.
— C'est une bonne idée, dit Seschi. Il faut qu'on se remette dans les nattes ?
— Il suffira de rester à côté. Dès que vous entendrez quelqu'un descendre, vous vous enroulerez dedans.
— Et ils croiront qu'on est toujours prisonniers ! conclut Khirâ avec un petit rire.
— Chut !

Le stratagème fonctionna à merveille. Vers le milieu du jour, Pherâ vint inspecter la cale. Il constata que sa fille avait adopté une attitude résignée, les yeux fixes. Un frémissement de plaisir le parcourut. Il aimait inspirer la terreur. On s'était trop moqué de sa petite taille et de sa corpulence quand il était enfant. Il en avait conçu une haine démesurée envers l'humanité tout entière. Semblable à une monstrueuse araignée tissant sa toile, il avait intrigué pour accumuler une fortune extraordinaire, construite sur le travail de ses paysans qu'il avait réduits à l'état d'esclaves. Il avait séduit les grands qui pouvaient le servir, détruit ceux qui avaient osé se dresser sur son chemin. Il avait eu une fille, d'une femme épousée pour la richesse de sa famille, une richesse qui avait encore agrandi la sienne après le décès prématuré de sa compagne et de ses deux frères dans une stupide partie de chasse. Pherâ n'avait pas aimé la mère, il n'éprouvait rien pour la fille. Inmakh n'était pour lui qu'un moyen d'asseoir sa puissance. Mais elle l'avait trahi. Il savourait déjà la mort douloureuse qu'il lui préparait.

Vers le soir, le navire s'échoua sur un rivage inconnu. Par les interstices de la coque, Inmakh avait pu se rendre compte que la felouque avait quitté le Nil pour s'enfoncer dans les marais orientaux. Un guerrier au visage impénétrable apporta de l'eau et du pain aux prisonniers. Le sang d'Inmakh se glaça. Il allait s'apercevoir qu'elle avait défait ses liens. Elle ferma les yeux et adressa une fervente supplique à Isis. L'homme se contenta de déposer la nourriture devant elle, puis se rendit auprès des enfants, de l'autre côté de la cale. Elle l'entendit grommeler parce que les nattes s'étaient détendues. Il les obligea à manger rapidement, puis les attacha de nouveau. Lorsqu'il fut parti, Inmakh poussa un soupir de soulagement. Isis les avait protégés. Elle courut délivrer les enfants, puis leur recommanda de ne faire aucun bruit.

Elle réfléchit de nouveau. Les marécages abritaient des tribus de bergers à demi sauvages fidèles au roi. Moshem lui avait parlé d'eux et de leur haine pour les hommes à tête de serpent qui avaient tué deux de leurs femmes. Pherâ devait avoir évité leurs villages. Si elle parvenait à s'échapper du navire, elle pourrait peut-être se placer sous leur protection. Mais les marais étaient peuplés de crocodiles. Et comment trouver le chemin d'un village dans ce labyrinthe végétal et aquatique ? Les pêcheurs de Bastet affirmaient qu'il était facile de s'y perdre.

En vérité, elle n'avait pas d'alternative. Si elle restait à bord, les enfants étaient condamnés à périr sur la pierre sanglante de la cité maudite. Sa décision fut vite prise : elle allait tenter de s'échapper avec eux. Mais il fallait d'abord trouver un moyen de sortir de la felouque sans attirer l'attention. Elle résolut d'attendre que la nuit fût avancée.

Lorsqu'elle fut certaine que la plupart des guerriers étaient endormis sur le pont, elle se risqua jusqu'au panneau avant et le poussa le plus discrètement possible. Derrière elle, les deux enfants suivaient dans un silence absolu, comme s'ils avaient compris le danger qui pesaient sur eux. Observant le navire, elle frémit de peur : elle dénombra plus de soixante guerriers écroulés à même le pont. À l'arrière se dressait une cabine étroite dans laquelle son père dormait sans doute. Un concert de ronflements l'accueillit. Mais deux sentinelles veillaient, spectres noirs éclairés par la lueur blafarde de la lune. Inmakh poussa un soupir de dépit. Il était impossible de sortir sans être vu par l'un ou l'autre. Elle devait pourtant trouver un moyen. Réfléchissant à toute allure, elle étudia les possibilités offertes par le navire. Soudain, elle avisa la *drosse,* ce long et puissant cordage qui, passé dans des chandeliers, maintenait ensemble la proue et la poupe du navire. Setmose lui avait expliqué que, en fonction de l'état du fleuve, on pouvait tendre et détendre cette drosse, à l'aide d'une perche épaisse passée entre les fibres, et bloquée par de solides taquets. Si elle parvenait à débloquer d'un coup cette perche, le navire se disloquerait et, dans la confusion, elle pourrait peut-être parvenir à s'échapper en plongeant — et en espérant qu'aucun crocodile ne rôdait à proximité.

Elle revint dans la cale et fit signe aux enfants de garder le silence. Puis elle saisit un colis de petite taille et remonta. Elle prit une profonde inspiration et, profitant que la première sentinelle avait le dos tourné, lança son leurre dans les eaux boueuses. Le vacarme soudain attira l'attention du garde qui se précipita sur la lisse. Inmakh se glissa souplement à l'extérieur et rampa en direction de la perche. Un lourd casse-tête de dolérite gisait non loin d'un guerrier au crâne rasé. Elle s'en empara et poursuivit sa progression. Lorsqu'elle fut en position, elle se redressa et leva son arme. Elle n'aurait pas l'occasion de s'y reprendre à deux fois. Au moment même où elle allait frapper, un cri rauque la pétrifia. La sentinelle l'avait aperçue. L'homme bondit vers elle. Elle abattit la masse de toutes ses forces sur les taquets de blocage. Il y eut un craquement, puis l'énorme perche fit un tour complet sur elle-même sous l'effet de la torsion. Surpris, le garde, qui se trouvait sur sa trajectoire, ne poussa qu'un cri, léger et terrifiant, puis son crâne luisant éclata sous l'impact, sans pour autant arrêter la rotation de la perche. Le vacarme éveilla bientôt les guerriers. Mais Inmakh avait déjà bondi vers l'écoutille et arrachait les enfants à leur prison. L'instant d'après, tous trois sautaient dans les eaux noires des marais. Nageant avec l'énergie du désespoir, les deux petits accrochés à elle, Inmakh eut tôt fait de gagner la rive proche. Sans perdre de temps à savourer sa victoire, elle se faufila au cœur d'un buisson de plantes aquatiques. Sur le navire, la confusion était à son comble. Elle vit nettement la silhouette sombre de la carcasse se déformer lentement tandis que la perche folle tournait de plus en plus vite. Le bateau se disloqua et commença à couler, précipitant rameurs et guerriers dans les eaux sombres. Inmakh ignorait si l'autre sentinelle avait eu le temps de la voir s'enfuir avec les enfants. Elle ne tenait pas à le savoir. Suivie des deux petits enthousiasmés par son audacieux exploit, et sans doute inconscients des dangers qu'ils couraient, elle se glissa furtivement dans la nuit, priant Isis et Hathor de les protéger. Des cris de rage retentirent un moment derrière elle, puis s'estompèrent au loin.

Avançant au cœur d'une vaste étendue de papyrus, les trois fugitifs parvinrent enfin sur une bande de terre un peu plus ferme.

— J'ai faim, grogna Khirâ.

Inmakh hésita sur la conduite à tenir. Il était évident que son père allait très vite s'apercevoir de leur disparition, et lancerait ses meutes aux crânes rasés à leurs trousses. S'ils poursuivaient leur fuite ainsi, ils pourraient peut-être leur échapper. Mais ils couraient aussi le risque de rencontrer un crocodile vindicatif. Inmakh repéra un grand sycomore à la frondaison épaisse. Dans ses branches, ils seraient à l'abri des prédateurs de tout poil. Quelques instants plus tard, tous trois s'étaient hissés dans les branches de l'arbre, dissimulés à la vue par le feuillage. Il n'était que temps. Une dizaine de guerriers passa sous leurs pieds, sans les voir, puis se fondirent dans la nuit.

Serrant les deux enfants contre elle, Inmakh attendit, guettant fiévreusement les bruits inquiétants des marécages proches. Le reste de la nuit s'écoula ainsi, sans que les guerriers ne se montrassent de nouveau.

Au matin, un ciel lourd et bas s'appesantissait sur le Delta. Inmakh décida de patienter encore un peu. L'idée de libérer la drosse était bonne, même si elle n'avait qu'une chance sur mille de réussir. Mais elle comportait un inconvénient : le navire était inutilisable pendant un bon moment, et les guerriers allaient avoir tout le temps de se lancer de nouveau à leur poursuite.

Elle résolut de ne pas perdre de temps, et réveilla Khirâ et Seschi, apparemment peu traumatisés par leur aventure. Elle se laissa glisser à bas de l'arbre, puis les aida à descendre. Suivant la direction de l'ouest, elle pensait revenir en direction du Nil, où elle pourrait demander du secours.

Tout à coup, Inmakh se figea sur place. Face à elle, au détour d'une clairière, venaient d'apparaître deux énormes sauriens, qui les fixaient de leurs yeux jaunes. Elle saisit fermement les mains des enfants et voulut faire demi-tour. Son sang se glaça. Pherâ en personne se tenait derrière elle, brandissant un glaive de cuivre aiguisé. Une vingtaine de prêtres guerriers l'accompagnaient, leur interdisant toute issue. Pherâ éclata d'un rire cynique :

— Il est inutile de fuir, ma fille ! Le dieu Sobek lui-même t'a condamnée !

Inmakh poussa un cri de fureur. Elle s'était montrée stupide. Elle aurait dû savoir qu'une tentative d'évasion au milieu des marais était vouée à l'échec. Mais qu'aurait-elle pu faire d'autre ? Elle se plaça devant les deux enfants pour les protéger. Khirâ s'était mise à pleurer. Pherâ s'avança vers eux, le visage déformé par un rictus de haine.

— Te rappelles-tu ce que je t'ai promis en cas de trahison, Inmakh ?

— Je n'ai pas trahi ! hurla-t-elle. Je n'appartiens pas à ton dieu maudit ! Les vrais dieux de Kemit t'anéantiront ! Et toi, prends garde au jugement de la Maât ! Les monstres d'Anubis te dévoreront !

— Silence, maudite femelle ! Tu seras sacrifiée sur l'autel de Seth !

— Tu ne peux pas faire ça ! Je suis ta fille !

Il se tenait à présent devant elle. Inmakh n'avait pour toute arme que la petite lame de silex qu'elle tenait cachée derrière son dos. En proie à une rage folle, Pherâ la frappa. Alors, elle riposta, enfonçant la pierre de toutes ses forces dans la bedaine grasse de son père. Stupéfait par sa réaction, il recula. Incrédule, il regarda son ventre épais d'où s'écoulait un filet de sang. Puis il éclata de rire devant la silhouette de sa fille qui brandissait toujours son arme dérisoire pour le tenir en respect. Derrière eux, les crocodiles se rapprochaient lourdement, intrigués par le manège des humains.

— Sale petite putain ! rugit Pherâ, j'aurai plaisir à te trancher la gorge moi-même, lentement, afin que tu sentes ton sang s'écouler hors de ton corps.

Un rapide coup d'œil informa la jeune femme que le fourré de papyrus situé sur sa gauche semblait offrir la seule possibilité de fuite, même si elle n'avait pratiquement aucune chance de réussir. Mais ils n'avaient plus rien à perdre. Si les enfants étaient capturés, la mort les attendait. Elle décida de tenter le tout pour le tout. Soudain, elle hurla :

— Fuyez, les enfants ! Vers les papyrus !

Elle-même bondit sur son père et frappa avec rage. Mais sa lame ne rencontra que le vide. Simultanément, elle ressentit une violente douleur dans le ventre. La respiration coupée, elle vit le glaive de Pherâ pénétrer dans sa chair, puis ressortir, ruisselant de sang. Elle tomba à genoux. Une onde de peur et de rage la parcourut : elle ne pouvait plus défendre les enfants. Dans un état second, elle aperçut quatre guerriers de Seth bondir pour les intercepter. Mais ceux-ci leur glissèrent entre les doigts et filèrent aussi vite que possible en direction des papyrus, aussitôt poursuivis par les sbires de Pherâ.

Une main brutale lui saisit les cheveux et lui tordit la tête en arrière. De nouveau, le glaive de Pherâ se leva sur elle, prêt à s'abattre sur sa gorge.

— Chienne ! Je n'aurai pas la patience d'attendre que nous soyons arrivés au temple, gronda-t-il.

Saisissant fermement le poignard, l'ex-vizir s'exclama d'une voix de fausset :

— Ô toi Seth le Destructeur, écoute-moi ! Voici ma propre fille que je t'offre en sacrifice, afin de racheter les torts qu'elle t'a causés. Qu'elle périsse de ma main, et que son sang te nourrisse et te redonne la fertilité !

Inmakh se mordit la lèvre pour ne pas hurler sa peur. Elle ferma les yeux, guettant le coup fatal. Son flanc la faisait atrocement souffrir. Curieusement, elle éprouvait une sorte de détachement, comme si son corps s'était déjà résigné à mourir. Mais elle tremblait pour les petits, qui, même s'ils échappaient à leurs chasseurs, constitueraient des proies faciles pour les sauriens.

44

Il n'y eut qu'un choc, léger, puis la main de Pherâ resserra son étreinte sur les cheveux de sa proie, les tordit, pour les relâcher l'instant d'après. Un concert de hurlements retentit. Stupéfaite de ne pas sentir la douleur tranchante et froide du métal s'enfoncer dans sa gorge, Inmakh rouvrit les yeux. Au-dessus d'elle, le visage de Pherâ reflétait une surprise sans bornes, tandis que sa bouche s'ouvrait de façon spasmodique sur un son qui ne voulait pas sortir. Une flèche avait traversé la trachée artère, lui bloquant la respiration. Les deux mains crispées sur le bois du projectile, il tentait vainement de reprendre son souffle. Les yeux exorbités par la douleur, il se griffait les joues, les tempes, le cou. Soudain, dans un effort désespéré, il parvint à briser le trait en son milieu, à l'intérieur même de sa chair. Il poussa un cri, un chuintement d'agonie affolé. Avec horreur, Inmakh vit un flot de sang jaillir de sa bouche. Puis il s'écroula lentement sur elle, le corps agité de soubresauts grotesques. Elle rassembla ses forces pour le repousser.

En lisière des papyrus se tenait Thanys, l'arc de

nouveau bandé, Thanys, qui avait tiré la flèche fatale à Pherâ. Inmakh aperçut les enfants dans les bras de deux guerriers royaux. Les prêtres de Seth se ruèrent sur les nouveaux venus, l'arme haute. Mais il était trop tard ; Khirâ et Seschi étaient sauvés. En quelques instants, l'armée investit les lieux. Agacés par le vacarme, les crocodiles disparurent. Sans cesse, des soldats surgissaient des fourrés de papyrus, brandissant des lances, des casse-tête, des haches à lame de cuivre. Djoser dirigeait lui-même son unité d'élite, dont les uniformes se reconnaissaient à la peau de léopard qui leur couvrait les épaules. Le premier moment de surprise passé, les prêtres guerriers réagirent et livrèrent un combat féroce, avec l'énergie du désespoir. Il n'y avait pas de reddition possible. La haine aveugle et la rage semblaient décupler les forces des belligérants. Tremblant et de peur et de douleur, Inmakh se recroquevilla sur le sol. Elle redoutait qu'un fanatique ne profite de la confusion pour achever ce que Pherâ avait commencé. À présent, elle voulait vivre.

Soudain, une silhouette puissante se dressa près d'elle : Semourê, vêtu lui aussi de la peau de léopard. Elle poussa un soupir de soulagement et s'évanouit dans ses bras.

Lorsqu'elle recouvra ses esprits, elle était allongée sur une civière hâtivement fabriquée avec des tiges de papyrus. Son ventre la faisait atrocement souffrir. Thanys et Semourê la veillaient avec anxiété. Elle se rendit compte que l'on était revenu près de la felouque disloquée. Une douzaine de navires de guerre l'encerclaient. L'un d'eux se préparait à repartir pour la capitale.

La voyant éveillée, le jeune homme dit :

— Les enfants nous ont raconté ce qui s'est passé, petite ! Je suis fier de toi. Tu as été très courageuse.

La reine ajouta :

— Khirâ et Seschi te doivent la vie, Inmakh. Par Isis, sois mille fois remerciée.

— Mais comment se fait-il...

— Que nous soyons ici ? Les dieux nous ont apporté leur aide. Semourê pensait que tu pourrais nous aider à retrouver l'emplacement de ce maudit temple dont tu lui avais parlé. Mais sa demeure a été incendiée. Il était persuadé que tu avais péri dans les flammes. C'est alors que Moshem est revenu au palais. Il avait déjà suivi Pherâ une fois, et avait perdu sa trace dans les marais situés à l'est de Bubastis. Il était donc retourné auprès des bergers du Delta pour obtenir leur aide. Leur chef, Mehrou, chassait avec Djoser et moi quand nous étions adolescents. Il a accepté de filer les navires suspects. Il a découvert le passage qu'ils empruntaient et les a suivis jusqu'ici. De cet endroit, une piste mène au temple maudit. Le roi a aussitôt pris le commandement de l'armée, et... nous voilà. Lorsque nous avons débarqué, nous avons compris que Pherâ avait rencontré quelques difficultés. Son navire était complètement disloqué.

— C'est moi qui ai libéré la drosse, expliqua Inmakh. Je voulais m'enfuir avec les enfants.

Thanys éclata de rire.

— C'est un véritable exploit !

— Mais c'était de la folie. Nous n'aurions pas pu échapper aux crocodiles.

— Tu as retardé Pherâ. C'est ce qui nous a permis d'arriver à temps. J'étais sûre que les enfants étaient sur ce bateau. Nous avons suivi les traces. Elles n'empruntaient pas la piste, mais s'enfonçaient dans les marais. Nous n'avons pas compris pourquoi, jusqu'au moment où nous avons entendu des cris. Craignant pour les enfants, nous nous sommes approchés au plus près en nous dissimulant dans les fourrés.

— Et vous êtes arrivés juste à temps, souffla Inmakh avec une grimace de douleur.

Thanys lui prit la main.

— Un peu tard pour toi, malheureusement. Mais je te ramène à Mennof-Rê, où mon père te soignera et te guérira.

— Ta servante te remercie, ô Grande Épouse, souffla Inmakh d'une voix faible.

Apercevant Djoser qui venait à elle, Thanys se redressa. Le prenant à l'écart, elle dit :

— Il faut nous hâter de repartir. Elle a perdu beaucoup de sang. Et je n'aime pas sa blessure.

— Je vais donner les ordres en conséquence au capitaine, répondit le roi, le front soucieux. Nous prierons Isis afin qu'elle se montre clémente. Cette petite a sauvé nos enfants.

Semourê, le visage grave, se pencha sur Inmakh, l'embrassa et lui chuchota à l'oreille :

— Écoute, ma belle, quand nous aurons anéanti ce nid de frelons, j'ai l'intention de t'épouser. Alors, si tu es d'accord, il faut te débrouiller pour guérir de cette foutue blessure.

La gorge nouée, Inmakh lui serra la main très fort.

Quelques instants plus tard, le navire emportant Inmakh, Thanys et les enfants s'éloignait. La troupe des léopards, forte de près de deux mille hommes, se mit en route sur les indications des bergers éclaireurs menés par Mehrou. Bientôt, on quitta les marais pour aborder un relief calcaire peu élevé, situé au sud. La piste s'enfonça dans une sorte de vallée encaissée qui bifurqua rapidement vers l'orient. Par endroits affleuraient des veines d'une pierre magnifique, dont l'alternance de rouges sombres et de rouges orangés semblait figurer les flammes d'un incendie immobile. Djoser se promit d'en parler à Imhotep.

Malgré l'ardeur du soleil au zénith, la détermination des guerriers était intacte. Chacun connaissait les rites cruels de l'ennemi. Le fait qu'il s'en soit pris aux enfants royaux avait décuplé la colère des soldats.

Il fallut plus de trois heures de marche pour parvenir en vue de la cité maudite. Les éclaireurs avaient dénombré moins de mille personnes, dont un quart de femmes. Les autres étaient des guerriers, parmi lesquels ils avaient repéré des Édomites et des prêtres soldats au crâne rasé. L'arrivée de l'armée égyptienne avait probablement été annoncée, mais Djoser n'en avait cure. Le nombre parlait en leur faveur, et il voulait anéantir l'ennemi avant la nuit.

En pénétrant dans la cité, les soldats ne rencontrèrent guère de résistance. Hormis quelques retardataires vindicatifs, les demeures en partie troglodytiques étaient vides. Apparemment, la population s'était réfugiée à l'intérieur du temple. Autour de l'entrée gardée par deux statues monstrueuses taillées à même la roche rouge de la colline, une phalange armée tenta de repousser les troupes royales. Un combat bref, d'une rare violence, se déroula aux pieds des divinités, dont le regard luisant semblait traduire la satisfaction devant le sang répandu et la chair déchirée. Mais les partisans de Seth furent très vite refoulés vers l'intérieur, abandonnant les cadavres de plus d'une vingtaine des leurs.

— Ils sont complètement stupides, s'exclama un soldat. Ils se laissent enfermer comme des renards dans un terrier.

En effet, après cette première bataille acharnée aux portes du temple, l'ennemi semblait refuser la lutte et refluait vers l'intérieur sans combattre. Galvanisés par une victoire qu'ils pressentaient facile, des guerriers exaltés poursuivirent les fuyards dans la galerie. Semourê, resté à l'extérieur avec Djoser et Piânthy, s'alarma.

— Il faut les retenir ! Nous ne savons pas ce qu'il y a à l'intérieur. Une galerie étroite est facile à défendre.

Pourtant, contrairement à ses craintes, les assaillants s'engouffrèrent dans la caverne sans vraiment rencontrer d'obstacle. Plus d'une centaine de guerriers s'y étaient déjà engagés lorsque le roi se prépara à suivre ses hommes. Semourê l'arrêta.

— Tout cela ne me dit rien qui vaille, Djoser. Ces chiens se sont laissé massacrer jusqu'au dernier ce matin. Là, ils semblent fuir sans combattre. On dirait qu'il veulent nous attirer dans le temple.

Djoser s'avança jusqu'à l'entrée, suivi par Semourê et Piânthy.

— Je pressens un guet-apens, mon cousin, insista le chef de la Garde. Il vaudrait mieux que tu restes ici. Je vais aller voir ce qui se passe avec Piânthy.

— Agis ainsi que tu l'entends. Mais sois prudent.

Tandis que Djoser donnait l'ordre aux autres guerriers de rester à l'extérieur, Piânthy et Semourê pénétrèrent dans la galerie, écartant les soldats pour se porter à la tête des combats. Soudain, Semourê arrêta son compagnon.

— Il y a quelque chose d'étrange ici.
— Quoi ?
— L'odeur ! Tu ne sens pas ?
— Tu as raison ! Ça pue ! C'est l'odeur de leur maudit temple !

Mais il en fallait plus pour le faire reculer. De l'autre extrémité de la galerie leur parvenaient les échos d'une bataille furieuse. Bousculant le flot de leurs guerriers excités par la perspective d'une victoire totale, ils parvinrent à l'entrée de l'immense caverne évoquée par Inmakh. Les premiers soldats à la peau de léopard l'avaient déjà investie et combattaient avec fureur une trentaine de prêtres guerriers au crâne rasé. Les membres craquaient sous les casse-tête et les haches. Les lances transperçaient les poitrines. Partout éclataient des hurlements de douleur et des grondements de rage. Quelques dizaines d'archers égyptiens avaient pris position et lançaient leurs flèches dans la foule. La confusion était à son comble. Toute la population de la cité sans nom avait trouvé refuge à l'intérieur. De l'endroit où il se trouvait, Semourê reconnut les deux grandes statues décrites par sa compagne, avec la dalle et la pierre du sacrifice encore rouge de sang. Dans quatre larges vasques brûlaient des flammes hautes qui illuminaient les lieux d'une lueur inquiétante. Peut-être était-ce d'elles qu'émanait cette odeur insupportable. Soudain, il aperçut l'homme au visage brûlé qui s'égosillait pour galvaniser ses troupes.

— C'est lui s'exclama Piânthy. Il faut nous en emparer. Je m'en charge !

— Reste ici !

Semourê le retint par le bras. Piânthy le regarda avec colère.

— Mais il est à notre portée ! répliqua-t-il vertement.

— Il se prépare quelque chose que je ne comprends pas. Il n'est pas normal qu'ils nous aient laissés pénétrer aussi facilement. Regarde ! Ils résistent à peine !

En effet, l'ennemi refluait vers les statues, comme pour permettre aux soldats ennemis de pénétrer plus profondément dans les lieux.

— Nos guerriers sont plus puissants qu'eux, rétorqua Piânthy. Et les dieux combattent à nos côtés.

— Non ! Ils cherchent à nous attirer dans un piège.

Tout à coup, un flot d'adrénaline le parcourut, lui coupant presque la respiration. Le piège venait de lui apparaître dans toute son horreur. Il demeura un instant sans voix. Ce n'était pas possible, il devait se tromper ! Car les membres de la secte allaient périr, eux aussi. Retrouvant ses esprits, il se mît à hurler à l'adresse des soldats :

— Abandonnez le combat ! Il faut fuir d'ici !

Piânthy le regarda comme s'il était pris de démence. Les soldats les plus proches, interloqués, ne surent comment réagir.

— Mais pourquoi ? demanda-t-il.

Semourê ne répondit pas. Il s'élança dans la mêlée pour confirmer ses ordres. Mais les guerriers dépendaient de Piânthy. Leur hésitation créa une certaine confusion. Leur général, ébranlé par la panique qu'il décelait dans la voix de son ami, décida de lui faire confiance. De toute manière, l'ennemi ne pouvait aller très loin. Quelques soldats acceptèrent de rompre l'engagement et refluèrent vers la sortie sans comprendre.

Soudain, tout se passa très vite. Un craquement impressionnant ébranla les statues qui vacillèrent sur leur socle. Des stalactites tombèrent de la voûte, blessant ou tuant quelques personnes. Une immense clameur retentit. Puis les quatre vasques colossales qui encadraient les divinités basculèrent avec un bel ensemble. Piânthy comprit alors la raison de l'affolement de Semourê. En quelques secondes, le sol rocheux du temple-caverne s'embrasa comme un fétu de paille. L'air même se métamorphosa en une boule de feu qui progressa inexorablement vers la sortie à une vitesse inimaginable. Épouvanté, il appela :

— Semourê !

Puis il se rua en direction de la galerie. Autour de

lui, les guerriers paniqués se bousculaient, se précipitaient à perdre haleine vers l'extérieur, le salut. Une onde de chaleur brûlante lui mordait les talons. De l'intérieur parvenait un grondement effroyable, composé du rugissement des flammes et des hurlements des malheureux pris dans le piège infernal. Poursuivi par l'haleine monstrueuse, Piânthy parvint enfin à l'air libre, au milieu des soldats restés sous les ordres de Djoser. Jamais il n'avait couru aussi vite. Puis il se retourna. Une sphère de feu se déploya entre les deux gardiens de pierre de l'entrée, puis se dissipa. Du brasier, il vit encore sortir plusieurs silhouettes titubantes, dont celle de Semourê. Djoser se précipita pour porter secours à son cousin. Celui-ci tomba dans ses bras en grimaçant un sourire.

— Seigneur, j'ai eu chaud !
— Oui, j'ai remarqué !

Il en serait quitte pour quelques brûlures superficielles. Malheureusement, nombre de guerriers, restés prisonniers du piège immonde, avaient eu moins de chance. D'autres silhouettes sortaient encore de la galerie, le corps en flammes, et s'écroulaient devant leurs camarades, impuissants à leur venir en aide. On tenta d'en sauver quelques-uns en les recouvrant de couvertures. Mais c'était peine perdue. Les lésions étaient trop profondes. Leurs hurlements d'agonie déchiraient le cœur. Une abominable odeur de chair grillée sourdait de la galerie où se reflétait l'incendie.

Logiquement, le feu aurait dû s'éteindre rapidement après avoir brûlé l'air de la grotte. Pourtant, s'il diminua d'intensité, il gronda encore longtemps, jusqu'au crépuscule. Lorsque enfin il s'étouffa, personne n'eut le courage d'aller voir ce qui restait du temple maudit. Plus de cent guerriers égyptiens avaient péri dans les flammes.

Partagé entre l'horreur et la colère, Djoser tournait en rond comme un fauve en cage.

— Mais que s'est-il passé ? s'exclama-t-il.

— J'ai reconnu l'odeur qui flottait dans cette grotte, dit Semourê. Il y avait la même lors de l'incendie de ma maison. Sans doute est-ce ce même feu-qui-ne-s'éteint-pas qui a détruit le village des mineurs de la vallée du Ro-Henou.

— Ils ont voulu nous détruire par le feu ! Les chiens ! Si tu ne nous avais pas prévenus, nous serions tous là-dedans à présent.

— C'est effrayant, ajouta Piânthy, le visage blême. Ils se sont sacrifiés pour nous anéantir.

— Ils ne sont peut-être pas tous morts, observa Semourê. Inmakh m'a parlé d'autres galeries situées derrière les statues des dieux.

— Nous allons fouiller la région ! s'exclama le roi.

Il donna aussitôt des ordres en conséquence. Des groupes d'éclaireurs partirent immédiatement en reconnaissance. La lune pleine, l'astre des sacrifices de la secte, montait à l'horizon. Tandis que l'on donnait des soins aux soldats qui avaient pu échapper à l'enfer du temple, Djoser, Semourê et Piânthy profitèrent des derniers rayons de Rê-Atoum pour effectuer une reconnaissance dans la cité abandonnée. Visiblement, l'arrivée de l'armée royale avait déclenché un véritable mouvement de panique, ce qui expliquait peut-être ce sacrifice effroyable.

— Ils ne s'attendaient pas à notre venue ! dit Piânthy. Ils devaient se croire à l'abri.

Soudain, des gémissements attirèrent leur attention.

— On dirait qu'il y a des survivants !

Les appels venaient d'une anfractuosité de la roche située à l'extrémité méridionale de la cité.

— Attends, mon cousin, dit Semourê. Laisse-moi y aller.

Djoser lui posa la main sur le bras.

— Je suis très touché de tout le soin que tu prends de moi, mon compagnon. Mais cette fois, c'est toi qui resteras en arrière. Tu t'es assez exposé pour aujourd'hui, si j'en crois l'état dans lequel tu t'es mis. On dirait un pécari grillé.

Sans attendre de réponse, Djoser s'engagea dans l'ouverture, suivi par Piânthy — et par Semourê. Un passage naturel dans la roche débouchait dans une autre grotte de faibles dimensions, noyée de ténèbres presque totales. Les gémissements se précisèrent.

— On dirait des pleurs d'enfants, dit Piânthy.

— Allez chercher une torche ! ordonna Djoser.

Quelques instants plus tard, une douzaine de bambins arrachés à leur mère quittaient leur abominable geôle, dans les bras du roi et de ses compagnons. Un vieil homme épuisé les suivait, appuyé sur le bras de Semourê : Meriou, l'intendant d'Inmakh, que les membres de la secte n'avaient pas eu le temps d'éliminer.

À la nuit tombée, les éclaireurs revinrent se prosterner aux pieds de Djoser.

— Taureau puissant, pardonne à tes serviteurs ! Nous n'avons rien trouvé !

— Alors, sans doute ont-ils tous péri.

Il aurait voulu s'en convaincre. Pourtant un doute obscur demeurait ancré en lui. Il n'avait pas vraiment anéanti ce nid de serpents. Il s'était immolé lui-même à la gloire de ses dieux cruels. Mais était-il possible de tuer les idées absurdes qu'ils répandaient ?

La victoire, pour totale qu'elle fût, lui laissait dans la gorge un goût amer.

45

Le lendemain matin, Djoser ordonna d'obturer l'entrée du temple. À l'aide de masses de dolérite, les soldats abattirent les statues des dieux qui en gardaient l'entrée. De lourds blocs furent basculés de la colline pour boucher la galerie, close à jamais sur les draines abominables qui s'y étaient déroulés. Puis on détruisit méthodiquement la cité, essentiellement bâtie en brique crue.

Lorsque tout fut achevé, l'armée reprit la piste en direction des navires. En chemin, Djoser préleva plusieurs échantillons de quartzite rouge à l'intention d'Imhotep. Pendoua, le prêtre lecteur qui suivait le roi dans tous ses déplacements, déclara :

— Une fois encore, la légende se poursuit. On dit que c'est dans cette région qu'eut lieu l'ultime combat entre Atoum-Rê et les armées d'Apophis le serpent. Aidé par la lionne Sekhmet, Atoum, l'archer divin, fit périr ses ennemis dans un brasier immense, dont cette roche porte le souvenir. En tant qu'incarnation d'Horus, tu es aussi Atoum-Rê, ô Lumière de l'Égypte. Et ton épouse, Nefert'Iti, est l'image de la très belle déesse Hathor, dont la colère s'exprime sous les traits de la lionne divine.

Djoser ne répondit pas. Sans doute le prêtre avait-il raison. Le dieu puissant qui vivait en lui avait encore affirmé sa puissance. Mais l'homme qu'il n'avait pas cessé d'être souffrait profondément. Après la fureur des combats et l'horreur de l'incendie, d'autres scènes avaient suivi : un soldat cherchant désespérément son frère, pleurant comme un enfant lorsqu'il avait fini par comprendre qu'il avait péri dans les flammes ; un guerrier à la peau brûlée qui suppliait qu'on l'achevât parce qu'il souffrait trop. Lui-même gardait en mémoire trois jeunes capitaines qu'il avait nommés quelques semaines auparavant. Il revoyait leur regard déterminé, leur impatience de prouver leur valeur. La colline de feu les avait gardés. Leur âme saurait-elle trouver le chemin du royaume d'Osiris après une épreuve si terrible ? Il avait hâte d'être revenu à Mennof-Rê, pour poser la question à Imhotep, se rassurer à sa sagesse réconfortante.

Dans les rangs des guerriers, les chants de victoire restaient discrets. Les capitaines avaient beau dire que les Sethiens avaient eux-mêmes déclenché l'incendie qui les avait anéantis, certains pensaient que rien ne pouvait justifier la tragédie dont ils avaient été témoins. Le fanatisme n'expliquait pas tout. Seule l'intervention d'un dieu malfaisant avait pu la provoquer.

Deux jours plus tard, l'armée était de retour à Mennof-Rê. Une foule enthousiaste s'était massée dans les rues pour acclamer le roi, qui avait dû accepter la litière royale. Revêtu de ses insignes, coiffé du némès qu'il affectionnait, Djoser reçut ainsi l'hommage de son peuple avant d'atteindre le palais. Les femmes en particulier l'applaudissaient, attendries par les petits orphelins que les farouches guerriers suivant la litière portaient dans leurs bras.

Semourê, bouillant d'impatience et d'anxiété, gagna la Grande Demeure par des rues détournées. Sur place, il fut accueilli par Thanys elle-même.

— Inmakh se trouve dans les appartements de mon père, précisa-t-elle.

— Comment va-t-elle ?

— Imhotep est près d'elle en ce moment. Il te l'expliquera mieux que moi.

Le sourire contraint de la reine ne fut pas pour rassurer le jeune homme.

— Elle peut survivre, déclara Imhotep ; les intestins sont intacts. Mais elle a perdu beaucoup de sang et cette partie du corps est difficile à soigner.

— Il faut la sauver, ô grand maître des médecins !

— Je m'y emploie, ami Semourê, mais je ne peux aller contre la volonté des dieux. Si la fièvre baisse, elle ne rejoindra pas le Champ des roseaux. Mais, depuis quatre jours, celle-ci se maintient.

Semourê observa sa compagne, allongée sur un lit en bois d'ébène appartenant au grand prêtre d'Iounou. Averti par Thanys de l'exploit réalisé par la jeune femme, Imhotep avait mis tout son savoir à son service. Inmakh dormait. Régulièrement, on lui faisait avaler des décoctions d'herbes calmantes pour apaiser la douleur. De fines perles de sueur ruisselaient sur son front. Soudain, Semourê se prosterna aux pieds du grand prêtre.

— Je sais que tu peux tout, Seigneur, car l'esprit du grand dieu Thôt, l'ibis sacré, vit en toi. Je te conjure de la guérir, ô grand magicien ! Je ne suis qu'un pauvre imbécile qui n'a pas su la défendre. Je n'avais pas compris que je l'aimais plus que moi-même. C'est par ma faute que son ignoble père l'a entraînée dans cette aventure sordide. Aussi, si tu parviens à l'arracher aux griffes d'Anubis, je jure par Horus que je t'élèverai un temple.

Imhotep eut un sourire discret devant l'exaltation douloureuse du jeune homme. Il le releva, puis répondit :

— La joie du cœur et de l'esprit entre pour beaucoup dans la guérison d'un malade. Tu dois rester près d'elle jusqu'à ce qu'elle soit tirée d'affaire. Ta présence lui apportera certainement plus que mes soins.

Semourê ne se fit pas prier.

De son côté, Moshem, qui avait regagné Mennof-Rê en compagnie de Thanys, était très intrigué par le feu-qui-ne-s'éteint-pas. Pendant les jours qui suivirent, il interrogea plusieurs guerriers, particulièrement ceux qui avaient réussi à échapper à l'enfer. De leurs témoignages, qu'il transcrivait scrupuleusement, il ressortit que le feu avait semblé ramper très vite sur le sol. La plupart des soldats questionnés étaient persuadés qu'il s'agissait de l'œuvre d'un dieu mauvais. Moshem n'y croyait guère. Il devait y avoir une explication. Il avait visité les décombres de la maison de Semourê. D'après la servante nubienne, il semblait que le feu se fût déclaré peu après le départ des criminels. Peut-être avaient-ils répandu quelque chose sur le sol. Malheureusement, il n'en restait aucune trace.

L'état d'Inmakh demeurait stationnaire. Parfois, une forte poussée de fièvre l'amenait au bord du délire. Parfois, cette fièvre semblait vouloir s'éloigner, pour empirer de nouveau le lendemain. Semourê ne quittait pas le chevet de sa compagne. De la plaie creusée par le glaive, un liquide sanguinolent ne cessait de s'écouler. Perplexe, Imhotep éprouvait de grands moments de découragement qu'il gardait pour lui seul. Il s'était attaché à la jeune femme, qui faisait montre d'un grand courage.

— Le mal reste à l'intérieur, grommelait-il. Il faudrait pouvoir l'aider à sortir, peut-être...

Sa dernière réflexion l'intrigua. Effectivement, le mal ne demandait pas mieux que de quitter le corps, comme le prouvaient les écoulements continuels qui sourdaient de la plaie. Mais celle-ci avait tendance à se refermer, et contrarierait le flux. Il fallait donc qu'elle restât ouverte jusqu'à ce que la fièvre fût retombée. Pris d'une exaltation soudaine, il ordonna à ses aides de préparer une décoction afin d'endormir la patiente. Puis il fabriqua un drain à l'aide de fines toiles de lin et d'herbes qu'il fit longuement bouillir. Lorsque Inmakh fut inconsciente, il écarta résolument les lèvres de la blessure et y introduisit son appareil.

Le surlendemain, un liquide rougeâtre continuait de sourdre du drain, mais la fièvre avait disparu.

Huit jours plus tard, l'écoulement se tarit et Imhotep retira la mèche. Un mois plus tard, la cicatrice était entièrement refermée, et la jeune femme avait retrouvé sa belle santé. Fidèle à sa promesse, Semourê commença par l'épouser, puis réunit une partie de sa fortune afin d'élever une chapelle en l'honneur du grand Imhotep, incarnation du dieu à tête d'ibis. Embarrassé, le grand prêtre tenta de le dissuader de son projet, mais rien n'y fit.

— Mon cousin accepte que l'on se prosterne devant le dieu qu'il représente. À travers toi, c'est au dieu Thôt que ce temple sera dédié. Tu ne peux refuser qu'on le vénère.

Force fut au grand vizir de céder. Mais cette initiative, encouragée par Djoser, eut une conséquence inattendue. Nombre de grands personnages guéris par Imhotep, et inspirés par l'exemple de Semourê, décidèrent d'élever à leur tour leur chapelle votive. Peu à peu, les rives du Nil virent fleurir des édifices de toutes tailles rendant hommage à la sagesse et au savoir divin du grand homme.

46

Mois d'Epiphi, an trois du règne de l'Horus Neteri-Khet...

Un peu au sud de la Première cataracte, entre la vallée du Nil, à l'ouest, et la mer Rouge, à l'est, s'étend une vaste zone désertique, livrée à des vents incessants qui viennent se déchirer sur une chaîne montagneuse harcelée par un soleil impitoyable. Là s'étend l'empire des vipères cornues et des scorpions, des geckos cracheurs de venin, et des plantes aux longues feuilles rigides comme du cuir. La nuit, le froid y fait éclater la roche. Le jour, l'air qu'on y respire n'est qu'une haleine de feu qui ronge les poumons.

Depuis la vallée du fleuve-dieu, il fallait entre quinze et vingt jours de marche pour parvenir dans la vallée d'Eskhou. Personne n'aurait eu l'idée de s'aventurer dans cet enfer si, quelques siècles auparavant, des prospecteurs, les *sementyous,* n'avaient découvert, dans une anfractuosité de la montagne, un métal fabuleux, le *nebou,* dont on disait qu'il constituait la chair des dieux eux-mêmes. On appelait aussi ce métal l'or.

L'or, le reflet du soleil...

À l'aube de l'histoire de Kemit, le grand Ménès lui-même avait ordonné l'exploitation des mines d'or des montagnes arides de Koush. Les conditions de vie y étaient tellement insupportables que le sort des gardiens n'était guère plus enviable que celui des prisonniers de guerre ou des repris de justice qui venaient y terminer leur vie.

C'était bien le sentiment de Houy, gardien des mines d'or royales, qui survivait dans cet enfer depuis bientôt quatre années. Il se consolait en se répétant qu'il était un homme libre, et qu'un jour proche, il quitterait ce lieu maudit, à l'inverse des prisonniers dont le seul espoir reposait sur une mort rapide. Et celle-ci ne tardait guère dans cet endroit épouvantable, oublié des dieux, sinon de Seth le Rouge lui-même. Les plus résistants ne survivaient guère plus de trois ou quatre années. Parfois, Houy éprouvait envers eux un sentiment qui n'était pas loin de ressembler à de la compassion. Bien sûr, la plupart des esclaves n'étaient que de monstrueux criminels, des voleurs, ou des pilleurs de maisons d'éternité. Mais il y avait aussi parmi eux des prisonniers de guerre, des Bédouins de l'Ament, des Édomites, des Nubiens des lointaines provinces marécageuses du Sud. Houy ne savait pas ce qui était le plus terrible : la chaleur torride du soleil, ou les conditions effroyables de travail dans les mines. Chaque matin, il n'avait qu'une hâte, se retrouver au soir, lorsque la chaleur devenait supportable.

Du haut du promontoire rocheux où il était juché, il observait le va-et-vient incessant des captifs transportant de lourds couffins qui contenaient les morceaux de roche à broyer. Il savait, pour y avoir pénétré trop souvent à son goût, que les mines n'étaient que d'étroits boyaux s'enfonçant profondément dans les entrailles de la terre, en suivant les sinueux caprices des filons d'or. On commençait par chauffer la roche afin de faciliter son éclatement. Ensuite, à l'aide de pioches de cuivre dont le pic s'usait très vite, on extrayait de gros morceaux de quartzite aurifère que l'on transportait à l'extérieur.

Au fond de la vallée s'étendait un village de plusieurs dizaines de maisons accolées les unes aux autres, qui abritaient les gardiens et les carriers. Devant chaque demeure se dressait un moulin à bras actionné par des prisonniers enchaînés, au regard éteint par trop de lumière, à la peau brûlée par l'ardeur du soleil impitoyable. Les couffins y étaient déversés afin de broyer la roche. Ces moulins tournaient de l'aube au couchant, ne laissant que quelques rares heures de repos aux malheureux exténués, qui payaient ainsi chèrement leurs crimes.

D'autres amenaient des jarres d'eau tirée de deux citernes creusées dans le bas de la vallée et alimentées par un puits profond. Cette eau servait à laver la poussière obtenue dans les moulins. On la versait sur de longues dalles de granit inclinées où étaient déposés les cailloux. Elle emportait les impuretés et laissait les paillettes d'or. Après avoir été filtrée, elle était réutilisée. Les paillettes étaient ensuite fondues pendant cinq jours dans des creusets de terre cuite, avec un alliage de plomb et de sel, pour être transformées en lingots. Parfois, elles étaient expédiées directement, escortées par des gardes nombreux et bien armés.

Houy se mit à penser à l'arrivée de la prochaine escorte, avec laquelle il devait repartir pour la vallée. On l'attendait pour la fin du mois d'*Epiphi*. Bientôt, il retrouverait son épouse et ses six enfants. Il abandonnerait le métier de soldat, qui était mal rémunéré, et moins glorieux qu'on pouvait le penser. Il redeviendrait paysan et vivrait au rythme des crus d'Hâpy.

Soudain, un bruit léger attira son attention. Inquiet, il regarda autour de lui, guettant la présence d'un serpent ou d'un scorpion. Mais il ne vit rien. Il reprit son observation et ses rêves. L'instant d'après, un éclair rougeâtre éclata devant ses yeux, puis il ressentit un choc incompréhensible sur la gorge, suivi aussitôt par une douleur atroce et la sensation terrifiante de ne plus pouvoir respirer. Il eut le temps de comprendre qu'on venait de l'égorger, puis il sombra dans le néant.

Sans doute en raison du soleil torride qui les engourdissait, les gardiens ne comprirent pas immédiatement ce qui se passait. L'assaillant avait surgi de partout, semblant se matérialiser à partir de la roche brûlante elle-même. Des guerriers sombres, armés jusqu'aux dents, très supérieurs en nombre.

Merkhen, le directeur de la mine, un gros homme déjà âgé, se mit à hurler pour rameuter ses troupes. Mais il était déjà trop tard. Les yeux hagards, il vit ses soldats tomber les uns après les autres, percés par les flèches, les lances ou les poignards de l'ennemi. Les prisonniers, les yeux emplis d'un espoir fou, crurent un moment qu'on venait les délivrer. Mais ils durent très vite déchanter. L'envahisseur ne faisait aucune différence entre les guerriers du roi et les captifs, dont beaucoup périrent sans même pouvoir se défendre.

En quelques instants, le village et la mine tombèrent aux mains de l'assaillant. Le directeur lui-même fut tiré sans ménagement hors de sa demeure, une maison un peu plus grande que les autres, dans laquelle, avec ses scribes, il tenait une comptabilité scrupuleuse de l'or extrait pour la gloire du dieu vivant de Mennof-Rê. Lorsqu'une torche embrasa les précieux rouleaux comptables, Merkhen eut l'impression d'un sacrilège, une abomination pire que de voir ses fidèles guerriers gésir le ventre ouvert dans la rocaille couverte de sang. Il avait toujours vécu pour l'or. Chaque pépite arrachée à la pierre lui appartenait un peu. Il se mit à geindre comme un enfant affolé. Le feu détruisait l'œuvre de toute sa vie : les précieux rouleaux racontant les énormes quantités d'or prélevées grâce à lui à la montagne, dont chaque pépite, chaque paillette, était le reflet du sang des dieux.

Écroulé sur le sol, il serra les poings, maudissant l'ennemi mystérieux responsable de cette profanation. Soudain, il se tut, la gorge nouée par la stupeur. Une panique liquide coula dans ses veines, plus forte encore que la perspective de la mort. Une haute silhouette se dressait devant lui, dont le regard noir le fixait avec une impitoyable cruauté. Mais là n'était pas le plus surprenant. L'homme qui se tenait devant lui portait les attributs de l'Horus, la fausse barbe de cuir tressé, le némès de lin. Il brandissait le fléau et la crosse. Son visage surtout retenait l'attention. Un visage que Merkhen avait croisé, bien des années auparavant. Il n'était alors qu'un tout jeune homme, un noble de peu de fortune, dont la famille hésitait entre la fidélité à la dynastie légitime et l'aventure proposée par l'homme audacieux qui s'était emparé du trône d'Horus pour en faire celui de Seth : Peribsen.

Il crut être devenu fou. Car l'homme qui se tenait devant lui revêtu des parements royaux n'était autre que ce même Peribsen, au triomphe duquel il avait assisté près de quarante années auparavant.

Un Peribsen sur lequel les années semblaient n'avoir pas eu de prise.

47

Mennof-Rê, début du mois de Thôt.

Le jeune lionceau capturé par Semourê était devenu une superbe lionne de deux ans, que Thanys avait baptisée Rana. Habituée à la présence humaine depuis son plus jeune âge, l'animal était devenu aussi fidèle qu'un chien et jouissait d'une liberté totale à l'intérieur du parc royal. La reine éprouvait pour Rana une affection toute particulière. Sa présence lui rappelait la jeune lionne avec laquelle elle s'était liée d'amitié quelques années auparavant, dans le désert du pays de Pount. Sans elle, sans le réconfort constant qu'elle lui apportait, elle eût sombré dans la folie. Khirâ était née grâce à la protection de ce fauve, qui avait agi comme si Thanys avait été elle aussi de son espèce.

Elle n'avait parlé de cette histoire qu'à Djoser. Mais elle n'avait pu lui faire partager les émotions ressenties, les aventures exceptionnelles vécues dans cette savane sauvage, où elle s'était littéralement fondue à la déesse Sekhmet elle-même.

Rana suivait Thanys tout au long de ses promenades dans le parc. Élevée au lait de vache par la reine elle-même, elle était devenue si familière aux flâneurs que personne ne songeait à s'effrayer de sa présence. Jamais elle n'avait mordu qui que ce fût. Djoser lui-même chahutait avec elle comme avec un énorme chien affectueux.

Sa silhouette souple et gracieuse, marchant dans les pas de Thanys, symbolisait pour les citadins le reflet divin de la souveraine, dont personne n'avait oublié les exploits avant qu'elle ne devînt l'épouse de l'Horus. Sa présence insolite renforçait l'affection en laquelle on tenait le couple royal depuis sa victoire sur les forces du mal quelques mois plus tôt. Chacun avait encore en mémoire les atrocités commises par les membres de la secte maudite. Amplifiés par les récits des guerriers ayant participé à l'ultime bataille, les exactions des prêtres fous avaient fait le tour de la ville, puis des différents nomes. On se répétait avec des frissons d'effroi les massacres abominables perpétrés sur les jeunes mères, les enlèvements des jeunes enfants, et le sort affreux auquel ils étaient promis. Les histoires épouvantables concernant les sacrifices humains s'étaient incrustées dans les esprits. Dans les villages du Delta où les monstres sethiens avaient commis leurs crimes, la peur restait présente, sourdement enfouie dans le cœur de chacun.

Pour se rassurer, on se plaisait à rappeler, durant les longues soirées, les nouvelles prouesses du souverain et surtout de son épouse, la belle Nefert'Iti, achevant d'une flèche précise en travers de la gorge l'exécrable Pherâ, qui s'apprêtait à immoler sa propre fille de ses mains. Sauvée par le grand Imhotep, Inmakh avait rejoint le groupe des dames de compagnie de la reine, et chacun se réjouissait de la voir de nouveau resplendissante de santé.

La chapelle consacrée au grand vizir était achevée. Semourê en avait commandé les plans à l'architecte Bekhen-Rê lui-même, qui l'avait construite en calcaire de Tourah. Dans la niche, Hesirê avait sculpté une statue à l'effigie d'Imhotep. Ce petit temple recevait chaque jour nombre de visiteurs qui y invoquaient le « plus grand médecin de tous les temps ». Ils déposaient ensuite des offrandes de fruits, de viandes, voire de bijoux et d'objets divers, que l'on plaçait pieusement aux pieds de la statue, en hommage à celui qui les avait guéris.

Imhotep avait accepté cette vénération fervente avec sa philosophie habituelle. Il avait constaté depuis longtemps que les hommes éprouvaient le besoin d'admirer certains de leurs semblables, peut-être pour chercher chez autrui les qualités qu'ils ne trouvaient pas en eux-mêmes. Il pensait cependant que chacun possédait dans son cœur toutes les qualités nécessaires pour vivre selon la Maât. Mais peu d'hommes étaient capables de découvrir cette richesse offerte par les dieux. Alors, ne valait-il mieux pas qu'ils prissent pour exemple des hommes qui répandaient le bien autour d'eux, plutôt que des individus sans scrupules désireux de les mener sur les chemins de la guerre et de la destruction ? Imhotep trouvait un grand motif de satisfaction dans le fait que la chapelle de Semourê rassemblait des hommes de toutes origines, princes comme pauvres paysans, étrangers comme Égyptiens.

Le ventre d'Inmakh s'arrondissait. Semourê, dont les activités s'étaient ralenties depuis l'anéantissement de la secte, passait du temps auprès de sa jeune épouse, et le résultat de cette assiduité ne s'était pas fait attendre. Autour de la reine, nombreuses étaient les dames de compagnie qui prenaient de l'embonpoint. Et toutes ces naissances à venir symbolisaient la vie nouvelle de la bouillonnante capitale.

Avec la crue, les paysans étaient revenus encore plus nombreux pour participer à la construction de la cité sacrée, au grand désespoir du pauvre Akhet-Aâ, toujours aux prises avec ses sempiternels problèmes d'approvisionnement.

La galerie destinée à recouvrir les onze puits était achevée, et l'on avait entrepris d'agrandir le mastaba d'origine pour construire la base d'un monument encore plus grand, dont seuls les initiés savaient qu'il constituerait le fondement d'un fabuleux édifice tel qu'on n'en avait encore jamais vu. Profitant des hautes eaux, les navires de transport apportaient chaque jour des tonnes de lourds monolithes de calcaire que les manœuvres hissaient jusqu'au plateau à l'aide de la longue rampe de bois et d'argile. Les tailleurs les découpaient ensuite en fonction des besoins. À la limite occidentale de la superficie déterminée par Djoser, des bâtisseurs avaient commencé à élever une muraille haute comme six hommes, à bastions et à redans, similaire à celle qui protégeait la citadelle. D'ingénieux systèmes de balanciers à contrepoids permettaient d'élever les blocs taillés sur les échafaudages, ou des maçons, les *qenous*, les mettaient en place.

La formidable énergie qui se dégageait du gigantesque chantier était le reflet du dynamisme nouveau de Kemit. Depuis l'anéantissement des Sethiens, Djoser pensait en avoir fini avec l'ennemi insidieux qui rongeait le pays de l'intérieur. Il avait suivi la suggestion de Moshem et avait fait construire de nouveaux silos destinés à recevoir le cinquième de la récolte en prévision de la sécheresse prédite par l'Amorrhéen. Les récoltes réalisées avant les jours épagomènes avaient été exceptionnellement généreuses, à tel point que l'on pouvait se demander si la famine n'était pas un mauvais souvenir des temps anciens. Les nouveaux canaux et le limon noir laissé par les crues offraient une richesse extraordinaire, et, n'eût été la prédiction de Moshem, Djoser aurait envisagé d'exporter les surplus de blé et d'orge vers les pays d'Orient, où l'agriculture n'était pas aussi florissante qu'en Égypte.

Cependant, si cette abondance rassurait Thanys, elle demeurait prudente et incitait Djoser à demeurer en éveil. Malgré l'anéantissement du temple maudit, un pressentiment inexplicable demeurait ancré en elle, lui soufflant que l'esprit malfaisant dont les ailes noires s'étaient étendues sur Kemit n'avait pas disparu. Bien sûr, il avait été rejeté au-delà des frontières, au cœur du désert de l'Ament. Mais elle était sûre qu'il n'était pas entièrement vaincu, et qu'il allait resurgir d'un jour à l'autre.

Le spectre de Peribsen n'était-il qu'un homme, ou bien l'usurpateur était-il réellement parvenu à s'échapper de l'empire des morts pour revenir hanter la Vallée sacrée ? Au cours de la destruction du temple, aucun des soldats rescapés n'avait signalé la présence de ce spectre parmi les Sethiens. Alors, avait-il péri avec les siens, ou était-il parvenu à s'enfuir ?

Malgré le calme apparent, Thanys sentait parfois des ombres malfaisantes rôder au cœur de la cité lumineuse. Djoser se moquait gentiment d'elle, lui montrant la beauté nouvelle de la ville, la gaieté de ses habitants, l'amour qu'ils portaient à leurs souverains. Thanys restait sur ses gardes.

Seul Imhotep partageait sa prudence. À l'inverse des mages de Mennof-Rê, il décelait, dans les signes magiques et les oracles, des anomalies inexplicables. Une vague funeste s'était étendue sur les Deux-Terres, puis s'était retirée, laissant derrière elle une série de drames qui avaient meurtri à jamais de nombreux villages. Bien sûr, les démons avaient reculé devant la détermination de l'Horus et des siens. Mais ils étaient toujours présents, dans l'ombre, aux frontières du Double-Royaume. Les mages demeuraient aveugles à cette présence inquiétante.

Étonné de ne plus recevoir de chargement d'or depuis plus d'un mois, Djoser avait adressé un courrier au roi Hakouma en lui demandant des explications, et n'attendait pas de réponse avant le début du mois de *Paophi*. Aussi fut-il surpris lorsqu'un capitaine se présenta au palais, lui annonçant l'arrivée dans le port d'un navire aux couleurs du roi de Nubie. Ravi de revoir son ami, il donna des ordres afin que l'on préparât des festivités pour l'honorer.

Mais il n'était pas en état d'en profiter pleinement. Lorsque les capitaines l'introduisirent dans la grande salle du palais, il reposait sur une litière, gravement blessé.

48

Négligeant le protocole, Djoser quitta le trône royal, suivi de toute la Cour, pour se porter au-devant d'Hakourna. Le roi de Nubie était entouré d'une douzaine de guerriers portant la peau de léopard de l'armée égyptienne. Son torse et ses membres étaient enveloppés dans des bandages. Voyant Djoser venir à sa rencontre, il tenta de quitter sa litière, sans succès.

— Ménage-toi, mon ami, dit le roi. Explique-moi ce qui t'est arrivé.

— Les princes du Sud se sont révoltés, ô grand roi. J'avais cru pouvoir maintenir la paix, mais ils n'ont jamais digéré la défaite que tu leur as infligée, et ils m'en ont rendu responsable.

— J'ai instauré la paix, riposta le roi. Et j'ai épargné leurs guerriers. Il n'y a pas eu de prisonniers de guerre.

— Justement. Ils ont considéré ta magnanimité comme une humiliation destinée à les asservir.

— C'est faux ! J'ai confirmé l'alliance entre Koush et Kemit, s'insurgea Djoser. Là-bas comme dans le Double-Royaume, les taxes ont été allégées, et les privilèges respectés.

— Je sais tout cela, ô Lumière de l'Égypte. Tu as en moi un allié inconditionnel et un ami. Malheureusement, ces chiens me haïssaient, et cherchaient le moindre prétexte pour se révolter. Mais il y a autre chose de plus terrible encore.

— Parle sans crainte !

— Il s'est passé en Nubie des événements incompréhensibles. Un homme étrange est apparu à plusieurs reprises, en différents endroits. On dit qu'il avait le visage d'un ancien roi d'Égypte, celui que combattit ton père, le dieu bon Khâsekhemoui.

— Peribsen ! murmura Mekherâ, brusquement pâle.

— Je pensais qu'il était mort voici plus de trente ans.

— Personne n'a vu son corps ! rétorqua Mekherâ. On ignore ce qu'il est devenu. Il a pu survivre à sa défaite.

— S'il vivait encore, il serait un vieillard aujourd'hui, gronda Djoser. Continue, Hakourna !

— Au début, je n'ai pas accordé d'importance à ces racontars. Des villageois affolés sont venus me rapporter ses apparitions. Ils étaient persuadés qu'il s'agissait d'un spectre revenu du royaume d'Osiris. Ils disaient qu'il se montrait toujours à l'instant où Atoum disparaît à l'horizon de l'Ament. De nombreux guerriers l'entouraient. Comme toi, il portait le némès et la barbe de cuir, ainsi que la crosse et le fléau. Son visage était blanc comme la farine. Il parlait avec une voix étrange, très grave. Il affirmait qu'une effroyable malédiction pesait sur la cité sacrée dont tu as entrepris la construction, et qu'une haleine de feu soufflée par les dieux allait détruire Mennof-Rê. Pour lui, tu n'es qu'un usurpateur qui doit être combattu jusqu'à l'anéantissement. Il exhortait les hommes à se ranger derrière lui, et promettait une destruction totale à ceux qui lui résisteraient.

« Ces paroles, colportées d'un village à l'autre le long du Nil, ont pris chaque jour un peu plus d'importance en réveillant d'anciennes rancœurs. Elles ont servi de prétexte aux grands princes du Sud, qui ont vu là le moyen de m'éliminer. Ils se sont alliés pour me combattre. Lorsque j'ai compris le danger, il était trop tard. Leur armée était déjà prête depuis longtemps, comme si tout avait été organisé d'avance. Des chefs de tribu sur lesquels je pensais pouvoir compter m'ont abandonné pour rejoindre leurs rangs. À Tutzis même, certaines familles nobles, ébranlées par ces apparitions étranges, commençaient à se poser des questions. Sans oser le déclarer ouvertement, elles remettaient notre alliance en cause. Lorsque j'ai voulu réunir mes capitaines, plus de la moitié d'entre eux avait rejoint l'ennemi.

« Je pensais t'adresser un courrier pour te demander de l'aide, tout en demeurant à Tutzis pour arrêter les rebelles. Il me restait assez de guerriers pour ça. Mais, aujourd'hui encore, j'ai l'impression qu'un esprit démoniaque s'est joué de moi. Des traîtres avaient réussi à s'infiltrer dans la cité. Une nuit, ils ont tué les gardes et ouvert les portes de la ville à l'ennemi. Mes soldats ont tenté de résister. Ils ont été impitoyablement massacrés. Par ma faute... parce que je n'ai pas réagi assez vite. Mais que pouvais-je faire contre un spectre aussi puissant ? Derrière lui, j'ai senti le souffle terrible de Seth le Destructeur. Seul un dieu peut lutter victorieusement contre un autre dieu, poursuivit Hakourna d'une voix altérée. C'est pourquoi j'ai besoin de ton aide, ô Taureau Puissant ! Tu es Horus, et tu as déjà vaincu le Dieu rouge.

Djoser demeura un long moment silencieux. Ainsi, contrairement à ce qu'il avait espéré, le spectre maudit n'avait pas disparu avec l'incendie du temple rouge. Inmakh avait signalé l'existence de galeries au fond de la caverne. Peut-être s'était-il enfui par là avec ses guerriers dès que ses guetteurs avaient annoncé l'arrivée de l'armée égyptienne. À l'inverse d'Hakourna, Djoser n'était pas convaincu d'avoir affaire à un esprit. Un homme se cachait derrière ce spectre, un ignoble personnage n'avait pas hésité à sacrifier délibérément une partie des siens pour faire croire à sa mort.

— Qui dirige les troupes ennemies ? demanda-t-il. Le fantôme de Peribsen ?

— Non ! Elles sont commandées par Akh-Mehr le Dévoreur, un homme dont la haine remonte à de nombreuses années. Il a toujours rêvé de faire de la Nubie un empire aussi puissant que Kemit. Lors de la dernière guerre, il a refusé de combattre parce que les princes m'avaient choisi pour roi. À l'époque, il s'était réfugié dans les marais du Sud avec ses guerriers. Il ne me pardonne pas d'avoir été épargné, et d'avoir conclu un traité d'alliance avec mon vainqueur. C'est vers lui que se sont tournés les mécontents lorsqu'ils se sont cherché un chef.

— Pourquoi le surnomme-t-on le Dévoreur ? demanda le roi.

— Il a la réputation de manger le cœur de ses ennemis à peine abattus. C'est un Nyam-Nyam. Tu as pu constater leur férocité lors des combats qui nous ont opposés. Certains t'ont suivi jusqu'ici.

— Ils me sont fidèles, mais il est vrai que leurs mœurs sont parfois étonnantes. Ainsi, cette coutume de manger leurs chiens...

— Les Nyam-Nyams mangent la chair de n'importe quel animal, même le rat. Mais ils sont aussi cannibales. C'est pourquoi on les redoute. Akh-Mehr avait promis à ses guerriers de me faire griller vivant pour son festin de victoire.

— Quel horrible individu, murmura Thanys, le visage blême.

— Lors de la bataille de Tutzis, j'ai été grièvement blessé. J'aurais dû périr, mais mes fidèles soldats m'ont emporté, à moitié inconscient, hors des murs de la ville. Ils ont réussi à forcer l'encerclement de la cité et à embarquer sur nos felouques de guerre. Mais nous avons dû abandonner la bataille. Ils étaient trop nombreux.

Il serra les dents pour contenir ses larmes et ajouta :

— Lorsque j'ai repris mes esprits, sur le bateau, j'ai vu des Nyam-Nyams projeter des enfants et des femmes du haut des remparts sur des rangées de piques.

— Akh-Mehr paiera pour ses crimes, gronda Djoser.

— Je me suis rendu en hâte à Yêb. Au passage, j'ai invité les habitants de Talmis et des villages du nord de la Nubie à me suivre pour se placer sous la protection de Khem-Hoptah. Il a accueilli mon peuple avec bienveillance et amitié. Mes guerriers se sont rangés aux côtés des siens pour prévenir une éventuelle invasion des rebelles.

— Tu as agi sagement, mon ami.

— Il y a encore autre chose, poursuivit Hakourna. Certains de mes soldats affirment avoir aperçu des étrangers parmi les assaillants. Ils pensent aux Édomites.

Djoser ne répondit pas. On avait également signalé des Édomites lors de l'attaque du temple maudit. Leur présence en Nubie, associée à celle du spectre de Peribsen, confirmait clairement que les Sethiens avaient survécu à l'anéantissement. Bien plus grave : s'ils étaient parvenus à soumettre Koush, rien ne leur interdisait désormais de se lancer à la conquête de la Haute-Égypte en franchissant la Première cataracte. Djoser à présent comprenait pourquoi l'or de Nubie n'arrivait plus à Mennof-Rê. Sans doute avaient-ils commencé par s'emparer des mines.

— Mon ami, dit-il enfin à Hakourna, je vais demander au grand Imhotep d'examiner tes blessures. Puis je réunirai le conseil afin d'examiner la situation.

Le jour même, décision était prise d'envoyer une armée de dix mille hommes en Nubie. Djoser lui-même la dirigerait, secondé par Piânthy et Setmose. La flotte de guerre n'étant pas assez nombreuse pour transporter une telle troupe en une seule fois, on utiliserait les gros navires de transport qui remontaient en direction de la carrière de granit de Yêb.

La perspective des batailles prochaines souleva un vif enthousiasme de la part des soldats de la Maison des Armes. La constitution des troupes posa cependant quelques difficultés. Nombre de paysans, parmi lesquels on recrutait habituellement les guerriers, participaient au chantier de Saqqarâh. La saison de l'Inondation venait à peine de commencer, et on ne pouvait dégarnir ainsi les effectifs des ouvriers. Djoser dut faire appel aux nomes de Basse-Égypte, qui, parfois à contrecœur, acceptèrent de fournir les contingents demandés.

Le gouvernement des Deux-Terres fut confié à Thanys et à Imhotep, qui assurerait tous les devoirs religieux du roi pendant son absence. Vers la fin du mois de *Thôt,* la flotte de guerre quittait le port de Mennof-Rê, sous les acclamations de la foule massée sur les quais.

La reine, entourée des ministres et de ses dames de compagnie, serrait les dents pour masquer sa peine. Mais, au-delà de la douleur de la séparation, elle éprouvait un autre sentiment, encore plus angoissant. Elle avait la désagréable sensation qu'un piège infernal se refermait inexorablement sur eux.

49

Malgré l'inquiétude de Thanys, tout semblait se dérouler normalement. Les travaux de la cité sacrée se poursuivaient sans encombres si l'on exceptait les petites anicroches habituelles qui auraient donné des cheveux blancs au pauvre Akhet-Aâ s'il n'avait déjà affiché un crâne rasé. Les monolithes de calcaire et de granit continuaient d'arriver régulièrement à Saqqarâh, et l'ardeur des *qenous* ne faiblissait pas.

Parfois, Thanys en venait à douter d'elle-même : le démon pernicieux qui hantait la capitale n'était qu'une création de son esprit. La vérité était plus simple. Les Sethiens avaient survécu à l'holocauste du temple rouge, et s'étaient réfugiés en Nubie où ils avaient réussi à soulever des chefs de tribu toujours trop prompts à se révolter. Djoser était parti les combattre avec une armée de dix mille hommes. C'était plus qu'il n'en fallait pour étouffer cette rébellion et rétablir Hakourna sur son trône.

Pourtant, la jeune femme pressentait un complot bien plus grave. Les actions des Sethiens, pour monstrueuses qu'elles fussent, ne représentaient qu'une facette d'une machination destinée à plonger Kemit dans le chaos. Elles paraissaient n'être que les manifestations d'individus fanatiques, furieux de voir leur Dieu rouge relégué au second plan. Mais Thanys percevait, au-delà des Sethiens et des Nubiens, au-delà même du spectre mystérieux, l'influence d'une entité malfaisante et perfide. Esprit, divinité ou simple humain, cet ennemi insaisissable s'était désormais infiltré au cœur même des Deux-Terres, agissant dans l'ombre, d'une manière si subtile qu'il était quasi impossible de le démasquer. S'il était trop veule et trop lâche pour attaquer de front, il eût été dangereux de sous-estimer son intelligence, qui lui avait permis jusqu'à présent de brouiller toutes les pistes. Invisible et omniprésent, Thanys ressentait son influence néfaste. Elle le soupçonnait de pouvoir revêtir une apparence anodine et familière pour mieux les duper. Mais à qui en parler, sinon à Imhotep, le seul capable de la comprendre parce qu'il partageait ses craintes ? Un matin, elle s'en ouvrit à lui.

— Oh, mon père, j'ai parfois l'impression de devenir folle. Jamais la vie n'a semblé si facile à Mennof-Rê. Tout paraît simple depuis l'effondrement de la secte maudite et du démon qui la dirigeait. Et pourtant, jamais je n'ai ressenti aussi violemment sa présence invisible, comme si d'effroyables catastrophes s'apprêtaient à fondre sur nous. Que dois-je penser de tout cela ?

Imhotep lui prit les mains et les serra longuement.

— J'ai toujours admiré la profonde sensibilité des femmes, ma fille. Elles possèdent le don de « voir au-delà des apparences ». Les pauvres mâles que nous sommes, aveuglés par leur puissance illusoire, sont loin de disposer d'un tel atout. Mais sans doute est-ce là pour elles un moyen de compenser une certaine faiblesse physique. Aussi, tu dois faire confiance à ton intuition. J'ai interrogé les signes magiques. Ils confirment de grandes perturbations. Nous devons redoubler de prudence, Thanys.

Cela commença par une nouvelle augmentation à peine sensible du nombre de fauteurs de troubles qui, après s'être introduits dans les équipes de maçons, propageaient la rumeur d'une malédiction pesant sur Saqqarâh. Prévenus par Imhotep, la plupart des ouvriers s'étaient habitués à ces bruits, dont ils avaient appris à ne pas tenir compte, et même à se moquer. Malgré la surveillance constante de plus de deux cents gardes aux ordres de Semourê, il était impossible de remonter jusqu'à ceux qui répandaient ces fausses informations. Ils disparaissaient aussitôt après avoir diffusé leur message trompeur.

Imhotep combattait cette stratégie insidieuse en visitant quotidiennement le chantier. Galvanisés par sa présence et ses paroles d'encouragement, les maçons lui conservaient leur amitié et leur confiance.

Leur attitude commença à se modifier le jour où un câble brusquement rompu décapita d'un coup un ouvrier. Malgré l'aspect suspect du cordage, on conclut à un accident, mais il n'en fallut pas plus pour relancer la rumeur de la malédiction. Au début, elle circula à mots couverts, sous forme d'allusions, d'interrogations muettes, distillant une désagréable sensation de malaise. Le doute avait planté ses racines dans l'esprit des artisans. Il s'enfla d'un coup au beau milieu du mois de *Paophi*, à peine deux décades après le départ de Djoser pour la Nubie, lorsque frappa celui que l'on appela ensuite le *démon de feu*.

Le navire venait de charger une demi-douzaine d'énormes monolithes de calcaire et quittait le port de Tourah lorsque Tehouk, un marinier, fit remarquer au capitaine qu'une odeur étrange flottait sur le pont.

— C'est l'inondation, imbécile ! répondit vertement l'intéressé. Les eaux sentent mauvais.

Tehouk haussa les épaules puis regagna sa place au banc de nage. Sous les ordres du capitaine obtus, le navire s'éloigna de la rive en luttant contre le courant du fleuve, maintenant son cap en direction de l'entrée du canal menant au chantier de Saqqarâh. Une petite felouque, maladroitement manœuvrée par des pêcheurs, manqua d'être fendue en deux par le lourd vaisseau. Toujours aussi irascible, le capitaine agonit les pêcheurs d'injures pour avoir osé se mettre en travers de son chemin.

— Cela sent bizarre, confirma un rameur aux côtés de Tehouk.

Soudain, une onde de chaleur parcourut le navire, plus intense encore que celle du soleil qui écrasait la vallée. L'instant d'après, de hautes flammes s'élevaient de la cale, dévorant déjà le pont. Des cris de terreur retentirent, accentués encore par le balancement du vaisseau qui se mit à gîter dangereusement, déséquilibré par la masse des blocs de pierre qu'il transportait. Le capitaine demeura pétrifié de stupeur un court instant, puis poussa un cri d'épouvante, aussitôt imité par plusieurs hommes. Tehouk vit les lourds blocs glisser, puis basculer sur un groupe de rameurs. Il voulut se porter à leur secours, mais un rideau de flammes se dressa tout à coup devant lui, lui interdisant tout passage. Sous ses pieds, le pont devenait brûlant et une épaisse fumée noire commençait à noyer la vue. Au milieu des cris de terreur, il bondit jusqu'à la lisse et se jeta par-dessus bord, sans se soucier de la présence éventuelle de crocodiles. Lorsqu'il émergea des flots sombres du Nil en crue, il assista à un phénomène stupéfiant : malgré l'eau qui envahissait la cale du navire en train de couler, les flammes ne faiblissaient pas. Le fleuve lui-même semblait brûler : devant Tehouk, une nappe incandescente rampait sournoisement à la surface. Effrayé, il se mit à nager vigoureusement pour s'en éloigner. Bon nageur, il parvint à lui échapper. Lorsqu'il se retourna, il constata que plusieurs mariniers étaient parvenus à fuir la zone dangereuse. Puis il aperçut avec horreur quelques silhouettes se débattant en hurlant au milieu du brasier flottant. Tehouk serra les dents. C'étaient ses compagnons qu'il voyait périr sous ses yeux sans pouvoir leur venir en aide.

Sur les deux rives, les badauds fascinés commentaient le spectacle. Le feu était apparu sur le bateau sans aucune raison apparente. Tout semblait calme, puis des flammes soudaines avaient dévoré le navire en quelques instants. Lorsqu'elles consentirent enfin à s'éteindre, il ne restait plus rien de la grosse felouque de transport sinon quelques débris flottants que le courant eut tôt fait d'emporter. Convergeant vers le lieu du drame, des pêcheurs récupérèrent les naufragés, dont Tehouk. Mais la catastrophe avait causé la mort d'une douzaine de mariniers et de leur capitaine.

Appelé sur les lieux, Imhotep ne put que soigner les rescapés, dont certains étaient gravement brûlés. Tehouk, impressionné, raconta l'accident au grand vizir :

— Il n'y avait personne dans la cale, Seigneur. Le feu est apparu d'un coup, sans aucune raison. Juste avant, j'ai signalé une odeur bizarre au capitaine. Mais il m'a traité d'imbécile.

— Il avait tort. Cette odeur est sans doute liée à l'incendie.

Aucun doute n'était permis. Comme le temple rouge, le navire avait été détruit par le feu-qui-ne-s'éteint-pas. L'attentat portait donc la marque des Sethiens. Mais la mort des mariniers et la disparition spectaculaire du vaisseau avaient frappé les esprits. La nouvelle de l'accident se propagea comme un feu de brousse, amplifiée, déformée par les récits des spectateurs bouleversés. Les transporteurs de pierre, terrorisés, voulurent cesser le travail. Nombre d'entre eux n'osaient plus monter à bord des navires, prétendant que le *démon de feu* pourrait vouloir les détruire à leur tour. Imhotep dut user de toute sa diplomatie et de sa force de persuasion pour apaiser les craintes des mariniers. Sur son ordre, Semourê fit redoubler la surveillance du chantier.

Pendant plusieurs jours, tout redevint calme. Les blocs de calcaire traversaient de nouveau le fleuve sans difficulté. À peine débarqués, ils empruntaient la longue rampe recouverte de rondins d'acacia qui menait sur le plateau.

Chaque matin, Imhotep se rendait à Saqqarâh dans le milieu de la matinée, après avoir pratiqué l'élévation de la Maât à la place de Djoser. Comme le roi, il accordait une très grande importance à ce geste, destiné à protéger Kemit du chaos en la plaçant sous le signe de l'harmonie.

Ce matin-là, Thanys l'accompagnait, ainsi que le Directeur des greniers, le vieux Nakht-Houy. Ce dernier venait s'assurer sur place qu'il n'y avait aucun gaspillage des précieuses céréales. Ce renard d'Akhet-Aâ ne cessait de se plaindre que le grain n'était pas livré régulièrement. Mais le nombre des ouvriers variait sans cesse. Il était hors de question de gaspiller la récolte. Le roi l'avait prévenu : il fallait se montrer économe en prévision de la sécheresse dont les dieux l'avaient averti en songe. Il avait donc fait construire de nouveaux silos afin d'engranger le surplus des moissons. C'était à lui, Nakht-Houy, que le dieu vivant avait confié la tâche de prévoir l'avenir en constituant des réserves. Quand on nourrissait trop bien les ouvriers, ils travaillaient moins. Il s'était accroché à ce sujet avec le grand vizir, qui exigeait que ses hommes fussent bien nourris. On ne parviendrait jamais à constituer des réserves dans ces conditions-là.

Bien sûr, il était aussi hors de question qu'il plongeât les pieds dans la boue infecte qui détrempait la rampe menant sur le plateau. Il ordonna à ses serviteurs d'amener sa litière, dans laquelle il prit place en bougonnant selon son habitude. Imhotep le regarda avec un sourire amusé. Lui-même, tout comme Thanys, préférait monter à pied. Ce fut sans doute ce qui les sauva.

— La marche est excellente pour la santé, lança-t-il à l'adresse de Nakht-Houy avant d'emprunter la rampe en compagnie de sa fille.

Thanys était ravie de ces rares instants où elle pouvait bavarder avec lui. La complicité et l'affection qui les avaient réunis après vingt ans de séparation s'étaient confirmées avec le temps. En l'absence de Djoser, Imhotep avait élu domicile au palais, avec Merneith et le petit Nâou, à présent âgé de trois ans.

Devant eux, une vingtaine d'hommes hissaient un lourd bloc de calcaire solidement arrimé avec des cordages de fibres de palmier tressées. Un autre monolithe le précédait, plus haut sur le chemin.

Arrivés à mi-parcours, l'attention de Thanys fut attirée par un claquement insolite, suivi peu après d'un deuxième, puis d'un troisième. L'instant suivant, des cris retentirent, puis des exclamations de terreur. Imhotep comprit aussitôt ce qui se passait.

— Ce sont les cordages du premier bloc qui viennent de se rompre, s'exclama-t-il. Mais c'est impossible...

Impuissants, tous deux virent le premier bloc hésiter, puis quitter le traîneau sur lequel il était fixé. Il se mit à redescendre la pente, lentement au début, puis de plus en plus vite, en direction du second bloc et de l'équipe qui le tirait. Fascinés et incrédules, les ouvriers demeurèrent pétrifiés, n'osant lâcher leur propre monolithe qui risquait, lui aussi, de redescendre. Pour la première fois de sa vie, Imhotep ne sut comment réagir.

— Par les dieux, il va les écraser, souffla-t-il. Il faut qu'ils s'écartent.

— Mais le deuxième bloc va glisser, lui aussi, dit Thanys d'une voix blême. Que pouvons-nous faire, père ?

— Quitter cette maudite rampe au plus vite.

Il se mit à hurler à l'adresse des manœuvres :

— Lâchez les cordes ! Fuyez !

Mais l'argile mouillée rendait le sol glissant. Pris de panique, un ouvrier ne put s'écarter à temps. Il s'effondra maladroitement au moment même où le premier monolithe venait percuter le second. Thanys n'entendit qu'un hurlement de terreur, puis le craquement sinistre d'un corps broyé entre les mastodontes de pierre. Les deux colosses pivotèrent l'un autour de l'autre, puis poursuivirent leur descente ensemble, en direction de Thanys et d'Imhotep. Le grand vizir saisit sa fille à bras-le-corps et la poussa sur le côté. Serrés l'un contre l'autre, ils roulèrent au bas du remblais, s'écorchant contre les moellons mêlés au sable. Les deux masses folles passèrent au-dessus d'eux dans un vacarme épouvantable. Plus bas sur la rampe venait la litière de Nakht-Houy. Paniqués par la mort grondante fondant sur eux, les serviteurs lâchèrent les montants du véhicule, puis sautèrent vivement au bas de la rampe. La litière bascula lourdement sur le côté, emprisonnant son propriétaire qui n'eut pas le temps de se dégager.

Au moment où Thanys se relevait, un cri

effroyable déchira l'air. L'instant d'après, les blocs de calcaire quittaient la rampe et venaient s'écraser en contrebas, emportant avec eux ce qui restait de la litière et de son passager. La jeune femme se mordit le poing pour ne pas hurler. Une terrible tache écarlate maculait les tentures de lin.

Bien après que l'on eut extrait le corps du pauvre Nakht-Houy des décombres de sa litière, un garde vint trouver Imhotep.

— Seigneur ! Regarde !

Il lui tendit un morceau de cordage.

— Je l'ai trouvé à l'endroit où le premier bloc a lâché.

— Voilà donc pourquoi les câbles ont cédé, gronda Imhotep avec colère.

Visiblement, la fibre avait été sectionnée en plusieurs endroits par une lame aiguisée.

La mort violente de Nakht-Houy suscita une vive émotion au sein de la Cour. Si l'on n'aimait guère le personnage, trop méticuleux, on respectait sa compétence et son honnêteté foncière. Mais surtout, cela faisait trois accidents mortels survenus en seulement quelques jours. L'idée qu'une terrible malédiction pesait sur Saqqarâh se confirma. Imhotep eut beau expliquer aux contremaîtres que le dernier accident était dû à un sabotage, leur montrer les cordages sectionnés, il ne put empêcher le doute de ronger les esprits. Un ouvrier sur cinq déserta le chantier. Ceux qui restèrent travaillaient dans une crainte permanente. Personne ne pouvait deviner où et quand les dieux en colère allaient frapper. Car il ne faisait aucun doute désormais que ces morts violentes étaient l'œuvre des divinités. Depuis toujours on murmurait que les neters hantaient volontiers l'Esplanade de Rê. Le roi avait cru les satisfaire en élevant à cet endroit un monument démesuré à leur gloire. En réalité, il les avait dérangés et irrités, et ils se vengeaient.

Le lendemain de l'accident, Mekherâ demanda à rencontrer de toute urgence la reine et le grand vizir. Thanys le reçut en compagnie d'Imhotep, de Sefmout, de Semourê et des plus importants ministres. En tant que Directeur des enquêtes royales, Moshem assistait à la réunion. Mekherâ attaqua directement.

— Je te conjure de m'écouter, ô ma reine. Nous devons absolument arrêter la construction de la cité sacrée sous sa forme actuelle. Elle mécontente les dieux.

— Les dieux n'ont rien à voir avec ces accidents, riposta aussitôt Imhotep.

— Comment le sais-tu ? s'emporta Mekherâ.

— Les câbles qui retenaient le premier bloc ont été volontairement tailladés afin qu'ils cèdent.

— Comment expliques-tu alors l'incendie du navire ? D'après les témoins, le feu a pris spontanément dans la cale.

— D'après les témoins, il s'est déclaré immédiatement après que le vaisseau a failli éperonner une petite felouque. On n'a pas retrouvé ses occupants. Mais plusieurs personnes affirment qu'elle frôlait le navire lorsqu'il s'est embrasé. Ils ont pu déclencher l'incendie.

— Et comment auraient-ils fait ?

— Imagine que le vaisseau ait été imprégné à l'avance d'une substance inflammable, comme l'huile, mais beaucoup plus puissante. Il aurait suffi d'une torche.

— Une substance inflammable... répondit Mekherâ d'un ton sceptique.

— C'est ainsi qu'ils ont incendié la demeure de Semourê, et le temple rouge, en sacrifiant volontairement une partie des leurs. Dans chaque cas, il y avait cette odeur nauséabonde. C'est celle d'une substance hautement inflammable.

— Personne n'a jamais entendu parler de cette substance, pas même toi, dont la science est si grande.

— Je n'ai jamais prétendu tout savoir, Mekherâ. Mais à Sumer, j'ai connu un homme qui avait appris à maîtriser le feu d'une façon stupéfiante. Il s'appelait Nesameb. On a dit qu'il était mort dans l'incendie de sa maison, mais personne n'a vu son corps. Je suis de plus en plus persuadé qu'il a survécu et qu'il se trouve en Égypte. Je ne serais pas étonné qu'il soit derrière ces incendies criminels. Il n'y a pas là d'intervention démoniaque, et encore moins de malédiction.

— Tes propos irritent les neters, Imhotep, insista Mekherâ. Tu attires leur colère sur nous. Rien ne prouve que ton raisonnement n'est pas uniquement inspiré par le désir de poursuivre la construction de cette cité sacrée, sans tenir compte des dangers.

— Mekherâ, répondit doucement Imhotep, je me souviens d'une conversation que nous avons eue il y a un an, au cours de laquelle tu m'as avoué que tu pressentais une métamorphose du dieu Seth en une divinité nouvelle, encore plus effrayante, car ce dieu impitoyable ne détruisait pas pour mieux permettre le retour de la vie, mais pour engendrer le chaos.

— Je me souviens de mes paroles, poursuivit Mekherâ. Je le pense aujourd'hui encore, surtout après la découverte des cérémonies abominables du temple rouge. Ce dieu nouveau détruit pour ramener le règne d'Isfet, déesse de la discorde, ou même plonger le monde dans les abysses du Noun. Et j'ai ajouté que cette cité sacrée était peut-être le seul moyen de lutter efficacement contre cette abomination. Mais je n'en suis plus très sûr à présent. Si ce dieu se révèle aussi puissant, peut-être devons-nous l'intégrer parmi nos neters, et bâtir Saqqarâh en tenant compte de sa présence, en le plaçant sur un pied d'égalité avec Horus.

— Seul l'Horus Neteri-Khet pourrait prendre une telle décision, Mekherâ, et je doute qu'il le fasse.

— Pourquoi ?

— Parce que ton hypothèse est fausse. Tu ne peux nier qu'on a payé des hommes pour répandre de faux bruits sur le chantier.

— Tu n'as aucune preuve. Cette piste n'a mené nulle part.

— Cela prouve que nous avons affaire à un ennemi remarquablement intelligent. Mais il ne s'agit pas d'un dieu ! insista le grand vizir.

— Tu oublies le spectre de Peribsen. Je suis certain que ses apparitions sont les manifestations de sa colère.

— S'il s'agit vraiment d'un spectre. Je refuse de croire qu'Osiris ait pu redonner vie à celui qui voulait offrir la première place à son assassin, Seth le Destructeur. De plus, s'il s'agissait d'un véritable fantôme revenu pour lutter contre le roi, il l'aurait combattu ouvertement, à Mennof-Rê, afin de reprendre ce trône qu'il estimait lui appartenir. Or, il ne se manifeste que dans des lieux éloignés, en s'adressant à des êtres fragiles sur lesquels il peut exercer son influence néfaste. Il redoute d'affronter son adversaire en pleine lumière. Ce spectre est donc un homme comme les autres, qui utilise une mise en scène pour convaincre les faibles et les crédules de se rallier à sa cause. Sans doute ne dispose-t-il pas de troupes suffisamment nombreuses pour combattre directement l'armée égyptienne. Cependant, il serait dangereux de le sous-estimer. Il a prouvé qu'il possédait la puissance et le charisme capables de galvaniser un peuple entier et de l'amener à se soulever.

— Et qui serait cet homme ?

— C'est ce que nous devons déterminer. Peribsen a pu avoir des fils, auxquels il a confié les richesses volées aux anciens Horus. Ce qui expliquerait que l'on ait retrouvé des pièces leur ayant appartenu en possession de bandits chargés de semer le doute dans l'esprit de mes ouvriers de Saqqarâh. Je suis persuadé que nous avons affaire à un complot destiné à éliminer le roi Djoser et à installer une nouvelle dynastie sur le trône des Deux-Terres. Une dynastie issue de Peribsen.

Moshem intervint.

— Je peux confirmer que de nouveaux objets portant la marque des Horus Djed et Nebrê ont été découverts il y a quelques jours entre les mains de bandits de l'Oukher. Il semble qu'ils aient servi à rémunérer les fauteurs de troubles chargés de faire croire qu'une malédiction pesait sur la cité sacrée. Ils utilisent la canaille des bas quartiers du port, qui s'engage dans les équipes d'ouvriers pour quelques jours, puis disparaît une fois sa tâche accomplie. J'ai tenté de démasquer les fournisseurs de ces pièces, mais je n'y suis pas parvenu jusqu'à présent. Il y a plusieurs mois, je suis remonté jusqu'à un domaine du nom de Per Ouazet. À mon arrivée, j'ai aperçu une troupe nombreuse. J'ai demandé l'assistance de la milice locale. Lorsque je suis retourné sur place, le domaine était abandonné. Sans doute ne servait-il que de lieu de rendez-vous. J'ai établi une surveillance discrète de l'endroit. Elle n'a rien donné jusqu'à présent. Nous ignorons d'où proviennent ces pièces, mais elle confirme que quelqu'un dispose du trésor de Peribsen.

— Un fils de Peribsen... murmura Mekherâ, songeur.

— C'est lui qui revêt l'apparence de l'usurpateur afin de faire croire à son retour du royaume d'Osiris. Il a fondé la secte des Sethiens fanatiques pour honorer sa mémoire. Malgré la victoire remportée dans la vallée du temple maudit, ils n'ont pas disparu. Il ne fait aucun doute que la rébellion de la Nubie est leur œuvre. Les apparitions de ce spectre en sont la preuve. Mais il y a plus grave : cet individu a sans doute conclu une alliance avec les Édomites.

— Les Édomites ?

— Ils étaient présents lors de la destruction du temple rouge. Il y a quatre ans, alliés aux Peuples de la Mer, ils ont envahi le Delta avec l'intention de s'emparer de Mennof-Rê. L'Horus Neteri-Khet a réussi à les vaincre et à les repousser au-delà du Sinaï. Leurs chefs sont parvenus à s'enfuir dans le désert. Je ne serais pas étonné que le fils de Peribsen ait été de ceux-là. Cette première invasion a un rapport avec ce qui s'est passé l'an dernier dans le Delta, et avec ce qui se passe aujourd'hui en Nubie. Plus encore que la folie fanatique d'une secte sanguinaire, nous devons redouter une nouvelle attaque des Édomites. Sans doute est-ce pour cela que l'on a éloigné l'armée. Ce n'est pas sans raison que l'on a attiré le roi en Nubie avec la plus grande partie de ses troupes.

— Mais alors, que pouvons-nous faire ? demanda Thanys, inquiète.

— Je peux réunir deux à trois mille guerriers, répondit Semourê. Cela ne sera pas suffisant, mais il va être difficile d'en recruter d'autres. Les paysans vont bientôt être occupés par les semailles. Et si nous voulons bénéficier de récoltes abondantes en prévision de la sécheresse, il est difficile de les arracher à leur terre.

— Nous disposons d'autres alliés, déclara Moshem.

— Lesquels ?

— Les bergers des marais. Depuis la destruction du temple des Sethiens, j'ai noué de solides liens d'amitié avec eux. Leur chef, Mehrou, voue une véritable vénération au roi. Je pourrais peut-être les convaincre de combattre à nos côtés si les Édomites venaient à envahir le Delta. Ils sont plusieurs milliers, et ils savent se battre.

— Mais qui gardera les troupeaux ? demanda Thanys.

— La crue d'Hâpy fut généreuse, ô ma reine. Les bêtes auront suffisamment de fourrage en restant dans leurs domaines. Les bergers seront donc disponibles.

— Voilà une idée excellente, Moshem, déclara Imhotep. Tu vas te rendre dans le Delta porter ta proposition à ce Mehrou.

— Je pars dès demain, Seigneur.

— Quant à moi, je vais adresser des courtiers aux nomarques afin qu'ils tiennent leurs milices prêtes au combat.

50

Quinze jours après avoir quitté Mennof-Rê, la flotte de guerre royale atteignait Yêb, à l'extrême sud des Deux-Terres. Installée sur son île de granit sombre, la ville avait depuis toujours joué un rôle stratégique exceptionnel. Située face à la Première cataracte, la capitale du premier nome de Haute-Égypte constituait un verrou militaire essentiel destiné à repousser les attaques éventuelles venant de Nubie. Quatre fortins édifiés sur les rives garantissaient la protection de la cité. Cité de Khnoum, le dieu potier à tête de bélier, le maître des eaux du Nil qui moulait les êtres vivants sur son tour, elle accueillait les caravanes remontant de la vallée supérieure du Nil, qui apportaient l'ivoire et l'or, l'ébène, les fourrures de jaguar et les esclaves.

Djoser se félicita d'avoir tenu compte des craintes d'Hakourna, qui redoutait une attaque d'Akh-Mehr le Dévoreur en direction de Kemit. Les éclaireurs envoyés en reconnaissance revinrent en hâte signaler au roi que la ville était assiégée par une armée d'au moins six à huit mille hommes. L'un des bastions était en flammes, et les autres ne pourraient résister encore longtemps.

— Par Horus, nous arrivons à temps ! s'exclama le roi.

Il donna aussitôt l'ordre d'accélérer l'allure.

Un peu plus tard, une partie des navires débarquait leurs guerriers sur l'île, prenant les assiégeants à revers. D'autres se portèrent au secours des fortins. De violents combats éclatèrent un peu partout. Quelques incendies s'étaient déclarés dans la cité elle-même. Djoser redouta le pire. Brandissant son glaive, il se lança dans la bataille à la tête de ses guerriers en songeant que Semourê aurait été furieux de le voir s'exposer ainsi. À ses côtés, Piânthy avait ordonné à ses guerriers d'élite de le soutenir et de le protéger. Mais ce n'était pas une tâche facile, en raison de la fougue et du courage du jeune roi.

La ville tenait bon. Apparemment, l'attaque n'avait pas débuté depuis plus de deux jours. En raison de sa position stratégique, Yêb possédait une garnison importante, d'un millier d'hommes, auxquels s'étaient joints les Nubiens fidèles à Hakourna, ce qui faisait près de deux mille guerriers, sans compter les habitants, habitués à prendre les armes pour défendre leur cité frontalière. Les assaillants s'étaient heurtés à forte partie. Mais le nombre parlait en leur faveur. Sans l'arrivée de Djoser, Yêb n'aurait pu résister longtemps.

Visiblement, Akh-Mehr ne s'attendait pas à l'apparition d'une armée aussi puissante peu de temps après avoir franchi la Première cataracte. Ses guerriers survoltés se portèrent au-devant des nouveaux venus avec des cris de rage. Mais le chef rebelle avait vu le danger. Jamais il ne parviendrait à vaincre face à un ennemi déterminé, bien entraîné et supérieur en nombre. Malheureusement, il avait commis l'imprudence de poser le pied sur l'île. Il lui fallait fuir à bord de ses bateaux, des pirogues taillées pour la course, mais incapables de livrer combat à des felouques de guerre égyptiennes. Lorsqu'il hurla à ses hommes de se retirer, ceux-ci, ivres de sang et de combat, ne l'écoutèrent pas. Il dut en frapper quelques-uns pour parvenir à se faire entendre. Peu à peu, les rebelles commencèrent à décrocher et à se replier vers les pirogues.

Akh-Mehr pris au piège, Djoser ordonna à Setmose d'opérer un mouvement d'encerclement avec les derniers navires afin de couper la route aux Nyam-Nyams. Les Nubiens comprirent qu'ils couraient au devant d'une défaite inéluctable. Leur frénésie se transforma très vite en inquiétude. Un reflux chaotique s'opéra en direction des embarcations échouées sur la roche noire. Djoser donna ses ordres à ses capitaines, formés à l'école de Meroura. À l'inverse des Nyam-Nyams, les mouvements des Égyptiens résultaient de la plus grande discipline. Au lieu de poursuivre l'ennemi, les soldats se déployèrent autour de la cité abandonnée par l'assaillant. Les archers bandèrent leurs arcs, puis, avec un ensemble parfait, décochèrent leurs traits. Une pluie de flèches s'abattit sur les Nubiens au moment où ils embarquaient. Nombre d'entre eux s'écroulèrent, transpercés. Une deuxième vague de flèches suivit la première, interdisant même à l'envahisseur de riposter.

Lorsqu'il fut certain d'avoir provoqué un sentiment de panique chez l'ennemi, Dioser ordonna aux guerriers de charger. L'instant d'après, un flot d'Égyptiens se rua sur les Nubiens hébétés et blessés. Un grand nombre étaient parvenus à pousser leurs pirogues dans le fleuve. Mais un millier d'autres demeuraient sur place, embarrassés par les cadavres et gênés par les tourbillons dus au courant violent.

Le choc fut terrible. Impatients d'en découdre, les Égyptiens frappèrent à coups redoublés. Certains avaient participé à la première campagne de Nubie, quatre ans plus tôt, et gardaient en mémoire les atrocités commises par les Nyam-Nyams sur leurs camarades. Des combats d'une extrême violence éclatèrent. On se battait à coups de lance, de poignard de silex, de casse-tête de dolérite, de hache de cuivre ou de pierre, parfois à coups de poing ou de dents, lorsque les armes étaient brisées. Le sol rocailleux se couvrit de larges flaques écarlates, de restes humains.

Une bonne partie des pirogues avaient réussi à quitter la rive. Elles se dirigèrent vers la rive occidentale, plus proche. Une vingtaine de felouques de guerre commandées par Setmose les prirent en chasse. Entre les rameurs égyptiens et les pagayeurs nubiens s'engagea une course poursuite rendue particulièrement ardue par le courant violent issu de la cataracte proche. La légèreté des pirogues parlait en faveur des Nubiens. Seule une poignée d'entre elles furent rattrapées par les lourds vaisseaux de guerre. Les combattants demeurés à bord profitèrent de leur position en surplomb pour harponner impitoyablement les fuyards. Mais les autres filaient rapidement en direction de l'étranglement du fleuve, où ils savaient que les lourds bateaux ne pourraient les suivre facilement.

Depuis la rive, Djoser suivait l'évolution de la bataille fluviale. Il laissa échapper un cri de victoire lorsqu'il comprit la manœuvre engagée par Setmose. Celui-ci, disposant encore d'une dizaine de navires, leur avait ordonné de contourner l'île de Yêb par l'orient. Les dix felouques se déployèrent devant la cataracte, interdisant toute retraite. Akh-Mehr se rendit compte qu'il allait être pris en tenaille et obliqua vers la rive occidentale.

Parvenus sur les berges, les rescapés abandonnèrent leurs pirogues et s'enfuirent vers le sud, en direction du relief sombre séparant la Haute-Égypte de la Nubie. La déroute des Nyam-Nyams était complète. Les assaillants des deux fortins, peu désireux de tomber entre les mains des Égyptiens, rompirent le combat et détalèrent à leur tour. Lorsque Setmose fit débarquer ses troupes, l'ennemi était déjà loin. Un ordre de Djoser, transmis d'une rive à l'autre par signes, lui commanda de se porter au secours des assiégés des bastions. L'un d'eux flambait. Avec écœurement, le jeune commandant découvrit ce qui restait des défenseurs. Aux déchirures sanguinolentes des membres, il comprit que certains d'entre eux avaient été mordus par l'ennemi, et leur chair arrachée par lambeaux. Plus loin, il découvrit, sous les braises d'un feu de camp, plusieurs ossements humains dont une dizaine de crânes. La légende selon laquelle les Nyam-Nyams dévoraient leurs ennemis était bien fondée.

Sur l'île de Yêb, les Nubiens qui n'avaient pu fuir ne résistèrent pas longtemps à la fougue des Égyptiens, auxquels étaient venus se joindre les défenseurs de la cité. Sur les mille guerriers abandonnés par leur roi, une centaine seulement survécut. Lorsque les combats cessèrent, le Nil avait pris une teinte rougeâtre, que les tourbillons emportaient peu à peu. La roche noire était couverte de sang.

Au soir de cette première victoire, Djoser retrouva le vieux Khem-Hoptah, nomarque de la cité, qui avait organisé à la hâte une réception pour celui qu'il avait considéré comme son suzerain avant même qu'il montât sur le trône d'Horus.

Le roi était écœuré par la sauvagerie des combats. Il avait pourtant l'habitude de la guerre. Mais jamais il ne pourrait s'habituer à la façon de combattre des Nyam-Nyams, qui avaient coutume de se faire tailler les dents en pointe pour effrayer leurs ennemis. Chacun des guerriers piégé sur l'île avait combattu tant qu'il lui restait un souffle de vie. Djoser gardait l'image de l'un d'eux, qui, désarmé, avait bondi sur un jeune soldat et l'avait égorgé en refermant ses mâchoires sur son cou. Il avait fallu lui trancher la tête pour pouvoir lui faire lâcher prise. Malgré la victoire, le cœur de Djoser était empli d'amertume.

— Je suis épuisé, mon ami, dit-il à Khem-Hoptah. Cette guerre est encore plus stupide que les autres. J'avais pourtant offert aux Nubiens les mêmes avantages qu'aux Égyptiens, je les ai accueillis comme des enfants, sans faire de différence entre eux et ceux des Deux-Terres. Ces massacres auraient pu être évités sans la folie sanguinaire d'une poignée d'individus assoiffés de pouvoir et de gloire. Mais que savent-ils du pouvoir, ces orgueilleux imbéciles ? Seule compte pour eux la satisfaction de leurs petites ambitions personnelles, de leurs rancunes mesquines.

— Ainsi est l'homme, ô Lumière de l'Égypte. Et je crains que tu n'y puisses rien changer. Il te faut l'accepter.

Les deux hommes se regardèrent avec affection. De nombreux souvenirs les unissaient, ayant trait à la première guerre de Nubie. Quatre années auparavant, Djoser avait vaincu Hakourna, qui aujourd'hui combattait à ses côtés.

— La vie est étrange, Taureau puissant. Ton ennemi d'hier t'aide à combattre ses frères.

— Pardonne-moi, Seigneur, intervint Hakourna. Je n'ai jamais considéré Akh-Mehr comme mon frère. Il ne m'a pas pardonné d'avoir été élu roi, et encore moins de m'être allié avec l'Horus Djoser. Entre lui et moi, c'est un combat à mort. N'étant pas cannibale, je ne promettrai pas à mes guerriers de leur livrer son corps à dévorer. Mais je le jetterais volontiers aux crocodiles.

— Tu en auras peut-être bientôt l'occasion, reprit le roi. Nous devons profiter de la débandade d'aujourd'hui pour pousser notre avantage. Dès demain, nous allons franchir la cataracte.

— Il faudra te montrer prudent, dit Khem-Hoptah. Les eaux de la crue facilitent la navigation, mais le courant est violent, et il a tôt fait d'envoyer les navires sur les rochers affleurants. Il te faudra des pilotes qui connaissent bien le passage. Je te les fournirai. Malheureusement, ils sont bien peu nombreux.

Le lendemain, après une nuit de repos trop courte, l'armée égyptienne se prépara à investir la Nubie. Au-delà de Yâb, le Nil traversait, sur une distance de cinq miles environ, un resserrement encombré d'écueils. Le courant se faisait plus violent, et il n'était pas question de naviguer normalement. Tandis qu'une partie de l'armée était envoyée à l'avant afin de protéger le passage des navires en cas de contre-attaque des Nubiens, nombre de soldats saisirent des cordages que l'on avait fixés aux bateaux pour les haler le long de la rive. À bord, des pilotes et quelques rameurs dirigeaient la manœuvre. La crue offrait un meilleur tirant d'eau, mais le courant rendait la progression difficile.

Djoser avait décidé de n'utiliser que soixante de ses cent navires. Il ignorait combien de temps allait durer la campagne, et, dès que la crue serait terminée, il serait difficile de franchir la cataracte dans l'autre sens. Aussi valait-il mieux garder des vaisseaux en réserve à Yêb pour le retour. Les soldats devraient seulement se serrer un peu.

Il fallut près de trois jours pour permettre aux navires de franchir l'étranglement. Hakourna, remis de ses blessures, avait repris le commandement de sa propre armée, dont les guerriers étaient bien décidés à venger leurs camarades. Avec ce renfort, l'armée égyptienne comptait désormais douze mille hommes.

— C'est bien plus qu'il n'en faut pour écraser cette racaille, gronda Hakourna, impatient de se trouver face à son ennemi personnel.

— Je doute que cela soit aussi facile que tu le dis, mon ami, rétorqua Djoser. Ces Nyam-Nyams sont de redoutables combattants. Ils ne craignent pas la mort, et ils aiment la donner. Nous autres Égyptiens préférons la paix. Seule notre supériorité numérique peut nous permettre de vaincre, et je déteste l'idée de perdre nombre de mes compagnons. Beaucoup d'entre eux sont des paysans, des artisans qui ont femme et enfants dans la vallée. Je pleure déjà ceux qui ne reverront jamais leur famille.

— C'est pour cela que tu es un grand roi, répondit Hakourna. Tu connais la valeur de la vie, quand bien même elle n'est que celle d'un homme de modeste condition. Pour cette raison, tu vaincras.

— Que les dieux t'entendent !

Si l'avantage des Nyam-Nyams reposait sur la férocité, Djoser avait appris la stratégie avec l'un des plus grands généraux : Meroura, à qui Khâsekhemoui avait dû sa victoire sur les troupes de Peribsen.

Grâce aux navires, l'année se porta en une journée à la hauteur de Talmis, première cité importante de Nubie. Mais Talmis n'existait plus. À sa place s'étendait un champ de ruines noircies, dont certains brasiers fumaient encore. Par endroits se dressaient de sinistres potences où pendaient des corps mutilés, auxquels on avait arraché la chair par lambeaux.

Comme à Yêb, les malheureux avaient été en partie dévorés.

— Lors de ma fuite vers l'Égypte, j'ai emmené les habitants avec moi, expliqua Hakourna. Mais certains n'ont pas voulu abandonner leur demeure. Ils pensaient qu'Akh-Mehr étant nubien lui aussi, il les épargnerait s'ils ne prenaient pas les armes contre lui.

— Ils ont payé très cher leur erreur, dit Djoser.

Prudemment, il s'avança dans les ruelles dévastées, à la recherche d'hypothétiques survivants. Mais les Nyam-Nyams n'avaient rien laissé derrière eux. Les silos à grains avaient été incendiés, de même que les temples et les demeures. Le bétail avait été emporté.

— Cet Akh-Mehr est un monstre, rugit Piânthy.

— Il règne sur les siens par la terreur, précisa Hakourna. Il a massacré ses frères et ses cousins pour devenir le roi de sa tribu. On le hait, mais on le craint, parce que certains disent qu'il possède des pouvoirs magiques.

Djoser ne répondit pas. Certains événements passés lui revinrent tout à coup en mémoire. La manucure qui avait tenté de tuer Thanys à l'aide d'une poupée maléfique était nubienne. De même, Inmakh avait aperçu un Nubien remettre la fiole de poison à l'homme au visage brûlé. Peut-être ne s'agissait-il que de coïncidences, mais il ne pouvait écarter l'idée que l'alliance entre les Sethiens et les princes de Koush n'était pas récente. Ceux-ci s'étaient soulevés seulement quelques mois après l'effondrement de la secte, le temps pour celui qui se cachait derrière le spectre de Peribsen de réorganiser ses troupes et de préparer une autre stratégie. Mais laquelle, et quel était son but ?

Le lendemain, la flotte atteignit Tutzis en fin de journée. Un spectacle effrayant les attendait. Depuis le port, une allée menait vers la porte principale de la cité. De magnifiques acacias, plantés par un ancien roi, bordaient cette allée. Dans la lumière du soleil déclinant, Djoser et ses compagnons débarquèrent, suivis par leurs capitaines.

— Apparemment, la ville a été épargnée, déclara Piânthy.

— Peut-être n'ont-ils pas eu le temps de l'incendier, fit remarquer Setmose.

— Mais qu'est-ce qui bouge, là-bas ? dit un capitaine en désignant l'allée.

Ils s'y engagèrent prudemment. Aussitôt, une infecte odeur de sang séché les prit à la gorge. Il y eut comme un aboiement, puis, dans les lueurs mauves du crépuscule, ils distinguèrent une horde de hyènes qui se disputaient des charognes qu'ils ne purent identifier d'emblée. Quelques hurlements suffirent à les mettre en fuite. Alors, dans la lumière violette de la nuit naissante se dessinèrent des formes effroyables, dans lesquelles ils finirent par reconnaître des silhouettes humaines.

— Par les dieux ! Qu'ont-ils fait ? murmura Djoser.

Malgré l'endurcissement des combats, jamais il n'avait vu un spectacle aussi épouvantable, dépassant même en horreur les massacres de la secte. D'un bout à l'autre de l'allée, une centaine de malheureux avaient été pendus par les pieds. Puis on les avait éventrés à coups de hache avant de répandre leurs intestins sur le sol. Sans doute n'avaient-ils pas dû mourir immédiatement.

Derrière le roi, plusieurs capitaines se détournèrent pour vomir. Djoser lui-même dut serrer les dents pour ne pas céder à la nausée qui lui tordait l'estomac.

— Ils veulent nous impressionner ! gronda Hakourna ivre de rage.

Surmontant son dégoût, il remonta vers la ville, aussitôt suivi par Djoser et Piânthy. Au passage, le roi de Nubie reconnut quelques-uns de ses compagnons qui n'avaient pas eu la chance de fuir. Son teint avait viré au gris sous l'effet de la colère.

— Il n'y aura pas de châtiment assez fort pour cette hyène puante, cracha-t-il en arrivant devant la porte de la cité.

Les capitaines ordonnèrent à leurs soldats d'effectuer un mouvement d'encerclement, afin de prévenir toute attaque contre le roi. Mais la ville était déserte, les réserves et les demeures pillées, comme à Talmis.

— Ils fuient comme des lâches ! s'exclama Piânthy. Ils refusent de livrer combat.

Djoser demeura un long moment silencieux, puis déclara :

— Non, ils ne fuient pas ! Akh-Mehr cherche à gagner du temps. Il nous entraîne sur son territoire, dans les marais du Sud. C'est là qu'il veut nous combattre. Il tente de nous attirer dans un piège, mais nous ne lui laisserons pas le temps d'agir. Il possède peu d'avance sur nous. Avec les navires, nous pouvons le rattraper avant qu'il ne se réfugie sur son domaine.

— Les navires ne pourront pas franchir la Deuxième cataracte, fit remarquer Hakourna. Nous devons y parvenir avant lui.

— Alors, nous rembarquerons demain à l'aube.

51

Cela faisait à présent près d'un mois que l'armée avait quitté Mennof-Rê. À la saison de l'Inondation avait succédé *Peret,* la Germination. Le Nil avait regagné son lit. Dans la vallée du fleuve-dieu, les paysans avaient dû abandonner le chantier de Saqqarâh pour regagner leurs champs et préparer les semailles. Il aurait dû en être de même en Nubie. Mais les hordes sauvages d'Akh-Mehr avaient dévasté le pays de Koush, semant la mort et la désolation sur leur passage. Apparemment, Akh-Mehr avait décidé de pratiquer la politique de la terre brûlée. Ayant perdu ses pirogues, il n'avait guère d'autres moyens de ralentir son poursuivant. Mais Djoser, prévoyant, avait ordonné que l'on emporte des vivres en abondance. Cependant, il devait se faire violence pour refuser de s'arrêter à chaque fois que l'on découvrait, sur les rives du fleuve, une ville ou un village incendiés. Si l'on voulait couper la retraite au cruel chef rebelle, il ne fallait pas tomber dans ses pièges.

Contrairement à ce qu'il avait escompté, la politique de destruction systématique d'Akh-Mehr ne contribua pas à ralentir la progression des Égyptiens. Bien pire, elle se retourna contre lui. Ayant été obligé d'abandonner ses pirogues, qui lui auraient permis de maintenir la distance entre la flotte royale et lui, il avait perdu l'un de ses atouts majeurs. La marche forcée épuisait ses guerriers, talonnés par un ennemi qui les avait déjà vaincus, et dont ils savaient qu'il ne leur ferait pas de quartier. Ils auraient préféré livrer une véritable bataille plutôt que de fuir un ennemi dont ils ressentaient la présence chaque jour plus proche. Peu à peu, avec la fatigue, la hargne s'essouffla, laissant place à un nouveau sentiment : la peur. L'adversaire prit une dimension d'autant plus inquiétante qu'il demeurait invisible. Ivre de colère, Akh-Mehr, poussé par son état-major, en vint à épargner les villages. Il devait à tout prix franchir la Deuxième cataracte avant d'être rattrapé. S'il échouait, tout était perdu.

Mais il était déjà trop tard. Djoser n'autorisait à ses hommes que quelques heures de repos parcimonieuses au cours de nuits trop courtes. Lui aussi savait qu'il devait interdire à l'ennemi de passer au-delà de la Deuxième cataracte. Lorsqu'il rencontra les premiers villages épargnés, il sut qu'il allait triompher. Trois jours plus tard, on repéra les premiers groupes de Nubiens. Piânthy s'exclama :

— Ils sont exténués ! Nous pouvons les exterminer ici, ô Lumière de l'Égypte.

— Ne cédons pas à la tentation, compagnon. Nous devons poursuivre notre route et les dépasser pour leur couper la retraite.

— Alors, quand nous battrons-nous ?

— Nous devons atteindre Bouhen. C'est là-bas que nous attendrons l'ennemi.

— Mais la ville a dû tomber entre les mains de ses partisans. Te rends-tu compte que nous allons être pris entre les deux ?

— Nous serons sur place dans trois jours. Il en faudra cinq à Akh-Mehr pour atteindre la cité. Lorsqu'il arrivera, la ville sera à nous. Il ne lui restera plus qu'à se rendre à son tour, ou livrer sa dernière bataille.

— Et si la ville résiste ?

— Elle ne résistera pas si nous utilisons les mêmes stratagèmes que l'ennemi.

— Quels stratagèmes ? demanda Piânthy, intrigué.

— Tu verras lorsque nous serons arrivés. Avec un peu de chance, nous n'aurons pas à livrer bataille contre les habitants de Bouhen. Bien mieux, ils se battront à nos côtés.

Piânthy n'insista pas. La lueur intense qui brillait dans les yeux du roi lui en rappelait une autre, peu avant l'ultime combat contre l'usurpateur Nekoufer. Grâce à son courage et avec l'aide des dieux, Djoser l'avait vaincu sans que ne soit versé le sang égyptien, simplement en commandant au dieu Rê de voiler sa face lumineuse. Rê avait obéi. Une exaltation nouvelle gonfla le cœur de Piânthy. Djoser réservait sans doute aux Nubiens un autre tour à sa manière. Et le jeune général n'aurait manqué cela pour rien au monde.

Profitant d'une courte escale nocturne, le roi ordonna aux Nyam-Nyams ralliés à sa cause de s'infiltrer au cœur des troupes ennemies et de lui rapporter leurs manœuvres. Avides de combats, les guerriers cannibales se fondirent dans les ténèbres. Lorsqu'ils revinrent, ils ramenèrent avec eux les cœurs de quelques ennemis abattus au cours de féroces escarmouches.

Le lendemain, la flotte dépassa les Nubiens. Sur la rive, des meutes de guerriers se massèrent, brandissant haches et casse-tête en hurlant pour défier les Égyptiens. Mais les capitaines avaient transmis la consigne. Il ne fallait pas répondre à la provocation. Voyant la flotte s'éloigner, les hurlements se transformèrent en un grand silence, suivi peu après par une explosion de rugissements de victoire.

— Ils doivent croire que nous les fuyons ! grogna Piânthy.

— Alors, ils sont stupides, conclut Djoser.

Mais l'enthousiasme des Nyam-Nyams fut de courte durée. Leur chef avait vraisemblablement compris la manœuvre du roi. Peu après, les hordes vociférantes reprirent leur avance au pas de course. Mais elles ne pouvaient lutter contre la vitesse des navires.

Le roi n'avait pas oublié sa première campagne, et son étonnante mémoire lui avait conservé le souvenir des différentes cités nubiennes. Il ne s'était pas trompé en affirmant qu'il ne lui faudrait que trois jours pour atteindre Bouhen. Par précaution, il fit débarquer l'armée en aval et en amont, afin de l'encercler. En ordre de bataille, l'élite des soldats égyptiens marcha en direction des murs faiblement défendus.

— Mais... que se passe-t-il ? demanda un capitaine. On dirait qu'ils refusent le combat.

— L'Horus l'avait prévu, répondit le général. Mais je n'aurais pas cru que cela serait aussi rapide. Il doit y avoir une raison.

Depuis le débarquement, Djoser avait disparu. Soudain, les rangs de soldats s'écartèrent respectueusement. Sous les yeux stupéfaits de Piânthy et de son état-major apparut une litière d'apparat, celle que le roi conservait toujours à bord de son navire de guerre pour les réceptions officielles dans les capitales des nomes. Comme s'il s'était agi d'une visite protocolaire, il avait revêtu la tenue royale. Figé dans une attitude hiératique, il portait la crosse et le fléau, tandis que son visage arborait fièrement la barbe de cuir sous le némès de lin. À son front, il avait ceint la couronne portant le cobra femelle, l'uræus symbolisant la colère du roi.

— Par Horus, s'écria Hakourna. Je suis fier d'être l'ami et l'allié d'un aussi grand roi. La ville va tomber sans combattre.

En effet, visiblement impressionnés par la majesté qui se dégageait de la scène, les quelques guerriers postés sur les remparts semblaient pétrifiés. Il y eut quelques instants de confusion, puis les portes de la cité s'ouvrirent. Un petit groupe d'individus, dirigé par un grand Nubien à la tête parée de plumes d'autruche, vint se jeter aux pieds du roi. Celui-ci se leva sur la litière et prit la parole.

— Ma colère est grande, habitants de Bouhen. Vous avez pris les armes contre votre roi, et, à travers lui, contre moi-même, dieu souverain de Kemit. N'avais-je pas fait preuve envers vous, malgré votre défaite, de mansuétude et de magnanimité ?

Le chef emplumé, Rehn-Ret, se mit à se lamenter en se tordant les mains.

— Pardonne à tes serviteurs, ô Taureau puissant ! Nous avons été trompés !

— Par qui ?

L'autre s'écroula en sanglots sur le sol rocailleux.

— Un autre souverain d'Égypte est apparu, ô grand roi. Il nous a dit être revenu du royaume d'Osiris pour renverser l'usur... pour te renverser.

— Et il vous a promis la victoire !

— Oui, ô Lumière de l'Égypte. Nous l'avons cru.

— Alors, vous m'avez trahi. Vous avez massacré ceux des vôtres qui voulaient me rester fidèles ! Mais où est-il, ce spectre si puissant ? Aura-t-il le courage de se montrer pour m'affronter seul à seul, comme je le fis autrefois pour l'usurpateur Nekoufer ?

Sur un ordre bref du roi, la litière fut déposée à terre. Djoser s'avança lentement en direction de ses adversaires. Il ne portait aucune arme, sinon la crosse et le fléau, qui ne seraient d'aucune utilité face aux casse-tête et aux sagaies des Nubiens. Dans les rangs égyptiens, on s'était mis à trembler. Pourquoi l'Horus éprouvait-il le besoin de s'exposer ainsi ? Il aurait suffi d'un archer belliqueux un peu adroit pour faucher la vie du roi. Mais l'attitude royale avait littéralement cloué sur place les chefs ennemis. Alors eut lieu un autre phénomène, qui stupéfia les guerriers égyptiens eux-mêmes. Djoser s'était avancé si près des chefs qu'il aurait pu les toucher du pied. Pourtant, pas un ne se releva ; tous demeurèrent prosternés, tremblant de tous leurs membres. Plus étonnant encore, tandis qu'ils demeuraient prostrés sur le sol, une foule importante sortit de la ville, lentement, habitants et guerriers mêlés, hommes et femmes, enfants et vieillards. Avec un mouvement d'ensemble impressionnant, les citadins vinrent s'incliner devant Djoser, parfaitement immobile.

Piânthy, le souffle court parce qu'il tremblait de peur pour son ami et souverain, murmura à l'oreille d'Hakourna :

— Voilà pourquoi il est digne du trône d'Horus, mon frère. Par les dieux, je mourrai satisfait d'avoir été le serviteur et l'ami d'un si noble roi !

Écartant les bras, Djoser reprit la parole :

— Votre crime est grand, mais j'épargnerai vos vies, parce que vous n'avez pas participé aux massacres des habitants des villes du nord de la Nubie. Cependant, vous donnerez vos armes à mes soldats.

— Nous sommes tes esclaves, ô Taureau puissant ! reprit Rehn-Ret.

Le soir même, tous les guerriers de Bouhen étaient désarmés et enchaînés. La ville, qui ne comptait guère plus de quelques milliers d'habitants, était tombée aux mains de Djoser. Les soldats égyptiens prirent place sur les remparts et à l'extérieur des murailles. Les citadins comprirent qu'une nouvelle bataille allait avoir lieu.

— Envisages-tu de recommencer la même manœuvre avec Akh-Mehr ? demanda Hakourna.

— Non, mon compagnon. Avec certains individus, il n'y a aucun dialogue possible. Seul le plus fort doit vaincre, après avoir éliminé définitivement son adversaire. Je n'aurai aucune pitié pour ce chien, ni pour aucun des princes félons.

D'après les espions nyam-nyams de Djoser, l'ennemi se rapprochait, fort d'une armée de sept mille hommes bien décidés à se battre jusqu'au dernier.

À l'aube du deuxième jour après la chute de Bouhen, comme l'avait prévu Djoser, les hordes d'Akh-Mehr apparurent. Malgré leur infériorité numérique, elles n'hésitèrent pas un instant à se ruer à l'assaut des Égyptiens qui leur barraient le passage en direction de la cité.

— La stupidité de ce chien n'a d'égale que sa cruauté, commenta Djoser.

En effet, Akh-Mehr n'avait rien d'un grand stratège. Sur l'ordre du roi, trois lignes d'archers avaient été positionnées devant la cité, derrière lesquelles s'impatientaient des guerriers armés de longues lances. D'autres, en troisième position, exultaient en brandissant des haches et des casse-tête. Sur l'ordre de Djoser, l'une après l'autre, les lignes d'archers décochèrent leurs flèches, créant une pluie continue de traits qui s'abattirent sur l'ennemi, taillant des coupes claires dans ses rangs. Mais la rage des assaillants était telle qu'ils continuaient à avancer. Forts de leur nombre, ils se ruèrent en direction des archers. Lorsqu'il jugea qu'ils étaient suffisamment près, Djoser donna l'ordre aux tireurs de se replier. L'ennemi crut à une retraite et des hurlements de victoire anticipée jaillirent. L'instant d'après, les Nyam-Nyams se retrouvaient face à une ligne hérissée de longues lances sur laquelle les premiers vinrent s'empaler, poussés irrésistiblement par les suivants. Une épaisse odeur de sang emplissait l'air. Solidement ancrées dans la roche, les longues lances finirent par arrêter la vague d'assaut ennemie. Des cris de fureur et de douleur retentissaient de chaque côté. Lorsqu'il estima que l'ennemi avait été arrêté dans son élan, Djoser libéra ses fantassins, qui prirent le relais des lanciers. Les massues, haches de dolérite ou de silex, glaives de cuivre et autres poignards entrèrent dans le combat, frappant, taillant les chairs, faisant éclater les crânes et les ventres, tranchant les membres. La mêlée était tellement serrée que, bientôt, le sol gorgé de sang devint glissant. Malgré leur infériorité numérique, les Nubiens combattaient avec une férocité terrifiante, jusqu'à leur dernier souffle de vie. Djoser avait gardé en réserve deux mille hommes qu'il envoya dans la bataille pour prendre l'ennemi en étau. Cette nouvelle manœuvre finit par déclencher un mouvement de recul chez l'ennemi. Cette faiblesse lui fut fatale. Galvanisés par l'arrivée des troupes fraîches, les guerriers égyptiens redoublèrent d'ardeur. Soudain, l'ennemi sembla pris de panique et reflua vers le fleuve. Encerclé par les troupes égyptiennes, il finit par jeter les armes.

— Où est Akh-Mehr ? demanda Djoser.

— Il est mort, ô Taureau puissant, répondit Merekh, le chef des Nyam-Nyams d'Égypte. Nous avons tué ton ennemi, et nous t'avons rapporté son cœur.

Ce disant, il brandit un morceau de chair dégoulinant d'un sang qui lui coulait le long du bras. Derrière lui, ses compagnons poussèrent des ululements de triomphe.

— Alors, c'est aussi à vous que nous devrons cette victoire, mes compagnons ! déclara Djoser, un peu mal à l'aise.

Merekh s'avança vers le roi et lui présenta fièrement son trophée.

— Nous n'aurons jamais de meilleur roi que toi ! Ce cœur t'appartient. C'est celui de ton ennemi. Tu as gagné le droit de le manger.

Une vague nausée tordit l'estomac de Djoser. Mais ses Nyam-Nyams lui étaient demeurés parfaitement fidèles pendant toute la campagne. Il était délicat de leur refuser ce qu'ils proposaient. Dans leurs rangs un grand silence se fit, qui trouva écho chez les Égyptiens. Djoser revit les atrocités commises par Akh-Mehr. Cet être n'était qu'un monstre, un fauve qui avait pris apparence humaine. Se concentrant sur cette image, il se décida. Saisissant fermement le morceau de chair encore tiède, il fit appel à tout son courage, et mordit dans le cœur encore chaud dont il arracha un grand lambeau avant de le rendre à Merekh. Le Nyam-Nyam eut un instant d'hésitation, puis y mordit à son tour. Un hurlement de victoire, repris aussitôt par les Égyptiens, salua le geste du roi.

Djoser comprit qu'il venait là de remporter une autre victoire, qui lui assurait à jamais la loyauté de ses Nyam-Nyams. Non seulement il avait respecté leur coutume, mais il avait partagé symboliquement sa victoire avec leur chef.

On amena devant Djoser les princes rebelles survivants, au nombre d'une vingtaine. Ils se jetèrent à ses pieds pour implorer sa mansuétude. Mais il les repoussa violemment.

— Il n'y aura aucune clémence pour vous. Vos mains sont couvertes de sang.

— Nous t'implorons, ô Taureau puissant. Ce Peribsen nous a trompés.

— Et où est-il, à présent ?

— Nous l'ignorons, ô Lumière de l'Égypte. Il a disparu peu après la bataille de Yêb.

— Il a fui lâchement ! s'exclama Piânthy.

— Non ! Il a dit qu'il allait poursuivre le combat sur la terre de Kemit.

— Sais-tu quelle direction il a prise ?

— Je crois qu'il est parti vers la vallée d'Eskhou, Seigneur.

— Voilà pourquoi le *nebou* n'arrive plus. Les mines d'or sont tombées entre ses mains. Mais nous allons les lui reprendre.

Il s'adressa aux princes félons.

— Quant à vous qui m'avez trahi en massacrant des innocents, vous serez condamnés à extraire la chair des dieux jusqu'à ce que mort s'ensuive. Je n'aurai aucune pitié pour de lâches criminels de votre espèce. Que cela soit écrit et accompli.

Quelques jours plus tard, après avoir chargé Hakourna de la reconstruction de son royaume, Djoser, à la tête de cinq mille hommes, se dirigea vers les mines d'Eskhou.

52

Accompagné de son fidèle Nadji, Moshem n'eut aucune difficulté pour retrouver Mehrou, le chef des bergers du Delta, qui l'accueillit avec de grandes démonstrations d'affection. Cependant, malgré sa bonne volonté évidente, les négociations avec ce personnage haut en couleur ne se révélèrent pas d'une simplicité exemplaire. Avant toute chose, Moshem dut participer à une chasse dans les marais, sur les nacelles en tiges de papyrus, activité qu'il avait rarement pratiquée depuis son arrivée en Égypte. Mais son hôte semblait beaucoup y tenir. Si elle valut au jeune homme quelques bains forcés, elle renforça les liens d'amitié établis avec le chef des bergers. Au cours du festin qui suivit, Moshem expliqua à Mehrou la menace dont Kemit faisait l'objet, insistant sur le rôle que pouvait jouer son peuple.

— Nous aiderons le roi de Kemit, mon ami, répondit Mehrou. Ces chiens d'Édomites ont massacré nombre des nôtres lors de la dernière invasion. Mon frère lui-même a péri en les combattant. Il me tarde d'accrocher leurs os à mon cou, ajouta-t-il en désignant le collier sur lequel étaient déjà enfilées des phalanges de Sethiens.

Lorsqu'il quitta les marais, Moshera était assuré du soutien du peuple du Delta. Cependant, malgré les craintes d'Imhotep, l'ennemi ne se montrait pas. Tout au plus des navigateurs remarquèrent-ils une concentration de navires édomites à Ashqelôn, mais en nombre insuffisant pour envahir l'Égypte.

Malgré l'atmosphère trouble causée par les récents attentats, les travaux de Saqqarâh se poursuivaient. Avec le début de la saison de Peret, nombre d'ouvriers avaient regagné leurs terres pour les semailles. Seuls restaient les tailleurs de pierre, les carriers et les sculpteurs. La plupart demeuraient en permanence sur le plateau. On avait construit pour eux un village situé au sud de l'enceinte sacrée, où ils avaient emménagé avec leurs familles. Hors la saison de l'inondation, la population occupant Saqqarâh ne dépassait pas les trois mille personnes, en comptant les femmes et les enfants. Autour des murailles naissantes couraient des centaines de gamins tout nus, au crâne rasé excepté la mèche recourbée sur l'oreille droite. Les plus grands aidaient les manœuvres à tirer les lourds monolithes jusqu'au chantier. Les plus jeunes gardaient les troupeaux de chèvres et de moutons qui complétaient l'alimentation des bâtisseurs.

Mais l'essentiel de leur nourriture reposait sur les céréales, blé et orge, prélevées dans les silos royaux. Tandis que les hommes travaillaient, leurs épouses fabriquaient le pain et la bière. Celle-ci était fabriquée à partir des pains de farine d'orge recuite et trempée à l'eau que l'on laissait fermenter. Après la fermentation avait lieu la décantation, puis la bière était filtrée et conservée dans des jarres ouvertes. On la parfumait avec des herbes ou des fruits.

Une bonne partie de la viande était fournie par Ameni, l'éleveur d'oiseaux de Kennehout. Il jouissait d'une grande popularité auprès des ouvriers, qui saluaient toujours son arrivée, le matin, avec des hurlements d'enthousiasme. À cause de leur nombre croissant, il avait dû agrandir ses enclos et embaucher des aides, qui s'étaient installés au pied du plateau, près de sa demeure. Leur installation avait fini par créer un petit village dont il était devenu le chef débonnaire. Malgré son titre de Directeur des élevages de volatiles royaux, il avait su conserver sa simplicité.

D'une nature inquiète, Akhet-Aâ se levait souvent à l'aube pour accompagner les équipes chargées de collecter le blé et l'orge auprès des silos royaux de Mennof-Rê. Ce matin-là, Ameni avait tenu à l'accompagner. Il était lui-même concerné par les quantités de grain, dont une partie lui revenait pour nourrir ses oiseaux. L'intendant, qui tenait beaucoup à ses prérogatives, avait fait grise mine au début. Mais il appréciait la compagnie du personnage, dont la bonne humeur constante et l'optimisme compensaient son caractère inquiet. Il ne se doutait pas que la présence d'Ameni lui vaudrait de voir encore le soleil se coucher le soir même.

Tandis qu'ils traversaient Mennof-Rê encore endormie, Akhet-Aâ houspillait ses serviteurs, comme à son habitude. Hanté par la peur de faillir à sa tâche, il tenait à superviser lui-même le travail effectué par les hommes chargés du ravitaillement. Depuis la disparition de Nakht-Houy dans l'accident de Saqqarâh, son remplaçant, Ho-Hetep, nommé par Imhotep en l'absence de Djoser, se montrait plus coopératif, et il n'avait plus de difficulté à obtenir le grain nécessaire pour nourrir ses ouvriers.

Le parc des silos royaux se situait au sud de la cité, non loin de la place des Exécutions. C'était un endroit clos de murailles et gardé par des soldats d'élite. Seuls y pénétraient le Directeur des greniers et ses scribes, les paysans chargés de l'ensilage[1], après les moissons, et les serviteurs chargés de ravitailler quotidiennement les gardiens.

Le soleil se levait à peine lorsque, à la tête de ses porteurs et de leurs ânes, Akhet-Aâ se présenta devant la lourde porte de bois. Le capitaine responsable des lieux le connaissait et lui ouvrit sans difficulté. Il savait d'ailleurs qu'il valait mieux ne pas le contrarier.

— Que Ptah te soit favorable, Seigneur Akhet-Aâ, le salua le soldat en s'inclinant. Je t'attendais. Le seigneur Ho-Hetep m'a prévenu de ta visite.

La petite troupe pénétra dans les lieux. Sur la gauche se dressaient les logements des gardes, au nombre d'une douzaine. Face à l'entrée, les silos alignaient leurs formes de cônes enflés. Il n'y en avait pas moins de cinquante, qui s'étiraient sur cinq rangées. Hauts d'une douzaine de coudées chacun, ils renfermaient une partie de la richesse royale. Selon

---

1. Conservation des grains dans des silos.

la tradition, toutes les terres de Kemît appartenaient au roi. Lors des récoltes, seule une partie était laissée au paysan, pour les semailles futures et pour sa nourriture. Le reste était stocké, puis redistribué en fonction des besoins. Les silos comportaient deux ouvertures. L'une en haut, par laquelle on versait le grain. La seconde, située dans le bas, permettait de prélever, sous la surveillance draconienne des scribes, les mesures prévues.

En raison des récoltes abondantes, des maçons construisaient de nouveaux silos en prévision des prochaines récoltes de l'année. Derrière leurs alignements, on apercevait les fondations circulaires de brique crue, les jarres contenant l'eau nécessaire au mortier, les échafaudages.

Suivant le scribe comptable, Akhet-Aâ et Ameni parvinrent devant les silos où devaient être prélevées les rations de la journée. Les assistants commencèrent à charger les jarres à l'aide d'une mesure en terre dont le comptable surveillait le remplissage d'un œil suspicieux.

D'une nature curieuse, Akhet-Aâ se dirigea vers les silos en chantier. À cette heure matinale, les maçons n'étaient pas encore arrivés. Dans la lumière mauve du soleil rasant, les échafaudages semblaient des insectes monstrueux, aux pattes innombrables, figés dans la construction d'un nid gigantesque. Il s'apprêtait à revenir vers ses compagnons lorsqu'il aperçut une silhouette furtive qui se glissait derrière la dernière rangée de silos. Il pensa avoir affaire à un serviteur venu apporter son aide et poursuivit son chemin. Soudain, une odeur désagréable le prit à la gorge. Inquiet, il regarda autour de lui. Elle semblait provenir du dernier silo. Intrigué, il s'approcha. Il entendit un craquement, entrevit la lueur d'une torche. L'instant d'après, l'air se transforma en une fournaise infernale. Une haleine de feu l'enveloppa, embrasa ses vêtements. Pétrifié par la douleur et la terreur, il se mit à hurler. Mais deux bras puissants le saisirent et le tirèrent en arrière. Il entrevit la silhouette puissante d'Ameni qui s'emparait d'une jarre d'eau pour la verser sur lui.

Quelques instants plus tard, il reprit son souffle, entouré par les autres. À l'odeur infernale se mêlait un relent de chair grillée. Il ne se rendit pas tout de suite compte qu'il émanait de lui-même. Sa peau le faisait souffrir par endroits, mais il s'en tirait sans trop de dommages. À quelques pas, les restes du dernier silo et les ruines des échafaudages brûlaient d'une lueur intense en dégageant une épaisse fumée noire.

— Le feu-qui-ne-s'éteint-pas ! murmura-t-il.

Le capitaine déclara :

— Un échafaudage s'est embrasé, Seigneur. Il a failli s'écrouler sur toi. Mais Ameni a vu le danger. Il a couru pour te secourir.

Ameni précisa :

— Je ne comprends pas pourquoi le feu s'est déclaré ainsi.

— J'ai vu un homme se glisser près du silo, dit Akhet-Aâ. Puis il y a eu la flamme d'une torche. Et tout s'est embrasé.

— Alors, cela veut dire que cet incendie a été provoqué. Les démons n'y sont pour rien.

— Je ne sais pas. Je ne sais pas...

Le capitaine des gardes réagit immédiatement et ordonna à ses hommes de fouiller les lieux. Mais il fallut se rendre à l'évidence : l'agresseur avait disparu.

Après avoir examiné les brûlures de l'intendant, Ameni déclara :

— Tes blessures ne sont pas graves, Seigneur. Nous allons te trouver des vêtements pour que tu puisses quitter les lieux dans une tenue décente.

Ému, Akhet-Aâ prit les mains de l'éleveur d'oiseaux dans les siennes.

— Sois remercié, mon ami. J'appréciais déjà ta compagnie et tes brochettes d'oie aux herbes. À présent, tu es comme mon frère.

— J'en suis heureux, Seigneur.

Si l'affaire se termina sans mort d'homme et sur une solide déclaration d'amitié, il n'en restait pas moins qu'elle s'inscrivait dans une série d'accidents qui avaient frappé Mennof-Rê depuis le départ du roi. Semourê et Moshem ne savaient plus où donner de la tête. L'ennemi était invisible, et frappait là où on l'attendait le moins. Et surtout, on ne savait pas quel moyen il utilisait. D'ailleurs, peu de personnes pensaient que tous ces événements avaient une origine criminelle. La plupart des ouvriers, manipulés par des fauteurs de troubles, étaient persuadés qu'une malédiction pesait sur la capitale. Des individus évanescents affirmaient qu'un dieu supérieur avait déchaîné sa colère contre la cité, dont ces incendies et ces accidents n'étaient que les prémices. Une ère nouvelle approchait, qui verrait la chute des fausses divinités, et l'émergence de ce neter extraordinairement puissant.

Thanys elle-même commençait à douter. En deux mois, les incidents s'étaient multipliés. Trois nouveaux navires avaient coulé ; sur le port, une réserve de bois en provenance du Levant avait été entièrement détruite par un incendie inexplicable. Bien plus grave, le feu avait pris dans le quartier des artisans. Plusieurs personnes étaient mortes brûlées vives. Barkis, qui avait formé Djoser et Thanys, avait péri en voulant sauver son atelier ; à Tourah, des piliers de soutien s'étaient écroulés. Par chance, il n'y avait pas eu de victimes. Moshem avait retrouvé les traces d'un sabotage, mais parmi les carriers, on refusait d'y croire.

— Une véritable folie s'est emparée de Mennof-Rê, ô ma reine, déclara Semourê à Thanys. Même si nous n'avons pu capturer les coupables, je suis persuadé que tous ces actes sont criminels. Mais le peuple est désormais persuadé qu'un démon hante la ville.

— Et s'il avait raison. Si la construction de cette cité avait réellement déclenché la colère des dieux...

— Nous avons des preuves, Thanys. Les Sethiens tentent de semer le chaos dans nos esprits. Nous ne devons pas tomber dans leur piège.

La nuit suivante, Thanys eut peine à trouver le sommeil. À l'extérieur sévissait un orage d'une rare violence. Des trombes d'eau balayaient les terrasses du palais tandis que des éclairs éblouissants déchiraient la nuit glauque. Une moiteur épaisse et pénétrante rendait les vêtements humides. Les draps de lin dans lesquels elle tentait de trouver le sommeil lui collaient à la peau.

Elle regrettait l'absence de Djoser. Il lui semblait qu'autour d'elle se resserrait un piège machiavélique dont elle ne parvenait pas à saisir le but. L'apparition du spectre de Peribsen en Nubie n'était pas fortuite : on avait voulu attirer le roi loin de Mennof-Rê afin de rendre la capitale plus vulnérable à une attaque édomite. Qui était ce fantôme inconsistant ? Était-il, comme le pensait son père, un fils ou un descendant de Peribsen ? Ou bien s'agissait-il vraiment de l'usurpateur, revenu du royaume des morts pour disputer le trône à son héritier légitime ? Ces incendies inexplicables, ces accidents incompréhensibles étaient-ils l'œuvre de Sethiens survivants, ou exprimaient-ils la fureur des dieux, ainsi que le croyait Mekherâ ? Se trompait-il lorsqu'il affirmait que tous ces événements avaient un rapport avec la construction de la cité sacrée ? Jamais on n'avait bâti de monument de cette taille. Et si les dieux en avaient pris ombrage ? Mais dans ce cas, d'où provenaient les objets appartenant aux anciens rois, qui circulaient en nombre chaque jour plus important dans la cité ?

Le lendemain, elle se rendit dans le parc de bon matin. Elle n'avait pratiquement pas fermé l'œil de la nuit. Chaque fois qu'elle sombrait dans un sommeil agité, une montée d'angoisse l'éveillait, comme si l'entité malfaisante rôdait tout près. Elle la devinait, dans l'ombre, épiant chacun de ses gestes, se dissimulant sous des visages amis, préparant sournoisement ses pièges. Le développement sans précédent du Double-Royaume lui apparaissait soudain comme une course incontrôlable, qui pouvait déboucher sur un abîme sans fond. Si les forces des Ténèbres parvenaient à déstabiliser les dieux, à éliminer le roi, Kemit s'effondrerait dans un chaos semblable au Noun. Elles avaient été suffisamment subtiles pour duper les mages de Mennof-Rê, aveuglés par des oracles promettant un avenir fabuleux. Seul Imhotep avait su déceler, derrière l'euphorie apparente, les signes inquiétants trahissant la présence d'un danger effroyable, un danger issu des aspects sombres et insondables de l'esprit humain. Et c'était cela qui l'angoissait le plus. Ces crimes odieux commis sur des femmes et des enfants, ces attentats monstrueux, cette guerre imbécile en Nubie n'étaient pas les manifestations de la colère d'une divinité, mais les conséquences de la volonté d'un être humain habité par un esprit démoniaque, reflet de ce dieu que redoutait Mekherâ, un dieu abominable issu de la métamorphose de Seth.

Une profonde lassitude la tenait. Le monde des humains était-il donc si compliqué, construit de faux-semblants, masqué d'hypocrisie, paré d'illusions ? Pourtant, elle se devait de conserver le visage d'une reine, dissimuler ses faiblesses. Personne ne devait deviner son angoisse. Car, en l'absence de son roi, le peuple entier se tournerait vers elle et vers Imhotep.

Elle eut envie de voir ses animaux. Eux au moins ne mentaient pas. Un fauve demeurait un fauve, et une gazelle une gazelle. À peine eut-elle fait quelques pas dans le parc qu'une forme souple s'avança vers elle et vint se frotter affectueusement contre ses jambes : la lionne Rana.

— Bonjour ma belle, dit Thanys en s'accroupissant.

La complicité qu'elle avait depuis toujours partagée avec les animaux, et en particulier avec les lions, n'avait pas faibli depuis qu'elle était devenue reine. Rana n'avait pas oublié les soins qu'elle lui avait prodigués et faisait preuve d'une familiarité telle que chacun pouvait l'approcher et la caresser. Confortablement nourrie, elle n'éprouvait pas le besoin de chasser, et les zèbres, gazelles et autres antilopes ne s'effarouchaient pas de sa présence lorsqu'elle passait près d'eux, dans une attitude royalement indifférente. Son idole demeurait Thanys, qu'elle suivait comme un chien dès qu'elle apparaissait.

Les yeux rougis par le manque de sommeil, Thanys s'assit auprès de la lionne et la prit par le cou.

— Pourquoi le monde des hommes n'est-il pas aussi simple que le tien, ma compagne ? dit-elle doucement.

Comme si elle comprenait sa détresse, Rana lui donna un coup de langue affectueux sur le visage.

Soudain, Semourê se présenta devant la reine. Il était visible qu'il n'avait pas beaucoup dormi lui non plus. Lorsqu'ils étaient seuls tous les deux, il retrouvait à son égard la familiarité de leur enfance.

— Thanys, il faudrait que tu reviennes au palais. Mekherâ désire te voir.

Quelques instants plus tard, le capitaine des gardes introduisait le grand prêtre de Seth dans la salle du trône, où Thanys avait pris place. Il vint s'incliner devant elle, puis attaqua immédiatement.

— Ô Grande Épouse, je te conjure d'écouter ma supplique. En l'absence de l'Horus Neteri-Khet, c'est toi qui as la charge du pouvoir. Tu n'ignores pas les nombreux accidents survenus un peu partout depuis son départ. Des rumeurs de malédiction courent sur le chantier de Saqqarâh. J'ai longuement hésité, et j'ai pris conseil auprès de mes compagnons. On dit que ces rumeurs sont le fait d'individus chargés de répandre des bruits mensongers. Mais rien ne peut expliquer les drames qui ont coûté la vie à de nombreuses personnes, dont notre cher Nakht-Houy. Je suis donc venu te demander d'interrompre le chantier de la cité sacrée.

— Mekherâ, je sais que tes intentions sont honnêtes. Mais je me montrerai aussi ferme que le roi mon époux. Il a été prouvé qu'un sabotage est la cause de la mort de Nakht-Houy. Ces rumeurs sont provoquées intentionnellement afin de déstabiliser le Double-Pays, et d'ôter la confiance que les ouvriers et le peuple éprouvent envers Imhotep et envers moi en l'absence du roi. Je refuse de céder à ces pressions. Nous poursuivrons la construction de la cité sacrée. Ces accidents ont été provoqués par les Sethiens. Nous en avons les preuves.

— C'est impossible, rétorqua Mekherâ. Les Sethiens ont brûlé dans le temple rouge.

— Rien n'est moins sûr. Inmakh pensait qu'il existait des galeries au-delà de la grande salle. Nombre d'entre eux ont pu s'enfuir, y compris celui qui se dissimule derrière le spectre de Peribsen.

— Ce soi-disant descendant de l'usurpateur n'est qu'une légende, ô ma reine. Les Sethiens sont morts. Les dieux eux-mêmes ont déclenché leur anéantissement en les détruisant par le feu. Souviens-toi de la légende d'Atoum.

— Et les dieux auraient permis que plus de cent des nôtres périssent en même temps qu'eux ? Je refuse de croire à une telle monstruosité.

— Tel était le prix de la fureur du Dieu rouge. Il a éliminé les Sethiens car ils avaient trahi son image. Mais il rejette la construction de la cité sacrée. Il s'estime négligé, abandonné par Djoser, qui ne lui accorde pas le rang qu'il mérite face à Horus. Le roi a tort de sous-estimer sa puissance. Les plans de la cité doivent être reconsidérés en fonction de l'égalité de Seth et d'Horus.

— Si les Sethiens n'existent plus, comment expliques-tu que le fantôme de Peribsen soit apparu en Nubie ?

— Il n'a rien à voir avec les Sethiens. Il est la manifestation de Seth lui-même, qui a pris l'apparence de Peribsen, parce que ce roi le considérait comme le plus puissant des neters.

— Et il aurait dressé les Nubiens contre Djoser...

— Parce qu'il s'estimait trahi. C'est pourquoi je te supplie d'arrêter le chantier pour reconsidérer sa conception.

— Je ne peux prendre une telle décision, Mekherâ.

Soudain, un capitaine annonça l'arrivée du Directeur des enquêtes royales. Moshem entra et vint s'incliner devant Thanys.

— Ô ma reine, je dois te prévenir d'un fait terrible : les Sethiens sont revenus et ont frappé de nouveau. Deux jeunes mères ont été assassinées dans le nome de Per Ouazet, et leurs enfants ont disparu.

— Par les dieux, cela ne va pas recommencer ! s'exclama Thanys.

Elle se tourna vers Mekherâ.

— Et tu oses prétendre que la secte des Sethiens n'existe plus ?

53

Certains pensaient qu'il ne pouvait exister pire que les terres rouges de l'Ament, où se situait, disait-on, l'entrée du royaume d'Osiris. Mais le désert s'étendant à l'orient de Talmis en direction de la mer Rouge sembla encore plus épouvantable aux cinq mille soldats partis reconquérir les mines d'or tombées aux mains des rebelles.

Encadrés par les soldats, quatre cents prisonniers enchaînés les uns aux autres titubaient sous un soleil impitoyable : les princes nubiens et leurs capitaines capturés à Bouhen. Parfois, l'un d'eux s'effondrait, agonisant, la respiration haletante, les yeux dévorés par la fièvre. Alors, on l'abandonnait à son sort. Dans le ciel d'un bleu métallique, des vautours tournoyaient, qui n'attendraient pas la mort de leur victime pour commencer à la dévorer.

Djoser se refusait à éprouver de la compassion pour ces êtres immondes qui avaient sur les mains le sang de femmes et d'enfants dont on avait retrouvé les corps éventrés à Tutzis et dans beaucoup de villages. Son seul souci était d'en conserver un maximum vivants pour les mines.

La route de la vallée d'Eskhou n'était connue que des prospecteurs, les *sementyous,* qui hantaient ce désert depuis des siècles. On leur devait la découverte de la plupart des gisements aurifères. Djoser avait pris la précaution de se faire accompagner par quelques-uns de ces êtres étranges, dont les yeux luisants rappelaient ceux des rapaces. Leur peau était brûlée et sèche. Mais ils semblaient en communion avec la terre sur laquelle ils marchaient, comme s'ils percevaient la moindre de ses vibrations. Fantasques, indépendants, ils savaient déjouer les pièges du désert. On disait qu'ils avaient conclu une alliance avec les divinités hantant les solitudes désertiques, et même avec les affrits.

Leur caractère étrange ne laissa pas d'étonner le roi. Depuis toujours, le *nebou,* l'or, appartenait au maître des Deux-Terres. On l'utilisait pour fabriquer les objets sacrés destinés aux temples et les offrandes aux défunts. Mais seuls les *sementyous* connaissaient les chemins mystérieux qui menaient aux gisements. Si les Édomites avaient su découvrir leur emplacement, il fallait en déduire que l'un des prospecteurs leur avait confié ce qu'il savait. Djoser jugea qu'il était délicat de remettre le sort des expéditions en direction des mines d'or entre les mains de ces individus extravagants, aussi ordonna-t-il à ses scribes de noter le maximum de détails sur la route qu'ils suivaient.

— Je veux qu'ils soient consignés avec toutes les précisions possibles afin d'établir une carte qui permettra plus tard aux escortes chargées de ramener l'or en Égypte de se retrouver sans difficulté dans cet enfer.

L'autre problème était la soif. Le roi avait pris la précaution d'amener avec lui une caravane d'ânes chargés de jarres d'eau. La saison permettait d'espérer rencontrer des puits. Mais, au bout de dix jours, l'armée vivait toujours sur les réserves emportées de Talmis. Les hommes devaient économiser leurs rations. Quelques bagarres avaient éclaté parce qu'il avait fallu partager l'eau si précieuse avec les prisonniers.

— Il faut les abandonner dit un capitaine aux yeux rougis. Nous allons tous périr de soif.

— Alors, bois ton sang gronda Djoser. Si les Édomites ont accompli ce voyage, nous l'accomplirons aussi.

Le paysage de rocaille alternait d'interminables plateaux balayés par des vents brûlants et des vallées sèches où devaient couler, lors des rares tempêtes qui explosaient dans le désert, des torrents aussi violents qu'éphémères. Les hommes souffraient, la gorge aride, les muscles lourds. Parfois, l'un d'eux s'écroulait, mordu par un serpent des sables ou un scorpion. On perdit ainsi une demi-douzaine de guerriers. Mais toujours la colonne poursuivait son chemin. Le soir, les hommes épuisés tombaient sur le sol pulvérulent, les pieds écorchés, attendant la faible ration d'eau qui consolerait des souffrances endurées dans la journée. Pourtant, aucun ne cédait. Le roi montrait l'exemple d'un courage sans faille. Djoser ne se plaignait jamais, et chacun avait à cœur de l'imiter.

Le onzième jour, ils découvrirent enfin un point d'eau, une sorte d'étang situé au creux d'un cirque granitique, serti entre ses falaises rouges comme un diamant dans son écrin. Hommes et animaux purent reprendre des forces. En raison de la présence de l'eau et des arbres, quelques troupeaux de gazelles vivaient à proximité, qui fournirent de la viande aux soldats. Djoser fit noter l'emplacement de l'oasis par ses scribes.

— Il faudra construire un réservoir à proximité, déclara-t-il. En cette saison, le niveau de l'eau est important. Au mois d'*Epiphi*, ce lac doit être presque à sec. Je veux que les guerriers qui escorteront les cargaisons d'or puissent trouver de l'eau quelles que soient les circonstances. Mais l'emplacement de ce réservoir devra demeurer secret, et connu seulement des capitaines. Il sera noté sur la carte[1].

À mesure qu'ils progressaient, le paysage devenait plus accidenté. Au matin du seizième jour, on fit une découverte macabre. Au creux d'une vallée sèche gisaient les squelettes d'une centaine d'hommes. Djoser s'approcha, entouré de ses capitaines.

— Ce sont des soldats égyptiens, dit Piânthy.

En effet, les restes de peaux de jaguar desséchées et transformées en lambeaux par les bêtes et les tempêtes de sable prouvaient leur appartenance à la Maison des Armes. Mais d'autres cadavres trahis-

---

1. Depuis les temps anciens, les Égyptiens avaient élaboré des cartes permettant de retrouver l'emplacement des gisements aurifères, ainsi que celui des réservoirs d'eau secrets. L'une d'elles, datant de la XIXe dynastie, se trouve au musée de Turin.

saient leur origine étrangère. Des morceaux d'armes brisées, enfoncés dans les cages thoraciques vierges de chair prouvaient qu'un violent combat avait eu lieu quelques mois plus tôt.

— Ils devaient ramener l'or vers Talmis, conclut Djoser. Mais les Édomites les ont attaqués.

— Cela confirme qu'ils tiennent les mines, dit Piânthy.

— Pas pour longtemps, tu peux m'en croire !

Il s'adressa au chef prospecteur.

— Sommes-nous encore loin ?

— Deux jours, ô Taureau puissant !

— Mais puis-je te faire confiance ? Qui me dit que tu ne nous entraînes pas dans un piège ?

— Nous détestons les Édomites, ô grand roi. Ils ont capturé plusieurs des nôtres et les ont transformés en esclaves. C'est pourquoi nous t'aiderons.

Épuisé par la longue marche qui durait à présent depuis près de dix-sept jours, Djoser décida d'accorder sa confiance à l'homme, qui n'avait rien à gagner à conclure une alliance avec l'ennemi.

54

Construite sur une faible hauteur, un *kom* constitué des ruines des villages qui l'avaient précédée, Per Ouazet conservait une allure d'ancienne capitale, datant de l'époque où les nomes étaient des royaumes indépendants, dévolus à des souverains qui ne cessaient de guerroyer entre eux pour la possession de territoires capricieux qui, le tiers du temps, disparaissaient en partie sous les eaux boueuses du Nil. Les nomarques de Basse-Égypte n'avaient pas accepté de bon gré la tutelle que les rois de Haute-Égypte faisaient peser sur eux depuis le légendaire Ménès. Si certains avaient pris conscience de faire désormais partie d'une entité puissante et respectée par le monde, d'autres, essentiellement dans le centre du Delta, aimaient faire preuve d'insubordination et d'indépendance. Djoser le savait et évitait d'intervenir tant que ces crises se limitaient à quelques manifestations d'arrogance, ce dont ne se privait pas Magourah, le nomarque de la cité.

Totalement indifférent au fait que deux jeunes femmes aient été assassinées sur son territoire, il ne réserva pas à Moshem un meilleur accueil que lors de leur première rencontre. Pour lui, ni le meurtre de deux paysannes ni la disparition de trois enfants en bas âge ne justifiaient que l'on déplaçât un haut personnage de la capitale.

— Les crocodiles dévorent au moins une vingtaine de marmots et une douzaine d'adultes tous les ans. Ainsi est la loi de Sobek. Que veux-tu que j'y fasse ?

— Il ne s'agit pas de Sobek. Ces crimes constituent la preuve que les Sethiens n'ont pas disparu, expliqua Moshem en tâchant de conserver son calme. Il y aura d'autres meurtres de ce type si nous n'arrêtons pas les coupables.

Le nomarque s'impatienta.

— Nous n'avons nul besoin que quiconque mène cette enquête à notre place. Mes ancêtres ont toujours rendu la justice sur leurs terres, et je continuerai de le faire comme eux avant moi.

— Quelles dispositions comptes-tu prendre ?

Le poussah devint rouge de colère et éructa :

— Je n'ai pas d'explication à te donner. Tu n'es qu'un vulgaire capitaine, et je n'ai pas d'ordres à recevoir de toi !

La suffisance du gros bonhomme au visage outrageusement maquillé de khôl et de malachite agaçait Moshem au plus haut point.

— Dois-je te rappeler que j'obéis aux ordres directs de l'Horus Neteri-Khet ?

Magourah poussa un profond soupir d'agacement.

— Agis donc ainsi que tu l'entends. Mais sache

que je me plaindrai de ton attitude au roi lorsque je le rencontrerai.

Moshem dédaigna de répondre et fit signe à Nadji de le suivre.

Ils se rendirent dans le village où les crimes avaient été commis. Moshem avait espéré qu'il s'agissait de l'acte d'un rôdeur ou d'un fou. Mais l'interrogatoire des paysans qui avaient retrouvé les corps des deux jeunes femmes confirma ce qu'il redoutait : la secte maudite avait frappé de nouveau. Comme les fois précédentes, l'enquête n'apporta aucun élément concret. En raison de l'isolement des demeures des victimes, personne n'avait rien vu ni rien entendu. Les trois enfants avaient été emportés sans que quiconque ne se doutât de quoi que ce fût.

— Nous perdons notre temps ici. Ces chiens ne nous ont pas attendus. Mais peut-être rôdent-ils encore à Per Ouazet. Nous allons demeurer quelques jours sur place et nous mêler discrètement à la population.

Pendant la crue, le fleuve quittait son lit et la ville se trouvait cernée par un lac immense qui menait jusqu'à la Grande Verte, à quelques dizaines de miles de là. Les plus hautes inondations noyaient les demeures périphériques, qu'il fallait sans cesse reconstruire. Mais le niveau des eaux avait baissé, et Per Ouazet connaissait une activité intense. Le commerce avait repris ses droits. Durant les trois jours qui suivirent, Moshem et Nadji déambulèrent dans les rues de la ville et aux alentours, espérant repérer un hypothétique suspect. Afin de se glisser plus anonymement dans la population, ils s'étaient déguisés en modestes marchands.

Dans les champs environnants, recouverts de la boue limoneuse malodorante, les paysans se chamaillaient à propos des bornages, procurant aux juges et à leurs scribes un surcroît de travail. Ailleurs, des semeurs avançaient en lignes pour projeter des nuées de grains de blé ou d'orge. Parfois, au creux d'une dépression, le fleuve avait laissé derrière lui d'immenses étangs qui se résorberaient peu à peu au cours de la saison des semailles.

Avec la fin de l'inondation, nombre de navires marchands s'arrêtaient dans le port, en provenance de la côte ou de Haute-Égypte. L'un d'eux attira l'attention de Moshem : c'était un navire amorrhéen. Son capitaine, nommé Maguire, un gros homme jovial, les accueillit avec un plaisir évident.

— Quelle joie de rencontrer un ami dans ce pays étranger, exulta-t-il en serrant Moshem dans ses bras épais comme s'il le connaissait depuis toujours.

Volubile, il expliqua qu'il devait effectuer une livraison dans un domaine situé un peu plus au sud. Il comptait ensuite pousser jusqu'à Mennof-Rê, où il espérait rencontrer des négociants en rapport avec le Levant. Après avoir passé un bon moment avec le bonhomme, Moshem et Nadji effectuèrent une nouvelle surveillance de la cité, visitant discrètement les tavernes du port, où errait toujours une faune interlope. En vain. S'ils croisèrent nombre de petits truands aux regards fuyants, toujours en quête d'un mauvais coup, à aucun moment ils ne repérèrent le crâne rasé et le regard illuminé d'un guerrier sethien. En fin d'après-midi, Moshem déclara :

— Nous ne trouverons rien ici. Dès demain, nous regagnerons Mennof-Rê.

Ils revinrent lentement vers le port où était amarrée leur felouque. Flânant parmi les échoppes des artisans, ils traversaient la bruyante place du marché lorsque Nadji saisit vivement le bras de Moshem.

— Regarde ! s'écria-t-il.

Il désigna, à l'autre extrémité de la place, une silhouette féminine qui s'éloignait dans la foule.

— On dirait dame Saniout ! insista-t-il.

— Par Ramman, tu as raison !

Se sentant repérée, la femme jeta un bref coup d'œil dans leur direction, puis accéléra le pas. Cette fois, il n'y avait pas de doute, c'était bien elle. Écartant vivement les badauds, ils se précipitèrent à sa poursuite. Mais la densité de la foule ne leur facilitait pas la tâche. La silhouette disparut dans une ruelle adjacente qui menait vers un quartier où des maçons redressaient des bâtisses endommagées par les eaux.

Moshem et Nadji débouchèrent au beau milieu d'un chantier au sol encore fangeux de la crue récente. Une douzaine d'ouvriers se dressèrent devant eux, l'air menaçant, brandissant des masses de dolérite et des haches. Leur chef, un grand gaillard aux yeux petits et rapprochés, les apostropha d'un ton agressif :

— Par les tripes du Rouge, je vais vous apprendre à importuner les nobles dames ! À moi, compagnons !

Furieux, Moshem brandit l'œil d'Horus et répliqua sèchement :

— Reste où tu es, l'homme. Celle que nous poursuivons s'appelle Saniout. Elle est recherchée par la justice royale. Elle appartient à la secte des Sethiens, qui viennent encore d'enlever trois enfants après avoir massacré leur mère.

— Que racontes-tu là ? riposta l'autre d'un air important. Elle a dit que vous avez essayé de la voler.

— Je suis le capitaine Moshem, Directeur des enquêtes royales, triple imbécile ! Je t'ordonne de nous laisser passer, où tu auras toi-même affaire à la justice de l'Horus.

Malgré son jeune âge, Moshem possédait une autorité naturelle qui impressionna les maçons. Ils s'écartèrent et indiquèrent le chemin par lequel Saniout s'était enfuie. Mais il était déjà trop tard : leur proie s'était échappée.

— Que la peste étouffe ces crétins ! enragea Nadji. Nous l'aurions rattrapée.

— En tout cas, nous sommes sûrs désormais qu'elle n'a pas péri dans le temple rouge. Cela prouve que nombre de Sethiens ont survécu. Inmakh avait raison : ils ont dû fuir par les galeries et attendre le départ de l'armée pour quitter leur cachette. Mais que fait-elle ici, à Per Ouazet ?

Tout en regagnant lentement le port, Moshem médita sur l'incident. Chassée par Nebekhet, Saniout avait quitté sa demeure peu après sa libération. Il l'avait aperçue, un soir, entre les bras du seigneur Kaïankh-Hotep, qui avait la réputation de s'encanailler plus souvent qu'à son tour avec les catins du port. Par la suite, plus personne n'avait entendu parler d'elle, jusqu'au moment où Inmakh l'avait vue participer à l'abominable sacrifice d'enfants du temple rouge. Moshem n'ignorait rien de cette affaire. Bien sûr, il ne reposait que sur le témoignage d'Inmakh, mais elle était digne de confiance.

Il hésita sur la conduite à tenir. Devait-il avertir Magourah de la présence de Saniout, recherchée par la justice du roi ? Mais il était douteux que le gros homme lui accordât son aide. Il décida qu'il valait mieux envoyer une demi-douzaine de ses gardes afin de repérer discrètement la fugitive et ses complices, tâche dont il ne pouvait s'acquitter lui-même, puisqu'elle le connaissait.

Le soir venu, après un repas d'amitié partagé avec le capitaine Maguire et ses marins, Moshem et Nadji regagnèrent leur felouque afin d'y passer la nuit. Épuisés par la chaleur traîtresse d'un vin du Delta, ils ne remarquèrent pas la jarre déposée parmi les cordages à l'extrémité de l'embarcation. Ils s'enroulèrent dans leurs nattes et sombrèrent rapidement dans un sommeil de plomb.

Moshem jura plus tard que son dieu, Ramman, lui avait adressé un vigoureux avertissement, mais peut-être ne s'agissait-il que de violents maux d'estomac dus à l'abus de vin. La nuit était tombée lorsqu'il s'éveilla en sursaut, le cœur battant la chamade, le ventre tordu par une nausée acide. Il tenta de se lever pour aller vomir par-dessus la lisse lorsqu'il lui sembla entendre un bruissement insolite près de l'embarcation. Il soupira. Sans doute n'était-ce que le frottement d'une felouque à l'amarre sur la grève boueuse. Le crâne piqueté de douleur, il tenta de trouver en lui la force de se redresser, sans grand succès. Soudain, un nouveau bruit résonna dans sa tête, amplifié par la souffrance, comme si quelqu'un, tout près, avait brisé le scellement de terre d'une jarre. L'instant d'après, l'air se chargea d'une puanteur insolite, qui réveilla instantanément en lui des souvenirs effrayants. Une brusque bouffée d'adrénaline l'imprégna. Il rejeta violemment sa natte et se mit à hurler :

— Nadji ! Plonge !

Mais l'autre dormait profondément. Moshem n'eut que le temps de voir naître la flamme d'une torche à l'extrémité de la felouque. Puis une lueur intense l'éblouit et l'embarcation s'embrasa comme de l'étoupe. Une haleine infernale environna le jeune homme. Dégrisé, il saisit son compagnon à bras-le-corps et bondit dans les flots noirs.

Nadji, réveillé instantanément, se mit à hurler avant d'avaler une bonne gorgée d'eau boueuse. Il allait faire part de son mécontentement à Moshem lorsqu'il constata qu'un feu rageur dévorait leur felouque. Il comprit alors que son maître et ami lui avait sauvé la vie.

Plus tard, tous deux avaient trouvé refuge à bord du navire de Maguire, amarré à peu de distance. Celui-ci battait l'air et se frappait les cuisses de ses bras robustes, signe chez lui d'une profonde émotion.

— Jamais vu une chose pareille, clamait-il. Même

avec l'eau du fleuve, le feu n'a rien laissé de votre barque.

Moshem hocha la tête sans répondre. On avait voulu les tuer en profitant de leur sommeil. Mais il y avait aussi ce rêve mystérieux, dans lequel il avait vu une silhouette furtive se glisser jusqu'à leur felouque pour déverser sur eux le contenu d'une jarre. Il était persuadé que Ramman avait voulu l'avertir. En vérité, cette action portait la marque des Sethiens. Saniout avait dû prévenir ses complices. Elle n'était donc pas seule, et il était fort probable que le repaire des félons se situait dans les environs de Per Ouazet. De plus, Moshem était sûr à présent que les incendies étaient provoqués par une matière prodigieusement inflammable, que les criminels transportaient dans des jarres. Leur expédition ne se soldait donc pas par un échec.

— Peux-tu nous ramener à Mennof-Rê, ami Maguire, demanda-t-il au capitaine amorrhéen.

— Avec grand plaisir, frère de mon pays. Dès que j'aurai livré ma marchandise, nous remonterons vers la capitale.

Le lendemain à l'aube, le navire quittait Per Ouazet. Aussi débonnaire que jovial, Maguire passait son temps à houspiller mollement un équipage qui semblait se moquer de ses ordres. Superstitieux jusqu'à l'obsession, il ne cessait de craindre le sort que lui réservaient les dieux. Il ne se levait pas un matin sans penser que ce jour risquait d'être le dernier. Sur lui, amulettes et talismans fleurissaient, destinés à attirer la protection de divinités disparates, originaires de différents pays. D'une nature pessimiste, il évoquait son épouse et ses nombreux enfants qui ne reverraient jamais leur père ; il imaginait leur désarroi et leur déchéance lorsqu'il ne serait plus là pour les nourrir. Il les voyait déjà mendier dans les ruelles de Byblos, disputant leur pitance aux chiens errants et aux rats. Il se représentait si bien la scène qu'il en poussait d'énormes soupirs accompagnés de grosses larmes. Moshem l'écoutait avec une indulgence amusée. Par certains côtés, il lui rappelait Nebekhet. Il se promit de les présenter l'un à l'autre. Pourtant, le pessimisme outré de Maguire se dissipait dès qu'il avait avalé un verre de vin ou de bière.

Durant le voyage, l'attention du jeune homme fut attirée par l'odeur douceâtre et désagréable flottant sur le navire.

— Transporterais-tu du bitume, mon ami ? demanda-t-il.

— Pas exactement. Il s'agit de cette huile noire dont on trouve des nappes dans le désert. On l'appelle le naphte. Je dois en livrer une centaine de jarres dans un domaine situé entre Hetta-Heri et Per Ouazet.

— Mais pourquoi une aussi grande quantité ? D'habitude, on ne l'utilise que pour quelques soins médicinaux.

— Pardonne-moi, mon ami, mais j'ignore tout à fait ce que veut en faire le noble seigneur qui me l'a commandé.

Moshem n'insista pas. Après tout, le destinataire pouvait bien boire son naphte si cela lui chantait, peu lui importait. Un élément intrigua toutefois le jeune homme : l'odeur du naphte rappelait un peu la puanteur qui flottait sur les lieux des incendies mystérieux. Mais l'odeur du bitume lui-même n'était guère différente.

Dans la journée, le navire bifurqua vers l'occident, empruntant un chenal transversal. Au début de l'après-midi, Maguire ordonna d'accoster le long d'un ponton de bois. Un groupe d'individus au crâne rasé l'accueillit, commandés par un personnage au visage plat et aux yeux écartés comme ceux d'un rapace de nuit.

— C'est curieux, fit remarquer Nadji. Cette propriété ressemble à celle que nous avons visitée il y a un an.

— Tu as raison : les bâtiments me rappellent quelque chose. Mais impossible d'en être sûr ; à cette époque, les eaux d'Hâpy avaient tout envahi.

Les marins commencèrent à décharger les jarres. Afin d'en apprendre plus, Moshem et Nadji proposèrent à Maguire de les aider. Portant chacun une lourde jarre, ils se dirigèrent vers la demeure. Il s'agissait bien de la maison indiquée par l'homme de l'Oukher. Tout à coup, Moshem frémit. Au loin venait d'apparaître la silhouette de Saniout. Cette fois, le doute n'était plus permis : la propriété était l'un des repaires des Sethiens. Il fit signe à Nadji de déposer son fardeau et de regagner le bateau à la hâte. Si Saniout les apercevait, ils étaient perdus.

Apparemment, Maguire ignorait tout des Sethiens. Mais il ne faisait aucun doute dans l'esprit du jeune homme qu'il venait de leur livrer le produit nécessaire à la fabrication du liquide inflammable qui leur permettait de commettre leurs attentats. Il se promit de faire part de son hypothèse à Imhotep. Plus tard, lorsque le navire fut reparti, Moshem lui demanda :

— Dis-moi, capitaine, connais-tu bien le seigneur auquel tu as livré ces jarres de naphte ?

— Je connais uniquement son nom : il s'appelle Bolben. Et il paye bien.

Il lui montra le résultat de ses tractations. Moshem n'éprouva pas de surprise en remarquant plusieurs plats portant les cartouches de rois anciens. Il reconnut ceux de Djer et de Nebrê. Ce Bolben disposait donc du trésor de Peribsen. Il n'insista pas. Il devait d'abord regagner Mennof-Rê et avertir Semourê au plus vite. Une opération militaire rapide anéantirait définitivement ce nid de frelons.

Dès son arrivée dans la capitale, le lendemain soir, il se rendit directement au palais, où il conta ce qu'il avait découvert.

Deux jours plus tard, une flotte d'une dizaine de navires prenait la direction du Delta, emportant un millier de guerriers réunis en hâte par Semourê. Afin d'interdire toute fuite, les troupes se séparèrent en deux et investirent le bras par ses deux extrémités.

Pourtant, l'expédition se solda par un échec : lorsque Moshem retrouva la propriété, elle était totalement déserte. Seules d'innombrables traces de pas prouvaient qu'une activité intense s'était déroulée là peu de temps auparavant. Semourê laissa échapper une bordée de jurons tous plus fleuris les uns que les autres.

— Ces chiens ont été avertis de notre arrivée ! s'exclama-t-il. Il y a un traître parmi nous.

— Ce n'est pas forcé, répliqua Moshem après un instant de réflexion. Il est possible que cette demeure ne leur serve qu'à établir leurs contacts. Mais leur vraie base est ailleurs. Compte tenu de la rapidité avec laquelle nous sommes intervenus, elle ne doit pas être très éloignée.

55

Il n'y a plus personne, ô Lumière de l'Égypte, déclara le jeune capitaine que Djoser avait envoyé repérer les lieux.
— Comment ça ?
— Le village des mineurs a été incendié. Le sinistre est récent. Certaines maisons fument encore.
— Leurs guetteurs ont dû signaler notre arrivée, intervint Piânthy.
— Et comme notre année était plus nombreuse que la leur, ils ont préféré s'enfuir.
— Qu'ont-ils fait des prisonniers ? demanda Piânthy à l'éclaireur.
— Je l'ignore, Seigneur. Il n'y a pas trace de massacre. Ils les ont peut-être emmenés avec eux.
— Allons voir sur place ! déclara le roi.

Vers la fin de la journée, l'armée pénétra dans le village. Aucune maison n'avait été épargnée. Les tables de granit où on lavait le minerai étaient brisées. Des cadavres avaient été jetés dans les réservoirs d'eau afin de la rendre inconsommable.
— Seigneur, viens voir ! dit le jeune capitaine.

Il entraîna le roi en direction des galeries. Elles étaient au nombre d'une douzaine, réparties irrégulièrement le long de la falaise sur près d'un mile.

— Par les dieux, ils les ont bouchées ! s'exclama le roi.

En effet, on avait provoqué des éboulements devant chaque entrée, interdisant une exploitation immédiate des mines.

— C'est complètement stupide, s'écria Djoser. Le déblaiement de ces rochers ne demandera pas longtemps.

— Mais il nous retardera, ajouta Piânthy. Les Édomites ne doivent pas être très loin. Ils doivent redouter qu'on se lance à leur poursuite. Ils espèrent peut-être que nous allons déboucher les entrées avant de leur donner la chasse.

— Ils se trompent ! Nous allons bivouaquer ici cette nuit. Dès demain, nous nous lancerons à leur poursuite. Nous allons leur reprendre l'or qu'ils ont volé.

La nuit amena une relative fraîcheur. Épuisés, les guerriers sombrèrent bientôt dans un sommeil réparateur. Ce fut alors que retentirent les cris mystérieux. Djoser, qui ne parvenait pas à trouver le sommeil, les entendit le premier. Instantanément, il fut en alerte. Au cœur de la vallée glissaient des appels étranges, modulés, qui semblaient sourdre de la montagne elle-même.

— Piânthy ! Écoute !

Son compagnon s'éveilla aussitôt.

— Sans doute des renards du désert, souffla-t-il.

— Ah oui ? Cela ressemble plutôt à des gémissements humains.

Un soldat rampa près d'eux, le teint blême.

— Seigneur ! Ce sont des affrits ! Cet endroit est hanté.

— Tais-toi donc, imbécile, grogna Djoser. On dirait que cela vient des mines.

Il s'empara d'une torche et se dirigea vers la galerie la plus proche. Mais les bruits mystérieux semblaient s'être déplacés.

— Non ! Cela vient d'ailleurs.

Peu à peu, le camp s'anima. Nombre de guerriers avaient entendu les plaintes étranges, et un vent d'inquiétude commençait à se répandre. Djoser poursuivit son examen en direction des autres galeries obstruées. Devant la troisième, les lamentations augmentèrent.

— Tu as raison, déclara Piânthy. Ce sont des cris humains.

— Rassemble les prisonniers nubiens ; je veux qu'ils dégagent cette entrée au plus vite.

— Maintenant ? Il fait nuit.

— La lune nous éclaire suffisamment. Allez, au travail !

Il fallut plusieurs heures pour dégager les tonnes de roche obstruant l'entrée de la galerie. Au matin, c'était chose faite. Alors, dans la lumière de l'aube, Djoser et ses compagnons virent sortir des entrailles de la montagne une silhouette titubante et hagarde, aveuglée par la lumière du soleil naissant. Plusieurs autres suivirent, qui s'écroulèrent d'épuisement. Le plus horrible était que la peau de ces hommes était couverte de sang. On crut tout d'abord qu'ils avaient été écorchés vifs. Mais la raison était différente. Outre les blessures provoquées par le fouet de leurs gardiens, le sang qui les maculait était celui des malheureux qu'ils avaient mangés pour survivre.

L'un d'eux n'était autre qu'un chef des gardiens, qui expliqua toute l'affaire au roi.

— Il y a plusieurs mois, les Édomites ont surgi de la nuit. Ils ont massacré la plupart de mes compagnons. Ils étaient commandés par un homme étrange, qui portait les insignes royaux. Le Directeur des mines nous a affirmé ensuite qu'il s'agissait du terrible Peribsen, qui avait régné avant le dieu bon Khâsekhemoui. Mais c'était impossible, l'homme que nous avons vu paraissait jeune.

— Où est le Directeur ? demanda Djoser.

— Il a péri d'épuisement quelques jours après le massacre. Les survivants ont été mêlés aux esclaves afin d'extraire le minerai pour leur compte. Ils ont tué la moitié des prisonniers à la tâche. Ils achevaient les blessés et les malades. Il y a quatre jours, ils ont semblé pris de panique. Ils nous ont enfermés dans les galeries, et ont provoqué des éboulements pour nous condamner à mourir de faim et de soif. Nous avons résisté trois jours, dans l'obscurité absolue. Puis la folie nous a pris, et nous nous sommes battus entre nous. Les plus faibles ont été tués, et nous avons bu leur sang pour ne pas mourir de soif. C'est alors que nous avons entendu du bruit à l'extérieur. Nous avons hurlé, hurlé, longtemps. Mais tu ne nous as pas entendus tout de suite.

Impressionné par le terrible récit des malheureux,

Djoser ordonna aux esclaves de dégager les autres mines. À la fin de la journée, tous avaient été libérés. On retira des galeries une cinquantaine de cadavres dépecés. Au cours de la curée qui avait eu lieu dans les ténèbres les plus absolues, chacun, torturé par une soif impitoyable, avait donné la mort pour sa propre survie, sans savoir qui était la victime. Les gardes survivants prenaient conscience à présent qu'ils avaient peut-être tué certains de leurs camarades pour boire leur sang.

— Les Édomites nous paieront ça ! gronda Djoser.

Mais ils avaient à présent trop d'avance. Il fallait renoncer à les poursuivre. Sans doute des navires les attendaient-ils au bord de la mer Rouge. Le roi se tourna vers Piânthy et déclara :

— Mille hommes vont rester ici pour protéger les mines. Nous allons regagner Mennof-Rê au plus vite.

Avant son départ, il ordonna la construction de deux réservoirs d'eau, dont l'emplacement serait connu des seuls capitaines. Puis l'armée reprit la piste du désert en direction de Yêb.

56

Vers le milieu du mois de *Mechir,* la flotte royale commandée par Setmose pénétra dans le port de Mennof-Rê. Une foule innombrable se rassembla sur les quais pour accueillir son souverain. L'impatience et la joie étaient d'autant plus grandes que, depuis quelques mois, la ville vivait un cauchemar. Thanys éprouva un véritable soulagement en voyant apparaître la silhouette de Djoser sur le pont du navire amiral. S'il n'avait tenu qu'à elle, elle aurait couru vers lui pour le serrer dans ses bras. Mais il fallait respecter le protocole, auquel le roi était très attaché. Elle se contenta de contempler avidement son époux, notant combien il avait maigri et recherchant avec anxiété de nouvelles cicatrices.

Il attendirent d'être arrivés dans la Grande Demeure, entourés de leurs seuls intimes, pour donner libre cours à leur tendresse et à leur affection.

— Mon frère bien-aimé, tu ne peux imaginer la joie de mon cœur à te revoir. Ces derniers mois, j'ai tremblé à chaque instant pour toi, et je n'ai vécu que dans l'espoir de ton retour. Que les dieux soient remerciés, qui t'ont épargné.

— Ma tendre sœur, l'amour emplit mon cœur à te retrouver si belle. Chaque jour loin de toi fut un supplice, mais il prend fin aujourd'hui. Ensemble nous pouvons nous réjouir, car avec l'aide d'Horus, j'ai vaincu nos ennemis. Leurs chefs sont désormais des esclaves condamnés à extraire l'or dans les mines de Nubie.

— Malgré mon angoisse, j'ai toujours cru à ta victoire, mon cher seigneur.

Thanys laissa passer un silence, puis elle poursuivit :

— J'aimerais avoir été aussi forte que toi. Malheureusement, un ennemi sournois a investi le Double-Royaume, et je n'ai pas su lutter contre lui comme tu aurais su le faire.

— Parle sans crainte, ma douce épouse. Que s'est-il passé ?

— Cette maudite guerre était destinée à t'éloigner de ta capitale pour mieux la livrer aux Sethiens. On ne compte plus aujourd'hui les crimes qu'ils ont commis. Semourê a renforcé la surveillance du chantier de la cité sacrée, et ils n'osent plus s'y attaquer. Alors, ils frappent là où on ne les attend pas. Des silos, des navires, des demeures ont été détruits par ce feu étrange que l'on ne peut éteindre. Hier encore, des maisons ont brûlé dans le quartier des artisans. Et mon cœur est triste de la nouvelle que je dois t'apprendre.

— Quelle est-elle ?

— Notre ami Barkis le tisserand est mort.

Elle lui conta brièvement comment l'homme qui leur avait enseigné l'art du tissage avait été tué par l'effondrement de sa maison en flammes. Une vive émotion s'empara de Djoser. Comme son vieux maître Merithrâ, l'artisan et ses métiers à tisser avaient fait partie de son enfance.

Thanys poursuivit :

— L'ennemi est imprévisible et impitoyable. Le village d'Ameni lui-même a été incendié, et beaucoup d'oiseaux ont été brûlés vifs. Par chance, il n'y a pas eu de victimes. Mais ce n'est pas tout : les assassinats rituels ont repris. Pendant les mois de *Phamenoth* et de *Mechir,* trois jeunes mères ont été sacrifiées et leurs enfants enlevés. Moshem est sur la piste des criminels, mais ils lui ont échappé jusqu'à présent.

Le jeune homme s'approcha et s'inclina devant le couple royal.

— J'ai découvert une de leurs bases, ô Lumière de l'Égypte. C'est un domaine abandonné, situé dans le nome de Per Ouazet. J'ai aussitôt averti Semourê, et nous avons organisé une attaque sur cette base. Malheureusement, lorsque nous sommes arrivés, ils avaient tous disparu. Semourê pense qu'un traître les a prévenus. Je crois plutôt que leur véritable repaire est proche de ce domaine, et qu'ils s'y sont réfugiés dès que leurs guetteurs ont annoncé notre arrivée. Ils sont remarquablement organisés. Nous avons laissé une centaine de guerriers sur place. Depuis, ils ne se sont plus manifestés. De plus, à Per Ouazet, j'ai aperçu dame Saniout, mon ancienne maîtresse. Par malheur, elle a réussi à m'échapper. La nuit suivante, Nadji et moi avons failli mourir brûlés vifs. Il ne fait aucun doute que ses complices ont tenté de nous éliminer.

— Cela prouve que les Sethiens n'ont pas tous péri dans le temple rouge, conclut Djoser. Mais je m'en doutais déjà. Ce sont eux qui ont soulevé les princes nubiens contre nous.

Imhotep prit la parole.

— Il y a autre chose, Seigneur. Il est probable que les Sethiens ont partie liée avec les Édomites. Tous ces attentats ont pour but de déstabiliser le Double-Royaume pour préparer une nouvelle invasion.

Djoser eut une moue sceptique.

— Les Édomites sont des brutes à peine plus évoluées que leurs boucs. Ils ne sont pas assez malins pour imaginer une stratégie aussi complexe.

— L'homme qui les dirige n'est pas édomite, Seigneur, et il est remarquablement intelligent. Je redoute le pire, car il se prévaut d'une légitimité à laquelle il est seul à croire, mais qui pourrait lui rallier certains nobles ayant la nostalgie du passé.

— Explique-toi, mon ami.

— L'apparition d'objets ayant appartenu aux anciens Horus prouve qu'il dispose du trésor de l'usurpateur. Il est donc presque sûr que Peribsen a eu un fils, auquel il a confié le secret de ce trésor. Et c'est ce fils, ou l'un de ses descendants, qui utilise aujourd'hui la puissance offerte par cette richesse inestimable pour tenter de reconquérir la Double Couronne. Ce descendant apparaît à tes ennemis sous les traits de Peribsen afin de faire croire à son retour du royaume d'Osiris, et les soumettre à sa volonté. Il a fondé pour cela la secte des Sethiens, une horde de guerriers fanatiques prêts à se sacrifier pour faire triompher le Dieu rouge. Prêts aussi à immoler des enfants pour redonner à Seth la fertilité que lui a ôtée Horus. Il ne dispose pas encore d'une puissance militaire suffisante pour nous inquiéter, et c'est ce qui explique la prudence des Édomites, dont il a fait ses alliés sans doute en leur faisant miroiter l'immense trésor de Peribsen. Son but est de plonger le pays dans le chaos avant de l'investir. Pour cela, il doit t'éliminer. Il l'a déjà tenté, et a échoué. Mais il recommencera. Il n'y a entre vous aucune paix possible. L'un de vous deux doit disparaître. Aussi, prends garde ! Cet homme est un dément, il fera tout pour vaincre, quitte à se détruire lui-même. De plus, il possède sur toi un avantage incomparable : tu ne connais pas son visage. Peut-être n'est-il jamais apparu devant toi, peut-être se dissimule-t-il parmi tes amis les plus proches.

Djoser examina un à un les visages des hommes présents. Se pouvait-il qu'un félon aussi abominable se cachât parmi les siens ? Il ne pouvait s'y résoudre. Il avait toujours pensé et agi avec un esprit et un cœur droit, selon la vérité de la Maât. Il se rendait compte aujourd'hui combien cette qualité pouvait desservir celui qui se trouvait au sommet du pouvoir. Pourtant, jamais il ne changerait son attitude ! Son peuple l'aimait pour sa droiture et sa justice. Il ne le décevrait pas, et il anéantirait ce scélérat. Changeant de sujet, il demanda à Imhotep :

— Que penses-tu de ce feu-qui-ne-s'éteint-pas, ô toi dont la connaissance est celle de Thôt ?

— Je suis sûr à présent que l'homme au visage

brûlé n'est autre que Nesameb, ce savant que j'ai connu à Sumer. Selon Moshem, on a livré une importante cargaison de naphte aux Sethiens. Ce naphte entre sans aucun doute dans la composition du produit hautement inflammable responsable des incendies.

— Mais comment s'y prennent-ils ?

— Le produit est probablement dissimulé dans des jarres censées contenir du vin, de l'eau ou de la bière, et entreposées là où ils veulent faire partir les flammes. Ensuite, il suffit d'une torche manipulée par un complice qui disparaît aussitôt après. J'ai commencé des recherches sur ce produit.

Thanys intervint.

— Malheureusement, le peuple ne croit pas qu'il s'agisse d'attentats. Les rumeurs de malédiction s'amplifient et nombreux sont ceux qui croient que ces incendies monstrueux sont la manifestation de la colère d'un dieu ou d'un démon. Beaucoup d'ouvriers ont fui le chantier de Saqqarâh. Des émeutes ont éclaté. J'ai reçu les meneurs : ils tremblaient de peur. Ils ont demandé l'arrêt des travaux de la cité sacrée. D'après eux, un grand malheur s'abattra sur Kemit si ce monument est achevé. Les incendies sont des avertissements. Certains parlent de l'haleine de feu de Sekhmet, d'autres du souffle infernal de Seth, furieux d'avoir été rabaissé à un rang inférieur.

— Qu'en pense Mekherâ ?

— Sa position est ambiguë. Il est convaincu de l'existence des Sethiens. Mais il n'est pas éloigné de croire qu'un démon s'acharne sur nous. Il pense que le spectre de Peribsen est une manifestation de Seth lui-même. À ses yeux, rien ne prouve que l'usurpateur ait eu un fils.

Repensant à tous les innocents sacrifiés par la folie de l'ennemi, un flot de colère envahit Djoser.

— Maudite soit cette hyène puante ! rugit-il. Il n'a pas le courage de m'attaquer de front, comme un loyal adversaire, et il s'en prend lâchement à mon peuple avec ses crimes odieux et ce feu infernal. Je le ferai dévorer par des chiens affamés.

Imhotep posa la main sur le bras du roi.

— Chasse ta colère et ta haine, mon ami. Elles t'affaiblissent et pourraient t'amener à commettre des erreurs. Ton ennemi ne ressemble à aucun autre. Il est déloyal, il manipule les esprits, il n'a aucun scrupule et son ambition démesurée justifie les pires exactions. Tu pleureras plus tard les compagnons dont sa cruauté t'a privé. Tu dois lui faire face avec ses propres armes. Sinon, malgré ta puissance, il te vaincra.

Djoser médita longuement les paroles d'Imhotep. Il dut faire un violent effort sur lui-même pour étouffer le flot de haine qui l'étouffait et retrouver son calme. Il savait que les paroles d'Imhotep étaient celles de la Maât.

— J'ai reçu tes mots dans mon cœur, mon fidèle ami. Et j'agirai comme tu me le conseilles. A-t-on repéré des Édomites aux frontières de Kemit ?

Semourê prit la parole.

— Quelques troupes sont rassemblées non loin d'Ashqelôn. Elles disposent de navires, mais en nombre insuffisant pour nous attaquer. De plus, Moshem a conclu une alliance avec les bergers des marais. Ceux-ci s'opposeront à une éventuelle invasion, ce qui nous laissera le temps d'intervenir le cas échéant.

Djoser se frotta le menton, d'où un serviteur venait d'ôter la fausse barbe de cuir tressé.

— Tout cela est incompréhensible. En rassemblant une armée plus importante, ils auraient pu profiter de mon absence pour attaquer.

— La défaite que tu leur as infligée il y a quatre ans a dû décourager une partie des chefs de tribu, répondit Imhotep. Ils doivent attendre prudemment l'évolution des événements. C'est pourquoi ton ennemi a soulevé les princes nubiens contre toi. Il espérait que la guerre durerait assez longtemps pour lui laisser le temps de réunir une alliance suffisante. Malheureusement pour lui, tu l'as pris de vitesse en triomphant rapidement.

— Son plan a donc échoué. Il ne lui reste plus qu'une solution : tenter de nouveau de m'éliminer. Nous devons redoubler de prudence.

En conséquence, Semourê avait renforcé la surveillance autour de la famille royale. Comme si le retour de l'Horus avait effrayé l'ennemi sournois qui rongeait Mennof-Rê de l'intérieur, les attentats cessèrent. Après une quinzaine de jours sans aucun incident, on se prit à espérer. Peut-être les Sethiens avaient-ils admis leur échec. La victoire écrasante de Djoser sur les Nubiens avait découragé les Édomites. Privé de ses puissants alliés, le fantôme de Peribsen avait peut-être fini par renoncer à ses ambitions démesurées.

Peu à peu, la Cour se reconstituait. Des seigneurs qui avaient préféré fuir l'atmosphère lourde de la capitale revinrent de leur domaine. Ainsi vit-on reparaître Kaïankh-Hotep, revenu de son fief d'Hetta-Heri, accompagné de sa petite cour personnelle. Malgré sa réticence, Semourê dut convenir que la bonne humeur inébranlable du courtisan avait ramené une certaine joie de vivre et le goût des festivités. En vérité, il s'aperçut que toute jalousie envers l'incorrigible séducteur l'avait quitté. Le ventre d'Inmakh s'arrondissait, et sa paternité prochaine lui donnait l'envie de se réconcilier avec tout le monde.

Au début du mois de *Phamenoth,* Djoser décida d'organiser une grande fête afin de célébrer sa victoire. Tandis que le peuple y participerait sur les rives du Nil, la Cour serait invitée à bord du vaisseau royal. Les réjouissances furent prévues pour la seconde décade du mois.

Le navire d'apparat avait été construit immédiatement après le couronnement de l'Horus. C'était un bâtiment en bois de cèdre et de chêne, long de plus de cent coudées, à la ligne majestueuse. Il fallait deux cents rameurs pour le manœuvrer. Lors des cérémonies officielles, son commandement revenait à Setmose, le jeune amiral de la flotte de guerre.

En prévision des festivités, une nuée d'ouvriers, menuisiers, charpentiers, peintres, tisserands, évoluaient sur le pont du vaisseau. L'or ramené de Nubie avait été fondu et étiré en fines feuilles que les métallurgistes collaient soigneusement sur le mât et sur la grande cabine destinée à abriter le roi.

Ce matin-là, on savait que le souverain devait venir sur le port pour rendre visite aux artisans travaillant sur son navire. Aussi, chacun redoublait d'ardeur afin de retenir son attention.

Lorsqu'il arriva, tous se réjouirent, car il était accompagné de la reine Nefert'Iti et de leurs enfants, la petite princesse Khirâ et les princes Seschi et Akhty. Ils offraient l'image de la famille unie telle que l'aimaient les Égyptiens. Derrière le couple royal suivaient les dames de compagnie et quelques seigneurs. Mais il y avait un autre motif de satisfaction : on savait que le roi avait à cœur, lorsqu'il visitait ses ouvriers, de leur offrir un bon repas. Des jarres de bière et de vin avaient été apportées tôt le matin.

Setmose descendit à terre pour s'incliner devant Djoser, qui le releva amicalement. Puis la Cour embarqua. Une table avait été dressée, où des serviteurs commençaient à installer des plats chargés de fruits, de pains aux formes diverses, de gâteaux au miel et aux dattes, d'oiseaux rôtis aux herbes, spécialité d'Ameni.

Comme ils avaient coutume de le faire, Djoser et Thanys s'intéressèrent au travail de chacun, posant des questions auxquelles les braves artisans, impressionnés, répondaient parfois en bredouillant. Le fils de Barkis le tisserand avait repris l'atelier de son père. Avec ses ouvriers, il ornait la cabine royale de toiles bleues, vertes et rouges. Le roi et la reine le connaissaient pour avoir appris le tissage à ses côtés, à l'époque où leur maître, Merithrâ, exigeait qu'ils apprissent les métiers manuels. En raison des souvenirs qui les unissaient, il existait une grande complicité entre eux.

Pendant que la Cour admirait le somptueux navire, Inmakh distrayait les petits. Ceux-ci, depuis leur enlèvement, lui vouaient une admiration sans bornes et une grande affection. La jeune femme rayonnait. Sa grossesse l'avait épanouie. Elle s'attirait un franc succès grâce à un petit singe que Semourê lui avait offert, et dont les espiègleries provoquaient les éclats de rire des trois enfants.

Soudain, l'animal échappa à sa maîtresse et courut vers la lisse. Inmakh se précipita à sa poursuite sous les rires des ouvriers. Bien décidé à profiter de l'aubaine, le singe fila vers la proue. Imnakh n'eut que le temps de le voir sauter dans une ouverture menant vers la cale. Elle s'y engagea à son tour et déboucha là où l'on avait entreposé les jarres de vin et de bière. L'endroit idéal pour abriter un petit singe épris de liberté. Elle commença à appeler, bien entendu sans réponse.

Croyant voir une silhouette bouger, elle s'avança. Soudain, dans la pénombre, une forme sombre se dressa devant elle. Un homme se dissimulait dans la cale, revêtu d'une cape de laine qui masquait jusqu'à son visage. Inmakh poussa un cri. Sans doute le singe devina-t-il que sa maîtresse courait un danger ; il bondit sur l'inconnu, auquel il arracha son capuchon. Alors, comme dans un cauchemar, la jeune femme reconnut le faciès monstrueux de l'homme à la tête brûlée. Il voulut bondir sur elle, mais l'animal le griffa sauvagement. Profitant de l'occasion, Inmakh se précipita vers l'extérieur en hurlant de terreur.

Ensuite, tout alla très vite, trop vite. Alertés par les hurlements de la jeune femme, Djoser et les membres de la Cour demeurèrent un instant stupéfaits. On la vit jaillir de la cale et se précipiter vers le roi en criant des mots incompréhensibles. Setmose comprit aussitôt qu'un danger terrifiant se cachait dans les soutes du navire. L'instant d'après, l'individu au visage ravagé par le feu surgissait à la proue. Il marqua un instant d'hésitation, puis tenta de s'enfuir. Mais il était cerné par de nombreux ouvriers et par quelques gardes. Comprenant qu'il n'avait aucune chance de s'échapper, il replongea à l'intérieur du navire. Setmose se lança à sa poursuite, aussitôt suivi par une demi-douzaine de guerriers.

Instantanément, le souvenir du temple rouge revint à Djoser, qui se mit à hurler :

— Quittez tous le navire ! Vite !

Thanys s'empara des enfants et se précipita vers la passerelle. Elle fut aussitôt suivie par ses dames de compagnie en proie à la panique. Interloqués, les ouvriers ne comprenaient plus ce qui se passait. Certains, gagnés par la terreur, sautèrent par-dessus bord. Djoser, demeuré sur le pont, encourageait les retardataires. Il demeurait encore une trentaine d'ouvriers lorsqu'un vacarme effrayant retentit. L'instant d'après, une onde de chaleur noya le navire. Djoser se précipita à la proue, d'où émergèrent le petit singe d'Inmakh et deux soldats terrorisés, le pagne en flammes. À l'intérieur ronflait un feu infernal, qui dévorait déjà les structures du navire. Épouvanté, Djoser s'époumona pour appeler Setmose, prisonnier du brasier. Mais il était trop tard. Un violent appel d'air projeta vers lui une tornade de flammes tourbillonnantes. Il n'eut que le temps de se jeter en arrière et bascula sur des cordages. Une épaisse fumée noire se répandit autour de lui, lui piquant les yeux. Des cris de terreur éclataient un peu partout.

Soudain, près du grand mât double, le pont s'effondra dans un craquement sinistre, emportant avec lui un groupe d'ouvriers. L'instant d'après, de hautes flammes s'élevèrent à l'assaut de la voile. Sur le quai, la foule hurla de terreur en voyant le navire s'embraser de la proue à la poupe alors que le roi était encore à bord.

Confiant les enfants à la garde d'Inmakh, Thanys tenta d'approcher, mais elle dut renoncer devant la température intense qui se dégageait de l'incendie. Semourê la saisit à bras-le-corps pour la tirer en arrière. Cherchant désespérément le roi des yeux, elle crut qu'il avait péri lorsque des silhouettes noircies émergèrent des eaux sombres du fleuve à peu de distance. Parmi elles, Thanys reconnut Djoser, qui soutenait le fils de Barkis, apparemment blessé. Elle se précipita vers lui, plus morte que vive.

— Il était impossible de regagner la passerelle, expliqua le roi quelques instants plus tard. J'ai dû sauter de l'autre côté.

Le glorieux vaisseau offrait une vision apocalyptique. En quelques instants, les flammes avaient dévoré le pont, et le mât n'était plus qu'une immense torche. Si la plupart des ouvriers avaient réussi à s'enfuir à temps, une dizaine d'entre eux étaient demeurés prisonniers du brasier.

— Dites-moi ce qui s'est passé ! ordonna Djoser aux deux soldats qui avaient accompagné Setmose.

— L'homme au visage brûlé nous a entraînés dans les profondeurs de la cale, répondit l'un d'eux. Il faisait sombre ; on n'y voyait presque rien. Et puis, il y a eu ce bruit étrange, comme un vase qui se brise. Une flamme a surgi de nulle part, et le feu s'est répandu partout en quelques instants.

— Au centre, il y avait un démon qui hurlait, ajouta son compagnon. Ses vêtements étaient en feu, mais il continuait à fracasser les jarres, qui s'embrasaient aussitôt. Il a fini par s'écrouler dans les flammes. Nous avons tenté de fuir, mais le passage était trop étroit. Le feu nous a rattrapés. J'ai senti son haleine horrible sur ma peau.

— Ce chien avait sans doute déjà répandu le produit, intervint Semourê.

— Et Setmose n'a pu s'échapper... murmura Djoser, la gorge nouée.

Il serra les dents pour contenir les larmes qui lui brûlaient les yeux.

Le soir, il ne restait du fier navire qu'une carcasse calcinée à demi coulée le long du quai.

— Nous avons eu tort de croire que les Sethiens avaient renoncé, déclara Djoser. Ils sont toujours là. Et sans l'intervention d'Inmakh, jamais nous n'aurions soupçonné la présence de ce chien à bord. Sans doute voulait-il attendre le début des festivités pour mettre le feu au navire. À ce moment-là, il aurait navigué au milieu du fleuve, et les victimes se seraient comptées par dizaines.

— En attendant, il est mort, déclara Semourê. S'il a emporté son secret avec lui, peut-être les incendies vont-ils cesser.

On avait désormais la preuve que les sinistres étaient d'origine criminelle. Mais les deux soldats rescapés avaient une tout autre version des faits. La vision effroyable de la torche humaine dansant au cœur du brasier les avait terriblement impressionnés, et ils étaient persuadés qu'il ne s'agissait pas là d'un simple mortel. Leurs yeux avaient vu le *démon de feu* en personne. Une telle créature ne pouvait périr ainsi dans les flammes. Elle allait revenir et déclencher de nouveau sa fureur sur le Double-Pays. Leur récit se propagea rapidement, provoquant un vif émoi parmi la population.

Pendant les jours qui suivirent, de nouvelles rumeurs confirmèrent la malédiction. Profitant de la confusion des esprits, des individus surgis de nulle part promettaient la destruction de Kemit si l'on ne cessait pas immédiatement la construction de la cité sacrée. Malgré les efforts de Semourê et de Moshem, il fut impossible d'en capturer un seul. Les conséquences de ces mouvements ne se firent pas attendre. En dépit des interventions d'Imhotep, nombre d'ouvriers du chantier désertèrent, rendant impossible la poursuite des travaux.

Des délégués furent nommés. Soutenus par Mekherâ, ils demandèrent à être reçus par le roi. Il les accueillit et les écouta avec attention. Ils expliquèrent qu'ils avaient peur de continuer à travailler. Chacun redoutait d'être la prochaine victime du *démon de feu.* Djoser eut beau leur assurer que les incendies avaient une origine criminelle, et que le responsable avait péri dans l'incendie de la nef royale, il ne parvint pas à les convaincre. Leur frayeur était trop grande.

Lorsqu'ils se retirèrent, Djoser lui-même dut admettre que le récit des deux soldats avait ébranlé son assurance. Il ne pouvait chasser de sa mémoire le souvenir des hommes qui avaient péri brûlés vifs sous ses yeux, la mort atroce de Setmose. Un doute insidieux l'envahissait : et si ces rumeurs étaient fondées ?

Autour de lui, nombre de seigneurs qui avaient assisté au drame l'incitaient à abandonner le projet de la cité sacrée. Parmi eux, Piânthy, marqué par la disparition de son ami Setmose, se rangea parmi les opposants. Il fut soutenu par Kaïankh-Hotep, chez qui l'incendie du vaisseau avait remué d'horribles souvenirs, comme il le rappela à Djoser.

— Ô Lumière de l'Égypte, je ne peux oublier la mort de mon fils, tué par ce feu maudit. Je ne peux croire qu'il soit uniquement le fait des hommes. Un démon s'acharne sur nous, et je redoute que tous ces incendies ne soient que les prémices d'une catastrophe bien plus terrible.

— Comment cela ?

— Dans les pays du Levant, certaines légendes parlent de boules de feu gigantesques, qui ont anéanti des cités entières parce que leurs rois avaient osé défier les dieux. Il n'en reste aujourd'hui que des déserts étranges, où le sable lui-même a fait place à une sorte de roche vitrifiée où plus rien ne poussera jamais.

Il se tourna vers l'Amorrhéen.

— Ami Moshem, toi qui viens de la région de la Mer sacrée, tu connais ces légendes.

— C'est exact. À l'époque où la reine Nefert'Iti fit ce voyage en Amorrhée, je lui ai montré un endroit semblable.

— Aurions-nous provoqué la colère des dieux, mon ami ? Dis-moi ce que je dois faire !

Une aube rose et or illuminait le vaste plateau de Saqqarâh d'une lumière surnaturelle. À l'orient, la vallée du Nil s'estompait derrière une brume éblouissante, au-dessus de laquelle s'élevait le disque éclatant d'un soleil rouge.

Bouleversé par les derniers événements, Djoser n'avait pu fermer l'œil de la nuit. Peu avant l'aurore, il s'était rendu sur l'esplanade sacrée en compagnie de son épouse et du grand vizir, espérant trouver une réponse.

Des parfums subtils et frais leur emplissaient les poumons, mélange des effluves aquatiques remontant du fleuve et des odeurs issues des plantes baignées de rosée qui peuplaient le plateau. Devant eux, l'ébauche de la muraille à redans de la cité sacrée reflétait la lueur dorée de l'aurore. Au-delà s'élevait la masse impressionnante du tombeau royal, dont la base était déjà haute d'une vingtaine de coudées, et s'étirait sur près de deux cents. Au centre, on avait commencé à édifier un second niveau, qui amenait la hauteur de l'édifice à plus de quarante coudées. Aucune construction au monde n'avait jamais atteint de telles dimensions. Au loin vers le sud, le village des tailleurs de pierre semblait abandonné. Seuls quelques irréductibles demeuraient encore sur place, bien décidés à ne pas céder à la terreur superstitieuse qui avait fait fuir leurs compagnons.

Une légère nébulosité baignait le monument grandiose, lui conférant l'aspect d'un rêve inachevé. Djoser se tourna vers Imhotep.

— Mon ami, aurais-je fait preuve de trop d'orgueil ?

— Non, Seigneur, répondit Imhotep. Tu ignores l'orgueil, car tu sais accepter avec humilité les hommages que l'on rend au dieu Horus à travers ta personne. À cause de cela tu resteras dans les mémoires comme un très grand roi. C'est pourquoi tu ne dois pas tomber dans le piège perfide que te tend ton ennemi. Il a réussi à ébranler tes certitudes parce qu'il est parvenu à inspirer une grande terreur à ton peuple. Même tes plus proches compagnons ont fini par douter, et il ne te reste plus aujourd'hui qu'une poignée d'artisans fidèles qui dorment encore, là-bas dans leur village. Tu ne dois pas céder à sa manœuvre sournoise.

Il désigna le colosse.

— Regarde, Djoser, regarde ce monument et imagine-le achevé, lorsqu'un revêtement de calcaire fin le couvrira d'une blancheur étincelante. Imagine ces chapelles dont je t'ai montré les plans. Penses-tu sincèrement qu'un tel hommage rendu aux dieux puisse les offenser ?

— Je ne sais pas... Je ne sais plus que penser. Trop de mes amis ont payé ce projet de leur vie.

Il se tourna vers Thanys.

— Quel est ton avis, ma douce compagne ?

— Je partage l'opinion de mon père, mon frère bien-aimé. Le monstre rôde encore parmi nous. Mais il est issu des hommes et non des neters. Je pense sincèrement que ceux-ci se montreront satisfaits de la réalisation de ce monument magnifique. Et je crois, à l'inverse de nombre de nos amis, que le malheur s'abattra sur nous si nous ne l'achevons pas. Parce que cela voudra dire que nous avons cédé devant le faux dieu qui nous hante. Nous ne devons pas lui laisser la victoire, Djoser. Aucun de tes ancêtres n'a osé imaginer une telle cité sacrée. Grâce à elle, ton nom traversera les siècles et les millénaires. C'est elle qui te rendra véritablement immortel. Et avec toi la richesse et la justice de ton règne. Si tu cèdes aujourd'hui à ton ennemi, tu tomberas pour toujours dans l'oubli, et le chaos s'installera dans le Double-Royaume.

— De combien de sacrifices devrais-je encore payer cette décision ?

— La victoire est proche, mon frère. L'homme qui connaissait le secret du feu-qui-ne-s'éteint-pas a péri.

— Mais peut-être a-t-il transmis son terrible secret...

En proie à un violent dilemme, Djoser s'écarta de ses compagnons. Parfois, il lui semblait que Setmose lui hurlait de poursuivre sa tâche. Il n'était pas mort pour rien. À d'autres moments, il lui semblait percevoir une immense vague de feu déferlant sur la vallée sacrée, dévorant tout sur son passage. Et si Moshem s'était trompé... Peut-être fallait-il interpréter différemment les songes qui lui avaient montré la vallée desséchée par une haleine infernale...

Enfin, il revint vers Imhotep.

— Je ne sais quelle décision prendre, mon ami. Les dieux refusent de m'éclairer.

Derrière lui, il distingua trois autres silhouettes qui les rejoignaient. Il reconnut l'architecte Bekhen-Rê, le sculpteur Hésirê et le vieux Sefmout. Tous trois s'inclinèrent devant lui, puis Imhotep les entraîna à l'écart, sous le regard étonné du couple royal. Enfin, Imhotep revint vers le roi et déclara :

— Il existe un moyen d'ôter le doute de ton esprit. Mais pour cela, je devais avoir l'accord de mes compagnons. Ils me l'ont donné. Pour toi, Horus Neteri-Khet, nous allons, exceptionnellement, transgresser les règles qui régissent notre groupe depuis les origines du monde.

— Que veux-tu dire ?

— Il existe un endroit sacré où tu recevras les réponses à toutes tes questions. Nous t'y conduirons dès demain.

57

Le lendemain, l'aube illuminait la vallée du Nil d'une lueur mauve lorsque, après avoir traversé le fleuve pour atteindre la rive orientale, Djoser et Imhotep se mirent en route. Une douzaine d'hommes les accompagnaient, parmi lesquels, outre Bekhen-Rê et Hesirê, le roi reconnut des prêtres de Ptah, d'Horus ou d'Isis. Une escorte de gardes attachés au grand vizir suivait le groupe.

Quittant résolument les terres fertiles, la colonne s'enfonça dans le désert, sous l'œil étonné de quelques paysans matinaux. Après plusieurs heures d'une marche harassante, elle atteignit une formation rocheuse chaotique, dans laquelle pourtant se dessina bientôt une ouverture. Tandis que l'escorte de soldats se préparait à bivouaquer, Imhotep prit Djoser à l'écart.

— Mon ami, ce lieu est sacré. Hormis les initiés, personne n'y pénètre jamais. Aussi, tu dois jurer de ne jamais révéler ce que tu apprendras à l'intérieur. L'acceptes-tu ?

Le roi hésita, puis déclara d'une voix ferme :

— Je l'accepte et le jure. Ma parole est celle de la Maât.

Imhotep inclina la tête et invita Djoser à le suivre. Ses compagnons fermèrent la marche. Le groupe s'enfonça entre les parois lisses d'un gris rougeâtre. Le roi se rendit très vite compte qu'il aurait été incapable de retrouver seul le chemin de la sortie. Un peu impressionné par l'étrangeté du lieu, il buta contre quelque chose qui s'effrita sous ses pieds. Il comprit seulement après qu'il s'agissait du cadavre momifié d'un pillard du désert.

— Bien des voleurs ont tenté de découvrir le secret de ce lieu, expliqua Imhotep. Aucun d'eux n'y est parvenu.

Enfin, ils parvinrent dans une impasse. Avec stupéfaction, Djoser vit la paroi basculer pour révéler un escalier s'enfonçant dans les entrailles de la terre. Quelques instants plus tard, il débouchait dans une salle étrange, qui s'illumina à mesure que les Initiés allumaient les lampes à huile logées dans des aspérités de la roche. Le roi s'aperçut alors que les parois de la salle étaient couvertes de niches dans lesquelles s'accumulaient toutes sortes de documents et d'objets mystérieux.

— Où sommes-nous ? s'inquiéta-t-il.

— Tu es ici devant le Labyrinthe sacré de la Connaissance. Seuls les Initiés savent comment y pénétrer, et comment le quitter. Nul ne sait quand il fut construit. Sans doute existe-t-il depuis l'origine des temps. Aucun roi jamais n'y a été admis, sauf le grand Ménès lui-même. Tu es le second.

Il désigna les alvéoles.

— Tout le savoir du monde est contenu dans ces livres et ces objets. Ainsi est-il maintenu à l'écart des remous des guerres et des luttes stériles pour le pouvoir. Nous sommes les gardiens de la Connaissance et de la Sagesse, ceux que l'on appelle les Initiés. Certains secrets protégés dans ce Labyrinthe sont tellement étranges qu'il serait très dangereux de les divulguer. S'ils tombaient entre les mains d'individus sans scrupules et dévorés par l'ambition, leur usage pourrait plonger les Deux-Terres dans le chaos.

— Ces livres sont innombrables. Même la bibliothèque de la Grande Demeure n'en comporte pas autant. Il faudrait une vie entière pour les étudier tous. Que contiennent-ils ?

Imhotep ne répondit pas immédiatement.

— Des rapports d'expériences médicales ou scientifiques, l'histoire de Kemit depuis bien avant son unification par Ménès. Certains rouleaux sont des récits de voyage. De tout temps, les Égyptiens ont construit des navires qui les ont emmenés très loin, au-delà même de ce que ton imagination peut concevoir.

Il désigna un rouleau épais, noué par des lanières de cuir.

— Celui-ci, par exemple, évoque le périple d'un navigateur qui est allé vers l'ouest. Il a découvert que la Grande Verte était reliée à une mer encore plus vaste. Il a visité des pays où il fait tellement froid que l'eau y devient solide, et où les hommes construisent de grands cercles de pierre pour observer les étoiles. Cet autre raconte le voyage d'un marin, qui est allé si loin vers l'orient qu'il lui a fallu plus de trente années pour revenir en Égypte. Il décrit des animaux si étranges que l'esprit peut difficilement se les représenter. Il a rencontré des hommes à la peau d'ivoire et aux yeux en amande, qui ont bâti un empire étonnant bien plus étendu encore que les Deux-Terres.

Certaines niches contenaient des objets en bois de sycomore, aux formes mystérieuses, d'une parfaite régularité.

— Ce sont des polyèdres, expliqua Imhotep. Ils représentent les structures primordiales à partir desquelles la nature construit l'univers.

— Je ne comprends pas très bien...

— As-tu remarqué quelle merveilleuse harmonie se dégageait des formes utilisées par la nature ? Les feuilles, les fleurs, les coquillages, les plumes des oiseaux, les cristaux des minéraux, tout, absolument tout répond à des conceptions géométriques parfaites.

— Merithrâ m'a parlé de cela, en effet.

— Suis-moi !

Il invita Djoser à passer dans la salle suivante, où trônait une longue table de bois sur laquelle Bekhen-Rê disposait des rouleaux de papyrus. Le roi et les initiés prirent place tout autour. Imhotep observa un long moment de silence, puis déclara :

— Djoser, j'ai désiré te montrer tout cela pour te faire comprendre pourquoi la construction de la cité sacrée est fondamentale.

Il déroula sur la table plusieurs rouleaux représentant les plans de Saqqarâh, que le souverain connaissait déjà.

— En réalité, l'utilisation de la pierre ne constitue pas la seule innovation de cette architecture. Elle s'appuiera aussi sur la puissance magique contenue dans les Nombres.

— Les Nombres ?

— Jusqu'à présent, nos architectes ont ignoré leur puissance. Ils construisaient les mastabas de manière empirique, sans véritable plan préalable. La cité de Saqqarâh, elle, se fondera sur les règles sacrées des Nombres, des règles qui régissent l'univers, mais que seuls les Initiés connaissent. Comme je viens de te le dire, la Nature ignore le chaos et chacune de ses créations se fonde sur l'utilisation de la géométrie sacrée, qui, développée à l'infini, engendre des formes d'une complexité parfois hallucinante, mais dont les racines sont toujours les Nombres. Rien dans la nature n'est le fruit du hasard ; tout obéit à leurs lois. Ils sont l'harmonie, l'esprit même de la Maât. Ainsi est conçue la cité de Saqqarâh.

— Parle-moi de ces Nombres !

— Le UN, à la fois unique et multiple, est la base de la Création. Il contient tous les autres nombres en puissance. Tout comme le roi d'Égypte, qui symbolise l'équilibre entre les deux univers, le Visible et l'Invisible. Toi, Djoser, tu es l'incarnation d'Horus, mais aussi l'Unique, le symbole de cet équilibre cosmique.

« Le UN engendre le DEUX, qui est son double, son reflet, l'essence féminine qui le complète. Ainsi est Thanys, ta compagne, l'image de la déesse Hathor. L'union du UN et du DEUX donne le TROIS, la triade sacrée, qui représente les enfants qui naîtront de vous, et aussi, par extension, l'ensemble du peuple de Kemit.

« Le DEUX, associé à lui-même, donne naissance au QUATRE, et avec lui le carré, le quadrilatère idéal. Mais si l'on associe le UN au TROIS, on voit apparaître une nouvelle dimension, qui transcende le plan pour engendrer l'espace, le volume, par la réunion de trois triangles équilatéraux, et la construction de la première des formes fondamentales : le tétraèdre.

« À partir du QUATRE, espace en gestation, la Création se poursuit, rajoutant à chaque fois l'unité, jusqu'à l'apparition du huit, qui suggère le double carré, ou carré long. Il est l'espace de création parfait, à l'intérieur duquel se manifeste l'esprit. Car la diagonale de ce grand carré révèle la racine du CINQ, la quintessence, le nombre de l'Harmonie. C'est à partir de ce carré long que sera bâtie la cité sacrée.

Il indiqua, sur le plan, une grille étrange constituée à partir de carrés doubles dans lesquels s'inscrivaient parfaitement les dessins de tous les monuments composant la cité. L'enceinte elle-même était un carré long. La pyramide, partie du carré initial du premier mastaba, avait des dimensions surprenantes, puisque le rapport de la longueur à la largeur était de racine de cinq sur deux[1].

— Tu t'es étonné lorsque je t'ai montré les plans du projet, poursuivit Imhotep. En vérité, la pierre conférera à Saqqarâh la solidité qui lui permettra de durer à travers les millénaires. Mais sa véritable fonction lui sera donnée par la magie des Nombres, ces Nombres sacrés dont l'ordre régit l'univers tout

---

1. Voir à ce sujet le livre de Roger Begey : *La Quadrature du cercle et ses métamorphoses* (éditions du Rocher).

entier, depuis le monde des hommes jusqu'au monde des neters.

« Nos temples ne sont pas des lieux où nous venons vénérer et prier les dieux dont nous craignons les manifestations de colère. À l'inverse des Sumériens, nous ne les redoutons pas, car, comme les hommes, les neters s'inscrivent dans l'harmonie de l'univers, dont ils symbolisent les principes fondamentaux. Et nos temples sont des endroits privilégiés où se concentre leur essence même.

« Te rends-tu compte alors de la puissance phénoménale que représentera Saqqarâh sur le plan de l'esprit ? Elle seule sera capable de lutter victorieusement contre les forces du chaos qui tentent actuellement de prendre possession du Double-Royaume. Car elle symbolise l'harmonie, la vérité et la justice face à la plus barbare des sociétés : un monde dégénéré où les plus forts écraseront sans pitié les plus faibles, un monde qui ne trouve même pas son reflet dans celui des animaux, car ceux-ci tuent pour se nourrir ou se défendre. Il ne faut pas te méprendre sur la puissance effrayante de cette barbarie. Si l'harmonie cesse de régner, si l'homme se détourne des lois essentielles de la Nature, le Chaos s'imposera lentement, et mènera le monde vers des gouffres insondables. On verra surgir des rois issus d'une fange plus noire encore que celle des marais, qui imposeront par la violence et la torture leur soif de pouvoir et de domination. Des croyances nouvelles apparaîtront, qui étoufferont la liberté de l'homme et engendreront des massacres, voire l'anéantissement de peuples entiers pour la cruelle satisfaction d'un petit nombre. La secte des Sethiens nous donne un aperçu des aberrations effrayantes dont l'esprit humain est capable, des abjections qui se nourrissent du sang de jeunes enfants.

« Avec cette nouvelle divinité, née d'un avatar de Seth, est apparue une entité terrifiante, qui prend ses racines dans l'homme lui-même, et donc renaîtra toujours de ses cendres, comme notre benou. Mais, si cet oiseau sacré est symbole de vie, ce dieu maudit déchaînera la destruction et la désolation. Je pressens, dans les nombreux siècles à venir, la lutte impitoyable que les hommes devront mener contre ce dieu funeste, et donc contre eux-mêmes, pour préserver la justice et l'harmonie.

« Comprends-tu à présent pourquoi nous ne devons pas arrêter la construction de la cité sacrée ? Elle effraie celui qui se dissimule derrière les Sethiens. Lorsqu'elle sera achevée, elle le rejettera pour toujours hors des frontières de l'Égypte. C'est pourquoi il veut la détruire. Tu ne dois pas tomber dans son piège, Djoser. Cette cité te dépasse, comme elle nous dépasse tous. J'ai conçu ses plans, je les ai dessinés, et notre peuple les réalise, avec toute la profondeur de sa foi. Mais l'idée, à l'origine, vient de bien plus haut. Elle me fut inspirée par les dieux eux-mêmes. Je n'ai fait qu'interpréter leur volonté.

« Toi, Horus Neteri-Khet, tu resteras celui qui l'aura fait construire ; sa puissance protégera les Deux-Terres pendant des millénaires. La réalisation de cette cité va bien au-delà de ton seul règne, au-delà même de ta maison d'éternité.

Impressionné, Djoser fit quelques pas, contemplant respectueusement les rouleaux de papyrus, caressant délicatement les feuilles chargées de mystère. Il était reconnaissant à Imhotep de sa confiance et des secrets qu'il lui avait révélés. Il lui semblait avoir déchiré un voile sur une nouvelle vision de l'univers. Un travail rapide se fit en lui. Il n'était qu'un élément dans la longue marche du temps, un élément par lequel s'exprimaient les dieux. L'ennemi avait sournoisement semé le doute dans son esprit, mais il saurait le chasser. Il ne devait pas permettre aux puissances du chaos de triompher, sous peine de se trahir lui-même et surtout de trahir Kemit et les dieux. Il se tourna vers Imhotep et déclara d'une voix forte :

— Je ne laisserai pas Isfet régner sur le Double-Pays. Nous poursuivrons la construction de la cité sacrée.

58

À son retour du Labyrinthe, nul, pas même Thanys, n'aurait su dire quels étaient les sentiments de Djoser. Dans la Grande Demeure, personne ne savait où s'était rendu l'Horus en compagnie d'Imhotep. Semourê lui-même, qui assurait la protection constante du monarque, avait été tenu à l'écart. Aussi, les commentaires allaient bon train, et les suppositions se multiplièrent lorsque le roi s'isola dans le naos.

Il y demeura jusqu'au lendemain matin, et célébra comme à l'accoutumée l'élévation de la Maât. Puis il demanda à Imhotep de réunir la Cour au grand complet.

Dans l'après-midi, la salle du trône s'emplit de tous les personnages importants de Kemit, grands prêtres des différents temples, propriétaires terriens et riches commerçants, dont beaucoup occupaient de hautes fonctions auprès du souverain. Chacun avait revêtu des habits de lin somptueux, où dominaient le rouge, le bleu et le vert. L'effervescence régnait, car on se doutait que le roi allait parler de la cité sacrée, et de la malédiction qui pesait sur elle. Chacun spéculait sur la poursuite ou l'abandon de sa construction.

On fut impressionné par la majesté et l'autorité qui émanaient du visage du roi, parfaitement immobile sur son trône d'ébène orné de pattes de lion. Sur sa tête étaient posées les deux couronnes ornées du cobra femelle. Le *Nekheka* et le *Heq*, le fléau et la crosse, se croisaient sur sa poitrine couverte d'un pectoral d'or. La fausse barbe de cuir tressé et le pagne royal muni de la protection génitale complétaient sa tenue.

À ses côtés se tenaient le grand vizir Imhotep et la reine Nefert'Iti, dont la radieuse beauté illuminait le palais. Au front de la Grande Épouse étincelait un diadème d'or et d'argent incrusté de turquoises. Sur sa poitrine s'épanouissait un collier à plusieurs rangs alternant lapis-lazulis, améthystes et turquoises.

Près de l'entrée, un capitaine des gardes annonçait les arrivants.

— Le seigneur Nemah-Ptah, Directeur de la lessive royale...

— Le seigneur Ankh-Meri-Thôt, Directeur de l'éventail royal...

— Le seigneur Hetep-Marekh, Directeur des sandales du roi...

— Le seigneur Aoun-Nefer, Gardien des deux magiciennes, Guerrier du front de Sa Majesté...

Le visage impénétrable, Djoser accueillait un à un les hauts dignitaires. Son regard noir impassible notait leur satisfaction vaniteuse et leurs yeux brillants lorsque retentissait l'annonce de leur fonction.

Malgré ses réticences, il avait dû sacrifier à la tradition ancestrale qui consistait à octroyer à une foule de personnages inefficaces des titres ronflants qui n'avaient pas grande signification dans la pratique. Le Directeur de la lessive royale ne trempait jamais ses mains dans l'eau pour laver les pagnes du roi. Il laissait ce soin à ses serviteurs. Le Directeur de l'éventail royal se contentait, lors des grandes manifestations officielles, de marcher aux côtés de la litière du souverain en tenant un petit éventail qui disait sa fonction. Des esclaves, sur la litière elle-même, assuraient son rôle en aérant le souverain avec des plumes d'autruche.

Au tout début de son règne, Djoser avait envisagé de supprimer ces distinctions inutiles qui alourdissaient le Trésor royal, car chaque fonction était rémunérée suivant des règles établies depuis l'aube de l'histoire de Kemit. Imhotep l'en avait dissuadé.

— Les hommes sont avides d'honneurs et de récompenses, avait-il expliqué. Cette tradition peut sembler onéreuse, mais elle offre de nombreux avantages. Ces fonctions honorifiques contraignent les nobles à demeurer dans ton entourage. Tu peux ainsi avoir l'œil sur eux et maîtriser leurs petites intrigues de cour. Ils quémanderont l'aumône de tes largesses comme un chien attend l'os que son maître daignera lui donner. Pendant ce temps, ils ne songeront pas à comploter contre toi. Ces titres futiles constituent un moyen de les garder sous ton autorité tout en satisfaisant leur vanité.

Depuis, Djoser s'était accommodé de cette coutume, qui lui avait révélé un aspect de l'âme humaine qu'il n'avait jamais soupçonné auparavant. Cette ridicule course aux honneurs avait fini par l'amuser, car elle lui permettait de voir jusqu'où un homme était capable de s'abaisser pour obtenir les faveurs qu'il briguait. L'art de gouverner reposait aussi sur ces mesquineries.

Bientôt, la grande salle du trône fut pleine. Sur un signe d'Imhotep, le silence se fit, et Djoser parla.

— Peuple de Kemit, voici bientôt trois ans nous avons entrepris la construction d'un monument extraordinaire, une cité sacrée où se rejoindront le monde des neters et celui des hommes. Depuis cette même période, un climat étrange s'est installé sur le Double-Pays. À plusieurs reprises, la Grande Épouse et moi avons failli être victimes de différents complots. Nos enfants eux-mêmes, le prince Nefer-Sechem-Ptah et la princesse Khirâ, ont été enlevés. Grâce à la bienveillance des dieux, ces sinistres complots ont échoué. Une enquête a été menée, qui a révélé l'existence d'une secte secrète composée de certains adorateurs du Dieu rouge, dont le but est de plonger Kemit dans le chaos. Ces êtres monstrueux ont assassiné de jeunes mères pour enlever leurs enfants en bas âge, qui étaient ensuite égorgés sur l'autel d'un dieu bâtard, issu de Seth et du démon édomite qu'ils nomment Baâl. Nous avons découvert le temple où ces chiens pratiquaient leurs sacrifices ignobles. L'infâme Pherâ, l'ancien vizir du dieu bon Sanakht, fut tué pendant les combats qui ont vu l'anéantissement de ce temple maudit.

« Nous pensions avoir détruit cette vermine. Pourtant, voici plusieurs mois, les mines d'or de Koush furent envahies par les Édomites. Nos soldats furent réduits à l'esclavage afin d'extraire la chair des dieux pour le compte de l'ennemi. Peu après, plusieurs princes nubiens se sont révoltés et ont massacré nos alliés de Koush. Je les ai vaincus, et j'ai repris les mines d'or aux Édomites. Bien avant mon départ s'était répandue à Mennof-Rê la rumeur d'une malédiction pesant sur le chantier de Saqqarâh. Elle prédisait que de grands malheurs s'abattraient sur les Deux-Terres si la construction de la cité sacrée était poursuivie.

« Depuis mon départ pour la Nubie, de mystérieux incendies ont tué des dizaines de citadins et d'ouvriers, et, voici trois jours, ce terrible feu-qui-ne-s'éteint-pas a pris la vie de l'un de mes plus fidèles compagnons, l'amiral Setmose. Mon cœur saigne de vous parler de lui ainsi, puisque l'on n'a rien retrouvé de son corps, et que je ne pourrai lui offrir la demeure d'éternité qu'il méritait. Setmose était pour moi un ami et il fut un grand soldat. Il a combattu de nombreuses fois à mes côtés. Il commandait la flotte de Mennof-Rê lorsque nous avons repoussé l'envahisseur édomite. Il a participé à la campagne contre le temple rouge des Sethiens. Dernièrement, il m'a accompagné en Nubie où sa parfaite maîtrise de la navigation nous a valu de franchir sans encombre la Première cataracte et de vaincre très rapidement les rebelles. Il y a trois jours, il a donné sa vie pour capturer le responsable de ces terribles incendies.

« Certains parmi vous sont persuadés que ces

sinistres sont l'œuvre des dieux, mécontents de voir s'élever la cité sacrée. Je veux dire ici, avec la plus grande force, à ceux qui doutent, qu'ils sont dans l'erreur. J'ai interrogé les dieux, et ceux-ci m'ont répondu. Ils sont tout à fait favorables à la construction de la cité, et n'ont rien à voir avec les catastrophes qui ont frappé le Double-Pays. Celles-ci sont l'œuvre des Sethiens, ces criminels maudits qui se réclament du dieu hybride Seth-Baâl. Car ils ont survécu, et ils poursuivent aujourd'hui leur œuvre de destruction et de haine contre Kemit.

Élevant peu à peu la voix, Djoser clama :

— J'accuse les Sethiens d'avoir répandu une fausse malédiction afin de déstabiliser les Deux-Terres et de préparer une nouvelle invasion des Édomites. J'accuse également le personnage perfide qui les dirige, et qui n'a pas le cran de m'attaquer de front. Il donne ainsi la mesure de son courage, qui se limite à égorger des enfants sans défense. Cet être méprisable apparaît également à certaines franges de la population, dans des endroits isolés, sous les traits de l'usurpateur Peribsen, en faisant croire à des hommes crédules qu'il est revenu du royaume d'Osiris. Ainsi a-t-il pu rallier quelques chefs de tribu nubiens à sa cause abominable. Mais la manière pitoyable dont il a échoué révèle la veulerie de cet homme.

Djoser laissa passer un court silence, puis il martela :

— Et je sais que cet homme m'écoute en ce moment, car il est dans la salle !

Un murmure de stupéfaction parcourut l'assemblée. Le roi poursuivit :

— Même si j'ignore encore qui il est, je veux qu'il sache qu'il a déjà échoué. Son plan a été déjoué. Jamais je ne céderai à son chantage ignoble, car cela signifierait que Setmose et tous ceux qui ont péri dans les incendies sont morts pour rien. Qu'il sache aussi que désormais l'Horus Neteri-Khet lui livrera un combat sans merci, et qu'il n'existe aucun endroit où cet être immonde pourra se sentir en sécurité sur le sol de Kemit.

Djoser laissa passer un moment lourd, où chacun s'entre-dévisageait afin de déceler les signes de la trahison : pâleur, inquiétude injustifiée, rougeur, respiration plus forte. Le roi poursuivit d'un ton qui ne souffrait pas de réplique :

— Il ne pèse aucune malédiction sur le plateau sacré. Les démons auxquels les complices de ce faux Peribsen ont tenté de faire croire notre peuple n'existent pas. En conséquence, la construction de la cité sacrée de Saqqarâh se poursuivra comme auparavant. Que cela soit écrit et accompli.

Khipa, le scribe royal, transcrivit scrupuleusement les paroles du roi. Un long silence suivit, puis une sourde rumeur s'éleva, reflet des conflits générés par la décision de Djoser. Certains l'approuvaient pleinement. D'autres au contraire s'étaient mis à trembler, redoutant qu'une onde de feu surgie de nulle part ne vint les engloutir.

Pourtant rien ne se produisit, et chacun se retira dans un brouhaha confus, après s'être incliné devant le roi. Près de lui, le visage d'Imhotep reflétait la plus grande satisfaction.

Dès le lendemain, la proclamation du roi avait fait le tour de la capitale. Peu à peu, les ouvriers consentirent à oublier leurs craintes et revinrent travailler en nombre sur le plateau de Saqqarâh. Vaille que vaille, l'énorme chantier retrouva son allure de fourmilière.

Quelques jours plus tard, Moshem, accompagné de son épouse Ankheri, attendait l'arrivée d'un vaisseau en provenance du Levant. Il ramenait les deux inséparables marchands Mentoucheb et Ayoun, dont le navire avait été annoncé par les guetteurs. Moshem n'avait pas oublié le voyage effectué en leur compagnie et celle de Thanys, six années auparavant. Ayant quitté Kemit peu avant sa nomination au titre de Directeur des enquêtes royales, ils ignoraient même sa présence sur le sol égyptien. Aussi se réjouissait-il doublement de leur arrivée.

Comme à l'accoutumée, le port grouillait d'une activité fébrile. Soudain, dans la foule, Moshem aperçut Kaïankh-Hotep, qui se dirigeait vers lui avec un grand sourire. Arrivé devant lui, il s'inclina avec respect.

— Seigneur Moshem, mon cœur se réjouit d'avoir l'occasion de te parler. Je sais que notre souverain bien-aimé — Vie, Force, Santé — t'a nommé capitaine dans la Garde bleue commandée par notre ami Semourê. Je pars aujourd'hui pour ma propriété d'Hetta-Heri ou je dois rester quelques jours. Mais je veux t'apporter mon soutien dans la lutte que le roi a décidé de mener contre les Sethiens. J'ai appris qu'ils disposaient d'une base située le long d'un bras du Nil qui sépare les nomes d'Hetta-Heri et de Per Ouazet. Or, il se trouve que mon domaine longe ce bras. Si mon concours peut t'être de quelque utilité pour surveiller leur repaire, n'hésite pas à venir me le demander.

— Je t'en remercie, Seigneur.

— Les voilà ! s'exclama Ankheri d'une voix joyeuse.

En effet, le navire marchand venait d'apparaître au loin, et Moshem reconnut, malgré la distance, les silhouettes caractéristiques du gros Mentoucheb et du filiforme Ayoun. Le cœur du jeune homme fit un bond dans sa poitrine.

— Tu attends des amis ? s'informa Kaïankh-Hotep.

— Des amis que j'ai perdus de vue depuis plusieurs années. J'aurai plaisir à te les présenter, si tu consens à les attendre.

59

Pendant les deux mois qui suivirent, tout sembla rentrer dans l'ordre. Ainsi que l'avait supposé Imhotep, l'homme au visage brûlé était sans doute ce Nesameb qu'il avait connu à Sumer, bien des années auparavant. Pour une raison ignorée, il s'était rallié aux Sethiens, et avait fabriqué à leur intention son produit inflammable en grosses quantités. Peut-être avait-il transmis son secret à un successeur. Mais il était plus probable qu'il ait voulu le garder pour lui seul. Sa mort paraissait avoir mis fin aux incendies meurtriers.

La construction de la cité avait repris normalement. Chaque jour, les gros navires de transport déchargeaient de nouveaux monolithes de calcaire ou de granit en provenance de Yêb. Le second degré de la Demeure d'éternité de Djoser prenait forme peu à peu, étonnant les visiteurs de la nécropole par sa hauteur inhabituelle. Celle-ci dépassait maintenant les quarante-huit coudées, et l'on devinait, à voir les dimensions de l'ensemble, que cela ne s'arrêterait pas là. Afin de pouvoir hisser les lourds blocs de calcaire, on avait édifié une rampe longue et large qui menait sur le premier degré du tombeau.

Imhotep avait confié à Bekhen-Rê la charge de poursuivre les travaux. Lui-même, intrigué par le feu-qui-ne-s'éteint-pas, avait décidé de se pencher sur le problème. À Iounou, où il pouvait travailler plus tranquillement, il s'était fait livrer plusieurs jarres de naphte, du bitume, ainsi que différentes matières réputées pour leur inflammabilité, huile, résine et autres. On lui avait rapporté des débris prélevés sur les lieux des incendies. Son épouse, Merneith, avait été heureuse de le voir revenir près d'elle. Mais au bout de quelques jours, elle se rendit compte qu'il ne quittait guère sa crypte souterraine, où il effectuait des expériences qui inquiétaient grandement son entourage. Parfois, des grondements sourds ébranlaient les fondations du petit palais. Merneith devenait pâle, puis on voyait revenir Imhotep couvert de suie, le visage hilare. Ouadji s'angoissait. Imhotep le rassurait, affirmant qu'il prenait toutes les précautions nécessaires.

Ainsi s'écoulèrent les mois de *Phamenoth* et de *Pharmouti*.

Un matin, Imhotep sortit de sa crypte et fit avertir Ouadji de le rejoindre. Il portait lui-même une jarre contenant un liquide épais à l'odeur nauséabonde, aux reflets bruns. Le grand vizir et son compagnon se rendirent au fond du jardin, là où les jardiniers faisaient brûler le bois résultant de la taille des arbres. Imhotep ordonna aux serviteurs de quitter les lieux. Lorsqu'il fut certain d'être seul avec Ouadji, il versa le liquide sur le tas de bois. Puis il jeta une torche sur le bûcher. Aussitôt s'éleva une flamme intense qui dégageait une lourde fumée noire. Une chaleur insoutenable émanait du brasier.

— Tu as percé le secret du feu-qui-ne-s'éteint-pas, Seigneur ! s'exclama Ouadji, impressionné.

— J'ai dû procéder par tâtonnements. Je savais qu'il y entrait du naphte, du bitume, de l'huile et de la résine. Il me manquait un autre élément. J'ai mis plusieurs jours à le trouver : le soufre. Mais il m'a fallu encore déterminer les bonnes proportions.

Il se tourna vers le nain.

— Mon ami, ce produit constitue une arme terrifiante, qui donnerait à celui qui la possède une supériorité incontestable. Mais, tout comme l'haleine infernale de Sekhmet, la lionne divine, elle peut provoquer des destructions effroyables. Si elle retombait entre des mains criminelles, les dieux seuls savent quelles abominations ils pourraient commettre. Aussi, je pense qu'il est plus sage de renoncer à elle. La disparition de Nesameb semble avoir mis fin aux incendies, puisqu'il n'y en a pas eu depuis sa mort. Il a donc emporté son secret avec lui. Je suis le seul à le posséder désormais. Je vais dire au roi que j'ai échoué. Je sais que lui-même n'utiliserait pas cette arme, mais je ne peux prévoir ce que feront ses successeurs.

Quelques jours plus tard, le secret du feu-qui-ne-s'éteint-pas fut enfoui au cœur du Labyrinthe, parmi les connaissances accumulées depuis les origines du monde.

Avec le mois de *Pharmouti*, un temps magnifique s'était installé en maître sur le Double-Pays. Aucun crime n'avait été commis depuis deux mois. Semourê avait augmenté le nombre des miliciens dans tous les villages du Delta, ainsi que dans les nomes de Haute-Égypte. Des contrôles très stricts étaient pratiqués sur les navires en provenance des pays du Levant. Tout chargement de naphte ou de bitume était systématiquement signalé et étroitement surveillé. Mais les destinataires n'avaient rien à se reprocher. Djoser se prit à espérer que les Sethiens, impressionnés par la chasse systématique qui leur était livrée, avaient renoncé à leurs sinistres projets.

Bien plus étrange était la disparition de Moshem. Inquiet, Djoser avait demandé à Semourê ce qu'il en était. Mais il n'en savait guère plus. Deux mois plus tôt, acceptant la proposition de Kaïankh-Hotep, l'Amorrhéen s'était rendu dans sa propriété avec une petite escouade, qu'il avait installée discrètement sur la rive opposée au domaine des Sethiens. Il était revenu pour informer le roi de ce nouveau piège, puis il était reparti pour mener une nouvelle enquête. Depuis, il n'avait plus donné signe de vie. Le mystère était d'autant plus épais que son épouse, Ankheri, avait également disparu.

Thanys, anxieuse, ne cessait de s'interroger : une rumeur terrible commençait à se répandre, insinuant que Moshem entretenait peut-être des liens ambigus avec les Sethiens. La reine refusait ces bruits avec colère. Pourtant, au bout de deux mois, un doute obscur la tenaillait. Rien en effet ne pouvait expliquer cette absence prolongée.

Au début de la saison des semailles, Kaïankh-Hotep revint de son domaine d'Hetta-Heri. Comme à son habitude, il était d'humeur joyeuse. Pour fêter son retour, il proposa au roi une partie de chasse dans la région du lac Moeris. Djoser et Thanys acceptèrent, aussitôt imités par une vingtaine de jeunes nobles proches du roi. L'expédition s'organisa rapidement. Semourê, qui refusait de relâcher sa protection du couple royal sous prétexte que rien ne s'était produit depuis plus de deux mois, décida d'y participer.

Un matin, deux navires emportant les chasseurs quittèrent le port de Mennof-Rê. Imhotep suivit longtemps les deux vaisseaux, puis revint à pas lents vers le palais. Perdu dans ses pensées, il répondait à peine aux saluts respectueux qu'on lui adressait. Parfois, il se reprochait de se montrer trop pessimiste. Pourtant, les signes magiques ne pouvaient mentir : de nouveaux événements se préparaient, marqués par l'incertitude.

Le lendemain soir, un capitaine se présenta à ses appartements, en proie à une vive excitation.

— Seigneur Imhotep, le capitaine Moshem est là, avec deux marchands et une femme. Il désire rencontrer le roi. En son absence, je les ai menés vers toi.

Imhotep parvint à masquer son étonnement devant ce retour soudain.

— Qu'il entre.

Moshem pénétra dans la salle, suivi de Mentoucheb, d'Ayoun et d'une jeune femme inconnue. Tous quatre s'inclinèrent devant le grand vizir, puis Moshem déclara :

— Seigneur ! Je sais qui se cache derrière le spectre de Peribsen !

60

Nome de Per Ouazet, deux mois plus tôt...
— Nous n'aurions jamais eu l'idée de vérifier cette vieille ruine si l'une de nos chèvres ne s'y était aventurée, Seigneur.

Suivant le capitaine des gardes auxquels il avait ordonné de surveiller le repaire des Sethiens, Moshem s'enfonça au cœur de l'épaisse palmeraie qui commençait à la limite de la vieille demeure et se perdait, vers l'ouest, dans les marais. Depuis plusieurs mois, une vingtaine de soldats guettaient un hypothétique retour de l'ennemi. Pas une fois celui-ci ne s'était manifesté. Les bâtiments semblaient définitivement abandonnés et servaient de campement à l'escouade.

Le capitaine s'arrêta devant les restes d'une demeure effondrée, largement envahie par la végétation luxuriante du Delta. Seule la forme régulière d'un muret suggérait qu'autrefois la maison d'un paysan ou d'un berger s'était élevée là.

— Il y a un trou derrière le mur, Seigneur. La chèvre est tombée dedans et nous a appelés. Nous avons eu du mal à la retrouver. Certains pensaient qu'un affrit nous jouait un mauvais tour. Mais moi, je n'ai pas peur des affrits ! ajouta-t-il d'un air crâne. Je suis descendu dans le trou, et c'est là que j'ai trouvé l'entrée de la crypte.

Il invita Moshem à emprunter l'échelle de fortune menant dans les profondeurs des ruines. Muni d'une torche, Moshem découvrit l'entrée d'un souterrain, dans lequel il pénétra. Il traversa une première salle humide et entra dans une seconde, plus grande, dont le sol était recouvert de sable.

— C'est ici, Seigneur ! dit le capitaine, avec une fierté non dissimulée.

— Par les dieux ! s'exclama Moshem. Voilà donc le fameux trésor de Peribsen.

Sous ses yeux s'entassaient plusieurs piles d'assiettes décorées, des vases, des nattes, des bijoux, colliers, diadèmes, bracelets, boucles d'oreilles, pectoraux... Il examina quelques pièces, notant au passage les cartouches de différents rois : Den, Djer, Nebrê, Aha...

— Tu as fait un excellent travail, Thefir. L'Horus t'en sera reconnaissant. Mais avant tout, tu vas demander aux hommes d'envelopper ces objets avec soin dans des nattes. Nous allons les ramener à Men-nof-Rê.

Le lendemain, le souterrain avait été vidé de son contenu chargé à bord de la felouque de Moshem. Celui-ci avait décidé d'abandonner la surveillance des lieux. Il était peu probable que les Sethiens revinssent tant que l'endroit serait occupé par les soldats.

Sur le chemin du retour, tandis que la haute voile se gonflait et claquait au vent du nord, Moshem fut pris d'un doute. Selon la légende, l'usurpateur avait pillé sans vergogne les demeures d'éternité de tous les anciens Horus. Or, le nombre des pièces découvertes était relativement faible. Il ne pouvait s'agir du trésor de Peribsen. Dans le cas contraire, les Sethiens eussent tout fait pour le récupérer. Mais ils n'avaient rien tenté. Cette cache n'abritait donc qu'un petit dépôt servant à rémunérer les hommes de main utilisés par les Sethiens. Le véritable trésor se situait ailleurs, dans un lieu encore ignoré.

Revenu à Mennof-Rê, Moshem remit les objets à Semourê qui les entreposa avec ceux déjà récupérés dans la Maison de la Garde royale.

C'était quelques jours plus tard qu'averti du retour des marchands Mentoucheb et Ayoun, Moshem s'était rendu sur le port en compagnie d'Ankheri pour les accueillir...

Kaïankh-Hotep leur tint compagnie jusqu'à l'immobilisation du vaisseau. Tandis que les mariniers amarraient les cordages, Moshem et Ankheri s'avancèrent au-devant des deux marchands, qui descendaient de la passerelle.

— Par les tripes du Rouge ! s'exclama l'imposant Mentoucheb en apercevant l'Amorrhéen. Moshem, sacré garnement ! Quelle joie de te retrouver, compagnon !

— J'ai appris votre arrivée, et j'ai tenu à vous accueillir moi-même !

— Mais par quel mystère es-tu ici ?

— C'est une longue histoire, que j'aurai plaisir à vous narrer. Mais avant, permettez-moi de vous présenter mon épouse, Ankheri.

— Et il a fallu que tu séduises l'une des plus belles filles d'Égypte ! Félicitations !

Les deux hommes s'inclinèrent devant la jeune femme. Puis Mentoucheb aperçut le courtisan et s'exclama :

— Seigneur Kaïankh-Hotep ! Par Horus, j'ai aussi grande joie à vous revoir.

L'intéressé marqua un instant de surprise, puis son visage s'éclaira d'un grand sourire.

— Cette joie est partagée !

— J'ai appris le grand malheur qui vous avait frappé. Je garde encore le souvenir de votre fils.

— Les dieux furent bons, qui ont préservé ma vie. Mais la douleur est toujours présente en moi.

Kaïankh-Hotep salua ensuite Ayoun, puis s'inclina devant Moshem et Ankheri.

— Pardonnez-moi, mes amis. Je suis désolé de vous quitter aussi vite, mais je dois donner mes ordres à mon équipage.

La nuit suivante, tandis que sévissait une violente tempête hivernale, Moshem peinait à trouver le sommeil. Ankheri s'en aperçut.

— Quelle mauvaise idée tourmente donc le cœur de mon cher seigneur ? demanda-t-elle.

— C'est étrange. Kaïankh-Hotep m'a donné l'impression qu'il ne reconnaissait pas Mentoucheb et

Ayoun. Pas une fois il n'a prononcé leurs noms, comme s'il ne s'en souvenait pas.

— Cela n'a rien d'étonnant. Il ne les avait pas vus depuis plusieurs années. Il a rencontré beaucoup d'autres personnes depuis son retour de Byblos. Il ne peut avoir tous les noms en tête.

Moshem resta songeur.

— Il m'a semblé bien pressé de partir, comme s'il redoutait que Mentoucheb lui pose d'autres questions.

— Que lui reproches-tu ?

— Rien, à la vérité. Mais cet homme m'a toujours paru étrange. Voici quelques mois, notre ami Semourê m'a chargé de mener une enquête sur lui.

— Et alors ?

— Alors, Kaïankh-Hotep est le modèle du courtisan dévoué et zélé, prêt à toutes les bassesses pour attirer sur lui l'attention du roi. En revanche, il se moque de la politique et ne brigue jamais aucun honneur. Son unique ambition consiste à séduire et à paraître. Seules les femmes et les fêtes l'intéressent. J'ai étudié les archives conservées par le Directeur des Affaires royales. Sa famille est de très ancienne noblesse ; ses ancêtres ont combattu aux côtés de l'Horus Ménès. Elle a joué un rôle important dans l'établissement des comptoirs sur les côtes du Levant, comme Ashqelôn ou Byblos. J'ai aussi découvert que le père de Kaïankh-Hotep, Hetepzefi, était un cousin de Peribsen. Malgré cette parenté, il n'a pas trahi la dynastie légitime. C'est grâce à Hetepzefi que les comptoirs du Levant sont demeurés loyaux envers le roi Khâsekhemoui. Ils ont rompu délibérément toute relation avec Kemit pendant les quelques années où Peribsen a régné sur la Basse-Égypte et une partie de la Haute-Égypte.

— Kaïankh-Hotep s'est toujours montré fidèle envers le roi, et celui-ci lui témoigne beaucoup d'amitié. Vas-tu te montrer jaloux comme Semourê ?

— Non, ma belle. Je n'éprouve aucune jalousie envers lui. Mais je n'oublie pas que c'est lui qui a offert à la reine Thanys la manucure nubienne qui a tenté de la tuer à l'aide de la magie. Et lors de la chasse à l'hippopotame, il a tué le serviteur qui avait essayé d'empoisonner le roi. Peut-être agissait-il sous l'effet de la colère, mais peut-être aussi pour l'empêcher de parler. Il y a autre chose : Inmakh l'a rencontré lorsqu'elle se trouvait réfugiée dans sa demeure de Per Ouazet. Le soir même, son père, Pherâ, apparaissait pour lui faire vivre les terribles aventures qu'elle t'a racontées. Ce n'est pas tout. Kaïankh-Hotep était absent du palais lors de l'attaque du temple des Sethiens. Il aurait très bien pu faire partie des fuyards.

Ankheri contempla son mari avec effarement. Puis elle répondit :

— Tout cela ne prouve rien. Il passe le plus clair de son temps sur ses terres d'Hetta-Heri.

— Son domaine se trouve sur la rive opposée à celle du repaire des Sethiens.

— Il te l'a avoué lui-même tout à l'heure. Il t'a même proposé de poster tes soldats sur son territoire. Aurait-il attiré l'attention sur lui s'il avait quelque chose à se reprocher ?

— Ce peut être un moyen très habile de détourner les soupçons. Il pourra ainsi surveiller mes sentinelles. Mais cette proximité expliquerait la rapidité avec laquelle les Sethiens ont disparu lorsque j'ai voulu les surprendre.

— Pourquoi un homme issu d'une famille aussi respectable comploterait-il contre le roi ?

— Je l'ignore, ma douce Ankheri. Mais j'ai bien l'intention de le découvrir.

— Que vas-tu faire ?

Moshem ne répondit pas immédiatement.

— D'abord, je vais accepter la proposition de Kaïankh-Hotep, et placer quelques guerriers chez lui, afin d'endormir sa méfiance. Puis je me rendrai à Byblos.

— Byblos ? Tu veux partir pour Byblos ?

— Je suis sûr que la clé de tout cela se trouve là-bas. Il a dû se passer dans cette ville quelque chose de bien différent de ce qu'il a raconté. Mais je ne peux en avertir le roi. Kaïankh-Hotep est son *ami unique*. Je dois rassembler des preuves avant de l'accuser.

— Que diras-tu à Semourê ?

— Lui seul sera informé de ma mission. Pour les autres, je serai en tournée d'inspection dans le Delta.

La gorge nouée, Ankheri gémit :

— Tu vas partir longtemps...

— Je serai de retour dans moins de deux mois.

Deux mois ? Mais je ne pourrai pas vivre sans toi pendant deux mois ! Emmène-moi avec toi !

— Tu n'y penses pas ! C'est un voyage beaucoup trop dangereux.

— Si tu risques ta vie, je veux être près de toi.

— Je refuse ! Cette aventure est trop périlleuse.
— Emmène-moi !
— Non !

Autant essayer de convaincre un torrent de remonter vers sa source. Très rapidement, Moshem dut s'avouer vaincu.

Quelques jours plus tard, le jeune couple embarquait à bord du navire de Mentoucheb et d'Ayoun, qui repartaient pour Byblos avec un chargement de lin tissé et de grains. Nadji et une demi-douzaine de guerriers attachés au jeune Amorrhéen les accompagnaient.

Contrairement à ce que redoutait le jeune homme, le voyage se déroula sans incident. Ankheri, qui n'avait jamais navigué sur la mer, se montrait beaucoup plus à l'aise que Moshem, ce qui la faisait beaucoup rire. Le soir, Mentoucheb et Ayoun leur parlaient du voyage mouvementé qu'ils avaient effectué, six ans plus tôt, en compagnie d'un jeune homme nommé Sahourê, et qui n'était autre que la reine Thanys fuyant l'Égypte.

Longeant la côte en direction de l'est, ils remarquèrent, non loin d'Ashqelôn, une concentration inhabituelle de vaisseaux édomites. Mais leur nombre était insuffisant pour inquiéter l'Égypte.

— Que font-ils là ? demanda Ankheri.
— Il semblerait qu'ils aient décidé de créer une flotte de commerce, répondit le fluet Ayoun.
— Ou une flotte de guerre, rectifia Moshem.

Moins d'un mois plus tard, le navire atteignait Byblos, comptoir égyptien installé sur les côtes du Levant depuis plus de deux siècles. Ravie et effrayée à la fois, Ankheri débarqua dans ce monde inconnu, fascinée par tout ce qu'elle voyait pour la première fois, surprise par le langage des gens, par leurs vêtures, par les bottes qu'ils portaient aux pieds, par les longues robes des Sumériens...

Après avoir pris congé des deux marchands, Moshem décida de demander l'hospitalité au gouverneur de la cité. Celui-ci reçut le jeune capitaine, ami du roi, avec de grandes manifestations d'amitié. L'œil d'Horus était le plus sûr des laissez-passer.

— Le seigneur Kaïankh-Hotep ? Il a quitté Byblos voici plusieurs années, après le drame qui l'a frappé. Mon cœur se réjouit de savoir qu'il a retrouvé le goût de la vie.

— Tu l'as bien connu. Parle-moi de lui.

— Son père et moi étions des amis d'enfance. Nous avons lutté ensemble contre l'usurpateur, qui pourtant était son propre cousin. Mais Hetepzefi ne partageait pas ses opinions. Peribsen voulait faire de Seth le plus puissant des dieux, et lancer Kemit dans une guerre de conquête dont Byblos aurait été l'un des points stratégiques. C'était une aberration. Nous avons toujours entretenu d'excellentes relations avec les populations locales, avec lesquelles nous réalisons de fructueux échanges. Les ambitions de Peribsen étaient absurdes. Il y a dans les pays du Levant une multitude de nations tellement différentes, parfois nomades, parfois sédentaires, qu'elles sont impossibles à diriger. Il ne sert à rien de les asservir. Il est préférable de commercer avec elles.

— Et Kaïankh-Hotep ?

— Il partageait les opinions de son père. Il s'est grandement réjoui lorsque le roi Neteri-Khet est monté sur le trône du Double-Pays. Lui-même a toujours affiché ses préférences pour le dieu Horus. Lorsqu'il est parti, j'ai perdu un excellent ami. C'était un homme foncièrement bon, d'humeur toujours égale, qui avait su se faire aimer de ses serviteurs et estimer par nos interlocuteurs. Il n'avait pas son pareil pour dénouer les conflits qui pouvaient surgir lors des négociations commerciales. Les Sumériens eux-mêmes le respectaient.

— Que lui est-il arrivé exactement ?

— Un soir, sa demeure a été détruite par un incendie comme on n'en avait jamais vu auparavant. Il fut impossible d'éteindre le feu. Son fils fut tué, ainsi que la plupart de ses serviteurs. Lui-même est parvenu à sortir du brasier, mais ce drame l'a profondément marqué. Il a juste pris le temps de venir me saluer, puis il s'est embarqué pour l'Égypte. Il m'a expliqué qu'il ne désirait plus rester à Byblos après ce qu'il avait vécu. Il était effondré. J'ai respecté sa décision.

— As-tu reçu de ses nouvelles depuis son départ ?

— Hélas non ! Mais je ne lui en tiens pas rigueur. J'imagine qu'il a associé mon souvenir à celui de son fils et de Byblos.

Plus tard, lorsqu'il se retrouva seul avec Ankheri dans l'appartement que le gouverneur leur avait fait préparer, Moshem se prit à douter. Il commençait à penser qu'il avait effectué ce voyage pour rien. Le portrait que le gouverneur de Byblos lui avait tracé de Kaïankh-Hotep était celui d'un homme jouissant d'une excellente réputation, victime d'un attentat odieux qui avait coûté la vie à son fils. Ce portrait correspondait au courtisan de Mennof-Rê. Contrairement à ce que Moshem avait supposé, il avait sans doute reconnu Mentoucheb et Ayoun. Mais, comme tout ce qui pouvait lui rappeler le drame de Byblos, il refusait de s'en souvenir.

Alors, peut-être fallait-il chercher la réponse ailleurs, tenter de découvrir *qui* avait provoqué cet incendie.

Le lendemain, tandis qu'un soleil frais inondait la cité industrieuse, Moshem et Ankheri, suivis de Nadji et des soldats, se dirigèrent vers les hauteurs. Les ruines de la demeure de Kaïankh-Hotep se dressaient sur un vaste terrain bordé d'une falaise, situé au bout d'une ruelle depuis laquelle on dominait la ville et la mer d'un bleu étincelant. Dans le port, les bateaux ressemblaient à des jouets. La ruelle, une impasse, ne comportait pas beaucoup de maisons habitées.

Malgré la végétation abondante qui avait pris possession des lieux, il était visible qu'un violent incendie avait détruit la maison, dont seuls les murs les plus importants tenaient encore, recouverts de plantes grimpantes. Des arbustes avaient poussé au cœur de la salle principale, tandis que des herbes folles avaient envahi les cuisines et la boulangerie, dont les fours étaient occupés par des rongeurs. Par endroits, la pierre semblait avoir été réduite en poudre par une chaleur telle qu'il n'en restait que de larges surfaces noirâtres sur lesquelles rien ne poussait plus.

À pas lents, Moshem parcourut les ruines, tentant de découvrir un indice improbable, et se traitant intérieurement de fou. Pourtant, tout au fond de lui, une voix lui chuchotait que la solution de l'énigme se trouvait dans ce lieu. Il avait l'impression de rêver tout éveillé, un peu comme lorsque Ramman lui envoyait un songe. Peut-être les fantômes qui hantaient encore les parages essayaient-ils de lui parler.

Brusquement, il éprouva la désagréable sensation d'être épié. Il scruta brièvement les alentours, sans succès. Quittant les ruines, il se dirigea vers la première baraque habitée. Mais la porte se ferma à son arrivée, tout comme les suivantes.

— On dirait qu'ils ont peur, murmura Ankheri.

Enfin, à l'entrée de la ruelle, une vieille femme consentit à lui parler. Le regard fuyant, la dentition fantaisiste, elle agrippa le bras du jeune homme d'une main ressemblant à une serre.

— Que cherches-tu dans ces ruines, Seigneur ? Ne sais-tu pas que ce lieu est maudit ?

— Explique-toi !

— Il y a quatre ans, les démons ont libéré les flammes du monde souterrain contre la demeure du seigneur qui habitait là. Son fils et ses serviteurs ont péri.

— Je sais tout cela !

— Certains disent qu'il a quitté la ville. D'autres prétendent que son esprit hante encore la demeure.

— Comment ça ?

— Je ne sais pas, Seigneur ! Mais cet endroit est dangereux. Tu ferais mieux de partir si tu ne veux pas que les démons déchaînent leur colère contre toi.

— Merci de tes conseils, vieille femme.

Il remonta en direction des ruines. Ankheri le suivit avec inquiétude.

— Je ne te comprends pas, Moshem. Qu'espères-tu découvrir dans cet endroit sinistre ?

— Peut-être l'esprit de Kaïankh-Hotep.

— Kaïankh-Hotep est en Égypte, répliqua-t-elle. Son esprit ne peut se trouver ici.

Moshem ne répondit pas. Une nouvelle fois, il éprouvait l'impression d'être surveillé. Discrètement, il adressa un message par signe à ses guerriers, qui se dispersèrent lentement dans les ruines. Soudain, Nadji s'écria :

— Là, un homme qui s'enfuit !

Il désignait, derrière un mur noirci par les flammes, une silhouette claudiquante qui tentait de se faufiler en direction d'un abri creusé dans la roche. Mais les soldats furent sur elle en un clin d'œil.

Le prisonnier était un vieil homme au visage mangé par une barbe hirsute et blanche, et au crâne dégarni. Sa maigreur squelettique indiquait qu'il ne mangeait pas tous les jours à sa faim.

— Qui es-tu ? demanda Moshem.

Les yeux exorbités par la terreur, le vieil homme

se débattit faiblement, mais il ne pouvait lutter contre la force des guerriers.

— Parle, insista l'Amorrhéen. Nous ne te voulons aucun mal.

Afin de l'amadouer, Ankheri lui offrit un gâteau au miel acheté un peu plus tôt dans la journée. Le vieillard s'en saisit avidement et le dévora en promenant un regard affolé de l'un à l'autre. Enfin, il consentit à parler.

— Mon nom est Affar, Seigneur. J'étais l'un des esclaves du seigneur Kaïankh-Hotep.

— Te souviens-tu de ce qui s'est passé la nuit de l'incendie ?

L'autre hocha douloureusement la tête.

— Oh oui, je m'en souviens. Ce fut terrible. Mon maître avait terminé son repas. Comme à son habitude, il bavardait avec son fils dans le jardin. Il m'avait envoyé chercher une jarre de vin d'Égypte. Et c'est pour ça que je suis encore en vie, Seigneur. J'allais pénétrer dans le souterrain où nous entreposions les boissons lorsque des hommes se sont introduits dans la demeure. Je n'ai pas compris ce qui s'est passé. Caché derrière un mur, j'ai vu ces hommes massacrer les serviteurs qui se trouvaient dans la cuisine. Ils les ont égorgés comme des moutons. J'ai eu tellement peur, je me suis abrité dans le souterrain, caché derrière de grosses jarres. Les criminels ne m'ont pas trouvé. Depuis mon refuge, j'entendais les hurlements de mes compagnons que l'on assassinait. J'aurais voulu leur venir en aide, mais j'étais trop vieux, je ne pouvais rien faire. Ensuite, il y a eu un grand silence. Une odeur nauséabonde, écœurante s'est répandue. Et puis soudain, tout s'est embrasé. On aurait dit que les flammes du royaume des morts s'étaient répandues dans la demeure de mon maître. J'ai essayé de m'enfuir, mais tout flambait. C'était un feu étrange, vivant. J'ai eu l'impression de l'entendre m'appeler, comme une voix humaine. Je n'ai jamais eu si peur de ma vie. Je fus obligé de revenir dans le souterrain. J'y suis resté deux jours. Enfin, je me suis risqué au-dehors. Tout était noirci, détruit. Par endroits, les murs fumaient encore. Le sol était brûlant sous mes pieds. J'ai réussi à gagner la rue. Les voisins, qui pourtant me connaissaient, ont cru que j'étais un spectre revenant du royaume des morts. Ils m'ont jeté des pierres pour me chasser. J'étais terrorisé. Je ne savais plus quoi faire. Je me suis enfui et j'ai marché droit devant moi. Je ne sais pas comment je suis arrivé sur le port. Et là, j'ai vu, de loin, mon maître Kaïankh-Hotep embarquer sur un navire. C'était bien lui, je ne pouvais pas me tromper. J'ai voulu courir pour le rejoindre, mais mes vieilles jambes me soutenaient à peine. Lorsque je suis arrivé, le navire avait déjà quitté le quai.

— Qu'as-tu fait ensuite ?

— Je ne savais pas où aller, Seigneur. J'avais toujours vécu dans cette demeure, puisque j'ai toujours servi le seigneur Hetepzefi, le père du seigneur Kaïankh-Hotep. Alors, je suis revenu dans les ruines, où je me suis installé. Avec le temps, les voisins ont fini par accepter que je reste sur place. Ils évitent de me parler, mais ils me donnent parfois un peu de nourriture.

— Je ne comprends pas. Pourquoi ces hommes ont-ils attaqué la demeure de ton maître ? Et pourquoi, après avoir tué son fils et ses serviteurs, l'ont-ils épargné ?

— Je ne sais pas, Seigneur ! Je ne sais pas !

Moshem scruta longuement le visage du vieillard.

— Si, tu le sais. J'ai l'impression que tu ne m'as pas tout dit.

— Je te le jure, Seigneur. Je ne sais rien d'autre.

— Parle ! Tu cherches à protéger quelqu'un, n'est-ce pas ? De qui s'agit-il ?

— Je ne dirai rien, Seigneur !

— Tu n'as rien à redouter de moi, Affar. Dis-moi ce qui s'est réellement passé.

Le vieil homme hésita, puis ajouta, d'une voix chargée d'un mélange de colère et de douleur :

— Le seigneur Kaïankh-Hotep fut pour moi le meilleur des maîtres. Jamais je n'ai reçu de lui le moindre coup de fouet. C'était un homme bon. Mais depuis cette nuit infernale, un doute effrayant hante mon esprit. Lorsque je suis revenu dans les ruines, j'ai découvert neuf corps calcinés. L'un était celui d'un petit garçon de dix ans, le fils de mon maître. Sept autres étaient ceux des serviteurs.

— Et le neuvième ?

Affar serra les dents pour étouffer ses larmes, et poursuivit :

— J'ignorais à qui il pouvait appartenir. Et puis j'ai remarqué qu'il portait la bague de mon maître. Elle n'avait pas brûlé. Je l'ai récupérée. Mais depuis, je ne sais plus que croire. Mon maître ne se séparait jamais de cette bague, qui lui venait de sa mère. J'ai pensé que ce cadavre pouvait être le sien. Et pourtant, deux jours après l'incendie, j'ai vu mon maître quitter Byblos à bord d'un navire.

Moshem médita quelques instants, puis déclara :

— Si l'on admet que ton maître a péri dans l'incendie de sa maison, qui était l'homme que tu as vu embarquer ?

Le vieil homme eut un mouvement pour répondre, puis il s'enferma dans un mutisme obstiné.

Moshem s'impatienta :

— Mais pourquoi refuses-tu de parler ?

Derrière lui, une voix féminine répondit à sa question.

— Pour me protéger, Seigneur !

Le jeune homme se détourna d'un coup. Devant lui venait d'apparaître une jeune femme blonde vêtue d'une robe misérable. Pourtant, son allure trahissait une origine élevée. Le vieil Affar se jeta aux pieds de la demoiselle.

— Maîtresse, pourquoi ? Je n'avais rien dit, je n'avais pas parlé de toi.

— Je le sais, mon fidèle ami. Mais je ne supporte plus de vivre ainsi. Et s'il existe un moyen de me venger, je n'hésiterai pas, quitte à y laisser ma propre vie.

— Qui es-tu ? demanda Moshem.

— Mon nom est Ath-Ebne. Je suis une princesse akkadienne.

— Et de qui désires-tu te venger ?

— Il s'appelle Meren-Seth. Il est le petit-fils de celui que les Égyptiens appellent l'usurpateur.

— Par les dieux ! Le seigneur Imhotep avait vu juste, s'exclama Moshem.

La jeune femme s'assit sur un muret et commença un étrange récit.

— Je l'ai connu à Ur. Il arrivait de Taïmeh, la capitale du pays édomite. C'était un personnage fascinant, plein de charme et de drôlerie. Il m'a séduite, et je suis devenue sa maîtresse. J'ai cru qu'il m'épouserait. Aussi, lorsqu'il m'a demandé d'abandonner ma famille pour le suivre, j'ai accepté. J'aurais mieux fait de me noyer. Peu à peu, il a dévoilé son vrai visage, celui d'un être dévoré par l'ambition et hanté par une obsession : reconquérir le trône de son grand-père. Au début, j'ignorais qui il était. Puis, par bribes, lorsqu'il avait abusé de la boisson, ce qui arrivait souvent, il m'a raconté son histoire. Son grand-père était celui que les Égyptiens appellent l'usurpateur Peribsen. Après sa défaite, Peribsen a ordonné à son fils, Hapou-Hopte, de quitter l'Égypte et de se réfugier dans le désert. Il lui a confié l'emplacement du trésor qu'il avait accumulé à la suite de ses pillages. Ce butin était gardé dans un endroit secret par une troupe de guerriers fidèles. Ensuite, Hapou-Hopte a gagné Édom, où il a trouvé refuge auprès du souverain, dont il s'est fait un allié. Meren-Seth, son fils, est né à Taïmeh. Il a été élevé dans la conviction que le trône de Kemit lui appartenait, et qu'il devait le reprendre aux descendants de Khâsekhemoui.

« Il y a quelques années, Hapou-Hopte s'est allié avec les Édomites et les Peuples de la Mer pour tenter d'envahir Kenlit. Mais ils furent vaincus, et

Hapou-Hoptah fut tué au cours des combats. Meren-Seth voulait le venger et reprendre ce trône qui lui appartenait. Il ne disposait pas des forces suffisantes, mais il possédait un atout important : son père lui avait révélé l'endroit où se trouvait le trésor de Peribsen, quelque part dans le désert de l'Ament.

« Nous avons quitté Ur pour Lagash. Là, Meren-Seth a fait la connaissance d'un individu inquiétant dont il a fait son allié. Il s'appelait Nesameb, et avait dû fuir Uruk parce qu'on le prenait pour un sorcier. Il avait fait croire à sa mort en incendiant sa propre demeure. Il me faisait peur, parce que son visage était détruit par le feu. Il avait découvert le moyen de fabriquer une sorte de liquide très inflammable.

« À l'époque j'ignorais encore beaucoup de choses sur Meren-Seth. Mais souvent, il parlait de changer la religion de l'Égypte pour rétablir celle de son grand-père, qui affirmait que le dieu Seth était le plus puissant. Il disait qu'il fallait lui rendre la fertilité que lui avait volée le dieu Horus.

— Tu connais bien nos dieux pour une Akkadienne.

— À force d'en entendre parler, j'ai fini par les adopter. Il savait que ses alliés édomites n'étaient pas assez puissants pour se risquer une nouvelle fois à envahir l'Égypte. Alors, chaque jour, chaque nuit, il échafaudait avec Nesameb des plans de plus en plus compliqués, auxquels je ne comprenais rien. Mais surtout, je le voyais peu à peu sombrer dans une sorte de folie mystique. Il affirmait être le seul héritier de la couronne de Seth. Il était l'incarnation du dieu. Un dieu auquel il devait redonner la fertilité.

Ath-Ebne hésita à poursuivre. Ses yeux s'étaient mis à briller de larmes contenues. La voix hachée par l'émotion, elle continua son récit terrifiant.

— Ma vie est devenue un cauchemar. Hors des murs de Lagash, il organisait des cérémonies ignobles au cours desquelles on sacrifiait de jeunes enfants. Il... m'a... forcée à boire leur sang, pour me lier à son dieu maudit.

Moshem lui prit doucement la main.

— Nous connaissons ces abominations. Il a commis les mêmes crimes en Égypte.

— J'aurais voulu le quitter, mais il avait promis de me tuer d'une manière particulièrement horrible si je partais. Alors, malgré ma terreur, je suis restée. Un jour, il a déclaré qu'il était prêt, et nous avons quitté Lagash pour Byblos. Il m'a expliqué qu'il allait rendre visite à son cousin, Kaïankh-Hotep. Celui-ci lui ressemblait comme un frère jumeau. Je redoutais d'avoir affaire à un personnage aussi répugnant que lui, mais ce Kaïankh-Hotep était un homme charmant, qui nous a accueillis à bras ouverts. Malheureusement, il était trop confiant.

« Affar ne t'a pas dit que le soir de l'incendie, un repas était offert par le maître des lieux en l'honneur de son cousin qu'il n'avait pas revu depuis plusieurs années. C'est alors que les guerriers de Meren-Seth se sont introduits par surprise dans sa maison. Je l'ai vu frapper lui-même Kaïankh-Hotep d'un violent coup de poignard. On aurait dit deux frères dont l'un venait de tuer l'autre. Ses hommes ont massacré les esclaves, et jusqu'au petit garçon, qui a tenté de s'échapper en hurlant. Ce fut un carnage épouvantable. J'aurais voulu m'enfuir, mais deux guerriers m'avaient emprisonnée. Lorsque tout fut terminé, Meren-Seth s'est approché de moi et a déclaré :

"Ma belle Ath-Ebne, je crois que nos chemins se séparent ici. Tu en sais désormais beaucoup trop sur moi. Tu sais où se trouve mon trésor et je pense que tu es sur le point de me trahir. Aussi, je vais être obligé de t'abandonner ici."

« J'ai cru qu'il allait me trancher la gorge comme aux autres. Mais il m'a frappée brutalement au ventre. Puis ses hommes m'ont attachée.

"Je ne veux pas que tu meures tout de suite, a-t-il dit. Tu pourras ainsi apprécier l'efficacité du produit de mon ami Nesameb."

« J'ai hurlé, je l'ai supplié, mais il était impitoyable. Il riait en donnant des coups de pied dans les cadavres ensanglantés. Puis ses hommes ont répandu un liquide épais sur le sol et les murs. L'un d'eux a jeté une torche sur le liquide et ils se sont enfuis. Le feu a pris instantanément. Je me suis mise à hurler. J'ai cru devenir folle. Je pensais que j'allais mourir brûlée vive lorsque Affar a surgi de son souterrain et m'a tirée à l'abri. Depuis, nous vivons tous deux dans ces ruines.

— C'est effrayant, murmura Ankheri.

— Nous devons immédiatement retourner en Égypte, déclara Moshem. Nous savons désormais qui est notre ennemi.

Il prit Ath-Ebne par les épaules.

— Écoute ! Tu es la seule qui puisse confondre

Meren-Seth. Il faut que tu viennes avec nous à Mennof-Rê. L'Horus Djoser te sera reconnaissant de l'aider à démasquer Meren-Seth.

La jeune femme hésita un court instant puis répondit :

— Je te suivrai !

61

Le teint blême, Imhotep contempla Ath-Ebne, puis se tourna vers Moshem :

— Ainsi, si ce que tu me dis est vrai, Kaïankh-Hotep ne serait autre que Meren-Seth, le petit-fils de Peribsen...

— C'est la vérité, Seigneur.

— Alors, il nous faut agir très vite. Le roi et la Grande Épouse participent à une chasse organisée par ce monstre dans le nord du lac Moeris.

— Par Horus ! Ce chien va certainement tenter de les tuer !

— Je vais prévenir Piânthy. Pourvu qu'il ne soit pas trop tard !

Le grand vizir quitta la Grande Demeure pour gagner la Maison des Armes. Celle-ci se situait de l'autre côté du parc royal que les deux hommes traversèrent au pas de course. En chemin, un esclave affecté à l'entretien des animaux accourut vers eux en se lamentant :

— Ah, Seigneur ! Pardonne à ton serviteur ! Rana s'est échappée.

— Écarte-toi ! gronda Imhotep. Nous avons d'autres soucis.

Cela faisait trois jours que la chasse avait quitté Mennof-Rê. La veille, on avait passé la nuit à Shedet, capitale du nome du lac Moeris, dont le gouverneur avait organisé de grandes festivités pour saluer la visite du roi. À l'aube, on s'était remis en marche en direction du lac que l'on avait contourné par l'est. Le gibier, une antilope à longues cornes spiralées nommée *addax*, était recherché aussi bien pour sa chair que pour son cuir, dont on fabriquait de multiples objets. Mais il était également prévu de capturer quelques jeunes, que l'on élèverait en captivité.

L'expédition comportait une centaine de rabatteurs dont la moitié appartenait à Kaïankh-Hotep. L'autre moitié appartenait au roi. Cependant, Semourê n'avait pas négligé l'avertissement de Moshem, et, à l'insu de Djoser, les rabatteurs royaux avaient été remplacés par les meilleurs soldats de la Garde bleue. Solidement entraînés, ils constituaient l'élite de l'armée égyptienne.

Autour du roi et de la reine gravitaient de jeunes nobles, fils des plus grandes familles des Deux-Terres. Nombre d'entre eux étaient fascinés par la personnalité exubérante de Kaïankh-Hotep, mais ils vouaient une admiration encore plus grande à Thanys, dont personne n'ignorait l'adresse à l'arc. Peu d'hommes pouvaient rivaliser avec elle. En revanche, Piânthy avait refusé au dernier moment de participer à l'expédition. Son épouse était sur le point de mettre un enfant au monde, et il désirait rester près d'elle.

Vers le soir, les serviteurs dressèrent le campement au milieu de la savane qui bordait le désert de l'Ament, territoire où vivait le gibier. Afin de parer à toute éventualité, Semourê installa ses hommes autour de la tente royale, contraignant ceux de Kaïankh-Hotep à s'établir à l'écart. Cependant, il commençait à se demander si Moshem ne s'était pas trompé. Le courtisan, qui partagea le repas du roi, ne semblait intéressé que par le tableau de chasse qu'il allait rapporter le lendemain. Et surtout, ses rabatteurs n'étaient pas assez nombreux pour inquiéter l'escouade guerrière qui protégeait le roi.

L'aube naissait à peine lorsqu'un vacarme inquiétant attira Semourê hors de sa tente. Éberlué, il se frotta les yeux. Des centaines de silhouettes se profilaient sur les dunes proches dans la couleur rose et or du ciel matinal, cernant le campement.

— Par les tripes du Rouge, nous sommes encerclés ! gronda Djoser.

— Ce sont des Bédouins ! remarqua Thanys. Tu as pourtant conclu la paix avec eux.

Semourê se livrait déjà à une rapide estimation des forces en présence. La chasse comportait les cinquante gardes bleus, à peu près autant de rabatteurs appartenant à Kaïankh-Hotep, et une vingtaine de jeunes nobles rompus aux exercices militaires. Les Bédouins étaient plus de quatre cents. Il se reprocha de ne pas avoir envoyé des éclaireurs afin de repérer les lieux. Mais, comme l'avait dit la reine, la paix régnait sur le désert.

— On dirait qu'ils attendent quelque chose, ajouta Thanys, anxieuse.

Soudain le roi s'exclama :

— Mais que fait donc Kaïankh-Hotep ? Ses hommes tournent le dos aux Bédouins.

En effet, en quelques instants, les rabatteurs du courtisan s'étaient transformés en guerriers et faisaient face aux soldats égyptiens.

— Par Horus, gronda Semourê, Moshem avait raison !

— M'expliqueras-tu ce qui se passe ? s'emporta Djoser.

— Moshem soupçonnait Kaïankh-Hotep d'avoir un rapport avec les Sethiens. Je n'y ai pas vraiment cru, mais nous avons à présent la preuve qu'il avait vu juste. Kaïankh-Hotep nous a attirés dans un piège.

— Mais pourquoi ? s'écria Thanys.

Djoser avait déjà compris.

— Regarde !

Lentement, les guerriers s'écartèrent, laissant passer un personnage inquiétant, porté sur une litière par une douzaine de combattants au crâne rasé. Il arborait les insignes de la royauté, le fléau et la crosse, ainsi que la fausse barbe de cuir. Sa tête était recouverte du némès que portait régulièrement Djoser.

— Enfin, le monstre tombe le masque ! rugit Djoser. Et dire que je lui avais accordé mon amitié. Combien ai-je été aveugle !

— Il cachait bien son jeu, le conforta Semourê.

Thanys s'empara de son arc et l'arma lentement. Djoser l'arrêta d'un geste.

— C'est inutile ! Il est trop loin !

Kaïankh-Hotep/Meren-Seth se dressa sur sa litière et observa avec satisfaction le piège refermé sur la petite troupe royale. Puis il écarta les bras vers le ciel et clama :

— Ô Seth, mon père bien-aimé, reçois aujourd'hui le sang de l'usurpateur. Le moment est enfin arrivé où je vais reprendre le trône qui m'est dû, pour ta plus grande gloire !

Il s'adressa ensuite à Djoser.

— Tu entends, Majesté ! dit-il d'un ton ironique. Il m'a fallu beaucoup de patience pour endormir ta méfiance et me faire admettre au rang de tes amis. Mais aujourd'hui, tu vas payer tes crimes. Tu as anéanti mes fidèles serviteurs dans le temple de la Vallée rouge. Tu as massacré mes vaillants guerriers édomites et nubiens. Tu as assassiné mon fidèle compagnon Nesameb, le maître du feu.

— Regardez qui est avec lui ! dit Djoser.

Aux côtés de Meren-Seth venait d'apparaître Saniout, le visage étiré sur un sourire de carnassier. Aujourd'hui sonnait l'heure de sa vengeance. Elle n'avait jamais oublié l'humiliation subie lors de la réhabilitation de Moshem. Elle ne regrettait qu'une chose : l'absence de ce dernier, qu'elle aurait eu plaisir à castrer elle-même.

— Je ne suis pas Kaïankh-Hotep ! poursuivit le faux roi. Mon nom est Meren-Seth, fils de Hapou-Hopte, que tu assassinas à Mennof-Rê voilà six ans.

Lui-même était le fils du grand Peribsen, que ton père chassa de son trône. Mais les crimes de ta dynastie s'arrêtent ici.

Thanys prit la main de Djoser.

— Que pouvons-nous faire, mon frère ? Allons-nous périr et laisser la victoire à ce monstre ?

Djoser se pencha vers Semourê.

— Qu'en penses-tu, mon cousin ?

— Inutile d'espérer le moindre secours des nôtres. Shedet est trop loin, et il est impossible d'y envoyer quelqu'un. Mais par prudence, mes soldats ont apporté leurs armes et leurs boucliers. Ils sont solidement équipés, et ce sont les meilleurs guerriers d'Égypte.

— Alors nous pouvons tenter quelque chose, déclara Djoser. Cet imbécile adore pérorer. Cela nous laisse un peu de temps. Notre seule chance est de briser l'encerclement et de nous enfuir. Vers le lac, les Bédouins sont trop nombreux. Mais en direction du nord, il y a un massif rocheux où nous trouverons refuge. Là, nous pourrons leur résister.

— Jusqu'à quand ?

— Jusqu'à ce que les dieux nous viennent en aide, mon cousin. Mais si nous restons ici, nous sommes condamnés. Préviens discrètement tes hommes de prendre toutes les armes possibles et de se tenir prêts à forcer les lignes ennemies.

— Bien, Seigneur.

La manœuvre s'effectua dans un silence total, à l'insu de l'ennemi. Pendant ce temps, Meren-Seth continuait à discourir, visiblement satisfait de lui, et savourant à l'avance sa facile victoire. Brusquement, sur un ordre bref de Semourê, la troupe royale se rua en direction du nord, dans une explosion de hurlements de fureur. Parvenus à bonne distance, les archers mirent un genou à terre et décochèrent des flèches rapides qui abattirent une bonne vingtaine de Bédouins. Pétrifiés par la soudaineté de l'attaque, les assiégeants ne réagirent pas immédiatement. Chargeant avec l'énergie du désespoir, Djoser et les siens percutèrent la ligne d'encerclement avec férocité, culbutant l'ennemi qui dut plier sous l'impact. Une brèche s'ouvrit dans le cercle, par lequel s'engouffra la troupe royale.

Furieux d'avoir été grossièrement interrompu pendant ce discours qu'il avait si bien préparé, Meren-Seth bouillait. Il ordonna à ses archers de prendre position et de décocher leurs flèches. Mais Djoser et les siens étaient déjà hors de portée. Il s'ensuivit un moment de confusion pendant lequel les assiégeants ne surent comment réagir, attendant les ordres de leur chef.

À environ un mile s'élevait un amas granitique percé d'anfractuosités creusées par les vents de sable. Les fuyards se précipitèrent vers ce refuge précaire. Derrière eux, la poursuite s'organisa. Debout sur sa litière, Meren-Seth écumait de rage.

— Tuez-les ! Tuez-les tous ! hurlait-il.

Une marée humaine se lança sur les traces des Égyptiens. Mais Djoser et ses compagnons avaient pris une certaine avance. Le massif rocheux se dressait au milieu des sables et de la rocaille comme un îlot au cœur de l'océan. Le souffle court, les fuyards investirent les lieux et prirent très rapidement des positions de défense. Les archers, qui s'étaient tacitement placés sous les ordres de Thanys, avaient emporté un maximum de carquois destinés à l'origine à la chasse à l'antilope. Les premières flèches jaillirent alors que l'ennemi tentait à son tour de prendre pied dans la forteresse naturelle. Les Sethiens furent cueillis par des traits impitoyables. Un petit groupe parvint à investir les lieux. Ils tombèrent sur une sorte de colosse d'origine akkadienne qui ne mesurait pas moins de quatre coudées et maniait avec désinvolture une énorme massue incrustée d'éclats de silex. Celle-ci fit des ravages dans les rangs ennemis. Après quelques crânes éclatés, les assaillants, harcelés par les archers, durent bientôt lâcher prise malgré leur nombre. À bonne distance, Meren-Seth, impuissant, vit ses troupes reculer. Après avoir tancé ses guerriers pour leur échec, il ordonna une nouvelle offensive, qui se brisa de la même manière sous les vagues de flèches que les défenseurs décochaient avec une précision foudroyante.

— Ce chien s'est joué de moi ! rageait-il. Il a remplacé ses rabatteurs par ses meilleurs guerriers.

À ses côtés, Saniout suivait les combats avec passion. Constatant qu'il avait déjà perdu plus d'une cinquantaine de combattants, Meren-Seth ordonna de se retirer hors de portée. Lorsque ses capitaines revinrent chercher leurs ordres, il déclara :

— Ils n'ont ni eau ni vivres. Ils ne tiendront pas longtemps.

Dans la forteresse rocheuse, Djoser profita du répit pour organiser la défense. Grâce à la rapidité de son attaque, il n'avait perdu que trois hommes, tombés lorsqu'il avait brisé l'encerclement.

— Ce Meren-Seth est un piètre stratège, dit-il à Semourê. S'il utilisait adroitement ses archers, nous ne pourrions tenir.

— Il compte sans doute sur la soif. Nous n'avons pas d'eau.

— Nous devons tenir, mon cousin. Je suis certain que les dieux ne nous abandonneront pas.

Les anfractuosités de l'îlot granitique offraient de multiples caches, dont certaines avaient la dimension de petites grottes. Par endroits poussaient des plantes aux feuilles dures comme du cuir.

Pour se venger du mauvais tour que lui avait joué Djoser, Meren-Seth avait ordonné le pillage sans vergogne de la tente royale. Après avoir encerclé le massif, ses guerriers burent et mangèrent à satiété en narguant les assiégés.

— Ces imbéciles se gorgent de vin en plein soleil, remarqua Djoser. Ils ne seront pas en état de combattre avant un bon moment.

— Pouvons-nous en profiter pour fuir ?

— C'est trop risqué. Il sont six fois plus nombreux que nous.

Dans l'après-midi, au plus fort de la chaleur, Meren-Seth ordonna un nouvel assaut, en dépit de toute prudence militaire. Cette fois, les vagues de flèches ne purent arrêter complètement les attaquants qui, grisés par le vin épais de Dakhla, combattaient au mépris de leur vie. Solidement ancrés sur leurs positions, les hommes de Djoser firent un carnage. Thanys, plantée au sommet de l'éminence rocheuse, avait réuni autour d'elle les meilleurs archers, et soutenait par ses tirs les endroits les plus menacés. Comprenant qu'il ne parviendrait pas à arracher Djoser de son rocher avec l'armée dont il disposait, Meren-Seth dut se résoudre à ordonner un repli stratégique, abandonnant plus d'une centaine des siens sur le sable du désert. Djoser n'avait perdu qu'une dizaine de soldats, dont six étaient seulement blessés.

— Vous n'êtes que de sinistres crétins ! explosa Meren-Seth. Une poignée d'hommes suffit donc à vous tenir en échec.

— Leur position est avantageuse, Seigneur, répondit un chef bédouin. Et ils savent se battre. Il nous faudrait des renforts.

— Quoi ? Vous luttez à un contre six et tu veux encore des renforts ?

— Ils nous abattront tous un à un, riposta le Bédouin furieux.

Pour toute réponse, Meren-Seth dégaina son glaive et le pointa sous la gorge de l'homme des sables.

— Souviens-toi de ce que je t'ai promis. Si tu échoues, tu n'auras rien.

— À quoi nous servira ton trésor lorsque nos os blanchiront dans le désert ? rétorqua sèchement le Bédouin.

Meren-Seth comprit que son alliance avec les Bédouins, auxquels il avait promis une partie du trésor de Peribsen, était au bord de la rupture.

— Je vais envoyer chercher des renforts ! dit-il enfin, conciliant. Mes trois cents plus fidèles guerriers sont stationnés à une demi-journée de marche vers le nord. Je vais leur adresser un message pour leur demander d'intervenir. Vous verrez alors ce que sont de vrais combattants.

Le chef bédouin hocha la tête, satisfait. Meren-Seth ajouta :

— Ce soir, ils n'auront pas bu une seule goutte d'eau. Vous pourrez attaquer de nouveau.

En réalité, il fallait plus d'une journée pour joindre la petite armée qui gardait la grotte où était entreposé le trésor de son grand-père. Mais il était inutile de le préciser aux Bédouins. Si ceux-ci se faisaient tuer en grand nombre pendant l'assaut du massif rocheux, cela lui éviterait de payer les survivants, qu'il suffirait de faire disparaître à leur tour.

Meren-Seth avait vu juste. Malgré leur vaillance, Djoser et ses compagnons commençaient à souffrir de la soif.

— S'ils attaquent maintenant, déclara le roi, nous sommes perdus.

Cependant, devant la résistance exemplaire de Thanys, qui demeurait debout au sommet de l'éminence rocheuse, aucun guerrier n'osait montrer sa faiblesse. Alors que le soleil descendait lentement vers le désert de l'Ament, Meren-Seth décida un nouvel assaut. Saisissant leurs glaives et leurs casse-tête, les gardes bleus soutinrent vaillamment le premier choc lorsqu'un allié imprévu se manifesta.

Quelques Bédouins avaient à peine pris pied sur la plate-forme de granit qu'un vent violent se leva, soulevant des tornades de sable qui aveuglèrent bientôt les belligérants. Abrités derrière leurs remparts rocheux, les Égyptiens se trouvèrent moins exposés que les assaillants, qui durent bientôt rompre le combat. Au loin, Meren-Seth poussa une énorme bordée de jurons.

— Par l'haleine brûlante d'Apophis, quel dieu les protège donc ?

On n'y voyait plus à dix pas. Piteux et mal en point, ses guerriers regagnèrent tant bien que mal le campement ravagé par la tempête. Mal fixées, les tentes s'arrachèrent l'une après l'autre, emportant ce qui restait des vivres. Plusieurs jarres d'eau furent renversées et brisées, réduisant les assiégeants au même sort que les défenseurs.

Sombre, Meren-Seth se retira sous la seule tente qui tenait encore debout. Une violente colère s'était emparée de lui, qui lui brouillait l'entendement. Il avait pourtant préparé minutieusement son plan. Personne ne le soupçonnait. Il était même parvenu à endormir la méfiance de ce renard de Semourê et de son chien de chasse d'Amorrhéen. Et pourtant, tout ce qu'il entreprenait échouait régulièrement.

Tandis qu'à l'extérieur la tempête de sable hurlait, il tenta de comprendre où et quand il avait pu commettre des erreurs. En arrivant en Égypte, il ne disposait pas d'une armée suffisamment importante pour renverser ce maudit Djoser. Après la mort de son grand-père Peribsen, son père avait trouvé refuge à Taïmeh, la capitale du royaume édomite. Il avait toujours détesté ce pays où il avait passé toute son enfance. Le peuple était grossier, vulgaire, et adorait un dieu abominable du nom de Baâl. En grandissant, il avait appris, dans l'ombre de son père, Hapou-Hopte, à manipuler ces barbares. Six ans plus tôt, Hapou-Hopte, à la tête d'une armée édomite, avait réussi à nouer une alliance avec les Peuples de la Mer pour se lancer à la conquête de Kemit. Il était parvenu jusqu'à Mennof-Rê, mais ce chien de Djoser, qui n'était pas encore roi, avait vaincu la coalition et l'avait repoussée au-delà du Sinaï. Hapou-Hopte avait été tué pendant les combats. Meren-Seth était persuadé que les Égyptiens n'avaient jamais su qui était à l'origine de cette invasion. Il était encore jeune à l'époque, et n'avait dû la vie sauve qu'à une fuite éperdue au cœur du désert. Remâchant amèrement cette honteuse défaite, il n'avait eu de cesse d'assouvir sa vengeance et de conquérir ce trône qui, il n'en doutait pas, lui revenait de droit. Car l'usurpateur n'était pas Peribsen, qui avait conquis la double couronne de haute lutte, mais bien Khâsekhemoui, qui avait composé avec les prêtres d'Horus. Lui, Meren-Seth, devait rétablir le culte du plus puissant des neters, Seth le Destructeur. Dûment instruit par son père, il se sentait investi d'une mission divine. Il était le roi légitime du Double-Pays.

Ses forces étant trop faibles, il avait décidé d'investir la place par l'intérieur. Dans un premier temps, il lui fallait revenir sous une fausse identité. Ayant constaté son extraordinaire ressemblance avec son cousin Kaïankh-Hotep, il avait fait disparaître ce dernier et pris sa place. Cette solution présentait un double avantage : elle lui permettait de circuler à sa guise, et d'hériter d'une fortune importante. Il possédait de plus deux atouts formidables : l'immense trésor légué par son grand-père, dont il était le seul à connaître l'emplacement, dans le désert de l'ouest, et son ami Nesameb, qui connaissait les secrets du feu-qui-ne-s'éteint-pas. À cela, il fallait ajouter quelques centaines de guerriers fidèles aux idées de Peribsen, qui avaient suivi Hapou-Hopte en exil et avec lesquels il avait fondé une nouvelle religion destinée à redonner la fertilité à Seth.

Malheureusement, Meren-Seth ne possédait aucun allié sur le territoire même de Kemit. Il avait alors eu l'idée d'utiliser l'image de son grand-père, Peribsen, qui avait conservé des partisans un peu partout. Il avait été facile de se faire passer pour son esprit revenu du royaume des morts afin de reconquérir son trône. Peu à peu, le mouvement religieux sethien s'était recréé, avec ses sacrifices rituels dont les origines remontaient à celles du monde, comme le lui avait enseigné son père. Les membres en étaient liés par le sang, et se juraient une loyauté indéfectible. Il exerçait sur eux un pouvoir absolu.

Il avait également retrouvé la trace des anciens ministres de Sanakht, que Djoser avait chassés dès son arrivée au pouvoir. Pherâ, l'ex-vizir, s'était immédiatement rallié à lui. Toutefois, personne, excepté Nesameb, ne connaissait sa personnalité d'emprunt. Ainsi avait-il assuré son anonymat. Il n'apparaissait à ses fidèles que sous le masque de Peribsen.

Après avoir planté ses racines dans le Double-Royaume, il était passé à l'action. Son premier objectif avait été l'élimination du couple royal afin de créer un chaos propice à la prise du pouvoir. Privé de son dieu vivant, le Double-Royaume se serait tourné vers lui, héritier d'un roi puissant.

Ce fut alors que les difficultés avaient commencé. Ses différentes tentatives s'étaient toutes soldées par des échecs. La première fois, ce démon de médecin devenu grand vizir avait sauvé la reine grâce à une magie plus forte que celle de la Nubienne qu'il avait réussi à introduire dans son entourage. La deuxième, il avait fallu qu'un imbécile de courtisan ivre renversât un flacon de vin sur les pains empoisonnés. Il y avait perdu l'un de ses plus farouches partisans : le boulanger Outi. Par chance, celui-ci n'avait pas parlé ; fermement convaincu d'avoir affaire au véritable spectre de Peribsen, il avait préféré se donner la mort plutôt que de trahir. Cette petite peste d'Inmakh avait fait échouer la troisième tentative, lors de la chasse à l'hippopotame. Il avait dû tuer lui-même l'esclave chargé de verser le poison dans le vin du roi.

Il avait ensuite pris la décision de le frapper d'une autre manière, en immolant les enfants royaux à Seth. Mais l'échec lamentable de cet imbécile de Pherâ avait provoqué la découverte du temple de la Vallée rouge, et lui-même avait dû se cacher dans les galeries secrètes en sacrifiant une partie de ses fidèles pour attirer le roi dans un piège.

Alors lui était venue une nouvelle idée : discréditer le roi aux yeux de son peuple. Le plan qu'il avait imaginé lui semblait imparable. Après avoir quitté Mennof-Rê, il avait rassemblé une partie de ses Édomites en mer Rouge. De là, il avait franchi la chaîne montagneuse qui bordait le désert oriental de la vallée du Nil, et s'était emparé des mines d'or de Koush. Puis il avait soulevé les princes nubiens, les poussant à envahir le Double-Pays. Il savait que Djoser ne manquerait pas de riposter. Il espérait ainsi l'occuper assez longtemps pour que lui-même puisse attaquer par le Delta et prendre la Basse-Égypte. Pendant ce temps, à Mennof-Rê, son fidèle Nesameb installait un climat angoissant en faisant croire qu'une malédiction pesait sur le chantier de Saqqarâh et en multipliant les incendies.

De son côté, il avait organisé un rassemblement de toutes les tribus édomites en leur demandant de se tenir prêtes à envahir l'Égypte. Par malheur, certains princes l'avaient abandonné, par couardise. Ils gardaient un souvenir cuisant de leur défaite précédente. Comble de malchance, l'Horus l'avait pris de vitesse en écrasant les Nubiens et en reprenant les mines d'or en à peine quelques mois.

Lui-même avait dû fuir par la mer Rouge et rejoindre à la hâte la flotte édomite, dont plusieurs navires avaient déserté. Il avait tout de même réussi à rassembler une cinquantaine de vaisseaux, qui n'attendaient plus que ses ordres, aux environs d'Ashqelôn. Ils ne devaient envahir la Basse-Égypte que sur son ordre, c'est-à-dire après la mort de Djoser.

La rumeur de la malédiction commençait à porter

ses fruits lorsque le roi était revenu en vainqueur de Nubie. Fort de sa nouvelle victoire, il avait ordonné, malgré les nombreux incendies, la poursuite des travaux de Saqqarâh. En raison de la surveillance redoublée du plateau, il s'était avéré impossible de tenter une nouvelle attaque du chantier. La ville elle-même était quadrillée par des escadrons de gardes bleus. Il avait fallu manœuvrer avec adresse et habileté pour introduire les jarres d'huile sombre dans la cale de la nef royale. Malheureusement, cette nouvelle tentative, qui devait le débarrasser d'un coup de toute la famille royale, avait lamentablement échoué à cause d'un singe.

À cause d'un singe !

Il en aurait pleuré. D'autant plus que son fidèle Nesameb avait péri, emportant son secret dans la mort. Depuis, il avait décidé de s'armer de patience et d'attendre que tout se calmât. Personne ne soupçonnait Kaïankh-Hotep, et le seul homme qui connaissait sa véritable identité n'était plus. Lorsqu'il avait senti que le roi relâchait sa méfiance au sujet d'un éventuel retour des Sethiens, il avait décidé de frapper. Plusieurs mois s'étaient écoulés depuis l'incendie du navire royal, et il était certain de réussir. Tout avait été prévu dans les moindres détails. Pour la version officielle, une bande de pillards incontrôlés en provenance du désert aurait attaqué le campement royal et massacré le roi, la reine et tous les nobles qui avaient tenté avec beaucoup de courage de les défendre.

Sitôt la chose accomplie, il devait adresser un message aux Édomites, qui remonteraient alors le fleuve jusqu'à Mennof-Rê pour l'aider à s'emparer de la Double Couronne. Dans le chaos qui s'ensuivrait inévitablement, sa victoire ne faisait aucun doute.

Et pourtant, une fois de plus, ce démon de Djoser se jouait de lui !

Un sentiment de malaise envahit Meren-Seth. Un dieu puissant s'était rangé aux côtés de son ennemi. Sans doute Horus lui-même. Mais Horus n'était pas de taille à lutter contre le dieu guerrier, malgré ce qu'en disaient les théologiens d'Iounou. Seth avait toujours été le plus puissant, et il le resterait. Il fallait seulement lui rendre sa fertilité, et c'était le but des sacrifices.

Les yeux fermés pour se protéger du sable, il poussa un long cri de rage. Sans doute quelqu'un l'avait-il trahi, puisque les rabatteurs de ce chien de Djoser n'étaient autres que ses gardes. Mais, au fond de lui, il commençait à douter. Cette tempête elle-même ne pouvait être que la manifestation du dieu hostile.

Il se mit à hurler :

— Seth ! Aide-moi ! C'est pour toi que je combats !

Seuls les grondements de la tourmente répondirent à son appel. Alors, il se sentit totalement abandonné. Et ce vent, ce sable rouge qui lui cinglait le visage et ensevelissait peu à peu ses guerriers, ce désert n'était-il pas le corps de Seth le sec, l'aride ? Il commençait à comprendre que sa folie avait voulu donner naissance à un dieu issu seulement de son esprit, qui, pour s'exprimer, commettait les actions les plus effrayantes, un dieu qui se nourrissait du sang et de la souffrance des hommes, mais qui avait pris racine dans la folie de l'un d'eux. Un dieu aussi qui lui survivrait, qui s'épanouirait, tant l'âme humaine était insondable et mystérieuse, capable du meilleur comme du pire.

Mais le dieu hostile n'était peut-être autre que Seth lui-même, le Seth des origines, qui s'harmonisait avec les autres et ne détruisait que pour mieux redonner la vie. Il était le sable sec du désert, mais il protégeait la vallée fertile. Une vallée où lui, Meren-Seth, n'avait su semer que mort et désolation. Alors, Seth lui-même le rejetait.

Toute sa vie, il n'avait été que haine et vengeance. Aveuglé par sa soif de pouvoir et son ambition démesurée, il leur avait sacrifié nombre d'innocents sans aucun remords. Seul comptait le but à atteindre. Son unique ami, Nesameb, avait péri. Sans doute avait-il préféré s'immoler par le feu, ce feu qui l'avait toujours fasciné, plutôt que de tomber vivant entre les mains de Djoser.

Non ! Toutes ces élucubrations n'étaient que mensonges. Seth ne pouvait le trahir ainsi ! Il avait voulu lui redonner la fertilité ! Il ne l'abandonnerait pas !

Il devinait, à ses côtés, la forme allongée de Saniout, qu'il avait recueillie alors qu'elle venait d'être chassée par son mari. Il avait pensé se distraire un moment avec elle, mais elle avait révélé un appétit insatiable et une perversité qu'il n'aurait jamais soupçonnés. Très rapidement, il n'avait pu se passer d'elle. Sa gloutonnerie sexuelle était telle qu'il ne pouvait seul répondre à ses besoins. Aussi avait-il accepté de l'offrir à d'autres, sous peine d'épuisement. Cette dépravation n'avait d'égale que sa cruauté et sa haine. La vue du sang des enfants, qui pour lui était une nécessité religieuse, constituait pour elle une source de jouissance. Elle aurait voulu tenir le couteau sacrificateur elle-même. Il ne pouvait imaginer qu'elle l'ait trahi. Mais il savait qu'un jour il devrait la tuer.

Durant la nuit, personne ne put fermer l'œil. La tempête semblait ne plus jamais vouloir cesser, comme si le monde avait été rejeté au-delà de distances inimaginables, comme s'il n'existait plus que ce chaos hurlant et grondant. Les guerriers de Meren-Seth s'étaient abrités tant bien que mal sur le sol, cherchant le moindre relief capable de les protéger, sans résultat. Ils n'y voyaient rien et devaient sans cesse changer de position pour éviter d'être ensevelis.

L'éminence rocheuse offrait un abri relatif à Djoser et à ses compagnons. Dès le début de la tempête, ils avaient trouvé refuge dans les différentes petites grottes situées à l'opposé du vent. Si le sable ne les gênait pas vraiment, ils souffraient atrocement de la faim, et surtout de la soif. Depuis le matin, ils n'avaient rien bu ni avalé. La gorge sèche, ils n'osaient plus bouger. Les ténèbres étaient absolues, percées seulement de temps à autre par l'apparition fugitive de la lune pleine, lorsque les vents s'apaisaient quelque peu avant de reprendre de plus belle.

Blottie dans les bras de Djoser, Thanys éprouvait des sentiments étranges. Elle estimait qu'elle aurait dû avoir peur. Le monstre avait enfin jeté bas le masque. Et dès que la tempête cesserait, le lendemain, il lancerait de nouveau ses troupes contre le rocher, et il les anéantirait. Pourtant, c'était une sensation de soulagement qui dominait en elle. Elle pouvait enfin mettre un nom sur l'entité néfaste qui avait empoisonné sa vie depuis quelque temps. Et, malgré la tempête, malgré les ténèbres, malgré la souffrance, elle ressentait au fond d'elle un espoir qui refusait de s'éteindre et une profonde sensation de bien-être. L'odeur du sable et de la roche se mêlait à celle de son compagnon, à la sienne. Ils avaient une nouvelle fois combattu ensemble. Rarement elle ne s'était sentie aussi heureuse. Elle savait qu'il allait se passer quelque chose. Les dieux s'étaient rangés de leur côté. Ils ne pouvaient les abandonner ainsi et permettre à ce chacal de Meren-Seth de triompher.

Le lendemain, avec l'aube naissante, la tempête se calma, dévoilant un paysage bouleversé. Les Bédouins semblaient désemparés. Trois d'entre eux, blessés, avaient péri étouffés par le sable. Lorsque Meren-Seth sortit des décombres de sa tente, qui avait fini par s'écrouler, il contempla la forteresse rocheuse, éclairée par la lumière rasante du soleil levant. Il distingua les silhouettes affaiblies qui reprenaient leurs positions de défense. Une exaltation nouvelle monta en lui. Ses doutes de la nuit étaient oubliés. Ce jour verrait sa victoire.

Soudain, une nouvelle idée germa dans son esprit. Il appela l'un de ses capitaines :

— Va chercher les hyènes ! dit-il. Je vais leur offrir un gibier de choix.

L'homme obéit immédiatement. Prévues pour chasser l'addax, les hyènes apprivoisées étaient demeurées à l'arrière, à la limite de la savane herbeuse bordant le désert. Lorsque Meren-Seth lança aux fauves l'ordre d'attaquer la masse rocheuse, Saniout poussa un cri de triomphe. Les carnassiers, au nombre d'une vingtaine, n'allaient faire qu'une bouchée de l'ennemi.

Épuisés par leur longue nuit sans sommeil, les assiégés s'apprêtaient à subir le terrible assaut lorsque se produisit un événement totalement inattendu. Une masse de fureur jaune surgit de la savane orientale et fonça en direction du massif. Elle bouscula les lignes des Bédouins et se rua sur la meute des hyènes. Depuis le sommet de l'éminence rocheuse, Thanys poussa un cri de joie rendu rauque par sa gorge aride.

— Rana ! C'est Rana !

Elle sut à ce moment-là qu'ils étaient sauvés.

62

Stupéfaits, Djoser et les siens virent la jeune lionne culbuter la première hyène et la saisir férocement à la gorge. Impressionnées, les autres hésitèrent. Elles se mirent à hurler, sans oser prêter main-forte à leur congénère. Celle-ci ne pouvait lutter contre la puissance du fauve. En quelques secondes, Rana avait décapité son adversaire. Elle se plaça entre les hyènes et le massif en rugissant d'un air menaçant. Le cadavre mutilé de leur compagne faisait hésiter les autres. Les archers de Djoser mirent cette hésitation à profit en décochant quelques flèches sûres qui en abattirent une demi-douzaine. Les survivantes rebroussèrent chemin.

Étouffant de rage, Meren-Seth hurla à ses guerriers de charger à leur tour. Saisissant leurs armes, ils s'apprêtèrent à lui obéir lorsqu'une confusion soudaine s'installa parmi eux. Il y eut quelques mouvements contradictoires, puis Saniout pâlit et s'exclama :

— Seigneur, regarde !

Elle désignait, vers l'est, illuminée par le soleil levant, une armée d'au moins mille hommes qui progressait dans leur direction au pas de course.

— Les Égyptiens ! s'exclama-t-il.

En effet, l'armée, réunie à la hâte par Piânthy et Moshem, avait suivi la trace de la lionne. Avec l'incomparable instinct des animaux, elle avait dû sentir que sa maîtresse, Thanys, était en danger.

Comprenant que tout était perdu, la plupart des Bédouins déguerpirent en direction du désert. Seule une centaine d'entre eux demeura fidèle, au souvenir de la récompense alléchante promise par le faux roi. Un grand froid envahit Meren-Seth. Seuls demeuraient ses propres guerriers au crâne rasé. Il serra les dents. Ce chien de Djoser était trop faible pour le poursuivre, mais les autres seraient là d'ici moins d'une heure. Il devait fuir. Il poussa un hurlement de dépit. Une fois de plus il avait échoué.

Mais il lui restait encore un atout : le trésor de son grand-père, dis simulé au cœur du désert. Il donna l'ordre de la retraite. Abandonnant le massif rocheux, les Sethiens se dirigèrent vers le nord. Saniout hésita, puis emboîta le pas de Meren-Seth. Elle avait pensé un instant se rendre, mais elle savait que Djoser ne ferait preuve d'aucune pitié envers elle.

Lorsque Piânthy et Moshem arrivèrent à la hauteur du massif, les fuyards avaient disparu au-delà de l'horizon de rocaille. Recrus de fatigue, mourant de soif, les rescapés tombèrent dans les bras de leurs sauveurs.

— La tempête nous a ralentis, expliqua Piânthy. Nous avons été contraints de bivouaquer à Shedet. Nous craignions d'arriver trop tard.

— Les dieux nous furent favorables, répondit Djoser. Sans ce rocher providentiel, Meren-Seth nous aurait anéantis sans coup férir. Et cette tempête qui vous a retardés nous a évité un dernier combat dans lequel nous aurions inévitablement succombé.

Tandis que les compagnons du roi vidaient les gourdes en vessie d'antilope apportées par les soldats, Moshem expliqua ce qu'il avait découvert à Byblos.

— Voilà pourquoi tu avais disparu, dit enfin Djoser lorsqu'il eut terminé son récit.

— Pardonne à ton serviteur, Seigneur. Mais je n'avais aucune preuve contre Kaïankh-Hotep, et pour cause. Tu n'étais peut-être pas prêt à entendre mes soupçons.

— C'est exact, mon ami. Cet homme avait su endormir ma méfiance. Par chance, tu veillais à mes côtés. Encore une fois, ce sont les dieux qui t'ont amené en Égypte.

— Le cauchemar est terminé ! déclara Thanys dont les yeux creusés par la fatigue et le sable s'illuminaient d'un grand sourire.

— Pas tout à fait, rectifia le roi. Nous devons rattraper ce chien et le mettre définitivement hors d'état de nuire.

— Mais tu n'y songes pas ! s'exclama Piânthy. Tu es épuisé, et hors d'état de livrer un combat.

— Par les dieux, que l'on m'apporte un cuissot d'antilope rôti et je trouverai bien assez de force pour me lancer à sa poursuite et le vaincre.

Bien entendu, personne ne se serait risqué à tenter de faire changer le roi d'avis. L'ennemi avait pris un peu d'avance, mais il était lui-même épuisé. Aussi, l'armée prit le temps de chasser et de se restaurer avant de se mettre en piste. Thanys exigea de participer à la suite des événements.

— Encore une fois, nous avons combattu côte à côte, mon frère, dit-elle. Mais notre ennemi n'est pas tout à fait vaincu. Ma place est près de toi.

Comme elle était encore plus têtue que lui, Djoser céda. Ce fut donc avec une femme marchant en tête que les soldats exaltés se lancèrent sur la piste des fuyards. La résistance dont elle avait fait preuve forçait leur admiration, et tous avaient plaisir à suivre sa silhouette fine, l'arc passé en travers du torse, parce qu'elle était leur reine bien-aimée, et parce qu'elle était l'image vivante d'Hathor, la déesse très belle, l'épouse d'Horus. À ses côtés marchait la lionne Rana, symbole de Sekhmet. Même si le soleil impitoyable les écrasait de chaleur, aucun des guerriers n'aurait voulu être ailleurs pour rien au monde.

Par chance, la tempête de la veille n'était plus qu'un mauvais souvenir. Habituée à pister le gibier dans des conditions difficiles, l'armée n'eut guère de difficultés à suivre à la trace une centaine de fuyards soucieux de mettre la plus grande distance possible entre eux et les Égyptiens. Mais ils avaient souffert de la nuit infernale, et l'épuisement avait eu raison de plusieurs d'entre eux. Ainsi, le lendemain, les Égyptiens retrouvèrent trois cadavres sur lesquels s'acharnaient des vautours. Bien que les yeux eussent déjà disparu, Moshem reconnut l'un d'eux et ne put retenir un cri d'effroi.

— Par Ramman ! s'exclama-t-il. C'est Saniout.

Djoser s'approcha du corps dont il éloigna les nécrophages à coups de pied.

— C'est bien elle en effet. Elle a payé ses crimes !

— Regarde, Seigneur ! On dirait qu'on lui a tranché la gorge.

— Elle devait sans doute les retarder. Ce chien de Meren-Seth n'a pas hésité à se débarrasser d'elle.

Dans l'après-midi apparut une barre qui devait dépasser les quatre cents coudées d'altitude. Au pied, mais situé sur une légère élévation protégée par un alignement de rochers, s'établissait un campement et quelques demeures troglodytiques. Dès l'apparition de l'armée, une vive agitation s'empara du village. Plusieurs centaines d'hommes établirent une ligne de défense le long du rempart naturel. Djoser fit arrêter ses hommes à un demi-mile.

— Ce ne sont pas des Bédouins, remarqua Semourê. Ils portent tous le crâne rasé des Sethiens.

— Il n'y a ni femmes ni enfants, ajouta Piânthy. Ce sont les guerriers de Meren-Seth.

— Sans doute s'agit-il de son repaire. Mais pourquoi l'avoir établi si loin dans le désert ? Il n'y a même pas d'oasis à proximité.

Moshem intervint.

— Ath-Ebne, la princesse akkadienne que j'ai ramenée de Byblos, m'a dit que le trésor de Peribsen serait gardé au cœur du désert par des troupes d'élite. Elle en ignorait l'emplacement, mais c'est à cause de cela qu'elle a été condamnée à mort par Meren-Seth.

— Par Horus ! s'exclama Djoser. Si tu dis vrai, cela signifie que les richesses des anciens rois sont ici. Voilà pourquoi ils sont venus jusqu'ici.

— Que décides-tu, mon cousin ? demanda Semourê. Nous sommes à deux contre un.

— Mais le terrain est à leur avantage. Nous allons bivouaquer. Cela fait plusieurs jours que nous marchons. Les hommes sont épuisés. Si nous attaquons maintenant, ils nous repousseront sans difficultés.

Piânthy étudia la disposition des lieux et précisa :

— Même lorsque nous aurons repris des forces, la partie sera dure. Leur situation en surplomb les favorise. Je crains que nous n'ayons à subir de lourdes pertes.

— À moins que nous ne puissions les déloger de leur repaire, intervint Moshem.

— Et comment t'y prendrais-tu, mon compagnon ? répliqua le roi, intrigué par le sourire malicieux de l'Amorrhéen. Ce socle rocheux leur fournit une défense solide. Il faudrait que nous soyons deux fois plus nombreux.

— Nous avons besoin de repos, attendons la nuit, répondit l'Amorrhéen avec un large sourire.

— Et nous combattrons à la lueur de la lune ? Le résultat sera le même qu'en plein jour.

— Nous y verrons sans doute plus clair qu'eux, ô Lumière de l'Égypte. Avant de partir, le seigneur Imhotep m'a confié quelque chose. Viens voir !

Il entraîna le roi interloqué vers les petits ânes chargés du ravitaillement. Trois d'entre eux transportaient des jarres protégées par d'épaisses couvertures.

— Il a longuement hésité à me confier ces jarres. Mais il redoutait que nous ne soyons amenés à livrer un combat difficile.

— Que contiennent-elles ?

Moshem fit sauter le capuchon de cuir de l'une d'elles. Il s'en échappa une odeur nauséabonde, que tous reconnurent aussitôt.

— Le feu-qui-ne-s'éteint-pas ! s'écria Djoser. Mais comment...

— Le seigneur Imhotep est parvenu à reconstituer le produit inventé par Nesameb, expliqua Moshem. Il ne t'avait pas averti, parce qu'il estimait que cette arme avait fait trop de mal. Cependant, il voulait mettre toutes les chances de ton côté lorsqu'il a su que tu étais tombé dans un piège.

— Mais comment allons-nous utiliser ce... cette chose ?

— J'y ai déjà pensé, Seigneur. Regarde !

D'un sac de cuir, il sortit de la corde et de la fibre de palme. Rapidement, il fabriqua une fronde en lestant la boule de fibre avec une pierre.

— Il suffira d'enduire cette fronde avec le produit, l'enflammer et le lancer sur le campement ennemi. Lorsque leur camp brûlera, il nous sera facile de les attaquer.

— Qu'Horus protège le seigneur Imhotep ! déclara Djoser. Nous lui devrons encore cette nouvelle victoire.

Le soir venu, les occupants du village n'avaient pas bougé. Sûrs de leurs positions, ils avaient observé l'armée égyptienne en lui lançant des défis, auxquels les soldats de Djoser s'étaient gardés de répondre. Avec le crépuscule, les Sethiens renforcèrent leur défense, redoutant une attaque nocturne. Mais les Égyptiens demeurèrent ostensiblement à distance. Peu à peu, les ténèbres s'étendirent sur le désert. Les défenseurs redoublèrent de vigilance, mais ils apercevaient toujours, au loin, les feux de camp de l'armée ennemie. Soudain, à peu de distance, naquirent une multitude de feux étranges qui se mirent à tournoyer de plus en plus vite. Soudain, ils s'envolèrent, décrivant des paraboles lumineuses dans le ciel nocturne. L'une après l'autre, les boules de feu tombèrent sur les tentes, roulèrent sur le sol, embrasant tout ce qu'elles touchaient.

— Les affrits ! hurla un homme.

— Imbécile ! Ce sont les Égyptiens qui attaquent ! répondit un autre.

Désemparés, les guerriers des remparts jetèrent leurs lances au hasard. Ils ne purent empêcher une seconde vague de boules enflammées de fondre sur le village. Quelques instants plus tard, celui-ci n'était plus qu'un brasier.

Alors, une pluie de flèches surgie de nulle part s'abattit sur les Sethiens qui se mirent à hurler de terreur et de rage.

À l'extérieur, Djoser surveillait l'évolution des opérations.

— Ce feu est une arme épouvantable, dit-il. Je comprends qu'Imhotep ait voulu me la dissimuler. Elle provoque trop de ravages. Mais il est juste que nous l'utilisions à notre tour. Ces chiens ont tué beaucoup d'innocents avec cette arme démoniaque.

Une panique sans nom s'était emparée des Sethiens. Courant en tous sens, ils ne savaient comment échapper aux flèches meurtrières expédiées depuis le désert plongé dans la nuit. Éblouis par les flammes de l'incendie, ils ne pouvaient même pas localiser l'ennemi. Tandis que certains tentaient de riposter sur les remparts, leurs camarades se transformaient en torches vivantes. Ils s'attendaient d'un instant à l'autre à subir un assaut. Mais celui-ci ne venait pas. Il n'était pas envisageable pour autant de lancer une contre-offensive au cœur de ces ténèbres hostiles grouillant d'ennemis. Les assiégés durent ainsi veiller toute la nuit.

Djoser attendit le lever du soleil pour lancer l'attaque finale. Par endroits, des débris brûlaient encore. S'engouffrant dans le village, les troupes de Djoser culbutèrent très vite les défenseurs abrutis par la nuit infernale. Si certains trouvaient encore la force de lutter avec la rage que procure la haine la plus absolue, d'autres au contraire comprirent que tout était perdu et déposèrent les armes. Vers le milieu de la matinée, les dernières poches de résistance avaient été réduites. Plus de deux cents Sethiens avaient été tués. Les autres furent rapidement entravés et rassemblés au centre du village dévasté.

— Seigneur ! Meren-Seth est introuvable, dit un capitaine après avoir fouillé les lieux.

— Il me le faut vivant ! hurla Djoser.

— Il a peut-être péri cette nuit, dans l'incendie des tentes, suggéra Piânthy.

On examina attentivement chaque cadavre calciné. Mais la plupart étaient méconnaissables. On interrogea les prisonniers, mais aucun ne savait ce qui s'était passé. Un de leurs chefs déclara que le « roi » était arrivé l'avant-veille en annonçant que l'usurpateur Djoser allait peut-être venir attaquer le village, et qu'il fallait le défendre jusqu'à la mort pour la gloire de Seth. Il était encore présent la veille au soir. Depuis, personne ne l'avait revu.

— L'un de ces corps est peut-être le sien, conclut Djoser. Mais il a pu réussir à s'enfuir. Nous ne le saurons jamais.

Soudain, la voix de Thanys l'interrompit.

— Djoser, viens voir !

Au pied de la barre rocheuse, elle désignait un sentier creusé dans la pierre, qui escaladait la paroi abrupte en direction d'une vaste brèche située à mi-hauteur de la paroi. Il la rejoignit, suivi par Semourê, Piânthy et Moshem.

— Tu penses que cela pourrait mener...

— Au trésor de Peribsen ! J'en suis sûre ! Sinon, pourquoi aurait-il entretenu une telle armée dans un endroit aussi désolé ?

Sans attendre de réponse, elle s'engagea sur le sentier, aussitôt suivie par le roi et ses compagnons. Le chemin, né vraisemblablement d'une cassure de la roche lors d'un tremblement de terre, avait été aménagé par l'homme. Étroit et abrupt, il se révéla extrêmement dangereux. Bordé par un à-pic, il s'insinuait parfois derrière un piton rocheux, serpentait pour s'élever toujours plus haut le long de la falaise rouge.

Enfin, après une ascension éprouvante, ils parvinrent sur une sorte de plate-forme au sol inégal, cernée par deux parois verticales. Celles-ci se resserraient en entonnoir, pour s'ouvrir sur la gueule ténébreuse d'une caverne. Prévoyant, Moshem s'était muni de torches, qu'il alluma avant de pénétrer dans la grotte. Un sable très fin recouvrait le sol, sans doute apporté par les vents du désert.

— Il n'y a rien ! dit Piânthy en découvrant une salle vide aux parois hautes et sombres.

— Par ici ! dit Thanys.

Une seconde ouverture, dissimulée par un surplomb rocheux, menait encore plus loin vers l'intérieur de la falaise. Après avoir suivi un boyau étroit, le petit groupe se retrouva dans une deuxième salle plus grande que la première, totalement abritée des vents.

— Par Horus ! s'exclama Djoser.

— Le trésor de Peribsen, compléta Thanys, époustouflée.

Tous demeurèrent muets devant la splendeur des objets qui s'étalaient devant eux. Il y avait là des vases de pierre, sculptés dans le granit rouge de Yêb, dans le schiste bleu de la vallée du Ro-Henou, dans le fin calcaire de Tourah. D'autres étaient en albâtre. Des assiettes et des plats s'empilaient, à côtés de régiments de gobelets, de coupes et de bols. On devinait aussi quelques meubles d'ébène et de sycomore.

Djoser examina les cartouches dessinés sur le bord des pièces.

— Cette assiette appartient au kâ de Nebrê, dit-il. Et celle-ci à Narmer.

— Ce vase est marqué du sceau de Djer, ajouta Moshem.

Éblouis par l'abondance et la richesse de leur découverte, ils parcoururent la vaste salle souterraine.

— Mais qu'allons-nous faire de tout ça ? demanda Semourê. Les mastabas des anciens Horus sont dans un triste état. Les pillards n'auront aucun effort à faire pour reprendre tous ces trésors.

Djoser ne répondit pas immédiatement, puis il déclara :

— Ne t'en fais pas pour cela ! Là où je compte les installer, aucun pillard ne pourra jamais plus s'en emparer.

Épilogue

An sept de l'Horus Djoser...
Plus d'une année s'était écoulée depuis l'anéantissement des Sethiens. La victoire totale de Djoser, largement colportée par les guerriers qui y avaient participé, contribua encore à renforcer la légende royale, dans laquelle la reine occupait une place particulière. Mais surtout, la découverte du trésor de Peribsen occupait les esprits. Nombre de soldats avaient eu l'occasion de pénétrer dans la caverne secrète afin d'emporter les pièces de vaisselle appartenant aux rois disparus. Après la bataille, une garnison était demeurée sur les lieux afin de prévenir une éventuelle riposte des Bédouins. Pendant ce temps, Djoser avait fait fabriquer une énorme quantité de sacs destinés à envelopper les objets. Imhotep, qui s'était rendu sur place, avait estimé leur nombre à près de quarante mille. Il fallut cinq cents hommes et une centaine d'ânes pour les ramener jusqu'à la Grande Demeure.

Djoser avait demandé au grand vizir de rajouter une aile supplémentaire au palais pour les entreposer. Lorsque tout fut à l'abri, gardé en permanence par des soldats d'élite, une armée de scribes fut chargée de classer les pièces selon leur propriétaire, ce qui représentait un travail long et fastidieux, car certaines avaient été brisées lors du transport. Plus de quatre mois furent nécessaires pour réaliser le tri. Djoser, ravi d'avoir ainsi pu contribuer à restituer à ses ancêtres ce qui leur appartenait, se contenta d'apposer son cartouche sur les sacs dans lesquels on scella les objets.

La construction de la cité sacrée reprit dans de bien meilleures conditions. Définitivement débarrassés du spectre de la fausse malédiction, les ouvriers revinrent en nombre et, à la veille de l'avènement de la septième année du règne, le deuxième degré de la pyramide était achevé. Chacun savait à présent qu'un troisième serait bientôt entrepris, mais les travaux débuteraient seulement après l'importante cérémonie qui aurait lieu le deuxième des jours épagomènes, consacré à Horus.

Avec la disparition des Sethiens, le Double-Pays connut un nouvel essor économique. La crue qui suivit la victoire de Djoser se montra plus que généreuse et les récoltes atteignirent des records. Les étrangers venus commercer à Mennof-Rê s'émerveillaient devant la splendeur de la cité sacrée pourtant inachevée, sur laquelle régnait déjà ce monument étrange, aux dimensions impressionnantes. Il ne pouvait s'agir là d'un simple tombeau, comme ces mastabas qui s'alignaient le long du plateau. Il s'en dégageait une majesté mystérieuse. Le revêtement de calcaire d'un blanc lumineux et parfaitement lisse reflétait la lumière du soleil de telle manière que l'on ne doutait pas que les dieux pouvaient s'y manifester.

Peu après sa victoire, Djoser fut hanté par un doute insidieux. Personne n'avait la certitude de la mort de Meren-Seth. Bien sûr, son cadavre calciné avait sans doute été dévoré par les charognards. Mais le roi ne pouvait s'empêcher de penser qu'il avait profité de la nuit pour abandonner les siens et s'enfuir à travers le désert. Ce genre de lâcheté lui ressemblait tout à fait. Même si les Sethiens ne se manifestèrent plus par la suite, Djoser ne pouvait laisser ce doute planer. Bien décidé à éliminer jusqu'au dernier de ses ennemis, il mit sur pied une expédition maritime, commandée par Piânthy, qui se porta à la rencontre des Édomites croisant au large d'Ashqelôn. Ceux-ci, qui attendaient un signal de Meren-Seth pour envahir l'Égypte, connurent un moment de pure panique devant l'apparition de la puissante flotte adverse. Déployée en éventail afin d'interdire toute fuite, l'armada égyptienne, forte d'une centaine de vaisseaux, n'eut aucune peine à défaire les trente navires édomites, dont la plupart gagnèrent la côte et furent abandonnés par leur équipage. Les Édomites, peu désireux de tomber entre les mains des Égyptiens, s'enfuirent en direction du désert aussi vite que leurs jambes pouvaient les porter. Djoser s'empara de leurs vaisseaux sans coup férir, augmentant encore la puissance de sa flotte.

Simultanément, Semourê et Moshem menèrent une action sur le domaine de Meren-Seth afin d'arrêter les Sethiens qui s'y trouvaient encore. Ils capturèrent ainsi une quinzaine d'anciens prêtres devenus guerriers, et découvrirent un temple rappelant celui de la Vallée rouge. Deux statues de Seth et de Baâl encadraient une pierre de sacrifice sur laquelle restaient incrustées des taches de sang. Les effigies furent abattues et les bâtiments incendiés et démolis.

Ramenés à la Grande Demeure, les Sethiens furent jugés dès le retour du roi. Le souvenir des enfants égorgés n'incita pas Djoser à la mansuétude et sa justice ne fit preuve d'aucune faiblesse. Quelques jours plus tard, les Sethiens étaient décapités.

Après leur exécution, Mekherâ eut un long entretien avec le roi.

— Ô Taureau puissant, je voulais que tu saches que les événements de ces derniers mois m'ont amené à réfléchir. Par le passé, nous nous sommes opposés à plusieurs reprises. J'ai cru sincèrement qu'il fallait conserver les cultes d'Horus et de Seth sur un pied d'égalité, comme c'était le cas autrefois. Mais j'ai compris, à la lumière des faits, que tu avais raison. Horus est le dieu le plus puissant, et celui dans lequel tous les autres retrouvent leur unité, y compris Seth lui-même. Ainsi sera préservée l'harmonie de la Maât. Non seulement je ne m'oppose plus au projet de la cité sacrée, mais je l'approuve pleinement, car je pense qu'elle sera la meilleure représentation de la puissance des dieux, et seule capable de combattre la divinité terrifiante qui a tenté de s'installer dans le Double-Pays.

— Ta décision est sage, mon ami, et je m'en réjouis, répondit Djoser. Tu pourras continuer à célébrer le culte du Dieu rouge en toute sérénité. Il a sa place dans la grande ennéade, et une chapelle lui sera consacrée à Saqqarâh. Cependant, je crains que l'interprétation démoniaque que Peribsen et ses descendants ont fait de lui n'en soit qu'à ses balbutiements. Meren-Seth a sans doute péri, mais ses idées lui survivront. Je redoute qu'elles ne se développent dans l'avenir, car l'esprit humain recèle dans ses profondeurs des zones de ténèbres insondables où se dissimule l'horreur la plus totale.

Après sa victoire sur les Édomites, Djoser fit part à Imhotep de sa décision concernant le feu-qui-ne-s'éteint-pas.

— Tu as eu raison de garder le secret de cette arme pour toi, mon ami, avoua le roi. Les carnages qu'elle peut causer sont terrifiants. Bien sûr, lors de la bataille du désert, elle m'a permis d'épargner nombre de mes soldats, et les crimes abominables commis par les Sethiens justifiaient leur anéantissement. Mais j'ai encore dans les oreilles leurs cris de douleur et d'agonie. J'ai vu leurs corps dévorés par les flammes. Si un jour une telle arme était utilisée dans un conflit, elle donnerait à son possesseur une supériorité telle que rien ne pourrait lui résister.

Il médita quelques instants avant de poursuivre :

— Je ne suis pas un conquérant. Mon seul souci est la défense du Double-Royaume, et je n'ai utilisé cette arme maudite que dans cet unique but. Mais d'autres viendront après moi, et nul ne peut prédire quel sera leur caractère. Si parmi eux se trouvait un esprit faible, habité par le désir de domination et de pouvoir, il pourrait employer le feu-qui-ne-s'éteint-pas à mauvais escient. Les dieux seuls savent quels désastres il engendrerait alors. Aussi, je crois qu'il vaut mieux que tu conserves ce secret dans le Labyrinthe de la Connaissance. Seuls les Initiés doivent y avoir accès.

Imhotep s'inclina.

— Ta décision me réjouit, ô Lumière de l'Égypte, car elle donne la mesure de ta sagesse. Je ferais donc ainsi que tu le dis.

Comme pour concrétiser l'euphorie qui baignait de nouveau les Deux-Terres, Thanys annonça à Djoser qu'elle attendait un enfant. La petite Inkha-Es naquit peu avant les jours épagomènes et la cérémonie destinée à rendre leurs biens aux anciens Horus.

Jamais le plateau sacré de Saqqarâh n'avait connu une manifestation religieuse aussi importante. En tête avançait la litière royale, portée par vingt soldats d'élite. Djoser, revêtu des insignes royaux, rayonnait d'une majesté et de toute la puissance de ses vingt-huit ans. Derrière suivait la litière de la Grande Épouse, parée d'une robe blanche brodée de fils d'or et de bijoux magnifiques. Ensuite venaient plusieurs centaines de prêtres, dont chacun portait un sac rempli des objets précieux appartenant aux anciens Horus. La colonne était tellement longue qu'elle mit plus d'une heure pour prendre place dans la grande cour faisant face à la base de la future pyramide. Au centre s'ouvrait une nouvelle descenderie, qui menait vers un réseau de galeries spécialement creusées pour accueillir les richesses des rois. Les tombeaux de ces derniers n'étaient plus que ruines, et y replacer les objets serait une provocation pour les pillards.

Djoser avait donc décidé de préserver leurs biens à l'intérieur même de sa propre demeure d'éternité. C'était pour lui une manière de leur rendre hommage[1].

Tandis que se déroulait la cérémonie, Djoser contemplait les deux premiers niveaux de la pyramide. Devant lui s'ouvrait la rampe menant dans les galeries souterraines, situées à près de soixante-dix coudées de profondeur. Une bouffée de satisfaction l'envahit Cette fois, il avait le sentiment d'avoir vaincu totalement Peribsen et ses héritiers. Même si Meren-Seth était parvenu à s'enfuir, il avait perdu la richesse qui faisait sa force.

En raison de la quantité de sacs, la procession dura jusqu'au crépuscule. Peu à peu, un vent sec se leva, soufflant du désert de l'ouest. Djoser porta son regard en direction du soleil couchant. Rê-Atoum, celui qui existe et qui n'existe pas. Dans une heure au plus, le soleil allait disparaître dans le corps de sa mère, Nout, déesse du ciel et des étoiles, pour renaître le lendemain, à l'aube.

---

[1]. Ces vases et pièces de vaisselle furent retrouvés par Jean-Philippe Lauer au début des années trente.

Alors, une inquiétude furtive envahit le roi. Bien sûr, l'Égypte venait de connaître une nouvelle moisson d'abondance. Mais, si son ami Moshem l'Amorrhéen ne s'était pas trompé, les cinq années de prospérité allaient s'achever, pour laisser place à cinq années de sécheresse et de famine. Les réserves engrangées seraient-elles suffisantes pour lutter contre ce nouveau fléau ? Il l'espérait, mais redoutait déjà les souffrances qui allaient frapper son peuple.

Il respira profondément et échangea un regard complice avec Thanys, son épouse bien-aimée. Ils avaient vaincu l'ennemi insidieux que représentaient les Sethiens. Ils lutteraient de toutes leurs forces pour aider le Double-Royaume à traverser cette nouvelle épreuve.

Et, avec l'aide des dieux, ils triompheraient.

FIN DU TOME DEUX

Appendices

GLOSSAIRE

AABET *(àabet)* : L'orient, où se lève le soleil.
AFFRIT : Esprit malfaisant du désert.
AMENT : Le désert de l'ouest, où la tradition situait le royaume des morts, parce que le soleil se couchait dans cette direction.

CALAME : Poinçon de roseau destiné à l'écriture sur le papyrus, le bois, ou des tablettes d'argile.
CALENDRIER : L'année égyptienne était divisée en trois saisons de quatre mois, chacune. Chaque mois comptait trente jours de trois *décades*. Les cinq jours restants étaient appelés jours *épagomènes*, et représentaient les jours de naissance des dieux Osiris, Horus, Seth, Isis et Nephtys. Traditionnellement, ces jours étaient consacrés à de grandes festivités.
Voici, ci-dessous, un exemple d'année égyptienne comparée à la nôtre.

AKHET : *inondation*
1. *Thôt*   : 19 juillet – 17 août
2. *Paophi* : 18 août – 16 septembre
3. *Athyr* : 17 septembre – 16 octobre
4. *Choiak* : 17 octobre – 15 novembre

PERET : *germination (semailles)*

1. Tybi   : 16 novembre – 15 décembre
2. *Mechir*   : 16 décembre – 14 janvier
3. *Phamenoth* : 15 janvier – 13 février
4. *Pharmouti* : 14 février – 15 mars

CHEMOU : *moissons (récoltes)*

1. *Pakhons* : 16 mars – 14 avril
2. *Payni*   : 15 avril – 14 mai
3. *Epiphi* : 15 mai – 13 juin
4. *Mésorê* : 14 juin – 13 juillet

JOURS ÉPAGOMÈNES :

14 juillet : naissance d'Osiris
15 juillet : naissance d'Horus
16 juillet : naissance de Seth
17 juillet : naissance d'Isis
18 juillet : naissance de Nephtys.

Il convient de préciser que l'année égyptienne ne comportait que 365 jours et non 365,25 jours. Il se produisait donc un décalage régulier de six heures par an, qui embarrassait surtout les religieux pour les fêtes liturgiques. Les paysans se basaient quant à eux sur la réapparition de l'étoile Sothis (Sirius du Grand Chien), après soixante-dix jours d'occultation. Cette réapparition coïncidait avec le 18 ou 19 juillet.

LES DEUX MAGICIENNES : Les deux couronnes royales. Blanche pour la Haute-Égypte, rouge pour la Basse-Égypte.

HEQ : La crosse pastorale, l'un des deux insignes du pouvoir royal.

KÂ : Double spirituel de l'homme.

KEMIT : Nom ancien de l'Égypte, symbolisant le limon fertile noir apporté par les crues.

KOUSH : La Nubie, pays situé au sud de la Première cataracte.

MAKHEROU : État de l'initié parvenu à la parfaite harmonie avec les dieux. (Au féminin : Makherout.)

MED : Bâton sacré symbolisant le rang.

MEDOU-NETERS : Les hiéroglyphes, signes sacrés de l'écriture.

MÉNÈS : Roi légendaire de Haute-Égypte qui unifia les deux pays. Identifié parfois à Narmer et/ou Aha.

MESURES ÉGYPTIENNES :

1 mile égyptien = 2,5 km.

1 coudée = 7 palmes = 0,524 m par excès.

1 palme = environ 7,5 cm.

NEKHEKA : Le fléau ou flabellum, l'un des deux insignes du pouvoir royal.

NETER : Dieu égyptien.

LE NIL. Explication des crues du Nil :

Malgré sa superficie importante (l'Égypte actuelle compte un million de km^2), la surface fertile se concentre essentiellement le long du Nil. Avec un peu plus de 34 000 km^2, elle représente à peine la superficie des Pays-Bas.

Le débit de ce fleuve singulier, cerné par les déserts de Libye à l'ouest et d'Arabie à l'est, ne doit rien aux précipitations locales, puisque dans la région de Louqsor, elles ne sont que de quatre millimètres par an. Le Nil prend sa source au-delà du lac Victoria, région ou il pleut en abondance toute l'année. Ces eaux pluviales lui assureraient un débit constant s'il ne recevait également celles d'un affluent nommé le Nil Bleu, qui descend des hauts plateaux d'Éthiopie. Ceux-ci, arrosés en saison par la mousson, déversent leurs eaux dans le cours de cet affluent, qui se transforme alors en une rivière puissante, chargée de limon fertile, dont bénéficie toute la vallée jusqu'au Delta. Ces crues saisonnières régulières, autrefois considérées comme la manifestation de la faveur du dieu du fleuve, Hâpy, provoquaient, vers la fin juillet, une élévation importante du niveau du fleuve (jusqu'à huit mètres au-dessus du niveau de l'étiage au Caire). De nos jours cependant, elles sont fortement contrariées par le barrage d'Assouan.

NŒUD TIT : Amulette de couleur rouge symbolisant la protection d'Isis.

NOMARQUE : Gouverneur d'un nome.

NOME : Division administrative de l'Égypte, vraisemblablement issue des petits royaumes de l'époque prédynastique.

PILIER DJED : Colonne symbolisant la résurrection du roi, lors de la fête du Heb-Sed.

POUNT : Pays mystérieux, qui englobait vraisemblablement la Somalie, l'Éthiopie et le sud de l'Afrique.

SCRIBE : Fonctionnaire dont le rôle consistait à noter par écrit les édits du roi, ou tenir à jour les livres d'une exploitation agricole. Les scribes représentaient une caste très puissante.

LES DIEUX DE L'ÉGYPTE ANTIQUE

ANOUKIS ou ANQET : Patronne de l'île de Sehel, qui s'étend après la Première cataracte. Mère de Satis.
ANUBIS : Dieu à tête de loup. Fils de Nephtys et d'Osiris, élevé par Isis. Guide des morts.
APIS : Incarnation de Ptah en taureau.
APOPHIS : Serpent de Seth. Autre forme du Dieu rouge qui cherche à dévorer le soleil à l'aube.
ATOUM : *Celui qui est et qui n'est pas.* Il se crée lui-même à partir de Noun, le Chaos. Engendre de lui-même Shou, l'Air, et Tefnout, le Feu. L'une des formes de Rê, le dieu Soleil.

BASTET : Déesse de l'amour, de la tendresse et des caresses. Autre forme d'Hathor.
BÈS : Le dieu nain, qui préside à la naissance.

la DAT ou DOUAT : Royaume des morts, ou Terre inférieure.

GEB : La Terre supérieure, dont les fruits nourrissent les hommes.

HAPY : Dieu hermaphrodite symbolisant la crue du Nil.
HATHOR : Épouse d'Horus. Symbolise l'amour mais aussi l'enceinte sacrée où s'élabore la vie.

HEKET : La déesse grenouille. Assiste aux accouchements.
HORUS : Fils d'Isis et d'Osiris. L'un des dieux principaux d'Égypte. Les rois des premières dynasties, dont ils étaient l'incarnation, l'associaient à leur nom.

ISFET : Le Désordre (en opposition avec la Maât).
ISIS : Épouse d'Osiris et mère d'Horus. L'initiatrice, la Maîtresse du monde.

KHEPRI : Le Scarabée. Dieu de l'aube. L'une des formes de Rê, le dieu Soleil.
KHNOUM : Dieu potier à tête de bélier. Originaire de Yêb (Éléphantine).

MAÂT : La vérité, la justice et l'harmonie.
MIN : Dieu de la fécondité.
MOUT : La mère et la mort. Symbolisée par un vautour.

NEKHBET : Déesse de la couronne blanche de Haute-Égypte. Protectrice du roi, figurée par un vautour blanc.
NEITH : La Mère des mères. Déesse issue de l'océan primordial, mère de tous les autres dieux.
NEPHTYS : Sœur d'Isis et amante d'Osiris, mère d'Anubis.
NOUN : L'océan primordial. Réserve inerte contenant la vie en potentialité.
NOUT : Déesse des étoiles. Le ciel.

OSIRIS : Le premier ressuscité. Père d'Horus, époux d'Isis, et dieu du royaume des morts.
OUADJET : La séduction, autre visage d'Hathor.
OUPOUAOUET : Dieu loup, gardien du secret. Il détient les clés du cheminement initiatique.
PTAH : Dieu des artisans. Divinité principale de Mennof-Rê.

RÊ OU RÂ : La lumière. Le soleil à son apogée.
RENENOUETE-THERMOUTHIS : Déesse des moissons et de la fertilité. Représentée par un serpent.

SATIS : Fille d'Anoukis. Déesse de la Première cataracte. Divinité des femmes et de l'amour.
SECHAT : Épouse de Thôt. Symbolise l'écriture. Préside à la construction des temples.
SEKHMET : Déesse de la colère, représentée par une lionne. Autre forme d'Hathor.
SELKIT : Déesse scorpion. La respiration.
SETH : Le Dieu rouge. Dieu du désert, qui donnera plus tard le Shaïtan de l'islam et le Satan du christianisme.
SHOU : L'Air, qui sépare la Terre *(Geb)* du ciel *(Nout)*.
SOBEK : Le dieu crocodile, symbolisant tour à tour Seth, Horus ou Osiris.

TEFNOUT : Le Feu.
THÔT : Dieu magicien à tête d'ibis. Neter de la Connaissance et de la lune.
TOUERIS (OU TAOUERET) : Déesse hippopotame. Préside à l'accouchement et à l'allaitement, avec le nain Bès dont elle est parfois l'épouse.

TABLE DE CORRESPONDANCE
DES NOMS DE VILLES

NOMS ÉGYPTIENS	NOMS GRECS
Haute-Égypte	
Yêb	Éléphantine
Edfou	Apollinopolis Magna
Nekhen	Hiéraconpolis
Gebtou	Koptos
Denderah	Tentyris
Thys	Abydos
Shedet (Per Sobek)	Crocodilopolis
Basse-Égypte	
Mennof-Rê (Le Mur Blanc)	Memphis
Hetta-Heri	Athribis
Iounou (On)	Héliopolis
Per Bastet	Bubastis
Per Ouazet	Léontopolis

BIBLIOGRAPHIE

Merveilleuse Égypte des pharaons, A.C. Carpececi, Inter-Livre
Her-bak pois chiche
Her-bak disciple, Scwaller de Lubicz, éditions du Rocher
L'invisible présence
Les Déesses de l'Égypte pharaonique, René Lachaud, éditions du Rocher
La Civilisation égyptienne, Erman et Ranke, Payot
Saqqarâh, une vie, entretiens avec Jean-Philippe Lauer, Philippe Flandrin, Payot
La Quadrature du cercle et ses métamorphoses, Roger Begey, éditions du Rocher
Le Mystère des pyramides, Jean-Philippe Lauer, Presses de la Cité
Le Livre mondial des inventions, Valérie-Anne Giscard d'Estaing, Fixot
Atlas historique de l'Égypte antique, Casterman
Les Bâtisseurs de pharaon, Morris Bierbrier, éditions du Rocher
Les Dossiers de l'archéologie, « Saqqarâh : aux origines de l'Égypte pharaonique », n° 146-147, avril 1990
Pour comprendre l'Égypte antique, Jean-Michel Thibaux, Pocket

DU MÊME AUTEUR

Aux Éditions du Rocher

CYCLE DE PHÉNIX

Phénix, 1986, prix Cosmos-2000 1987, prix Julia Verlanger 1987
Graal, 1988
La Malédiction de la Licorne, 1990
La Porte de bronze, 1994, prix Julia Verlanger 1995

CYCLE LES ENFANTS DE L'ATLANTIDE

Le Prince déchu, 1994
L'Archipel du Soleil, 1995
Le Crépuscule des géants, 1996
La Lande maudite, 1996

CYCLE LA PREMIÈRE PYRAMIDE

La Jeunesse de Djoser, 1996
La Cité sacrée d'Imhotep, 1997
La Lumière d'Horus, 1998

Composition Nord Compo.
Impression Société Nouvelle Firmin-Didot
à Mesnil-sur-l'Estrée, le 8 juin 1999.
Dépôt légal : juin 1999.
Numéro d'imprimeur : 47440.

ISBN 2-07-040505-2/Imprimé en France.

85830